3,–

Das Schönste von Georgette Heyer

Georgette Heyer

Heiratsmarkt

Moewig

Heiratsmarkt

Titel der Originalausgabe: Frederica
Aus dem Englischen von Emi Ehm

Verlagsunion Erich Pabel-Arthur Moewig KG, Rastatt

Lizenzausgabe mit freundlicher Genehmigung der
Paul Zsolnay Verlags GmbH, Wien
Umschlagentwurf und -gestaltung: Werbeagentur Zeuner, Ettlingen
Umschlagillustration: K Morgan/PWA
Printed in Germany 1994
Druck und Bindung: Elsnerdruck, Berlin
ISBN 3-8118-4170-X

1

Nur fünf Tage nach dem dringenden Sendschreiben, in dem die verwitwete Lady Buxted ihren Bruder, den Höchst Ehrenwerten Marquis von Alverstoke, ersucht hatte, sie so bald wie nur irgend möglich zu besuchen, seufzte sie erleichtert auf, als ihre jüngste Tochter verkündete, eben sei Onkel Vernon vorgefahren, in einem Mantel mit Dutzenden von Schultercapes, und er sehe überhaupt todschick aus. «Und außerdem in einem smarten neuen Karriol, Mama, und einfach *alles* an ihm ist prima!» erklärte Miss Kitty, die Nase platt an die Fensterscheibe gedrückt bei dem Bemühen, auf die Straße hinunterzuschielen. «Er ist doch der enormste Stutzer, was, Mama?»

Lady Buxted antwortete tadelnd, solche Ausdrücke schickten sich nicht für eine junge Dame von Stand, und beorderte diese junge Dame ins Schulzimmer.

Lady Buxted gehörte nicht zu den Verehrerinnen ihres Bruders, und die Kunde, daß er seine zweirädrige Kutsche persönlich zum Grosvenor Place gelenkt hatte, trug auch nichts dazu bei, ihn in ihrer Gunst steigen zu lassen. Es war ein schöner Frühlingsmorgen, aber es wehte ein scharfer Wind, und kein Mensch, der den Marquis kannte, hätte angenommen, daß er seine Vollblüter länger als einige Minuten warten lassen würde. Das verhieß nichts Gutes für den Plan, den die Lady im Sinn hatte – nicht daß sie, wie sie ihrer älteren Schwester gegenüber bemerkt, andere als die düsteren Erwartungen gehegt hätte. Denn Alverstoke war ja ohne Ausnahme das egoistischste, ungefälligste Geschöpf unter Gottes Sonne.

Diesem Ausspruch pflichtete Lady Jevington, eine gebieterische Matrone jenseits der Vierzig, nur mit Vorbehalt bei. Auch sie mochte ihren einzigen Bruder für egoistisch und ungefällig halten und tat es auch, aber sie sah beim besten Willen keinen Grund, warum er für Louisa mehr tun sollte als für sie selbst. Was Louisas zwei Söhne und drei Töchter betraf, so konnte Lady Jevington Alverstoke keinen Vorwurf daraus machen, daß er sich für keinen der Sprößlinge interessierte. Es war wirklich unmöglich, sich für derart gewöhnliche Kinder zu interessieren. Daß er sich jedoch genausowenig für ihre eigenen Nachkommen interessierte, deutete irgendwie auf eine egoistische Veranlagung. Jeder Mensch hätte angenommen, daß ein Junggeselle, der nicht nur ersten Standes, sondern außerdem beträchtlich reich war, nur zu froh gewesen wäre, einen so vielversprechenden Neffen, wie es ihr geliebter Gregory war, in den erlesenen Kreis aufzunehmen, dem Alverstoke selbst zur Zierde gereichte, und er hätte sich angestrengt, die liebe Anna in die vornehme Welt einzuführen. Daß Anna ohne die geringste Beihilfe seinerseits dennoch standesgemäß verlobt worden war, milderte die Entrüstung Ihrer Gnaden keineswegs. Zwar gab sie zu, ihr altmodischer Eheherr erinnere sie zu Recht daran, daß sie die leichtfertige Clique mißbilligte, zu der Alverstoke gehörte, und sie hatte auch häufig der Hoffnung Ausdruck verliehen, Gregory würde sich nie selbst hineinziehen lassen. Dennoch konnte sie es Alverstoke noch immer nicht verzeihen, daß er nie versucht hatte, Gregory doch hineinzuziehen. Sie sagte, es hätte sie keinen Deut gekümmert, wenn sie nicht mit gutem Grund annehmen müßte, daß Alverstoke seinen jungen Vetter und Erben Endymion nicht nur als Kornett in die Life Guards eingekauft hatte, sondern ihm außerdem noch eine schöne Apanage zukommen ließ. Worauf Lord Jevington antwortete, er sei durchaus imstande, für seinen Sohn selbst zu sorgen, der ohnehin keinen wie immer gearteten Anspruch an seinen Onkel hatte. Er persönlich könne es Alverstoke nur hoch anrechnen, daß er so vernünftig war und sich davor zurückhielt, den Eltern des Ehrenwerten Gregory Sandridge finanzielle Hilfe anzubieten, was diese nur tief gekränkt hätte. Das stimmte durchaus; trotzdem war Lady Jevington der Meinung, wenn Alverstoke auch nur ein Körnchen Anstandsgefühl besäße, dann hätte er für seine Gunst nicht einen bloßen Vetter statt seines ältesten Neffen ausgewählt. Ihrer Meinung nach wäre in einer besser organisierten Gesellschaft sein Erbe ohnehin der Sohn der ältesten Schwester, nicht aber ein entfernt verwandter Vetter.

Lady Buxted freilich hätte Gregory nicht gern in so unfairer Weise erhoben gesehen, stimmte jedoch im allgemeinen ihrer Schwester zu, denn beide Damen waren sich einig in ihrer Verachtung des Mr. Endymion Dauntry, den sie zu einem ausgemachten Klotz stempelten. Ob aber ihre Feindseligkeit diesem untadeligen jungen Mann gegenüber ihrer Abneigung gegen seine verwitwete Mama entsprang oder aber seinem schönen Gesicht und der prachtvollen Figur galt – beides stellte sowohl Gregory Sandridge wie auch den jungen Lord Buxted in den Schatten –, war eine Frage, die lieber niemand stellte.

Aus welchem Grund auch immer, jedenfalls waren Alverstokes beide älteren Schwestern überzeugt, man hätte keinen unwürdigeren Erben für die Würden des Marquis finden können als Endymion, und beide hatten keine Mühe gescheut, die Aufmerksamkeit ihres Bruders auf sämtliche hübschen und standeswürdigen jungen Damen zu lenken, die Jahr um Jahr auf die elegante Welt losgelassen wurden.

Alverstokes Gewohnheitssünde war jedoch der Hang, sich äußerst schnell zu langweilen. Sie hatte selbst seine Schwestern besiegt; denn keine der beiden konnte annehmen, wenn sie die zahlreichen blendenden leichten Schönheiten, die unter seinem Schutz gelebt hatten, Revue passieren ließ, daß er weiblichen Reizen gegenüber unempfänglich war. Keine von beiden war jedoch auch so dumm, allzu optimistisch zu werden, wenn er ausnahmsweise einmal eine Neigung zu irgendeiner Perle an Geburt, Schönheit und Reichtum zu entwickeln schien, die ihm die eine oder andere seiner Schwestern unter die Nase schob. Er war durchaus imstande, die betreffende Dame einige Wochen lang zum Gegenstand seiner Galanterie zu machen, dann aber plötzlich abzuspringen und zu vergessen, daß es sie überhaupt gab. Als es seinen Schwestern dämmerte, daß vorsichtige Eltern ihn scheel ansahen und man ihn allgemein für gefährlich hielt, gaben sie ihre Versuche auf, ihm eine Frau zu verschaffen, und widmeten ihre Energien statt dessen der leichteren Aufgabe, seine Trägheit zu beklagen, seinen Egoismus zu verdammen und ihn wegen seiner moralischen Verirrungen, soweit sie ihnen zu Ohren kamen, zu schelten. Nur seine jüngste Schwester hielt sich davor zurück. Da sie aber verschiedene schmeichelhafte Heiratsanträge abgelehnt, nach eigenem Belieben einen bloßen Landedelmann geheiratet hatte und nur noch selten in die Metropole kam, hielten sie ihre beiden älteren Schwestern für eine *quantité négligeable.* Wenn sie von ihr sprachen – was selten vorkam –, dann nur von der «armen Eliza». Obwohl sie auch wußten, daß Alverstoke Eliza lieber hatte als sie, kam es ihnen nicht in den Sinn, sie um ihre Hilfe bei den Heiratsplänen für den Bruder zu ersuchen. Wäre es ihnen aber doch eingefallen, dann hätten sie den Gedanken in dem wohlbegründeten Glauben abgetan, daß noch kein Mensch ihn, seit er zum Mann geworden war, auch nur im geringsten beeinflußt hatte.

Diesmal jedoch hatte Lady Buxted ihn nicht zu sich befohlen, um ihm eine Strafpredigt zu halten. Ja, sie hatte beschlossen, überhaupt nichts zu sagen, was ihn hätte verstimmen können. Aber während sie im Salon auf ihn wartete, folgte der Hoffnung, die – ungeachtet ihrer Erfahrung – in ihrer Brust aufgekeimt war, als sie von seiner Ankunft hörte, sofort die Überlegung, daß es ihm wieder einmal ähnlich sah, fünf Tage verstreichen zu lassen, bevor er sich die Mühe nahm, einer Aufforderung zu folgen, die ja immerhin höchst dringlich hätte sein können. Nur mit Mühe zwang sie ihr Gesicht zum Ausdruck liebevoller Begrüßung. Noch schwerer fiel es ihr, Herzlichkeit in die Stimme einfließen zu lassen, als er unangemeldet ins Zimmer hereinschlenderte. Auch das sah ihm ähnlich, dieses nachlässige Benehmen, das Ihre Gnaden, pedantisch auf gute Formen bedacht, sehr bedauerte, denn sie sah nicht ein, wieso er sich in ihrem Haus benahm, als gehörte es ihm.

Sie unterdrückte ihren Ärger, streckte ihm die Hand entgegen und sagte: «Vernon! Mein Lieber, was für eine reizende Überraschung!»

«Was ist da überraschend?» fragte er und zog die schwarzen Brauen hoch. «Hast du mich denn nicht gebeten zu kommen?»

Zwar blieb das Lächeln auf den Lippen Lady Buxteds festgefroren, aber sie antwortete ziemlich scharf: «Sicher, aber schon vor so vielen Tagen, daß ich angenommen habe, du seist nicht in London!»

«O doch!» sagte er und erwiderte ihr Lächeln mit äußerster Süße.

Lady Buxted ließ sich dadurch nicht täuschen, hielt es aber für klug, die absichtliche Herausforderung zu übersehen, die sie sehr gut erkannte. Sie klopfte mit der flachen Hand neben sich auf das Sofa und lud ihren Bruder damit ein, sich zu setzen. Er jedoch ging zum Kamin, beugte sich vor, um sich die Hände zu wärmen, und sagte: «Ich kann mich nicht lange aufhalten, Louisa. Was willst du von mir?»

Da sie sich entschlossen hatte, auf ihre Bitte taktvoll, Schritt um Schritt loszusteuern, machte sie diese unumwundene Frage wütend und brachte sie aus dem Konzept. Sie zögerte. Mit einem Glitzern in den ziemlich harten grauen Augen schaute er auf und sagte: «Also?!»

Sie war nicht gezwungen, ihm sofort zu antworten, denn eben kam ihr Butler mit Erfrischungen herein, die seiner Meinung nach jetzt passend waren. Während er das schwere Tablett auf einem Seitentisch abstellte und den Marquis im vertraulichen Ton des alten Hausfaktotums informierte, er habe sich erlaubt, sowohl den Mountain wie den Sherry hereinzubringen, hatte Lady Buxted Zeit, sich zu sammeln. Etwas grollend vermerkte sie, daß es ihrem Bruder beliebte, sie in Reithose und Stiefeln zu besuchen – einem Anzug, der bedauerlicherweise genauso formlos war wie sein Eintritt in den Salon. Daß seine Stiefel glänzend poliert, sein Halstuch äußerst sorgfältig gelegt und der Schnitt seiner wie angegossen sitzenden Jacke offenkundig von Meisterhand stammte, erhöhte nur ihren Verdruß. Wäre ihm wie alles übrige auch seine Erscheinung gleichgültig gewesen, dann hätte sie ihm verzeihen können, daß er es nicht für nötig hielt, ihr zu Ehren den für Morgenbesuche vorgeschriebenen Anzug zu tragen. Aber ein Mensch, der immer so elegant aussah wie er und dessen Stil von so vielen modebewußten Herren kopiert wurde, konnte modische Vorschriften unmöglich übergehen. Ja, sie hatte ihn einmal in einem Anfall von Erbitterung gefragt, ob ihm überhaupt an irgend etwas außer seiner Kleidung läge. Worauf er sich die Frage lange überlegt und dann erwidert hatte, daß zwar seine Kleidung natürlich an erster Stelle stehe, aber auch an seinen Pferden läge ihm viel.

Er war zu dem Tischchen hinübergegangen, und als sich der Butler zurückgezogen hatte, wandte er sich um und fragte: «Sherry, Louisa?»

«Mein lieber Vernon, jetzt könntest du wirklich schon wissen, daß ich Sherry nie anrühre!»

«Wirklich? Aber ich habe ja ein so entsetzlich schlechtes Gedächtnis!»

«Nicht, wenn du dich an etwas erinnern willst!»

«Nein – dann nicht!» stimmte er ihr zu. Er sah zu ihr hinüber, und beim Anblick ihrer zusammengepreßten Lippen und der Zornesröte lachte er plötzlich auf. «Was für ein Dummkopf du doch bist, teure Schwester! Ich habe noch nie einen Fisch geangelt, der bereitwilliger angebissen hätte als du! Was also soll's sein? Malaga?»

«Ich nehme ein halbes Glas Ratafia, wenn du ihn mir netterweise einschenken wolltest», antwortete sie steif.

«Das geht mir zwar sehr gegen den Strich, aber ich werde so nett sein. Was für ein scheußliches Getränk zu dieser Stunde! Das heißt, eigentlich immer», fügte er nachdenklich hinzu. Er brachte ihr das Glas; sein Gang war gemächlich, doch elastisch wie der des geborenen Sportlers. «Also, worum geht es diesmal? Schleich nicht um den heißen Brei herum! Ich will nicht, daß sich meine Pferde erkälten.»

«So setz dich doch endlich», sagte sie zornig.

«Schön, aber um Himmels willen, mach's kurz!» antwortete er und wählte den Lehnstuhl an der anderen Seite des Kamins.

«Es hat sich zufällig ergeben, daß ich deine Hilfe benötige, Alverstoke», sagte sie.

«Das, liebe Louisa, habe ich befürchtet, als ich deinen Brief las», erwiderte er mit abscheulicher Liebenswürdigkeit. «Natürlich hätte es auch sein können, daß du mich herbeorderst, um mir eine deiner Standpauken zu verpassen. Aber du hast deine Botschaft derart liebevoll abgefaßt, daß ich diesen Verdacht fast sofort verbannte und mir daher nur die andere Version blieb: du willst, daß ich etwas für dich tue.»

«Wenn ich recht verstehe, dann sollte ich froh sei, daß du dich an meine schriftliche Einladung zu einem Besuch überhaupt *erinnerst*!» sagte sie und starrte ihn zornig an.

«Du kannst dir nicht vorstellen, Louisa, wie sehr es mich reizt, deine Dankbarkeit mit einem geziemenden Grinsen entgegenzunehmen!» sagte er. «Aber man soll mir nie nachsagen können, daß ich mich mit fremden Federn schmücke: Trevor hat mich hergejagt.»

«Soll das heißen, daß Mr. Trevor meinen Brief gelesen hat?» fragte Lady Buxted empört. «Dein *Sekretär*?»

«Ich habe ihn ja dazu angestellt, meine Briefe zu lesen», erklärte Seine Gnaden.

«Doch nicht diejenigen, die dir deine Nächsten und Liebsten schreiben!»

«O nein – *die* natürlich nicht!» sagte er zustimmend.

Ihr Busen wogte. «Du bist der abscheu –» Sie biß sich auf die Lippen, rang sichtlich um Fassung, und es gelang ihr mit heldenhafter Anstrengung, das Lächeln zurückzuzwingen und halbwegs amüsiert zu sagen: «Du Elender! Ich lasse mich einfach nicht von dir in Wut bringen! Ich möchte mich mit dir über Jane unterhalten.»

«Wer, zum Teufel, ist – o ja, jetzt hab ich's! Eine deiner Töchter!»

«Meine älteste, und wenn ich dich erinnern darf, deine Nichte, Alverstoke!»

«Das ist ungerecht, Louisa, daran brauche ich nicht erst erinnert zu werden!»

«Ich lasse das liebe Kind in dieser Saison debütieren», verkündete sie, den Einwurf übergehend. «Ich werde sie natürlich bei einem der Empfänge bei Hof vorstellen – falls die Königin noch welche abhält. Aber es heißt, ihre Gesundheit sei jetzt so schlecht, daß –»

«Da wirst du etwas gegen ihre Sommersprossen tun müssen – wenn es diejenige ist, die ich für Jane halte», unterbrach er sie. «Hast du schon Zitronenwasser versucht?»

«Ich habe dich nicht hergebeten, um Janes Äußeres zu erörtern!» fuhr sie ihn an.

«Nun, warum hast du mich denn hergebeten?»

«Um dich zu bitten, ihr zu Ehren einen Ball zu geben – im Alverstoke-Palais!» enthüllte sie ihm und nahm die Hürde mit einem Satz.

«*Was* soll ich?!»

«Ich weiß sehr gut, was du sagen willst, aber überlege doch nur, Vernon! Sie ist nun einmal deine Nichte, und was wäre für ihren Einführungsball geeigneter als das Alverstoke-Palais?»

«Dieses Haus hier!» erwiderte er prompt.

«Oh, sei nicht so unliebenswürdig! In diesem Raum könnten bestimmt nicht mehr als dreißig Paare tanzen, und stelle dir bloß das ganze Getue und die Schererei vor!»

«Die stelle ich mir ja eben vor», sagte Seine Gnaden.

«Aber das ist doch nicht zu vergleichen! Ich meine doch *hier*, wo ich sämtliche Möbel aus meinem Salon fortschaffen müßte, ganz abgesehen davon, daß der Speisesaal für das Souper und das Wohnzimmer als Damengarderobe benützt werden müßten... hingegen das Alverstoke-Palais, in dem ein so prachtvoller Ballsaal ist! Überdies, es ist auch mein Elternhaus!»

«Es ist aber auch mein Heim», sagte der Marquis. «Mein Gedächtnis läßt mich zwar gelegentlich im Stich, aber ich kann mich noch sehr lebhaft an das erinnern, was du so treffend als Getue und Schererei bezeichnest – damit waren die Bälle verbunden, die dort für Augusta, dich und Eliza gegeben wurden. Und daher, teure Schwester, lautet meine Antwort: Nein!»

«Hast du eigentlich *gar* kein Gefühl?» fragte sie tragisch.

Er hatte eine emaillierte Schnupftabakdose aus der Tasche gezogen und studierte nun kritisch die Malerei auf dem Deckel. «Nein, überhaupt keines. Ich frage mich, ob ich einen Fehler gemacht habe, als ich das hier kaufte? Damals gefiel es mir, aber jetzt finde ich es doch eine Spur kitschig.» Er seufzte und öffnete die Dose mit einem geübten Daumendruck. «Und ganz bestimmt mag ich diese Mischung *nicht*», sagte er, schnupfte eine winzige Prise und wischte sich die Finger mit dem Ausdruck des Abscheus ab. «Du wirst natürlich sagen, ich hätte auch klüger sein sollen, als mir von Mendlesham seine Sorte aufdrängen zu lassen, und da hast du völlig recht; man sollte sie sich immer selbst mischen.» Er stand auf. «Also, wenn das alles ist, dann will ich mich von dir verabschieden.»

«Es ist nicht alles!» stieß sie hervor und war sehr rot geworden. «Ich wußte natürlich, wie es ausgehen würde – oh, ich hab's ja gewußt!»

«Das stelle ich mir auch vor, aber warum, zum Teufel, hast du dann meine Zeit verschwendet –»

«Weil ich gehofft habe, daß du wenigstens einmal im Leben etwas – wenigstens *etwas* Gefühl zeigen würdest, ein bißchen Fingerspitzengefühl für das, was du deiner Familie schuldig bist! Ja, wenigstens eine *Spur* Zuneigung zu der armen Jane!»

«Vergebliche Liebesmüh, Louisa! Mein Mangel an Gefühl bringt dich doch schon seit Jahren zur Verzweiflung. Ich hege nicht die geringste Zuneigung zu deiner armen Jane, die ich nur äußerst schwer erkennen würde, sollte ich sie unversehens treffen. Und daß die Buxteds zu meiner Familie gehören, ist mir neu.»

«Gehöre denn ich nicht zu deiner Familie?» fragte sie. «Vergißt du, daß ich deine Schwester bin?»

«Nein. Es ist mir nie vergönnt gewesen, es vergessen zu dürfen. Oh, geh nur nicht schon wieder hoch – du hast keine Ahnung, wie häßlich du aussiehst, wenn du in eine deiner Aufregungen gerätst! Tröste dich mit meiner Versicherung: hätte Buxted dich auf dem trockenen gelassen, hätte ich mich verpflichtet gefühlt, dich mit durchzuschleppen.» Er schaute spöttisch auf sie herunter. «Ja, ich weiß, du möchtest mir auf der Stelle erzählen, daß du keinen roten Heller besitzt – die schnöde Wahrheit jedoch ist, daß du recht gut dastehst, meine liebe Louisa, aber der hemmungsloseste Geizhals bist, den ich kenne. Und widere mich ja nicht damit an, von Zuneigung zu schwätzen. Du hast für mich nicht mehr übrig als ich für dich.»

Durch diesen Frontalangriff völlig aus der Fassung gebracht, stammelte sie: «Wie kannst du nur so etwas sagen? Wo ich dir doch wirklich aufrichtig zugetan bin!»

«Da täuschst du dich selbst, Schwester: nicht mir, sondern meiner Börse!»

«Oh, wie kannst du nur so ungerecht sein? Und was meine guten Verhältnisse betrifft, kann ich behaupten, daß du, mit deiner rücksichtslosen Verschwendungssucht, erstaunt wärst zu hören, daß ich gezwungen bin, strikteste Sparsamkeit walten zu lassen! Was glaubst du wohl, warum ich nach dem Tod Buxteds aus unserem wunderschönen Haus in der Albemarle Street ausgezogen bin und jetzt in diesem abseits gelegenen Haus lebe?»

Er lächelte. «Da nicht der geringste Grund für diesen Umzug bestand, kann ich nur annehmen, daß deine unheilbare Liebe zum Knausern dich dazu bewog.»

«Wenn du damit meinst, daß ich gezwungen war, meine Ausgaben einzuschränken –»

«Nein, sondern daß du der Versuchung einfach nicht widerstehen konntest, es zu tun.»

«Mit fünf Kindern, die auf mich angewiesen sind –» Sie brach ab, von dem spöttischen Ausdruck seiner Augen gewarnt, daß es unklug wäre, sich über dieses Thema weiter zu verbreiten.

«Eben!» sagte er mitfühlend. «Wir werden uns jetzt lieber trennen, nicht?»

«Manchmal glaube ich», sagte Lady Buxted mit unterdrückter Heftigkeit, «du bist das hassenswerteste, unnatürlichste Geschöpf, das je gelebt hat! Ja – hätte sich Endymion an dich gewandt! Dann wärst du zweifellos die Gefälligkeit in Person gewesen!»

Diese bitteren Worte schienen den Marquis sehr zu treffen, aber nach einem verblüfften Augenblick riß er sich zusammen und empfahl seiner Schwester mit schwankender, doch beruhigender Stimme, sich mit einem Linderungsmittel zu Bett zu begeben. «Denn du bist völlig aufgelöst, glaube mir! Laß dir versichern: Falls mich Endymion je bitten sollte, ihm zu Ehren einen Ball zu geben, dann werde ich Schritte unternehmen, ihn unter Kuratel zu stellen!»

«Oh, wie gräßlich du bist!» rief sie aus. «Du weißt sehr gut, daß ich nicht gemeint – was ich gemeint habe, war – daß –»

«Nein, nein, erkläre es mir nicht!» unterbrach er sie. «Das ist wirklich ganz unnötig! Ich verstehe dich völlig – ja, und das schon seit Jahren! Du – und vermutlich auch Augusta – habt euch eingeredet, daß ich eine besondere Vorliebe für Endymion hege –»

«Dieses – dieses *Mondkalb*!»

«Du bist zu streng – er ist bloß schwer von Begriff!»

«Ja, wir wissen alle, daß du ihn entschieden für einen Musterknaben an Vollkommenheit hältst!» sagte sie böse und knetete ihr Taschentuch zwischen den Händen.

Er hatte träge sein Monokel am Ende des langen Bandes hin und her geschaukelt, aber dieser Einwurf ließ es ihn zum Auge hochheben, damit er das flammendrote Gesicht seiner Schwester betrachten konnte. «Welch seltsame Deutung meiner Worte!» bemerkte er.

«Erzähle *mir* doch nichts!» erwiderte Lady Buxted, jetzt in voller Fahrt. «Was dein kostbarer Endymion auch immer will, er bekommt es um nichts und wieder nichts! Deine Schwestern hingegen –»

«Ich unterbreche dich zwar ungern, Louisa», murmelte Seine Gnaden, nicht ganz aufrichtig, «aber das halte ich für äußerst zweifelhaft. Ich bin nämlich durchaus nicht wohlwollend.»

«Und gibst du ihm vielleicht keine Apanage, wie? O nein, wirklich!»

«Also das ist es, was dich so in Rage bringt, ja? Was für ein wirres Geschöpf du doch bist! In dem einen Augenblick schmähst du mich, daß ich meiner Familie gegenüber schäbig bin, und im nächsten fährst du auf mich los, weil ich meine Verpflichtung meinem Erben gegenüber einhalte!»

«Diesem Klotz!» stieß sie hervor. «Wenn *der* Chef der Familie werden sollte – das ertrage ich einfach nicht!»

«Na, rege dich doch darüber nicht jetzt schon auf!» empfahl er ihr. «Sehr wahrscheinlich wirst du es gar nicht ertragen müssen, denn wie die Chancen stehen, stirbst du früher als ich. Wie du weißt, hast du mir ja fünf Jahre voraus.»

Lady Buxted, unfähig, angemessene Worte zu finden, flüchtete sich in einen Tränenausbruch und stieß zwischen ihrem Schluchzen Vorwürfe gegen ihren Bruder wegen seiner Unfreundlichkeit aus. Aber wenn sie gemeint hatte, sein Herz durch diese Taktik zu erweichen, irrte sie gewaltig. Unter allem, was ihn anödete, standen weibliche Tränen und Vorwürfe an erster Stelle. Mit einer Besorgnis, die nicht überzeugend klang, sagte er, wenn er vermutet hätte, daß sie sich unpäßlich fühle, dann würde er ihr seine Gegenwart nicht aufgedrängt haben. Damit verabschiedete er sich. Die inbrünstig geäußerte Hoffnung seiner Schwester, sie wolle es zumindest noch erleben, daß er das bekomme, was er verdiene, begleitete ihn auf seinem Weg.

Sowie sich die Tür hinter dem Marquis geschlossen hatte, hörte sie zu weinen auf und hätte ihren Gleichmut einigermaßen wiedergefunden, doch beliebte es ihrem älteren Sohn, kurz darauf hereinzukommen und sie mit einem bedauerlichen Mangel an Takt zu fragen, ob sein Onkel sie besucht habe und, wenn ja, was er auf ihren Vorschlag erwiderte. Als er erfuhr, daß Alverstoke genauso ungefällig war, wie sie es ja immer schon vorausgesehen hatte, setzte er eine ernste Miene auf, bemerkte jedoch, er könne es nicht bedauern, denn der Plan könne ihm nicht gefallen, nachdem er sich die Sache sorgfältig überlegt habe.

Lady Buxted war von Natur aus kein liebendes Gemüt. Sie war genauso egoistisch wie ihr Bruder, jedoch bei weitem nicht so ehrlich, denn sie gestand sich ihre eigenen Fehler nicht ein, ja erkannte gar nicht, daß sie welche besaß. Sie hatte sich seit langem eingeredet, daß ihr Leben ein einziges Opfer für ihre vaterlosen Kinder sei. Durch das einfache Mittel, die Namen ihrer beiden Söhne und drei Töchter mit liebevoll schmückenden Beiwörtern zu versehen und liebreich von ihnen (freilich nicht unbedingt zu ihnen) zu sprechen und aller Welt kundzutun, sie kenne keinen Gedanken, kein Streben, das sich nicht um ihre Sprößlinge drehe, gelang es ihr, in den Augen der unkritischen Mehrzahl als aufopfernde Mutter dazustehen.

Von ihren Kindern war Carlton, den sie etwas zu häufig als ihren «Erstgeborenen» bezeichnete, ihr Liebling. Er hatte ihr noch nie Ursache zur geringsten Besorgnis gegeben. Aus einem stumpfen kleinen Jungen, der seine Mama so hinnahm, wie sie sich selbst einschätzte, war ein würdiger junger Mann geworden, der ein tiefes Gefühl für Verantwortung und einen ernsten Sinn besaß, der ihm nicht nur die Pannen ersparte, in die sein lebhafterer Vetter Gregory geriet, sondern ihn auch unmöglich verstehen ließ, was Gregory oder sonst einer seiner Altersgenossen für ein Vergnügen an Streichen und Herumtreiberei fanden. Carltons Verstand war mäßig, sein Denkprozeß langsam und umständlich, aber eingebildet war er nicht. Sein einziger Stolz war, so vernünftig zu sein. Auch fühlte er keine Eifersucht auf seinen jüngeren Bruder George, obwohl er klar erkannte, daß dieser weitaus mehr Intelligenz besaß. Ja, er war sogar stolz auf George und hielt ihn für einen sehr scharfsinnigen Jungen. Zwar hatten ihm seine Studien gezeigt, daß ein so schwungvolles Temperament, wie es George besaß, diesen vielversprechenden Jungen durchaus vom Pfad der Tugend abbringen konnte, aber er enthüllte seiner Mutter weder diese Befürchtung, noch teilte er ihr seine Absicht mit, ein wachsames Auge auf George zu haben, wenn dessen Schulzeit zu Ende ging. Er vertraute sich ihr nicht an und setzte sich auch nicht mit ihr auseinander. Und selbst zu seiner Schwester Jane hatte er noch nie ein kritisches Wort über seine Mutter geäußert.

Er war vierundzwanzig Jahre alt, aber da er bisher noch nie die leiseste Absicht gezeigt hatte, sich durchzusetzen, war es für seine Mutter eine unangenehme Überraschung, als er jetzt sagte, er sehe keinen Grund, warum Janes Debütantenball im Hause seines Onkels und auf dessen Kosten abgehalten werden sollte. Mit einem Schlag schwand ihre Zuneigung zu ihm, und da ihr Zorn ohnehin schon geweckt war, wären sie einander bald in den Haaren gelegen, hätte er sich nicht klugerweise aus dem Gefecht zurückgezogen.

Es bereitete ihm Kummer, als er sofort darauf entdeckte, daß Jane die Gefühle ihrer Mutter in dieser Sache teilte und versicherte, es sei abscheulich von Onkel Vernon, daß er sich so ungefällig und knauserig zeigte, aus Neid keine paar hundert Pfund auszugeben.

«Ich bin überzeugt, Jane», sagte Buxted ernst, «daß du viel zuviel Geschmack hast, um meinen Onkel so tief verpflichtet sein zu wollen.»

«Ach, papperlapapp!» rief sie zornig aus. «Bitte sehr, warum sollte ich ihm nicht verpflichtet sein? Schließlich ist es doch wirklich nichts als seine Pflicht!»

Seine Oberlippe schien noch länger zu werden, wie immer, wenn ihm etwas mißfiel; er sagte mit Einhalt gebietender Stimme: «Ich kann deine Enttäuschung verstehen, möchte aber glauben, daß du eine Gesellschaft hier, in deinem eigenen Heim, viel unterhaltsamer finden wirst als eine riesige Veranstaltung im Alverstoke-Palais, wo du bestimmt mehr als die Hälfte der Gäste gar nicht kennen würdest.»

Seine zweite Schwester, Maria, die an ihr eigenes Debüt dachte, war ebenso empört wie Jane und konnte sich nicht zurückhalten. Sie wartete kaum ab, bis er seine gemessene Rede beendet hatte, und fragte ihn auch schon, warum er denn einen solchen Unsinn zusammenrede. «Unterhaltsamer, hier einen knickrigen, lächerlichen Ball mit nur fünfzig Gästen abzuhalten, statt ihr Gesellschaftsdebüt im Alverstoke-Palais zu feiern? Du bist wohl nicht ganz richtig im Kopf», sagte sie Seiner Gnaden. «Es wird das Allerschäbigste daraus, denn du weißt ja, wie Mama ist! Wenn aber mein Onkel einen Ball gäbe, denk bloß, wie prunkvoll das wäre! Einfach *Hunderte* von Gästen, und alle miteinander allerersten Standes! Austern und Geleespeisen und Chantillies und Cremes ...»

«Auch zum Ball eingeladen?» warf Carlton mit plumpem Humor ein.

«Und Champagner!» stimmte Jane ein, ihn überhaupt nicht beachtend. «Und ich wäre oben an der großen Treppe gestanden, mit Mama und dem Onkel, in einem weißen, mit Rosenknospen aufgeputzten Satinkleid, und rosa Gaze und einem Kranz!»

Diese wunderbare Vision ließ ihr die Tränen in die Augen steigen, erweckte jedoch weder bei Maria noch bei Carlton Begeisterung. Maria wandte ein, daß sie mit ihren Sommersprossen und ihrem sandfarbenen Haar recht komisch aussehen würde; und Carlton sagte, er staune, daß seine Schwestern so viel von weltlichem Tand hielten. Keine würdigte das einer Antwort. Als er aber noch hinzufügte, er seinerseits sei froh, daß sich Alverstoke geweigert hatte, den Ball zu geben, waren sie genauso erzürnt wie Mama, nur viel stimmgewaltiger. Also ging er und ließ seine Schwestern, die seine Langweiligkeit bedauerten, über Rosenknospen und rosa Gazeschleier streiten. Nur in dem einen Punkt waren sie einer Meinung: daß sich ihr Onkel zwar abscheulich benahm, doch sicherlich sei es Mamas Schuld gewesen, weil sie ihn aufgebracht hatte — woran keine der beiden jungen Damen auch nur einen Augenblick lang zweifelte.

2

Als der Marquis etwas später sein Haus betrat, fiel sein Blick als erstes auf einen Brief, der auf einem der beiden Konsolentischchen aus Ebenholz und Goldbronze lag. Die Anschrift war in großen, schwungvollen Buchstaben geschrieben, und die blaßblaue Oblate, die das Schreiben versiegelte, war nicht aufgebrochen, da Mr. Charles Trevor, der vortreffliche Sekretär des Marquis, auf einen Blick erkannt hatte, daß es von einer der zarten Schönheiten stammte, die zeitweise die sprunghafte Aufmerksamkeit Seiner Gnaden fesselten. Alverstoke übergab Hut, Handschuhe und den verschwenderisch mit Schultercapes versehenen Kutschiermantel, der Miss Kitty Buxteds Bewunderung erregt hatte, den Händen des wartenden Lakaien, nahm den Brief an sich und schlenderte damit in die Bibliothek. Als er die Oblate brach und das kreuz und quer beschriebene Blatt entfaltete, traf Ambraduft seine empfindliche Nase. Sein Gesicht nahm einen Ausdruck des Widerwillens an, er hielt den Brief auf Armeslänge von sich ab und tastete nach seinem Monokel. Flüchtig überflog er das Schreiben und ließ es dann ins Feuer sinken. Fanny, entschied er, wurde allmählich unerträglich langweilig. Eine blendende Erscheinung, aber wie so viele erstklassige Kurtisanen bekam sie nie genug. Jetzt wollte sie ein Paar cremefarbener Pferde für ihren Landauer – vergangene Woche war es ein Diamantenhalsband gewesen. Das hatte er ihr geschenkt, und es würde als Abschiedsgeschenk dienen.

Der widerliche Duft, mit dem sie ihren Brief besprengt hatte, schien an seinen Fingern zu haften. Er wischte sie eben sorgfältig ab, als Charles Trevor hereinkam. Der Lord blickte auf, und als er den überraschten Ausdruck des jungen Mannes sah, erklärte er ihm sehr freundlich, daß er Ambra nicht ausstehen konnte.

Mr. Trevor erwiderte zwar nichts, aber die Bedrückung war ihm so deutlich anzusehen, daß Alverstoke sagte: «Stimmt! Ich weiß, was Sie denken, Charles, und Sie haben völlig recht – es ist Zeit, daß ich der schönen Fanny den Abschied gebe.» Er seufzte. «Ein nettes Stückchen Wild, aber ebenso dumm wie habsüchtig.»

Wieder sagte Mr. Trevor nichts. Es wäre ihm sehr schwergefallen, sich äußern zu müssen, denn er war sich über das delikate Thema nicht im klaren. Als Moralist konnte er die Lebensweise seines Arbeitgebers nur beklagen, als einem Menschen mit tiefverwurzelten ritterlichen Idealen tat ihm die schöne Fanny leid. Aber als ein Mann, der genau wußte, wie großzügig Seine Lordschaft der Dame gegenüber gewesen war, mußte er zugeben, daß sie keinen Grund zur Klage hatte.

Charles Trevor, der Sohn einer großen Familie, verdankte seine gegenwärtige Stellung dem Umstand, daß sein Vater kurz nach der Weihe den Posten eines Lehrers und Erziehers bei dem Vater des gegenwärtigen Marquis erhalten und ihn auf einer ausgedehnten Kavalierstour begleitet hatte. Ein behaglicher Lebensunterhalt war nicht sein einziger Lohn; sein adeliger Schüler blieb ihm aufrichtig zugetan, wurde Pate seines ältesten Sohnes und erzog dann seinen eigenen Sohn in der vagen Überzeugung, Seine Hochwürden, Laurence Trevor, besitze einen Anspruch auf dessen Gönnerschaft.

Als daher Seine Hochwürden Laurence dem gegenwärtigen Marquis vorzuschlagen gewagt hatte, daß Charles ein passender Anwärter auf den Posten eines Sekretärs sei, hatte ihn Alverstoke bereitwilliger aufgenommen, als dies dem Gefühl Charles Trevors nach einem Mitglied seiner Familie zukam. Charles hegte nicht den Wunsch, Geistlicher zu werden, war jedoch ein junger Mann ernsten Sinnes und untadeliger Moral, und alles, was er über Alverstoke gehört hatte, weckte in ihm die Erwartung, seine Ernennung würde sich nur als Demütigung seiner moralischen Grundsätze erweisen. Da er aber außer Vernunft auch eine große Kindesliebe besaß und wußte, daß es für einen mäßig bemittelten Geistlichen keine leichte Aufgabe war, für einen sechsten Sohn zu sorgen, behielt er seine Befürchtungen für sich und versicherte seinem Vater, er würde sein Bestes tun, um dessen Erwartungen nicht zu enttäuschen. Er tröstete sich mit der Überlegung, daß es für ihn als einen Bewohner des Alverstoke-Palais sicherlich leichter sein mußte, eine günstige Gelegenheit zu finden und am Schopf zu packen, als wenn er müßig in einer Landpfarre herumsaß.

Da seine Neigung der Politik galt, hatte sich die günstige Gelegenheit bisher noch nicht geboten, denn der Marquis teilte Charles' Ehrgeiz durchaus nicht und erschien daher nur selten im Oberhaus. Aber Charles durfte die kurzen Reden schreiben, von denen sein Gönner meinte, es gezieme sich, sie zu halten, und ihn hie und da mit seinen eigenen politischen Überzeugungen beglücken.

Mit der Zeit fand es Charles ganz unmöglich, Alverstoke nicht gern zu haben. Er bekam zwar keinen Grund zu der Annahme, daß sich Alverstoke für seine Angelegenheiten interessiere, entdeckte jedoch, daß dieser wenig Ansprüche an seine Pflichterfüllung stellte, liebenswürdig und nie unangenehm hochnäsig war. Wenn er die Briefe eines Studienkollegen, der eine ähnliche Stellung innehatte und dessen Dienstgeber ihn als eine Kreuzung zwischen einem schwarzen Sklaven und einem höheren Dienstboten zu betrachten schien, las, dann wußte Charles, daß er selbst Glück gehabt hatte. Alverstoke konnte einen anmaßenden Emporkömmling vernichtend abblitzen lassen, wenn sich sein Sekretär hingegen einmal irrte, dann verwies er ihm seinen Fehler in einer einwandfreien Art, die keinerlei Andeutung einer gesellschaftlichen Überlegenheit enthielt. Charles' Freund wurden kurz angebundene Befehle hingeworfen – Charles dagegen wurde höflich ersucht, und immer war es von einem anziehenden Lächeln Seiner Gnaden begleitet. Sosehr es Charles auch versuchen mochte, er konnte sich Alverstokes Charme nicht entziehen, so wenig, wie er ihm die Bewunderung für seine Reitkunst und seine Leistungen auf vielen sportlichen Gebieten vorenthalten konnte.

«Aus Ihrem zögernden Ausdruck und schüchtern einfältigen Benehmen schließe ich», sagte der Marquis mit einem leicht amüsierten Blick, «daß Sie sich gezwungen sehen, mich noch an eine weitere Verpflichtung zu erinnern. Lassen Sie sich raten – und tun Sie es nicht! Ich werde es äußerst ungnädig aufnehmen und sehr wahrscheinlich wütend werden.»

Ein Grinsen vertrieb den Ernst in Mr. Trevors Gesicht. «Das werden Sie nie, Sir», sagte er schlicht. «Und eine Verpflichtung ist es nicht – zumindest meiner Meinung nach. Nur dachte ich, Sie möchten es gern wissen.»

«Oh, wirklich? Meiner Erfahrung nach ist dieser Satz immer, wenn er geäußert wird, das Vorspiel zu irgend etwas, das ich lieber *nicht* weiß.»

«Das stimmt», sagte Mr. Trevor, «aber ich möchte, daß Sie diesen Brief doch lesen. Ich habe nämlich Miss Merriville versprochen, daß Sie es tun werden!»

«Und wer ist Miss Merriville?» frage Seine Gnaden.

«Sie sagte, Sie wüßten es, Sir.»

«Charles, Sie sollten mich wirklich besser kennen, als anzunehmen, daß ich mir die Namen aller –» Er schwieg und runzelte die Stirn. «Merriville», wiederholte er nachdenklich.

«Ich glaube, Sir, irgendeine Verwandte von Ihnen.»

«Sehr entfernt verwandt! Was, zum Teufel, will sie denn?»

Mr. Trevor reichte ihm einen versiegelten Brief. Der Marquis nahm ihn, sagte aber streng: «Es geschähe Ihnen ganz recht, wenn ich ihn ins Feuer würfe und es Ihnen überließe, der Dame zu erklären, wie es kam, daß Sie doch nicht imstande waren, darauf zu sehen, daß ich ihn lese!» Er brach das Siegel und öffnete den Brief. Er brauchte nicht lange, den Inhalt zu bewältigen. Als er ihn gelesen hatte, sah er auf und richtete den Blick in gequälter Frage auf Mr. Trevor. «Sind Sie eigentlich ein bißchen unpäßlich, Charles? Gestern abend gebummelt und heute nicht so ganz in Ordnung?»

«Nein, natürlich nicht!» sagte Mr. Trevor entsetzt.

«Also – wieso benehmen Sie sich, um Himmels willen, plötzlich so eigenartig?»

«Ich bin ganz in Ordnung! Das heißt –»

«Nein, das kann nicht stimmen. In den drei Jahren unseres Beisammenseins haben Sie es noch nie versäumt, mich bei meinen zudringlichen Verwandten zu verleugnen. Aber die Armen unter ihnen auch noch zu ermutigen –»

«Das sind sie bestimmt nicht, Sir! Sie dürften vielleicht nicht gerade *reich* sein, doch –»

«Arme Verwandte», wiederholte Seine Gnaden energisch. «Wenn

man bedenkt, daß schon meine Schwester glaubt, sie lebe am Grosvenor Place abseits von der Welt, was kann man dann von Leuten halten, die sich zur Upper Wimpole Street bekennen? Und wenn –» er warf einen Blick auf den Brief – «und wenn diese F. Merriville die Tochter des einzigen Familienmitglieds ist, das ich am allerwenigsten gekannt habe, dann können Sie sich darauf verlassen, daß sie keinen roten Heller besitzt und hofft, ich würde so nett sein und diesen Zustand kurieren.»

«Nein, nein!» sagte Mr. Trevor. «Ich hoffe, ich weiß Besseres, als solche Leute zu ermutigen!»

«Ich auch», stimmte ihm Seine Gnaden zu. Er hob fragend eine Braue. «Freunde von Ihnen, Charles?»

«Ich habe sie zuvor noch nie im Leben gesehen, Sir», antwortete Mr. Trevor steif. «Ich darf Euer Gnaden versichern, daß ich es für sehr ungehörig hielte, Freunde von mir Ihrer Aufmerksamkeit aufzudrängen.»

«Na, na, nehmen Sie es nicht so krumm! Ich wollte Sie wirklich nicht kränken», sagte Alverstoke milde.

«Nein, Sir, natürlich nicht!» gab Mr. Trevor besänftigt zurück. «Entschuldigen Sie bitte! Die Sache ist so – nun, vielleicht erkläre ich Ihnen lieber, wie es kam, daß ich Miss Merriville kennenlernte.»

«Tun Sie das!» sagte Alverstoke einladend.

«Sie überbrachte den Brief persönlich», eröffnete ihm Mr. Trevor. «Die Kutsche hielt an, als ich gerade das Haus betreten wollte – Sie haben mir heute ja sehr wenig zu tun gegeben, und da dachte ich, Sie würden nichts dagegen haben, wenn ich ausginge, um mir einige neue Halstücher zu kaufen.»

«Was kann Ihnen wohl einen solchen Gedanken eingegeben haben?»

Wieder entlockte er seinem gesetzten Sekretär ein Grinsen. «Sie, Sir. – Nun, kurz und gut, Miss Merriville, mit dem Brief in der Hand, stieg aus der Kutsche, als ich eben die Stufen hinaufging. Daher –»

«Aha!» warf Alverstoke ein. «Kein Lakai! Und wahrscheinlich ein Mietwagen.»

«Das, Sir, entzieht sich meiner Kenntnis. Jedenfalls fragte ich sie, ob ich zu Diensten sein könnte – sagte ihr, daß ich Ihr Sekretär bin – und wir kamen ins Gespräch – und ich sagte, daß ich Ihnen ihren Brief übergeben würde und – nun ja –»

«Darauf sehen würde, daß ich ihn auch lese», ergänzte Alverstoke. «Beschreiben Sie mir diese Zauberin, Charles!»

«Miss Merriville?» sagte Mr. Trevor, offensichtlich verlegen. «Nun, ich habe sie mir nicht besonders angesehen, Sir! Sie war sehr, sehr höflich und natürlich und – und bestimmt *nicht* das, was Sie eine arme Verwandte nennen! Ich will sagen –» Er hielt inne und versuchte, sich ein Bild von Miss Merriville heraufzubeschwören. «Nun, ich kenne mich in solchen Dingen nicht sehr gut aus, aber mir schien, sie war elegant gekleidet. Ziemlich jung, glaube ich – obwohl nicht in ihrer ersten Saison. Oder sogar», fügte er nachdenklich hinzu, «nicht in ihrer zweiten Saison.» Er atmete tief auf und sagte ehrfürchtig: «Es war die andere, Sir!»

«Ja?» sagte Alverstoke ermunternd, und das Vergnügen in seinen Augen vertiefte sich.

Mr. Trevor fiel es anscheinend schwer, sich auszudrücken, aber nach einer Pause, in der er offenkundig eine himmlische Vision vor sich sah, sagte er ernst: «Sir, ich habe noch nie ein derart liebliches Mädchen gesehen – oder auch nur *geträumt*! Diese Augen! So groß und *so* blau! Die Haare – wie leuchtendes Gold. Außerdem das hübscheste Näschen, und der Teint einfach köstlich! Und als sie sprach –»

«Aber wie waren ihre Fesseln?» unterbrach Seine Gnaden.

Mr. Trevor wurde rot und lachte. «Die Fesseln habe ich nicht gesehen, Sir, denn sie blieb in der Kutsche sitzen. Mich hat besonders der süße Ausdruck gepackt und ihre weiche Stimme. Ja, sie hat etwas sehr Einnehmendes an sich – wenn Sie mich recht verstehen!»

«So ziemlich.»

«Ja, also... also, als sie sich vorneigte und lächelte und mich bat, Ihnen den Brief zu geben, versprach ich es ihr – obwohl ich wußte, daß Sie durchaus nicht erfreut sein würden.»

«Sie tun mir unrecht, Charles. Ich gestehe, Sie haben zwar nicht den leisesten Wunsch in mir erweckt, mit Miss Merriville bekannt zu werden, aber ihre Gefährtin muß ich bestimmt kennenlernen. Wer ist das übrigens?»

«Ich bin mir nicht völlig sicher, Sir, vermute jedoch, daß sie die Schwester Miss Merrivilles sein könnte, obwohl sie ihr überhaupt nicht ähnlich sieht. Miss Merriville nannte sie Charis.»

«Das bestärkt mich nur in meiner Abneigung gegen Miss Merriville. Von allen fürchterlichen Abkürzungen halte ich Carrie für die widerwärtigste.»

«Nein, nein!» protestierte Mr. Trevor. «Sie haben sich verhört, Sir, natürlich nicht Carrie! Miss Merriville sagte ganz deutlich Charis! Und ich dachte mir, daß noch nie jemand richtiger benannt worden ist, denn das bedeutet nämlich ‹Anmut› – Sie wissen ja, griechisch!»

«Danke, Charles», sagte Seine Gnaden demütig. «*Wo* wäre ich, wenn ich Sie nicht hätte!»

«Ich dachte, Sie hätten es vielleicht vergessen, Sir – da Sie ja doch ein so schlechtes Gedächtnis haben!»

Der Marquis nahm diesen sanften Hieb zur Kenntnis, indem er seine kräftige schlanke Hand in der Geste eines Fechters abwehrend hob. «Bravo, Charles – verdammt sei Ihre Unverschämtheit!»

Ermutigt sagte Mr. Trevor: «Miss Merriville hoffte, Sie sprechen in der Upper Wimpole Street vor, Sir – das werden Sie doch?!»

«Und ob – falls Sie mir versichern können, daß ich die schöne Charis dort antreffe.»

Das konnte Mr. Trevor zwar nicht, aber er drängte lieber nicht weiter, sondern zog sich zurück, nicht ohne Hoffnung für den Ausgang dieser Angelegenheit.

Später, als er sich die Sache überlegte, fiel ihm ein, daß er Charis, als er sie Alverstokes unheilvoller Aufmerksamkeit aussetzte, einen recht üblen Dienst erwiesen hatte. Den Versuch Alverstokes, ein Fräulein von vornehmer Geburt und zartem Alter zu verführen, so schön es auch sein mochte, fürchtete er nicht. Dergleichen liederliches Vorgehen gehörte nicht zu Seiner Gnaden galanten Abenteuern. Falls jedoch Charis sein Gefallen erregte, dann fürchtete Trevor, daß der Marquis sie zu einer seiner regelmäßigen Flirtereien verlocken, ihr schmeichelhafte Aufmerksamkeit erweisen und sie vielleicht zu der Einbildung bringen konnte, er habe eine dauernde Leidenschaft zu ihr gefaßt. Wenn sich Mr. Trevor an den schmelzenden Blick Charis' erinnerte, so hatte er das Gefühl, ihr Herz wäre leicht zu brechen, und sein Gewissen quälte ihn. Dann aber überlegte er sich, daß sie wohl kaum allein in der Welt stand, und entschied, man könne es ruhig ihren Eltern überlassen, sie vor einem berüchtigten Herzensbrecher zu beschützen. Außerdem standen sehr junge Frauenzimmer ganz obenan auf der Liste jener Dinge, die Alverstoke gräßlich langweilig fand. In bezug auf Miss Merriville hingegen war Mr. Trevor der Meinung, sie sei sehr gut imstande, sich selbst vorzusehen. Ihre schöne Gefährtin hatte ihn zwar geblendet, doch behielt er einen vagen Eindruck von einem selbstbewußten Frauenzimmer mit einer sanft geschwungenen Nase und dem Ausdruck freundlicher Sicherheit zurück. Er glaubte nicht, daß sie leicht anzuführen war. Weitere Überlegungen überzeugten ihn auch, daß Alverstoke gar keinen Versuch machen würde, mit ihren Gefühlen herumzuspielen. Es war unwahrscheinlich, daß ein so berühmter Kenner der Schönheit wie Alverstoke ihr auch nur einen zweiten Blick gönnen würde. Und sogar noch unwahrscheinlicher war es, daß er um ihretwillen in irgendeiner Weise einen Finger rührte.

Nach einigen Tagen, in denen Seine Gnaden sie nicht erwähnte und ihr schon gar nicht einen Vormittagsbesuch abstattete, sah es allmählich so aus, als habe er sich entweder entschlossen, sie zu ignorieren – oder er hatte ihr Dasein überhaupt vergessen. Mr. Trevor war sich seiner Pflicht bewußt, ihn zu erinnern, doch hielt er sich mit dem Gefühl, der Augenblick sei ungünstig, zurück. Seine Gnaden war gezwungen, drei Besuche zu ertragen – zwei von seinen älteren Schwestern und einen von der verwitweten Mutter seines Erben –, die ihn derart gelangweilt hatten, daß sämtliche Angehörigen seines Haushalts sich hüteten, ihn wütend zu machen. «Denn ich versichere Ihnen, Mr. Wicken», sagte der hochnäsige Kammerdiener Seiner Gnaden herablassend zum Butler Seiner Gnaden, «wenn er gereizt wird, kann Seine Gnaden einen ziemlichen Wirbel veranstalten, wie man so sagt.»

«Das weiß ich sehr gut, Mr. Knapp», erwiderte sein Kollege, «da ich nun einmal Seine Gnaden schon von der Wiege auf kenne. Er erinnert mich an seinen Vater, den verstorbenen Lord, aber den kannten Sie natürlich nicht», fügte er hinzu, um jede Anmaßung im Keim zu ersticken.

Seine Lordschaft war tatsächlich schwer geprüft worden. Lady Buxted – keine Frau, die eine Niederlage hinnahm – war unter dem durchsichtigsten Vorwand in Begleitung ihrer ältesten Tochter ins Alverstoke-Palais gekommen. Diese war dann schließlich, da es ihr nicht gelungen war, das Herz ihres Onkels durch Schmeichelei zu erweichen, in Tränen aufgelöst. Sie gehörte jedoch nicht zu jenen wenigen glücklichen Frauenzimmern, die weinen konnten, ohne abscheulich auszusehen, deshalb war er für ihre Tränen ebenso unempfänglich wie für den Bericht seiner Schwester über die beengten Verhältnisse, in die sie erniedrigt worden war. Nur die Armut, erklärte Lady Buxted, hatte sie gezwungen, sich an ihren Bruder um Beistand in der überaus wichtigen Pflicht zu wenden, ihre teuerste Jane in die Gesellschaft einzuführen. Ihr Bruder hingegen gab zurück – und sprach mit äußerster Liebenswürdigkeit –, daß Geiz und nicht Armut das richtige Wort sei. Worauf Ihre Gnaden die Beherrschung verlor und ihm, wie es James, der Erste Lakai, der in der Halle wartete, seinem unmittelbaren Untergebenen gegenüber ausdrückte, einen tollen Krach machte.

Als zweite Besucherin Seiner Gnaden erschien Mrs. Dauntry. Auch sie war, wie ihre Base Lady Buxted, Witwe; auch sie teilte deren Überzeugung, es sei Alverstokes heilige Pflicht, für ihre Sprößlinge zu sorgen. Damit aber war die Ähnlichkeit zwischen den beiden Damen auch schon zu Ende. Lady Buxted wurde – von gewöhnlichen Leuten – häufig als eine Vogelscheuche bezeichnet; niemand aber hätte einen solchen Ausdruck auf Mrs. Dauntry anwenden können, die eine Erscheinung von äußerster Zerbrechlichkeit war und mit edler Tapferkeit alle ihr auferlegten Prüfungen ertrug. Als Mädchen war sie eine bekannte Schönheit gewesen, aber ein Hang, sich von Klagen anstecken zu lassen, hatte sie zu dem Glauben verführt, daß sie eine kränkliche Konstitution habe. Und nicht lange nach ihrer Hochzeit begann sie – wie es Lady Jevington und Lady Buxted unfreundlich formulierten – an sich herumzudoktern. Der allzufrühe Tod ihres Gemahls hatte ihre schlechte Gesundheit besiegelt. Sie unterlag nervösen Störungen und fing mit einer Reihe von Kuren und Diäten an. Und weil dazu so traurige Heilmittel wie Ziegenmolke (gegen eine eingebildete Schwindsucht) gehörten, war sie bald auf geisterhafte Ausmaße zusammengeschrumpft. Mit vierzig widmete sie sich schließlich ihrer Kränklichkeit so intensiv, daß sie, wenn ihr nicht gerade eine verlockende Unterhaltung geboten wurde, den größten Teil ihrer Tage anmutig auf ein Sofa hingegossen verbrachte, mit einer armen Verwandten zur Pflege und neben sich einen mit Flaschen und Fläschchen beladenen Tisch, die Zimtwasser, Baldrian, Asafötida-Tropfen, Lavendelkampfer-Wasser und alle möglichen, von Freundinnen oder Reklamen empfohlenen schmerzstillenden und stärkenden Mittel enthielten. Im Gegensatz zu Lady Buxted war sie weder aufbrausend noch ein Ellbogenmensch. Sie hatte eine schwache, klagende Stimme, die, wenn man ihr widersprach, nur noch schwächer und erschöpfter klang. Und sie war bereit, für ihre Kinder wie auch für sich selbst Unsummen zu verschleudern. Leider Gottes war ihr Wittum (von den Damen Jevington und Buxted als ein recht angenehmes Auskommen bezeichnet) nicht groß genug, um ohne kluges Einteilen und Sparen in dem Stil leben zu können, an den sie ihren Worten nach gewöhnt war. Da sie aber zu kränklich war, um sich mit diesen beiden Künsten zu befassen, steckte sie ständig in Schulden. Sie erhielt seit Jahren eine Pension von Alverstoke. Obwohl der Himmel wußte, wie sehr sie von seiner Großzügigkeit unabhängig zu sein wünschte, hatte sie wider Willen doch das Gefühl, es sei – da ja ihr schöner Sohn Alverstokes Erbe war – dessen Pflicht, auch für ihre beiden Töchter aufzukommen.

Da die ältere der beiden, Miss Chloë Dauntry, erst in einigen Wochen siebzehn wurde, hatte ihre Einführung in die Gesellschaft Mrs. Dauntry so lange nicht beschäftigt, bis sie aus verschiedenen unklaren Quellen erfuhr, daß Alverstoke plane, einen prachtvollen Ball zu Ehren Miss Jane Buxteds zu geben. Mrs. Dauntry mochte ja ein schwaches Frauenzimmer sein – aber wenn es hieß, ihre geliebten Kinder zu verteidigen, konnte sie, ihren eigenen Erklärungen nach, zur Löwin werden. In dieser Rolle überfiel sie Alverstoke, bewaffnet mit ihrem mächtigsten Kampfmittel: dem Riechfläschchen.

Sie stellte keine Ansprüche, nein, so war sie nicht. Als er den Salon betrat, kam sie, die ausgestreckten Hände in köstlichem lavendelfarbenem Ziegenleder, auf ihn zu, Schals und Faltenwürfe hinter sich herschleppend. «Teuerster Alverstoke!» sagte sie, hob die riesigen, tief eingesunkenen Augen zu ihm auf und gönnte ihm ein wehmütiges Lächeln. «Mein gütiger Wohltäter! Wie kann ich dir danken?»

Er übersah ihre Linke völlig, drückte ihr nur kurz die Rechte und sagte: «Mir danken – wofür?»

«Das sieht dir ja so ähnlich!» murmelte sie. «Aber du magst ja deine Großmut vergessen – ich kann es nicht! Oh, ich bin bei der armen Harriet und den Mädchen völlig in Ungnade, weil ich mich bei einem so kalten Wetter hinauswage, aber ich hatte das Gefühl, es ist das mindeste, was ich tun kann! Du bist ja viel zu gut!»

«Na, das ist wenigstens einmal etwas Neues», bemerkte er. «Setz dich, Lucretia, und laß mich ohne Umschweife hören: Was habe ich ungeschickterweise begangen, das deine Dankbarkeit erregt?»

Es war bekannt, daß noch nie etwas die Heiligkeit der Stimme und des Betragens von Mrs. Dauntry aus dem Gleichgewicht gebracht hatte. Also antwortete sie, als sie anmutig in einen Sessel sank: «Du Schwindler! Ich kenne dich nur zu gut, um mich täuschen zu lassen – du hast es nicht gern, wenn man dir dankt –, und wirklich, sollte ich dir all deine Güte zu mir und den Meinen danken, für deine unermüdliche Unterstützung, für deine Großherzigkeit meinen Geliebten gegenüber – ich fürchte, ich würde in deinen Augen todlangweilig werden! Chloë, das liebe Kind, nennt dich nur unseren Märchenonkel!»

«Das muß eine dumme Gans sein!» antwortete er.

«Oh, sie meint, es gibt niemanden, der ihrem großartigen Vetter Alverstoke gleichkommt», sagte Mrs. Dauntry und lachte sanft. «Ich versichere dir, sie schwärmt für dich!»

«Das braucht dich nicht aufzuregen», sagte er, «darüber kommt sie schon hinweg.»

«Nein, du bist wirklich ein ganz Schlimmer!» scherzte Mrs. Dauntry. «Du möchtest mir gern ausweichen, aber es nützt dir einfach nichts. Du weißt sehr gut, daß ich hier bin, um dir zu danken – ja, und auch, um mit dir zu schelten, weil du Endymion beigesprungen bist, wie ich, ach, es nicht konnte. Dieses wunderschöne Pferd! Bis aufs *Haar* vollkommen, sagt er. Es ist wirklich viel zu gütig von dir.»

«Deshalb also kommst du mir danken, ja?» fragte Seine Gnaden mit einem höhnischen Blick. «Du hättest dich nicht wegen einer so unnötigen Mitteilung hinauswagen sollen. Ich habe, als er zum Militär ging, gesagt, ich würde dafür sorgen, daß er anständig beritten ist.»

«Wie großzügig von dir!» seufzte sie. «Dessen ist er sich zutiefst bewußt. Was mich betrifft, so frage ich mich manchmal, was wohl damals aus mir geworden wäre, als mir mein geliebter Gemahl geraubt wurde – wenn ich mich nicht in jeder Schicksalsprüfung auf deine Unterstützung hätte verlassen können.»

«Soweit ich dich kenne, teure Base, bin ich überzeugt, du hättest keine Zeit verloren, irgendeine Unterstützung von anderer Seite zu entdecken», antwortete er mit einer ebenso süßen Stimme, wie es die ihre war. Es entlockte ihm ein leises Lächeln, als er sah, daß sie sich auf die Lippen biß. Während er seine Schnupftabakdose öffnete, sagte er: «Und welche Prüfung quält dich derzeit?»

Daraufhin machte sie ganz große Augen und gab verblüfft zurück: «Mein lieber Alverstoke, was meinst du wohl damit? Abgesehen von meinem elenden Gesundheitszustand – und wie du weißt, rede ich darüber nie – gibt es nichts, was mich plagt! Ich habe mein Anliegen vorgebracht und muß mich wieder verabschieden, bevor sich meine arme Harriet einbildet, ich hätte einen meiner albernen Krampfanfälle erlitten. Sie wartet in der Kutsche auf mich, denn sie ließ mich um keinen Preis allein fahren. Sie kümmert sich ja so rührend um mich! Ihr verwöhnt mich alle so!» Sie stand auf, zog den Schal fester um sich und streckte die Hand aus. Aber bevor er sie erfassen konnte, ließ sie sie sinken und rief aus: «Oh, da erinnere ich mich an etwas, das ich ja mit dir besprechen wollte! Gib mir einen Rat, Alverstoke! Ich bin in einer schrecklichen Lage.»

«Du beschämst mich, Lucretia», sagte er. «Sooft auch ich dich enttäusche – du enttäuschst mich nicht!»

«Wie gern du mich doch zum besten hältst! Aber ich bitte dich, sei ernst! Es handelt sich um Chloë.»

«Oh, in diesem Fall mußt du mich entschuldigen», sagte Seine Gnaden. «Ich habe keine Ahnung von Schulmädchen, also wäre mein Rat wohl nutzlos, fürchte ich.»

«Ach, auch du hältst sie für ein Schulmädchen! Ja, es scheint wirklich fast unglaublich, daß sie schon erwachsen ist. Aber das ist sie – sie ist fast siebzehn. Obwohl ich ja gedacht habe, daß ich sie erst nächstes Jahr herausbringe, sagen mir alle, es wäre falsch, das Debüt zu verschieben. Weißt du, es heißt, die Gesundheit der Königin sei jetzt derart schlecht, daß sie jeden Augenblick sterben kann! Selbst wenn dies nicht der Fall ist, dann wird sie nächstes Jahr den Empfängen nicht mehr gewachsen sein. Was mir Sorge bereitet, denn natürlich muß ich das süße Kind bei Hof vorstellen – das hätte der arme Henry unbedingt gewünscht. Und wenn die Königin sterben sollte, so gibt es auch keine Empfänge. Chloë aber im Carlton House debütieren zu lassen – das täte ich um nichts in der Welt! Ich weiß nicht, wie das weitergehen soll. Selbst wenn die Herzogin von Gloucester den Platz der Königin einnehmen sollte – was der Prinzregent natürlich wünschen wird, da sie ja immer seine Lieblingsschwester war, so wäre es doch nicht dasselbe. Und wer weiß, ob nicht diese ganz abscheuliche Lady Hertford auf den Platz der Königin rückt!»

Alverstoke, der sich kaum Unwahrscheinlicheres vorstellen konnte, antwortete teilnahmsvoll: «Ja, nicht wahr?»

«Daher empfinde ich es als meine Pflicht, Chloë noch in dieser Saison einzuführen, koste es, was es wolle!» sagte Mrs. Dauntry. «Ich habe gehofft, daß ich wenigstens nächstes Jahr so viel Geld haben werde, um die Sache würdig durchzuführen, aber das wird, ach, wohl kaum der Fall sein. Das liebe Kind! Als ich ihr erzählte, ich würde gezwungen sein, sie in einer meiner eigenen Hofroben vorzustellen, weil die Auslagen für ein Kleid, in dem man sie gern sähe, meine Mittel weit übersteigen, da war sie so lieb und beklagte sich überhaupt nicht; es ging mir direkt zu Herzen! Ich mußte einfach seufzen – sie ist so hübsch, daß ich mich wirklich danach sehne, sie so vorteilhaft wie nur möglich herauszuputzen. Wenn ich sie jedoch in dieser Saison herausbringen muß, kann ich das nicht.»

«In diesem Fall rate ich dir: warte eben bis nächstes Jahr», antwortete Alverstoke. «Tröste dich mit der Überlegung, daß, falls es dann keine Empfänge gibt, auch keine der schönen Debütantinnen ein Erlebnis genießen wird, das Chloë versagt bleibt.»

«Ah, nein! Wie könnte ich so unklug sein?» entgegnete sie. «Irgendwie muß ich es möglich machen, sie noch in diesem Frühling debütieren zu lassen. Und überdies bei einer Tanzveranstaltung! Aber wie ich das in meiner Situation zustande bringen soll ...» Sie brach ab, als käme ihr plötzlich eine Idee. «Ich frage mich, ob wohl Louisa Jane in dieser Saison herausbringen will? Jammervoll sommersprossig, das arme Kind, und eine so klägliche Figur! Aber du kannst dich darauf verlassen, daß Louisa sich anstrengen wird, ihre Tochter würdig einzuführen, obwohl sie ein derartiger Geizkragen ist und bestimmt um jeden Penny weint, den sie dafür aufwenden muß. Übrigens», fügte sie hinzu und lachte leise, «es geht das Gerücht, daß *du* zu Ehren Janes einen Ball geben wirst!»

«Aber nein, wirklich?» sagte Seine Gnaden. «Gerüchte sind doch, wie du ja weißt, nichts als Schall und Rauch ..., wie das Zitat weitergeht, weiß ich nicht. Laß dir hingegen versichern, liebe Lucretia, falls Einladungen zu einem Ball, der hier abgehalten wird, hinausgehen, dann wird Chloës Name nicht vergessen. Jetzt aber mußt du mir erlauben, dich zu deiner Kutsche zu begleiten. Der Gedanke an die liebevolle Harriet, die dich geduldig erwartet, beginnt mich zu bedrücken.»

«Halt!» sagte Mrs. Dauntry und hatte eine weitere Idee. «Wie wäre es, wenn Louisa und ich unsere Mittel sozusagen zusammenlegen und einen Ball zu Ehren unserer beiden Töchter geben? Ich fürchte zwar, meine liebliche Chloë wird die arme Jane absolut überstrahlen, aber ich wette, das macht Louisa nichts aus, wenn sie nur ein bißchen etwas einsparen kann.» Sie hob flehend die Hände und fügte mit einer Stimme, in der sich Schalkhaftigkeit und Schmeichelei angenehm vereinten, hinzu: «Würdest du uns, teuerster Vernon, wenn Louisa der Plan gefiele, erlauben, den Ball hier, in deinem herrlichen Ballsaal, abzuhalten?»

«Nein, teuerste Lucretia, das würde ich nicht!» antwortete Seine Gnaden. «Aber sei nicht traurig! Glaube mir, es käme nicht dazu, da Louisa der Plan gar nicht gefallen würde. Ja, ich weiß, ich bin so abscheulich ungefällig, daß du einer Ohnmacht nahe bist – soll ich die getreue Harriet an deine Seite rufen?»

Das war ein bißchen zuviel, selbst für Mrs. Dauntry. Sie warf ihm einen tief vorwurfsvollen Blick zu und ging. Ihr Ausdruck ließ sich mit dem der Mrs. Siddons vergleichen, wie sie von dem verstorbenen Sir Joshua Reynolds als Tragische Muse abkonterfeit worden war.

Die dritte Besucherin des Marquis war Lady Jevington, die nicht kam, um eine Gunst von ihm zu erbitten, sondern um ihn zu beschwören, Lady Buxteds Zudringlichkeit ja nicht nachzugeben. Sie drückte sich gemäßigt und majestätisch aus und sagte, sie habe zwar nie erwartet, daß er bei der Einführung ihrer Anna in die Gesellschaft seine Hilfe leihen würde, und sie habe ihn auch nicht darum gebeten. Sie könne es jedoch nur als absichtliche Brüskierung auffassen, falls er diesen Dienst Miss Buxted erwiese, die – wie Lady Jevington mit größtem Nachdruck betonte – sich mit ihrer Base in die Auszeichnung teilte, sein Patenkind zu sein. Und, fügte sie hinzu, falls ihn seine Vorliebe dazu verführen sollte, gar Chloë, die Tochter dieser gewissen Frauensperson, dieses besonderen Gunstbeweises zu würdigen, dann wolle sie fortan nichts mehr mit ihm zu tun haben.

«Augusta, damit überredest du mich fast dazu!» sagte Seine Gnaden.

Die sanftmütig gesprochenen Worte wurden von dem süßesten Lächeln begleitet. Lady Jevington jedoch erhob sich in aufwallender Wut und fegte ohne ein weiteres Wort aus dem Zimmer.

«Und jetzt», sagte der Marquis zu seinem Sekretär, «bleibt nur noch, daß auch Ihr Schützling einen Ball von mir verlangt!»

3

Angesichts dieser Erlebnisse schien es nicht wahrscheinlich, daß der Marquis, der es selten für seine Pflicht hielt, jemandem anderen als sich selbst zu gefallen, auf Miss Merrivilles Appell reagieren würde. Charles Trevor wagte nicht, dem Gedächtnis seines Herrn nachzuhelfen. Aber, sei es nun aus Neugier, sei es, weil er sich eines Tages in der Nähe der Upper Wimpole Street befand – Alverstoke machte Miss Merriville seine Aufwartung.

Er wurde von einem ältlichen Butler eingelassen, der ihn die enge Treppe zum Salon im ersten Stock in einem Tempo, das deutlich Alter und Unpäßlichkeit verriet, hinaufführte und ihn anmeldete.

Als der Marquis auf der Schwelle stehenblieb und einen schnellen Blick auf seine Umgebung warf, spürte er seinen Verdacht bestätigt. Diese unbekannte Verwandtschaft war offensichtlich unbemittelt. Denn das Zimmer war nicht elegant, sondern sogar ziemlich schäbig eingerichtet. Da er diesbezüglich keine Erfahrung hatte, erkannte er die Zeichen nicht, die Leuten in weniger glücklichen Verhältnissen verraten hätten, daß das Haus zu einem der vielen gehörte, die für die Saison vermietet und so billig wie möglich ausgestattet wurden.

Im Zimmer war nur eine Dame anwesend, die an einem kleinen, im rechten Winkel zum Fenster stehenden Schreibtisch saß und schrieb. Sie wandte sich rasch um und richtete einen überraschten und zugleich abschätzenden Blick auf Alverstoke. Er sah, daß sie sehr jung, vermutlich drei- bis vierundzwanzig Jahre alt, und wohlgebaut war. Das Gesicht zeichnete sich durch sehr freimütige graue Augen, ein etwas herrisches Näschen, einen sehr festen Mund und ein energisches Kinn aus. Ihr Haar, von einem lichten Braun, war adrett à la Dido aufgesteckt. Das Kleid, über dem sie ein gestreiftes Morgenjäckchen trug, war aus feinem Batist, hochgeschlossen und am Saum mit einem Doppelvolant verziert. Alverstoke, dem die Feinheiten des weiblichen Anzugs wohlvertraut waren, sah mit einem Blick, daß diese Toilette zwar modisch, aber weder glänzend noch teuer war. Man hätte sie nicht als den letzten Schrei bezeichnet; dennoch würde niemand die Dame als unelegant abgestempelt haben. Sie trug ihr einfaches Gewand mit vornehmer Würde und war wie aus dem Ei gepellt.

Auch benahm sie sich völlig selbstsicher, weshalb sich Alverstoke fragte, ob sie nicht doch älter war, als er zunächst angenommen hatte. Da junge, unverheiratete Damen im allgemeinen keine männlichen Besucher empfingen, wäre es natürlich gewesen, wenn sie beim Eintritt eines fremden Herrn geziemend verwirrt gewesen wäre. Sie schien sich jedoch weder dadurch noch durch Alverstokes kühle Prüfung aus der Fassung bringen zu lassen. Sie war weit davon entfernt, zu erröten, die Augen niederzuschlagen oder das geringste Zeichen von Unsicherheit merken zu lassen, sondern betrachtete ihn nachdenklich und – wie er amüsiert erkannte – äußerst kritisch.

Er ging in seiner eleganten, gemächlichen Art auf sie zu. «Habe ich die Ehre, mit Miss Merriville zu sprechen?» fragte er.

Sie stand auf und kam ihm mit ausgestreckter Hand entgegen. «Ja, ich bin Miss Merriville. *How do you do*? Bitte entschuldigen Sie – ich habe diesen Besuch nicht erwartet.»

«Dann muß *ich* um Entschuldigung bitten. Ich hatte den Eindruck, daß Sie meinen Besuch wünschten.»

«Ja, aber ich habe die Hoffnung einfach aufgegeben, daß Sie kommen würden. Was mich nicht überrascht hätte, weil Sie es bestimmt als eine lästige Aufdringlichkeit empfunden haben. Außerdem war es vielleicht etwas zu herausfordernd.»

«Durchaus nicht», murmelte er in seiner lässigsten Art.

«Nun, ich fürchte doch. Es ist nämlich so, daß ich mit Londoner Sitten nicht ganz vertraut bin, weil ich mein ganzes Leben in Herefordshire verbracht habe.» Ein gewinnendes Zwinkern ließ ihre Augen funkeln; sie fügte vertraulich hinzu: «Sie haben keine Ahnung, wie schwer es ist, dem Anstand zu entsprechen, wenn man – sozusagen – jahrelang Herrin des Hauses war!»

«Im Gegenteil», erwiderte er prompt, «ich weiß das nur zu gut.»

Sie lachte. «Nein, wirklich? Dann wird es vielleicht nicht so schwierig sein, Ihnen zu erklären, warum ich... warum ich mir die Gunst Ihres Besuches erbat!»

«Welch bewunderungswürdiger Satz», bemerkte er. «Haben Sie ihn auswendig gelernt? Ich jedenfalls dachte, daß Ihr... Ersuchen eher eine Aufforderung war!»

«Ach, Himmel!» sagte Miss Merriville entsetzt. «Und ich habe mich so bemüht, nicht als herrisches Frauenzimmer zu wirken.»

«Sind Sie das?»

«Ja, aber was kann ich dafür? Ich muß Ihnen erzählen, wie das kommt... Wollen Sie sich nicht setzen?»

Er verneigte sich leicht und ging zu einem Sessel an der einen Seite des Kamins. Sie nahm ihm gegenüber Platz. Nachdem sie ihn einen Augenblick ziemlich zweifelnd betrachtet hatte, begann sie: «Ich wollte Ihnen zunächst alles in meinem Brief erklären, aber es wurde ein solcher Wirrwarr daraus – wie mein Bruder Harry sagen würde –, daß ich schließlich dachte, es wäre besser, wenn es mir gelänge, Sie persönlich kennenzulernen und mit Ihnen zu *reden*! Zunächst hatte ich nicht die leiseste Absicht, mich an einen von Papas Verwandten zu wenden, weil ich meinte, meine Tante Scrabster würde imstande sein, all das fertigzubringen, worauf ich hinauswill. Wie ahnungslos war ich doch, so zu denken und mich derart anschwindeln zu lassen! Sie ist die älteste unter den Geschwistern meiner Mutter und schrieb uns immer nur Prahlereien: was für ein elegantes Leben sie führe und wie sehr sie wünsche, meine Schwester und mich in die tonangebenden Kreise einzuführen.»

«Sicher in der Überzeugung, daß man sich nie an sie wenden und beim Wort nehmen würde?»

«Stimmt!» sagte Miss Merriville und gönnte ihm ein warmes Lächeln. «Nicht, daß ich denke, sie hätte das getan, weil das Vermögen meines Onkels aus dem Handel stammt. Er ist Ostindienkaufmann, zwar durchaus angesehen, gehört aber nicht zur vornehmen Gesellschaft. Das ist der Grund, warum ich, als es soweit war, meine Bedenken fallenlassen und mir den Kopf zerbrechen mußte, um jemanden von Papas Familie zu finden, der dem Zweck am besten entspräche.»

«Und wieso kamen Sie dabei auf mich?» fragte Seine Gnaden mit zynisch gekräuselten Lippen.

Sie antwortete bereitwillig: «Oh, es war keine Phantasterei von mir. Es war reine Vernunft. Der eine Grund war, daß Papa immer sagte, Sie seien von allen seinen Verwandten noch der Beste. Obwohl das nach allem, was ich gehört habe», fügte sie hinzu, «nicht bedeutete, daß Sie in den Himmel gelobt wurden. Ich habe nie einen der Vettern Merriville kennengelernt, auch meine beiden Tanten Merriville nicht. Sie müssen nämlich wissen, Papa wurde von seiner Familie verstoßen, als er so ungefällig war, statt der reichen Erbin, die sie für ihn ausgesucht hatte, meine Mutter zu heiraten. Daher glaube ich fest, daß ich sie nie kennenlernen werde. Und mich an diese Leute um Hilfe wenden – *nein*!» Sie machte eine Pause, überlegte, wobei sich ihr Blick verdüsterte, und fügte dann hinzu: «Außerdem könnte mir keiner von ihnen so helfen, wie ich es brauche, weil sie anscheinend eine sehr stumpfsinnige, provinzlerische Clique sind und fast nie nach London kommen, denn sie billigen moderne Sitten nicht. Was ein weiterer Grund war, *Sie* zu wählen.»

Er hob die Brauen. «Was veranlaßte Sie zu glauben, daß ich moderne Sitten billige?»

«Nichts. Ich meine, ich wußte nichts über Sie, aber *das* war es keinesfalls. Ich sehe doch selbst, daß Sie *höchst* modern sind – oder scheint mir das bloß so?» fragte sie.

«Danke! Es – äh – gelingt mir, halbwegs ehrenvoll abzuschneiden, hoffe ich.»

«Ja, und was noch wichtiger ist, Sie bewegen sich in den ersten Kreisen. Auch das war ein Grund, warum ich Sie wählte», enthüllte sie ihm, wieder mit ihrem freundlichen Lächeln.

«Nein, wirklich? Und zu welchem Zweck? Oder darf ich es erraten?»

«Nun, ich glaube, Sie könnten es, denn Sie sehen überhaupt nicht dumm aus – obwohl ich gestehen muß, ich habe Sie für älter gehalten. Äußerst bedauerlich, daß Sie es nicht sind. Aber da kann man nichts machen, und ich bin überzeugt, Sie sind alt genug, um von Nutzen zu sein.»

«Ich bin siebenunddreißig, Gnädigste», sagte Alverstoke etwas scharf, «und ich muß Sie darüber aufklären, daß ich nie jemandem von Nutzen bin.»

Sie sah ihn erstaunt an. «*Nie?!* Aber warum denn nicht?»

Er zuckte die Achseln. «Reiner Egoismus, Gnädigste, verbunden mit der Abneigung gegen Langeweile.»

Sie schaute ihn etwas ängstlich an. «Würde es Sie sehr langweilen, mich Lady Alverstoke vorzustellen? Und sie bitten, ob sie so gefällig wäre, mir zu helfen?»

«Vermutlich schon, aber das Problem besteht gar nicht – meine Mutter ist schon seit Jahren tot.»

«Nein, nein, ich habe Ihre Frau gemeint!»

«Ich bin nicht verheiratet.»

«Nein?!» rief sie aus. «Oh, wie ärgerlich!»

«Ungefällig von mir, nicht?» sagte er teilnahmsvoll.

«Nun, nein, nicht gerade ungefällig – Sie konnten ja nicht wissen, daß ich es gern gesehen hätte», sagte sie, ihn sehr freundlich entschuldigend.

Spöttisch antwortete er: «Ich vermute, wenn ich es gewußt hätte, so würden Sie wohl erwartet haben, daß ich die Sache in Ordnung bringe?»

Sie errötete und sah ihn ängstlich an. «Oh, bitte, bitte, fassen Sie das nicht als Beleidigung auf!» bat sie. «Ich wollte wirklich nicht *frech* sein, und bestimmt kommen wir auch recht gut ohne Ihre Frau zurecht, wenn wir uns bemühen.»

«Wir?»

Er sagte das in auffallendem Hochmut, aber seine Lippen zuckten wider Willen, und seine Augen unter den trägen Lidern glitzerten. Diese Anzeichen entgingen Miss Merriville nicht. Sie seufzte erleichtert auf und sagte entwaffnend: «Gott sei Dank! Ich dachte schon, ich hätte Sie erzürnt. Und ich kann Ihnen wirklich keinen Vorwurf machen, wenn Sie gereizt sind, denn ich mache einen gräßlichen Wirrwarr daraus. Dabei habe ich geglaubt, es wäre so leicht, Ihnen alles zu erklären, wenn ich Sie nur von Angesicht zu Angesicht sehen könnte.»

«Nun also, was sind die Umstände, Gnädigste?»

Sie schwieg einen Augenblick, doch nicht, wie aus ihrem nachdenklichen Ausdruck zu ersehen war, aus Verlegenheit, sondern weil sie überlegte, wie sie ihm ihren Fall am besten vortragen sollte. «Man könnte vielleicht sagen, daß sich die Umstände aus dem Tod meines Vaters, vor einem Jahr, ergeben haben. Dies soll nicht heißen, ich hätte nicht schon früher an die Sache gedacht – natürlich schon! Aber zu Papas Lebzeiten sah es danach aus, als würde ich nichts unternehmen können.»

«Es tut mir sehr leid, zu hören, daß Ihr Vater tot ist», warf er ein, «aber ich muß diese Gelegenheit wahrnehmen, um Sie zu unterrichten, daß ich ihn nur ganz flüchtig kannte. Was den Verwandtschaftsgrad zwischen uns betrifft, möchte ich es lieber nur eine Verbindung nennen. Sie stammt aus der Familie meiner Großmutter und ist, soweit mich mein Gedächtnis nicht trügt, so entfernt, daß sie fast nebensächlich scheint.»

«Aber Papa pflegte von Ihnen als von seinem Vetter zu sprechen!» wandte sie ein. Dazu bemerkte er nichts, und nach einer kurzen Pause sagte sie: «Ja, ich weiß, daß wir irgendwo zusammenhängen, weil ich Ihren Namen auf dem Stammbaum sah, der in der großen Bibel daheim aufgezeichnet ist.»

«Nur durch zwei Heiraten», antwortete er, durchaus nicht ermutigend.

«Ich verstehe. Sie wünschen nicht, uns anzuerkennen, nicht wahr? Dann besteht nicht der geringste Grund für mich, Ihnen unsere Lage zu erklären. Entschuldigen Sie, bitte, daß ich Ihnen die Mühe gemacht habe, mich zu besuchen.»

Bei diesen Worten aber zog es der Marquis, der die Zusammenkunft durchaus zum Abschluß bringen wollte, unverständlicherweise vor, sie zu verlängern. Ob er nachgab, weil ihn Miss Merriville amüsierte, oder ob ihn das Neuartige, nämlich, daß eine seiner Zurückweisungen ohne Gegeneinwand hingenommen wurde, reizte, blieb unentschieden, sogar bei ihm selbst. Aber wie immer es sein mochte, plötzlich lachte er und sagte spöttisch: «Oh, wütend? Nein, nein, rümpfen Sie nicht die Nase über mich, das steht Ihnen nicht. Ich habe nichts dagegen, Sie anzuerkennen, wie Sie das formulieren. Ich sträube mich auch nicht, Ihr Vetter zu sein – obwohl ich keinesfalls verspreche, Ihnen meine Hilfe zu leihen, an welchen Plan auch immer Sie denken. Welche Hilfe versprechen Sie sich eigentlich von mir?»

Sie wurde wieder freundlich und lächelte ihm dankbar zu. «Ich bin Ihnen sehr verbunden! Es ist nur eine Kleinigkeit: Meine Schwester in die Gesellschaft einzuführen.»

«Ihre Schwester in die Gesellschaft einführen?» wiederholte er verdutzt.

«Ja. Bitte! Und vielleicht muß ich Sie warnen – Sie müßten möglicherweise auch mich einführen, falls ich meine Schwester nicht überzeugen kann, daß ich das wirklich nicht will. Im allgemeinen ist sie das fügsamste Mädchen unter Gottes Sonne, aber in diesem Fall erklärt sie, sie wolle sich erst dann in der Gesellschaft zeigen, wenn ich dies auch tue. Das ist äußerst lästig von ihr, kommt aber daher, daß sie so liebevoll veranlagt ist...»

Er unterbrach sie ohne viel Umstände. «Mein gutes Mädchen, wollen Sie mir im Ernst vorschlagen, daß Sie ausgerechnet unter *meiner* Ägide in die Gesellschaft eingeführt werden wollen? Was Sie brauchen, ist eine verheiratete Frau als Anstandsdame, kein Junggeselle!»

«Das weiß ich», stimmte sie ihm zu. «Deshalb bin ich ja so enttäuscht, daß Sie unverheiratet sind. Aber ich habe mir schon ausgedacht, wie wir diese Schwierigkeiten bewältigen könnten: Hätten Sie etwas dagegen, wenn wir vorgäben, Papa habe uns Ihrer Vormundschaft anvertraut? Natürlich nicht uns alle, weil Harry gerade großjährig geworden ist und ich vierundzwanzig bin, aber die drei jüngeren!»

«Dagegen habe ich sogar sehr viel – betone ich nachdrücklich!»

«Aber warum denn?» suchte sie ihn umzustimmen. «Sie wären nicht verpflichtet, mehr für uns zu tun, als Charis – und vielleicht auch mich – einzuführen. Ich erwarte natürlich nicht, daß Sie sich darüber hinaus für etwas einsetzen, das uns betrifft. Ja, das gefiele mir sogar ganz und gar nicht», fügte sie freimütig hinzu.

«Da brauchen Sie keine Angst zu haben. Worüber Sie sich aber anscheinend nicht klar sind, Gnädigste, ist, daß *meine* Bürgschaft durchaus kein Empfehlungsbrief für die vornehme Welt ist, wie Sie bald entdekken würden.»

«Weshalb nicht?» fragte sie. «Ich meine doch, ein Marquis wird immer akzeptiert!»

«Das, Miss Merriville, hängt von dem betreffenden Marquis ab!»

«Oh!» sagte sie, und mußte das erst verdauen. «Papa sagte, Sie seien ein – ein ganz gerissener Hase. Bedeutet das, daß Sie ein unanständiger Mensch sind?»

«So tief gesunken, daß es tiefer nicht mehr geht!» antwortete er prompt.

Sie mußte kichern. «Ach, Unsinn! Das glaube ich nicht. Selbst der arme Papa war nicht *so* schlimm.»

«Selbst der arme Papa ...» Er griff nach seinem Monokel, hob es vor ein Auge und studierte sie mit dem Ausdruck eines Menschen, der plötzlich auf eine seltene Gattung gestoßen ist.

Völlig ungerührt von dieser forschenden Prüfung, sagte sie: «Nein ... obwohl ich glaube, daß er entsetzlich wild war, bevor er Mama kennenlernte ... und ich muß zugeben, es war durchaus nicht richtig, mit ihr durchzubrennen. Ganz habe ich es ja nie verstanden, daß Mama nichts dagegen hatte, denn sie benahm sich stets völlig korrekt, müssen Sie wissen, und so sehr – so sehr *brav*! Aber vermutlich stellen leidenschaftlich verliebte Leute oft die seltsamsten Dinge an, und ich habe mir manchmal selbst gedacht, daß sie äußerst leicht zu beeinflussen war. Nicht, daß ich sie sehr gut gekannt hätte – sie starb ja bald nach der Geburt von Felix –, aber Charis ist ganz ihr Ebenbild, und *die* ist ja wirklich leicht zu beeinflussen! Und natürlich waren auch beide noch so jung! Stellen Sie sich bloß vor – Papa war gerade eine Woche vor meiner Geburt großjährig geworden! Ich kann mir nicht vorstellen, wie er es eigentlich zustande brachte, eine Familie zu erhalten. Sein Vater verstieß ihn nämlich ohne einen Penny Geld, und daß er einer einträglichen Beschäftigung nachging, kann ich mir nicht vorstellen. Aber nach der Heirat mit Mama gab er sein liederliches Leben völlig auf. Wenn man bedenkt, daß sie meinen Großeltern die größte Sorge und Verlegenheit bereitet hatten, dann jedoch so ordentlich geworden sind, muß ich schon sagen, es war ganz schlecht und ungerecht von ihnen, Mama nicht in die Familie aufzunehmen.»

Der Marquis schwieg taktvoll. Soweit er sich an den verstorbenen Mr. Merriville erinnerte, den er erst vor wenigen Jahren kennengelernt hatte, stimmte sein Bild kaum mit dieser Schilderung eines Bekehrten überein.

«Ich persönlich bin der Meinung», fuhr Miss Merriville fort, «ihnen ist diese Unfreundlichkeit gründlich vergolten worden, als mein Großvater und mein Onkel James, der Erbe, beide an ein und demselben Tag an Typhus gestorben sind. Damit kam Papa in den Besitz... und gerade zur rechten Zeit, denn so konnte Harry schon auf Graynard geboren werden. Und nach ihm dann Charis und Jessamy und Felix.» Sie brach ab, als sie den Marquis blinzeln sah, und lächelte. «Ich weiß, was Sie jetzt denken, und Sie haben völlig recht! Außer Harry haben wir alle ganz lächerliche Namen. Glauben Sie mir, das ist eine große Qual für uns. Als ich geboren wurde, gab Mama nicht nach und halste mir den Namen *Frederica* auf – nach Papa. Dann kam Harry, weil Mama Harriet hieß. Und Papa wählte den Namen meiner Schwester, weil er sagte, sie sei das anmutigste Baby gewesen, das er je erblickt hatte, Jessamy wurde nach seinem Paten benannt, und ‹Felix› bildete sich Mama ein, weil wir eine so glückliche Familie waren. Das waren wir wirklich... bis Mama starb.» Wieder schwieg sie kurz, aber mit einem winzigen Kopfschütteln, als wollte sie eine böse Erinnerung vertreiben, fuhr sie sogleich in leichterem Ton fort: «Also haben wir eben das Beste aus unseren albernen Namen gemacht. Jessamy und ich haben uns geschworen, einander nie und nimmer Jessie und Freddy zu nennen, und auch die anderen dürfen das nie tun.»

«Und halten sie sich daran?»

«Ja – das heißt, fast immer. Felix sagt freilich manchmal Jessie, aber nur, wenn Jessamy arrogant wird. Und wenn wir allein sind, nennt mich Harry gelegentlich Freddy – aber nicht, um mich zu ärgern. Jessamy hingegen nennt er nie Jessie, und wenn ihn Jessamy noch so sehr reizt, denn Harry ist vier Jahre älter, noch dazu der Chef der Familie, und hielte es unter seiner Würde, Jessamy zu einer Rauferei zu reizen, da er doch weiß, daß er ihn im Handumdrehen umschmeißen könnte. Nicht, als ob Jessamy keine Courage hätte, sagt Harry, aber... Himmel, da schwätze ich immer weiter, ohne etwas zum eigentlichen Thema zu sagen. Wo bin ich denn stehengeblieben?»

«Ich glaube, beim Tod Ihrer Mutter.»

«Ach ja! Nun – die Wirkung war ganz schrecklich. Ich glaube, das heißt, ich weiß, Papa war derart erschüttert, daß man um seinen Verstand fürchtete. Ich war zu jung, um es zu verstehen, aber ich erinnere mich, daß er sehr lange krank war – zumindest mir erschien es lange –, und als er sich erholte, war er nicht mehr der alte. Ja, er wurde uns fremd, weil er kaum je zu Hause war. Er konnte es ohne Mama nicht ertragen. Bestimmt wäre es uns damals nicht recht gewesen, wenn er wieder geheiratet hätte, dennoch habe ich mir oft gedacht, es wäre doch sehr gut gewesen. Ich weiß, es gehört sich nicht, so etwas zu sagen, aber wissen Sie, er war unausgeglichen.»

«Nun ja», gab Alverstoke zu, «das kenne ich. Aber hat er Sie denn alle sich selbst überlassen? Das kann ich nur schwer glauben!»

«Nein, nein, natürlich nicht! Meine Tante Seraphina kam – die unverheiratete Schwester von Mama – und blieb seit Mamas Tod bei uns.»

«Und ist noch immer bei Ihnen?»

«Aber natürlich! Heiliger Himmel, wie hätten wir denn ohne ihren Schutz nach London kommen können?»

«Sie müssen verzeihen – da ich bis jetzt nichts von Ihrer Tante gesehen oder gehört habe, gewann ich den Eindruck, Sie hätten beschlossen, ohne Anstandsdame auszukommen.»

«So schäbig bin ich wirklich nicht! Warum haben Sie angenommen ... oh! Ihr Anstandsgefühl ist verletzt, weil ich Sie ohne *chaperon* empfangen habe! Meine Tante Scrabster hat mich davor gewarnt, aber schließlich bin ich ja kein Mädchen mehr, das gerade dem Schulzimmer entronnen ist. Kommt hinzu, daß *wir* an ihre Art gewöhnt sind, doch ich glaube nicht, daß meine Tante *Ihnen* gefiele. Erstens ist sie sehr schwerhörig, und zweitens ist sie – ist sie ein bißchen wunderlich. Sollte sie hereinkommen, bitte, fangen Sie nicht mit ihr zu streiten an!»

«Das kann ich Ihnen ruhig versprechen», sagte er. «Ist sie so streitsüchtig?»

«Nein, aber sie haßt Männer», erklärte ihm Frederica. «Wir vermuten, daß sie in ihrer Jugend eine Enttäuschung erlitten hat oder so etwas. Ich wette, sie kehrt auf der Stelle um, wenn sie Sie hier antrifft.»

«Wohl kaum eine ideale Anstandsdame!» bemerkte er.

«Nein, und noch schlimmer, sie beginnt, Harry nicht mehr so gern zu haben wie früher. Den Papa hat sie entschieden gehaßt – aber das war verständlich, denn abgesehen davon, daß er unhöflich zu ihr war, führte er sich sehr schlecht auf und verschwendete den Besitz ganz ungeheuerlich. Zum Glück bekam er einen Schlaganfall, bevor es ihm gelang, uns alle zu ruinieren.»

«Das war tatsächlich ein Glück», stimmte er ihr zu und konnte nur mühsam den Ernst wahren.

«Ja, nicht wahr? Er erlangte zwar den Gebrauch seiner Glieder weitgehend wieder, aber sein Gehirn hatte etwas gelitten. Das soll nicht heißen, daß er den Verstand verlor, aber er wurde vergeßlich und – und eben ganz anders. Er war nicht mehr wild oder unruhig wie zuvor und war nicht im geringsten mehr unglücklich. Ja, vorher hatte ich ihn nicht halb so lieb! Er überließ mir die Leitung des Gutes und seiner sämtlichen Angelegenheiten. Daher war ich, mit großzügiger Hilfe unseres Anwalts, Mr. Salcombe, in der Lage, zu verhindern, daß der Besitz völlig zugrunde ging. Das war vor fünf Jahren, und wenn Harry nur noch einige wenige Jahre durchhält und spart, glaube ich, daß er sich in recht erträglichen Verhältnissen befinden und sogar imstande sein wird, für Jessamy und Felix zu sorgen. Dazu ist er fest entschlossen, denn er ist der Meinung, es sei so ungerecht, daß er alles erben soll, nur weil Papa kein Testament gemacht hatte.»

«Guter Gott! Ja, was wird denn dann aus Ihnen und Ihrer Schwester?»

«Oh, wir kommen ganz gut durch!» versicherte sie ihm. «Mamas Vermögen wurde auf ihre Töchter überschrieben, verstehen Sie, daher besitzt jede von uns fünftausend Pfund. Wahrscheinlich erscheint Ihnen das nicht sehr viel, uns hingegen macht es unabhängig und bedeutet, daß Charis keine ganz mittellose Partie ist.»

«Ah, da ist sie also verlobt?»

«Nein, noch nicht. Das ist es ja, warum ich bei Papas Tod, gerade vor einem Jahr, beschloß, sie nach London zu bringen. Sehen Sie, in Graynard ist sie so gut wie lebendig begraben. Es gibt nicht einmal einen Kurort in der Nähe. Wie also könnte sie dort eine passende Verbindung finden? Sie – sie ist einfach *verschwendet*, Lord Alverstoke! Wenn Sie sie sehen, werden Sie verstehen, warum ich es für meine selbstverständliche Pflicht halte, sie hier in London in die Gesellschaft einzuführen. Sie ist das lieblichste Mädchen der Welt! Außerdem hat sie das denkbar sanfteste Gemüt, ist nie ärgerlich oder launenhaft und *verdient* es einfach, eine glänzende Partie zu machen!»

«Mein Sekretär stellte fest, daß sie ein Edelstein reinsten Wassers ist», stellte Seine Gnaden trocken fest. «Aber glänzende Partien, Miss Merriville, hängen im allgemeinen von einer glänzenden Mitgift ab!»

«Nicht immer!» entgegnete sie rasch. «Denken Sie bloß an die Schwestern Gunning! Eine von ihnen heiratete zweimal einen Herzog, dabei weiß ich, daß sie keine reichen Erbinnen waren, weil mir Papa von ihnen erzählte und sagte, neben Charis wären sie beide die reinsten Aschenbrödel gewesen. Nicht, daß ich erwarte, Charis solle einen Herzog heiraten – oder *überhaupt* einen Hocharistokraten, ausgenommen freilich, wenn einer um sie anhält. Doch erwarte ich auf jeden Fall, daß sie eine ausgezeichnete Partie macht – wenn es mir nur gelingt, sie würdig herauszubringen. Ich bin seit Jahren dazu entschlossen; aber *wie*, das ist die Frage. Und dann, als ich fast schon fürchtete, in einer Sackgasse zu sein, kam Mr. Salcombe und fragte, ob ich das Haus eventuell auf ein Jahr vermieten würde. Er hatte nämlich von jemandem gehört, der sich vor kurzem ins Privatleben zurückgezogen hat und gerne einen Besitz in Herefordshire kaufen wolle. Da er aber nicht genau das fand, was er wünschte, war er auf den Gedanken gekommen, für eine bestimmte Zeit ein Haus auf dem Land zu mieten, damit er sich in Muße selbst um etwas Geeignetes umschauen könne und nicht gezwungen wäre, jedesmal, wenn er ein Angebot bekäme, das sich dann als völlig ungeeignet herausstellte, mit der Post von London aus hinzufahren. Sie können sich vorstellen, wie bereit ich war, ihm auszuhelfen!»

«O ja, das kann ich mir vorstellen – und auch, daß Ihr Bruder dabei nichts zu sagen hatte.»

«Nun ja, damals war er noch nicht großjährig, aber natürlich habe ich nichts ohne seine Einwilligung getan. Zuerst gefiel es ihm keineswegs, ich denke, es hat seinen Stolz verletzt. Um ehrlich zu sein, mir sagte es auch nicht zu – aber was wäre wohl dümmer, als sich an seinen Rang zu klammern, wenn man nur von einem Pfifferling lebt? Noch immer ist es uns nur durch strengste Sparsamkeit möglich, schuldenfrei zu leben, und bis zum Abschluß des Mietvertrags mit diesem Mr. Porth ging es völlig über meine Kraft, dieses Londoner Wagnis zu unternehmen. Selbst wenn ich mein Kapital angreife – was mir auf keinen Fall erlaubt ist –, so denke ich gar nicht daran, denn das würde mich von dem armen Harry abhängig machen.» Sie schaute ernst zu Seiner Gnaden hinüber. «Das aber darf nicht sein. Ich sage es ihm nicht, weil er sehr jung ist und glaubt, das natürlichste für uns alle wäre, weiter in Graynard zu bleiben. Aber es würde mich gar nicht überraschen, wenn er in ein, zwei Jahren gerne heiraten möchte. Bedenken Sie bloß, wie sehr es seiner Frau mißfiele, seine Schwestern in Graynard auf dem Hals zu haben, und wie unbehaglich das für uns wäre!»

«Sehr richtig», stimmte er ihr zu. «Falls man überhaupt irgendein Frauenzimmer dazu bringen könnte, ihn unter solchen Umständen zu heiraten – was ich stark bezweifle.»

Ihr Ernst schwand, sie kicherte wieder. «Sie hätte wohl Angst, ich würde dort regieren, nicht wahr? Das könnte schon sein, denn ich tue das schon so lange, und Gewohnheiten sind recht schwer abzugewöhnen. Nein: das beste für Charis ist, eine passende Partie zu machen, und für die Jungen, meine Tante und mich, unseren eigenen Haushalt einzurichten, sobald sich Harry verlobt. Ich bin dazu schon seit langem entschlossen. Die allerdringendste Notwendigkeit ist jedoch, Charis zu versorgen! Ich halte es einfach für ein *Unrecht*, daß eine so schöne Person zu einer alten Jungfer einschrumpfen soll! Das wäre ja ihr Schicksal, außer sie heiratet einen der gräßlich stumpfsinnigen jungen Leute aus unserer Nachbarschaft, die seit Ewigkeiten hinter ihr herlaufen. Oder noch schlimmer, irgendeine völlig unmögliche Kreatur, die keinen Strohhalm wert ist! Gerade aus *dieser* Überlegung heraus habe ich Mr. Porths Angebot als wahres Glück betrachtet. Bedenken Sie bloß! Er mietet nur das Haus und die Meierei, zu einem Preis, den ich ihm gar nicht vorzuschlagen gewagt hätte. Der übrige Besitz, der wieder langsam in Trümmer geht, bleibt Harry, denn natürlich will sich Mr. Porth nicht mit der Verwaltung belasten. Vor allem aber schien es wichtig, daß Mr. Porth besonders daran interessiert war, zusammen mit dem Haus auch die Dienerschaft zu übernehmen, mit Ausnahme unserer Haushälterin und unseres Butlers. Das war eine weitere Glückssträhne, denn Mrs. Hurley und der liebe alte Buddle wären nie damit einverstanden gewesen, im Dienste jemandes anderen als eines Merriville in Graynard zu bleiben. Daher konnten wir sie mit uns nach London nehmen. Sie verachten zwar London und erzählen mir in einem fort, was für ein gräßliches Haus das hier ist, wie schäbig eingerichtet, und klagen, daß die Londoner Dienstboten eine verschwenderische Bande seien. Aber es ist doch ein großer Trost, sie hier zu haben. Und ich muß ja selbst zugeben», bekannte sie aufrichtig, «es ist wirklich ein gräßliches Haus und liegt überdies, wie ich entdeckt habe, nicht in der Gegend, die *en vogue* ist. Da ich noch nie zuvor in London war, bat ich meine Tante Scrabster, ein möbliertes Haus für mich zu beschaffen. Das war ein Fehler. Sie selbst lebt in der Harley Street, und ich entdeckte, daß dieser Bezirk fast ausschließlich von Leuten bewohnt wird, die mit Handel zu tun haben. Es heißt, für Häuser in Mayfair werden die reinsten Wuchermieten verlangt, abgesehen von dem Ablösen. Also beklage ich mich nicht. Der größte Fehler, den ich gemacht habe, war, zu glauben, meine Tante wäre imstande oder hätte den Wunsch, uns in die Gesellschaft einzuführen.» Sie lächelte. «Meine Zunge läuft wie geölt, nicht wahr? – Kurz und gut, da Tante und Onkel kinderlos sind, haben sie nie den Versuch unternommen, elegant zu leben. Und die arme Tante Amelia war höchst ärgerlich, als ich sie über meinen Entschluß informierte, zur Saison nach London zu kommen. Das also, Sir, ist der Grund, warum ich gezwungen war, mich an Sie zu wenden.»

Er hatte nachdenklich auf den Deckel seiner Schnupftabaksdose geklopft, ließ ihn nun aufspringen und nahm, leicht stirnrunzelnd, eine Prise, während ihn Frederica erwartungsvoll beobachtete. Er schloß die Dose, wischte sich die langen Finger ab und sah sie schließlich, immer noch stirnrunzelnd, an. «Es wäre gut, wenn Sie sich mit etwas weniger als den ersten Kreisen der Gesellschaft zufriedengäben», sagte er dann rundweg.

«Sind wir so unmöglich?» fragte sie.

«Nicht, was die Herkunft betrifft. In jeder anderen Hinsicht, ja. Ich weiß nicht, wie es um Ihre finanziellen Verhältnisse steht, aber –»

«Sie reichen!»

«Wenn Sie an eine Vorstellung Ihrer Schwester bei Hof denken, dann wäre es besser, Ihr Geld anders anzulegen. Es wäre eine Kapitalanlage, die Ihnen keine Dividenden brächte.»

«Das weiß ich, ich denke ja nicht an den Hof!»

«Woran dann?»

Sie faltete die Hände im Schoß und sagte etwas atemlos: «An den Almack-Klub.»

«Sie greifen nach dem Mond, Miss Merriville. Keine Einführung meinerseits würde Ihnen helfen, diese geheiligte Schwelle zu überschreiten! Falls Sie nicht irgendeine verheiratete Dame zu Ihren Bekannten zählen, die die Eintrittsbewilligung besitzt und gewillt wäre, für Sie zu bürgen –»

«Ich kenne keine. Wäre das der Fall gewesen, dann hätte ich nicht Ihre Hilfe gesucht. Aber ich gebe nicht auf! *Irgendwie* werde ich es schon schaffen – Sie werden sehen!»

Er erhob sich höflich und sagte: «Ich hoffe, es gelingt Ihnen. Wenn Sie Wert auf meinen Rat legen, so darf ich Ihnen sagen, daß Sie bessere Chancen für den Erfolg hätten, wenn Sie in einen der Kurorte übersiedeln, Bath oder Tunbridge Wells, wo Sie an den Abendveranstaltungen teilnehmen können und zweifellos Personen von Stand kennenlernen.»

Sie erhob sich ebenfalls. Aber bevor sie ihm noch antworten konnte, hörte man hastige Schritte die Treppe heraufeilen. Im nächsten Augenblick stürmte ein stämmiger Schuljunge ins Zimmer und rief: «Frederica, es war nichts als Schwindel! Wir haben überall gesucht, und ich habe alle Leute gefragt, aber niemand wußte etwas darüber!»

4

Miss Merriville ließ sich von dem ungestümen Eintritt eines jungen Herrn in ihren Salon nicht aus der Fassung bringen, obwohl es ihm, seit sie ihn vor etwa drei Stunden zum letztenmal gesehen hatte, gelungen war, sich einen verdrückten, schmierigen Kragen sowie beschmutzte Hosen zu erwerben. Sie reagierte sofort mitfühlend: «Nein, wie gräßlich für dich! Aber ein Schwindel kann es nicht gewesen sein, Felix! Es war doch Mr. Rushbury, der dir davon erzählt hat, und der hätte dich bestimmt nicht angeführt!»

Master Felix Merriville hatte sich inzwischen den Marquis flüchtig angesehen, hätte aber zweifellos die Geschichte seiner morgendlichen Odyssee hervorgesprudelt, wäre er nicht von einem zweiten, älteren Schuljungen davon abgehalten worden, der nach ihm hereinkam und ihn nun streng ermahnte, sich anständig zu benehmen. Ein großer, zottiger Hund von unbestimmbarer Abstammung folgte diesem jungen Mann auf dem Fuß. Der Junge entschuldigte sich bei Frederica, daß er hereingekommen war, während sie Besuch hatte; mittlerweile lief dieses Tier mit äußerster Liebenswürdigkeit auf den Marquis zu, um ihn zu begrüßen. Es war sehr gutmütig, wie es mit dem Wedeln seines buschigen Schwanzes bekundete, und seine offensichtliche Absicht war, an dem Gast emporzuspringen. Aber Alverstoke, erfahren im Umgang mit Hunden, rettete sein Gesicht davor, großzügig abgeschleckt, und seine erlesen geschnittene Jacke aus allerfeinstem Stoff, von schmutzigen Pfoten verschmiert zu werden, indem er das Tier bei den Vorderbeinen abfing und von sich abhielt. «Ja, ja, braver Hund!» sagte er. «Ich bin dir sehr verbunden, aber das Gesicht mag ich mir nicht ablecken lassen!»

«*Sitz*, Lufra!» befahl Mr. Jessamy Merriville noch strenger. Er fügte, genausowenig schüchtern wie seine Schwester, hinzu: «Verzeihung, Sir, ich hätte ihn nicht hereingebracht, wenn ich gewußt hätte, daß meine Schwester Besuch hat.»

«Macht nichts, ich habe Hunde gern», antwortete Seine Gnaden und machte sich Lufra zum unterwürfigen Sklaven, indem er dem Tier genau den Fleck auf dem Rückgrat kraulte, den sich der dankbare Hund unmöglich selbst kratzen konnte. «*Wie* nennst du ihn?»

«Lufra, Sir», sagte Jessamy und errötete bis unter die Haarwurzeln. «Das heißt, *ich* nicht. Es war ein dummer Einfall meiner Schwestern. Ich habe ihn Wolf genannt, als er noch klein war. Aber sie blieben beharrlich bei dem Namen, so daß er schließlich nicht mehr auf seinen richtigen hörte. Und dabei ist er gar kein Weibchen.»

Da Frederica merkte, daß Seine Gnaden völlig verständnislos dreinsah, erklärte sie ihm die Sache. «Der Name stammt aus *The Lady of the Lake*», sagte sie. «Sie erinnern sich doch bestimmt an die Stelle, wo der König befiehlt, einem Hirsch nachzusetzen. Und Lufra, ‹die weder Schmeicheln, weder Drohen je von Douglas' Seite riß, der schnellste Hund im ganzen Norden, die tapfre Lufra sah's und stürmte vor. Weit blieb zurück des Königs Meute, sie aber stürzte auf die Beute, schlug tief die Fänge in das Wild› ...»

«... ‹und trank sein Blut in tiefen Zügen!›» warf Felix genußvoll ein.

«Halt den Mund!» knurrte sein älterer Bruder. «Es war gar kein Hirsch, Sir – bloß ein junger Stier, von dem wir nicht geglaubt hätten, daß er gefährlich sei. Und sein Blut trinken – Blödsinn!»

«Sicher, aber du kannst nicht leugnen, daß Luff dich davor gerettet hat, aufgespießt zu werden», sagte Frederica. Sie sah zu Alverstoke auf. «Stellen Sie sich das bloß vor! Er war kaum mehr als ein junges Hündchen, aber er stürzte sich dazwischen und verbiß sich in das Maul des Stiers, während sich Jessamy über das Gatter in Sicherheit brachte! Und ich bin ganz sicher, daß ihn nicht einmal ein Markknochen von Jessamys Seite locken könnte – stimmt's, lieber Luff?»

Tiefbefriedigt von diesem Lob, legte der treue Hund die Ohren flach, wedelte, bellte einmal aufmunternd und ließ sich japsend zu Fredericas Füßen nieder. Sein Herr, dem dieses Zwischenspiel höchst unbehaglich war, hätte wohl sich, seinen Hund und seinen Bruder aus dem Salon entfernt, wenn ihn Frederica nicht zurückgehalten hätte. Sie sagte: «Nein, bitte, lauf nicht weg! Ich möchte dich Lord Alverstoke vorstellen. Das ist mein Bruder Jessamy, Sir, und das ist Felix.»

Als Seine Gnaden die Verbeugung der Jungen entgegennahm, merkte er, daß er prüfend betrachtet wurde: von Jessamy, den er auf ungefähr sechzehn Jahre schätzte, abwägend; von dem drei bis vier Jahre jüngeren Felix mit dem festen, aber durchaus nicht neugierigen Blick, wie ihn Kinder haben. Der Lord war es durchaus nicht gewöhnt, prüfend betrachtet zu werden, und in seinen Augen stand entschieden ein Zwinkern, als er sich die Jungen genauer ansah.

Jessamy, dachte er, war eine übertriebene Kopie seiner Schwester: sein Haar war dunkler als das ihre, die Nase stärker gekrümmt, und Mund und Kinn energisch bis zur Eigensinnigkeit. Felix hatte noch die Stupsnase und Pausbäckigkeit eines sehr jungen Knaben, aber dasselbe feste Kinn und den direkten Blick, die seine älteren Geschwister auszeichneten, und er war sogar noch weniger schüchtern. Er war es auch, der das Schweigen brach und herausplatzte: «Sir, wissen *Sie* etwas über den *Catch-me-who-can*?»

«Natürlich weiß er das nicht! Sei doch nicht so ungezogen!» ermahnte ihn sein Bruder. «Entschuldigen Sie, bitte, Sir, er hat lauter Flausen im Kopf.»

«Keine Flausen – Eisenbahnlokomotiven», antwortete Alverstoke. Er sah auf Felix hinunter. «Stimmt's? Das ist doch irgendeine Dampflokomotive?»

«Ja, stimmt!» sagte Felix eifrig. «Die von Trevithick, Sir. Ich meine nicht den *Puffing Devil* – der fuhr auf der Landstraße, fing aber Feuer und verbrannte.»

«Jawohl, und das war auch sehr gut so!» warf Jessamy ein. «Dampfmaschinen auf den Straßen! Die hätten doch jedes Pferd wahnsinnig vor Schreck gemacht!»

«Ah! Bestimmt hätten sie sich bald an sie gewöhnt. Außerdem spreche ich nicht von *der*. Die, die ich meine, läuft auf Schienen – fünfzehn Meilen pro Stunde, wenn nicht mehr!» Er wandte seine Aufmerksamkeit wieder Alverstoke zu. «Ich weiß *bestimmt*, daß sie nach London gebracht wurde, weil es mir Mr. Rushbury, mein Pate, gesagt hat, und man kann um einen Shilling mit ihr fahren! Er sagte, sie sei nördlich der New Road, und wie er meinte, nicht weit vom Montague-Palais.»

«Ich glaube, dort war sie», sagte Alverstoke. «Aus irgendeinem Grund habe ich sie mir nie selbst angesehen, aber wenn ich mich recht erinnere, hat der Erfinder – wie sagtest du, heißt er?»

«Trevithick! Die allererste Lokomotive, die er gebaut hat, zieht fünf Waggons und kann zehn Tonnen Eisen und siebzig Menschen befördern, aber nur bei fünf Meilen in der Stunde. Die ist in Wales – ich habe vergessen, wo –, aber die hier hat nur einen Waggon, und –»

«Wirst du *sofort* den Mund halten, du gräßlicher kleiner Dampfplauderer?» unterbrach ihn Jessamy. «Jeder Mensch muß dich für einen richtigen Gassenjungen halten, wenn du so dahinplapperst und Lord Alverstoke nicht erlaubst, ein Wort einzuflechten!»

Bestürzt über diesen Tadel, bat Felix hastig Seine Gnaden um Entschuldigung, aber Alverstoke, amüsiert über ihn, sagte: «Unsinn! Ich kann jederzeit ein Wort einflechten, wenn ich will! Eine solche Lokomotive hat es hier gegeben, Felix, aber ich fürchte, das war einmal. Ich glaube, Trevithick hat ein Grundstück in der Nähe des Fitzroy Square gemietet, eingezäunt und ein kreisförmiges Geleise angelegt. Soweit ich mich erinnere, hat das ziemliches Aufsehen erregt. Es sind zwar viele Leute hingegangen, um es sich anzuschauen, aber nur wenige konnten dazu überredet werden, darin auch zu fahren. Schließlich fuhr überhaupt niemand mehr, als ein Gleis brach und die Maschine umstürzte. Daher hat man die Sache aufgegeben. Das muß schon so ungefähr zehn Jahre her sein.» Er lächelte, als er die Enttäuschung von Felix sah. «Es tut mir leid! Interessierst du dich denn so sehr für Lokomotiven?»

«Ja – nein – das heißt, für *Maschinen*!» stammelte Felix. «Dampfkraft... komprimierte Luft... Sir, haben Sie schon einmal den pneumatischen Aufzug in der Gießerei in Soho gesehen?»

«Nein», sagte Seine Gnaden. «Du schon?»

«Sie würden mich nicht hineinlassen», antwortete Felix traurig. Dann aber kam ihm ein Gedanke. Den Blick eifrig auf Alverstoke geheftet, fragte er atemlos: «Wenn Sie ihn zu sehen wünschten – *könnten* Sie das dann?»

Frederica, die sich wieder gesetzt hatte, rief: «Nein, nein, Felix! Lord Alverstoke wünscht das nicht! Du darfst ihn nicht quälen, daß er dich dorthin mitnimmt!»

Sie hatte recht, Alverstoke hegte durchaus nicht den Wunsch, einen pneumatischen Aufzug zu inspizieren, entdeckte jedoch, daß er nicht imstande war, dem flehenden Blick dieser Augen, die so hoffnungsvoll auf ihn gerichtet waren, zu widerstehen. Er nahm wieder Platz, lächelte etwas kläglich und antwortete: «Vermutlich ja. Aber da mußt du mir mehr darüber erzählen!»

Jessamy, der sich des Ergebnisses einer solchen Aufforderung wohl bewußt war, warf Frederica einen gequälten Blick zu. Sie zwinkerte daraufhin wohl, versuchte aber nicht, ihren kleinen Bruder zum Schweigen zu bringen.

Das hätte sich freilich als eine Aufgabe herausstellen können, die über ihre Macht ging. Es kam selten vor, daß Felix ermutigt wurde, sich über ein Thema zu verbreiten, das nur wenige verstanden und den meisten langweilig war. Er strahlte auf, zog einen Stuhl herbei und versuchte das Prinzip zu erklären, nach dem pneumatische Aufzüge funktionieren. Von da war es nur ein kleiner Schritt zu der Fräswerkstatt der gleichen Gießerei, deren Maschinen durch ein Gebläse mittels Luft betrieben wurden. In kurzer Zeit hämmerten schwingende Zylinder, Kolbenstangen, Pleuelstangen, Ventilsteuerungen, Gebläserohre auf Alverstoke ein. Da Felix über diese Geheimnisse natürlich nur unvollkommen Bescheid wußte, redete er ziemlich sprunghaft. Sein Wissensdurst veranlaßte ihn, Alverstoke mit Fragen zu bombardieren, die Seine Gnaden nur teilweise befriedigend zu beantworten wußte. Er hatte jedoch genügend Ahnung von dem Thema, so daß er vermeiden konnte, Felix zu empören, indem er Gegenfragen stellte, welche die abgrundtiefe Unwissenheit enthüllt hätten, die nach der Meinung dieses jungen Herrn seine Geschwister so verächtlich machte. So wurde der Lord von der Stellung eines unwichtigen Besuchers zu der eines Favoriten ersten Grades befördert. Er war der intelligenteste Zuhörer, dem Felix je begegnet war – eben «richtig», und man konnte ihm sogar verzeihen, wenn er entschuldigend sagte: «Es ist eben so, Felix, daß ich mehr über Pferde als über Maschinen weiß!»

Dieses Bekenntnis, das den Glanz in Felix' Augen um eine Spur trübte, hob Alverstoke jedoch sofort in Jessamys Wertschätzung. Jessamy wollte wissen, ob das Gespann, das ihm schon auf der Straße aufgefallen und seinen Worten nach «hohe Klasse» war, Seiner Gnaden gehörte. Als ihm das bestätigt wurde, schob er seinen jüngeren Bruder beiseite und verwickelte den Marquis in eine Erörterung derjenigen Punkte, auf die man bei erstklassigen Kutschpferden zu achten hat.

Hätte man dem Marquis vorgeschlagen, eine halbe Stunde mit zwei Schuljungen zu verbringen, dann hätte er sich ohne Zögern auf der Stelle entschuldigt. Es kam selten vor, daß ihn in einer Gesellschaft keine Langeweile überfiel – aber hier langweilte er sich nicht. Als einziger Sohn sehr formeller Eltern und als jüngstes ihrer Kinder hatte er kein solches Familienleben genossen, dessen sich die Merrivilles erfreuten. Wenn ihm seine Nichten und Neffen als Kinder nur in ihren besten Kleidern zur Begutachtung vorgeführt und mit strengsten Strafmaßnahmen bedroht wurden, falls sie sich nicht gut betrügen, waren sie ihm stumpfsinnig und wortkarg erschienen. Er war daher von den jungen Merrivilles angenehm überrascht. Seine Schwestern hätten vielleicht deren freimütige, ungezwungene Art und das Fehlen jeglicher Schüchternheit, die sie bei Schuljungen am Platz fanden, nicht gebilligt. Er aber hielt die beiden Brüder für ein gut erzogenes, erfrischendes Pärchen und ermutigte sie durch eine Toleranz, die seine nächsten Bekannten erstaunt hätte.

Die beiden gefielen ihm – aber auch seine Ausdauer hatte ihre Grenzen, und als Felix, der Jessamy rücksichtslos aus dem Gespräch drängte, Aufschluß über Rohrdampfkessel, Rückstoßmotoren und Flügelräder hören wollte, lachte er, stand auf und sagte: «Mein lieber Junge, wenn du mehr über Dampfboote wissen willst, dann fahre einmal die Themse hinunter – aber frage nicht mich!» Er wandte sich Frederica zu, aber bevor er sich noch von ihr verabschieden konnte, öffnete sich die Tür, und zwei Damen kamen herein. Er blickte sich um, und die Abschiedsworte erstarben ihm auf den Lippen.

Beide Damen waren zum Ausgehen gekleidet, aber hier endete auch schon die Ähnlichkeit zwischen ihnen. Die eine war ein hageres Frauenzimmer unbestimmbaren Alters und abschreckenden Anblicks; die andere war das hinreißendste Mädchen, das Seiner Gnaden trotz all seiner reichen Erfahrung je vor Augen gekommen war. Er begriff, daß er Miss Charis Merriville vor sich hatte, und erkannte, daß sein Sekretär ihre Schönheit nicht unterschätzt hatte.

Vom Kopf – voll glänzender goldener Locken – bis zu ihren kleinen, in zierlichen Ziegenlederschuhen steckenden Füßen mit dem hohen Rist bot sie ein Bild, das jedem Mann den Atem raubte. Ihre Gestalt war elegant, die Fesseln graziös gedrechselt, ihr Teint hatte verschiedene Verehrer zum Vergleich mit Damaszener Rosen oder reifen Pfirsichen angeregt. Die köstlichen Lippen waren zärtlich geschwungen, die Nase war nicht wie bei ihren Geschwistern leicht gebogen, sondern gerade, mit zart gemeißelten Nasenflügeln. Die Augen blickten unschuldig in die Welt, waren von einem himmlischen Blau und zeigten den Ausdruck von Aufrichtigkeit und die Spur eines schmachtenden Lächelns. Sie trug einen bescheidenen Hut mit einer kleinen Schute, und das Kleid wurde von einer azurblauen Pelisse aus Kaschmir verhüllt. Instinktiv tastete die Hand des Marquis nach dem Monokel. Frederica, die es mit schwesterlicher Genugtuung beobachtete, stellte ihn ihrer Tante vor.

Miss Seraphina Winsham, die sich Alverstokes Namen von ihren Neffen mit Stentorstimme wiederholen ließ, unterzog Seine Gnaden einer feindseligen, kritischen Musterung und äußerte angewidert: «Ich muß schon sagen –!» Dann fügte sie hinzu: «Ach, fort da!» Aber da dies anscheinend an Lufra gerichtet war, der um sie herumsprang, wich Seine Gnaden nicht. Seine leichte Verbeugung entlockte ihr nur ein kurzes Nicken und einen noch abweisenderen Blick. Miss Winsham, die Frederica rätselhaft informierte, daß es genauso war, wie sie es erwartet hatte, stelzte hinaus.

«Ach, Himmel!» sagte Frederica. «Sie ist wieder einmal in ihrer kritischen Stimmung! Was hat sie denn gar so sehr aufgebracht, Charis? Oh, verzeih – Lord Alverstoke, meine Schwester!»

Charis lächelte Seine Gnaden an und reichte ihm die Hand. «*How do you do?* – Es war wirklich ein *sehr* höflicher junger Mann, Frederica, in Hookhams Bücherei, der mir ein Buch vom Bord herunterholte, weil ich selbst nicht ganz hinauflangen konnte. Er war höchst zuvorkommend und staubte es sogar mit seinem Taschentuch ab, bevor er es mir reichte, aber die Tante hielt ihn für einen Stutzer. Und *Ormond* konnten sie uns nicht verschaffen, also habe ich statt dessen den *Knight of St. John* mitgebracht, der uns bestimmt genauso gut gefallen wird.»

Diese Worte wurden mit einer weichen, milden Stimme vorgebracht. Der Marquis, unter dessen kritischen Blicken die Schönheiten vieler Saisons vorbeigezogen waren, vermerkte beifällig, daß diese hier, die verblüffendste, die er je gesehen hatte, keinerlei Künste anwandte, um anziehend zu wirken, sondern im Gegenteil sich ihrer Reize gar nicht bewußt zu sein schien. Als ein Mann, der jahrelang als der glänzendste Fang auf dem Heiratsmarkt gegolten hatte, war er gewöhnt, jeder Art von Künstelei, die ihn ködern sollte, zu begegnen. Und mit Anerkennung sah er die Interesselosigkeit der jüngeren Miss Merriville in diesen Dingen. Er fragte sie, wie ihr London gefiele, und sie antwortete: sehr gut. Aber ihre Aufmerksamkeit war anderweitig beschäftigt, sie strengte sich nicht an, das Gespräch weiterzuführen, sondern sagte dafür mit sanftem Vorwurf: «Aber Felix, Liebling, du hast dir ja einen Knopf von der Jacke abgerissen!»

«Ach, wie dumm!» antwortete Felix und zuckte ungeduldig mit der Schulter. «Das macht doch nichts!»

«O nein, kein bißchen!» stimmte sie ihm zu. «Frederica hat veranlaßt, daß uns der Schneider mit einer zweiten Garnitur versorgt, weißt du noch? Ich nähe ihn dir im Handumdrehen an. Komm nur mit! Du kannst doch nicht so in der Stadt umherlaufen und wie ein Zigeuner aussehen, nicht wahr?»

Es war deutlich zu sehen, daß der jüngste Merriville nichts dagegen einzuwenden hatte, sich der Stadt in dieser Verkleidung zu zeigen. Ebenso deutlich aber war, daß er die Autorität seiner älteren Schwester anerkannte, als er zur Antwort auf seinen flehenden Blick ein entschiedenes Kopfschütteln erhielt. Er sagte schmollend: «Na schön!» Aber bevor er sich von Charis entführen ließ, verabschiedete er sich vom Marquis und sagte eifrig: «Und Sie werden mich nach Soho mitnehmen, nicht wahr, Sir?»

«Wenn nicht ich, dann mein Sekretär», antwortete Alverstoke.

«Oh! Na – na ja, danke, Sir! Nur – wäre es nicht doch besser, wenn Sie *selbst* mitgingen?» drängte Felix.

«Besser für wen?» fragte Seine Gnaden unwillkürlich.

«Für mich natürlich», antwortete Felix höchst aufrichtig. «Ich bin überzeugt, *Ihnen* zeigt man alles, was Sie sehen möchten – wegen – da Sie ein – ein zweitrangiger Aristokrat sind, das weiß ich bestimmt, weil in einem Buch, das ich gefunden habe, drinsteht, daß ein Marquis gleich nach dem Herzog kommt, also – daher –»

Aber an diesem Punkt warf ihn sein Bruder angewidert aus dem Zimmer. Bevor er selbst ging, blieb er kurz stehen, um sich bei Alverstoke würdevoll für den kindlichen Mangel an Benehmen bei Felix zu entschuldigen. Da ihm Lufra dicht auf den Fersen folgte und Charis, die Alverstoke zum Abschied ein Lächeln gegönnt hatte, auch gegangen war, blieb der Marquis mit seiner Gastgeberin allein.

Sie sagte nachdenklich: «Es wäre vermutlich wirklich besser, wenn Sie selbst ihn zu den Maschinen mitnähmen. Er ist nämlich ein sehr unternehmungslustiger Junge, und man kann nie wissen, was er sich plötzlich in den Kopf setzt.»

«Charles wird schon wissen, wie er ihn im Zaum halten soll», antwortete er gleichgültig.

Sie blickte zweifelnd, sagte aber nichts mehr, denn sie bemerkte, daß Seine Gnaden in eine geistesabwesende Stimmung geraten war. Er starrte auf die gegenüberliegende Wand, ohne sie zu sehen, mit einem seltsamen Lächeln um die Mundwinkel. Dieses verstärkte sich, plötzlich lachte er leise auf und sagte: «Bei Gott, ich werde es tun!»

«Was denn?» fragte Frederica.

Er hatte ihre Anwesenheit offenkundig vergessen. Erst ihre Stimme brachte ihn in die Gegenwart zurück, aber an Stelle einer Antwort fragte er unvermittelt: «Was tun eigentlich Ihre Brüder hier? Sie sollten doch in der Schule sein!»

«Nun ja, in gewisser Hinsicht mögen Sie vielleicht recht haben», pflichtete sie ihm bei. «Aber Papa dachte nie daran, einen seiner Söhne in die Schule zu schicken. Er selbst wurde nämlich daheim erzogen. Das mag Ihnen natürlich nicht als guter Grund erscheinen, bei den Jungen die gleiche Bahn einzuschlagen – aufrichtig gestanden, mir kommt es auch nicht richtig vor. Aber man soll nicht ungerecht sein, und das wäre es *wirklich*, wollte man annehmen, daß der arme Papa die Schuld an seinen – seinen Irrtümern auf seine Erziehung schob. Und ich weiß nicht, ob das stimmt», fügte sie nachdenklich hinzu. «Die Merrivilles hatten immer einen Hang zur Flatterhaftigkeit.»

«Aber nein, wirklich?» erwiderte er mit spöttischem Lächeln. «Jessamy und Felix haben also Erzieher gehabt?»

«O ja, *Dutzende*!» antwortete Miss Merriville. Sie bemerkte den erschrockenen Blick Seiner Gnaden und beeilte sich, ihn zu beruhigen. «Oh, nicht alle auf einmal! Einen nach dem anderen, verstehen Sie? Sie können sich nicht vorstellen, wie ärgerlich das war! Es ist nämlich so, daß die Jungen keine alten Erzieher haben wollen, weil diese nicht mit ihnen Sport treiben können. Und wenn es junge sind, wollen sie immer nur ein, zwei Monate bleiben, während sie auf eine Anstellung in der Schule warten, bis sie an eine Universität gehen oder so etwas. Und was sogar noch ärgerlicher ist, immer verlieben sich alle unsterblich in Charis!»

«Das glaube ich sofort.»

Sie nickte seufzend. «Ja, und das Malheur ist, daß Charis es einfach *nicht* übers Herz bringt, sie abzuschrecken. Unglücklicherweise besitzt sie ein zärtliches Herz und kann es nicht ertragen, jemandem einen Schmerz zuzufügen – besonders nicht Leuten wie dem armen Mr. Griff, der sehr tolpatschig und schüchtern war, rotes Haar hatte und einen Adamsapfel, der im Hals auf und ab hüpfte. Er war der letzte Erzieher. Derzeit haben die Jungen Ferien, aber wenn sie alle Sehenswürdigkeiten Londons gesehen und sich etwas mehr eingewöhnt haben, muß ich wieder jemanden für sie anstellen. Aber Jessamy ist sehr brav und studiert zwei Stunden täglich, weil er entschlossen ist, schon mit achtzehn nach Oxford zu gehen, ein Jahr früher als Harry.»

«Ist Harry jetzt in Oxford?»

«Ja, im vierten Semester. Deshalb schien es mir ja gerade der richtige Augenblick, für ein Jahr nach London zu gehen. Es wird auch ihm sehr gut tun, etwas von der Welt zu sehen, bevor er sich in Graynard niederlassen muß – glauben Sie nicht? Außerdem wird er es ungemein genießen!»

«Das bezweifle ich nicht», sagte Alverstoke. Er sah mit einem Glitzern in den Augen auf sie hinunter. «Inzwischen aber müssen wir Ihre Lage erwägen. Ich habe die Absicht, in den nächsten Wochen einen Ball zur Feier des Debüts einer meiner Nichten zu geben. Sie und Ihre Schwester werden dabei erscheinen, um von meiner Schwester der Gesellschaft vorgestellt zu werden. Sie werden dann alle zweifellos Einladungen für eine Anzahl ähnlicher Veranstaltungen erhalten, zu denen Sie meine Schwester begleiten wird – ah! – und außerdem meine Base, Mrs. Dauntry, die bei meinem Ball ebenfalls eine Tochter debütieren lassen will!»

Fredericas Lippen zitterten. Ihre Augen blitzten spitzbübisch. Sie sagte: «Ich bin Ihnen sehr verbunden! Welch ein glücklicher Umstand, daß Charis gerade rechtzeitig heimkam, um Sie kennenzulernen!»

«Ja, nicht wahr?» erwiderte er. «Sonst hätte ich vielleicht nicht erkannt, wie entsetzlich es wäre, einen solchen Edelstein verborgen zu halten.»

«Stimmt ganz genau! Und es gäbe nichts Besseres für sie, als auf Ihrem Ball zu erscheinen. Ich bin Ihnen wirklich *sehr* dankbar. Aber es ist nicht im geringsten nötig, mich ebenfalls einzuladen.»

«Haben Sie vor, Einsiedlerin zu werden?»

«Nein, aber –»

«Dann ist es unbedingt nötig für Sie, bei meinem Ball zu erscheinen.

Ich bin auch der festen Meinung, daß Sie Ihre Tante dazu bewegen sollten, Sie zu begleiten. Da Sie nicht unter dem Dach meiner Schwester leben, würde es sich seltsam ausnehmen, wenn keine ehrenwerte Tugendwächterin zu erblicken wäre. Ihre Extravaganz braucht Sie nicht zu kümmern –»

«Tut sie ja nicht!» warf Frederica ein.

«– denn Extravaganz ist der letzte Schrei», fuhr er fort.

«Schön, mich würde das auch nicht kümmern, wenn es nicht so wäre. Aber ich befürchte, Ihre Schwester wird diesem Plan vielleicht nicht zustimmen.»

Das Glitzern in seinen Augen verstärkte sich. «O doch!»

«Das können Sie nicht wissen!» behauptete Frederica.

«Glauben Sie mir, ich weiß es.»

«Nein, das wissen Sie nicht, denn Sie haben selbst erst in diesem Augenblick daran gedacht», sagte Frederica rundweg. «Es ist alles sehr schön, so erhaben zu sein, aber falls Ihre Nichte nicht auch ein Edelstein ist, wie Sie sagen, dann wird Charis sie in den Schatten stellen. Und welche Mutter wäre schon bereit, ihre Tochter in Charis' Gesellschaft debütieren zu lassen?»

Ein Lächeln huschte um seinen Mund, dies aber war auch das einzige Zeichen, daß er ihr zuhörte. Er nahm eine Prise Tabak und bemerkte, als er die Dose schloß: «Ich anerkenne unsere Verwandtschaft – Base! –, aber das genügt nicht. Sie haben vorgeschlagen, ich solle Ihren Vormund spielen – ausgezeichnet! Sagen wir also, daß Ihr Vater Sie alle meiner Obhut anvertraut hat. Nun aber: weshalb soll er das getan haben?»

«Nun, er hat wirklich gesagt, daß Sie der Beste von der ganzen Familie seien», schlug Frederica vor.

«Das würde nicht verfangen. Ich wette, meine Schwestern wissen genausogut wie ich, wie entfernt die Verbindung zwischen uns ist. Wir müssen schon einen besseren Grund finden, um ihre Neugierde zu befriedigen.»

Frederica verstand, worauf es ankam, und sagte: «Papa hat Ihnen einmal – einen bedeutenden Dienst erwiesen, für den Sie sich aber noch nie revanchieren konnten!»

«Aber *was* für einen Dienst?» fragte Seine Gnaden skeptisch.

«Das», erwiderte Frederica mit Schwung, «ist etwas, das Sie lieber nicht zu enthüllen wünschen – besonders Ihren Schwestern nicht!»

«Oh, sehr gut!» sagte er beifällig, und das beunruhigende Glitzern in seinen Augen verwandelte sich in echtes Vergnügen. «Ich fühle mich ihm verpflichtet, und aus diesem Grunde habe ich die Vormundschaft über seine Kinder übernommen.» Er bemerkte den nachdenklichen Ausdruck in ihren Augen und hob die Brauen. «Nun?»

«Ich dachte bloß – Vetter! –, falls Sie wirklich unser Vormund werden wollen, dann wäre es für *Sie* passender als für *mich*, einen entsprechenden Erzieher für Jessamy und Felix zu finden!»

«Ich kenne mich in solchen Dingen nicht aus – und meine Vormundschaft wird völlig inoffiziell sein!»

«Worauf Sie sich verlassen können!» sagte Frederica. «Aber ich sehe keineswegs ein, warum Sie sich nicht nützlich machen könnten!»

«Darf ich Sie daran erinnern, daß ich zugestimmt habe, Sie in die Gesellschaft einzuführen? Damit ist es mit meiner Nützlichkeit aber auch zu Ende.»

«Nein, wieso denn? Wenn Sie in Umlauf setzen wollen, daß Sie sich ehrenhalber verpflichtet fühlen, uns zu beschützen, dann müssen Sie noch etwas *mehr* tun, als Charis und mich zu einem Ball in Ihr Haus zu bitten! Sicher, ich bin Ihnen dafür wirklich dankbar – obwohl Sie es nicht getan hätten, wenn Charis Sie nicht überwältigt hätte! Aber –»

«Charis», unterbrach er sie, «ist ein sehr schönes Mädchen – vielleicht das schönste Mädchen, dem ich bisher begegnet bin. Aber wenn Sie sich einbilden, ich lade sie zu dem Ball ein, weil ich mein Herz an sie verloren habe, dann schießen Sie weit daneben, Base Frederica!»

«Ich muß sagen, ich hoffe, daß Sie sich nicht verlieben», antwortete sie und sah etwas bekümmert drein. «Wissen Sie, Sie sind viel zu alt für sie!»

«Sehr richtig!» erwiderte er. «Und sie ist viel zu jung für mich!»

«Natürlich!» pflichtete ihm Frederica bei. «Warum also haben Sie sich so plötzlich entschlossen, uns einzuladen?»

«Das, Base, möchte ich Ihnen lieber nicht erzählen.»

Sie betrachtete ihn stirnrunzelnd, und ihr unverwandter Blick forschte in seinen Zügen. Er war ihr ein Rätsel. Gleich zu Anfang hatte sie keinen günstigen Eindruck gehabt: Seine Gestalt war gut, seine Kleidung erlesen und sein Gesicht nicht schön, doch vornehm. Sein Benehmen jedoch erschien ihr zu hochfahrend, und seine Augen waren kalt und unangenehm zynisch. Selbst sein Lächeln schien verächtlich zu sein, es kräuselte nur seine Lippen, während die Augen dabei kalt wie Stahl blieben. Dann aber hatte sie etwas gesagt, das seinen Sinn für Humor ansprach, und der metallische Glanz war in einem Lächeln echten Vergnügens untergegangen. Dieses erwärmte nicht nur seine Augen, sondern verwandelte ihn blitzartig vom hochmütigen Aristokraten zu einem Herrn mit ungezwungenen Manieren, einem ausgeprägten Sinn für das Lächerliche und beträchtlichem Charme. In Sekundenschnelle war er dann wieder undurchdringlich geworden. Trotzdem war keine Spur von Förmlichkeit an ihm zu bemerken, als Felix ins Zimmer hereingesprungen kam. Er hatte alle Fragen Felix' und Jessamys geduldig und humorvoll beantwortet und beide Jungen freundlich betrachtet. Er hatte es gleichmütig ertragen, daß ihn Miss Winsham als Stutzer behandelte, und der Blick, den er auf Charis geheftet hatte, war höchst anerkennend gewesen. Frederica zweifelte nicht daran, daß er aus Bewunderung für Charis seinen Sinn geändert hatte. Was es aber war, das das boshafte Glitzern in seine Augen zurückbrachte, das konnte sie nicht erraten.

Sie sah ihn zweifelnd an. Er hob die Brauen und fragte: «Nun?»

«Ich sollte eine Witwe sein!» rief sie ärgerlich aus. «Ja, und wenn ich eine Spur Verstand hätte, dann wäre ich es auch!»

Der Ausdruck, dem sie mißtraute, verschwand; seine Augen waren wieder voll Lachen. «Das werden Sie bestimmt noch werden!» versicherte er ihr.

«Dann aber nützt es nichts mehr!» antwortete sie ungeduldig. «Wenn ich aber *jetzt* schon Witwe wäre –» Sie unterbrach sich, und ihr Gesicht strahlte vor Erheiterung auf. «Aber, aber, so etwas Abscheuliches zu sagen! Ich habe zwar eine Familie unter meinen Fittichen, weil ich die Älteste bin, aber ich bin wirklich nicht tyrannisch oder – oder eine Keifzange! Zumindest glaube *ich*, es nicht zu sein!»

«Nein, nein!» sagte er begütigend. «Ich bin überzeugt, Sie führen die Zügel formvollendet. Erzählen Sie mir doch, wie Sie, wenn Sie nur eine Spur Verstand hätten, jetzt eine Witwe sein könnten? Oder warum Sie sich das wünschen: haben Sie irgendwo einen heimlichen Gatten?»

«Natürlich nicht. Ich habe nur gemeint, ich hätte mich für eine Witwe ausgeben sollen. Dann könnte ich selbst die Anstandsdame für Charis spielen, und Sie müßten nicht Ihre Schwester in die Sache verwickeln.»

«Oh, ich habe nicht das geringste dagegen!» sagte er.

«Doch sie kann sehr viel dagegen haben! Schließlich kennt sie uns überhaupt nicht.»

«Dem soll abgeholfen werden!» Er streckte ihr die Hand hin. «Ich muß jetzt gehen, aber Sie werden in ein, zwei Tagen von mir hören. Oh, bitte, klingeln Sie nicht! Denken Sie daran, daß ich ein Mitglied der Familie geworden bin, und seien Sie nicht förmlich zu mir. Ich werde mich selbst zum Tor hinausgeleiten.»

Das mußte er jedoch nicht tun, da ihm Felix in der Halle auflauerte und ihn sehr höflich zu seinem Wagen begleitete. Das allerdings hatte seine Wurzeln in Felix' Entschlossenheit, dem Marquis das Versprechen eines Besuchs der Gießerei in Soho zu entringen.

«Keine Angst!» sagte Seine Gnaden. «Wir werden uns um die Sache kümmern.»

«Ja, Sir, danke! Aber Sie gehen doch selbst mit, oder? Nicht Ihr Sekretär?»

«Mein lieber Junge, warum sollte ich? Ich bin überzeugt, daß Mr. Trevor viel mehr über diese geheimnisvollen Dinge weiß als ich.»

«Ja, aber ... O bitte, kommen Sie selbst mit, Sir, das wäre dann erst wirklich prima!»

Der Marquis glaubte sich gegen Schmeichelei gefeit. Er meinte, er habe schon jede nur erdenkliche Art davon erlebt, aber nun entdeckte er seinen Irrtum: Der offen anbetende Blick in den Augen eines Zwölfjährigen, der eifrig zu ihm emporsah, war ihm neu und riß Löcher in seine Bollwerke. Er brachte es zuwege, jedem gefühlsduseligen Frauenzimmer die kühlste Abfuhr zuteil werden zu lassen, und Speichellecker fertigte er in der verletzendsten Art ab. Sogar, als er daran dachte, wie unerträglich er sich in Soho langweilen würde, war er gänzlich unfähig, seinem neuesten und jüngsten Bewunderer eine abschlägige Antwort zu erteilen. Das wäre so, als versetze man einem vertrauensvollen jungen Hund einen Fußtritt.

Daher konnte Master Felix Merriville, der sofort wieder die Treppe zum Salon emporraste, Frederica triumphierend mitteilen, daß alles in Ordnung sei: «Vetter Alverstoke» würde ihn persönlich zur Besichtigung des pneumatischen Aufzugs mitnehmen. Und er fügte hinzu, daß dieser neue Vetter ein regelrechtes Trumpf-As sei.

5

Am nächsten Tag erlitt Mr. Charles Trevor einen Schock. Keine zwanzig Minuten, nachdem der Hauptverwalter des Marquis auf dem Schreibtisch Rechnungen und Berichte abgelegt hatte, deren Menge auf ein seinem vornehmen Arbeitgeber erträgliches Maß zu reduzieren die wenig beneidenswerte Pflicht Mr. Trevors war, schlenderte der Marquis in das Büro herein und sagte: «Guten Morgen, Charles. Sind Ihnen irgendwelche Gießereien in Soho bekannt?»

«Gießereien, Sir?» sagte Mr. Trevor, verblüfft über eine so ausgefallene Frage.

«Irgend etwas, das mit dem Schmelzen von Metallen zu tun hat, stelle ich mir vor», erklärte der Marquis und richtete sein Monokel auf den Haufen Papier. «Guter Gott, Charles, warum haben Sie mir nie gesagt, wie überarbeitet Sie sind? Was, im Namen der Schändlichkeit, soll das alles?»

«Nur Quartalsende, Sir!» sagte Charles lächelnd. «Coleford war bei mir, weil er weiß, wenn er diese Papiere Euer Gnaden übergäbe, würden Sie ja doch kein Wort davon lesen! Aber – Gießereien?! Wünschen Sie – wünschen Sie Auskünfte darüber?» Er hatte eine Idee; seine Augen leuchteten auf, und er fragte: «Soll irgendeine Anfrage im Parlament gestellt werden? Haben Sie vor, darüber zu sprechen, Sir?»

«Nein, wirklich, Charles, was für ungewöhnliche Dinge Sie von mir verlangen!» sagte Seine Gnaden. «Mein lieber Junge, *ist* es denn wahrscheinlich, daß ich auch nur den geringsten Wunsch verspüren könnte, so etwas zu tun?»

«Nein, Sir», antwortete Mr. Trevor freimütig. «Wirklich, ich wußte nicht, daß Sie sich für solche Dinge interessieren!»

Der Marquis seufzte und schüttelte den Kopf. «Ach, ich habe ja oft vermutet, daß Sie mich für einen recht oberflächlichen Burschen halten.»

«Ja, aber – ich meine, nein, natürlich nicht, Sir!» sagte Mr. Trevor, sich hastig verbessernd.

«Sie lügen, Charles – Sie tun es doch! Und Sie haben völlig recht», bemerkte Seine Gnaden kummervoll. «Ich interessiere mich nicht für Gießereien. Aber wie dem auch sei – es ist nie zu spät zur Umkehr, und jetzt bin ich eben dabei, ein Interesse an ihnen zu hegen. Stimmt das eigentlich? Wenn ich es recht bedenke, sind es gar nicht Gießereien, sondern pneumatische Aufzüge. Wissen Sie irgend etwas über pneumatische Aufzüge?»

«Nein, Sir. Aber ich weiß sehr gut, wann Sie mich zum besten halten!»

«Sie tun mir unrecht, Charles. Irgendwo in Soho gibt es eine Gießerei, die einen pneumatischen Aufzug besitzt. Ich wünsche ihn zu sehen. Reißen Sie sich von all diesen jämmerlichen Dokumenten los und arrangieren Sie das für mich, mein lieber Junge!»

«Gewiß, Sir!» sagte Mr. Trevor mechanisch.

«Ich wußte ja, daß ich mich auf Sie verlassen kann. Ich gestehe, es enttäuscht mich ein bißchen, zu entdecken, daß Sie zum Thema ‹pneumatische Aufzüge› gar nichts wissen, aber vielleicht haben Sie statt dessen Heizkessel und Dampfschrauben studiert?»

Mr. Trevor betrachtete ihn mit sprachlosem Staunen und schüttelte den Kopf.

«Los, los, Charles!» sagte Seine Gnaden vorwurfsvoll. «Das muß in Ordnung gebracht werden! Wie können Sie erwarten, in der Welt weiterzukommen, wenn Sie keinen Versuch machen, mit der Zeit zu gehen? Sie sollten eine Fahrt stromabwärts auf einem Dampfboot unternehmen, um etwas über diese Dinge zu erfahren.»

Sein vielgeprüfter Sekretär sagte rundweg: «Sehr verbunden, Sir, aber ich bin kein Ingenieur, und ich will gar nichts über Dampfkessel erfahren! Und was eine Fahrt mit dem Dampfboot betrifft, will ich verda –, möchte ich lieber nicht machen!»

«Nun ja, ich bin auch kein Ingenieur», sagte Seine Gnaden, «und will genauso verdammt sein wie Sie, wenn ich auf ein Dampfboot steige. Aber ich hoffe doch, daß *Sie* nicht der Verdammnis anheimfallen, denn irgend etwas sagt mir, daß dies in Bälde eine Ihrer Pflichten sein wird.»

Halb lachend und ganz verblüfft sagte Charles: «Aber warum, Sir? Ich weiß, Sie scherzen, aber –»

«Keineswegs! Wenn Sie meinen neuesten Bekannten kennenlernen – hm – einen jungen Vetter von mir –, dann werden Sie merken, daß dies keine Sache müßiger Scherze ist.»

«Neuesten – einen Vetter?» stammelte Charles. «Sir, Verzeihung, aber was *können* Sie wohl damit meinen?»

Der Marquis blieb in der Tür stehen, blickte zurück und sagte mit seinem spöttischen Lächeln: «Das sollten Sie am besten wissen, mein lieber Junge – Sie waren es ja, der mich zu einem Besuch seiner Schwester angestachelt hat. Wenn Sie also in die Lage kommen, meinen Vetter Felix auf einer Dampfboot-Kreuzfahrt zu begleiten, wird Ihnen nur recht geschehen. Aber mit Charis hatten Sie völlig recht: Eine unbezahlbare Perle!»

Die Tür schloß sich hinter ihm, und Mr. Trevor war sich selbst überlassen, um aus diesen Aussprüchen schlau zu werden. Es kam nicht viel dabei heraus, denn während es ihm leichtfiel zu glauben, daß der Marquis, betroffen von der Schönheit der jüngeren Miss Merriville, die Absicht gefaßt hatte, sie zum Gegenstand einer seiner launischen Galanterien zu machen, konnte er bei aller Anstrengung seiner Phantasie keineswegs glauben, daß der Lord so weit gehen würde, sich um die Unterhaltung ihres Bruders zu kümmern, bloß, weil er sich für sie interessierte. Der Lord fand es selten nötig, sich besondere Mühe zu machen, um eine anziehende Frau an sich zu fesseln, da sich die meisten von ihnen, dachte Charles mißbilligend, ohnehin von selbst um ihn bemühten. Wenn der Lord einen Korb erhielt, dann zuckte er nur die Achseln und ging weiter, denn er flirtete um des Vergnügens willen, und jede zärtliche Neigung, die er vielleicht fühlte, war weder dauerhaft noch tief. Sich aber anzustrengen, wie es jetzt den Anschein hatte, sah ihm wenig ähnlich. Charles, der Seine Gnaden ziemlich gut zu kennen meinte, mußte gestehen, daß er sich das einfach nicht erklären konnte. Es fiel ihm nicht ein, daß Seine Gnaden den Schmeicheleien eines hartnäckigen Knirpses nachgegeben hatte, und selbst wenn ihm eine solche Idee gekommen wäre, dann hätte er sie als absurd abgetan.

Inzwischen war der Marquis, der sein Karriol selbst kutschierte, unterwegs zum Grosvenor Place. Eben als er ankam, war der Halblandauer seiner Schwester vor dem Haus vorgefahren, und Lady Buxted wollte soeben in Begleitung ihrer beiden ältesten Töchter einsteigen. «Gerade rechtzeitig, sehe ich», bemerkte er. «Verschiebe deine Abfahrt um fünf Minuten, Louisa!»

Lady Buxted, in deren Brust die Niederlage, die er ihr zugefügt hatte, immer noch rumorte, entbot ihm kalt einen «Guten Morgen» und fügte hinzu, sie habe nicht die leiseste Ahnung, was ihn eigentlich hergeführt habe.

Da sein Stallbursche nach vorne zu den Pferden gelaufen war, warf Alverstoke die Decke über seinen Beinen zurück, sprang elegant vom Karriol und sagte: «Wie könntest du das auch?» Er maß sie kritisch von Kopf bis Fuß. «Mein Kompliment! Das ist ein gutes Kostüm, und dein Jabot gefällt mir.»

Lady Buxted mochte ja die Frivolität, mit der sich ihr Bruder aufführte, bedauern, konnte aber nicht umhin, sich etwas in die Brust zu werfen. Es kam keineswegs oft vor, daß er mit ihrem Geschmack einverstanden war. Sie tupfte an die kleine Krause aus plissiertem Batist unter ihrem Kinn und sagte: «Meine *fraise*, meinst du? Ich bin wirklich geschmeichelt, daß ich ausgerechnet *deinen* Beifall finde, Alverstoke!»

Er nickte, als sei ihm das selbstverständlich, wandte sich aber an seine Nichten: «Ihr beiden da, Jane und – Maria, nicht? – wartet in der Kutsche auf eure Mutter. Ich werde sie nicht lange aufhalten.»

Lady Buxted, der diese herrische Behandlung ihrer Töchter durchaus nicht paßte, wurde zwischen dem Wunsch, ihren Bruder zum Teufel zu schicken, und erwachender Neugier hin und her gerissen. Die Neugier siegte; Lady Buxted wandte sich ins Haus zurück, sagte jedoch, sie könne ihm nur fünf Minuten gewähren. Er würdigte sie keiner Antwort, sondern folgte ihr stumm die Stufen hinauf, in den Speisesaal. Lady Buxted lud ihn nicht ein, sich zu setzen. «Also, was führt dich zu mir?» fragte sie. «Ich habe sehr viele Einkäufe zu erledigen und –»

«Es werden sogar noch mehr, als du gerechnet hast, wette ich», unterbrach er sie. «Nimm dieses älteste Mädchen von deinen Töchtern zu deiner Schneiderin mit und sag dieser, sie soll ein Ballkleid für sie nähen. Und, um Himmels willen, Louisa, laß es nicht weiß oder hellblau oder rosa machen! Ihr Gesicht ist sommersprossiger denn je, und da gibt es nur eines: sie in Bernstein-, Narzissen- oder Strohfarbe herauszuputzen!»

Die unerwartete Hoffnung, die dieser Befehl in Lady Buxteds Brust entzündete, machte es ihr leicht, die Kritik an Miss Buxteds Sommersprossen zu übersehen. Die Überraschung benahm ihr fast den Atem, aber es gelang ihr, herauszubringen: «Alverstoke! Meinst du damit – ja, kannst du damit meinen –, daß du *wirklich* einen Ball für sie geben willst?»

«Ja, das meine ich», erwiderte er und fügte hinzu: «Unter gewissen Bedingungen, liebe Louisa!»

Sie beachtete diese Einschränkung kaum, sondern rief aus: «Oh, mein teurer Vernon, ich habe doch gewußt, daß ich mich auf dich verlassen kann! Ich wußte, daß du mich nur geneckt hast! Was für ein mutwilliger, grillenhafter Bursche du doch bist! Aber ich werde dich nicht schelten, denn ich weiß: so bist du nun einmal! Oh, Jane wird außer sich sein!»

«Dann wäre ich dir sehr verbunden, wenn du es ihr erst sagst, wenn ich außer Reichweite bin!» sagte Seine Gnaden scharf. «Und mäßige um Himmels willen deine eigenen ekstatischen Ausbrüche! Mir sind deine Standpauken lieber als dein Entzücken. Setz dich, und ich sage dir, was ich von dir will.»

Sie sah einen Augenblick aus, als sei sie drauf und dran, ihm im gleichen Ton zu antworten – aber eben nur einen Augenblick lang. Die Aussicht, Jane auf einem prächtigen Ball debütieren zu lassen, für den sie keinen Penny würde ausgeben müssen, machte es ihr leicht, die Unhöflichkeit Seiner Gnaden zu übergehen. Sie setzte sich und öffnete ihre olivbraune Pelisse. «Aber sicher! Wie viel wir zu besprechen haben! Also, wann soll er sein? Ich fände es am besten, ihn auf ein Datum zu Beginn der Saison festzulegen.»

«Das ist günstig. Das wäre also nächsten Monat. Sagen wir, in drei Wochen!»

«Im April! Aber das kannst du dir nicht überlegt haben! Der Mai ist doch der Monat für die wirklich vornehmen Gesellschaften!»

«Nein, tatsächlich?» spöttelte er. «Ist dir nicht aufgefallen, daß der Mai bereits überfüllt ist mit Bällen, Redouten und allen möglichen Gesellschaften?»

«Das ist natürlich richtig», stimmte sie zu und runzelte grübelnd die Stirn. «Aber in drei Wochen wird die Saison noch kaum begonnen haben!»

«Dann wird sie eben im Alverstoke-Palais beginnen», antwortete er kühl. «Und wenn du dir einbildest, Louisa, daß nur wenige Leute kommen werden, dann kann ich dich diesbezüglich beruhigen.»

Sie wußte sehr wohl, daß er einer der tonangebenden Leute der eleganten Welt war, aber auf diese hochmütige Bemerkung hin hätte sie ihn liebend gern abgekanzelt. Sie hielt sich jedoch zurück und sagte statt dessen: «Ich weiß kaum, wie ich zu Rande kommen soll! Alle die Vorbereitungen –»

«Zerbrich dir darüber nicht den Kopf! Die werden nicht dir zur Last fallen. Gib Charles Trevor eine Liste der Leute, die du eingeladen haben möchtest – das ist alles, was du zu tun hast.»

Sie sagte mit einer Spur von Schärfe: «Da der Ball für meine Tochter ist, nehme ich an, daß ich die Gastgeberin sein werde!»

Er betrachtete sie nachdenklich. «Aber ja, natürlich. Du kannst ja die Gastgeberin spielen, doch der Ball wird nicht ausschließlich um Janes willen gegeben. Lucretia wird ihre ältere Tochter mitbringen, und...»

«Chloë!» stieß sie hervor und erstarrte. «Wagst du mir zu erzählen, Alverstoke, daß ich diese – diese Änderung der Gefühle den Schmeicheleien dieser Person zu verdanken habe?»

«Nein, du verdankst sie einem unvorhergesehenen und verwünscht lästigen Umstand. Erinnerst du dich an Fred Merriville?»

Sie starrte ihn an. «Fred Merriville? Bitte sehr, was hat denn der damit zu tun?»

«Der arme Kerl hat nichts mehr damit zu tun, er ist leider tot!»

Ihre Farbe vertiefte sich bedrohlich. «Ich bitte dich, Alverstoke, versuche deine Späße nicht mit mir zu treiben! Mir ist es wirklich egal, ob er tot oder lebendig ist!»

«Leider Gottes hat das sehr viel mit mir zu tun. Er vertraute seine Kinder meinem – hm, Schutz an. Wenn ich dir sage, daß es nicht weniger als fünf von ihnen gibt –»

«Willst du damit sagen, daß er dich zu ihrem Vormund gemacht hat?» unterbrach sie ihn.

«Nein, Gott sei Dank! So schlimm ist es nicht. Er empfahl sie nur meiner Fürsorge. Zwei von ihnen sind ja schon großjährig, aber –»

«Um Himmels willen!» rief sie aus. «Der muß ja von Sinnen gewesen sein! Ausgerechnet dir! Was in der Welt hat ihn denn dazu veranlaßt?»

«Nun ja», sagte Seine Gnaden, und der Teufel juckte ihn, «er meinte, ich sei noch der Beste von der ganzen Familie.»

«Aber nein, *wirklich*?!» fuhr sie ihn an. «Zweifellos! Das ist typisch für ihn. Denn ich hoffe, ich erlebe nie wieder einen derart verkommenen, schäbigen, unbedenklichen Menschen wie den! Ich jedenfalls kann mich gut an ihn erinnern. Ein feiner Tunichtgut! Bei dem Gedanken, was der seine Eltern gekostet haben muß, schaudert mich! Und als es ihnen endlich gelungen war, eine vorteilhafte Heirat für ihn zustande zu bringen – was mußte er tun, um allem noch die Krone aufzusetzen? Mit der Tochter irgendeines lumpigen Provinzmenschen durchbrennen! Sie wollten nichts mehr mit ihm zu schaffen haben, und das wundert mich keineswegs. Nicht, daß ich sie je persönlich gekannt hätte, aber es war einer der großen Skandale in London. Ich glaube, später erbte er den Besitz, und ich zweifle nicht daran, daß er auch den noch verspielt hat. Seine

Kinder deiner Obhut zu überlassen – das paßt genau ins Bild. Ich gebe dir den guten Rat, sie abzuweisen.»

«Nichts würde mir größeres Vergnügen bereiten, doch leider kann ich das aus Ehrengründen nicht tun», antwortete er, ohne zu stocken. «Ich stehe in seiner Schuld, mußt du wissen, und hatte nie Gelegenheit, sie zurückzuzahlen.»

«Du hast Merriville Geld geschuldet? Unsinn! Der hatte doch selbst nie auch nur Sixpence. *Du* hingegen –»

Angewidert warf er ein: «Du hättest einen Kaufmann heiraten sollen, Louisa. Ich bin überzeugt, der hätte dich bewundert – ich tue es nicht! Denkst du je einmal an etwas anderes als an Geld? Geht es über deine Vorstellungskraft, daß es wichtigere Verpflichtungen gibt als finanzielle?»

Ihre Augen wichen seinem verächtlichen Blick zwar aus, aber sie sagte zornig: «Ja, für dich ist es gut und schön, so großartig daherzureden – reich wie du bist! Wenn du an meiner Stelle wärst, dann würdest du in einer anderen Tonart sprechen!»

«Verschone mich mit diesem Schwindel!» sagte er. «Du vergißt, daß ich einer von Buxteds Testamentsvollstreckern war! Er hat dich sehr gut versorgt zurückgelassen, meine liebe Schwester. Nein, jetzt gerate nur ja nicht in Rage! Ich bin wirklich nicht hergekommen, um mit dir Haarspaltereien zu betreiben. Ja, ich bin gewillt – wenn du mir deine Hilfe in der Angelegenheit der Merrivilles leihst –, dir bei Janes Debüt unter die Arme zu greifen. Du hast doch sicher vor, sie bei einem Empfang bei Hof vorzustellen?»

Diese wundersamen Worte hielten Lady Buxted nur mit Mühe davor zurück, ihrer Wut freien Lauf zu lassen. Sie konnten nur bedeuten, daß Alverstoke bereit war, die entsetzlich hohen Ausgaben für eine Hofrobe seiner Nichte zu tragen. Wenn er überhaupt etwas schenkte, dann schenkte er reichlich. Ihre Gnaden stellte schnell eine Kopfrechnung an und erkannte, daß die Kosten einer Hofrobe, wie sie sie selbst bei ihrer Vorstellung bei Hof getragen hatte, so bemessen werden konnten, daß sie auch die zusätzlichen Ausgaben für verschiedene Krepp- und Musselinkleider deckten, die für ein Mädchen in seiner ersten Ballsaison bei Almack passend waren. Diese Überlegung besänftigte zwar ihren Groll keineswegs, ließ sie aber die unklugen Worte schlucken, die ihr auf der Zunge lagen. So sagte sie nur verdrießlich: «Ich kann nicht begreifen, was Merriville getan haben kann, um dich ihm zu verpflichten.»

«Das, Louisa, ist etwas, das ich lieber nicht enthüllen möchte», sagte der Marquis. Seiner Instruktion eingedenk und mit einem Unfugteufelchen in den Augen, fügte er hinzu: «Besonders meinen Schwestern nicht!»

Sie war ja nicht schnell von Begriff, aber es war vielleicht doch ein Glück, daß sie ihn nicht ansah. So sagte sie nur: «Vermutlich hat er dir aus irgendeiner schändlichen Klemme geholfen. Du fühlst dich also jetzt verpflichtet, die Interessen seiner Kinder zu fördern! Es dürfte das erste

Mal in deinem Leben sein, daß du *irgendeine* Verpflichtung anerkennst! Man könnte wirklich meinen, es gäbe andere, die dir näherstehen und ein größeres Anrecht auf dich haben, um dein Wohlwollen zu erwekken. – Wie viele Kinder hatte er, sagst du?»

«Fünf. Drei Söhne und zwei Töchter – Waisen, die derzeit in der Upper Wimpole Street wohnen, in der Obhut ihrer Tante, die, soviel ich weiß, diese Pflicht nach dem Tod der Frau Merrivilles, vor etwa zehn Jahren, übernahm. Der älteste Sohn ist großjährig und studiert in Oxford; aber es ist seine Schwester, die – falls ich mich nicht sehr darin irre – das Haus regiert. Ich glaube, sie ist etwa vierundzwanzig Jahre alt und –»

«– hat vor, sich dir anzuhängen! Ich gratuliere dir zu *der* Verpflichtung! Beabsichtigst du, die ganze Familie zu unterstützen?»

«Ich habe weder vor, irgend jemanden von ihnen zu unterstützen, noch hat man mich darum gebeten. Du kannst dir nicht vorstellen, Louisa, wie erfrischend ich das finde! Mit den Jungen habe ich nichts zu tun. Alles, worum mich Miss Merriville bittet, ist, daß ich ihr jegliche in meiner Macht stehende Hilfe gewähre, sie und ihre Schwester in die gute Gesellschaft einzuführen.»

Sie sah ihn aus schmalen Augen an. «Ach nein! Zweifellos ist Miss Merriville sehr schön? Aber da brauche ich nicht erst zu fragen!»

«Eine recht gut aussehende junge Frau, aber als schön würde ich sie kaum bezeichnen», antwortete er gleichgültig. «Das sagt noch wenig – doch sie ist nicht auf der Suche nach einem Mann. Ihr Ehrgeiz ist es, eine anständige Partie für ihre Schwester zu finden, die die hübschere von beiden ist. Daß ihr das gelingt, bezweifle ich, da ihr Vermögen klein ist. Aber das soll nicht meine Sorge sein. Meine Schuld ist abgetragen, sowie ich – mit deinem Beistand – die beiden in die Gesellschaft eingeführt habe.»

«Und was erwartest du diesbezüglich von *mir*, bitte sehr?» fragte sie.

«Oh, nichts Schwieriges. Du wirst sie auf meinem Ball als unsere Verwandte einführen, sie zu Almack begleiten, wenn du Jane hinführst und –»

«Ausgerechnet Almack – warum nicht gar?» rief sie aus. «Ich staune, daß du deinem Schützling nicht gesagt hast, daß sie nach dem Mond greift! Oder hast vielleicht gar *du* vor, ihnen Klubkarten zu verschaffen?»

Dieser betonte Spott glitt von ihm ab. «Nein, ich könnte das nicht. Aber du kannst es, Louisa, gleich mit zwei Busenfreundinnen unter den Patronessen – wie du mir ja so oft erzählt hast!»

«Fred Merrivilles Töchtern Karten verschaffen?! Du verlangst ein bißchen zu viel von mir! Ein Pärchen mittelloser Mädchen, die in der Upper Wimpole Street wohnen und *keineswegs* unsere Verwandten sind! Ich glaube, es ist ohnedies schon die Höhe, daß du sie zu einem Ball anläßlich Janes Debüts zuläßt. Sie aber auch noch zu Almack mitnehmen – nein, Vernon! Ich möchte ja nicht ungefällig sein, aber –»

«Meine liebe Louisa, sprich erst gar nicht weiter!» unterbrach er sie und griff nach seinem Hut. «Ich möchte dich um alles in der Welt nicht um etwas bitten, das dir nicht zusagt! Vergiß die Sache – ja, vergiß überhaupt, daß ich dich heute besucht habe. Ich verabschiede mich jetzt.»

Sie sprang auf. Wut und Schrecken kämpften um die Oberhand in ihr. «So warte doch, Alverstoke!»

«Ich bin ohnehin schon lange geblieben. Denke an deine Töchter, die in der Kutsche herumsitzen!»

«Das ist egal! Aber du mußt –»

«Nun ja, ich muß gestehen, daß es mir wirklich einerlei ist. Was mir jedoch nicht einerlei ist, ist meine verschwendete Zeit. Man kann von mir wirklich nicht erwarten, daß ich den ganzen Tag auf diese lästige Angelegenheit verwende. Will ich also Lucretia sprechen, bevor sie sich auf ihr Sofa zurückzieht, um ihre Kräfte nach den Anstrengungen des Vormittags wieder zu sammeln, dann muß ich unverzüglich gehen.»

Sie ergriff schnell seinen Arm und grub die Finger hinein. «Nein, Vernon, wenn du es *wagst*, diese Person zu deiner Gastgeberin zu ernennen –»

«Laß mich los, Schwester!» sagte er leichthin. «Ich wage es, und mein Mut ist so erstaunlich groß, daß mich deine Drohungen nicht einzuschüchtern vermögen. Übrigens, warum auch?»

«Das würde ich dir nie verzeihen, nie!» erklärte sie. «Denk doch nur einen Augenblick nach! Was gehen mich diese elenden Mädchen an? Warum sollte –»

«Sie gehen dich überhaupt nichts an», antwortete er und löste ihre verkrampften Finger von seinem Arm.

«Ich *kenne* sie doch nicht einmal», drang sie verzweifelt in ihn. «Oh, wie abscheulich du bist!»

Er lachte. «Ja, aber nicht dumm wie ein Huhn – wie du es bist, Louisa! Komm schon, entschließe dich. Tust du, was ich verlange, ja oder nein?»

Sie starrte zu ihm auf und versuchte irgendein Zeichen von Nachgiebigkeit in seinem Gesicht zu entdecken. Er lächelte, aber sie kannte dieses Lächeln. Also sagte sie zähneknirschend, doch würdevoll: «Natürlich bin ich nur zu bereit, alles, was ich kann, zu tun, um dir einen Gefallen zu erweisen. Ob ich allerdings Klubkarten für zwei Mädchen bekommen kann, über die ich nichts weiß, wenn sie auch gesellschaftsfähig sind – ich werde mich darum bemühen.»

«Das klingt schon besser!» sagte er, immer noch lächelnd, aber weitaus freundlicher. «Statte Jane erstklassig, im elegantesten Stil, aus und schicke mir eine beiläufige Rechnung. Einzelheiten interessieren mich nicht. Ich bringe Miss Merriville zu einem Besuch hierher. Sie wird dir vermutlich gefallen. Es fehlt ihr weder an Verstand – noch an Entschlossenheit! Vergiß nicht, Charles die Liste zu schicken!»

Nach dieser Ermahnung ging er und überlegte sich dabei verschiedene Kriegslisten, durch welche man die jüngere Miss Merriville von dem bevorstehenden Besuch im Grosvenor Place ausschließen konnte, ohne den Widerspruch ihrer herrischen Schwester zu erregen.

Im weiteren Lauf der Ereignisse löste sich dieses Problem früher, als er erwartet hätte, und ohne sein Zutun. Die Vorsehung, in Gestalt des Hundes Lufra, führte Frederica zwei Tage später ins Alverstoke-Palais, ohne Charis, und zu einer für Seine Gnaden, der kein Frühaufsteher war, ungewöhnlich frühen Stunde.

Da sich Jessamy streng an seine selbst auferlegte Regel hielt, jeden Vormittag zu studieren, hatten es seine Schwestern übernommen, mit Lufra spazierenzugehen. Sie nahmen den Hund auf lange Ausgänge mit und erforschten dabei London. Wenn Lufra nicht so stark an der Leine gezogen oder sich weniger ungestüm benommen hätte, wenn man ihn losließ, wäre ihr Vergnügen an diesen Expeditionen ungetrübt gewesen. Auf dem Lande aufgewachsen, waren sie an viel längere Spaziergänge gewöhnt, als man sie in London unternehmen konnte. Alles war ihnen neu, und sie brachen auf, wann immer es das Wetter erlaubte. Frederica hatte Lufra an der Leine, und Charis war mit einem Taschenführer bewaffnet. Sie besichtigten die Gebäude, Denkmäler und Paläste, zu denen sie dieses unschätzbare Buch lenkte, von außen, ja, drangen sogar in die City ein, wo sie zwar viel Aufmerksamkeit erregten, aber kein einziges Mal angesprochen wurden. Selbst dem unverschämtesten Stutzer lag nichts daran, sich zwei jungen Damen in Begleitung eines großen, zottigen Hundes zu nähern, der an der Leine zog und zwischen den Lefzen keuchend ein prachtvolles Gebiß sehen ließ.

Doch zwei Tage nach Alverstokes siegreichem Gefecht im Grosvenor Place wachte Charis mit schmerzendem Hals und einem stechenden Husten auf. Sie kam zwar zum Frühstück herunter, wurde aber schleunigst ins Bett zurückbefohlen. Miss Winsham erklärte beim dritten Niesen, daß sich Charis eine ihrer fiebrigen Erkältungen zugezogen habe, und falls sie nicht eine Lungenentzündung bekommen wolle, dann müsse sie sich sofort ins Schlafzimmer zurückziehen.

Das tat Charis. Während Miss Winsham der Köchin anordnete, Brotpudding und Haferschleim zu machen, und selbst Gurgelwasser für die Leidende vorbereitete, entwischte Frederica aus dem Haus. Hätte sie ihrer Tante gesagt, sie wolle ihren üblichen Spaziergang machen, dann hätte sie sich, wie sie wußte, anhören müssen, ob sie wohl denke, daß sie sich in London ebenso frei betragen könne wie in Herefordshire. Miss Winsham versuchte sie dann bestimmt zu überreden, eines der Dienstmädchen oder Felix mitzunehmen. Da sich aber Frederica dem Alter entwachsen glaubte, in dem noch eine Anstandsdame nötig war, und bereits entdeckt hatte, daß die Londoner Dienstboten nichts für lange, flotte Spaziergänge übrig hatten, hielt sie es für klug, zu entschlüpfen und nur Buddle zu sagen, wohin sie ging. Buddle schüttelte den Kopf und schnalzte mißbilligend mit der Zunge; außer mit dem Vorschlag, Master Felix solle sie begleiten, versuchte er jedoch nicht, sie zurückzuhalten. Da ihr aber Felix schon eine halbe Krone abgeschmeichelt hatte, den

Eintrittspreis für Merlins Mechanisches Museum (täglich von elf bis drei Uhr geöffnet), sah seine Schwester klugerweise davon ab, eine Einladung ergehen zu lassen, die er bestimmt abgelehnt hätte.

Ihr Ziel war der Green Park. Weder sie noch Charis hatten ihn je besucht, da der Taschenführer ihn nur einer flüchtigen Erwähnung würdigte. Allerdings beschrieb er begeistert bis ins einzelne den *Temple of Concord*, der dort als Teil der prunkvollen Dekoration anläßlich der Friedensfeiern 1814 errichtet worden war. Da aber dieser nur auf Zeit gedachte Bau demoliert worden war, meinte Charis, vier Jahre später, der Green Park sei wohl kaum eines Besuches wert.

Frederica jedoch ließ sich durch das lauwarme Lob, das der Taschenführer den «verschiedenen angenehmen Promenaden» des Parks zollte, nicht abschrecken, sondern beschloß, Lufra lieber dorthin auf seinen Spaziergang mitzunehmen als in den eleganteren Hyde Park, wo die Bummler allzusehr geneigt waren, mit schönen Fußgängerinnen zu liebäugeln.

Von ihrem Hundefreund durch die Straßen gezerrt, erreichte sie das Bath-Tor in etwas erhitzter Verfassung und war froh, Lufra von der Leine lassen zu können, an die er sich anscheinend durchaus nicht gewöhnen wollte. Er sprang voraus, schnüffelte mit hocherhobenem, plebejischem Schwanz hin und her und suchte hoffnungsfroh nach der Spur eines möglichen Kaninchens. Als Frederica um das Wasserbecken an der Nordostecke des Parks schlenderte, brachte er ihr einen passenden Stock und lud sie ein, diesen ins Wasser zu werfen, damit er ihn herausholen könne. Als sie es ablehnte, an diesem Spaß teilzunehmen, sprang er wieder davon und entdeckte entzückt, daß die sich bewegenden Dinge, welche er undeutlich in einiger Entfernung erblickt hatte, drei Kinder waren, die mit einem bunten Ball spielten. Er liebte Kinder, und er liebte es, hinter Bällen herzujagen – also lief er mit wedelndem Schwanz und erwartungsvoll gespitzten Ohren auf die Gruppe zu. Er war ein großer Hund, und sein plötzlicher Einfall in die Gruppe erwies sich als zuviel für die Seelenstärke des jüngsten Mitglieds, eines kleinen Mädchens, das in ein Schreckensgeheul ausbrach und in den Schutz eines Kindermädchens floh, das gerade einen Klatsch mit einer Freundin im Windschatten des Gebüsches um das Aufseherhaus genoß. Lufra war verdutzt, wandte jedoch seine Aufmerksamkeit dem jüngeren der beiden Jungen zu, der den Ball hielt, und fing aufmunternd zu bellen an. Worauf Master John seinen männlichen Stolz in den Wind schlug, den Ball fallen ließ und, so schnell ihn seine fetten Beinchen tragen konnten, hinter seiner Schwester herlief. Der ältere Junge blieb zwar zähneknirschend, doch standhaft stehen. Lufra warf sich auf den Ball, stieß ihn hoch, fing ihn und spuckte ihn schließlich dem Unentwegten vor die Füße. Master Frank atmete tief auf und brüllte hinter seinen jüngeren Geschwistern her: «Der will doch nur mit uns spielen, ihr – ihr Hasenfüße!» Dann wagte er es – freilich vorsichtig –, den Ball aufzuheben, und warf ihn, so weit er konnte. Das war zwar nicht sehr weit, aber Lufra nahm den

Willen für die Tat, stürzte hinter dem Ball her und brachte ihn zurück. Master Frank, sehr kühn geworden, tätschelte den Hund schüchtern. Lufra leckte ihm das Kinn, und eben schien eine vielversprechende Freundschaft geschlossen zu werden, als das Kindermädchen Master Frank zukreischte, diesen schlimmen, wilden Hund ja nicht anzurühren. Da Master John gestolpert und aufs Gesicht gefallen war, begann er zu brüllen; und als Frederica herbeigelaufen kam, war eine bewegte, lärmende Szene bereits in vollem Gange. Das Kindermädchen schimpfte schrill, die beiden Kinder weinten, und Master Frank weigerte sich rebellisch, seinen ordinären Spielgefährten zu verlassen.

Energisch bei Fuß gerufen, kam Lufra herbei und brachte den Ball mit. Frederica nahm ihn und schnitt die hemmungslose Beschwerde des Kindermädchens ab, indem sie mit der Stimme einer Frau, die jahrelang einen großen Haushalt regiert hatte, rief: «Genug jetzt! Sie vergessen sich!» Dann schaute sie Master John an und sagte: «Ich hoffe, du hast dir nicht weh getan? Ich weiß ja, du würdest nicht weinen, weil mein Hund mit dir spielen wollte, denn ich sehe ja, daß du schon ein sehr großer Junge bist! Aber bitte, gib ihm doch die Hand, um ihm zu zeigen, daß du nicht unhöflich sein wolltest, als du von ihm wegliefst! Sitz, Lufra, und gib die Pfote!»

Dem Druck ihrer Hand gehorchend, setzte sich Lufra wirklich hin und wedelte zuvorkommend mit einer Vorderpfote. Master Johns lautes Jammergeschrei hörte plötzlich auf. Er starrte Lufra erstaunt an. «Hundchen gibt die Hand?» fragte er ungläubig.

«Aber sicher.»

«Mir!» sagte Master Frank. «*Ich* fürchte mich nicht vor ihm!»

Gekränkt erklärte Master John, daß das Hundchen nicht mit ihm Hände schütteln wollte. Als dann die Frage, wer den Vortritt habe, geregelt war, und beide Jungen feierlich Lufras Pfote gedrückt hatten, bestand Miss Caroline eifersüchtig auf ihrem Recht, die Ehre zu teilen. Dann gab Frederica Master Frank den Ball zurück und trennte sich von den Kindern, von einem finsteren Blick ihrer Wächterin und den Beschwörungen der Kinder gefolgt, Hundchen morgen wieder mitzubringen.

Frederica ging ihres Weges, der Vorfall brachte sie nicht aus der Ruhe, sondern bestärkte nur ihre Überzeugung, daß die Londoner Kinder, die nichts außer Mamas verhätschelte Schoßhündchen kannten, sehr zu bemitleiden waren. Erst als sie um das Gebüsch bog, welches das Aufseherhaus abschirmte, wurde ihr plötzlich deutlich klargemacht, daß der Taschenführer sie betrogen hatte. Er erwähnte die kleine Kuhherde und deren Hüterinnen, die Milchmädchen nicht, ein – wie sie später entdeckte – wohlbekanntes Merkmal des Parks. Sie boten den Augen der Städter nicht nur ein bezauberndes ländliches Bild, sondern die Hirtinnen, alle mit dem althergebrachten Kostüm der Milchmädchen herausgeputzt, verteilten auch Gläser mit warmer Milch an jeden, der bereit war, die sehr bescheidene Summe für das Privileg, kuhwarme Milch zu trinken, auszulegen.

Zu spät erkannte Frederica die Tücke des Taschenführers. Lufra, der vor ihr dahinstrolchte, erblickte die Herde und blieb einen Augenblick, mit gespitzten Ohren und gesträubtem Fell, wie angewurzelt stehen. Die Leitkuh der Herde, wenige Fuß vor ihm, senkte drohend den Schädel; und Lufra – entweder unfähig oder nicht gewillt, einen Unterschied zwischen den männlichen und weiblichen Angehörigen der Spezies zu machen – stieß einen haarsträubenden Laut aus, halb Bellen, halb Knurren, und warf sich in die Schlacht.

6

Eine unbedeutendere Frau wäre in dieser Lage geflohen und hätte Lufra seinem Schicksal überlassen, denn die darauffolgende Szene war wahrhaftig schauerlich. Unter dem Gekreisch der Milchmädchen, Kindermädchen und einiger ältlicher Damen beging Lufra das ungeheure Verbrechen, eine Herde Milchkühe in wilde Flucht zu schlagen. Der Hund wiederholte zwar nicht die Heldentat, die ihm seinen Namen eingetragen hatte, aber als er entdeckte, daß die Kühe vor ihm flohen, jagte er sie auseinander und erfreute sich an dem Spaß, dem einzigen, den man ihm bislang in London geboten hatte.

Frederica dachte nicht im entferntesten an Flucht. Als es ihr aber endlich gelungen war, mit Hilfe des Ober-Kuhhirten und zweier Hilfskräfte des stellvertretenden Parkwächters den völlig unbußfertigen Hund einzufangen und festzubinden, wußte sie, daß sie sich in einer verzweifelten Lage befand. Alles ringsumher bot ein Bild des Aufruhrs. Eine der ältlichen Damen weinte hysterisch, eine zweite verlangte, man solle sofort um einen Polizisten schicken, der Kuhhirte ließ Verwünschungen auf Fredericas Haupt regnen, und die Parkwächter erklärten, sie seien fest entschlossen, Lufra vor seiner unausbleiblichen Hinrichtung einzusperren. Um alles noch schlimmer zu machen, kam das Kindermädchen, mit deren Schützlingen Lufra gespielt hatte, angelockt von dem Aufruhr, herbeigelaufen und begann unverzüglich darzulegen, daß der Hund wild über die Kinder hergefallen sei, die armen kleinen Lieblinge zu Tode erschreckt und ihren Ball gestohlen habe. Master John sei seinetwegen platt aufs Gesicht gefallen, habe sich die Hände aufgeschürft und seine Nankinghosen beschmutzt.

«Aufschneiderei!» sagte Frederica verächtlich.

Weder der Hirte noch die Parkwächter schenkten den Bezeugungen des Kindermädchens große Bedeutung. Dem Kuhhirten lag nur an seinen Rindern, und als die Parkwächter die flach angelegten Ohren und den wedelnden Schwanz bemerkten – derart begrüßte Lufra seine jugendlichen Freunde –, hielten sie ihn keine Sekunde lang für bösartig. Sie erkannten an ihm alle Merkmale einer zu groß geratenen, abscheulichen Promenadenmischung, gerade jung genug, um Unfug zu treiben. Unter anderen Umständen hätten sie sein schlechtes Betragen in einem milderen Licht gesehen. Aber die Vorschriften, die für Londoner Parks gelten, waren streng. Die scharfgesichtige alte Hexe, die sie beschwor, einen Polizisten zu holen; ihre schwächere Schwester, die immer noch von einem Weinkrampf geschüttelt wurde; verschiedene Bürger, die erklärten, solch gefährliche Bestien dürften niemals frei umherlaufen; und eine Gruppe von Kindermädchen, die einstimmig Rache an dem wilden Tier forderten, das die Nerven ihrer hochgeborenen sanften Schützlinge für immer zerrüttet hätte, veranlaßten die Parkwächter, den Fall äußerst streng zu beurteilen. Einerseits standen sie einer Anzahl von Personen gegenüber, die darauf versessen waren, den Vorfall dem Stellvertretenden Parkaufseher zu melden, andererseits dem Delinquenten, einer Straßenmischung, die einer jungen, weder von einem Lakaien noch einer Zofe begleiteten Person gehörte – also sahen sie ihre Pflicht klar vor sich: Lufra, sagte der ältere der beiden Wächter unheilverkündend zu Frederica, müsse ihnen in Gewahrsam übergeben werden, bis ein Beamter sein weiteres Schicksal verkündete.

Lufra, dem der Ton und das entschlossene Vorgehen des Redners mißfiel, hörte zu japsen auf, erhob sich mit gesträubtem Fell und deutete mit einem warnenden Knurren an, daß jeder Versuch, Frederica anzurühren, auf eigene Gefahr des Parkwächters unternommen würde – ein kampflustiger Anblick, der den Hirten so aufregte, daß er die sofortige Hinrichtung Lufras verlangte, und den Parkwächter bewog, Frederica zu befehlen: «Bringen Sie den Hund zu mir her!»

Von allen Versammelten wußte nur der Hirte besser als Frederica, wie unverzeihlich Lufras Verbrechen war. Ein einziger Blick auf das wütende Gesicht dieses Kerls überzeugte sie, daß ein Appell an ihn den Atem verschwenden hieße. Innerlich zitternd, sagte sie: «Vorsicht! Dieser Hund gehört dem Marquis von Alverstoke. Es ist ein *äußerst* wertvolles Tier, und wenn ihm irgend etwas zustoßen sollte, wäre Seine Gnaden wirklich sehr böse!»

Der jüngere Parkwächter, der sich seine eigene, nicht ganz unfachmännische Meinung über Lufras Abstammung gebildet hatte, sagte rundweg: «Blödsinn! *Den* da hat kein Marquis gekauft! Den könnte man um einen Pappenstiel bekommen! Das ist ein Bastard, nichts anderes!»

«Ein *Bastard*?!» rief Frederica aus. «Dann lassen Sie sich sagen, daß das ein reinrassiger Barcelona-Collie ist, der unter – unter ungeheuren Kosten nach England gebracht wurde. Es tut mir leid, daß er die Kühe gejagt hat, aber – aber er hat bloß versucht, sie zusammenzutreiben! Die Rasse wird in Spanien zu diesem Zweck verwendet, und – und er ist noch nicht an englische Kühe gewöhnt!»

«Versucht, sie zusammenzutreiben!» stieß der Kuhhirte hervor. «Das habe ich noch nie im Leben gemacht, in meinem ganzen Leben nicht! Aber Sie sind ja genauso schlecht wie er.»

Der jüngere Parkwächter zögerte nicht, diesen Urteilsspruch zu bekräftigen. Er sagte, daß das Fräulein etwas zu stark auftrug, und fügte hinzu, daß er zwar nichts über Barcelona-Collies wisse – einen Bastard hingegen genau erkenne, wenn er einen sähe. Er sagte auch, auf seiner ursprünglichen Behauptung beharrend, daß seiner Meinung nach kein Marquis je einen solchen Hund wie Lufra kaufen würde.

«Aber nein, wirklich?» sagte Frederica. «Und, bitte sehr, kennen Sie vielleicht meinen Vetter, den Marquis von Alverstoke?»

«Unverschämtheit!» stieß die scharfgesichtige Dame hervor. «Sich die Base eines Marquis zu nennen und dabei allein in der Stadt herumzustreifen! Eine *äußerst* glaubwürdige Geschichte!»

Nach vielem Hin und Her, bei dem der jüngere Parkwächter die scharfgesichtige Dame in ihrer Ansicht unterstützte, der Kuhhirte – wiederholt – sagte, Marquis hin, Marquis her, jeder Schaden, der seinen Kühen zugefügt wurde, müsse bezahlt werden, und der ältere Parkwächter sich abwartend verhielt, schlug ein dicker Bürger in einer tabakbraunen Schwalbenschwanzjacke vor, man solle sich doch an den Marquis wenden, damit er die Geschichte der Miss bestätige.

«Eine ganz ausgezeichnete Idee», erklärte Frederica warm. «Gehen wir doch sofort zu ihm! Sein Palais ist ganz in der Nähe, am Berkeley Square.»

Wäre er allein gewesen, so hätte der ältere Parkwächter in diesem Stadium die Affäre fallenlassen. Wenn die junge Dame bereit war, den Marquis aufzusuchen, schien ihm dies zu beweisen, daß sie wirklich dessen Base war. Obwohl er wußte, daß dies nichts mit dem strittigen Punkt zu tun hatte, war er gar nicht bereit, in der Sache weiter vorzugehen. Natürlich mußte der Marquis – falls er wirklich der Besitzer des Hundes war – eine Geldstrafe bezahlen, ganz abgesehen davon, was Mr. Beals vorgesetzter Kuhhirte von ihm als Schadenersatz fordern würde. Aber wenn man es mit Lords zu tun bekam, sollte man lieber vorsichtig sein. Der jüngere Parkwächter, dem er diese vertrauliche Mitteilung zukommen ließ, wurde mit einem Schlag nachdenklich, doch der Kuhhirte nahm Fredericas Aufforderung grimmig an und sagte, er bestehe auf seinem Recht – selbst wenn dieser Hund der Königin gehöre –, womit er jedoch nichts Unehrerbietiges gegen sie gesagt haben wollte. Dazu rief die scharfgesichtige Dame mit blitzenden Augen: wenn die Parkwächter nicht wüßten, was ihre Pflicht sei, *sie* wüßte es und wolle die Angelegenheit dem Aufseher zur Kenntnis bringen. So blieb anscheinend nichts übrig, als der jungen Dame zu folgen. Die scharfgesichtige Dame verkündete, auch sie wolle mitkommen und würde, falls – was sie jedoch bezweifelte – tatsächlich ein Marquis erschiene, ihm gehörig die Meinung sagen.

Die Tür des Alverstoke-Palais wurde von einem Lakaien geöffnet. Es war ein gut geschulter junger Mann, aber seine Augen zeigten, als sie die Einlaß begehrende Kavalkade erblickten, die Tendenz, aus dem Kopf zu fallen. Frederica, die die Lage kühn beherrschte, sagte mit einem freundlichen Lächeln: «Guten Morgen! Bestimmt ist seine Lordschaft noch nicht ausgegangen?»

Der Lakai, dem die Augen noch stärker hervorquollen, antwortete verwirrt: «Nein, Miss. Das heißt –»

«Gott sei Dank!» unterbrach ihn Frederica. «Kein Wunder, daß Er erstaunt ist, mich so – so schwer eskortiert zu sehen. Ich bin selbst überrascht. Sei Er so gut und sage Er Seiner Gnaden, daß seine Base, Miss Merriville, hier ist und ihn zu sprechen wünscht.»

Dann betrat sie das Haus und lud mit einer Geste über die Schulter ihre Gefährten ein, zu folgen. Ihre Sicherheit war so groß, daß der Lakai instinktiv beiseite trat. Er setzte der Invasion des Hauses seines Herrn durch diese Schar fragwürdiger Gestalten keinerlei Widerstand entgegen, außer der gestammelten Auskunft, daß sich Seine Lordschaft noch immer im Ankleidezimmer befinde.

«Dann sage Er ihm, bitte, daß die Sache einigermaßen dringlich ist», befahl Frederica.

«Möchten Sie – möchten Sie vielleicht mit dem Sekretär Seiner Lordschaft sprechen, Miss?» fragte der Lakai schwach.

«Mr. Trevor?» erwiderte Frederica. «Nein, danke. Überbringe Er nur meine Botschaft Seiner Lordschaft persönlich!»

Der Lakai hatte noch nie von Miss Merriville, der Base Seiner Lordschaft, gehört, daß sie aber den Namen Mr. Trevors erwähnte, erleichterte sein Gemüt. Sie mußte wohl die Base Seiner Lordschaft sein; was sie freilich in einer so seltsamen Gesellschaft trieb, warum sie zwei Parkwächter und einen offenkundigen Bauernlümmel in das Alverstoke-Palais mitbrachte, das konnte er sich keineswegs vorstellen. Zwar wußte er nicht, was er mit den schlecht zusammenpassenden Besuchern anfangen sollte, daß es aber seine Pflicht war, Miss Merriville und ihre weibliche Begleiterin in den Salon zu führen, war ihm klar. Weder Seine Lordschaft noch der erhabene und weit schrecklichere Mr. Wicken wären jedoch kaum erfreut, entdeckten sie, daß er auch Miss Merrivilles männliche Begleiter in diese Räumlichkeit geführt hatte.

Aus diesem sozialen Dilemma wurde er von Mr. Wicken persönlich erlöst, der würdevoll auf dem Schauplatz erschien. Zum erstenmal in seinem Leben froh, seinen gefürchteten Mentor zu erblicken, informierte er ihn hastig, daß Miss Merriville – Mylords Base – Mylord zu sehen wünsche.

James, der Lakai, mochte ja noch nicht von Miss Merriville gehört haben, Mr. Wicken hingegen war nicht so unwissend. Er, wie auch der Kammerdiener Seiner Gnaden, der Hausverwalter, die Haushälterin und der Stallmeister wußten alles über die Merrivilles. Das, was sie als Seiner Lordschaft neuesten Tick bezeichneten, war tagelang das Hauptthema der Erörterungen in den Dienstbotenräumen gewesen. Außerdem konnte Mr. Wicken nichts aus seinem würdevollen Gleichgewicht bringen. Er verbeugte sich vor Miss Merriville, überblickte ungerührt ihr Gefolge und ging durch die Halle, um die Tür zur Bibliothek zu öffnen. «Seine Lordschaft wird informiert werden, Ma'am. Wenn Sie, bitte, im Bücherzimmer Platz nehmen? Und Sie, Ma'am, natürlich auch», fügte er gnädig hinzu und gönnte der scharfgesichtigen Dame, die er als Erzieherin oder, vielleicht, bezahlte Gesellschafterin einschätzte, eine entsprechend leichte Verbeugung.

«Ja, und diese Männer sollten lieber auch hereinkommen», sagte Frederica.

«Gewiß, Ma'am, falls Sie es wünschen», antwortete Wicken. «Nur dürften sie sich in der Halle durchaus wohl fühlen.»

Mit dieser Ansicht war selbst der Kuhhirte voll einverstanden, doch Frederica wollte nichts davon hören. «Nein – da sie ebenfalls mit Seiner Lordschaft zu sprechen wünschen», erklärte sie. Dann lud sie die scharfgesichtige Dame ein, Platz zu nehmen; und Wicken, der seine Gefühle mit keinem Wimperzucken verriet, hielt der übrigen Gesellschaft die Tür auf.

Inzwischen war James die Treppe zum Ankleidezimmer des Marquis emporgestiegen und hatte an die Tür geklopft. Es war ein sehr leises, Entschuldigung heischendes Klopfen, da der Marquis Leuten gegenüber, die vor Mittag Zutritt zu seinem Zimmer begehrten, berüchtigt schlechter Laune war. James mußte noch einmal klopfen, diesmal etwas lauter. Er wurde nicht aufgefordert, einzutreten – statt dessen wurde die Tür von dem sehr überlegenen Kammerdiener Seiner Lordschaft geöffnet, der das Eindringen des Lakaien als ein Sakrileg zu betrachten schien und mit leiser Stimme empört zu erfahren wünschte, was James denn wolle.

«Es ist dringend, Mr. Knapp!» flüsterte James. «Mr. Wicken sagte, ich solle es Seiner Lordschaft sagen!»

Diese Worte wirkten, wie James vorausgesehen hatte, tatsächlich als Paß. Knapp erlaubte ihm, einzutreten, beschwor ihn jedoch, immer noch mit gedämpfter Stimme, sich ja nicht von der Schwelle zu rühren, noch das geringste Geräusch zu verursachen, bis man ihn rufen würde. Dann kehrte Mr. Knapp auf leisen Sohlen zum Toilettentisch zurück, an dem Mylord saß, mit der wichtigen Aufgabe beschäftigt, sein Halstuch zu arrangieren.

Nur seine Schwestern hatten Alverstoke je als Dandy gebrandmarkt. Er übernahm keine der übertriebenen Modeschöpfungen, mit denen sich die jüngeren Angehörigen dieser Gruppe lächerlich machten, und die Mr. Brummell sicher angewidert hätten, wäre jener bemerkenswerte Mann noch immer der *arbiter elegantiarum* von London gewesen. Mr. Brummell, den widerwärtige Umstände gezwungen hatten, sich auf den Kontinent zurückzuziehen, lebte verborgen an irgendeinem geheimnisvollen Ort, doch die modisch bewußten Angehörigen seiner Generation waren von den Lehrsätzen, die er festgelegt hatte, nicht abgewichen. Alverstoke, drei Jahre jünger als Brummell, war diesem in seinen strahlenden, turbulenten Tagen der Jugend begegnet und hatte schleunigst all seine bunten Westen, auffallenden Krawattennadeln und zahllosen Anhänger und Siegel verbannt. Ein Mann, dessen Aufmachung die Aufmerksamkeit auf sich zog, hatte Mr. Brummell erklärt, war *kein* gut angezogener Mann. Untadelige Wäsche, perfekt geschnittene Jacken und das gefällige Arrangement seiner Halstücher waren die untrüglichen Kennzeichen des Mannes von Welt. An diese einfachen Regeln hatte sich Alverstoke hinfort gehalten und durch Geduld und Übung den Ruf erlangt, einer der elegantesten Männer Londons zu sein. Er verachtete es, die alberne Mode der gestärkten Hemdkragenspitzen mitzumachen, die so hoch waren, daß sie seinen Blick behindert und es ihm unmöglich gemacht hätten, den Kopf zu drehen, und Kniffligkeiten wie Krawatten in geometrischem oder orientalischem Geschmack. Er entwickelte daher seine eigene Halstuchmode: diskret und dennoch so erlesen, daß es Neid in der Brust der jüngeren Generation erweckte.

James war sich dessen wohl bewußt, und da es sein geheimer Ehrgeiz war, zum persönlichen Kammerdiener zu avancieren, war die Ermahnung Knapps ganz unnötig. Um kein Trinkgeld der Welt hätte er den Marquis in einem solchen Augenblick gestört. Er sah durchaus nichts Lächerliches an der Einstellung des Marquis. Es tat ihm nur leid, nicht rechtzeitig gekommen zu sein, um sich die geschickte Drehung anzusehen, die der Marquis dem ziemlich breiten Musselintuch gegeben hatte, bevor er es um seinen Kragen schlang. Offensichtlich war dieser Kunstgriff gelungen, denn Knapp hatte die sechs oder sieben Halstücher weggelegt, die er bereitgehalten hatte, um sie dem Marquis zu reichen, falls dessen erste Versuche mißlungen wären. Nunmehr blickte der Gentleman zur Decke. Fasziniert beobachtete James, wie er das Kinn allmählich senkte, wobei der schneeweiße Musselin geschickt in dauerhafte Falten zurechtgekniffen wurde. In einem mitteilsamen Augenblick hatte Knapp James einst erzählt, alles, was Seine Lordschaft tat, um diese wunderschönen Falten zu erzielen, sei, seinen Unterkiefer vier- bis fünfmal herabfallen zu lassen. Es hatte einfach geklungen, und einfach sah es aus; aber James' aufkeimender Instinkt für gute Kleidung sagte ihm, daß es ganz und gar nicht leicht war. Er hielt während des Vorgangs den Atem an und holte erst Luft, als der Marquis nach kritischer Inspektion des Ergebnisses seiner Geschicklichkeit den Handspiegel weglegte und bemerkte: «Ja, das genügt.»

Während er sprach, erhob er sich, und als er in die Weste schlüpfte, die Knapp hielt, schaute er zu James hinüber. «Na?» fragte er.

«Verzeihung, Euer Gnaden, es ist Miss Merriville – die Euer Gnaden zu sprechen wünscht. Unverzüglich!» verriet James. «In einer dringenden Angelegenheit!» fügte er hinzu.

Der Marquis sah leicht überrascht drein, sagte aber nur: «So? Sage Er Miss Merriville, daß ich sofort komme. Meinen Rock, Knapp!»

«Sehr wohl, Mylord. In der Bibliothek, glaube ich, Mylord.»

Nachdem James auf diese meisterhafte Weise jegliche Verantwortung für die Abweichung seines Vorgesetzten vom Üblichen abgeschoben hatte, zog er sich behutsam zurück. Als Knapp ein Taschentuch ausschüttelte und es Alverstoke reichte, erlaubte er sich die Bemerkung, er frage sich, warum wohl Wicken Miss Merriville nicht in den Salon geführt habe. Doch Alverstoke nahm sein Monokel, streifte dessen langes Band über den Kopf und sagte nur, Wicken habe wahrscheinlich seine Gründe dafür.

Einige Minuten später, korrekt vom Scheitel bis zur Sohle, in einem dunkelblauen Rock, der aussah, als sei er ihm auf den Leib geschneidert, sehr lichten Pantalons und auf Hochglanz polierten Hessenstiefeln, kam er die Treppe herunter, wo ihn Wicken bereits erwartete. «Warum das Bücherzimmer, Wicken?» erkundigte er sich. «Glauben Sie nicht, daß meine Base wert ist, in den Salon hinaufgeführt zu werden?»

«Sicherlich, Mylord», antwortete Wicken, «aber Miss Merriville ist nicht allein.»

«Das würde ich annehmen.»

«Ich meine nicht das Frauenzimmer, das sie begleitet, Mylord. Es sind noch drei weitere Personen da, bei denen ich es angemessener fand, sie ins Bücherzimmer statt in den Salon zu führen.»

Da Alverstoke seinen Butler von frühester Jugend an kannte, verfiel er nicht in den Irrtum, anzunehmen, daß die Unbekannten der gehobenen Klasse angehörten. Andere, weniger mit Wicken vertraute Leute hätten seine Miene für sphinx-ähnlich gehalten, für Alverstoke war es jedoch klar, daß er die Begleitung Miss Merrivilles zutiefst mißbilligte. «Und wer sind sie?» fragte Alverstoke.

«Diesbezüglich, Mylord, möchte ich nichts sagen – obwohl zwei von ihnen ihrer Kleidung nach anscheinend in irgendeiner offiziellen, wenn auch untergeordneten Art von Anstellung sind.»

«Heiliger Himmel!» sagte Alverstoke.

«Ja, Mylord. Und es ist auch ein Hund dabei – ein sehr großer Hund. Ich konnte die Rasse unmöglich feststellen.»

«Bei Gott, wirklich? Ich möchte wissen, was, zum Teufel –» Er brach ab. «Etwas sagt mir, Wicken, daß mich im Bücherzimmer Gefahr erwartet!»

«O nein, Mylord», sagte Wicken beruhigend. «Es ist, vermute ich, kein *wildes* Tier.»

Er öffnete die Tür in die Bibliothek, während er sprach, und hielt sie für Alverstoke auf. Dann aber erlitt er einen leichten Schock, denn als Alverstoke auf der Schwelle stehenblieb und die versammelte Schar überblickte, erkannte Lufra, der zu Füßen Fredericas lag, in ihm jenen angenehmen Besucher, dessen magische Finger genau die richtige Stelle an seinem Rückgrat entdeckt hatten, um die er sich nicht selbst zu kümmern imstande war. Er rappelte sich hoch, stieß ein schrilles Bellen aus – und stürmte los. Wicken glaubte nur eine Sekunde lang, der Hund wolle den Marquis anfallen; aber die scharfgesichtige Dame, blind für die angelegten Ohren und den wild wedelnden Schwanz, kreischte und rief alle zu Zeugen auf für das, was sie von Anfang an gesagt hatte: diese Kreatur war tollwütig und gehörte erschossen.

Der Marquis, Lufras Eifer bändigend, sagte: «Danke! Das ist sehr lieb von dir, aber jetzt ist's genug. Sitz, Lufra – sitz!!»

Die Parkwächter tauschten bedeutsame Blicke. Kein Zweifel – der Hund gehörte wirklich dem Marquis. Frederica, die das Gefühl hatte, Lufra habe soeben viel getan, um sein schlechtes Benehmen zu sühnen, erhob sich, ging auf Alverstoke zu und sagte: «Oh, Vetter, du kannst dir nicht vorstellen, wie froh ich bin, dich daheim anzutreffen. Dieser ärgerliche Hund von dir da hat mich in eine *solche* Klemme gebracht! Ich erkläre hiermit, daß ich dir nie wieder anbieten werde, ihn für dich spazierenzuführen!»

Zu ihrer tiefen Erleichterung nahm er dies, ohne mit der Wimper zu zucken, hin und bemerkte nur, als er sich niederbeugte, um Lufra zu tätscheln: «Du erschreckst mich, Frederica! Was hat er denn angestellt?»

Drei Personen erzählten es ihm, alle zugleich, im Chor. Er unterbrach sie und sagte: «Einer nach dem anderen – wenn ich die Sache verstehen soll!»

Frederica und der Kuhhirte schwiegen – aber die scharfgesichtige Dame war aus härterem Holz geschnitzt. Sie sagte, die Leute mochten ja von Barcelona-Collies reden, wenn sie wollten, *sie* jedenfalls glaube kein Wort davon, und es sei doch allerhand, wenn man nicht einmal zum Luftschnappen in den Park gehen könne, ohne von wilden Hunden angefallen zu werden.

Der Marquis bediente sich seiner tödlichsten Waffe. Er hob sein Monokel zum Auge. Bekanntlich waren starke Männer schon bleich geworden, wenn dieses Glas auf sie gerichtet wurde. Die scharfgesichtige Dame jedoch wich keinen Schritt zurück; immerhin erstarben ihr die Worte auf der Zunge. Der Marquis sagte: «Sie müssen verzeihen, Ma'am – ich habe ein beklagenswert schlechtes Gedächtnis –, aber ich glaube, ich hatte noch nicht das Vergnügen, Ihre Bekanntschaft zu machen? Base, bitte, stelle mich vor.»

Frederica, die ihre erste ungünstige Meinung über den Marquis mit einem Schlag revidierte, antwortete prompt: «Das kann ich nicht, weil ich nicht die leiseste Ahnung habe, wer sie ist oder *warum* sie eigentlich hergekommen ist. Falls sie es nicht getan hat, weil sie sich versichern wollte, ob du tatsächlich mein Vetter bist – was sie zu bezweifeln schien!»

«Das scheint kein völlig angemessener Grund zu sein», gab er zurück. «Aber wenn Sie sich, Ma'am, aus irgendeinem mir verborgenen Grund in diesem Punkt versichern wollen, können Sie das haben. Miss Merriville und ich sind tatsächlich verwandt.»

«Das interessiert mich wirklich nicht, Mylord!» erwiderte die Dame und wurde rot. «Außerdem wäre ich nicht hergekommen, wenn ich es nicht für meine Pflicht gehalten hätte. Oder wenn ich nicht genau gesehen hätte, daß in dem Augenblick, in dem Miss Merriville von ihrem Vetter, dem Marquis, sprach, diese – diese beiden Speichellecker da bereit waren, dieses heimtückische Tier jeden Menschen im Park anfallen zu lassen!»

Von den Parkwächtern kamen schwache, protestierende Geräusche, doch der Marquis schenkte ihnen keine Beachtung. «Ich hatte keine Ahnung, daß er so gefährlich ist», bemerkte er. «Ich hoffe, Sie haben keine Verletzungen erlitten, Ma'am?»

«Ich habe nicht gesagt, daß er mich angefallen hätte! Aber –»

«Er hat niemanden angefallen!» warf Frederica ein.

«Aber nein, wirklich? Vermutlich hat er dann einen armen kleinen Jungen nicht umgeworfen oder all diese süßen Unschuldigen nicht furchtbar erschreckt? O nein!»

Frederica lachte. «Nein. Er hat den kleinen Jungen nicht umgeworfen. Stimmt, die Kinder hatten zuerst Angst vor ihm, sowie sie jedoch begriffen, daß er nur mit ihnen spielen wollte, beruhigten sie sich sehr schnell. Ja, sie baten mich, ihn morgen wieder in den Park mitzubringen!» .

«Es waren meine Kühe, die er angefallen hat!» warf der Kuhhirte ein. «Und Sie haben gesagt, daß er sie zusammengetrieben hat, Miss, weil er dazu erzogen worden ist, in Spanien! Was er nie und nimmer gemacht hat! Ich war noch nie selbst in Spanien und wünsche mir's auch nicht, weil ich's nicht mit Ausländern habe. Aber was ich sage und wozu ich stehe, ist, daß Kühe Kühe sind, auf der ganzen Welt! Und nicht einmal ein verfluchter Heide würde einen Hund dressieren, eine Herde so auseinanderzujagen, wie es diese häßliche Bestie gemacht hat. Mr. Munslow da hat gesagt, daß er – Verzeihung, Eure Lordschaft – ein Bastard ist, aber alles, was *ich* sage, ist, daß er kein Collie nicht ist, weder ein barcelonischer noch sonst einer!»

Der jüngere Parkwächter sagte ergänzend, während er den Hut in den Händen drehte und dabei dem Marquis einen flehenden Blick zuwarf, daß er nichts Böses gemeint, die Miss jedoch tatsächlich erklärt hätte, der Hund sei ein Barcelona-Collie, was er nicht glauben könne, und wenn er hundert Jahre alt würde, gleichgültig – er holte tief Atem –, wer es ihm anders erzähle.

«Das hoffe ich auch», erwiderte der Marquis. «Natürlich ist er nichts dergleichen.» Er wandte sich zu Frederica und sagte mit einer müden, gelangweilten Stimme: «Wirklich, Base, du bist doch zu zerstreut! Er ist ein Jagdhund, kein Collie; und was ich dir gesagt habe, war nicht Barcelona, sondern Belutschistan. *Belutschistan*, Frederica!»

«Du liebe Zeit, das hast du wirklich gesagt! Wie – wie dumm von mir!» antwortete sie mit schwankender Stimme.

Die beiden Parkwächter schienen die Erklärung Seiner Lordschaft nicht unannehmbar zu finden. Der ältere sagte weise, *das* erkläre alles; und der jüngere erinnerte die Anwesenden, er habe doch die ganze Zeit gewußt, daß der Hund nicht spanisch sei. Aber der Kuhhirte war völlig unbefriedigt, und die scharfgesichtige Dame sagte ätzend: «Ich glaube nicht, daß es einen solchen Ort gibt!»

«O doch», antwortete Seine Lordschaft, ging zum Fenster und gab einem der beiden Globen, die dort standen, eine Drehung. «Kommen Sie, und sehen Sie selbst!»

Alle folgten der Aufforderung, und Frederica sagte vorwurfsvoll: «Wenn du mir bloß gesagt hättest, daß es in *Asien* ist, Vetter!»

«Oh, Asien!» sagte der ältere Parkwächter, froh, aufgeklärt zu werden. «Eine Art indischer Hund, vermute ich.»

«Nun ja, nicht ganz», sagte Frederica. «Zumindest glaube ich das nicht. Hier ist die Stelle, sehen Sie? Eine recht wilde Gegend, und der Hund mußte herausgeschmuggelt werden, weil die Eingeborenen feindselig sind. Und darum habe ich gesagt, daß er äußerst selten vorkommt. Ja, es ist der einzige Belutschistan-Hund in ganz England, nicht wahr, Vetter?»

«Ich hoffe inständig, daß er das ist», erwiderte Seine Lordschaft trokken.

«Na ja, alles, was *ich* da sagen kann, ist, daß das alles noch viel schlimmer macht», erklärte die scharfgesichtige Dame. «Was für eine Idee, wilde ausländische Tiere in den Park zu bringen! Und noch dazu eingeschmuggelte! Ich muß schon sagen, Mylord, daß ich solche Praktiken äußerst mißbillige und gute Lust habe, es den Zollbehörden zu melden!»

«Ich fürchte, die gibt es gar nicht», sagte er entschuldigend, schlenderte in seiner trägen Art zum Kamin und streckte die Hand nach dem Klingelzug aus. «Auch keinen Postdienst. Sie könnten, glaube ich, einen Boten hinschicken, das wäre jedoch äußerst kostspielig, und es besteht die Möglichkeit, daß er glattwegs ermordet wird. Guter Rat ist in einem solchen Fall wirklich teuer.»

«Ich spreche von den *englischen* Zollbehörden, Mylord!» gab sie zurück und starrte ihn wütend an.

«Oh, das würde nicht im geringsten nützen! Ich habe den Hund nicht nach England eingeschmuggelt; ich habe lediglich veranlaßt, daß er aus Belutschistan herausgeschmuggelt wurde.»

Sie sagte, mit vor Wut zitternder Stimme: «Wie dem auch sei, Sie haben kein Recht, wilde Hunde im Park umherlaufen zu lassen, und ich werde es den betreffenden Behörden melden! Daher warne ich Sie, Mylord!»

«Meine teure Dame, was geht es mich wohl an, wenn Sie sich lächerlich machen wollen? Ich darf hinzufügen, daß ich keineswegs verstehe, was diese unglückselige Affäre eigentlich *Sie* angeht. Sie haben mir berichtet, daß mein Hund nicht Sie angegriffen hat – was ich gerne glaube. Ferner haben Sie mir mitgeteilt, daß Sie hierherkamen, weil es Ihnen, nachdem Sie von meinem Rang erfuhren, klarwar, daß diese Männer – die Sie als Speichellecker gebrandmarkt haben – bereit waren, dem Hund zu erlauben, jedermann im Park anzufallen – was ich durchaus nicht glaube. Mir scheint, Sie haben sich da schon eine Einmischung gestattet, zu der Sie gar nicht berechtigt sind. Sollte man von mir verlangen, einen Bericht über dieses Gespräch zu geben, werde ich mich gezwungen fühlen, festzustellen, daß diese Männer völlig zu Recht gekommen sind, um mich von der Unart meines Hundes zu unterrichten und zu ersuchen, daß er unter Aufsicht gehalten wird. Da sie jedoch, aus einem mir unerfindlichen Grund, von einer zudringlichen Person begleitet wurden, der sowohl Benehmen wie Vernunft abgeht und die sich deren Befugnisse anmaßte, dauerte es nur allzu lange, bis sie selbst mir ihre Beschwerde vortragen konnten.» Er warf einen Blick zur offenen Tür, in der Wicken stand, mit eisernem Gesicht, den Kopf voller Vermutungen. «Seien Sie so gut und führen Sie diese Dame hinaus», sagte der Marquis. «Und Mr. Trevor möge zu mir kommen.»

Diese meisterhafte Rede, der Frederica ehrfurchtsvoll und die Parkwächter beifällig lauschten, veranlaßte die scharfgesichtige Dame zu kollerndem, unzusammenhängendem Protest. Niemals noch war sie im Lauf ihres herrischen Lebens so sehr beleidigt worden wie jetzt, da sie Seine Lordschaft zu informieren suchte. Seine Lordschaft hingegen, der zusehends jedes Interesse an ihr verlor, verhalf sich nur zu einer Prise Schnupftabak. Und Wicken, der ihre gestammelten Äußerungen unterbrach, sagte, mit einer Stimme bar aller menschlichen Leidenschaften: «Wenn ich bitten darf, Madam!»

Die scharfgesichtige Dame fegte, mit scharlachroten Flecken auf den Backenknochen, aus dem Raum. Niemand, am wenigsten Wicken selbst, war von ihrer Kapitulation überrascht. Der jüngere Parkwächter ging sogar so weit, später seinem Vorgesetzten anzuvertrauen, jeder, der der alten, aufgeblasenen Schachtel gewachsen sei, müsse aber schon ungewöhnlichen Schneid haben.

Der Kuhhirte billigte zwar im allgemeinen die Verabschiedung der Alten, war jedoch keineswegs besänftigt. Er begann dem Marquis die Ungeheuerlichkeit von Lufras Verbrechen zu schildern, die schrecklichen Folgen für die Milch, wenn Kühe aufgescheucht werden, und das Schicksal, das ihm von seiten ihres Besitzers blühen würde, wenn sie auch nur den geringsten Schaden erlitten haben sollten.

«Na ja, wahrscheinlich klingt das nicht!» sagte Frederica. «Jeder könnte aus der Art, wie Er redet, annehmen, daß sie durch ganz London gejagt worden seien, was aber nicht der Fall ist. Und wenn man Kühe in einem öffentlichen Park hält, dann muß ich schon sagen –»

«Nein, Base, das mußt du nicht», schaltete sich der Marquis ein und nahm jetzt seine Rache. «Ich habe dich angewiesen, Lufra in den *Hyde* Park zu führen, und ich gebe ausschließlich dir die Schuld an dieser bedauerlichen Affäre.»

Frederica, die Zuflucht hinter ihrem Taschentuch suchte, sagte mit zitternder Stimme, sie fürchte, er habe recht.

«Hab Er keine Angst!» sagte der Marquis und wandte sich an den Kuhhirten. «Die Sache wird entsprechend geregelt! Ah, kommen Sie nur herein, Charles.»

Mr. Trevor, hocherstaunt über das Bild, das sich seinem Blick bot, fragte: «Sie haben nach mir geschickt, Sir?»

«Ja. Dieser mein Belutschistan-Jagdhund, den meine Base freundlicherweise für mich spazierenführte, hat mich in Ärger verwickelt. Es tut mir leid, sagen zu müssen, daß er – äh – sich bei den Kühen im Green Park vergessen hat.»

Mr. Trevor mochte einen Augenblick verblüfft sein, aber er war keineswegs langsam von Begriff und bedurfte nicht des warnenden Blicks, den ihm sein Arbeitgeber unter trägen Augenlidern zuwarf, um sich vorzusehen. Er sagte ruhig, es täte ihm leid, dies zu hören. Als er den Belutschistan-Jagdhund ansah, der interessiert an seinen Beinen schnüffelte, störte nur ein ganz leises Zucken in den Mundwinkeln den Ernst seines Ausdrucks.

«Richtig!» bemerkte Seine Lordschaft. «Ich habe doch gewußt, daß Sie entsetzt sein würden, und bin überzeugt, ich kann die Sache Ihnen überlassen.» Er lächelte und fügte leise hinzu: «Auf Sie kann man sich doch immer verlassen, Charles!» Dann wandte er sich an die Beschwerdeführer: «Mr. Trevor wird bestimmt alles zu Ihrer Zufriedenheit regeln, also gehen Sie mit ihm in sein Büro. Ah! – Zwei von den Leuten des Stellvertretenden Parkaufsehers, Charles, und der Kuhhirte!»

Er entließ seine Besucher mit einem Nicken. Sie gingen bereitwillig, weil sie seine Worte völlig richtig dahingehend interpretiert hatten, man würde sofort entsprechende Reichtümer unter sie verteilen. Auch fühlten sie, daß mit Mr. Trevor leichter zu verhandeln war als mit dem Marquis.

Charles bedeutete ihnen, vor ihm hinauszugehen, und als sie an ihm vorbeimarschiert waren, blieb er einen Augenblick stehen und sah Frederica an. «Wieviel Schaden hat er verursacht, Miss Merriville?»

Aus ihrem Taschentuch auftauchend, zeigte ihm Frederica nicht etwa ein tränenüberströmtes, sondern ein lachendes Gesicht. «Oh, ich glaube nicht, daß er die Kühe überhaupt verletzt hat, weil wir ihn eingefangen haben, bevor er noch Zeit dazu hatte.»

«In dem Fall also –»

«Nein, Charles!» schaltete sich der Marquis ein. «Mein einziger Wunsch ist, die Sache los zu sein, und es ist nicht der richtige Augenblick für Knauserei!»

«Oh, ich sehe schon darauf, daß Sie die Sache los sind, Sir!» sagte Charles heiter und zog sich zurück.

«Wirklich – welch ein *vortrefflicher* junger Mann!» sagte Frederica.

7

«Das ist er auch, nicht wahr?» stimmte ihr Alverstoke zu.

Sie schaute zu ihm auf. «Ja, und Sie ebenfalls! Sie waren wirklich prachtvoll, und ich bin Ihnen sehr, sehr verbunden! Oh, und ich bitte um Entschuldigung, daß ich Sie mit hineingezogen habe. Verstehen Sie, die Sache war die: sie drohten, Luff festzunehmen – und denken Sie nur, was für Folgen das gehabt hätte! Deshalb habe ich gesagt, daß er Ihnen gehört.» Ein glucksendes Lachen stieg in ihrer Kehle auf. «Ganz wie im Gestiefelten Kater!»

«Wie bitte?!» fragte er.

«Mein Vetter, der Marquis von Alverstoke!» erklärte sie. «Aber Sie wissen doch!»

«Zweifellos bin ich sehr stumpfsinnig, aber ich –» Er brach ab, als ihm die Erleuchtung kam, und die Stirnrunzeln glätteten sich. «Ach ja – der Marquis von Carabas!»

«Natürlich! Und es hat geklappt. Außer bei dieser gräßlichen Kreatur, die Sie derart abgekanzelt haben! Ich habe noch nie im Leben etwas so brutal Unhöfliches gehört, doch ich muß gestehen – ich habe es genossen!» Sie fing wieder zu lachen an. «Oh, aber Sie haben mich beinahe aus der Fassung gebracht, als Sie sagten, Luff sei ein Belutschistan-Jagdhund! Und das bleibst du jetzt auch, du schlimmer Hund!»

Erfreut stellte sich Lufra auf die Hinterpfoten und leckte Frederica das Gesicht. Sie schob seine Vorderpfoten von ihren Knien und stand auf. «Du bist ein schamloser, ganz gewöhnlicher Kerl!» informierte sie ihn. Sie sah zu Alverstoke auf und streckte ihm die Hand hin. «Danke!» sagte sie und lächelte ihn an. «Ich muß jetzt gehen. Nicht wahr, Sie sagen mir, wieviel Mr. Trevor diesen Leuten zahlen mußte?»

«Einen Augenblick!» entgegnete er. «Sie haben mir nicht gesagt, wieso es kommt, daß Sie allein spazierengingen, Base.»

«Stimmt. Aber schließlich haben Sie mir auch nicht erklärt, wieso es kommt, daß Sie das etwas angeht, nicht?»

«Ich bin jedoch durchaus bereit, es Ihnen zu sagen. Was immer in Herefordshire üblich sein mag – in London geht das nicht. Mädchen Ihres Alters und Ihrer Erziehung laufen nicht ohne Begleitung in der Stadt umher.»

«Nun ja, im allgemeinen tue ich es auch nicht, und natürlich würde ich es Charis nie erlauben. Ich bin doch kein junges Mädchen. Vielleicht halten Sie mich für eines, weil Sie ja so viel älter sind, aber ich versichere Ihnen, ich bin schon seit Jahren kein kleines Fräulein mehr. Und jedenfalls bin ich Ihnen für meine Handlungen keine Rechenschaft schuldig, Vetter Alverstoke.»

«O doch!» erwiderte er. «Wenn Sie von mir erwarten, daß ich Sie in die Gesellschaft einführe, Frederica, werden Sie sich auch an die Regeln der Gesellschaft halten! Entweder tun Sie, was ich Ihnen sage, oder ich will nichts mit Ihnen zu tun haben. Wenn Sie entschlossen sind, die Welt in Aufruhr zu versetzen, dann suchen Sie sich einen anderen Gönner!»

Sie wurde rot und öffnete den Mund. Aber welche spitze Antwort sie auch äußern wollte, sie unterdrückte sie und preßte die Lippen fest zusammen. Nach einer Weile gelang es ihr, zu lächeln und zu sagen: «Sie wären vermutlich sehr froh, nichts mit uns zu tun zu haben, nach dem heutigen Abenteuer.»

«O nein», erwiderte er kühl. «Das können Sie sich aus dem Kopf schlagen.»

«Das ist genau das, was ich *nicht* kann, obwohl ich mir gerade das Gegenteil wünsche, weil es mich fast umbringt, wenn ich meinen Mund halten muß», erklärte sie. «Ich würde liebend gern mit Ihnen aneinandergeraten, aber so tief bin ich denn doch noch nicht gesunken, obwohl ich sagen muß, ich glaube, Sie sind es schon!» fügte sie freimütig hinzu.

«Ja, wieso denn?» fragte er amüsiert.

«Weil Sie, als Sie mich in dieser gräßlichen Art anfuhren, sehr gut wußten, daß ich Ihnen allzusehr verpflichtet bin, um Sie herunterzuputzen!»

Er lachte. «Glauben Sie, daß Sie das können?»

«Aber sicher! Ich kann außerordentliche Dinge sagen, wenn man mich wütend macht.»

«Das werde ich ertragen!»

Sie schüttelte den Kopf, und ein Grübchen zeigte sich in ihrer Wange. «Nein, ich bin jetzt wieder von der Palme heruntergeklettert. Ehrlich gestanden, ich glaube, ich bin hochgegangen, weil meine Tante dasselbe sagt wie Sie. Nichts macht einen so wütend, als zu wissen, daß man im Unrecht ist – oder?»

«Ich weiß nicht. Ich habe nie darüber nachgedacht.»

Sie zeigte eine überraschte Miene, beschloß aber, die Sache auf sich beruhen zu lassen. «Nun, ich werde mich bemühen, daß Sie sich nicht für mich schämen müssen. Es ist nämlich so, daß Charis eine ihrer Erkältungen hat, und Jessamy arbeitet, wie Sie wissen, jeden Vormittag an seinen Büchern. Deshalb nehmen Charis und ich Luff zum Spazieren mit. Er braucht sehr viel Bewegung – mehr, als er in London bekommen kann, der arme Kerl!»

«Warum dann nicht Felix oder Ihre Zofe?»

«Ich habe keine Zofe – keine richtige, meine ich. Nur die Hausmädchen, die sind alle in der Stadt aufgewachsen, und es ist höchst langweilig, mit ihnen auszugehen, denn sie trödeln absichtlich herum oder behaupten, die Schuhe drücken sie. Ich hätte ja Felix mitgenommen, nur hat er sich darauf versteift, ein Mechanisches Museum zu besuchen und wäre den ganzen Weg mürrisch gewesen, hätte ich darauf bestanden, daß er mir Gesellschaft leiste. O bitte, runzeln Sie nicht die Stirn! Ich will es nie wieder tun!»

«Sie brauchen einen Lakai», sagte er, noch immer stirnrunzelnd.

«Was? Um mich zu beschützen? Das tut Luff, versichere ich Ihnen!»

«Um Ihnen zu dienen... Ihre Päckchen zu tragen... Ihre Briefe abzuliefern.»

«Vermutlich meinen Sie, ich brauche einen wegen des Ansehens.»

«Auch das!» antwortete er.

Sie sah nachdenklich aus. Gleich darauf lächelte sie ziemlich kläglich. «Um eine respektable Erscheinung abzugeben, wie Buddle sagt! Er wünschte, daß ich Peter mit nach London nehme, aber ich habe ihn in Graynard gelassen. Erstens, weil ihn Mr. Porth unbedingt übernehmen wollte, und zweitens, weil es eine so unnötige Ausgabe zu sein schien. Ich gestehe jedoch, ich spüre, um Buddles willen, daß ein Lakai nötig ist; Buddle ist zu alt für diese gräßlichen Londoner Häuser.»

«Ginge es wegen der Ausgaben nicht?» fragte er geradeheraus.

«O nein. Ich werde einen Lakai anstellen, und er kann an die Stelle des Mädchens treten, das derzeit Buddle hilft.»

«Überlassen Sie das mir», sagte er. «Lakaien anstellen – Londoner Lakaien – ist keine Sache für unerfahrene Mädchen.»

«Danke – Sie sind sehr liebenswürdig. Aber es besteht kein Grund, warum Sie sich dieser Mühe unterziehen sollten.»

«Werde ich gar nicht. Trevor wird einen passenden Mann finden und ihn zu Buddle schicken, damit der mit ihm spricht.»

«Dann werde ich ihm sehr verbunden sein.» Wieder streckte sie ihm die Hand entgegen. «Jetzt aber will ich auf Wiedersehen sagen, Vetter.»

«Noch nicht. Falls Sie nicht irgend etwas Dringendes zu tun haben, schlage ich vor, Sie erlauben mir, Sie zu einem Besuch meiner Schwester zu fahren. Sie wünscht Sie kennenzulernen, und das scheint mir eine gute Gelegenheit, Sie zu ihr zu bringen.»

Erschrocken sagte sie: «Oh, aber Charis –! Sicher sollte sie doch auch hingehen? Wird es Lady Buxted nicht für äußerst unhöflich halten – wenn sie zugestimmt hat, sie bei Ihrem Ball einzuführen?»

«Nein, wie sollte sie, wenn ihr die Umstände erklärt werden? Sie hielte es für weitaus unhöflicher von Ihnen, diesen Anstandsbesuch zu verschieben.»

«Ja, aber Charis wird in ein, zwei Tagen wieder wohlauf sein!»

«Das hoffe ich aufrichtig. Leider aber fahre ich morgen nach Newmarket und werde eine Woche wegbleiben. Und den Besuch nur vierzehn Tage vor dem Ball zu machen, wäre nicht erfreulich, glauben Sie mir!»

Sie sah verärgert aus. «Das stimmt. O Himmel, sie würde uns für ungezogen halten, nicht? Aber ich bin keineswegs für einen Besuch angezogen!»

Er hob sein Monokel und betrachtete sie prüfend. Sie trug eine haarbraune Pelisse, orange Tuchstiefeletten und einen reizenden kleinen Hut mit einer Straußenfeder, die sich über den Rand bog. Er senkte das Glas.

«Ich sehe nichts, das falsch wäre», sagte er.

«Sie vielleicht nicht, aber Sie können sich darauf verlassen, daß mich Lady Buxted als Provinzgans abschreiben wird. Ich habe diesen Mantel in den letzten zwei Jahren ständig getragen.»

«Das braucht man ihr ja nicht zu erzählen.»

«Stimmt!» sagte sie lebhaft. «Sie wird das nämlich mit einem Blick selbst erkennen.»

«Wie sollte sie das, wenn ich es nicht erkannt habe?»

«Weil sie eine Frau ist, natürlich! Eine *so* dumme Frage zu stellen!»

Seine Augen leuchteten in einem schlimmen Lachen auf. «Sie unterschätzen mich, Frederica! Ich bin mit der weiblichen Mode viel vertrauter als meine Schwester, versichere ich Ihnen! Muß ich es Ihnen beweisen? Also schön! Ihre Pelisse ist nicht nach der letzten Mode geschnitten. Ihre Stiefelchen sind aus Tuch, nicht aus Ziegenleder. Und Sie haben Ihren Hut mit einer orange gefärbten Feder aufgefrischt, damit er zu den Stiefeln paßt. Habe ich recht?»

Sie sah ihn prüfend an, ernst, doch interessiert. «Ja – und Tante Scrabster vermutlich auch.»

«Oho! Hat sie Sie gewarnt, sich vor einem so bösen Wüstling zu hüten, wie ich einer bin? Sie haben nichts von mir zu fürchten, Frederica!»

Das entlockte ihr ein Kichern. «Oh, das weiß ich! Ich bin dazu nicht hübsch genug!» Ihr klarer Blick blieb auf sein Gesicht geheftet, zwischen ihren Brauen jedoch erschien eine Falte. «Charis schon», sagte sie nachdenklich. «Aber – aber obwohl Sie mich unerfahren nennen, Vetter, bin ich doch älter als sieben, müssen Sie wissen. Sie würden nicht –»

«Wie können Sie das wissen?» fragte er neckend.

«Nun, sicher weiß ich nicht sehr viel über Wüstlinge – ja, ich habe bisher noch nie einen kennengelernt –, aber eine so dumme Gans bin ich denn doch keineswegs, als daß ich nicht wüßte, daß Sie ein Gentleman sind – wie unhöflich Sie auch sein oder was für ungehörige Dinge Sie auch sagen mögen! Ich bin überzeugt, diese Nachlässigkeit kommt davon, weil Sie eben in den ersten Rang hineingeboren wurden.»

Er war derart verblüfft, daß er einen Augenblick lang keine Worte fand. Dann verzog ein schiefes Lächeln seinen Mund, und er sagte: «Das habe ich verdient, wie? Bitte, verzeihen Sie, Base! Darf ich Sie jetzt zu meiner Schwester begleiten?»

«Nun ja...» sagte sie zweifelnd. «Wenn Sie glauben, daß sie nicht – aber nein! Sie vergessen ja Luff! Es wäre ziemlich unverschämt, in Lady Buxteds Salon mit einem – einem Hund vom Land hereinzukommen. Das tue ich auf keinen Fall!»

«Sicher nicht, wenn ich dabei etwas zu sagen habe! Einer meiner Leute kann ihn in die Upper Wimpole Street zurückbringen. Ich kümmere mich darum. Setzen Sie sich! Ich lasse Sie nicht lange warten.»

Er ging hinaus, während er noch sprach. Obwohl der zweite Lakai den ganzen Weg zu den Ställen im Laufschritt zurücklegte, dauerte es noch gute zwanzig Minuten, bis man Frederica in den Stadtwagen Seiner Lordschaft hineinhalf. Das protestierende Geheul des Hundes, den James an der Leine hielt, folgte ihr. Entschlossen überging sie das ungestüme Flehen und sagte nur ängstlich: «Sie haben doch James gesagt, daß er ihn auf keinen Fall frei herumlaufen lassen darf, nicht wahr, Vetter?»

«Nicht nur ich, Sie ja auch», antwortete Alverstoke und setzte sich neben sie. «Grosvenor Place, Roxton.»

«Wissen Sie, es ist nämlich so», vertraute ihm Frederica an, als der Wagenschlag geschlossen war, «er hat sich noch nicht an den starken Londoner Verkehr gewöhnt und versteht nicht, daß er auf dem Gehsteig bleiben muß. Und wenn er auf der anderen Straßenseite vielleicht eine Katze oder einen anderen Hund sieht, dann stürzt er, mitten zwischen den Sesselträgern und Kutschen, hinüber und verursacht den schlimmsten Aufruhr. Er macht nämlich die Pferde scheu und blamiert einen sehr!»

«Das glaube ich gern! Was, zum Kuckuck, hat Sie veranlaßt, ihn nach London mitzunehmen?»

Sie sah ihn erstaunt an. «Wieso – was hätten wir denn sonst tun können?»

«Hätten Sie ihn nicht in der Obhut Ihres – ich weiß nicht – Ihres Gärtners – Wildhüters – Verwalters lassen können?»

«Ausgeschlossen!» rief sie. «Wie können Sie glauben, daß wir so herzlos sein könnten? Er hat doch Jessamys Leben gerettet, ganz, als hätte er gewußt – und Charis schwört darauf –, daß er sein eigenes Leben Jessamy verdankt! Ich persönlich vermute, daß er sich überhaupt nicht daran erinnert, denn er fürchtet sich nicht im geringsten davor, ins Wasser zu gehen ... Aber drei Dorfjungen hatten ihn, mit einem Ziegelstein am Hals, in den Teich geworfen, als er noch ein ganz kleines Hündchen war, der arme Luff! Also sprang Jessamy ihm nach. Ich habe noch *nie* so etwas Gräßliches gesehen wie damals Jessamy, als er mit Luff auf dem Arm ins Haus kam! Triefnaß, das ganze Gesicht blutig, weil er Nasenbluten hatte, und ein riesiges blaues Auge!»

«Ein Raufer, ja?»

«N-ein – nun ja, nur, wenn ihn etwas so wütend macht, daß er wie ein Tiger losgeht, sagt Harry. Ihm liegt aber bei weitem nicht so viel am Boxen wie Harry, und ich glaube, er hat keine sehr gute Technik – wenn Sie verstehen, was ich meine?»

Der Marquis, ein hervorragender Exponent dieser edlen Kunst, bat sie, ihm das zu erklären.

Sie runzelte die Stirn. «Nun, es bedeutet Geschicklichkeit, glaube ich. Nicht bloß draufgängerisch, sondern – sondern standfest sein, und – und Mut zeigen und – o ja – sehr aufgekratzt sein. Obzwar ich nicht begreife, wie jemand unter solchen Umständen gut aufgekratzt sein kann. Harry vermutlich schon, weil er von Natur aus ein lustiger Mensch ist, aber Jessamy nicht. Nein, Jessamy gar nicht.»

Sie wurde schweigsam und dachte anscheinend über Jessamy nach. Leicht amüsiert fragte Alverstoke nach einer Weile: «Ist Jessamy der Nüchterne in der Familie?»

«Nüchtern?» Sie überdachte das, und die Falten auf ihrer Stirn vertieften sich. «Nein, nüchtern nicht, genaugenommen. Ich kann ihn nicht beschreiben, weil ich ihn selbst nicht verstehe, jetzt, da er heranwächst. Mr. Ansdell – unser Vikar – sagt, er habe eine glühende Seele, und ich müsse keine Angst haben, weil Jessamy jetzt viel vernünftiger wird. Wissen Sie, er hat vor, Geistlicher zu werden. Ich muß gestehen, ich dachte, daß ihm dieser Gedanke nur wegen seiner Konfirmation kam und die Anwandlung vorübergehen würde. Nicht daß ich etwas dagegen hätte, wenn er Geistlicher wird, aber es schien so ganz unwahrscheinlich! Er war früher der unternehmungslustigste Junge, ist immerfort in gefährliche Klemmen geraten, war verrückt nach der Jagd und viel besser im Sattel als Harry – und dabei ist Harry durchaus keine Schnecke! Harry erzählte mir selbst, man müsse Jessamy beim Springen nicht erst einheizen, denn er wirft sein Herz über jeden Zaun, den sein Pferd nur nehmen kann! Und das war keineswegs nur bloßer Bruderstolz, denn der Stallmeister erzählte einem engen Freund von mir, daß Jessamy für sein Alter der beste Reiter im ganzen südlichen Herefordshire sei!»

Alverstoke, dessen Interesse an Miss Merrivilles Brüdern allerhöchstens lauwarm war, murmelte mit einer Stimme, die jenen, die ihn am besten kannten, verraten hätte, daß er sich äußerst schnell zu langweilen pflegte: «Ach? Ja, ich glaube mich erinnern zu können, daß ich, als ich das große Glück hatte, ihn kennenzulernen, den Eindruck hatte, daß er, wenn auch nicht nach der Jagd, so entschieden nach Pferden verrückt ist.»

«Und wie!» stimmte sie ihm zu. «Und hie und da bricht er aus, ganz wie früher. Nur hat ihn *damals* nie das Gewissen gedrückt, *jetzt* aber schon!» Sie seufzte, einen Augenblick später lächelte sie jedoch wieder und sagte: «Entschuldigen Sie – ich rede daher wie eine Schnatterbüchse!»

«Keineswegs», erwiderte er höflich.

«O doch! Und über etwas, das Sie kaum interessieren kann. Macht nichts! Ich werde es nie wieder tun.»

Er spürte sein Gewissen. Deshalb sagte er etwas wärmer: «Machen sie Ihnen so große Sorgen, Ihre Brüder?»

«O nein! Manchmal ein bißchen, weil niemand außer mir da ist, und ich bin ja ihre Schwester, abgesehen davon, daß ich nur ein Frauenzimmer bin. Aber sie sind sehr brav!»

«Haben Sie keine männlichen Verwandten? Ich glaube, Sie haben von irgendeinem Vormund oder Treuhänder gesprochen – einem Anwalt, nicht?»

«Oh, Mr. Salcombe! Ja, er war wirklich äußerst hilfreich und freundlich, aber er ist kein Vormund. Papa hat nämlich keinen ernannt. Wir hatten schon Angst, daß die Jüngeren Mündel des Vormundschaftsgerichts werden müßten, aber Mr. Salcombe gelang es, *diese* Gefahr abzuwenden. Ich habe oft Klagen gehört, daß Anwälte entsetzlich saumselig seien, aber ich für meinen Teil bin außerordentlich dankbar dafür! Er schrieb in einem fort Briefe und stritt über juristische Fragen, bis Harry großjährig wurde und die Verantwortung für die Kinder übernehmen konnte. Man hätte gemeint, daß Mr. Salcombe uns alle zum Kuckuck wünschte, denn das Getue ging monatelang weiter, aber ihm schien es Spaß zu machen!»

«Das bezweifle ich nicht. Ihre Interessen scheinen ihm am Herzen zu liegen. Hält er nicht die Hand am Zügel?»

«Beim Lenken der Jungen, meinen Sie? Nein. Er ist – er ist nicht der Mensch, der Jungen versteht. Er ist Junggeselle, äußerst pedantisch und altmodisch. Die Jungen nennen ihn immer den alten Umstandsmeier, was abscheulich undankbar von ihnen ist, aber – nun ja, Sie verstehen?»

Er lächelte. «Genau.»

«Und der einzige männliche Verwandte, den wir haben, ist der Gatte meiner Tante Scrabster. Ich kenne ihn zwar nur flüchtig, aber ich weiß, er wäre nicht im geringsten von Nutzen. Er ist ein sehr achtbarer Mann, jedoch in der Stadt aufgewachsen, und sein ganzes Interesse gilt dem Handel.»

«Das ist ein Unglück – aber Ihr Bruder Harry wird Sie sicher von Ihren Sorgen befreien», sagte er leichthin.

Es gab eine winzige Pause, bevor sie antwortete: «Ja, natürlich.»

Die Kutsche fuhr langsamer und blieb einen Augenblick später vor Lady Buxteds Haus stehen. Er war froh darüber. Ihm war weder Fredericas Zögern noch der gepreßte Ton ihrer Stimme entgangen, und er hatte schon gedacht, es würde wohl nicht lange dauern, bis sie seinen Rat, ja, möglicherweise sogar seine aktive Hilfe bei der Aufgabe verlangte, ihre jungen Brüder zu lenken. Sie hatte alle Fähigkeiten dazu. Während er durchaus imstande war, jeden derartigen Versuch mittels einer seiner brutalen Abfuhren im Keim zu ersticken, hätte er es doch nicht sehr gern getan. Er mochte sie gut leiden. Sie war ungewöhnlich und daher unterhaltsam. Sie war zwar keine Schönheit, besaß jedoch sehr viel Haltung und ein Air von guter Erziehung, das ihm gefiel. Ihre Schwester war ein hinreißendes Juwel, und er war durchaus bereit, sie in die große Welt einzuführen. Es würde wohl in mehr Taubenschlägen als in dem, den er soeben betrat, Geflatter geben, und das würde ihm einige Unterhaltung verschaffen.

Lady Buxted war zu Hause und befand sich im Salon; ihre beiden Töchter leisteten ihr Gesellschaft. Als die Besucher gemeldet wurden, erhob sie sich in ihrer würdigsten Manier und legte die runde Sticktrommel ohne Hast beiseite, bevor sie auf Frederica zuging. Sie musterte sie scharf und gönnte ihr zwei Finger sowie ein kaltes *How do you do.* Frederica verriet keinerlei Verlegenheit. Sie berührte die Finger nur leicht – wie Alverstoke beifällig vermerkte –, machte dabei einen leichten Knicks und sagte mit ihrem freimütigen Lächeln: «*How do you do*, Ma'am? Vetter Alverstoke war so freundlich, mich zu einem Besuch hierherzugeleiten, den ich sehr gern schon früher gemacht hätte – um Ihnen für Ihre freundliche Güte zu danken, uns in die Obhut Ihres Ansehens nehmen zu wollen. Meine Schwester wäre mitgekommen, liegt aber mit einer fiebrigen Erkältung zu Bett und bittet mich, sie zu entschuldigen.»

Lady Buxted taute etwas auf. Sie hatte nunmehr jede Einzelheit von Fredericas Erscheinung aufgenommen, und der quälende Verdacht, daß sich Miss Merriville als eine jener leichten, blendenden Schönheiten herausstellen würde, von denen sich Alverstoke so beklagenswerterweise angezogen fühlte, verschwand. Nachdem sie erkannt hatte, daß Frederica weder eine Schönheit war noch in der ersten Jugendblüte stand, war Ihre Gnaden imstande, sie mit unparteiischen Augen zu betrachten und ihr sogar Gerechtigkeit widerfahren zu lassen. Sie würde sich bei ihrem Schützling für nichts schämen müssen. Das Mädchen hatte nette Manieren, ein gewisses Air von Erziehung und war adrett und schicklich angezogen. Daher geruhte Ihre Gnaden recht gnädig zu ihren Töchtern zu sagen, sie sollten doch herkommen und sich ihrer Kusine vorstellen lassen. Während die drei jungen Damen eine ziemlich stockende Konversation in Gang setzten, zog sie Alverstoke etwas beiseite und äußerte, Frederica sei anscheinend ein wohlerzogenes Mädchen, und sie würde ihr Bestes für sie tun. «Aber ich verpflichte mich nicht, einen Gatten für sie zu finden», warnte sie ihn. «Ohne Vermögen und ohne außerordentliche Schönheit kann sie nicht erwarten, mehr als nur eine anständige Partie zu machen, wie du weißt. Falls sie hofft, einen Gatten zu finden, wenn sie sich in den ersten Kreisen bewegt, dann bildet sie sich zu viel ein.»

«Oh, das werde ich nicht von dir verlangen!» antwortete Alverstoke. «Du wirst bestimmt genug zu tun haben, einen Gatten für Jane zu finden.»

Nur die Überlegung, daß die Rechnungen für Janes Putz beträchtliche Ausmaße erreicht hatten, machte es Lady Buxted möglich, ihre Zunge im Zaum zu halten. Denn wie unverläßlich ihr Temperament auch sein mochte – auf ihre Leidenschaft fürs Sparen konnte man sich verlassen. Sie warf ihrem Bruder zwar einen zornigen Blick zu, sagte jedoch nichts, verließ ihn, setzte sich auf das Sofa und lud Frederica ein, neben ihr Platz zu nehmen.

Der Besuch dauerte nur eine halbe Stunde. Obwohl Lady Buxted Frederica zahllose Fragen stellte, blieb sie weiterhin förmlich, bot keine Erfrischungen an und bemühte sich nicht, sie aufzuhalten, als sie aufstand, um sich zu verabschieden. Sie lud sie auch nicht ein, Charis zum Grosvenor Place mitzubringen, sagte aber doch, sie müsse Zeit finden, um irgendwann einmal Miss Winsham zu besuchen. Frederica, die ihre Fragen mit kühler Zurückhaltung beantwortete, entdeckte mehr Neugier als Güte in ihnen. Sie sagte, mit einem Lächeln auf den Lippen, aber einem gefährlichen Funkeln in den Augen, daß diese Nachricht ihre Tante in einen Sturm des Entzückens versetzen würde – worauf Alverstoke kicherte und murmelte: «Mit deiner eigenen Sauce bedient, Louisa.»

Dann verneigte er sich übertrieben höflich, folgte Frederica aus dem Salon und ließ Schwester und Nichten voll Staunen über sein Interesse an einem gewöhnlichen Frauenzimmer (denn Mädchen konnte man sie nicht mehr nennen!) zurück, das zu viel Selbstbewußtsein besaß und offenkundig überheblich war.

«Ich hätte das nicht sagen sollen», bekannte Frederica, als Alverstoke wieder seinen Platz neben ihr in der Kutsche einnahm.

«Oh, warum nicht? Sie haben ihr recht hübsch den Wind aus den Segeln genommen!»

«Es war gar nicht hübsch von mir, denn sie wird Charis ja wirklich in die Gesellschaft einführen – dabei bin ich überzeugt, daß sie das gar nicht will!» Frederica wandte den Kopf, um einen ihrer verwirrenden Blicke auf ihn zu richten: «Haben Sie – haben Sie sie dazu gezwungen, Sir?»

«Wie hätte ich dazu imstande sein sollen?» entgegnete er.

«Ich weiß nicht, aber ich stelle mir vor, *Sie* könnten es. Und ich glaube nicht, daß sie aus Gutmütigkeit eingewilligt hat oder dem Wunsch, Ihnen Freude zu machen, weil –»

«Sie irren sich», unterbrach er mit spöttisch verzogenem Mund. «Sie hat durchaus den ernstlichen Wunsch, mir Freude zu machen.»

Sie sah ihn immer noch prüfend an und sagte nach einer Weile: «Nun, mir gefällt die Sache nicht. Und ihr wird es erst recht nicht gefallen, wenn sie Charis sieht. Keiner Mutter würde es gefallen, die eine Tochter wie Jane, mit einem so gewöhnlichen, häßlichen Gesicht, debütieren lassen will.»

«Also wollen Sie absagen?»

Sie überlegte kurz und sagte darauf in entschlossenem Ton: «Nein. Wenn es um mich ginge, dann ja, aber ich bin entschlossen, Charis eine Chance zu geben. Entschuldigen Sie, daß ich nicht respektvoller von Ihrer Schwester spreche, aber die bohrenden Fragen, die sie mir gestellt hat, haben mich ganz ungeduldig gemacht. Ich werde nichts mehr sagen.»

«Halten Sie sich nicht um meinetwillen zurück! Zwischen uns Geschwistern wird keine Liebe verschwendet.»

«Gar keine?» fragte sie mit weit aufgerissenen Augen.

«Nicht ein Fünkchen! Sagen Sie mir, schöne Base, wird in den Einöden Herefordshires Walzer getanzt?»

«In einigen Häusern ja, aber nicht sehr viel, und Quadrillen nie. Daher habe ich einen Tanzmeister engagiert, der uns die Schritte lehrt, damit wir Ihnen keine Schande als ‹Basen vom Lande› machen.»

«Da bin ich aber sehr erleichtert!»

«Das können Sie auch sein – außer, daß ich mir vorstelle, es kümmert Sie keinen Pfifferling, als was wir erscheinen.»

«Im Gegenteil! Denken Sie doch, wie sehr mein Ruf leiden würde!»

Sie lachte, schüttelte aber den Kopf. «Ihnen liegt auch daran nichts. Oder – oder vielleicht an überhaupt nichts.»

Im Augenblick war er darüber verblüfft, antwortete jedoch ohne merkliches Zögern: «Nicht sehr viel.»

Sie überlegte sich das stirnrunzelnd. «Ich kann ja verstehen, daß das sehr bequem sein muß. Denn wenn Ihnen an niemandem und nichts liegt, können Sie auch nicht niedergeschlagen oder krank vor Angst sein oder sich sogar nicht einmal aufregen. Andererseits glaube ich keineswegs, daß Sie auch je himmelhoch jauchzen können. Für mich wäre das nichts – das wäre zu eintönig.» Sie wandte den Kopf, um Alverstoke wieder zu betrachten, und lächelte plötzlich. «Bestimmt ist das auch der Grund, warum Sie sich stets langweilen.»

«Ich langweile mich oft», gab er zu. «Trotzdem gelingt es mir – hm –, mich erträglich gut zu amüsieren.»

«Sicher, aber das ist nicht –» Sie unterbrach sich und wurde rot. «Verzeihung! Ich wollte, ich könnte es lernen, meinen Mund zu halten.»

Er überging das und sagte mit einem schiefen Lächeln: «Sie verachten mich, nicht wahr, Frederica?»

«Nein, nein», sagte sie rasch. «Sie nennen mich zwar gern ein unreifes Mädchen, aber meine Milchzähne habe ich doch schon verloren, und ganz töricht bin ich nicht. Was können Sie dafür, daß Sie alles langweilt, wenn Sie sich alles leisten können – allen angenehmen Luxus, Ihr ganzes Leben lang? Ich vermute auch», fügte sie weise hinzu, «daß Sie, als einziger Sohn, sehr verwöhnt wurden.»

Alverstoke erinnerte sich der kalten Förmlichkeit seines Vaters und – etwas schwerer – der kurzen Blicke, die ihm seine mondäne Mutter gegönnt hatte, die gestorben war, als er noch zur Schule ging, und das spöttische Lächeln vertiefte sich. Er sagte aber nur: «Sehr richtig. Ich kam schon gestiefelt und gespornt auf die Welt und war meinen Eltern so kostbar, daß für mich ein eigener Haushalt geschaffen wurde. Bis zu meinem Abgang nach Harrow genoß ich die ungeteilte Aufmerksamkeit von Kindermädchen, Kammerdienern, Reitknechten, Erziehern und – und allem, was Geld verschaffen kann.»

«Armer kleiner Junge!» rief sie unwillkürlich aus.

«Keineswegs! Ich kann mich nicht erinnern, daß ich je einen Wunsch äußerte, der nicht sogleich erfüllt wurde.»

Sie hielt sich gerade noch vor einer heftigen Entgegnung zurück und sagte spöttisch nach einer winzigen Pause: «Nun, da bin ich Ihnen jetzt aufrichtigst verbunden, Vetter! Sie haben mich etwas gelehrt, das mir der arme Mr. Ansdell nie beibringen konnte!»

«Wirklich? Und das wäre?»

«Sich nicht nach Reichtum zu sehnen, natürlich! Ich dachte nämlich immer, daß in Rang, Reichtum und Ansehen geboren werden sehr erfreulich sein müßte. Doch ich sehe jetzt, daß es nichts ist als todlangweilig.» Die Kutsche fuhr vor. Sie reichte ihm die Hand, mit einem spitzbübischen Funkeln in den Augen. «Auf Wiedersehen! Danke für meine

Lektion und für die Einführung bei Ihrer Schwester. Ich hatte vor, Ihnen dafür zu danken, daß Sie mir zu Hilfe kamen, aber das tue ich nicht, weil ich jetzt überzeugt bin, daß es Ihnen äußerst gutgetan hat, sich auch einmal anstrengen zu müssen.»

Er nahm ihre Hand nur, um sie fest in ihren Schoß zurückzulegen. «Zu früh, Base! So verwöhnt ich auch bin, will ich mich doch genügend anstrengen, Sie bis zu Ihrer Haustür zu begleiten.»

«Sie haben ja so vornehme Manieren, Mylord!» murmelte sie gesetzt.

«Ja, nicht wahr?» erwiderte er. «Eine weitere Lektion für Sie – Sie kleine Zigeunerin mit dem frechen Gesicht!»

Sie brach in Gelächter aus. Aber als sie ihm auf der Türstufe wieder die Hand reichte, schaute sie zu ihm auf und sagte: «Habe ich Sie verletzt? Nein, ich glaube nicht. Ich bin Ihnen wirklich dankbar, daß Sie mir zu Hilfe gekommen sind, und es tut mir leid, Sie in eine so ärgerliche Affäre verwickelt zu haben.»

«Da es wohlbekannt ist, daß meine vornehmen Manieren bei bloßer Berührung zerbröckeln, werde ich mich nicht dafür entschuldigen, wenn ich Ihnen sage, daß Sie eine freche Göre sind, Frederica!»

Wieder perlte ihr Lachen auf; er gab es leicht zurück, fuhr ihr mit einem Finger nachlässig über die Wange und schritt unter dem mißbilligenden Blick Buddles die Stufen zu seinem Wagen hinunter. Der Butler öffnete die Tür für seine junge Herrin und nahm es auf sich, ihr vorzuhalten, daß sie keine angemessene Distanz einhielt. Es nützte nichts, ihn darauf hinzuweisen, daß der Marquis schon fast ihr Vater hätte sein können, daß es schlimmer als nutzlos wäre, ihm eine Abfuhr zu erteilen zu wollen. Ergebene alte Dienstboten, die – und sie zögerten nicht, daran zu erinnern – einen von der Wiege auf kannten, konnte man unmöglich kurz abfertigen. «Nun, jetzt ist's aber genug, Miss Frederica!» sagte Buddle streng. «Ich sage es Ihnen nur zu Ihrem Besten, und ich würde meine Pflicht verletzen, wenn ich es nicht täte. Ich habe Ihnen immer wieder gesagt, daß Sie sich in London nicht so aufführen dürfen wie daheim. Das wäre ja noch schöner, wenn die Leute Sie für eine Herumtreiberin hielten!»

Inzwischen war der Marquis zum Berkeley Square zurückgefahren. Er hatte vor, seine letzte Errungenschaft, ein Gespann hochgezüchteter grauer Vollblüter, auszuprobieren, für deren flotte Gangart sich ihr Vorbesitzer verbürgt hatte, und die der Herr, den Seine Lordschaft überboten hatte, neidvoll als vier «wirklich recht saubere» bezeichnet hatte. Dieser angenehme Plan war zwar durch die Ankunft Fredericas gestört worden, doch war es noch nicht zu spät, um nach Richmond oder Wimbledon hinauszufahren. Als er am Berkeley Square aus dem Wagen stieg, ordnete er an, sofort sein Sportphaeton vorzufahren, und betrat das Haus, wo er von freudigem Gekläff und einem Sturm von Heulen und Winseln begrüßt wurde. Lufra, an das niedrige Geländer angebunden, erkannte in ihm die einzige Person, die ihn mit seiner Herrin verband, und pries den Marquis als seinen Befreier.

8

Da der Marquis einfach nicht imstande war, Lufras Getobe zu überschreien und sich Gehör zu verschaffen, mußte er den treuen Hund beruhigen und zum Schweigen bringen, bevor er eine Erklärung von seinem Butler verlangen konnte. Während Lufra, von den Fesseln befreit, sich vor seinen Füßen wälzte, erleichtert und flehentlich zugleich winselte und den Glanz seiner Hessenstiefel in einer Art trübte, die den Kammerdiener Seiner Lordschaft in die Seele getroffen hätte, sagte Alverstoke mit einer Stimme, die trotz ihrer Trägheit nicht weniger schrecklich war: «Ich dachte, ich hätte angeordnet, daß dieser Hund in die Upper Wimpole Street geführt werden soll?»

Sein kalter Blick ruhte auf Wickens Gesicht, doch James, der Erste Lakai, und Walter, dessen Untergeordneter, bebten in ihren Schnallenschuhen. Wicken, der aus härterem Holz geschnitzt war, antwortete mit majestätischer Ruhe: «Sehr wohl, Mylord. Dazu wurde auch jegliche Anstrengung unternommen. Unglücklicherweise weigerte sich das Tier, das Haus zu verlassen – weder mit Walter noch mit James. Ich bedauere, Eure Lordschaft informieren zu müssen, daß es sich, als Gewalt angewendet wurde, ziemlich bösartig verhielt – selbst mir gegenüber! Ich hielt es daher für das beste, ihn an das Geländer anzubinden und auf Eurer Lordschaft Rückkehr zu warten. Andernfalls», fuhr er fort, und übertraf den Marquis an Kälte, «hätte er die Bibliothekstür niedergerissen.»

«Was für ein aufrührerisches Geschöpf du bist!» antwortete Alverstoke und wandte sich, sehr zur Erleichterung seiner Lakaien, dabei an Lufra. «Nein, nein, nieder, verdammt – *sitz*! Wo ist Mr. Trevor?» Noch während er sprach, fiel sein Blick auf den Sekretär, welcher soeben aus seinem Büro, das sich im Hintertrakt des Hauses befand, herausgekommen war und die Szene mit einem Ausdruck betrachtete, der einem Grinsen gefährlich nahe kam.

«Ach, da sind Sie ja! Dann tun Sie doch, um Gottes willen, etwas mit diesem abscheulichen Bastard!»

«*Bastard,* Sir?» antwortete Mr. Trevor erstaunt. «Ich dachte, es sei –»

«Treiben Sie es nicht zu weit mit mir, Charles! Sie haben nichts dergleichen gedacht! Warum haben Sie nicht veranlaßt, daß er seinem Besitzer zurückgegeben wird?»

«Ich habe mein möglichstes getan, Sir», erwiderte Charles, «aber er wollte auch mit mir nicht gehen.»

«Jetzt erzählen Sie mir nur noch, daß er versucht hat, auch Sie anzufallen! Dann sind Sie aber wirklich zu weit gegangen!» rief Alverstoke und wehrte Lufras anbetende Annäherungsversuche ab.

«O nein, das hat er nicht getan. Er blieb einfach sitzen!» erklärte Charles heiter. «Als ich ihn bis zur Davies Street gezerrt hatte, war es, meiner Meinung nach, Zeit, umzukehren, da sich nicht weniger als drei freundliche Frauenspersonen über meine Brutalität einer stummen Kreatur gegenüber aufregten. Außerdem war ich erschöpft!»

«Warum, zum Teufel, haben Sie ihn nicht in eine Mietdroschke verfrachtet?»

«Auch das haben wir versucht – alle vier von uns –, aber er gehört nicht zu den Hunden, die man verfrachten *kann*, Sir, ohne Maulkorb... Bei dieser Prozedur wurde Walter gebissen. Es wäre uns vielleicht doch gelungen, ihn in die Droschke hineinzubringen, doch keinen von uns freute der Gedanke an eine Fahrt mit ihm. Es ist nämlich so: seine Herrin hat ihn hier gelassen, und er ist entschlossen, hier und nirgendwo sonst zu bleiben, bis sie ihn abholt.» Er sah Alverstoke völlig ausdruckslos an und fügte hinzu: «Ich glaube, diese Belutschistan-Hunde sind wegen ihrer Treue berühmt, Sir.»

«So – wirklich?» entgegnete Seine Lordschaft wütend.

«So habe ich es immer gehört», bekräftigte Charles. Er beobachtete, wie Lufra den Marquis herrisch mit der Pfote bearbeitete, und hatte einen glücklichen Einfall. «Vielleicht würde er gern mit Ihnen gehen, Sir?» schlug er vor.

«Noch einen Schritt weiter, und Sie finden sich mit Schimpf und Schande entlassen, Charles! Wenn Sie sich einbilden, daß ich diesen ekelhaften Köter durch die Straßen Londons führe, dann sind Sie verrückt!» Er wandte sich an seine Lakaien, so schnell, daß diese keine Zeit mehr hatten, ihr anerkennendes Grinsen zu verbergen. Nachdem er beide, nur durch die Macht seines Blickes, in starre Tölpelhaftigkeit gezwungen hatte, befahl er: «Einer von euch – ach nein, Er ist ja bereits verletzt, nicht, Walter? – Also Er, James, begibt sich in die Upper Wimpole Street. Master Jessamy Merriville möge doch so gut sein und seinen Hund unverzüglich hier abholen!»

Noch während dieser Worte ertönte in den unteren Regionen des Hauses eine Glocke, und der Türklopfer wurde so heftig bearbeitet, daß Seine Lordschaft zusammenzuckte. Walter ging öffnen und wurde von dem stürmischen Eintritt Master Jessamy Merrivilles, dem sein Bruder auf den Fersen folgte, fast umgeworfen.

«Ich komme, meinen Hund – ist Seine Lordschaft daheim? Ich muß – sitz, Luff, *sitz*! Oh, Sir, da sind Sie ja! Ich bitte um Verzeihung, es tut mir schrecklich leid! Ich bin in eine Mietdroschke gesprungen und sofort gekommen, als es mir Frederica erzählte, weil ich weiß, was sich abgespielt haben muß. Wie konnte sie nur annehmen, daß Luff mit jemandem Fremden heimgehen würde! Aber Frauenzimmer sind ja solche Dummköpfe! Ich bitte Sie – verzeihen Sie mir!»

«Keine Ursache», antwortete Seine Lordschaft. «Ich bin entzückt, dich zu sehen. Ich wollte soeben einen meiner Leute senden, um dich zu holen, weil keiner Luff überreden konnte, das Haus zu verlassen.»

«O nein, so etwas täte er natürlich nicht! Ich hoffe ja so, daß er niemanden gebissen hat! Er ist keineswegs bösartig, aber wenn er meint, daß ihn jemand stehlen will –»

«Ach, also das war es!» unterbrach ihn Seine Lordschaft. «Er hat unter einer Einbildung gelitten! Bestimmt war Walter daran schuld, weil er es ihm nicht klar genug gemacht hat. Mein lieber Junge, mach doch nicht so ein bestürztes Gesicht! Walter läßt sich *gern* von großen Hunden beißen, und Wicken auch – nicht wahr, Wicken?»

«Das Tier, Mylord», antwortete Wicken würdevoll, «ist nicht so weit gegangen, mich zu beißen.»

«Er wird es aber tun, wenn Sie ihn weiter ‹Tier› nennen. Nun, Felix, und wie geht es dir, was führt denn dich hierher?»

«Ich wollte Sie sprechen, Sir – äußerst dringend!» antwortete Felix und lächelte gewinnend zu ihm auf.

«Du erschreckst mich!»

Jessamy, dem Walter schüchtern versicherte, nicht mehr als nur eine Fleischwunde abbekommen zu haben, drehte sich daraufhin um und sagte ziemlich hitzig: «Ich wollte nie im Leben, daß er Sie belästigt, Sir, aber er kam ganz einfach mit, und ich hatte Angst, er würde sicher unter die Räder eines anderen Fahrzeugs geraten, wenn ich ihn vom Trittbrett stoße. Daher war ich gezwungen, ihn in die Droschke hineinzuziehen. Aber auch daran ist Frederica schuld! Wenn sie nicht gesagt hätte, daß Sie morgen nach Newmarket fahren –»

Sein Bruder konnte sich nicht zurückhalten, sondern unterbrach diese Rede ohne Umstände und empfahl ihm, doch kein solcher Quatschkopf zu sein. Daraufhin sah er Alverstoke mit seinen trügerischen, engelhaften Augen an und bat: «Aber Sie haben mir doch *versprochen*, mich zu dem pneumatischen Aufzug mitzunehmen, Vetter Alverstoke, und ich habe geglaubt, vielleicht hätten Sie es vergessen, und ich sollte Sie daran erinnern!»

Der Marquis konnte sich nicht entsinnen, je ein solches Versprechen gegeben zu haben, und sagte das auch. Sein jugendlicher Verehrer fertigte diesen Einspruch summarisch ab, indem er sagte: «Doch, Sir, Sie haben es! Nun ja, Sie sagten, ‹wir werden sehen›, aber das ist ja dasselbe!»

Jessamy rüttelte ihn. «Das ist nichts dergleichen! Wenn du den Mund nicht hältst, verspreche ich dir, daß ich dich auf der Stelle durchprügle!»

«Ho!» rief Felix ohne jeden Respekt. «Versuch's doch und schau, ob du nicht eine in den Magen bekommst!»

Als der Marquis die zornroten Wangen Jessamys sah, hielt er es für klug, einzuschreiten. Er tat es, indem er sagte: «Bevor ihr mit der Rauferei beginnt, gehen wir doch in die Bibliothek, dort können wir eine Erfrischung zu uns nehmen! Wicken, ich weiß nicht, was wir im Hause haben, aber ich verlasse mich auf Sie, einen passenden Imbiß für meine Gäste herbeizuzaubern!»

Jessamy, der noch röter wurde, erwiderte förmlich: «Sie sind sehr gütig, Sir, doch wir wollen – wir wollen Ihre Gastfreundschaft nicht über Gebühr in Anspruch nehmen. Ich bin nur gekommen, Luff abzuholen und – und zurückzuzahlen, was es Sie wahrscheinlich gekostet hat, ihn vor dem Einsperren zu retten. Wir – wir brauchen keine Erfrischung!»

«O doch!» wandte Felix ein. Er richtete seinen Engelsblick mit dem Ausdruck eines Jungen, der an Auszehrung litt, auf Wicken und befahl ihm höflich: «Wenn Sie so freundlich sein wollen!»

«Aber *Felix*!» Jessamy war völlig außer sich.

Wicken jedoch, der gegen die Tricks von Schuljungen nicht gefeiter war als sein Herr, taute sichtlich auf und bemerkte wohlwollend: «Aber sicher brauchen Sie das! Jetzt gehen Sie nur wie ein braver Junge ins Bücherzimmer, und Sie bekommen Kuchen und Limonade. Aber aufgepaßt – Sie dürfen Seine Lordschaft nicht belästigen!»

«Bestimmt nicht!» antwortete Felix seelenvoll. «Nehmen Sie mich nachher in diese Gießerei mit, Vetter Alverstoke?»

Ein halb erstickter Laut im Hintergrund erinnerte den Marquis an die Anwesenheit seines Sekretärs. Er wandte den Kopf und lächelte mit falscher Süßigkeit. «Ah! Hab ich Sie doch ganz vergessen, mein lieber Junge!» sagte er sanft, doch boshaft. «Bitte, kommen Sie doch mit in die Bibliothek! Ich möchte Sie mit meinen – hm – Mündeln bekannt machen: Jessamy und Felix – Mr. Trevor!» Er wartete, während sich die Jungen, ihrer Manieren eingedenk, verbeugten, bevor sie Mr. Trevor die Hand reichten, und führte dann die Gesellschaft in seine Bibliothek. Sowie sich die Tür hinter ihm geschlossen hatte, begann er: «Du hast Glück, Felix. Mr. Trevor weiß viel mehr über pneumatische Aufzüge als ich und ist gerade der richtige Mann, dich in die Gießerei mitzunehmen.»

«Sie schmeicheln, Sir!» gab Charles prompt zurück. «Ich weiß bestimmt zu wenig darüber!»

«Nun, weniger als ich können Sie gar nicht wissen», wies ihn Seine Lordschaft mit scharfer Stimme zurecht.

«Ja, aber Sie haben gesagt, Sie persönlich würden mich mitnehmen, Vetter Alverstoke!»

Puterrot vor Verlegenheit, flehte Jessamy seinen Bruder an, doch Seine Lordschaft nicht mehr zu drängen, etwas zu tun, was er, wie jeder, außer einem Dummkopf, sehen konnte, gar nicht tun wollte. Das bewirkte, daß Felix dem Marquis einen herzzerreißend vorwurfsvollen Blick zuwarf und mit der Stimme eines zu Tode Verwundeten sagte: «Ich habe geglaubt, Sie wollten es *wirklich* tun, Sir. Sie haben doch gesagt –»

«Ja, natürlich will ich», unterbrach ihn Seine Lordschaft hastig. «Aber es hat sich ergeben, daß ich gerade nach Richmond fahren wollte, um die Gangart meines neuen Gespanns auszuprobieren. Wie wäre es, wenn du mit mir dorthin führest, statt in die Gießerei?»

«O nein!» protestierte Felix.

Das aber war zu viel für Jessamy. Er rief leidenschaftlich aus: «Du Tölpel! Du – du dummer kleiner Tölpel! Lieber eine Gießerei besuchen, als hinter diesen prachtvollen Grauschimmeln zu sitzen, die wir vor dem Haus stehen sahen?! Du hast ja nicht alle Tassen im Schrank!»

«Ich mag eben Maschinen lieber als Pferde», entgegnete Felix schlicht.

Wiederum schaltete sich der Marquis, um des lieben Friedens willen, ein. «Über Geschmack läßt sich nicht streiten. Wenn dein Herz an der Gießerei hängt, dann soll es eben die Gießerei sein. Möchtest du die Grauschimmel inspizieren, Jessamy? Geh, und unterhalte dich mit meinem Stallmeister über sie. Du kannst ihm sagen, daß ich sie heute doch nicht mehr brauche.»

«Oh! Danke, Sir! Ich möchte sie mir wirklich ansehen!» sagte Jessamy erfreut, und seine finstere Miene hellte sich auf.

Mit einer flüchtigen Ermahnung an Felix, Luff stillzuhalten, lief er aus dem Zimmer. Als er zurückkam, nahm Felix eben eine ausgiebige Portion Pflaumenkuchen zu sich und spülte sie mit großen Schlucken Limonade hinunter. Eifrig – wenn auch mitunter mit belegter Stimme – hielt er dabei einen Vortrag über Windleitungsrohre und Sicherheitsventile. Mr. Trevor kramte aus den Tiefen seines Gedächtnisses alle Elementarkenntnisse der die Dampfkraft beherrschenden Prinzipien hervor, die sich im Laufe seines Leben zufällig angesammelt hatten, und mühte sich tapfer ab, mit Felix Schritt zu halten. Der Marquis rekelte sich lässig in einem Schaukelstuhl und beobachtete ihn mit einem Lächeln unheiligen Vergnügens.

Mit dem Eintritt Jessamys nahm das Gespräch eine plötzliche Wendung. Er beschwor Felix, nicht todlangweilig zu sein, und beehrte den Marquis mit seiner begeisterten Meinung über die Grauschimmel. «Bis aufs Haar vollkommen», sagte er. «Tiefe, breite Brust, leichter Hals, und die Sprunggelenke vollkommen gerade! Und die Kruppe so gut geschwungen! Ich habe noch nie ein so vollkommen aufeinander abgestimmtes Gespann gesehen – und sie gehen außerdem gut zusammen! Ihr Diener hat mich mit ihnen um den Platz gefahren – er meinte, Sie würden nichts dagegen haben! – Mir hat besonders ihr Vorwärtsgang gefallen! Hochtrabende mögen ja sehr gut für Landauer und Halblandauer sein, aber für ein Phaeton oder ein Karriol, ja selbst für ein bloßes Gig ziehe ich den Vorwärtsgang vor – Sie nicht, Sir?»

«Ja», stimmte Alverstoke zu. «Nimm doch etwas Limonade!»

«O danke, Sir!» sagte Jessamy und nahm das Glas von Charles Trevor entgegen. «Nein, keinen Kuchen – danke!»

«Der hier ist aber gut», erläuterte Felix, in dem großmütigen Wunsch, seinen älteren Bruder an dem Schmaus teilnehmen zu lassen.

Jessamy überging den Einwurf, trank seine Limonade und fragte: «Bitte, Sir, wieviel haben Sie diesen Leuten – den Parkwächtern und den Kuhhirten – gegeben?»

«Laß das», antwortete Alverstoke. «Ich fahre morgen nach Newmarket und werden eine Woche ausbleiben. Wenn ich wieder nach London zurückkomme, werde ich diese Grauschimmel ausprobieren. Möchtest du dann mitfahren?»

Die Antwort war an dem plötzlichen Erröten Jessamys und seinen aufleuchtenden Augen deutlich abzulesen. Er hauchte: «Sir –!» Doch gleich darauf wurde sein Gesicht ernst, und er sagte: «Ich möchte es sehr gern, Sir – aber – aber – ich muß Ihnen die Summe zurückzahlen, die Sie ausgelegt haben, um Luff zu retten!»

Diese Erklärung stellte Alverstoke plötzlich vor eine neue Situation und ein Dilemma. Noch nie hatte sich ein Mitglied seiner Familie verpflichtet gefühlt, die Summen zurückzuzahlen, welche er von Zeit zu Zeit ausgelegt hatte. Allzu viele von ihnen verlangten seine unbegrenzte Großzügigkeit als ihr Recht. Und es war noch keine zwei Stunden her, als er den stummen Schwur getan hatte, nicht die geringste Verantwortung für die Söhne Fred Merrivilles zu übernehmen. Das war das eine. Jetzt entdeckte er, daß es etwas völlig anderes war, einem kleinen Burschen zu gestatten, von seinem vermutlich kleinen Taschengeld eine Summe zurückzuzahlen, die Charles Trevor Lufras wegen hatte ausgeben müssen. Gegen das Schicksal ankämpfend, sagte er: «Glaube mir, das ist ganz unnötig! Ich weiß nicht, was es gekostet hat, Lufra auszulösen, und es ist mir auch egal – und wenn du mich mit dieser äußerst langweiligen Angelegenheit noch länger quälst, dann werde ich dich nicht einladen, mitzufahren, wenn ich mein neues Gespann ausprobiere!»

Einen Augenblick herrschte betretenes Schweigen. Dann hob Jessamy die Augen, die nicht mehr glühten, sondern unbehaglich streng waren. «Sehr gut, Sir», sagte er leise. «Wollen Sie mir bitte sagen, was ich Ihnen schulde?»

«Nein, junger Starrkopf, das will ich nicht!»

«Entschuldigen Sie bitte, Sir, aber mir ist durchaus kein Grund bekannt, weshalb Sie verpflichtet wären, für die Ungezogenheit meines Hundes zu bezahlen.»

«Dann kannst du auch nicht darüber unterrichtet sein, daß dein Vater – hm – euch alle meiner Fürsorge empfohlen hat», antwortete Seine Lordschaft, in die Enge getrieben.

«Meine Schwester hat mir irgend etwas dergleichen erzählt», sagte Jessamy stirnrunzelnd. «Aber ich verstehe keineswegs, wie das kommt, denn ich weiß doch, daß er kein Testament hinterlassen hat.»

«Da sich die Sache zwischen ihm und mir abspielte, wäre es auch erstaunlich, wenn du verstündest, warum das so ist. Es geht dich nichts an. Was Luffs Unart betrifft, so wünsche ich nichts mehr darüber zu hören. Nimm ihn auf keinen Fall wieder in den Green Park mit!»

Der absichtliche Hochmut, mit dem der Marquis sprach, hatte seine wohlberechnete Wirkung. Jessamys Gewissen mochte ihn ja quälen, dies wurde jedoch von einer vagen, aber schrecklichen Angst verdrängt, einen gesellschaftlichen Schnitzer begangen zu haben. Er stammelte: «N-nein, Sir! Es – es ist sehr freundlich von Ihnen! Ich wußte nicht – bitte, seien Sie nicht verletzt! Man – man fühlt sich nicht gern verpflichtet – wenn Sie hingegen wirklich unser Vormund sind, dann ändert das – vermutlich – die Sache!»

Der Marquis lächelte ihn an, was Jessamy, da er ja die Gedanken nicht lesen konnte, die sich hinter diesem Lächeln verbargen, außerordentlich erleichterte. Hätte er gewußt, daß der Marquis sich soeben fragte, was für ein Wahnsinn ihn wohl überfallen habe und bis zu welchem lästigen Ausmaß zu gehen man jetzt von ihm erwarten würde, weil er den Anspruch der Merrivilles so voreilig anerkannt hatte, dann hätte Jessamy Todesqualen der Demütigung ausgestanden. Da er jedoch keine Ahnung von der üblichen Abneigung des Lords, sich um die Angelegenheiten seiner Verwandten zu kümmern, hatte, so konnte er sich fröhlich verabschieden und in allerbester Laune in die Upper Wimpole Street zurückwandern, den Kopf voll Gedanken über die herrliche Aussicht, daß er mit Seiner Lordschaft nach Richmond fahren und es ihm vielleicht sogar erlaubt sein würde, die Zügel eine kleine Strecke weit zu führen.

Inzwischen begab sich der Marquis in die Wardour Street. Sein jugendlicher Gefährte stolzierte neben ihm einher und verkürzte den langweiligen Weg mit einer ausführlichen Beschreibung der verschiedenen Ausstellungsstücke, die er am Vormittag in Merlins Mechanischem Museum gesehen hatte. Darunter befanden sich Attraktionen wie ein Jongleur, eine Luftkavalkade, Merlins Zauberhöhle sowie eine Gruppe antiker Flüster-Büsten (sehr einfallsreich). Die hatten Felix jedoch nicht so interessiert wie ein hydraulisches Gefäß, ein Band mit mechanischer Musik und eine mechanisch gesteuerte Fregatte. Zunächst hatte er vor – falls sie noch existierte, denn sein kleiner Taschenführer war ziemlich veraltet –, eine Ausstellung in Spring Gardens zu besuchen, in der *Maillardet's Automation* zu sehen war. Nach dem zerlesenen Büchlein, das er hervorzog, war dieses Wunder eine musikalische Dame, von der angekündigt wurde, daß sie (wie alarmierend!) die meisten Funktionen des animalischen Lebens demonstriere und durch Fingerdruck auf einer kleinen Hausorgel sechzehn Melodien spielte. Nein, das Britische Museum hatte er noch nicht besucht. Außer einer Sammlung ausgestopfter Vögel enthielt es nichts als muffige, uralte Sachen, die nur Leute wie Jessamy schätzten.

Auf ihrem Weg begegneten sie mehreren Personen, die Alverstoke gut kannten – ein Umstand, der später in den Klubs zu zahlreichen Diskussionen führte. Dem Kaufmann und Dandy, Mr. Thomas Raikes, in der noblen Gesellschaft als «Apollo» bekannt, weil er, wie Unehrerbietige sagten, im Osten aufgegangen war und jetzt im Westen unterging, verschlug es die Sprache, Alverstoke neben einem Schuljungen erblicken zu müssen, als er gerade aus seinem eigenen Haus am Berkeley Square trat. Mr. Rufus Lloyd stieß in der Bond Street auf Alverstoke und fragte ihn, wohin er ginge, und konnte später bestürzt mitteilen, daß Alverstoke unterwegs war, um eine Gießerei in Soho zu besichtigen. Diese Auskunft wurde allgemein nur ungläubig aufgenommen. Sir Henry Mildmay hingegen, ein klügerer Mann als der Rote Dandy, sagte sofort mit einem nachsichtigen, doch abscheulich überlegenen Lächeln: «Ich fürchte, der hat dich zum Narren gehalten, Rufus!» Lord Petersham, von Kindheit auf ein Freund Alverstokes, kam der Wahrheit am nächsten, als er, mit seinem leichten Lispeln, bemerkte: «Bestimmt führt er einen seiner Neffen hin.»

Mr. Endymion Dauntry, der Alverstoke ebenfalls in der Bond Street traf, hätte Petersham wohl verbessern können, war aber bei der Debatte nicht anwesend und auch nur leicht überrascht gewesen, als er den Marquis, mit einem Schuljungen im Schlepptau, erblickt hatte. Ein prächtiger junger Mann, dieser Mr. Dauntry. Blendend gebaut, mit klassischen Gesichtszügen, einem Profil, das die Bewunderung etlicher Damen erregte, die erklärten, er könne als Modell für eine griechische Statue dienen; einem Paar brauner Augen, wunderschön geformten Lippen und gelocktem brünettem Haar über einer edlen Stirn. Ein so außerordentlich gutes Aussehen erregte unvermeidlich Aufmerksamkeit. Wäre sein Verstand nur etwas mehr als mäßig und seine Unterhaltung interessanter gewesen, dann hätte er wohl den ersten Favoriten bei den Damen abgegeben. Aber leider war das nicht der Fall. Er gab sich zwar liebenswürdig und höflich, da er jedoch auch recht langsam von Begriff und unbeschwert von irgendwelchen Gedanken war, bestand seine Konversation aus mühsamen Gemeinplätzen und wurde nur dann lebhaft, wenn er die Hindernisse beschrieb, die er auf dem Parcours einer gefährlichen Fünfmeilenstrecke erfolgreich genommen hatte, die Umstände, die dazu führten, daß er an einem hohen Zaun vom Pferd gestürzt war, oder den Spaß, den er an irgendeinem «kapitalen» Jagdtag genossen hatte. Seine Offizierskollegen stuften ihn als einen sehr guten Kameraden ein, nannten ihn aber liebevoll spöttisch *«Dummer Dauntry»*, wogegen er nicht das geringste einzuwenden hatte. Er lächelte nur schläfrig vor sich hin und bemerkte, ein Pfiffikus sei er ja wirklich nie gewesen. Er war ein pflichtgetreuer Sohn und gütiger Bruder. Von Alverstoke bezog er – sehr vergnügt – eine Apanage (ebenso wie seinen Kornett-Rang und seine Pferde), zeigte sich aber für diese Wohltaten doch sehr dankbar und erbat nur äußerst selten weitere finanzielle Hilfe von ihm.

Als er Alverstoke in der Bond Street erblickte, ging er sofort über die Straße auf ihn zu, um ihn zu begrüßen, strahlte in aufrichtiger Freude und bemerkte, als er ihm die Hand reichte: «Vetter Vernon, verdammt nett von dir, meine Schwester zu deinem Ball einzuladen – meiner Seel, wirklich! Mama ist dir verdammt dankbar, und ich natürlich auch!»

«Willst du damit sagen, daß auch du das Fest mit deiner Anwesenheit beehren wirst?» erkundigte sich Alverstoke.

«Oh, beim Jupiter, ja! Ich glaube schon! Wird das ein Gedränge geben!»

«Ein verdammtes!» stimmte ihm Seine Lordschaft zu.

«Muß es ja!» sagte Endymion, weise nickend. «Erster Ball im Alverstoke-Palais seit dem Debüt der Base Eliza – sagt Mama. Muß ja ein Gedränge werden!» Er wurde sich der Anwesenheit des Master Felix

Merriville bewußt, der, von dem Gespräch gelangweilt, den Marquis mahnend am Ärmel zupfte, schaute von seiner olympischen Höhe vage überrascht auf ihn hinunter und wandte dann Alverstoke einen fragenden Blick zu. Als er davon unterrichtet wurde, daß dies Fred Merrivilles jüngstes Kind sei, staunte er: «Aber nein, wirklich? Nein, beim Zeus! Fred Merriville!» Danach fügte er etwas einfältig hinzu: «Hab ein verdammt schlechtes Gedächtnis – wer *ist* denn eigentlich Fred Merriville?»

«Er *war* einer meiner Vettern», antwortete der Marquis kühl. «Unglücklicherweise ist er verstorben; und da er um einige Jahre älter war als ich, bezweifle ich, daß du ihn je kennengelernt hast.»

«Praktisch genommen, nein», bekannte Endymion. «Aber jetzt hab ich's! Du bist der Vormund seiner Kinder geworden, Vetter! Mama hat es mir erzählt. Sagte, du würdest ihretwegen einen Ball geben. Das scheint ihr bei weitem nicht zu gefallen, aber ich will verflixt sein, wenn ich weiß, warum eigentlich!» Er senkte den Blick wieder zu Felix' ungeduldigem Gesicht hinab, und eine Falte zeichnete seine Stirn. «Außerdem – also verflucht, dieser Stöpsel wird doch nicht zu einem Ball gehen wollen, oder, Kleiner?»

«Nein!» sagte Felix mit unnötigem Nachdruck. «Ich will in die Gießerei gehen!»

«Sollst du ja, Felix, sollst du!» beruhigte ihn der Marquis. Er richtete seinen spöttischen Blick auf seinen Erben und fragte: «Vielleicht möchtest du uns gern begleiten, Endymion?»

Mr. Dauntry behauptete zwar nicht von sich, daß er – wie er es formulierte – bei jedem neuen Schwindel auf dem laufenden war, ließ sich jedoch auch nicht – ebenfalls nach seinen Worten – von jedem in die Tasche stecken. Gießereien hingen für ihn in einer nebulosen Art mit Kanonen zusammen, und er äußerte in wissendem Ton: «Artillerie, was? Nein, nein, versteh nichts davon, Vetter!»

Dann verabschiedete er sich von Alverstoke, ging weiter und empfand keinerlei Verblüffung oder bedrückende Vorahnung, wie sie seine Mutter und seine scharfsinnige Base Louisa quälten, sondern nahm Alverstokes Erklärung des Interesses, das dieser an den unbekannten Merrivilles nahm, völlig gleichmütig hin.

Jede schwache Hoffnung Alverstokes, daß ihm der Zutritt in die Gießerei vielleicht verwehrt werden würde, wurde von Anfang an zunichte gemacht. Sein schätzenswerter Sekretär hatte es nicht versäumt, ihm den Weg zu ebnen. Kaum hatte er seine Visitenkarte vorgewiesen, als auch schon jede Tür, bildlich gesprochen, weit vor ihm aufsprang, und der Chef der Gießerei, in Begleitung verschiedener rangälterer Satelliten, eiligst herbeigerufen wurde, um den Lord durch die ganze Anlage zu führen. Diese äußerst tüchtige Persönlichkeit erklärte nicht nur, daß sie sich durch den Besuch Seiner Lordschaft geehrt fühle, sondern versicherte ihn auch ihrer Bereitwilligkeit, die Kompliziertheiten jeglicher moderner Maschine zu erklären, welche die Wißbegier Seiner Lordschaft anziehen mochte. Ein Versprechen, daß Felix nur in der Auffassung bestärkte, daß ihn sein Instinkt nicht betrogen hatte, das Angebot der Begleitung durch Mr. Trevor abzulehnen. «Der hätte das für den Mr. Dingsda *nie* im Leben getan!» flüsterte er triumphierend.

Einem – Seiner Lordschaft nach seltenen – Glücksfall war es zuzuschreiben, daß der Leiter der Gießerei nicht nur der Erzeuger einer großen Kinderschar war, sondern bislang noch in keinem seiner Söhne eine Spur des eigenen Genies entdecken konnte. Keine fünf Minuten waren verstrichen, seit er den jüngsten Merriville kennengelernt hatte, da erkannte er in ihm auch schon eine verwandte Seele – und von da an durfte der Marquis, sehr zu seiner Erleichterung, in den Hintergrund treten. Er folgte geduldig im Kielwasser der Enthusiasten, und die Langeweile der Expedition wurde für ihn durch Felix gemildert, an dem er, wie er entdeckte, ein unerwartetes Interesse nahm. Der Lord wußte wenig über Gebläsemaschinen oder pneumatische Aufzüge, erkannte jedoch bald, daß die Fragen, die Felix ihrem Führer stellte, genügend Kenntnisse verrieten, um die Achtung dieses Fachmannes zu erregen. Der Marquis dachte, daß bei Felix doch mehr dahintersteckte, als er zuerst angenommen hatte. Und er war keineswegs überrascht, als es der Direktor am Ende ihres erschöpfenden Rundgangs wagte, ihm zu dem bemerkenswerten Verständnis dieses jungen Herrn zu gratulieren. Er spürte ein Fünkchen Stolz auf seinen Schützling, und das erstaunte ihn. Was Felix persönlich betraf, so konnte man deutlich merken, daß nichts in seiner Erfahrung an das hohe Vergnügen, das er soeben genießen durfte, je auch nur annähernd heranreichte. Durch die Überlegungen, die in seinem geschäftigen Hirn auf Grund der erworbenen Aufschlüsse rumorten, fast stumm geworden, konnte er seine Dankbarkeit nur stammeln sowie – ängstlich – die Hoffnung ausdrücken, daß Vetter Alverstoke sich auch unterhalten habe. «J-Jessamy hat gesagt, daß Sie nicht mitkommen w-wollten, aber Sie wollten doch, Sir, nicht wahr?!»

«Aber sicher», antwortete der Marquis ohne Zögern, bereit sein Gewissen durch einen Meineid zu belasten.

«Und selbst, wenn Sie es nicht gewollt hätten, mu-muß es ja für Sie interessant geworden sein!» fuhr Felix mit einem strahlenden Lächeln fort.

Auch dem stimmte der Marquis zu. Dann rief er eine Mietdroschke herbei, setzte Felix hinein und wies den Kutscher an, den jungen Mann in die Upper Wimpole Street zu bringen. Überdies schenkte er Felix eine Guinee – eine derartige Freigebigkeit, daß sie dem Empfänger die Sprache raubte, bis der Kutscher sein Pferd in Gang gesetzt hatte. Felix mußte sich gefährlich weit aus dem Droschkenfenster lehnen, um dem Wohltäter seinen Dank zuzubrüllen.

9

Während der Marquis einen lustvollen Aufenthalt in Cheveley genoß, täglich dem Zweiten Frühjahrstreffen in Newmarket beiwohnte und zusah, wie seine vielversprechende Stute «Feuerbrand» ein Subskriptionsrennen gegen eine starke Konkurrenz gewann, waren die Damen Merriville mit den für ihr bevorstehendes Erscheinen auf dem Ball Alverstokes nötigen Vorbereitungen beschäftigt, und, mit Ausnahme eines Zwischenfalls, leicht, doch nicht sehr ernstlich durch die Unternehmungen der männlichen Familienmitglieder geplagt. Da Felix seinen Bruder ins Studium versunken und seine Schwestern in Putz und Tand vergraben antraf, suchte er sich auf eigene Faust Unterhaltung. Er erinnerte sich, daß der Marquis gesagt hatte, Mr. Trevor sollte mit ihm auf dem Dampfboot nach Margate fahren. Als er dann im Alverstoke-Palais vorsprach, um Charles an dieses Versprechen zu erinnern, mußte er leider erfahren, daß Charles auf Urlaub weilte und die Stadt verlassen habe. Was für eine Enttäuschung! Doch Felix meinte, er könne ja wenigstens zum Strom hinuntergehen, um das Boot abdampfen zu sehen. Das war alles – erklärte er später –, was er vorgehabt hatte. Und wäre der Tag nicht so schön, die Schaufelräder nicht so faszinierend, und der Fahrpreis nach Margate nicht so bescheiden gewesen – so man nichts gegen die Touristenklasse hatte –, dann hätte er wohl nichts Weiteres unternommen. Aber all diese Umstände und der Reichtum, der in seiner Tasche klimperte, zusammengenommen, erwiesen sich als zuviel für seinen tugendhaften Entschluß, nichts zu tun, das Frederica vielleicht nicht ganz gefallen würde. War auch die Guinee, die ihm der Marquis geschenkt hatte, nicht mehr unversehrt, so war doch noch genug übrig, daß er neun Shilling für das Privileg ausgeben konnte, viele Stunden lang auf einem überfüllten Schiff zu verbringen, in der Gesellschaft von Leuten, die alles andere als mondän waren und die sein wählerischer Bruder zum Großteil als Angehörige der großen Gilde der Ungewaschenen gebrandmarkt hätte. Außerdem hatte Felix am Kai den Maschinisten kennengelernt, einen prima Burschen! Eine solche Chance, seine Kenntnisse zu erweitern, nicht zu ergreifen, hätte doch geheißen, der Vorsehung ins Gesicht zu schlagen: Bestimmt hätte Frederica keineswegs gewollt, daß er so etwas täte!

In der Touristenklasse war er freilich nur recht kurz gewesen. Seine echte Begeisterung und seine glückliche Art, sich Freunde zu machen, wo er ging und stand, kamen ihm zugute, und die Schiffsbesatzung hatte ihn gleich ins Herz geschlossen. Das war ja wirklich ein Glück, wie Frederica gelten ließ, als sie das stämmige Individuum, welches ihr ihren

Felix am nächsten Tag zurückerstattete, entsprechend belohnte. Denn sonst wäre er gezwungen gewesen, die Nacht am Strand zu verbringen, da die Summe, die in seiner Tasche geblieben war, für eine Übernachtung in Margate nicht genügte. Daher hatte er dem Kapitän – noch so ein prima Kerl – seine Dienste angeboten, und nach einem schwachen Verweis hatte man ihm erlaubt, an Bord zu bleiben. Er wurde dann als blinder Passagier nach London zurückgebracht – ein Umstand, der ihm höchste Befriedigung zu verschaffen schien.

Es tat ihm sehr leid, entschuldigte er sich entwaffnend, daß er seiner Familie Angst verursacht hatte. Er war bereit, jede Strafe auf sich zu nehmen, die Frederica ihm diktieren wolle.

Da ihm jedoch offensichtlich selbst die schwerste Strafe die Seligkeit seines gestohlenen Festtages nicht aufwiegen konnte, dazu das Privileg, auf dem Weg von Margate nach Ramsgate seekrank geworden zu sein, sowie das Vergnügen, sich von Kopf bis Fuß mit Öl und Ruß verschmiert zu haben, bestrafte ihn Frederica nicht. Sie bat Jessamy nur, ein wachsames Auge auf seinen Bruder zu haben. Zum Unterschied von Charis, die äußerst sensibel war und eine schlaflose Nacht lang gelauscht hatte, ob der Schwänzer zurückkam, sich gräßliche Bilder über alle Unglücksfälle ausmalte, die ihm zugestoßen sein konnten, war Frederica – trotz einiger unvermeidlicher Gewissensbisse – äußerlich ruhig geblieben. Als Charis ihr deshalb Vorwürfe machte, zitierte sie nur die zahllosen Anlässe, in denen Felix, nachdem er seine liebenden Schwestern in Todesqualen der Angst versetzt hatte, wieder aufgetaucht war, wobei ihm – ungeachtet etlicher haarsträubender Abenteuer – kein Haar gekrümmt wurde. Darin bestätigte sie Miss Winsham nur, die sagte, der verflixte Junge sei wie eine Katze – man konnte ihn werfen wie man wolle, er landete ja doch stets wieder auf den Füßen.

Jessamy, hin und her gerissen zwischen Mißbilligung und heimlicher Bewunderung für das Unternehmen seines jüngeren Bruders, übernahm die ihm auferlegte Pflicht und versagte es sich, Felix – sehr zur Überraschung dieses jungen Herrn – mehr als nur milde zu schelten. So fest auch sein Entschluß war, die Zeit in London nicht zu vertändeln, spürte er doch häufig den Impuls, seine Bücher beiseite zu legen und wenigstens einige der Erholungsmöglichkeiten auszukosten, die in der Metropole geboten wurden. Fredericas Bitte lieferte ihm eine unanfechtbare Ausrede, seinem unedleren Ich nachzugeben. Er schleppte Felix tatsächlich die dreihundertfünfundvierzig Stufen des Monuments hinauf und belehrte ihn, als sie, für die Summe von Sixpence pro Person, oben auf dem Eisenbalkon standen, daß es vierundzwanzig Fuß höher als die Trajanssäule war. Aber das blieb die erste und letzte erzieherisch wertvolle Expedition einer denkwürdigen Woche. Kaum hatte Felix in Erfahrung gebracht, daß das Neue Münzamt, mit seinen mächtigen Dampfmaschinen und seiner Gasbeleuchtung, nur über besondere Empfehlung besichtigt werden konnte, war er durchaus bereit, einige weniger bildende Sehenswürdigkeiten zu genießen. So etwa die Löwen und Tiger in der Exeter Exchange, ein Wasserballett bei Sadler's Wells, ein lautstarkes Melodrama im Surrey-Theater und einen Boxkampf im Fives-Court in der St. Martin's Street. Hier jedoch meldete sich Jessamys schlechtes Gewissen, und er weigerte sich, Felix zu einer Burletta oder ins Cock-pit Royal mitzunehmen. Da Jessamy noch keine aufregenderen Theatervorstellungen gesehen hatte als einige Szenen von Shakespeare, die einmal zu Weihnachten im Hause seines Paten aufgeführt wurden, war er von dem Melodrama hingerissen und kehrte seinem Gewissen ein taubes Ohr zu, als es ihm einflüsterte, er habe, als er Felix in das Surrey-Theater mitnahm, dessen zarten Geist der Verderbnis ausgeliefert. Als er dann die Gesellschaft sah, die im Fives-Court versammelt war, konnte er sein Gewissen jedoch unmöglich länger übergehen. Es brüllte ihn geradezu an, daß er nicht nur seinen jungen Bruder in die Schlupfwinkel des Lasters führe, sondern auch selbst Gefahr lief, den verderbten Lokkungen Londons zu unterliegen. Da in entgegengesetzter Richtung wirkende Anziehungspunkte, wie die St. Paul's Cathedral, der Tower oder Bullocks Museum, von Felix eindeutig verschmäht wurden, hatte Jessamy den glücklichen Einfall, einen Ausflug auf dem Passagierboot vom Paddington-Hafen auf dem Grand Junction Canal nach Uxbridge vorzuschlagen. Vielleicht wäre Felix gezwungen gewesen, sich dieser Reise zu unterziehen (die für jemanden, der die Freuden des Paketboots erlebt hatte, nur todlangweilig sein konnte), wenn er in seinem Taschenführer nicht das Vorhandensein des Peerless Pool entdeckt hätte. Dieser große Badeplatz mit seiner gedeckten Schwimmhalle, der Kegelbahn, der Bibliothek und dem Fischteich, lag in Moorfields, hinter dem Bethlehem Hospital. Jessamy, der sich nun allmählich in seinem London gut auskannte, schöpfte den Verdacht, daß diese Lokalität, ihrer Lage nach, vielleicht nicht gerade ein Badeort für bessere Leute zu sein schien. Als er hingegen erfuhr, daß sie seinerzeit als der «Gefährliche Teich» bekannt war – wegen der vielen Leute, die dort beim Schwimmen ertranken –, schwanden natürlich seine Einwände gegen einen Besuch. Er stimmte bereitwillig zu, dorthin aufzubrechen, beschloß jedoch heimlich, Felix erst dann in den Teich springen zu lassen, bis er sich selbst – durch einen persönlichen Versuch – davon überzeugt hatte, daß er für den Kleinen halbwegs sicher war. Da der «Gefährliche Teich» sich jedoch schon längst zu einem völlig sicheren Schwimmbad gewandelt hatte und an einem kühlen Frühlingstag ziemlich verlassen dalag, beschlossen die Brüder stillschweigend, das Schwimmen dort auf eine etwas spätere Jahreszeit zu verschieben.

Felix berichtete natürlich seinen Schwestern über den Peerless Pool, und daß sie beschlossen hätten, wieder hinzugehen, sobald das Wetter wärmer war. Als er aber mit Jessamy allein war, meinte er, von dem Besuch des Fives-Court wolle er ihnen nichts erzählen. «Du weißt ja, wie Frauenzimmer sind!» erklärte er. «Die würden sehr wahrscheinlich kreischen – ganz als wäre es schädlich, einer ordentlichen Rauferei zuzusehen!»

Diese leichtherzigen Worte waren der letzte Schlag gegen das empfindliche Gewissen seines Bruders. Jessamy erkannte an ihnen, daß er nicht nur absichtlich nichts von dem Besuch des Fives-Court und des Surrey-Theaters erzählt hatte, sondern überdies seine Schlechtigkeit damit krönte, daß er Felix durch sein Beispiel lehrte, falsch zu sein. Der von seiner Familie gefürchtete strenge Ausdruck verhärtete seine Augen, machte seine Lippen schmal, und er sagte: «Nein, ich hätte dich doch nicht mitnehmen dürfen! Und ich habe vor, Frederica davon zu erzählen. An den Kämpfen selbst war nichts Schlimmes, wohl aber an der Gesellschaft – dem Wetten – dem – na ja, egal. Doch es war sehr schlecht von mir, dich so einen Ort kennenlernen zu lassen!»

«Ach, Blödsinn – Jessie!» rief Felix angewidert.

Er war auf eine Rauferei vorbereitet, doch wenn Jessamys Augen auch aufblitzten, so überging er die Beleidigung und wandte sich ab.

Als er Frederica die Begebenheit tapfer enthüllte, nahm sie einen nachsichtigen Standpunkt ein. Sie glaubte nicht, daß für einen zwölfjährigen Jungen große Gefahr bestand, verdorben zu werden, wenn er sich ein aufregendes Melodrama oder einen Faustkampf ansah. Selbst als ihr Jessamy erzählte, man könne an dem Melodrama entschieden unmoralische Züge finden, sagte sie äußerst vernünftig: «Ich glaube kaum, daß er dem, was vielleicht ein bißchen gewagt war, auch nur die geringste Aufmerksamkeit widmete. Alles, woran ihm lag, war das Abenteuer! Natürlich ginge es keinesfalls an, sich den Besuch solcher Stücke zur Gewohnheit zu machen, aber quäle dich nicht, Jessamy! Verlaß dich darauf, du hast ihm überhaupt nicht geschadet. Was das Boxen betrifft, halte ich, für meine Person, es einfach für abscheulich, weiß hingegen recht gut, daß selbst Herren *ersten* Ranges nichts Schlimmes daran finden. Ja sogar dein Pate –»

«Es war nicht das Boxen, sondern die Gesellschaft», erläuterte Jessamy. «Ich wußte nicht – aber ich hätte es ahnen können! –, daß ich, der ich Geistlicher werden will, meinen kleinen Bruder auf Abwege führe!»

Frederica erkannte an diesen Worten die Anzeichen dessen, was ihr Bruder Harry rüde den «frühchristlichen Märtyrer» nannte, und beschwichtigte ihn hastig: «Unsinn, Jessamy! Du versteifst dich zu sehr auf Haarspaltereien! Dir mag ja die Gesellschaft aufgefallen sein, doch Felix waren ausschließlich die Kämpfe wichtig.»

«Mir scheint», antwortete Jessamy tiefernst, «daß du, seit wir nach London gekommen sind, an nichts als an Ballkleider für Charis und an – an *weltliche* Dinge denkst!»

«Na ja, wenn nicht ich an sie denke, wer dann?» antwortete sie. «Weißt du, jemand muß es tun – wo wären wir denn sonst?» Sie betrachtete ihn spöttisch. «Moralisiere nicht immer, mein Lieber, sondern versuche, selbst ein bißchen weltlich und vernünftig zu sein, und höre auf, unseren Nachbarn zu ermutigen, uns ständig zu verfolgen!»

«Uns verfolgen?» wiederholte er stirnrunzelnd. «Wenn du damit meinst, daß er liebenswürdig und gefällig ist –»

«Das meine ich ja nicht, du Tropf! Ich meine, daß er hinter Charis herläuft und in kürzester Zeit äußerst lästig geworden ist!»

«Wenn du ihn nicht magst, warum sagst du dann Charis nicht, sie solle ihn sich entsprechend vom Leibe halten? Das wäre ja ein reizendes Benehmen von mir, wenn ich ihn abfahren ließe! Außerdem – warum eigentlich? Ich versichere dir, er spricht höchst ehrerbietig mit Charis. Und außerdem habe ja *ich* ihn zuerst kennengelernt, Tage, bevor er mit Charis bekannt wurde!»

Ihre Augen tanzten spöttisch, aber sie sagte ernst: «Das stimmt tatsächlich!»

«Und seine Mutter hat dir auch schon ihren Besuch gemacht, was ich sehr freundlich und höflich fand! Warum warst du so steif? Ja, und warum hast du sie abgewiesen, als sie uns alle zum Abendessen einlud, damit wir einen gemütlichen Abend bei ihnen verbringen? Ist sie keine achtbare Person?»

«Bestimmt äußerst achtbar, aber es geht nicht an, daß wir mit dieser Familie oder ihren Freunden intim werden. Um dir gegenüber aufrichtig zu sein, Jessamy – es mögen ja gute, würdige Leute sein, doch sie sind wohl kaum das Richtige! Der Verkehr mit Mrs. Nutley kann unserem Ansehen keinesfalls dienen – ja, er wäre sogar äußerst schädlich für uns. Weißt du, ihre Manieren sind keineswegs vornehm, und nach dem, was Buddle mir erzählt, ist Mr. Nutley ein äußerst gewöhnlicher Mensch.»

«Buddle!» stieß Jessamy hervor.

Sie lächelte. «Mein Lieber, wenn Buddle die Nase rümpft, dann kannst du sicher sein, daß er im Recht ist. Papa hat mir einmal gesagt, bei einem guten Butler kann man sich darauf verlassen, daß er im Handumdrehen einen gewöhnlichen Menschen wittert. Ich gestehe dir ja zu, daß der *junge* Nutley gewandter ist als seine Eltern, aber er ist ein Emporkömmling, Jessamy!»

«Wenn ein Mensch gut und würdig ist, wie du es von den Nutleys selbst gesagt hast, dann ist mir das übrige gleichgültig!» verkündete Jessamy.

«Das ist doch die Höhe!» rief Frederica. «Und dabei bist du der größte Pedant in Manieren von uns allen! Nicht einmal der Stallmeister war so streng mit dem armen gutmütigen Menschen, der vor zwei Jahren die Meierei mietete. *Du* hast gesagt, er sei aufdringlich, ein Emporkömmling aus der Stadt, und –»

«Das war vor zwei Jahren», unterbrach er sie errötend. «Ich hoffe, daß ich heute klüger bin!»

«Ja, Liebster, das hoffe ich auch!» antwortete seine Schwester freimütig. «Denn wenn du vorhast, Pfarrer zu werden, dann solltest du würdige Menschen nicht verurteilen, nur weil sie sich durch Unwissenheit auf der Jagd vordrängen, ungestüm sind oder den Hunden zu nahe kommen!»

Diese Erwiderung beendete die Diskussion. Jessamy zog sich, hochmütig schweigend, zurück, und Frederica wandte sich den weltlichen Angelegenheiten zu, die sie nach London geführt hatten.

Darin wurde sie von Charis, auf die sich ihr Ehrgeiz konzentrierte, nur gleichgültig, und von Miss Winsham nur lau unterstützt. Letztere verachtete die Heirat als Laufbahn für ein Frauenzimmer, mußte aber widerwillig zur Kenntnis nehmen, daß das auch alles war, wozu eine so hübsche Gans wie Charis taugte. Charis selbst freute sich schon auf ihre Londoner Saison. Für ein Mädchen, das nie über die Grenzen der Grafschaft Herefordshire hinausgekommen war und dessen Vergnügungen sich auf sommerliche Picknicks, Gartengesellschaften, Abendunterhaltungen sowie kleine Tanzereien oder gelegentliche Liebhaberaufführungen beschränkt hatten, konnte die Aussicht auf Londoner Bälle, Venezianische Frühstücke, Redouten, Abendgesellschaften, Theater- und Opernbesuche, ja vielleicht sogar Gesellschaften bei Almack nur erfreulich sein. Als sie jedoch entdeckte, daß ihre liebe Frederica beabsichtigte, jeden verfügbaren Penny für ihre Garderobe auszugeben, sich selbst hingegen nur recht und schlecht zu behelfen, wollte Charis nichts davon hören. Im allgemeinen war sie das denkbar gefügigste Mädchen, konnte jedoch gelegentlich ziemlich hartnäckig werden. Kaum hatte sie erkannt, daß Frederica Tante Scrabsters anspruchslose Schneiderin damit beauftragt hatte, ihr ein Kleid für den Alverstoke-Ball zu nähen, als sie auch schon erklärte – und dabei so störrisch dreinsah, wie es ein so liebliches, sanftes Geschöpf nur konnte –, daß ihr jede einzelne der kostbaren Roben mißfiel, welche die mondäne Schneiderin offerierte, deren diskret elegantes Atelier in der Burton Street Alverstoke Frederica empfohlen hatte.

Frederica hatte dem Marquis für diesen Rat kühl gedankt und entgegnet, sie zweifle nicht an seinem guten Urteil in solchen Dingen. Als er sie hingegen boshaft aufzog und ihr sagte, sie brauche bei Madame Franchot nur seinen Namen zu erwähnen, wenn sie sich die einfallsreichsten Bemühungen dieses Genies zu sichern wünsche, vergaß sie sich so weit, ihm, mit einem betrüblichen Mangel an jungfräulichem Anstand zu antworten: «Das täte ich auch, wenn ich für eine Hochstaplerin gehalten werden wollte!»

«Und was, darf ich fragen, wissen Sie über Hochstaplerinnen, Frederica?» erkundigte er sich, ein Beben seiner Lippen unterdrückend.

«Nicht sehr viel, aber Papa hat mir erzählt, sie sind ein aufgeputztes leichtes Tu –» Sie unterbrach sich, Seine Lordschaft hingegen vollendete zuvorkommend für sie den Satz: «– leichtes Tuch! Sehr richtig! Als Ihr Vormund bin ich jedoch zutiefst entsetzt und muß ersuchen, daß Sie sich in Zukunft bemühen, mich nicht zu blamieren – zumindest nicht in der Öffentlichkeit!»

«O nein, das werde ich auch nicht! Ich meine –» Sie sah ihm in die Augen und brach in Gelächter aus. «Sie sind doch der abscheulichste Mensch, dem ich je begegnet bin! Aber jetzt sagen Sie mir, welche Modistin Ihrer Meinung nach am würdigsten ist, mich zur geschätzten Kundin zu haben!»

«Recht gern – gehen Sie zu Miss Starke in der Conduit Street. Ihr Geschmack ist unfehlbar.»

«Ich bin Ihnen sehr verbunden. Sie ist bestimmt sündteuer, aber ich wäre nicht erstaunt, wenn sie die Preise senken würde, sobald sie erfährt, daß Charis in dieser Saison unter Lady Buxteds Schutz debütiert», meinte Frederica schlau.

Sie hatte völlig recht. Miss Starke, gar zu oft gezwungen, ihre Kunst an Hüte und Hauben zu verschwenden, die ein häßliches Gesicht so vorteilhaft wie nur möglich zur Geltung bringen sollten, wurde in ihren Gefühlen allzu häufig verletzt, wenn sich eine Kundin, die ihre Blüte längst hinter sich hatte, zu einem Hut entschloß, der für ein Mädchen in seiner ersten Saison bestimmt war. In der jüngeren Miss Merriville hingegen wurde für sie ein Traum zur Wirklichkeit. Sie hatte Hüte für viele schöne junge Damen entworfen, wobei ihr unfehlbares Auge auf einen Blick erkannte, daß Miss A ein hoher Kopf nicht paßte, Miss B eine eng anliegende Haube oder Miss C einen gewagten Hut à la Husar unmöglich tragen durfte. Noch nie aber war sie aufgefordert worden, für eine Klientin Hüte zu zaubern, die in jedem entzückend aussah, den man ihr zärtlich auf die glänzenden Locken drückte. Es war kein Problem, den richtigen Hut zu finden, der Miss Charis Merriville vorteilhaft zur Geltung brachte. Vielmehr brachte Miss Charis die Hüte zur Geltung und verwandelte selbst die erfolglose Angoulême-Haube aus weißem Zwirnnetz, die keiner Geringeren als deren Schöpferin so gut gefiel, in eine bezaubernde Kopfbedeckung: bestimmt würde sie vier unter fünf liebenden Müttern den Entschluß eingeben, genau dasselbe Modell für ihre eigenen Töchter anzuschaffen. Bei dem Stolz der Kollektion von Miss Starke jedoch, der Schöpfung mit dem extravaganten Kopf, der riesigen, hochstehenden Schute mit der Kaskade aus gekräuselten Federn, füllten sich Miss Starkes Augen mit Tränen des Triumphes, als sie einen Schritt zurücktrat, um die Wirkung auf Charis' Kopf zu begutachten. Sie wandte sich ihrer Haupthelferin zu, sah diese falsche Kritikerin aber nur durch einen Nebel. Miss Throckley hatte ihr Genie mit der Äußerung angezweifelt, der Hut sei der Mode viel zu weit voraus und bei weitem zu anspruchsvoll, als daß ihn jede Frau tragen könne. Na, und was hatte Miss Throckley jetzt zu sagen?!

Erwartungsgemäß brachte Miss Throckley zum Ausdruck, wie hingerissen sie von dem Bild war, welches das Fräulein in einem Hut bot, den – wenn sie so sagen durfte – nur wenige Damen tragen konnten. Es stand ihr zwar keineswegs zu, einen Rat zu geben, aber wenn sie daran dachte, ihn auf einem anderen, unwürdigeren Kopf erblicken zu müssen, konnte sie es – nein, entschieden einfach nicht ertragen!

Diese Rhapsodie, in die Miss Starke begeistert einstimmte, wurde von Frederica unterbrochen, die den Preis wissen wollte. Als sie ihn vernommen hatte, stand sie zwar lächelnd, doch kopfschüttelnd auf. «Ach nein!

Ich fürchte, er ist zu teuer. Meine Schwester braucht mehrere Hüte, verstehen Sie, daher dürfen wir nicht wegen eines einzigen verrückt werden. Sicher, er ist recht hübsch, aber das ist auch dieser Schäferinnenhut mit dem flachen Kopf und den Blumen – nur ist uns auch der zu teuer. Komm, Charis! Wir dürfen Miss Starkes Zeit nicht länger verschwenden – das heißt, auch unsere nicht. Es ist jammerschade, aber bestimmt finden wir etwas, das dir ebensogut gefallen wird.»

«O ja!» stimmte ihr Charis fröhlich zu und knüpfte die Bänder ihrer eigenen Haube unter dem linken Ohr fest. «Was mich betrifft, möchte ich genauso gern den Seidenstrohhut haben, den wir in dem bewußten Schaufenster in der Bond Street gesehen haben. Komm doch, schauen wir ihn uns noch einmal an!»

Aber während dieses Gesprächs hatte Miss Starke blitzschnell überlegt, und als Charis die Handschuhe überstreifte, bat sie, doch wieder Platz zu nehmen, warf Miss Throckley schändlicherweise vor, sie habe sich im Preis geirrt, und teilte Frederica mit, es sei bei ihr stets üblich, wesentliche Preisnachlässe zu geben, wenn eine Dame mehrere Hüte zu kaufen wünschte. Sie versicherte auch, sie ließe es sich unbedingt angelegen sein, einer Freundin von Lady Buxted entgegenzukommen.

In Wirklichkeit hatte sich Ihre Gnaden noch nie auch nur um ein Spitzenkäppchen an sie gewandt. Miss Starke wußte, wer Lady Buxted war, und so provinzlerisch die Lady auch sein mochte, sie bewegte sich in den ersten Kreisen. In diese Kreise würde sie die liebliche Miss Merriville einführen; und wenn der Anblick dieses hinreißenden, von einem erlesenen Hut eingerahmten Gesichtes nicht eine Herde heiratssüchtiger Mamas, mit ihren Töchtern im Schlepptau, in die Conduit Street führte – dann kannte Miss Starke die weibliche Natur nicht. Es war ja keineswegs nötig, etwas so Gewöhnliches zu tun, wie der älteren Miss Merriville anzudeuten, ein beiden Parteien genehmes Abkommen wäre zu erreichen, falls sie bekannt werden ließe, daß die Hüte ihrer Schwester von Miss Starke in der Conduit Street stammten. Denn nur wenige der verheirateten Damen würden sich zurückhalten, Miss Charis zu fragen, wo sie ihren reizenden Hut erstanden hätte; und es war ziemlich unwahrscheinlich, daß diese liebliche Unschuld mit der erwünschten Auskunft hinter dem Berg halten würde. Die Antwort mußte lauten «bei Miss Starke», und nicht «bei Clarimonde in der New Bond Street».

So also wurden drei entzückende Hüte zu Miss Merrivilles Mietdroschke gebracht – die jetzt durch die Anwesenheit Owens auf dem Kutscherbock geziert wurde, des vertrauenswürdigen Lakaien, ausgesucht von Mr. Trevor und gebilligt von Buddle.

«Na, war das nicht großartig?» strahlte Frederica, und ihre Augen funkelten vor Triumph und Spitzbüberei. «Drei Hüte für kaum mehr als den Preis eines einzigen!»

«Frederica, sie waren entsetzlich teuer!»

«Nicht teurer, als wir es uns leisten können. Na ja, spottbillig waren sie ja nicht gerade, aber weißt du, Hüte sind höchst wichtig. Quäle dich nicht, Liebstes! Als nächstes müssen wir uns für ein Ballkleid zu deinem Debüt entschließen. Hat dir denn keines von den Kleidern gefallen, die wir bei Franchot gesehen haben? Nicht einmal das mit dem russischen Leibchen und den applizierten Einsätzen aus blauem Satin vorne am Mieder?» Charis schüttelte den Kopf. Etwas enttäuscht fuhr Frederica fort: «Meiner Meinung nach würde dir das besonders gut stehen. Aber wenn dir nichts daran liegt – was hältst du von dem einen, wirklich hübschen, aus weißem Satin über einem rosa Leibchen?»

«Ich dachte, daß *du* reizend darin aussehen würdest! Rosa steht dir immer gut.»

«Charis, wir reden nicht über ein Kleid für mich. Selbst wenn das der Fall wäre, dann brächte mich nichts dazu, mich in einem Kleid lächerlich zu machen, das für ein junges Mädchen entworfen wurde! Außerdem weißt du recht gut, daß mir Miss Chibett genau das schneidert, was ich haben will, denn du warst ja selbst dabei, als ich den orangeblütenfarbenen italienischen Krepp und den Satin für das Unterkleid kaufte!»

«Und ich weiß auch sehr gut, was ich will», sagte Charis. «Bitte, bitte, Frederica, sag, daß ich das haben darf!»

«Aber Liebstes!» rief Frederica. «Natürlich darfst du alles haben, was du willst, falls du dir nicht gerade etwas einbildest, das völlig unpassend wäre. Ich weiß ja, das tust du nicht, weil du einen so guten Geschmack besitzt. Wo hast du es denn gesehen?»

«Ich zeige es dir gleich», versprach Charis und drückte ihrer Schwester dankbar die Hand.

Sie weigerte sich, mehr zu verraten, schüttelte nur den Kopf, als sie gefragt wurde, und preßte die hübschen Lippen fest zusammen. Aber als sie in der Upper Wimpole Street eintrafen, nahm sie Frederica in ihr Schlafzimmer mit und legte ihr die neueste Nummer des *Ladies' Magazine* vor. Es war schon aufgeschlagen und enthüllte die Skizze eines überschlanken Dämchens, elegant in ein dreiviertellanges Kleid aus weißem Tüll gekleidet, das von der Mitte abwärts mit Perlenrosetten geschlossen und über einem weißen Satin-Unterkleid getragen wurde. «W-was hältst du davon, Frederica?» fragte sie aufgeregt und richtete einen ängstlichen Blick auf ihre Schwester.

Frederica betrachtete kritisch die Skizze, radierte im Geist Zutaten, wie einen rotbraunen Schal, eine Tiara und einen schwarzen Haarschleier aus Spitze, aus und kam zu dem Schluß, daß der Instinkt Charis wieder einmal nicht getrogen hatte. Charis war groß, obwohl, Gott sei Dank, nicht so groß wie die abgebildete Dame, die gewiß gute zwei Meter maß, und die lange schlanke Linie des Überkleides würde ihr wunderbar stehen. «Es gefällt mir!» stellte sie entschieden fest. «Es ist einfach und doch nicht gewöhnlich. Du hast vollkommen recht, Charis – es wird dir außerordentlich gut stehen. Besonders diese weichen, anmutigen Falten des Unterkleides, ohne Rüschen oder Putz am Saum.»

«Ich wußte ja, daß du das sagen würdest», hauchte Charis.

«Ja, aber –» Frederica schwieg und runzelte die Stirn. Sie sah Charis in die schmelzenden blauen Augen, die so bittend auf sie gerichtet waren, und fuhr fort: «Du möchtest es vermutlich von Franchot kopieren lassen. Aber ob sie das tut? Ich bin nicht ganz sicher, doch ich stelle mir vor, daß Londoner Ateliers nur eigene Entwürfe ausführen.»

«Nein, nein, nein!» entgegnete Charis ungewöhnlich heftig. «Ich will es mir doch selbst machen!»

«Nein, das wirst du auf keinen Fall!» antwortete Frederica. «Was, in einem selbstgeschneiderten Kleid debütieren? Nie! Charis, wenn du nur wüßtest, wie lange ich schon davon geträumt habe, dich mit allem nur denkbaren Aufwand in die Gesellschaft einzuführen!»

«Das wirst du ja auch. Ich verspreche dir, das sollst du, mein Liebling – meine allerbeste Schwester!» erklärte Charis und umarmte sie herzlich. «Hör mir doch zu! Ich weiß, ich bin weder klug noch belesen, ich male nicht und spiele auch nicht Klavier, aber selbst meine Tante wird zugeben, daß ich *wirklich* nähen kann! Ja, ich kann auch zuschneiden, und überdies einen Ärmel einsetzen! Schau, erinnerst du dich denn nicht an das Kleid, das ich mir für die Gesellschaft beim Squire gemacht habe, und wie alle herausfinden wollten, ob es mir Tante Scrabster aus London geschickt hatte, oder ob wir eine Schneiderin in Ross oder Hereford gefunden haben, von der niemand sonst etwas weiß? Selbst Lady Peasmore ließ sich anführen, denn sie erzählte Marianne, mein Kleid hätte jenes gewisse Etwas gehabt, welches deutlich verriet, daß es von einer Schneiderin ersten Ranges entworfen wurde. Du weißt, ich mache es so gern, du weißt es doch, Frederica!»

Darauf gab es keine Antwort, denn Charis war tatsächlich eine bemerkenswert gute Schneiderin. Frederica stimmte dem Plan jedoch erst zu, als Miss Winsham, allein mit ihrer Lieblingsnichte, mit spitzer Stimme sagte: «So laß sie doch! Wenn sie es verpatzt – was sie keineswegs tun wird, denn das eine will ich zu ihren Gunsten sagen: sie mag ja ein Kamel sein, aber mit den Fingern ist sie geschickter als du, Frederica! –, dann ist sie wenigstens beschäftigt und diesem aufdringlichen Stutzer von nebenan aus dem Weg geräumt!»

10

Da Miss Winsham nur allzu froh war, ihre Pflicht, die Anstandsdame für ihre Nichten zu spielen, Lady Buxted abtreten zu können, machten sich die Damen Merriville am Abend des Alverstoke-Balles allein auf den Weg. Miss Winsham stieß im letzten Augenblick noch ein Fenster auf und wollte wissen, ob sie sich auch mit Taschentüchern versorgt hätten. Buddle beschwor sie, sich vorzusehen und ihre Röcke nicht an die Stufen der Kutsche streifen zu lassen, und Owen half ihnen behutsam in das Gefährt. Beide Schwestern freuten sich auf die Gesellschaft, in der Erwartung, einen reizenden Abend zu verbringen. Keine verriet – das heißt, keine fühlte – die Nervosität, welche bei jungen Damen üblich ist, wenn sie zum erstenmal in der Gesellschaft erscheinen. Charis, von keinerlei Ehrgeiz beschwert und von den ausgefallenen Komplimenten, die sie erhielt, völlig unberührt, war überzeugt, der Ball würde genußreich ausfallen, weil sie sich bei Gesellschaften ohnehin immer amüsierte – alle Leute waren ja so nett! Sie hegte keine Befürchtung, daß man sie nicht zu jedem Tanz auffordern würde, denn so etwas war ihr noch nie passiert. Wenn sie überhaupt darüber nachgedacht hätte, dann hätte sie wohl gesagt, das komme daher, weil sie so viele Bekannte in Herefordshire besaß. Und hätte man ihr entgegnet, daß sie in London, wo sie unbekannt war, vielleicht einen großen Teil des Abends bei den Anstandsdamen würde sitzen müssen, dann hätte sie die Warnung völlig gelassen und ohne im geringsten pikiert zu sein aufgenommen.

Frederica hatte Ehrgeiz, doch der konzentrierte sich auf ihre Schwester. Sowie sie befriedigt festgestellt hatte, daß Charis blühend aussah und die selbstgeschneiderte Robe den Vergleich mit der teuersten Schöpfung Franchots herausfordern konnte, war sie völlig ruhig: die Schönheit ihrer Schwester und deren natürliches Benehmen würden ihr den Erfolg gewiß sichern. Ihr persönlich lag – weil, ihrer eigenen Ansicht nach, ihre Blüte so weit zurücklag, daß sie fast schon eine alte Jungfer war – einzig daran, einen tadellosen Hintergrund für Charis abzugeben. Das konnte ihr nicht schwerfallen. Sie war viel zu lange die Herrin des väterlichen Haushalts gewesen, um an den Qualen der Schüchternheit zu leiden. Ihr orangenblütenfarbenes Kleid, das Miss Chibett für sie genäht und dem Charis' geschickte Finger den modischen Pfiff verliehen hatten, war genau das Richtige für eine Dame, die zwar an der Bürde der Jahre nicht ausgesprochen litt, sich jedoch bewußt war, längst über das Heiratsalter hinaus zu sein. Das Diamanthalsband, ein Geschenk des verstorbenen Mr. Merriville an seine Frau, verlieh Frederica Würde; und die kleine alexandrinische Kappe, mit der sie, taub für die Proteste von Charis, ihrer eleganten Toilette die Krone aufgesetzt hatte, führte klar vor Augen, daß sie unter die Witwen einzureihen war.

Frederica mochte zwar mit den Gebräuchen eleganter Gesellschaften nicht völlig auf dem laufenden sein, aber sie wußte, daß der Marquis damit, sie und Charis vor dem Ball im Alverstoke-Palais zu einem Dinner einzuladen, ihnen eine ungewöhnliche Ehre erwies. Die wenigen Zeilen, die er auf die Rückseite der Karte – mit Goldrand und der Anschrift in der sauberen Handschrift seines Sekretärs – gekritzelt hatte, ließ ihr keinen Zweifel über seinen Beweggrund. Er bestand darin, sie seiner ältesten Schwester und mehreren Personen vorzustellen, die sich seiner Meinung nach als nützlich erweisen konnten. Er unterstrich das Wort «nützlich», sicher in boshafter Absicht, und schloß mit der Bitte – die sich aber eher als Befehl las –, doch etwas vor der festgesetzten Zeit zu erscheinen. Die kurze Nachricht war für Fredericas Geschmack etwas zu selbstherrlich, aber sie beschloß, es zu übersehen, da Seine Lordschaft deutlich darauf abzielte, ihr den gesellschaftlichen Weg zu ebnen. Sie konnte ja nicht wissen, daß er sich tatsächlich in höchst ungewöhnlicher Weise um seiner adoptierten Schützlinge willen selbst übertroffen hatte, indem er ihnen zuliebe eine Dinnergesellschaft mit Leuten arrangiert hatte, denen er, mit wenigen Ausnahmen, auswich oder die er überhaupt nicht zur Kenntnis nahm. Zur ersten Kategorie gehörten seine älteste Schwester und deren Gatte, seine Schwester Louisa, seine liebende Base Lucretia und Lady Sefton, deren Liebenswürdigkeit in seinen Augen ihre Geziertheit keineswegs entschuldigte, die ihn stets unweigerlich irritierte. Die zweite Kategorie bestand aus seinen zwei Neffen, zwei Nichten, dem standesgemäßen, äußerst langweiligen Mr. Redmure, der mit seiner ältesten Nichte verlobt war, ferner seinem Erben, dessen Schwester Chloë und dem Ehrenwerten Alfred Parracombe, der das zweifelhafte Glück hatte, der Gatte der schönen Brünetten zu sein, deren Namen man erst kürzlich mit dem Seiner Lordschaft in Verbindung brachte. Er war auch mit dem Namen verschiedener anderer Herren in Verbindung gebracht worden, und sein Anblick – auf der gekritzelten Liste, die auch die Namen der Damen Jevington und Buxted enthielt – versetzte Charles Trevor in ein leichtes Schwindelgefühl. Er war jedoch vernünftig genug, keine diesbezüglichen Fragen zu stellen, denn Mrs. Parracombe war eine jener Eingeladenen, die Hefe zu dem liefern sollten, was Seine Lordschaft bissig als «dieser ganze Teig» bezeichnete. Weitere Hefe sollten Lord und Lady Jersey beisteuern sowie der Seiner Lordschaft seit Kindertagen befreundete Mr. Darcy Morton. Mr. Trevor erholte sich von seinem Erstaunen, während er die Namen vor seinen Augen las, überprüfte sie nochmals und entdeckte einen Fehler. «Die Zahl ist ungerade, Sir», erklärte er. «Es sind zehn Damen, aber nur – Sie eingerechnet – neun Herren.»

«Nein, zehn Herren – mit *Ihnen*», entgegnete Seine Lordschaft. «Sie würden es zwar sicher vorziehen, entschuldigt zu werden, und ich kann das gut verstehen. Aber wenn Sie glauben, daß ich dieser fürchterlichen

Gesellschaft ohne Unterstützung vorsitzen werde, dann haben Sie eine sehr seltsame Auffassung von meinem Charakter!»

Charles lachte, wurde jedoch zugleich auch rot und sagte leicht stammelnd: «Ich – ich bin sehr glücklich darüber! Danke, Sir. Soll ich – wünschen Sie, daß ich auch an dem Ball teilnehme?»

«Aber gewiß! Widmen Sie Ihren Geist, während ich fort bin, der Aufgabe, die Tischordnung zusammenzustellen – das dürfte Sie derart in Atem halten, wie Sie es sich nur wünschen können!»

«Ich muß gestehen», stimmte ihm Charles zu und überflog dabei die Liste, «daß es nicht leicht sein wird, eine völlig befriedigende Anordnung zu treffen. Ich meine –»

«Ich weiß genau, was Sie meinen, mein lieber Junge, und bin schon seit langem zu dem Schluß gelangt, daß es unmöglich ist. Tun Sie Ihr möglichstes. Setzen Sie meine Schwester Jevington mir gegenüber. Darüber wird Lady Buxted wütend sein, aber da kann man nichts machen. Es wäre höchst ungehörig, sie rangmäßig über Lady Jevington zu setzen – und ich habe wirklich das Gefühl, wir sollten uns an den Anstand halten, nicht?»

Mr. Trevor, der gerade an den Namen von Mrs. Parracombe dachte, antwortete ausdruckslos: «Ja, Sir.»

Der Marquis, mit spöttischen Augen, sagte anerkennend: «Völlig richtig, Charles. Da ich die Sache in Ihre fähigen Hände gelegt habe, kann ich jetzt beruhigt nach Cheveley abfahren. Nein, vielleicht sollte ich lieber Lady Jevington schreiben und sie bitten, die Rolle der Gastgeberin bei dem Dinner zu übernehmen. Es kann ihren Ärger mildern, wenn sie entdeckt, daß sich Lady Buxted und Mrs. Dauntry in die Ehre teilen müssen, die Ballgäste zu empfangen. Wie einen doch diese Vorkehrungen erschöpfen! Wenn jemand nach mir fragt, während ich in Cheveley bin, sagen Sie, ich sei zur Erholung aufs Land gefahren. Und im übrigen – tun Sie, wie es Sie am besten dünkt. Das einzige, was ich verlange, ist, daß Sie Ihre Sparwut bändigen und sich davor zurückhalten, den Ballsaal in ein Zelt zu verwandeln.»

«Mit unzähligen Metern rosa Seide! Ich glaube eher nein, Sir. Wenn es Ihnen nicht mißfällt, möchte ich den Saal mit Blumen schmücken!»

«Auf alle Fälle!» stimmte Seine Lordschaft herzlich zu. «Ich merke – nicht daß ich je daran gezweifelt hätte! –, daß Sie mir nichts zu tun überlassen, was, wie Sie sehr gut wissen, jederzeit mein Ziel ist.»

Dank der Energie Mr. Trevors, dank seinem ausgesprochenen Organisationstalent und dem Takt, welcher ihm die bereitwillige Zusammenarbeit so eifersüchtiger Leute wie des Butlers und des Hausverwalters Seiner Lordschaft gewonnen hatte, erfüllte sich diese hoffnungsvolle Prophezeiung. Der Marquis konnte nur einen Fehler an Mr. Trevors Maßnahmen entdecken. Als ihm dieser einen sorgfältigen Plan der Dinnertafel vorlegte, tauschte er zwei Namen aus, so daß sich Mr. Trevor neben die jüngere Miss Merriville gesetzt sah. Das war zwar eine recht angenehme Änderung, aber Charles hielt es doch für seine Pflicht, darauf aufmerksam zu machen, daß Mr. Endymion Dauntry vielleicht nicht neben seiner Base Jane sitzen wollte.

«Sehr wahrscheinlich nicht – ja, fast sicher nicht», überlegte der Marquis. «Was hat Sie auf die Idee gebracht, mich könnten Endymions Wünsche interessieren?»

Das war genau die Bemerkung, überlegte Mr. Trevor, welche Seine Lordschaft zu einem so unberechenbaren Menschen stempelte. Er konnte gleichzeitig abstoßend und anziehend sein. Es gab nichts, was einen mehr befremden konnte, als die kalte Gleichgültigkeit, welche er den Angehörigen seiner Familie gegenüber zeigte, nichts jedoch, was ihn liebenswerter machte, als die Rücksichtnahme auf die vermutlichen Wünsche seines Sekretärs. Er konnte, mit einem entsetzlichen Mangel an Takt, eine Dame unter seine Gäste mischen, die seine Schwestern mit Sicherheit in lautstarke tugendhafte Empörung versetzte. Wenn er aber die Anwesenheit seines Sekretärs befahl, als sei dies ein Teil der Pflichten Mr. Trevors, dann wußte dieser recht gut, daß von ihm nur erwartet wurde, sich gut zu unterhalten und als eine Art Adjutant oder zweiter Gastgeber zu fungieren.

Er hatte nie daran gezweifelt, den Ball zu genießen, denn das war ein recht seltenes Vergnügen für ihn. Dank der Intervention des Marquis konnte er sich jetzt auch noch in angenehmer Erwartung auf das Dinner freuen.

Die ersten Gäste waren die Jevingtons, die den standesgemäßen Mr. Redmure im Gefolge führten. Lady Jevington trat königlich gewandet in Erscheinung; sie trug eine prachtvolle, doch außerordentlich häßliche Diamantentiara und war überwältigend gnädig gestimmt. Diese Laune wurde auch sofort zum Ausdruck gebracht, als Alverstoke sagte: «Ich vermute, ich brauche dir Charles nicht vorzustellen, Augusta?» Sie antwortete ohne Zögern, streckte Mr. Trevor die Hand hin und gönnte ihm ein Lächeln von seltener Herablassung: «Aber nein, wirklich! Ja, Charles, wie geht es Ihnen? Und wie geht es Ihrem würdigen Herrn Vater? Und Ihrer lieben Frau Mama? So lange her, daß ich sie nicht mehr gesehen habe! Sie *müssen* mir alles über sie erzählen!»

Diese Notwendigkeit blieb ihm erspart, weil die Buxteds und die ihnen dicht auf dem Fuß folgende Mrs. Dauntry mit Chloë eintrafen. Mrs. Dauntry sah bemerkenswert schön in einem jener enganliegenden Kleider aus, die sie gewöhnlich trug und die ihre überschlanke Figur so ausgezeichnet zur Geltung brachten. Das Gewand, das Lady Buxted in Gedanken auf fünfzig Guineen und Lady Jevington auf viel mehr schätzte, war aus lila Spinnweb-Gaze über einem Unterkleid aus rosa Satin. Auch Mrs. Dauntry trug eine Diamantentiara, die jedoch keineswegs so imposant aussah wie das Erbstück, das Lady Jevington krönte, hingegen unendlich köstlicher gearbeitet war. Darüber hatte sie einen ihrer Spitzenschleier geworfen; lila Ziegenlederhandschuhe französischer Herkunft – nicht um einen Penny billiger als fünf Guineen, dachte Lady Buxted empört – bedeckten ihre Arme; in einer Hand trug sie einen gemalten Fächer, und von ihrem Handgelenk hing ein verspieltes kleines Retikül. Die andere Hand streckte sie Alverstoke hin. Sie murmelte: «Lieber Vernon!» Als er zu ihrer Freude – und zum Ärger seiner Schwestern – ihre Hand an die Lippen hob, wandte sie ihre riesigen, tiefliegenden Augen auf die wutschnaubenden Damen und nahm sie mit einem schwachen, süßen Lächeln zur Kenntnis, das zwar liebevoll war, doch nicht so freundlich, um Aufschluß zu geben, ob sie eine der beiden als ihre Gastgeberin anerkannt hätte. «Lieber Vernon!» wiederholte sie. «Bin ich spät dran? Wie ungezogen von mir! Aber ich weiß, du wirst mir verzeihen. Und hier ist deine beharrlichste Verehrerin! Chloë, mein Liebling!»

Miss Dauntry, die vor drei Tagen ihren siebzehnten Geburtstag gefeiert hatte, machte einen Schulmädchenknicks und zeigte ebenso viel Überraschung wie Schrecken in ihrem herzförmigen Gesicht. Da ihre Mama sie davon zu informieren vergessen hatte, daß sie ihren schrekkenerregenden Vetter im Lichte eines Märchenonkels zu betrachten hatte, war sie aus ihrem labilen Gleichgewicht gebracht und schaute ängstlich, Hilfe suchend, zu Mrs. Dauntry. Der Marquis, der ihre Bestürzung beobachtete, fragte liebenswürdig: «Und seit wann bin ich – wie hast du das formuliert, Lucretia? Ach ja – ganz *groß* angeschrieben bei dir, Chloë? Oder bin ich das gar nicht?»

«*O nein!*» antwortete sie aufrichtig. Dann errötete sie tief und stammelte: «Ich meine nicht – das heißt – nun, ich kenne Sie ja gar nicht sehr gut, V-Vetter!»

Er lächelte. «Gutes Mädchen! Offenkundig ist es meine Pflicht, deine Bekanntschaft zu pflegen, nicht?» Dann jedoch tat ihm ihre Verlegenheit leid, und er reichte Chloë an Charles Trevor weiter, in dessen beruhigender Gesellschaft sie sich bald wieder faßte. Der Marquis musterte sie kritisch und sagte in seiner abrupten Art: «Ein hübsches Kind, und kann durchaus noch gewinnen. Ein Jammer, daß sie ihrem Vater und nicht dir nachgerät, Lucretia. Eine Schönheit wird sie ja nie – aber sie ist ein einnehmendes Dingelchen. Mein Kompliment zu ihrem Kleid – vermutlich deine Wahl!»

Mrs. Dauntry war von diesem Lob erfreut, es war ja auch wirklich verdient. Sie hatte viel Zeit, Gedanken und Geld auf das täuschend schlichte Kleid Chloës aufgewendet. Und mit einem unfehlbar guten Geschmack hatte sie einen primelgelben Musselin gewählt, der Chloë weitaus besser stand als das konventionelle Weiß, Blaßrosa oder Blau, das man allgemein für Mädchen passend fand. Chloë hatte große braune Augen, braunes Haar und eine warme, cremefarbene Haut, die durch Weiß oder Blau fahl gewirkt hätte. Ihre Gestalt war zwar kindlich, auch hatte sie noch nicht ihre volle Größe erreicht, würde aber überall als ein hübsches Mädchen gelten, entschied Alverstoke. Das konnte man von Miss Buxted nicht behaupten, die in einem überladenen Kleid mit einem Kranz rosa Rosen im Haar eine recht jämmerliche Figur machte. Klügere Ratgeber waren bei Jane auf taube Ohren gestoßen. Ihre Entscheidung war auf Rosen und rosa Gaze gefallen. Da sie überdies die zänkische Anlage ihrer Mutter geerbt hatte und imstande war, tagelang zu schmollen, mußte Lady Buxted ihr diese Aufmachung erlauben. Der Marquis beäugte sie mit Abscheu, ihr affektiertes Gekicher war ihm genauso zuwider wie ihre Erscheinung. Ein häßliches Mädchen, das bald ein vierschrötiges Gesicht bekommen würde. Louisa würde sie nie jemandem anhängen können.

Louisa und Augusta steckten die Köpfe zusammen. Augusta erkundigte sich über die Merrivilles und drückte milde ihre Überraschung aus, als sie erfuhr, daß Louisa es auf sich genommen hatte, die Anstandsdame für sie zu spielen. «Meine liebe Augusta, ich habe es für meine Pflicht gehalten», erläuterte Lady Buxted. «Vernon stand da und wußte nicht weiter, wie du dir denken kannst. Das sah Fred Merriville wieder einmal ähnlich, ihm die ganze Familie anzuhängen! Wenn ich ihn nicht errettet hätte – ich weiß nicht, was aus den Mädchen geworden wäre! Ihre Tante ist nämlich sehr exzentrisch – ein großer Blaustrumpf, weißt du – und haßt es, in Gesellschaft zu gehen.»

Lady Jevington nahm diese Erklärung mit offensichtlicher Skepsis auf. «Aber nein, wirklich?» staunte sie. «Wie dankbar dir Alverstoke sein muß! Und wie sehen sie aus? Zweifellos sehr schön!»

«O meine Liebe! Ich habe nur die ältere kennengelernt – ein recht gutaussehendes Mädchen, aber als Schönheit würde ich sie kaum bezeichnen. Ich glaube, die jüngere Schwester ist die hübschere von beiden. Vernon, hast du mir nicht erzählt, daß Miss Charis Merriville hübsch ist?»

«Sehr wahrscheinlich», antwortete er. «Ich jedenfalls halte sie für hübsch. Du mußt mir erzählen, was für einen Eindruck sie auf dich macht, liebe Louisa!»

In diesem Augenblick meldete Wicken Miss Frederica Merriville und Miss Charis Merriville. Lady Buxted brauchte ihrem Bruder nicht zu erzählen, was für einen Eindruck Charis auf sie machte, denn die Antwort stand ihr deutlich im Gesicht geschrieben.

Frederica betrat den Saal etwas vor ihrer Schwester, blieb einen Augenblick stehen und sah sich schnell um. Sie machte einen ausgesprochen eleganten Eindruck. Zwar konnte selbst das alexandrinische Käppchen sie nicht im geringsten wie eine Witwe aussehen lassen, doch der Schnitt ihres orangeblütenfarbenen Kreppkleides mit dem Leibchen im Wiener Stil, der um die Ellbogen drapierte Schal aus Albany-Gaze, das Glitzern der Diamanten um den Hals, vor allem aber ihre ruhige Sicherheit zeigten deutlich, daß sie kein Mädchen in seiner ersten Blüte mehr war und sich auch nicht dafür hielt. Eher bot sie das Bild einer jungen verheirateten Frau, die schon eine mehrjährige Erfahrung hinter sich hatte.

Nur wenige Sekunden war sie den prüfenden Blicken der Verwandten ihres Gastgebers ausgesetzt, und nicht sie war es, welche den verschiedenen Gesprächen mit einem Schlag ein Ende setzte. Es war Charis, die, als sie den Raum hinter ihr betrat, die versammelte Gesellschaft verblüfft verstummen ließ, sogar den unerschütterlichen Lord Buxted veranlaßte, mitten während eines Satzes abzubrechen, und Lord Jevington sich fragen ließ – wie er nachher seiner gestrengen Viscountess gestand –, ob er wirklich an einer Gesellschaft im Alverstoke-Palais teilnahm oder aber schlief und träumte.

Lady Jevington, eine gerechte Frau, machte ihm daraus keinen Vorwurf: Miss Charis Merriville war fraglos die Verkörperung eines Traums. Ein schlankes Schneewittchen, ganz in Weiß, mit Maiglöckchen im leuchtenden Haar und keiner Spur Farbe an sich außer dem Gold ihrer Lokken, dem tiefen Blau ihrer Augen und dem zarten Rosa der Wangen und Lippen. Man konnte keinem Mann einen Vorwurf machen, wenn er dachte, er erblicke eine himmlische Vision. Und überdies noch erlesen gekleidet! dachte Ihre Gnaden und schenkte ihre stumme Billigung dem schlanken, dreiviertellangen Tüllkleid, das von Perlenrosetten geschlossen wurde – die, hätte sie es nur gewußt, in einem faszinierenden Laden im Pantheon-Basar beschafft worden waren – und das über einem Unterkleid aus schimmerndem elfenbeinfarbenen Satin getragen wurde. Der einzige Schmuck, den Charis trug, war die einfache, von ihrer Mutter geerbte Perlenkette – genau das Richtige für ein Mädchen in seiner ersten Saison, wie Lady Jevington später guthieß. Ebensowenig wie die Lady ihren Herrn und Gebieter wegen einer Begeisterung tadelte, die seinen Jahren durchaus nicht anstand, tadelte sie auch nicht ihren flatterhaften Sohn, den Ehrenwerten Gregory Sandridge, weil ihm der Mund offenstand und der Blick gebannt an dem Mädchen hing. Es war in jeder Hinsicht reizend. Da ihre Anna ja schon standesgemäß verlobt war, konnte Lady Jevington die arme Louisa nur bemitleiden, weil sie so offenkundig von Alverstoke angeführt worden war und durch ihre funkelnden Augen und geröteten Wangen so töricht ihre Wut verriet. Es war natürlich auf einen Blick zu sehen, warum Alverstoke die ihm auferlegte Pflicht übernommen hatte. Viel zu jung für ihn, überdies in jeder Hinsicht unpassend – aber darum brauchte man sich nicht zu sorgen. Sie würde ihn schon in einem Monat langweilen. Auch um Gregory mußte man sich nicht bekümmern, der würde noch einige Jahre lang eine Affäre nach der anderen haben, bis er eine dauernde Neigung einginge. Sollten sich Charis' Reize jedoch stärker als seine Leidenschaft für den Sport erweisen, zweifelte seine Mama nicht an ihrer Fähigkeit, ihn von dem Mädchen zu lösen. Aber wie recht geschähe der armen Louisa, wenn ihr gesetzter Charlton der Tochter Fred Merrivilles erliegen würde! Wenn sie an Louisas habgierige, knauserige Art dachte, an ihre gehässigen Reden und die ungerechtfertigten Forderungen, die sie an Alverstoke stellte, konnte Lady Jevington ihren schändlichen Bruder beim besten Willen nicht tadeln, daß er Louisa so bösartig gefoppt hatte.

Als Alverstoke vortrat, um seine Schützlinge zu begrüßen, hauchte Chloë, ihren hingerissenen Blick auf Charis geheftet: «Oh –! Wie wunderschön sie ist! Wie eine Märchenprinzessin!»

Mr. Trevor schaute auf sie herab und nickte lächelnd.

«Nun, meine Kinder?» sagte der Marquis in väterlichem Ton.

Frederica zwinkerte ihm zu, antwortete jedoch ruhig: «*How do you do*, Vetter?» und ging sofort zu Lady Buxted. «*How do you do, Ma-am?* Darf ich Ihnen meine Schwester vorstellen? Charis, Lady Buxted – unsere gütige Beschützerin.»

Lady Buxted riß sich zusammen, zwang sich ein Lächeln auf die Lippen und reichte Charis, die einen leichten, anmutigen Knicks vor ihr machte, die Hand. «Ich bitte um Entschuldigung, Ma'am, daß ich meine Schwester nicht begleitete, als sie Ihnen ihren Besuch machte», sagte Charis mit ihrer sanften Stimme. «Es hat mir so leid getan!»

«Sie lagen ja mit einer Erkältung – oder so etwas – im Bett, nicht? Nun, ich muß Sie jetzt meiner Schwester, Lady Jevington, vorstellen», antwortete Lady Buxted mit steifer Herzlichkeit. Sie wußte genau, daß Augusta erraten hatte, wie abscheulich sie angeschwindelt worden war, und sich an ihrem Unbehagen freute. Die Liebenswürdigkeit, mit der Augusta die Damen Merriville zur Kenntnis nahm, bestätigte noch ihren Argwohn. Es blieb ihr also selbst überlassen, sich, so gut sie konnte, mit der Überlegung zu trösten, daß «diese Person» durch das Auftauchen einer so überirdischen Schönheit genauso tief bekümmert sein mußte, wie sie selbst es war.

Aber Mrs. Dauntry, die man noch nie dabei ertappt hatte, so unwürdige Gefühle wie Zorn oder Groll zu verraten, nahm die Schwestern sogar noch liebenswürdiger auf als Lady Jevington, winkte Chloë herbei, damit sie ihre neuen Kusinen kennenlerne, und lenkte später Alverstokes Aufmerksamkeit auf das reizende Bild, das Charis und Chloë boten, wie sie nebeneinander auf einem kleinen Sofa am Ende des Saals saßen und miteinander plauderten. Genau in Hörweite der Damen Jevington und Buxted bezeichnete sie sie als die reizendsten Mädchen hier. Diese Bemerkung, da Frederica ja nicht in diese Kategorie fiel, zahlte in freundlicher Art verschiedene alte Schulden heim, denn die einzigen Mädchen waren ja nur noch Miss Sandridge und Miss Buxted. «Nicht, daß ich sie miteinander vergleichen wollte», fügte sie mit ihrem wehmütigen Lächeln hinzu, «denn selbst für meine parteiischen Augen ist meine kleine Chloë ein Nichts, verglichen mit der strahlenden Sonne deiner lieblichen Charis. Mein lieber Alverstoke, halb London wird ihr zu Füßen liegen!» Sie lachte und sah schelmisch zu ihm auf. «Wieviele Feindinnen du dir bei einigen unserer heiratslüsternen Mamas machen wirst! Wäre meine Chloë nicht viel zu jung, um ans Heiraten zu denken, dann würde ich sicherlich auch zu ihnen gehören!»

Völlig damit einverstanden, hatte der Marquis gerade nur Zeit zu antworten: «Bewundernswert, liebe Lucretia!» als seine Aufmerksamkeit auch schon durch die Ankunft der Seftons beansprucht wurde.

Als letzter Gast kam Endymion herein. Er sah wie ein schöner, zu groß geratener Schuljunge aus, der bei einem Streich ertappt wurde und eine Entschuldigung für seine Verspätung stammelte. Er bat seinen Vetter und – mit einem flehenden Blick in den Saal – alle Anwesenden um Verzeihung. Er hatte Wachdienst gehabt – Vetter Vernon würde verstehen –. Aber hier brach er ab, denn plötzlich erblickte er Charis, stand da und starrte sie in unverhüllter Bewunderung an, bis er von Lady Jevington etwas scharf aus seiner Trance gerissen wurde. Sie sagte, sie glaube, er sei den Myladies Jersey und Sefton bereits bekannt. Er fuhr zusammen, rot bis an die Haarwurzeln, und stieß einige unzusammenhängende Entschuldigungen hervor, als er sich vor den Damen verneigte. Zum Glück waren beide eher amüsiert als beleidigt. Lady Sefton war zu gutmütig, um Anstoß zu nehmen, aber Lady Jersey war äußerst pedantisch in Formsachen. Sie ersparte Endymion eine ihrer Abfuhren, weil er im allgemeinen äußerst pünktlich zu sein pflegte und genau die Art von schönem jungen Mann aus gutem Hause war, wie sie jede Gastgeberin nur zu gern zu ihren Bällen und Gesellschaften einlud; außerdem aber, weil die Fanes und die Dauntrys einander schon, wie sie es formulierte, seit Ewigkeiten kannten. Eine ihrer besten Freundinnen aus Kindertagen war Alverstokes jüngste Schwester gewesen: jene «arme Eliza», die einen völlig unbedeutenden Mr. Kentmere geheiratet hatte und fast von der Londoner Szene verschwunden war. Obwohl Alverstoke, vier Jahre älter als die faszinierende Sally Fane, niemals zu den Anwärtern auf ihre Hand und ihr Vermögen gehört hatte, gab sie doch freimütig zu, eine Schwäche für ihn zu haben und ihn unter ihren ältesten Freunden am höchsten einzuschätzen. Der Marquis war um etwa zehn Jahre jünger als der Earl of Jersey, aber gut mit ihm bekannt, da beide Harrowianer waren und auf dem Turf wie bei der Jagd rivalisierten. Beide lebten, wenn sie in London weilten, am Berkeley Square, ein Umstand, der sie, wie Lady Jersey sagte, nicht nur zu Nachbarn machte, sondern auch ein unlösbares Problem schuf: Wenn man als Jersey zu einer Galagesellschaft ins Alverstoke-Palais geladen war, wußte man nie, was richtiger war: die Kutsche vorfahren zu lassen oder sich soweit zu erniedrigen, die etwa fünfzig Meter zu Fuß zu der Gesellschaft zu gehen?

Lady Jersey war in gewissen Kreisen als «die Verschwiegenheit» bekannt. Wer jedoch annahm, daß ihr seichtes, sprunghaftes Geschwätz das Zeichen eines leeren Kopfes war, irrte gewaltig: sie war sogar äußerst intelligent, und es entging ihr nur wenig. Sie hatte dahingeplaudert, seit sie den Saal betreten hatte, und über eine erstaunliche Anzahl von Themen: von der bevorstehenden Hochzeitsflut in der königlichen Familie bis zur Rettung eines grausigen Mörders vor dem Galgen, dank der Entdeckung eines alten Gesetzes über das Recht der Beweisführung durch Zweikampf. Während sie so dahinschnatterte, hatte sie sich jedoch im Geist allerlei vorgemerkt, und zwar recht interessante Dinge. Sie wußte bereits durch die hochmütige Mrs. Burrell, ebenfalls eine Patronesse bei Almack, die es hinwiederum unlängst aus dem Mund der Lady Buxted erfuhr, daß Alverstoke die Vormundschaft über irgendwelche junge Basen übernommen hatte und bei all seiner Trägheit sein

Bestes tat, diese beiden Frauenspersonen der Familie durch die Einladung zum Ball, der zu Ehren seiner Nichte abgehalten wurde, in die gute Gesellschaft einzuführen. Das genügte vollauf, ihre Neugier anzuregen. Da Lady Jersey Alverstoke viel besser kannte als Mrs. Burrell, glaubte sie keinen Augenblick daran, daß er je auch nur im leisesten daran gedacht hätte, einen Ball zu Ehren Janes oder einer seiner übrigen Nichten zu geben. Also mußte er es um seiner unbekannten Mündel willen getan haben – doch auch das sah ihm nicht ähnlich. Als sie Charis erblickte, schoß Ihrer Gnaden zwar der Gedanke durch den Kopf, Charis sei Alverstokes neuester Flirt, doch sie verwarf ihn sogleich wieder. Das Mädchen war reizend, aber keineswegs Alverstokes Geschmack. Unschuldige Knospen, die eben erst ihre Blätter entfalteten, hatten noch nie zu seinen Opfern gezählt; und diesem Mädchen hier ging, abgesehen davon, daß es sein Mündel war, Scharfsinn ab. Ein wunderschönes Kamel, entschied Lady Jersey, das Alverstoke schon fünf Minuten nach dem Kennenlernen als todlangweilig abschreiben würde. Die zungenfertige Erklärung Louisas ihrer alten Freundin Mrs. Drummond Burrell gegenüber, daß Alverstoke es für seine Pflicht hielt, sich um Fred Merrivilles Kinder zu kümmern, konnte niemand, der Alverstoke kannte, glauben. Warum also dann –? Plötzlich fand Ihre Gnaden eine Lösung des Problems. Ein Blick auf Lady Buxted bestätigte es: er hatte seinen wunderschönen Schützling zu diesem Ball eingeladen, um Louisa zu strafen! Zweifellos hatte sie ihn bis aufs Blut gequält, einen Ball für dieses häßliche Mädchen, ihre Tochter, zu geben, und das war seine Rache – Teufel, der er war! Nicht, daß Louisa sie nicht verdient hätte, dachte Lady Jersey, denn sie stellte zwar unaufhörlich Ansprüche an Alverstoke, doch lag ihr kein Deut an ihm. Genauso verhielt es sich bei Lucretia: sie trug ein süßes, wehmütiges Lächeln zur Schau, aber sie mußte genauso wütend wie Louisa sein, vielleicht noch wütender. Denn nicht allein, daß sie ihre Tochter in den Schatten gestellt sah – sie mußte überdies mit ansehen, wie ihr geliebter Endymion gleich einem Mondkalb Charis anstarrte.

Dann waren auch noch die Parracombes da – vielmehr Mrs. Parracombe, denn es wäre albern gewesen, anzunehmen, daß sich ihr reicher, aber schafsköpfiger Gatte um irgend etwas anderes als um sein Dinner und seinen Rennstall bekümmerte. Was hatte, fragte sich Lady Jersey, Alverstoke wohl gereizt, diese Dame zu seiner Dinner-Gesellschaft einzuladen? Sein Name war in den letzten Monaten mit dem Carolines ziemlich eng in Verbindung gebracht worden, seit neuestem hatte man ihn jedoch nicht mehr so häufig in ihrer Gesellschaft gesehen. Dem Urteil Ihrer Gnaden nach war Mrs. Parracombe zu launenhaft und viel zu besitzergreifend. Hatte Alverstoke sie zu dieser Gesellschaft, die so offenkundig zu Ehren seiner Mündel gegeben wurde, in der Absicht gebeten, sie stillschweigend zu informieren, daß ihre Regierungszeit vorüber sei? Dazu war er durchaus imstande, der elende Kerl! Die arme Caroline! – Doch sie hätte schon klüger sein müssen als zu glauben, sie könne mit einem Alverstoke Katz und Maus spielen! Ihn gefesselt zu haben, war sicherlich ein Triumph. Hingegen anzunehmen, daß sie ihn gefangenhalten und dabei gleichzeitig ihre Gunst zwischen ihm und ihren anderen *Cicisbeos* teilen konnte, war eine große Dummheit: Seine Neigungen waren noch nie so tief gewesen, daß er ihretwegen den Wunsch gehegt hätte, seine Rivalen auszustechen. Wenn die Dame, die er mit seiner – flüchtigen – Liebe zu beehren beliebte, die Aufmerksamkeit anderer Verehrer ermutigte, verließ er sie mit einem bloßen Achselzukken. Denn so wenig ihm auch an einer Affäre gelegen sein mochte – teilen war nicht seine Sache. Sah man seine Flirts – um es nicht als mehr zu bezeichnen – in Begleitung anderer Männer, dann deshalb, vermutete Lady Jersey, weil sie anfingen, ihn zu langweilen und er sie daher vernachlässigte.

Mrs. Parracombe hatte ihn schon vor einigen Monaten zu langweilen begonnen. Sie war schön, unterhaltend und klug genug, um etwas – aber nie ganz – gegen die Moral zu verstoßen. Er hatte in ihr eine hochgeborene Dame mit der Seele einer Kurtisane erkannt und daher seine diskrete Verbindung mit ihr genossen, solange seine Leidenschaft für sie andauerte. Das war jedoch nicht sehr lange gewesen. Als eine üppige Schöne hatte sie zwar sein Verlangen, nicht aber einen Funken Liebe in seinem kalten Herzen geweckt.

Das wußte sie; und da auch ihr Liebe oder Zärtlichkeit fremd war, zuckte sie die Achseln, so gleichgültig sie konnte. Sie war klug genug, sehen zu lassen, daß sie es war, die seiner müde geworden war, bevor die Gesellschaft sein schwindendes Interesse bemerkte. Da sie aber nicht ganz die Klugheit der Lady Jersey besaß, bestand bei ihr kein Zweifel, daß die schöne Miss Charis Merriville Alverstokes neueste Angebetete sei. Sie ertrug jedoch die Vorstellung mit lächelndem Gleichmut und murmelte ihm nur in einem passenden Augenblick zu: «Vorsicht, teurer Freund! Wenn Männer deines Alters eine Schwäche für Schulmädchen entwickeln, hält man das für ein Zeichen von Senilität.»

«Ich werde mich vorsehen», versprach er und erwiderte Lächeln mit Lächeln.

Charles Trevor hatte den Marquis gewarnt, daß es Endymion vielleicht nicht freuen würde, seine Base Jane zur Tischdame zu haben. Er erkannte aber bald, daß nicht Endymion, sondern Jane die Leidtragende war. Trevor und Charis saßen den beiden Verwandten direkt gegenüber, und Endymion, entweder verwirrt oder mit dem Gefühl, daß er Jane keine besondere Höflichkeit schuldete, verbrachte den größten Teil der Zeit damit, über den Tisch hinweg hingerissen auf die schöne Vision vor sich zu starren. Der Reiz Charis' bestand nicht zum wenigsten darin, daß sie ihre Schönheit geringschätzte. Da sie ihre Aufmerksamkeit immer derjenigen Person widmete, die zufällig mit ihr sprach, war sie sich im allgemeinen der bewundernden Blicke gar nicht bewußt, die ihr zugeworfen wurden. Wenn sie einmal doch bemerkte, daß man sie anstarrte, bedeutete ihr dies durchaus keine Befriedigung, sondern sie verurteilte den Bewunderer innerlich als einen gräßlich ungehobelten Menschen und fragte sich, ob sie nicht vielleicht einen Pickel bekam oder Schmutz im Gesicht hatte. Diese Befürchtungen gingen ihr jedoch keineswegs durch den Kopf, wenn sie aufschaute und Endymions braune Augen anbetend auf sich gerichtet sah. Sie wurde rot und wandte sofort ihren Blick ab. Zwar wünschte sie, er solle sie nicht anstarren, doch der Gedanke, daß auch er gräßlich ungehobelt sei, blieb aus. Er war der prächtigste junge Mann, den sie je gesehen hatte – die Verkörperung aller Helden, die es – wie Tante Seraphina behauptete – nur in Balladen oder zwischen den marmorierten Buchdeckeln eines Liebesromans gab. Wüßte sie nicht, daß er sie beobachtete, hätte sie hie und da heimlich zu ihm hingesehen. Da sie es aber wußte und ein wohlerzogenes Mädchen war, hütete sie sich, wieder zu ihm hinzublicken. Weiter oben an der Tafel ermutigte Frederica mit gutgespieltem Interesse Lord Buxted, sie in Einzelheiten der Güterverwaltung zu unterrichten. Lady Jersey, auf der anderen Seite der Tafel, beobachtete beide Schwestern unter ihren Wimpern hervor und äußerte plötzlich: «Tatsächlich ausgezeichnet, Alverstoke! Ich mag sie. Ungezwungen, natürliche Manieren bei beiden; und die Schöne ist von einer Bescheidenheit, die besonders einnehmend ist. Hast du mich eingeladen, um mich zu beschwatzen, daß ich ihnen Klubkarten für Almack verschaffe?»

Diese, von einem durchbohrenden Blick Ihrer Gnaden begleitete Herausforderung brachte ihn keineswegs aus der Fassung. Als er sich vergewissert hatte, daß Lady Sefton zu seiner Linken gerade in ein Gespräch mit Mr. Moreton verwickelt war, antwortete er kühl: «Nein. Nur um mich vor unerträglicher Langeweile zu retten, Sally! Ich verlasse mich darauf, daß Louisa Karten für sie besorgt.»

«Das tut sie auf keinen Fall», betonte Lady Jersey entschieden. «Sie wird dir erzählen, daß sich Mrs. Burrell geweigert hat, ihr gefällig zu sein. Und selbst du, gefühlloses Ungeheuer, das du bist, kannst kaum von ihr erwarten, daß sie sich gerade jetzt an Emily Cowper wendet. Die Lambs sind ja alle miteinander durch den Tod Lady Melbournes erschüttert, doch am meisten Emily.» Sie sandte neuerlich einen Blick die Tafel hinunter und unterdrückte ein Kichern. «Ach du liebe Güte, schau dir bloß Louisa an! Ich tu's! Ja, ich tu's wirklich. Und wenn auch nur, um *dich* zu unseren Veranstaltungen zu bringen, Vernon!»

«Das wird nicht gelingen, meine Geliebteste – ich habe mich noch nie einer Abfuhr ausgesetzt! Oder sind eure Abfuhren nur Herzögen reserviert?»

Sie brach in ein anerkennendes Gelächter aus: «Du meinst Wellington? Aber der versuchte, sich über unsere Regeln hinwegzusetzen, was *du* bestimmt nie tätest!»

«Hast du eine Ahnung! Frage doch meine liebenden Schwestern!»

«Nicht nötig, ich weiß die Antwort. Und wie mich die abblitzen ließen – Augusta und Louisa, ausgenommen natürlich meine liebste Eliza! –, als sie junge Damen waren und ich noch ein struppiges Schulmädchen! Werden sie sich zu Tode ärgern, wenn *ich* für deine Mündel bürge? Du liebe Güte, natürlich! Maria!»

Lady Sefton, deren Aufmerksamkeit so gebieterisch gefordert wurde, wandte ihrer Freundin einen liebenswürdig fragenden Blick zu.

«Sollen wir Alverstokes Mündel bei Almack zulassen?»

«O ja, ich glaube schon – oder? So hübsche und wohlerzogene Mädchen, findest du nicht? Außerdem die Töchter des armen Fred Merriville! Ich glaube, wir sollten alles, was wir können, für sie tun!» pflichtete ihr Lady Sefton bei und wandte sich wieder Mr. Moreton zu.

«Also, ich tu's», stellte Lady Jersey fest. «Aber wie ärgerlich – Ach du liebe Güte, bin ich eine Gans! Jetzt werde ich nie erfahren, ob das der Grund war, warum du mich eingeladen hast!»

«Ist ja egal», tröstete sie Alverstoke. «Stell dir nur vor, welchen Spaß es dir machen wird, meine Schwestern in äußerste Wut zu versetzen!»

«Sehr richtig!» Wieder blickte sie die Tafel hinunter. «Die Schöne wird natürlich der letzte Schrei werden. Die ältere hat mehr Haltung, – wie steht's mit ihrem Vermögen, Alverstoke?»

«Ganz ansehnlich.»

Sie rümpfte die Nase. «Ach, das ist ein Jammer! Na ja – man kann nie wissen! Mit *dem* Gesicht braucht wenigstens die jüngere nicht zu zweifeln, ob ihr eine passende Verbindung gelingt. Wir werden ja sehen!»

11

Zumindest ein Teil der Prophezeiung Lady Jerseys erfüllte sich sehr rasch: Man konnte wirklich sagen, daß Miss Charis Merriville über Nacht zum letzten Schrei geworden war. Lange bevor Alverstoke und seine Schwester Louisa die letzten Gäste empfangen hatten, war ihre Hand für jeden Tanz vergeben, und den jungen Modeherren, welche spät eintrafen, blieb die Seligkeit versagt, ihre Taille im Walzer umfangen oder Charis wenigstens auch nur bei einer Gruppe ländlicher Tänze führen zu dürfen. Sie wollte nicht öfter als zweimal mit ein und demselben Herrn tanzen, erlaubte hingegen Endymion, sie zum Souper hinunterzuführen, weil er ihr ernstlich versicherte, daß ja dank ihrer Verwandtschaft alles in Ordnung sei. Als er ihr zweifelndes Gesicht bemerkte, fügte er hinzu: «Ich bitte Ihre Schwester, sich uns anzuschließen, ha? Da ist sie ja schon, mit dem jungen Greg – meinem Vetter nämlich. Das würde Ihnen doch gefallen, oder?»

«O ja, wie gemütlich! Und bitten Sie doch auch *Ihre* Schwester, mitzukommen!»

Daran lag ihm ja nicht viel, da Chloë im Augenblick vom jungen Lord Wrenthorpe begleitet wurde, einem der Spätankömmlinge, dem es nicht gelungen war, sich einen Tanz mit Charis zu sichern. Als Offizierskamerad Endymions hatte er sofort seine Meinung über gewisse heimtückische Schurken geäußert, die ihren Freunden den Rang ablaufen. Da er – ein temperamentvoller Draufgänger – jedoch als Liebling der Damen galt, war Endymion durchaus nicht erpicht, ihn mit beim Souper zu haben. Er sagte: «Oh – äh – ja, aber sie hat nämlich Wrenthorpe dabei.»

«Würde der nicht gern mit uns kommen?» fragte Charis unschuldig. «Ihre Mama hat ihn mir vorgestellt, und er war *so* liebenswürdig und auch so drollig, als ich ihm sagen mußte, daß ich nicht mit ihm tanzen kann! Ihre Mama sagte, er sei ein Freund von Ihnen – ist er denn das nicht?»

«O doch! Ja, natürlich! Der denkbar beste Kamerad», beteuerte Endymion. «Ich habe nur gemeint, daß Sie vielleicht nicht gern – Verwandte unter sich nämlich – gehört nicht zur Familie!»

Aber da wurde ihm die Sache auch schon durch diesen denkbar besten Kameraden aus der Hand genommen, der soeben, mit Chloë am Arm, auf sie losstürzte, denn er hatte die gleiche glückliche Idee gehabt, eine gemütliche Soupergesellschaft zusammenzustellen. Darin wurde er von Chloë wärmstens unterstützt, die eine jugendliche Bewunderung für ihre wundervolle neue Base entwickelt hatte und schüchtern hoffte, unter deren Freundinnen aufgenommen zu werden. Es nützte Endymion wenig, von «Verwandten unter sich» zu reden. Sein unbekümmerter Freund erwiderte fröhlich, Verwandte gerieten einander doch immer in die Haare, wenn sich nicht ein Fremder zu ihnen gesellte. Daher blieb Endymion nichts anderes übrig, als Frederica und seinen Vetter Gregory zu suchen und sie zum Festmahl zu bitten. Auf diesen Botengang entsandte ihn sein perfider Freund, der ihn beschwor: «Rühr dich, Dummer, oder wir kommen nicht mehr rechtzeitig, um alle Hummerpastetchen zu schnappen!»

Lady Buxted hatte die Befürchtung geäußert, daß ein Ball, in so kurzer Frist abgehalten, gewiß schlecht besucht sein würde. Außerdem waren die verschiedenen Veranstaltungen der Saison noch keineswegs in vollem Schwung. Doch als sie zum Souper hinuntergingen, hatte sie bereits bemerkt, daß nicht eine der bevorstehenden Redouten, Bälle oder Abendgesellschaften dieses Fest hier an Pracht und Vornehmheit übertreffen würde, und sie wurde zwischen Stolz und Groll hin und her gerissen. Ihr hassenswerter Bruder hatte nur mit dem Finger gewinkt, und die elegante Welt war in sein Haus geströmt, genau wie er es vorausgesagt. Natürlich entsprach dies ganz genau ihren eigenen Wünschen, machte sie aber trotzdem wütend. Einige niederschmetternde Absagen hätten ihm keineswegs geschadet. Zugegeben, er hatte ihr die Gelegenheit geboten, Jane in die höchsten und mondänsten Kreise einzuführen, das war jedoch nicht sein Ziel gewesen: er hatte vielmehr beabsichtigt, die Merriville-Mädchen in diesen Kreisen zu lancieren, und so war es auch geschehen. Mindestens ein halbes Dutzend Gastgeberinnen waren mit der Bitte an sie herangetreten, ihre reizenden Schützlinge doch zu ihren geplanten Gesellschaften mitzubringen – ha, wirklich, *ihre* Schützlinge! –, und um allem die Krone aufzusetzen, hatte ihnen Sally Jersey Karten für Almack versprochen und die Frechheit gehabt, sie, Lousia, zu beschwören – *sie!* –, die Merrivilles doch in die Gesellschaftsräume des Klubs zu führen! «Und deine eigene – Jane heißt sie, nicht? – natürlich auch!» hatte Lady Jersey hinzugefügt, mit einer Herablassung, daß Lady Buxted sie am liebsten geohrfeigt hätte. «Ich schicke eine Karte – ja, ganz bestimmt! Und wenn ich es vergesse, dann erinnere mich daran, Louisa! Du weißt ja, wie zerstreut ich immer bin.»

Wenn Lady Buxted an die impertinente kleine Sally Fane zurückdachte, ein elendes Schulmädchen, dem sie damals eine Anzahl wohlverdienter Niederlagen zufügte, verwandelten sich die Delikatessen, die der französische Koch ihres Bruders zur Erfrischung der Gäste zubereitet hatte, in ihrem Mund zu bitterer Galle. In diesem Augenblick hätte ihr nichts mehr Vergnügen bereitet, als Sally noch eine weitere Abfuhr zu verabreichen. Aber wie groß die Wut in ihrem Inneren auch immer war – nie ließ Lady Buxted ihr eigenes Interesse aus dem Auge. Keine Mutter mit einer Tochter, die sie standesgemäß unterbringen wollte, konnte es sich leisten, die Bürgschaft der Lady Jersey zu verachten, der anerkannten Königin des exklusivsten Londoner Klubs, der den Respektlosen als der

«Heiratsmarkt» bekannt war. Daher fühlte sich Lady Buxted, ungeachtet ihres verdorbenen Appetits, gezwungen, Sallys Angebot mit dem gleichen falschen, süßen Lächeln anzunehmen, wie es um Sallys Mund spielte.

Nur ein einziger Ärger wurde ihr an diesem Abend, an dem sich Verdruß mit Triumph vermengte, erspart. Alverstoke forderte seine Mündel nie zum Tanzen auf. Nicht nur die Augen der Lady Buxted beobachteten neugierig, was er wohl tun würde, und ihre Träger wurden, je nach Veranlagung, erleichtert oder enttäuscht, als sie sahen, daß die einzigen Damen, die er auf die Tanzfläche führte, jene von Rang oder Alter waren. Er blieb zwar stehen, um einige Worte mit Frederica zu wechseln, aber daraus konnte man gar nichts schließen, denn er brachte es, trotz seiner lässigen Art, geschickt fertig, mit jedem seiner Gäste zu sprechen.

«Zufrieden, Frederica?» erkundigte er sich.

Sie antwortete impulsiv: «Ich weiß nicht, wie ich Ihnen danken soll! Und ob ich zufrieden bin!» Ihr plötzliches Lächeln blitzte auf. «Es ist der Abend meines Triumphs, glauben Sie nicht? Ich wußte doch, man muß Charis nur sehen lassen, damit sie geschätzt wird!» Als er darauf nichts sagte, fügte sie ängstlich hinzu: «Es ist doch nicht nur meine Voreingenommenheit, oder? Sie hat wirklich eingeschlagen, nicht?»

«Entschieden. Gönnen Sie je einen Gedanken jemandem anders als Charis?»

«Aber natürlich!» rief sie, ziemlich entsetzt. «Ich denke an *alle* meine Geschwister, nur jetzt mache ich mir wirklich mehr Gedanken über sie als über die anderen, weil sie ja meine *drückendste* Sorge ist.»

Er sah sie neugierig an. «Kümmern Sie sich nie um sich selbst, Frederica?»

«Um mich selbst?!» sagte sie stirnrunzelnd. «Nun, wenn ich mich um mich kümmern *müßte*, dann natürlich. Aber so wie die Dinge stehen –»

«Ich hätte sagen sollen: ‹denken Sie nie an sich›», unterbrach er sie. «Sie haben dies den Abend Ihres Triumphes genannt, bloß weil Charis eingeschlagen hat – doch mir scheint, als würden Sie ebensooft zum Tanzen aufgefordert wie Charis.»

Sie lachte. «Ja – ist das nicht lustig? Ich bin einfach überwältigt: denn meine Partner hoffen, wenn sie äußerst höflich und aufmerksam zu mir sind, könnten sie mich dazu bewegen, sie meiner Schwester vorzustellen!»

«Sie sind ein seltsames Geschöpf», bemerkte er.

Er ging mit einem Nicken und einem leichten Lächeln weiter, als Buxted herbeikam, um Frederica zu einer Quadrille zu führen.

Sie war verblüfft über die letzte Bemerkung Seiner Lordschaft, verschwendete aber recht wenig Zeit auf die Überlegung, was er wohl damit gemeint haben konnte, und fragte sich erst recht nicht, ob die verschiedenen Herren, welche sie zum zweiten Mal zum Tanz aufgefordert hatten, es wirklich mit einem Seitenblick darauf taten, mit ihrer Schwester bekannt zu werden. Sie hätte es nicht geglaubt, hätte man ihr gesagt, daß es unter den vielen, die sich sichtlich in Bewunderung von Charis verloren, mehrere gab, welche Frederica für die Anziehendere von beiden Schwestern hielten.

Zu diesen gehörte Mr. Moreton, der spöttisch eine Augenbraue hob, als er von Alverstoke wissen wollte, was für einen Streich er sich da leiste.

«Überhaupt keinen», antwortete Alverstoke kühl.

Mr. Moreton seufzte. «Lieber Junge, du bildest dir wohl nicht ein – nein, verdammt, du *kannst* dir doch wirklich nicht einbilden, *mich* an der Nase herumzuführen! Keine der beiden Erklärungen, die man mir für deine Gönnerschaft der Merriville-Töchter gibt, ist mir im mindesten annehmbar. Einerseits erfahre ich, daß du Merriville verpflichtet bist – andererseits, daß du ein Opfer der Schönheit der göttlichen Charis geworden bist. Ver, du trägst ein bißchen zu dick auf.»

«Oh, warum?» entgegnete Seine Lordschaft. «Entsinne dich doch der Schönheiten, denen ich schon zum Opfer gefallen bin, Darcy!»

«An die denke ich ja. Reife Früchte – jede einzelne!» erklärte Mr. Moreton.

«Ja, aber ist dir jemals eine derartige Vollkommenheit der Züge und der Gestalt begegnet?»

«Nein, ich habe selten einen lieblicheren Hohlkopf kennengelernt», antwortete Mr. Moreton brutal. «Die Sache ist die, daß die süßen Dummköpfchen nicht mein Geschmack sind – und der deine auch nicht, mein lieber Junge! Ich setze auf die ältere. Sie hat Verstand, und sie ist ganz anders als die anderen – wenn auch nicht dein Typ. – Also *warum* hast du die beiden unter deine Fittiche genommen?»

«Was sonst hätte ich tun können, wenn Merriville sie – äh – meiner Fürsorge empfohlen hat?»

«Indem er dich sich verpflichtet hat! Nein, Ver!» protestierte Mr. Moreton. «Von allen Lügengeschichten, die ich je gehört habe, ist das –! Du warst doch mit ihm bloß auf rein höflichem Fuß, nicht mehr!»

«Vielleicht», murmelte Seine Lordschaft, «habe ich einem Impuls des Mitleids gehorcht.»

«Einem *was*?!» stieß sein bester Freund hervor.

«Oh, glaubst du, daß ich das noch nie getan habe?» gab Seine Lordschaft, mit einem sehr deutlichen satirischen Glitzern in den Augen, zurück. «Da tust du mir unrecht! Manchmal mache ich so etwas – nicht häufig natürlich, aber hie und da einmal!»

«O nein, ich habe dir nicht unrecht getan!» erwiderte Mr. Moreton grimmig. «Ich muß sagen, es gibt wenig, was du nicht für einen Freund tust – guter Gott, und ob ich das weiß! Wenn du glaubst, ich wüßte nicht, daß du es warst, der den armen Ashbury aus der Flaute geholt hat –»

«Du wirst ja wissen, wovon du redest», unterbrach ihn Alverstoke sehr scharf, «ich aber nicht! Und außerdem wirst du allmählich todlangweilig, Darcy. Wenn du unbedingt die Wahrheit wissen mußt: ich bahne den Merriville-Töchtern den Weg in die gute Gesellschaft, um Louisa zu ärgern!»

«Nun, genau das habe ich mir gedacht», stellte Mr. Moreton ungerührt fest. «Nur erklärt es immer noch nicht, warum du einen Schuljungen in irgendeine Gießerei mitnimmst.»

Das entlockte Alverstoke ein überraschtes Auflachen. «Felix! Nun, solltest du ihn je kennenlernen, Darcy, dann wirst du wissen, warum ich ihn durch die Gießerei führte!»

Ein anderer Gentleman, der sich eine äußerst günstige Meinung von der älteren Miss Merriville gebildet hatte, war Lord Buxted. Ein Umstand also, den seine Mutter mit gemischten Gefühlen betrachtete. Sie war natürlich erleichtert, als sie erfuhr, daß er nicht – wie sein tölpelhafter Vetter – im Nu dem Zauber von Charis' Schönheit erlegen war. Hingegen hatte sie unangenehm berührt die ungewöhnliche Lebhaftigkeit beobachtet, die er während des Dinners im Geplauder mit Frederica an den Tag legte, und entschieden feindselig sein darauffolgendes Benehmen zur Kenntnis genommen. Nicht allein damit zufrieden, eine volle Stunde mit ihr getanzt zu haben – zwei ländliche Tanzfolgen nacheinander! –, hatte er überdies die Neigung gezeigt, auch zwischen den Tänzen auf sie zuzustreben. Das hätte Lady Buxted wohl in Alarmzustand versetzt, hätte er ihr nicht später Frederica als ein gesprächiges Frauenzimmer mit sehr viel Vernunft beschrieben. Da er hinzufügte, sie sei in seinen Augen eine keineswegs übel aussehende junge Frau, konnte Lady Buxted ihren Schrecken mit der Überlegung beschwichtigen, ein so gemäßigtes Lob spreche wohl kaum für einen sehr betonten Grad von Bewunderung.

Weniger gelassen wäre sie gewesen, hätte sie gewußt, daß er es sich angelegen sein ließ, am nächsten Tag in der Upper Wimpole Street vorzusprechen, um sich zu überzeugen, wie es den Damen nach ihrem – wie er es mit etwas schwerfälligem Humor bezeichnete – ausschweifenden Abend erginge. Er war jedoch keineswegs ihr einziger Besucher, da sich mehrere andere Gentlemen unter höchst durchsichtigen Vorwänden eingefunden hatten; Endymion Dauntry erschien überhaupt ohne Ausrede. Man hatte jedoch allgemein das Gefühl, Buxted habe den anderen einen Punkt voraus, da er seine Verwandtschaft mit den Merrivilles betonte und sich ihnen gegenüber in einer onkelhaften Freundlichkeit gab. Er hätte die drei Herren, die er bereits vorfand, wohl arg verstimmt, hätte er nicht deutlich gezeigt, daß es Frederica war und nicht Charis, der seine Besorgtheit galt.

In der Woche nach dem Alverstoke-Ball erhielten die Damen Merriville mehrere Einladungen, und Miss Winsham wurde von Lady Jersey, die die versprochenen Klubkarten für Almack mitbrachte, mit einem Besuch beehrt. Sie kam, weil sie neugierig war, Alverstoke gern gefällig und seiner Schwester Louisa ungefällig sein wollte. Als sie hinter Buddle die Treppen hinaufstieg, bereute sie schon, sich zu diesem Schritt herabgelassen zu haben. Ungeachtet ihrer kuriosen Einfälle hielt sie große Stücke auf ihren Rang, und es war bisher noch nie von ihr bekanntgeworden, daß sie Emporkömmlinge geduldet, geschweige denn ihnen eine gesellschaftliche Stellung verschafft hätte. Ihrem Urteil nach war das Haus von schäbiger Noblesse. Sie erinnerte sich, daß Fred Merriville seinerzeit irgendein Nichts aus der Provinz heiratete. Zu einem Rückzug war es nun zu spät, doch sie betrat den Salon mit der festen Absicht, Miss Winsham in gebührendem Abstand zu halten. Es genügten jedoch zwei Minuten, und sie ließ ihr hochfahrendes, imponierendes Benehmen fallen. Miss Winshams Kleid mochte ja altmodisch sein, und sie war sicherlich exzentrisch, aber schäbig-nobel war sie keineswegs, und dieser Besuch der Königin der eleganten Welt imponierte ihr genausowenig wie der von Lady Buxted zuvor. Wäre Lady Jersey gerade in einer ihrer hochmütigen Stimmungen gewesen, dann wäre sie wohl hochgegangen. Statt dessen geruhte sie jedoch, sich zu amüsieren, und als Miss Winsham ihr ihre Meinung über Londoner Häuser im allgemeinen und die möblierten im besonderen, über Heirat, Stutzer und die grundlose Selbstzufriedenheit des männlichen Geschlechtes anvertraute, lachte Lady Jersey hell auf und verbreitete später unter ihren Freunden, Miss Winsham sei das denkbar drolligste Geschöpf ... ein großer Blaustrumpf ... voll trockenen Humors ... und es fände sich nicht eine Spur von leerem Gewäsch an ihr.

Lady Jersey war nicht allgemein beliebt, da übelgesinnte Leute ihr vornehmes Getue als theatralisch bezeichneten, und ihre zahllosen groben Unhöflichkeiten jenen Unglücklichen gegenüber, die ihr Mißfallen erregten, selbst so hochmütige Damen wie Mrs. Burrell und die Gräfin Lieven schockierten. Wo sie hingegen befehligte, weigerten sich nur wenige Damen, ihr zu folgen. Daher erhielt Miss Winsham mehrere Besuche, die sie weit mehr hätten erfreuen müssen, als es tatsächlich der Fall war. Sie begleitete – unter starkem Protest – ihre Nichten zu Almack und war dort so gesucht, und selbst ihre geringfügigsten Aussprüche wurden so sehr akklamiert, daß sie sich für einen Witzbold reinsten Wassers hätte halten können, wäre sie für Schmeichelei empfänglich gewesen. Sie mußte doch tatsächlich einen kleinen rheumatischen Anfall zu einer schweren Ischias-Attacke aufbauschen, um unter diesem Vorwand alle Einladungen ablehnen zu können, mit denen sie überschüttet wurde. Und sie übertrug die Aufgabe, die Anstandsdame für ihre Nichten zu spielen, Lady Buxted oder Mrs. Dauntry.

Welche der beiden Damen dieses Amt mit größerem Widerwillen erfüllte, war schwer zu entscheiden. Beide waren durch recht ähnliche Überlegungen gezwungen, es zumindest mit dem Anschein von gutem Willen zu tun. Lady Buxted befürchtete lebhaft, ihr widerwärtiger Bruder würde andernfalls den ständig wachsenden Haufen von Rechnungen auf der Stelle zurückweisen, durch die Jane – aber auch sie selbst – mit Kleidern, Schals, Hüten, Handschuhen und all jenen Verschönerungen versorgt wurden, die für ein rühmliches Auftreten in eleganten Kreisen unentbehrlich waren. Mrs. Dauntry wiederum tat es zwar um keine Guinee leid, die sie auf die Kleidung ihrer älteren Tochter verschwendete, aber sie sah es kommen, daß sie, wenn sie sich nicht auf Alverstokes Hilfe verlassen konnte, gezwungen sein würde, äußerst unangenehme Sparmaßnahmen einzuführen. Von den beiden Damen war jedoch sie mehr zu bemitleiden, denn Lady Buxted wußte, daß Charis ihren Carlton nicht anlockte, und glaubte, daß er viel zuviel Vernunft besaß, eine Verlobung mit Frederica auch nur in Betracht zu ziehen. Mrs. Dauntry hingegen entbehrte solcher Tröstungen. Endymion, auf den ersten Blick von Charis hingerissen, hatte sich heftig in sie verliebt und benahm sich – selbst seine vernarrte Mutter mußte dies gestehen – wie ein Mondkalb. Er machte Charis auf alle nur erdenklichen Arten den Hof, starrte sie anbetend an, wich nicht von ihrer Seite und verriet erschrekkende Anzeichen dafür, sich endgültig für sie zu entscheiden. Mrs. Dauntry konnte nur hoffen, seine Leidenschaft würde ebenso schnell verschwinden, wie sie erwacht war, denn auf seine Vernunft verließ sie sich ganz und gar nicht. Um die Sache noch schlimmer zu machen, hatte Chloë glühende Freundschaft mit Charis geschlossen, was Endymion mit einer vorzüglichen Ausrede, warum er in der Upper Wimpole Street vorsprach, versorgte. Er war zwar, auf seine träge Art, immer schon ein netter Bruder gewesen, jetzt aber wurde er über Nacht geradezu ein Muster an brüderlichen Tugenden und widmete sich, soweit es seine nicht sehr dringlichen militärischen Pflichten nur erlaubten, Chloës Unterhaltung. Er begleitete sie zu Gesellschaften, ja selbst zu Almack, was er früher vermieden hatte, weil er die erlesenen Gesellschaften dort für einen recht armseligen Spaß hielt. Er promenierte mit der Schwester im Park; und wann immer sie Charis besuchte, konnte sie seiner Begleitung ziemlich sicher sein. Von ihren frühesten Tagen an hatten sie und ihre Schwester Diana Endymion vergöttert und bewundert. Da er aber einige Jahre älter war, hatten sie ihn eher als großartige Persönlichkeit angesehen, die ihnen Zuckerpflaumen schenkte und sie gelegentlich zu Astleys Royal Amphitheater führte oder zu einer Pantomime bei Sadler's Wells, und ihn nicht als ihren Altersgenossen betrachtet. Chloë hatte keineswegs erwartet, er würde sich um ihretwillen anstrengen, obwohl sie kein Schulmädchen mehr war, sondern eine junge Dame, die eben erst debütierte. Sie zeigte sich ihm daher rührend dankbar und erzählte ihrer Mutter in einem Anfall von Vertraulichkeit, es sei das Reizendste von der Welt, einen großen Bruder zu haben, der so schön und so gutmütig wie Endymion war. «Es gibt mir ein so wunderbares *Gefühl*, Mama, wenn er uns zu Gesellschaften begleitet! Und du kannst dir nicht vorstellen, wie entzückend es ist, mit ihm, *nicht* mit Diana oder Miss Nunny, spazierenzugehen! Bestimmt hat noch nie jemand einen so prachtvollen Bruder gehabt!»

Nur die aufrichtige Liebe zu ihren Kindern machte es Mrs. Dauntry möglich, nach einem kurzen inneren Kampf zu antworten: «Das ist sehr richtig, Liebste!» Der ihr ergebenen Base Harriet gegenüber äußerte sie sich jedoch später mit großem Freimut, jammerte über Endymions Verblendung und sagte, es greife ihr ans Herz, ihre arme, unschuldige Chloë so sehr getäuscht zu sehen. «Ich weiß nur zu gut, daß er uns zu den Gesellschaften begleitet, weil er eine Ausrede haben will, um hinter dieser elenden Charis Merriville herzulaufen! Oh, meine liebe Harriet, sie hat ihn entschieden behext – ja, und Chloë auch! Oh, was für eine ränkevolle Kreatur sie ist!»

Auf diese und viele andere Bemerkungen gleicher Art antwortete Miss Plumley mit beruhigendem Gluckern und mehreren einander widersprechenden Feststellungen, die anscheinend eine wohltätige Wirkung auf die Witwe ausübten. Sie wäre überzeugt, Endymion sei nicht verhext; und im selben, weit ausholenden Satz erinnerte sie seine Mutter an die verschiedenen Dämchen, in die er sich schon früher irrsinnig verliebt hatte. Sie konnte sich nicht vorstellen, daß Charis ein ränkevolles Mädchen sei, sondern hegte eher den Verdacht, sie habe es auf Lord Wrenthorpe oder Sir Digby Meeth abgesehen. Auch konnte sie keinesfalls glauben, Endymion – ein so vortrefflicher Bruder! – habe irgendein verborgenes Motiv dafür, daß er die liebe Chloë auf Bälle begleitete – obwohl sie einfach fühlte, wie günstig es doch war, wenn er, in der Hoffnung, Charis dort zu treffen, seine Schwester so bereitwillig zu einer Art von Unterhaltung begleitete, die er im allgemeinen gar nicht sehr schätzte. Es müsse doch ein großer Trost für die liebste Lucretia – in ihrem schlechten Gesundheitszustand – sein, wenn sie Chloë seiner Fürsorge anvertrauen konnte!

Diese liebenswürdigen, komplizierten Äußerungen verbannten zwar Mrs. Dauntrys Befürchtungen nicht ganz, erleichterten sie aber zumindest. Und als Miss Plumley bewundernd über Lucretias Freundlichkeit zu den Merrivilles sprach, die geradezu die einer Heiligen war, und sie mit dem ganz anderen Verhalten der Lady Buxted verglich, sagte sie, schon viel weniger weinerlich: «Harriet! Würdest du es für möglich halten? Diese gräßliche Frau spricht von ihnen, als seien es *arme Mädchen*, und erzählt jedermann, sie besäßen nicht einen Penny! Alles unter der Vorspiegelung, sie gern zu haben! Nichts als Heuchelei ist das, wie ich sehr gut weiß! Sie hat natürlich Angst, daß Charlton eingefangen wird. Nun, ich persönlich verabscheue solche faulen Tricks und hoffe nur, ich bin eine zu gute Christin, um sie nachzuahmen!»

Miss Plumley sagte, dessen sei sie sicher. Da sie ebenso kritiklos wie liebenswürdig war, fiel ihr möglicherweise gar nicht ein, daß Mrs. Dauntry wahrheitsgemäßer hätte sagen können, sie sei nicht so dumm, um solche faulen Tricks zu kopieren.

Mrs. Dauntry strengte sich nämlich in höchst ungewöhnlicher Weise an, Charis jeden anhanglosen Herrn vorzustellen, auf den man sich ihrer Meinung nach verlassen konnte, daß er sie entweder durch seine Rede zu fesseln oder durch seinen Rang zu blenden vermochte. Da sie überzeugt war, Charis wolle einen Titel einfangen, förderte sie nicht nur die Interessen Lord Wrenthorpes (bekannt dafür, daß er von Geburt aus hundearm war), sondern übertraf sich selbst, um Charis jeden Abkömmling eines noblen Hauses zu präsentieren, den sie persönlich jedoch durchaus nicht als Schwiegersohn willkommen geheißen hätte. Um ihr Gerechtigkeit widerfahren zu lassen – im Augenblick angelte sie keineswegs nach einer passenden Partie für Chloë, die ja eben erst dem Schulzimmer entwachsen und noch zu jung war, um eine ernste Bindung einzugehen. Und wäre sie nicht entschlossen gewesen, Louisa Buxted auf keinen Fall einen Vorsprung zu lassen, dann hätte sie Chloë erst ein Jahr später das Debüt erlaubt. Mrs. Dauntry hielt ihr Töchterchen für ein bloßes Kind und widmete sich so gründlich der Aufgabe, Endymion von Charis Merriville loszueisen, daß ihre Aufmerksamkeit die wachsende Vertrautheit zwischen Chloë und Mr. Charles Trevor entging.

Die Verwandtschaft der Merrivilles mit Alverstoke, der Eklat, mit dem er sie in die Gesellschaft eingeführt hatte, der Schutz der Lady Jersey und der Lady Sefton sowie ihr undefinierbares Air von guter Erziehung trugen ihnen eine große Anzahl angenehmer Einladungen ein, denn nur recht wenige Leute glaubten Lady Buxteds lächelnden Andeutungen über ihren Mangel an Vermögen, und nur die eifersüchtigsten Eltern waren gegen Charis' Schönheit aufgebracht. Man stimmte allgemein darin überein, daß sie ein sehr süßes, ungekünsteltes Mädchen sei, es Louisa Buxted ähnlich sah, wenn sie ihr die Chancen verderben wollte, weil ihre eigene Tochter so gar nicht einnehmend war. Da Mrs. Dauntry, ebenfalls mit einer Tochter behaftet, die an den Mann zu bringen war, keine derartigen Andeutungen fallen ließ, war es anscheinend sicher, daß kein Körnchen Wahrheit an dem Gerede war. Die Merrivilles hatten zwar ein Haus in einem uneleganten Stadtteil gemietet, doch das war höchstwahrscheinlich auf Miss Winshams exzentrisches Wesen zurückzuführen. Ein anderes Zeichen der Armut konnte man keineswegs entdecken. Sie waren immer elegant angezogen; ihr vortrefflicher Butler war im Dienste der Familie alt geworden; und sie beschäftigten einen sehr ansehnlichen Lakaien. Ferner wurde bekannt – man hatte es von Mrs. Dauntry –, daß die Güter ihres Bruders in Herefordshire bedeutend waren. Das erinnerte einige Leute ziemlich vage daran, daß Fred Merriville, nachdem er durch seine verschwenderische Lebensweise seine grauhaarigen Eltern vor Kummer beinah ins Grab brachte, unerwarteterweise den Merriville-Besitz geerbt hatte. Da man weder den Vater noch den älteren Bruder Freds in London gut kannte, wußte niemand irgend etwas Genaueres über den Umfang dieses Besitzes, denn selbst seine Verwandten Dauntry hatten Graynard nie besucht. Daher vermochte Mrs. Dauntry in denkbar zartester Art, ohne Angst vor Widerspruch, den Eindruck zu schaffen, daß der gegenwärtige Besitzer ein vermögender junger Mann war und seine Schwestern einmal eine schöne Mitgift bekämen.

12

Es dauerte nicht lange, bis Frederica merkte, daß sich die Gesellschaft eine übertriebene Vorstellung vom Erbe ihres Vaters gebildet hatte. Ein, zwei gelegentliche Bemerkungen zeigten, daß man ihr und Charis, wenn man sie auch nicht als reiche Erbinnen betrachtete, doch zumindest große Anteile am väterlichen Vermögen zuschrieb. Als Mrs. Parracombe, gegen die Frederica sofort eine Abneigung gefaßt hatte, sie fragte, in welchem Landesteil Graynard eigentlich liege, und hinzufügte, sie habe gehört, daß es ein überaus schöner Herrensitz sei, verdächtigte sie Alverstoke als den Urheber dieser Gerüchte. Sie verdankte Miss Jane Buxted, die anscheinend dem Hintertreppenklatsch unerfreulich stark ergeben war, die Auskunft, daß Mrs. Parracombe eine von Alverstokes *chères amies* sei. Sie kanzelte Jane zwar ab, hatte hingegen keinen Grund, an der Geschichte zu zweifeln. Die Lebensweise Seiner Lordschaft ging sie nichts an, doch sie war verärgert, daß sie in eine Lage gedrängt wurde, die ihr schon fast als Betrug erschien. Sie beschloß, ihn zu fragen, ob wirklich er dafür verantwortlich war.

Es bot sich nicht gleich eine Gelegenheit, diesen Vorsatz auszuführen, und als es schließlich dazu kam, geschah es unter Umständen, die sie ihm gegenüber in Nachteil setzten und sie veranlaßten, ihre Frage absolut höflich zu stellen. Seine Lordschaft hatte sein Versprechen keineswegs vergessen, Jessamy mitzunehmen, als er sein neues Gespann nach Richmond fuhr – das heißt, er wurde von Curry, seinem Stallmeister, daran erinnert, der sich eine sehr gute Meinung von Jessamy gebildet hatte. Eines Morgens sprach der Marquis daher in der Upper Wimpole Street vor, um den Jungen abzuholen – allerdings brachte er ihn damit in einen schweren Gewissenskonflikt. Jessamy erzählte Frederica, die Owen, der Jessamy die Einladung Seiner Lordschaft überbrachte, auf seinem Weg zum oberen Stockwerk begegnet war, daß er sich doch entschlossen habe, seine Vormittage dem Studium zu widmen, und daher der Versuchung nicht nachgeben dürfe. Frederica legte ihm, äußerst vernünftig, nahe, er könne seine Studien ja später am Tag wiederaufnehmen, worauf er strahlte und davonlief, um sich die Hände zu waschen, und Owen auftrug, Seiner Lordschaft zu versichern, daß er im Nu bei ihm sein würde.

Es war jedoch Frederica, die Alverstoke diese Nachricht überbrachte und ihn dabei fragte, ob er ihr nach seiner Rückkehr einige Minuten widmen könne. Er sah auf sie, die auf dem Gehsteig stand, hinunter, und trotz aller Lässigkeit war sein Blick seltsam durchdringend. «Natürlich», antwortete er. «Etwas Ernstes?»

Sie zögerte. «Mir scheint es so, aber vielleicht werden Sie anderer Ansicht sein.»

«Sie machen mich neugierig, Frederica. Entdecke ich wirklich eine Spur von Tadel in Ihrer Stimme?»

Darauf mußte sie nicht antworten, denn soeben erschien Jessamy, rannte die Stufen herab und sagte atemlos, er hoffe, er habe Seine Lordschaft nicht warten lassen. Er sagte seiner Schwester nur beiläufig Lebewohl, kletterte in das Phaeton hinauf und sah dabei so glücklich und aufgeregt aus, daß die Dankbarkeit für Alverstoke, weil er ihrem Bruder dieses hohe Fest gewährte, andere, weniger milde Gefühle in ihrem Busen überwältigte.

Einige Stunden später kehrte Jessamy tief befriedigt heim. Er führte Alverstoke in den Salon und rief: «Frederica? Oh, du bist da! Kommen Sie nur herein, Sir. Frederica, ich habe ja einen solchen Spaß gehabt! Seit wir in London sind, hat mich noch nichts so sehr gefreut. Wir waren im Richmond-Park – weißt du, Vetter Alverstoke hat Zulassungskarten –, und er hat mich kutschieren lassen, und – Sir, ich weiß nicht, wie ich Ihnen nur danken kann! Er hat mir außerdem gezeigt, wie man elegant und richtig um eine Ecke biegt, wie man die Führungspferde lenkt, und –»

«Mein lieber Junge, du hast mir doch schon genug gedankt – ja, viel zuviel!» antwortete Alverstoke ziemlich amüsiert. «Wenn du es noch weiter tust, wirst du langweilig!»

Jessamy lachte, errötete und entgegnete etwas schüchtern:

«Ich glaube, das war ich schon, Sir – so – so etwas Langweiliges für Sie, einen unbedeutenden Anfänger zu unterrichten! Und so äußerst freundlich von Ihnen, mich die Grauschimmel kutschieren zu lassen, da Sie keinesfalls wissen konnten, ob ich nicht nur ein Einfaltspinsel wäre!»

«Wenn ich das befürchtet hätte», antwortete Alverstoke ernst, «dann hätte ich dich *nicht* kutschieren lassen. Du bist zwar noch kein Meister, aber du hast eine leichte Hand, ein sehr genaues Auge und weißt, wie du die Vorderpferde in der Hand behalten mußt.»

Da diese Worte von einem unvergleichlichen Sportfahrer kamen, konnte Jessamy nur noch unzusammenhängend stammeln. Es gelang ihm, Seiner Lordschaft doch noch einmal zu danken – dann verschwand er und verbrachte eine für sein Studium nutzlose Stunde über den aufgeschlagenen Büchern, war aber mit seinen Gedanken ganz woanders.

«Auch ich möchte Ihnen ja danken», sagte Frederica mit einem warmen Lächeln, «aber tue es lieber nicht. War es für Sie wirklich langweilig?»

«Seltsamerweise nein. Ein neues Gefühl! Ich habe bisher noch nie versucht, mein Können jemandem zu vermitteln, und habe entdeckt, daß ich entweder einen vorzüglichen Lehrer abgebe oder aber einen bemerkenswert begabten Schüler hatte. Ich bin jedoch nicht gekommen, um übers Kutschieren zu reden. Was habe ich denn angestellt, das Sie ärgert, Frederica?»

«Ich weiß nicht – das heißt, ich bin wirklich verärgert, doch bin ich keineswegs ganz sicher, ob es Ihre Schuld ist», erklärte sie offen. «Es ist nämlich so – die Leute denken anscheinend, daß wir sehr vermögend sind. Vetter – haben *Sie* dieses Gerücht in Umlauf gebracht?»

«Bestimmt nicht», antwortete er mit leicht erhobenen Augenbrauen. «Warum sollte ich denn das?»

«Nun, Sie könnten es vielleicht getan haben, um uns zu helfen.»

«Ich kann mir kaum etwas denken, das weniger helfen könnte.»

«Eben – ich auch! Abgesehen davon – es ist so abscheulich vulgär! Ich hasse Schwindeleien. Es sieht so aus, als würde ich aufschneiden, um für Charis eine glänzende Partie zustande zu bringen. Als könnten solche Kniffe Erfolg haben!»

Er lächelte. «Oho! Würden Sie sie anwenden, wenn sie erfolgreich wären?»

Das Lächeln spiegelte sich schwach in ihren Augen wider, doch sie schüttelte den Kopf. «Nein – es ist verächtlich! Glauben Sie nicht auch?»

«Sicherlich – aber Sie haben mich anscheinend in Verdacht, diesen verächtlichen Kniff angewandt zu haben.»

«Ja, hingegen wußte ich, daß es in der besten Absicht geschehen sein muß», versicherte sie ihm.

«Das ist ja noch schlimmer – da halten Sie mich ja für einen Dummkopf!»

Sie lachte: «Nein, wirklich nicht! Verzeihen Sie – aber wenn nicht Sie die Geschichte in die Welt gesetzt haben, wer kann es dann gewesen sein? Und – und *warum* eigentlich? Ich versichere Ihnen, ich habe die Leute nie denken lassen, wir seien reich, und ich bin ganz sicher, auch Charis nicht. Ja, als Mrs. Parracombe von Graynard sprach und bemerkte, wie gern sie es sehen möchte, und redete, als sei es geradezu ein herzoglicher Besitz, sagte ich ihr, daß es nichts dergleichen sei.»

«*Jetzt* also weiß ich, warum ich in Verdacht geriet!» murmelte er herausfordernd.

Dies kam so unerwartet, daß sie vor Überraschung nach Atem rang.

«Ich bin ständig über die *on-dits* entsetzt, die die Leute skrupellos vor unschuldigen Jungfrauen wiederholen», fuhr Seine Lordschaft betrübt fort.

«Was das betrifft», erwiderte Frederica zornig, «so bin ich ständig entsetzt über die Dinge, die Sie skrupellos zu mir sagen, Vetter! Sie sind ganz abscheulich!»

Er seufzte. «Ach, das weiß ich! Diese Erkenntnis bereitet mir schlaflose Nächte.»

«Tolle Aufschneiderei, Mylord!» rief sie, bevor sie sich noch zurückhalten konnte. Als er, mit übertrieben ungläubiger Miene, die Brauen hochzog, fügte sie hastig hinzu: «Wie Harry sagen würde!»

«Zweifellos! Hingegen sind solche Ausdrücke auf den Lippen vornehm erzogener Frauenspersonen äußerst unschicklich!»

Dessen war sie sich genau bewußt und wollte sich gerade für den

Schnitzer entschuldigen, als sie das Glitzern in seinen Augen bemerkte und statt dessen sagte: «*Widerliches* Geschöpf! Ich wollte, Sie blieben ernst!»

Er lachte. «Schön, seien wir ernst! Sie wünschten zu wissen, wer für das Gerücht, daß Sie sehr reich seien, verantwortlich ist –»

«Ja, und was man dagegen tun kann!»

«Nichts. Wer das Gerücht im Umlauf gesetzt hat, weiß ich genauso wenig wie Sie und sehe beim besten Willen keinen Grund, warum Sie sich darüber so aufregen. Wenn wir aber ernst bleiben sollen, dann lassen Sie sich von mir raten, Ollertons Aufmerksamkeiten Ihrer Schwester gegenüber ein Ende zu setzen!»

Sie schaute schnell zu ihm auf. «Warum?»

«Weil er, mein Unschuldsengel, das ist, was man einen Lebemann nennt.»

Sie nickte. «Es freut mich, das zu hören, denn das habe ich mir selbst schon gedacht. Obwohl ich gestehen muß, daß er äußerst höflich und zuvorkommend war und ein wohlerzogenes, natürliches Benehmen zeigt – außer, daß er hie und da eine Spur zu weit über die Grenze des Erfreulichen geht. Doch gibt es andere Leute, die sogar noch besser erzogen sind und recht *weit* darüber hinausgehen!»

«Die gibt es!» stimmte er ihr zu. «Wer hat ihn Ihnen vorgestellt?»

«Mrs. Dauntry, bei der Gesellschaft der Lady Jersey. Das ist auch der Grund, warum ich meinte, ich müßte mich in ihm geirrt haben.»

«Hat sie das wirklich getan?» fragte er. «Ei, ei!» In seinen Augen glitzerte es amüsiert, was sie vergebens zu deuten suchte. Er ließ seine Schnupftabaksdose aufspringen, nahm nachdenklich eine Prise und lachte plötzlich. Als er ihrem fragenden Blick begegnete, meinte er: «Wer hätte gedacht, daß Ihre Adoption meiner Person mir soviel Unterhaltung verschaffen würde?»

«Sie selbst!» antwortete Frederica ohne Zögern. «Zu Anfang wußte ich es nicht, jetzt hingegen bin ich mir recht sicher, daß Sie uns adoptiert haben, nur um Lady Buxted wütend zu machen!»

«Und können Sie mich dafür tadeln?»

Ein unwillkürliches Kichern entschlüpfte ihr. «Nun, vielleicht nicht so sehr, wie ich es sollte. Aber Sie haben doch gleich gedacht, daß es Sie amüsieren könnte!»

«Stimmt – und das tat es auch! Was ich jedoch nicht vorausgesehen habe, war, daß ich mich für die Geschicke der Merrivilles so sehr interessieren würde.» Er hielt inne, doch bevor sie noch mit gleicher Münze zurückzahlen konnte, fragte er abrupt: «Wer war denn dieser schäbige Kerl, den ich gestern Ihre Schwester begleiten sah? Ein Supergeck in einer gestreiften Weste?»

«Mr. Nutley!» brachte sie verzweifelt hervor.

«Wer, zum Teufel, ist Mr. Nutley?»

«Unser Nachbar! Ein sehr würdiger junger Mann, aber völlig unpassend, und verrückt nach Charis! Er – er schmachtet sie an! Abgesehen davon, daß er ihr Blumen schickt und darauf lauert, daß sie, nur in Begleitung Owens, aus dem Haus tritt», antwortete Frederica bitter.

«Guter Gott! Hat sie eine Schwäche für ihn?»

«Nein, natürlich nicht! Es ist nur so, daß sie es nicht über sich bringen kann, ihn abzuweisen. Und wenn Sie glauben, man könne sie überzeugen, daß es bei weitem netter ist, es jetzt zu tun, als später, dann kann ich nur sagen, Vetter, daß Sie sie nicht kennen! Wissen Sie, sie ist sehr empfindsam, und –»

«Und sehr töricht», unterbrach er ungeduldig.

«Ja, das auch», stimmte sie seufzend zu. «Wenn sie doch bloß keine solche Gans wäre! Denn ich bin überzeugt, jeder kann ihr seinen Willen aufzwingen. Ich gestehe, das bereitet mir oft große Sorgen.»

Er nickte, entgegnete aber: «Es tut ihr nicht gut, wenn sie in Ollertons Gesellschaft gesehen wird, doch über einen Flirt geht er nicht hinaus. Dafür werde ich sorgen!»

«Danke – aber er hat nichts getan, das – ich meine, ich möchte wirklich nicht, daß Sie ihm etwas sagen! Das hieße etwas zuviel Lärm um nichts machen.»

«Oh, es wird keinesfalls nötig sein, etwas zu sagen», antwortete er mit seinem spöttischen Lächeln. «Er glaubt – wie die übrige Welt –, sie stehe unter meinem Schutz. Es ist jedoch auch möglich, daß er glaubt, ich sei ein gleichgültiger Vormund. Das kann man kurieren. Gehen Sie zu Crewes Gesellschaft? Ich werde Sie beide begleiten – eine wohlwollende Aufsicht ausüben! Ich kann Sie beide ins Theater mitnehmen oder Sie sogar um den Park kutschieren – während des großen Bummels.»

«Sie sind sehr gefällig! Es ist wirklich eine Ehre für uns!»

«Ja. Denn ich kutschiere selten Frauenzimmer.»

«Ich wette, Sie werden es schon wieder todlangweilig finden!»

«Möglich. Doch ein Gefühl der Tugend wird mich aufrechthalten.»

«So, so – nun, das Neuartige an diesem Gefühl wird sich bald legen!» stellte sie fest.

Der spöttische Ausdruck verschwand. «Sehr gut, Frederica!» sagte er beifällig. «Ich glaube nicht, daß es mich langweilen wird, Sie um den Park zu kutschieren.»

«Nun, das ist ja wirklich ein Trost! Aber es ist durchaus nicht nötig, mich in Ihr Wohlwollen mit einzuschließen. Nehmen Sie hie und da Charis mit, und ich werde Ihnen äußerst dankbar sein.» Sie versuchte – ohne Erfolg – ein spitzbübisches Kichern zu unterdrücken und fügte mit entwaffnender Aufrichtigkeit hinzu: «Sie können sich nicht vorstellen, wie sehr es mir zuwider ist, Ihrer Eitelkeit zu schmeicheln, Vetter, doch ich habe all diese Wochen hier in London nicht verbracht, ohne zu erkennen, daß Ihr Ansehen einfach enorm ist!»

«Schlange!» räumte Seine Lordschaft anerkennend ein. «Ich werde die Gesellschaft Ihrer schönen, aber dummen Schwester ertragen – jedoch unter einer Bedingung: daß die Langeweile dieser Unternehmungen gelegentlich durch Ihre adstringierende Eigenschaft erleichtert wird.

Übrigens ... lügen die Gerüchte oder wird mein ebenso dummer junger Vetter in seinen Aufmerksamkeiten etwas zu persönlich?»

«Nein – obwohl ich in gewisser Hinsicht wünschte, es wäre so!» antwortete Frederica. «Nun, was das ‹etwas zu persönlich› *werden* betrifft ... Er scheint eine heftige Leidenschaft zu Charis gefaßt zu haben, auf den ersten Blick. Ich muß sagen, ich wünschte, er wäre nicht so *überaus* schön! Ich fürchte, er ist der einzige ihrer Verehrer, für den Charis eine Schwäche hegt, und etwas Unpassenderes kann ich mir nicht vorstellen! Auch dürfte Mrs. Dauntry eine solche Verbindung keineswegs begrüßen.»

«Bestimmt nicht. Eine von der höchst gerissenen Sorte, meine heiligmäßige Base Lucretia!»

«Nun, Sie können ihr keinen Vorwurf daraus machen, wenn sie sich für ihren Sohn eine vorteilhafte Partie wünscht», entgegnete Frederica recht vernünftig. «Es ist schließlich genau das, was auch ich für Charis wünsche. Ich möchte Sie keinesfalls verletzen, Mylord, aber ich halte Endymion unmöglich für eine passende Partie! Es ist ja gut und schön, wenn seine Mama davon spricht, daß er Ihr Erbe ist – doch wer weiß, ob es je dazu kommen wird? Sie sind ja schließlich noch kein Greis!»

«Danke!» warf Seine Lordschaft mit matter Stimme ein.

Ihre Augen zwinkerten verständnisvoll, aber sie sagte höflich: «Bitte, bitte! Die Sache ist jedoch so, daß ich beruhigt sein kann, wenn Endymion Charis begleitet. Er behandelt sie mit der größten Hochachtung – beinahe mit Verehrung!»

«Ja, er war schon immer ein Dummkopf», bemerkte er. «Armes Mädchen! Läuft auch Buxted hinter ihr her?»

«O Himmel, nein!» antwortete sie, senkte die Augen und faltete züchtig die Hände im Schoß. «Lord Buxted, Vetter, hat eine entschiedene Vorliebe für *mich*!»

Er brach in Lachen aus. «Nein, wirklich? Dann tun Sie mir leid, aber ich denke um so besser von ihm! Ich frage mich nur, worüber Sie wohl mit ihm reden?»

«Wieso – ich muß mir doch darüber den Kopf nicht zerbrechen! Er ist da nie in Verlegenheit. Wenn wir die politische Situation kommentiert haben und er so freundlich war, meine Aufmerksamkeit auf irgendeinen Artikel in einer Zeitung zu lenken, den ich vielleicht nicht gelesen haben könnte, weiß er mir immer eine Menge über sich, seine Güter und seine Überlegungen über verschiedene Themen zu erzählen.» Sie brach ab, kicherte, fügte jedoch reuig hinzu: «Aber ich sollte mich über ihn nicht lustig machen! Er ist sehr freundlich und vernünftig, selbst wenn er auch ein bißchen umständlich ist!»

«Umständlich und achtbar. Aber nicht Ihr einziger Bewunderer, stelle ich mir vor. Mein Herz blutete geradezu für den armen Aldridge, als ich sah, wie ihn Darcy Moreton bei dieser äußerst langweiligen Soiree am letzten Mittwoch ausstach!»

«Ach Unsinn!» unterbrach sie ihn. «Wenn Sie doch bloß nicht so albern redeten! Als nächstes werden Sie Mr. Moreton meinen *Flirt* nennen, und nichts liegt ihm oder mir ferner, kann ich Ihnen versichern!»

«Warten Sie nur, und loben Sie den Tag nicht vor dem Abend!»

Sie lächelte. «Werde ich – aber bitte glauben Sie mir, ich flirte nicht, und ich bin auch nicht nach einem Gatten aus!»

«Außer einem für Charis. Sagen Sie mir: macht Ihnen Ihre erste Londoner Saison Spaß?»

Sie entgegnete impulsiv: «Oh, viel mehr, als ich mir vorgestellt hatte! Ja, sie macht mir so viel Spaß, daß ich fürchte, ich bin dem armen Papa ähnlicher als ich ahnte!»

Er war durch größte Selbstbeherrschung imstande, mit nur unmerklich schwankender Stimme zu antworten: «Welch ein erschreckender Gedanke! Bestimmt tun Sie sich unrecht.»

«Das hoffe ich wenigstens», sagte sie ernst. «Jedenfalls liegt mir nicht viel am Kartenspiel. Keinem von uns, außer vielleicht Jessamy, und der, wissen Sie, hat so feste Grundsätze, daß ich keine Angst um ihn habe. Wahrscheinlich ist es noch zu früh, um beurteilen zu können, wie Felix einmal sein wird – ich glaube jedenfalls nicht, daß er ein Spieler wird.»

Er lachte. «Guter Gott, nein! Er wird sich viel zu sehr damit beschäftigen, einen dampfbetriebenen Kartenmischer oder einen mechanischen Austeiler zu erfinden, um am eigentlichen Spielen Freude zu gewinnen! Wie geht es ihm? Wo steckt er? Erzählen Sie mir ja nicht, daß er schon wieder zu einer Dampfboot-Expedition ausgerückt ist!»

«Nein – obwohl er sich sehr für das Projekt der Konstruktion irgendeines Ozeandampfers zu interessieren scheint. Ich glaube, er hat auf seinem Ausflug nach Ramsgate davon gehört, aber der Erfinder dürfte ein Amerikaner sein, wofür ich dem Schicksal aufrichtig dankbar bin! So weit könnte selbst Felix nicht fahren!»

«Darauf würde ich keine Wette eingehen. Höchstwahrscheinlich wird er sich als Kabinenboy auf einem Segelschiff verdingen, das nach Amerika fährt, und als nächstes werden wir aus New York von ihm hören.»

«Um Himmels willen, setzen Sie ihm ja keine solchen Flausen in den Kopf!» bat sie, entsetzt und amüsiert zugleich. «Genau so etwas könnte er tatsächlich tun! Aber im Augenblick ist er in der Dachstube oben, die wir ihm für seine Experimente eingeräumt haben.»

«Guter Gott!» stieß Alverstoke hervor. «Da könnten wir ebensogut gleich auf einem Pulverfaß sitzen! Ich jedenfalls verabschiede mich von Ihnen, bevor er das Haus in die Luft fliegen läßt!»

«Nein, nein, das tut er nicht!» antwortete sie und lachte glucksend vor Erheiterung. «Er hat mir versprochen, daran zu denken, daß das Haus nicht uns gehört.»

Er sah sie anerkennend an. «Sie hätten nichts dagegen, daß er es in die Luft gehen ließe, wenn es Ihnen gehörte? Mein Kompliment zu Ihrer Seelenstärke!»

«Wie können Sie nur so albern sein? Natürlich hätte ich etwas dagegen! Ich habe damit nur sagen wollen, daß er daheim eine Werkstatt hat und darin tun kann, was er will.»

«Aha, ich verstehe! Sprengt er sie oft in die Luft?»

Sie lächelte. «*Nie.* Einmal hat er sie in Brand gesteckt, aber nur, als er versuchte, eine neue Art von Zündhölzern zu machen, die man ohne eine Streichholzschachtel anzünden könnte. Es passierte sehr wenig, er hat sich dabei nur die Augenbrauen versengt.»

«Sie sind eine sehr gute Schwester, Frederica!» bemerkte er.

«Nun ja, ich versuche es wenigstens», meinte sie und errötete leicht. «Meine Tante und unser altes Kindermädchen waren viel zu ängstlich – wenigstens in meinen Augen – und regten sich ewig über alles auf, was die Jungen taten. Das wirkte natürlich keineswegs, denn dann wurden sie erst recht bockig und hörten nicht darauf, was sie sagten.»

«Es ist ein Jammer, daß sich Ihre Tante die Ängstlichkeit nicht für ihre Nichten aufgehoben hat! Ich möchte mir erlauben, Ihnen zu sagen, Frederica, daß ich sie für eine recht unzulängliche Anstandsdame halte!»

«Stimmt, aber man muß gerecht sein. Sie wollte ja nie nach London mitkommen und stimmte nur unter der Bedingung zu, daß wir sie nie zu mondänen Gesellschaften mitschleppen. Denken Sie daran – ich bin durchaus alt genug, um die Anstandsdame für Charis zu spielen. Und ich habe das ja seit ihrem Debüt auch getan.»

«Das», erklärte Seine Lordschaft rundweg, «ist noch alberner als das, was ich jemals gesagt habe!»

«O nein – aber ich werde darüber nicht mit Ihnen streiten. Auf jeden Fall ist meine Tante nicht zu tadeln, denn sie hat derzeit wichtigere Dinge im Kopf. Onkel Scrabster ist schwerkrank, die arme Tante Amelia weiß vor Sorge nicht aus noch ein und verläßt sich völlig auf Tante Seraphina.»

Er entgegnete nichts, sondern preßte die Lippen aufeinander, als könne er nur dadurch eine Erwiderung zurückhalten. Zwei tiefe Falten erschienen zwischen seinen Brauen, aber sie verschwanden, als die Tür aufflog, Felix hereinstürmte und rief: «Sie sind wirklich hier, Sir! Ich habe mir schon gedacht, daß das Ihr Phaeton ist, was ich vom Fenster aus sah. Du hättest es mir aber auch sagen können, Frederica, wo du doch weißt, daß ich ihn ganz besonders dringend sprechen wollte! Das ist wirklich schäbig von dir!»

«Gott helfe mir!» sagte Seine Lordschaft. «Doch nicht *noch* eine Gießerei, Felix!»

«Nein, nein! Zumindest nicht direkt. Es ist das neue Münzamt. Es hat Gasbeleuchtung und Dampfmaschinen von riesiger Stärke, doch als ich mit Jessamy hinging, sagten sie, ohne eine – eine spezielle Empfehlung dürfte sie niemand besichtigen. Würden Sie wohl so freundlich sein und mir eine geben, Vetter Alverstoke? Bitte, bitte!»

«Aber wie kann ich denn das?» sagte der Marquis. «Ich kenne weder den Münzmeister noch den Kontrolleur.»

«Ja, aber den Leiter der Gießerei haben Sie doch auch nicht gekannt, Sir!» argumentierte Felix.

«Ah, das war etwas anderes! Im Münzamt sind sie recht genau und würden eine Empfehlung von mir durchaus nicht für etwas Besonderes halten.»

Felix' Gesicht war lang geworden, aber bei diesen Worten hellte es sich wieder auf, und er krähte vor Vergnügen. «Ja, doch! Sie versuchen mich zu foppen. Natürlich würden sie!»

«Mein Lieber, was für ein fürchterlicher Junge du doch bist!» schalt Frederica. «Ich flehe dich an, hör auf, Vetter Alverstoke zu quälen!»

«Aber ich quäle ihn ja gar nicht!» protestierte Felix empört. «Ich habe ihn nur gebeten, mich zu *empfehlen*. Ich habe ihn keineswegs gebeten, selbst mit mir hinzugehen, denn wenn ihm nichts daran liegt, dann sicherlich Mr. Trevor!»

«Bestimmt möchte er das», stellte Seine Lordschaft ziemlich betroffen fest. «Es ist außerdem höchste Zeit, daß auch er einmal ein Vergnügen hat, der arme Kerl!»

«Natürlich wäre es am besten, wenn Sie mitkämen!» sagte Felix versuchsweise.

«Nein, nein, du darfst mich nicht so verwöhnen!» antwortete Seine Lordschaft mit beträchtlichem Aplomb. «Ich habe bereits einmal das Vergnügen gehabt – erinnere dich!»

«Na ja.» Felix war einverstanden. «Er ist nicht so schneidig wie Sie, aber zumindest einigermaßen vernünftig.»

«Sogar sehr», stimmte ihm Seine Lordschaft mit ernster Miene zu. «Er hat seine Prüfungen mit Auszeichnung bestanden. Ich bin überzeugt, wir werden ihn noch als Schatzkanzler erleben – also sieh dich vor, daß du bei ihm gut angeschrieben bist.»

Es war deutlich zu sehen, daß Felix von diesem Ehrgeiz recht wenig hielt, doch sagte er ohne Hintergedanken: «O ja. Aber wissen Sie, er ist wenigstens kein Umstandsmeier. Zuerst habe ich ihn dafür gehalten, aber jetzt bin ich ziemlich gut mit ihm bekannt, und ich mag ihn gut leiden.»

Dann verabschiedete er sich vom Marquis, der Frederica mit hochgezogener Braue ansah und bemerkte: «Und wie, wenn ich fragen darf, ist Ihr gewinnender Bruder mit Charles ‹ziemlich gut bekannt› geworden?»

Sie antwortete etwas zurückhaltend: «Oh, er besucht uns hie und da, am Sonntag, wenn wir einige Freunde zum Abendessen einladen – nichts Formelles, verstehen Sie, nur eine Gesellschaft *en famille*, für Leute, denen nichts am mondänen Gedränge liegt, die hingegen gern einen gemütlichen Abend bei Gesellschaftsspielen wie *Jackstraws*, *Bilbo-catch* und *Speculation* verbringen –»

«Oder hinter Charis herlaufen!»

«Nein, Sie irren sich!» entgegnete sie schnell. «Mr. Trevor tut das nicht.»

«Da bin ich froh. Sie würde überhaupt nicht zu ihm passen.»

«Was das betrifft, dann würde vor allem *er* nicht zu *ihr* passen!»

«Sehr wahrscheinlich nicht. Was dann hat ihn also dazu gebracht, sein mönchisches Dasein aufzugeben?»

«Fragen Sie ihn, Mylord – nicht mich!»

«So taktlos bin ich keineswegs.»

«Haben Sie etwas dagegen, wenn er uns besucht?»

«Nicht im geringsten. Ich bin nur neugierig. Irgendeinen starken Anreiz muß es ja geben! Charles fehlte es nie an Einladungen. Er wird sehr gern gesehen und kommt aus einer guten Familie, doch bevor die Merrivilles nach London kamen, hat er äußerst selten welche angenommen. Ich glaube, er hat sich verliebt. Unlängst vergaß er, mich daran zu erinnern, daß ich zu einer sehr langweiligen Dinner-Gesellschaft verabredet war. Ich versichere Ihnen, das hat es noch nie gegeben! Aber wenn nicht in Charis –» Er unterbrach sich, da ihm etwas einfiel. «Guter Gott! Chloë?!»

«Er hat sich mir nicht anvertraut, Vetter. Und selbst wenn das der Fall wäre, würde ich sein Vertrauen niemals enttäuschen.»

Er überging diese Worte. Ein Lächeln schwebte um seinen Mund, und nach kurzer Überlegung stellte er fest: «Das Leben wird ja höchst interessant, wenn dem wirklich so ist. Ich muß wohl Chloës Bekanntschaft pflegen!»

13

Frederica hatte keine Möglichkeit zu erfahren, ob der Marquis wirklich etwas unternahm, um seine junge Base Chloë besser kennenzulernen. Das Versprechen, der guten Gesellschaft sein Interesse an seinen angeblichen Mündeln zu bekunden, löste er jedoch sehr bald ein und bestätigte damit den wachsenden Verdacht, seine berüchtigte Vergeßlichkeit sei zum Großteil nur gespielt. Er sprach in der Uppper Wimpole Street vor, um Charis abzuholen, kutschierte sie während des Bummels der mondänen Welt um den Hyde Park und zügelte seine Grauschimmel mehrmals, um seine eigenen Freunde zu begrüßen oder Charis die Möglichkeit zu geben, die Grüße ihrer zahlreichen Anbeter zu erwidern. Das tat sie sehr süß und ohne eine Spur von Koketterie. Der Marquis hatte viele Schönheiten kenngelernt, aber noch keine, die in aller Unschuld so unbekümmert um ihre Erscheinung war wie Charis. Sie schien sich auch der ihr von ihm erwiesenen einmaligen Ehre nicht bewußt zu sein, und auch nicht der Überraschung und der Vermutungen, die dadurch heraufbeschworen wurden. Sie bedankte sich höflich dafür, daß er sie zu der Fahrt eingeladen hatte, sagte ihm jedoch auf seine diesbezügliche Frage, sie habe die Kensington Gardens lieber als den Hyde Park, weil dort die Blumen so hübsch waren und es einige Spazierwege gab, wo man sich fast einbilden konnte, auf dem Land zu sein.

«London gefällt Ihnen nicht?» fragte er.

«O doch!» entgegnete sie gelassen. «Es ist sehr angenehm und unterhaltsam, nur keineswegs so gemütlich wie auf dem Land.»

«Alle halten es für gemütlicher als das Land!»

«Wirklich?» Sie runzelte die Stirn. «Wieso eigentlich?»

«Sagen wir, weil es mehr Unterhaltung zu bieten hat.»

«Oh!» Sie überlegte sich das einen Augenblick. «Ja natürlich: Es gibt hier Theater und Konzerte und Paraden und sehr viele Bälle. Nur sind die Londoner Gesellschaften – obwohl sie außerordentlich prunkvoll sind – niemals so vergnüglich wie die auf dem Land, oder?»

«Nein? Weshalb denn?»

«Ich weiß nicht. Ich bin so dumm, wenn ich etwas erklären soll», entschuldigte sie sich. «Ich mag am liebsten die Gesellschaften, bei denen ich jeden wirklich *kenne* – wenn Sie verstehen, was ich meine.» Nach einer weiteren Pause, während der sie überlegte, fügte sie hinzu: «Ich glaube, das kommt daher, weil ich nicht ans Stadtleben gewöhnt bin und nicht an die rüde Art, wie die Leute einen anstarren, wenn man fremd ist.»

«Sehr unangenehm», sagte er ernst. «Ich merke, ich hätte besser daran getan, Sie aus der Stadt hinauszukutschieren, zu irgendeinem abgelegenen Ort, der nur von Bauernlümmeln bewohnt ist.»

«Aber da müßten Sie sehr weit fahren, nicht?»

Er begann sich zu langweilen und antwortete etwas trocken: «Sehr richtig.»

Sie verfiel wieder in Schweigen. Nach einer Weile bemühte er sich um ein anderes Gesprächsthema, doch da sie wenig Eigenes zu äußern wußte und nur allem zustimmte, was er sagte, wuchs seine Langeweile sehr schnell. Nachdem er noch eine Runde um den Park gemacht hatte, brachte er sie in die Upper Wimpole Street zurück und schalt sich innerlich, weil er so überstürzt versprochen hatte, sie in seinen Schutz zu nehmen. Unter gewöhnlichen Umständen hätte er jeden Gedanken an sie verbannt, sowie er sie abgesetzt hatte. Aber die Umstände waren nun einmal nicht gewöhnlich. Seiner Meinung nach war er ehrenhalber verpflichtet, sie zu einer weiteren Fahrt einzuladen. Also tat er es und fragte sie, wohin sie gerne fahre. Sie antwortete impulsiv: «Oh, wie sehr freundlich von Ihnen! Ich möchte vor allem nach Hampton Court, Sir. Wir haben darüber gelesen, Frederica und ich, und wir wünschen uns sehr, es zu besuchen. Nur –» Sie zögerte und hob die großen Augen flehend zu ihm auf.

«Nur?» ermutigte er sie.

«Würden Sie – würden Sie uns begleiten, Vetter Alverstoke? Ich meine, uns *alle*? Oder – oder täten Sie das lieber nicht? Es ist nämlich so, daß dort ein berühmtes Labyrinth ist, und den Jungen würde es soviel Freude machen!»

So kam es, daß sich der Marquis einige Tage später im Landauer eine Familiengesellschaft nach Hampton Court kutschieren sah, der, mit seinen vorbildlich trabenden Pferden, den Mitgliedern des *Four-Horse-Club* nur zu gut bekannt war. Nur wenige von ihnen hätten ihren Augen getraut, hätten sie von dem unedlen Zweck gewußt, dem die Pferde unterworfen wurden. Seine Lordschaft trug zwar nicht das Klubabzeichen, aber Jessamy, der, abwechselnd mit Felix, bei ihm auf dem Kutschbock saß, versicherte seinen Schwestern, jeder, der das Privileg hatte, den Marquis die Zügel handhaben zu sehen, würde ihn auf einen Blick als Mitglied des Klubs erkennen.

Der Meinung der Merrivilles nach war dieser Ausflug das Hinreißendste, was sie bisher erlebt hatten. Selbst Felix war der Ansicht, daß die Freuden, sich im Labyrinth zu verlieren und nachher im Star-and-Garter-Restaurant mit einem, seinen Worten nach, tollen Mittagessen bewirtet zu werden, diejenigen seines Ausflugs nach Ramsgate übertrafen. Er verschlang so viele Marmeladetörtchen, daß sein Bruder ihn ein Schleckermaul nannte und sagte, jeder müßte annehmen, er wäre am Verhungern. Worauf Felix heiter erwiderte, da er ja wirklich (außer einigen Portionen Eis und ein paar Kuchen als Gabelfrühstück) seit einem Frühstück aus Eiern, Brötchen, Toast und Marmelade keinen Bissen zu essen gehabt habe, so ziemlich am Verhungern sei.

Dank der Voraussicht des Marquis, sich mit dem Schlüssel zum Labyrinth vertraut gemacht zu haben, verbrachte er den Tag viel angenehmer, als er erwartet hatte. Sowie er davon genug hatte, im Labyrinth herumzuwandern, führte er Frederica hinaus und überließ die drei jüngeren Mitglieder der Gesellschaft dem weiteren Versuch, den Mittelpunkt zu erreichen. Alle drei waren übermütig und hielten es jedesmal für einen vortrefflichen Witz, wenn sie wieder in einer Sackgasse landeten. Der Wärter, der von seinem Hochstand aus das ganze Labyrinth überblicken konnte und dessen Pflicht es war, erschöpfte Besucher herauszuführen, bot seine Dienste mehrmals an, aber sie wurden ohne Zögern zurückgewiesen, denn jeder der drei Merrivilles war überzeugt, daß er, beziehungsweise sie den Schlüssel entdecken würde.

Frederica, die neben dem Marquis durch die Gänge streifte, hielt es für einen glücklichen Zufall, daß sie zum Mittelpunkt des Labyrinths gelangten. Als er sie jedoch ohne einen einzigen Fehler wieder zum Eingang zurückführte, schaute sie lachend zu ihm auf und rief: «Sie kennen das Geheimnis! Ein solcher Schwindel! Und dabei habe ich Sie schon fast für so klug gehalten!»

«Nur vorsorglich», antwortete er. «Die Aussicht, den größten Teil des Nachmittags zwischen hohen Hecken zu verbringen, finde ich höchst reizlos – oder nicht?»

Sie lächelte. «Ich gestehe ja, ich möchte auch lieber durch die Gärten und die Wildnis gehen. Aber die Kinder halten es für einen großartigen Spaß. Danke, daß Sie sie hergebracht haben! Sie sind sehr gütig, denn für Sie muß es bestimmt recht langweilig sein.»

«Durchaus nicht», antwortete er. «Es hat den Reiz der Neuheit.»

«Haben Sie denn nie Ihre Neffen und Nichten ausgeführt?» fragte sie neugierig.

«Nie!»

«Nicht einmal, als sie noch Kinder waren? Wie seltsam!»

«Ich versichere Ihnen, es wäre noch viel seltsamer, wenn ich es getan hätte.»

«Nicht für mich.»

«Das sollte es aber. Ich habe Sie gewarnt, Frederica, ich bin weder gefällig noch gutmütig.»

«Also, ich muß ja gestehen, Sie sind Ihren Schwestern gegenüber überhaupt nicht gutmütig», bekannte sie offen. «Ich mache Ihnen ja keinen Vorwurf daraus – zumindest nicht ganz und gar. Es scheint die Damen nämlich entschieden zu entzücken, wenn sie Sie in Wut bringen können. Ich staune nur, daß die beiden nicht wissen, *wie* verhängnisvoll es ist, auf Brüder loszuhacken. Und was immer Sie sagen mögen, Sie sind *kein* selbstsüchtiges Ungeheuer, denn dann wären Sie nicht so nett zu Jessamy und Felix, wenn das zuträfe.»

«Doch, wenn sie mich langweilten», warf er ein.

«Es hat Sie doch äußerst gelangweilt, die Gießerei zu besichtigen», antwortete sie.

«Ja, deshalb wird ja Charles den kleinen Felix in das Neue Münzamt führen», erklärte er kühl.

«Aber warum haben Sie ihn heute nicht zu unserer Begleitung mitgeschickt?» fragte sie in einem unschuldigen Ton, der im Gegensatz zu der Spitzbüberei in ihren Augen stand. «Sie können doch nicht angenommen haben, daß ein solcher Ausflug Sie nicht genauso langweilt wie das Münzamt!»

Er schaute auf sie herunter, halb lächelnd, doch mit einem seltsam gefesselten Ausdruck. Sie war darüber verblüfft, aber nach einem Augenblick sagte sie spöttisch: «Fragen Sie sich jetzt gerade, ob Sie mir wohl vorschwindeln können, daß Sie Ihr Gespann Mr. Trevor nicht anvertrauen würden?»

«Nein», antwortete er langsam, «obwohl das stimmen könnte! Ich dachte nur, wie gut Ihnen dieses Hütchen steht.»

Es war wirklich ein reizendes Gebilde, mit einer weichen rosa Feder, die sich über den Schutenrand aus gefälteter Seide kräuselte. Aber sie brach in glucksendes Gelächter aus und rief: «O Vetter, Sie sind doch der gewiegteste Praktiker! Warum sind Sie so entschlossen, mich zu veranlassen, Sie als selbstsüchtig und völlig abscheulich zu beurteilen? Haben Sie Angst, ich könnte Ihre Gutmütigkeit ausnützen? Das täte ich bestimmt nicht!»

«Nein, davor habe ich keine Angst.»

«Sicher, denn Sie könnten mich ja jederzeit mit einer Ihrer eisigen Abfuhren umschmeißen, nicht?» stimmte sie ihm zu und zwinkerte lustig.

«Das ist unwahrscheinlich – Sie stünden sofort wieder auf den Beinen!» erwiderte er und führte sie zu einer bequem gelegenen Bank. «Wir setzen uns jetzt hierher, um auf die Kinder zu warten – falls es Ihnen nicht zu kühl ist?»

Sie schüttelte den Kopf, als sie sich auf der Bank zurechtsetzte. «Es würde Ihnen auch schon viel ausmachen, wenn es mir zu kühl wäre!»

«Ungerecht, Frederica! Ungerecht wie Ihre Bemerkung vorhin. Wann habe ich denn je versucht, Ihnen eine Abfuhr zu erteilen, bitte sehr?»

«Oh, als wir einander zum erstenmal trafen. Sie waren gräßlich steif.»

«Wirklich? Dann entschuldigen Sie gütigst im nachhinein, und bestätigen Sie mir, daß ich das Verbrechen nicht wiederholt habe.»

«Nein, das haben Sie wirklich nicht!» erwiderte sie herzlich. «Das heißt, *uns* haben Sie nicht kurz abgefertigt! Aber ich habe Sie zweimal gehört ... Nun, das geht mich nichts an. Sie haben es nicht gern, wenn man Ihnen dankt, doch bitte, lassen Sie sich sagen – nur ein einziges Mal! –, wie aufrichtig dankbar ich Ihnen bin. Sie haben viel mehr für uns getan, als ich erwartet habe ... ja, Sie sind sogar Luff zu Hilfe gekommen, und wenn das nicht nett war, dann möchte ich wissen, was sonst.»

«Aber Sie haben es doch von mir erwartet!» erklärte er.

«Ich habe es nicht direkt *erwartet*. Ich – ich habe nur gehofft, Sie würden es tun. Oh, und Sie haben mir nie gesagt, wie hoch das Lösegeld für Lufra war! Ich habe es ganz vergessen! Bitte, wollen Sie –»

«Nein», unterbrach er sie. «Ich weiß es nicht, und es kümmert mich auch nicht, was es gekostet hat, und wenn Sie noch mehr leeres Gewäsch mit mir reden, Frederica, werde ich Ihnen eine meiner – hm – eisigen Abfuhren erteilen!»

«Das ist außerordentlich nett von Ihnen, aber als ich Sie um Ihre Hilfe bat, da habe ich damit keinesfalls gemeint, daß ich mich an Ihren Geldbeutel hängen will, Vetter! Und mehr noch, ich werde das auch nicht tun!»

«In diesem Fall muß ich mich also anstrengen, mich an die genaue Summe zu erinnern, die ich heute für Sie alle ausgelegt habe», gab er zurück. «Ich frage mich nur, warum ich nicht daran dachte, Buch zu führen! Also schauen wir einmal: Da waren die vier Karten für das Labyrinth – oh, wir haben auch Eintritt in den Palast bezahlt, oder? Dann kommt das also auf –»

«Wenn Sie doch bloß einmal ernst wären!» unterbrach sie ihn und biß sich auf die zitternden Lippen.

«Aber ich bin doch ernst. Und dazu noch sehr großzügig, denn ich werde Ihnen keine Kutschenmiete aufrechnen.»

«Ach, seien Sie nicht albern!» rief sie empört. «Es ist ein großer Unterschied, ob ich Ihnen erlaube, meine Schulden für mich auszulegen, oder ob ich für unsere Unterhaltung bezahle, wenn Sie uns nach Hampton Court eingeladen haben!»

«Sicher, aber ich habe Sie doch gar nicht eingeladen», erklärte er. «Meine Dienste wurden durch Charis angefordert.»

Sie hielt den Atem an. «Nein, was für ein – eine faustdicke Lüge!» rief sie höchst unschicklich aus. «Sie wissen doch, daß sie niemals daran gedacht hätte, wenn Sie sie nicht gefragt hätten, wohin sie gerne fahren möchte!»

«Nun, falls Sie das eine Einladung nennen, mit mir nach Hampton Court zu fahren und ihre Schwester und ihre beiden Brüder mitzunehmen –!»

«Gräßlicher, ganz gräßlicher Mensch!» schalt sie und versuchte, nicht zu lachen. «Sehr schön, ich sage nichts mehr. Nicht einmal danke! Oder soll ich um Verzeihung bitten, weil ich mich und noch dazu meine Brüder Ihnen heute aufgedrängt habe?»

«Im Gegenteil. Wenn Sie abgesagt hätten, dann hätte ich mich an irgendeine anderweitige dringende Verpflichtung erinnert. Charis ist ein höchst liebenswertes Mädchen, aber nicht gerade scharfsinnig. Ich finde es äußerst schwierig, mit ihr ein Gespräch zu führen – ja, es erschöpft mich geradezu. Sie fragt mich immer, was ich denn damit meine, wenn ich mir einen milden Witz erlaube.»

Sie konnte ihr unwillkürliches, glucksendes Lachen nicht unterdrükken, warf aber, ihre Schwester schnell verteidigend, ein: «Sie ist ja vielleicht keineswegs scharfsinnig, doch ist sie sehr vernünftig, versichere ich

Ihnen! Viel vernünftiger als ich, denn sie ist imstande, einen Haushalt zu führen, näht großartig, kann einen Braten tranchieren und – na ja, alle möglichen nützlichen Dinge!»

«Leider wird keine dieser Tugenden verlangt, wenn man in den Park ausfährt.»

«Eine Schnatterbüchse ist sie sicher nicht!» erwiderte Frederica.

Er lachte. «Nein, wirklich nicht!»

«Ich dachte, Herren haben nichts für Frauen übrig, deren Zunge wie geölt läuft?» fragte sie.

«Stimmt, doch zwischen Dahinschnattern und die ganze Bürde des Gesprächs seinem Partner aufzulasten gibt es noch einen glücklichen Mittelweg. Nein, nein, seien Sie nicht gekränkt! Ich gebe zu, Charis ist eine unvergleichliche Schönheit, zudem liebenswert und tugendhaft. Aber –» Er hielt inne, eine Falte zwischen den Brauen.

«Nun?» drängte sie.

Er beendete die stirnrunzelnde Betrachtung der Handschuhe in seiner Hand und wandte den Kopf, um das Mädchen anzusehen. Ungewohnt sanft sagte er: «Mein Kind, ist Ihnen nie der Gedanke gekommen, daß die Zukunft, die Sie für Charis geplant haben, nicht das ist, was sie persönlich wählen würde?»

«Nein – wieso auch? Ja, wenn ich etwas plante, das Sie eine glänzende Partie nennen würden – aber das tue ich doch nicht. Ich versichere Ihnen, wirklich nicht! Ich wünsche nur, sie behaglich versorgt zu sehen, damit sie nicht gezwungen ist, zu knicken und zu knausern, doch imstande, sich – sich die Annehmlichkeiten des Lebens zu gönnen!» Sie sah, daß er die Brauen hob, und fügte hinzu: «Sie glauben vielleicht, solche Überlegungen seien unwichtig. Aber bedenken Sie, Sie haben nie erlebt, was es bedeutet, eine schmale Börse zu haben!»

«Das stimmt», gab er zu. «Ich muß mich Ihrer besseren Kenntnis Ihrer Schwester beugen. Doch nach dem wenigen, das ich beobachtet habe, hätte ich gesagt, sie fände mehr Glück darin, einen Haushalt zu führen, als eine große Rolle in der Welt zu spielen. Sie erzählte mir nämlich, daß sie Bälle auf dem Land lieber habe als die Londoner Unterhaltungen.»

«Heiliger Himmel, wirklich?» rief Frederica ganz erstaunt. «Da muß sie gescherzt haben! Denken Sie doch bloß an ihren Erfolg! Die Blumen, die ihr geschickt werden! Wie unser Türklopfer nie stillsteht! Oh, Sie müssen sich geirrt haben, Vetter!»

Er bemerkte ihre betrübte Miene und antwortete leichthin: «Schon möglich. Wie dem auch sein mag, ich sehe nicht ein, warum Sie niedergeschlagen sind.»

«Aber wenn ihr an all diesen Dingen nichts liegt ... sie nicht wünscht, eine ordentliche Partie zu machen ... dann habe ich das alles ja umsonst getan!»

«Unsinn! Wenigstens Sie genießen das Londoner Leben.»

«*Das* ist doch gleichgültig!» rief sie ungeduldig. «Als hätte ich auch nur im Traum daran gedacht, die Jungen nach London zu schleppen, um meine eigenen Wünsche zu befriedigen!»

«Ich bin überzeugt, Jessamy wäre lieber daheim geblieben, aber es wird ihm nicht weh tun, wenn er etwas von der Welt gesehen hat. Was Felix betrifft, der ist kreuzfidel! Ich möchte jedoch gern wissen, warum Sie eigentlich meinen, daß Charis Ihren Geschmack teilt.»

Sie schüttelte den Kopf. «Das meine ich gar nicht. Ich dachte nur, es wäre zu schändlich gewesen, sie versteckt zu halten oder zuzulassen, daß sie den jungen Rushbury heiratet oder einen von den übrigen Männern unserer Bekanntschaft, bevor sie eine Londoner Saison mitgemacht hat.» Sie zögerte und bemerkte dann ziemlich schüchtern: «Sehen Sie, Charis ist nämlich so leicht zu beeinflussen. Sie neigt sehr dazu, allem zuzustimmen, was man ihr vorschlägt; hat zwar feste Grundsätze, ist aber so nachgiebig, daß mir manchmal, wie ich gestehe, der Mut sinkt!»

«Das kann ich mir vorstellen – wenn sie sich die Belästigungen eines jeden unreifen Jünglings gefallen läßt, der ihr nachläuft! Verliebt sie sich in sie?»

«Ich glaube nicht, daß sie sich überhaupt verlieben kann», antwortete Frederica aufrichtig. «Ich meine, in den einen nicht mehr als in einen anderen. Sie ist ein höchst liebevolles Mädchen, und so gütig, daß es einen wirklich nervös machen kann.»

«Der ganzen Welt gegenüber wohlwollend, wie? Arme Frederica!»

«Sie haben leicht reden! Sehen Sie, es ist eine große Verantwortung! Sie muß einfach *irgend jemanden* heiraten, und denken Sie nur, wie entsetzlich es wäre, wenn ich zuließe, daß sie von einem unreifen Jüngling, wie Sie es ausdrücken, weggeschnappt wird, der nicht weiß, wie er sie glücklich machen kann, oder von irgendeinem – irgendeinem Pfennigfuchser!»

Seine Lippen zuckten, aber er antwortete ernst: «Wirklich entsetzlich. Aber – hm – Pfennigfuchser sind im allgemeinen nach Erbinnen aus.»

«Nun ja, genau das habe ich nicht gemeint», gestand sie ihm zu. «Und vielleicht sollte ich auch nicht sagen, daß Charis sich nicht verlieben kann. Ich selbst habe mich noch nie verliebt, daher kann ich das nicht beurteilen. Mir *scheint* es eben nicht so, als täte sie es.»

Er hatte ihr mit müßig anerkennendem Vergnügen zugehört, doch diese Bemerkung erschreckte ihn. «Sich noch nie verliebt?» wiederholte er ungläubig. «Wirklich *nie*, Frederica?»

«Nein – das heißt, ich glaube wenigstens, nicht. Ich habe einmal eine Schwäche verspürt, aber das geschah, als ich noch jung war, und ich habe mich davon so schnell erholt, daß ich keinesfalls wirklich verliebt gewesen sein kann. Ja, ich vermute stark, hätte ich ihn nicht auf einem Ball kennengelernt, als er seine Uniform trug, hätte ich ihn kein zweites Mal angeschaut.» Sie fügte ernst hinzu: «Wissen Sie, Vetter, ich bin der strikten Meinung, daß man den Herren keineswegs erlauben sollte, Bällen und Gesellschaften in eleganter Galauniform beizuwohnen. An Uniformen ist etwas sehr Trügerisches. Zum Glück – denn ich glaube, er war sehr unstandesgemäß – habe ich ihn gleich die Woche darauf zufällig getroffen, als er nicht in Uniform war. Daher hatte ich keine Zeit, mich wirklich in ihn zu verlieben. Es war denkbar ernüchternd!»

«Wer war denn dieser Unglückliche?» fragte er, die Augen warm vor Lachen.

«Ich kann mich nicht mehr an seinen Namen erinnern – es ist so lange her.»

«Ach ja!» ergänzte er mitfühlend. «Bevor Sie so ein boshaftes, altes Frauenzimmer wurden!»

«Boshaftes altes Frauenzimmer!» Sie beherrschte sich und sagte dann mit einem kläglichen Lächeln: «Ach Himmel, ich glaube, *das* bin ich wirklich!»

«Wirklich? Dann lassen Sie sich sagen, mein Kind, daß Sie verboten töricht sind, wenn Sie immer von ‹als Sie noch jung waren› reden.»

«Nein, das ist nicht wahr! Ich bin vierundzwanzig und seit *Jahren* sitzengeblieben», erwiderte sie.

«Weh und ach!» spöttelte er.

«Nichts dergleichen! Bitte sehr, was, glauben Sie, wäre aus ihnen allen geworden, wenn ich nicht sitzengeblieben wäre?»

«Das weiß ich nicht, und es kümmert mich auch nicht.»

«Nun, ich weiß es schon, und mich kümmert es außerordentlich! Außerdem finde ich es sehr angenehm, eine alte Jungfer und endlich alle lästigen Einschränkungen endgültig los zu sein! Wenn ich noch heiratsfähig wäre, dann könnte ich, zum Beispiel, in diesem Augenblick nicht hier sitzen und mit Ihnen reden – ohne eine Anstandsdame weit und breit! Jeder würde annehmen, daß ich Sie angeln will und außerdem ein lockeres Frauenzimmer bin! Aber wenn die Gräfin Lieven oder sogar Mrs. Burrell jetzt vorbeikäme, dann würden sie nicht *eine* ihrer abscheulich hochmütigen Augenbrauen heben, nicht mehr, als wäre ich Miss Berry!»

Dieser Vergleich mit einer Dame, die etliche sechsundfünfzig Jahre auf dem Rücken hatte, überwältigte Seine Lordschaft beinahe. Es gelang ihm zwar, sein Gesicht zu beherrschen, in seiner Stimme hingegen war deutlich ein Schwanken zu hören, als er zustimmte: «Sehr richtig! Ich staune, daß mir das nicht selber eingefallen ist.»

«Ich bin überzeugt, Sie haben nie einen Gedanken darauf verschwendet», erklärte Frederica freundlich.

«Nein», gab er zu, «wirklich nicht!»

«Warum auch? Die Herren werden nicht mit Anstandsdamen belästigt», sagte sie und sann etwas sehnsüchtig über diesen glücklichen Zustand nach.

«Ich versichere Ihnen, ich bin häufig von ihnen belästigt worden! Und habe sie äußerst unangenehm gefunden.»

Der sehnsuchtsvolle Blick verschwand im Nu. «Was für ein entsetzliches Geschöpf Sie sind, Vetter!» tadelte sie liebenswürdig.

«Ja, ein übler Kunde! Habe ich Sie nicht davor gewarnt?»

«Sehr wahrscheinlich, doch Sie erzählen soviel Schwindel über sich, daß ich bestimmt nicht zugehört habe.» Sie wandte ihm den Kopf zu und sagte mit einem Lächeln in ihren freimütigen Augen: «Viele Leute haben mich gewarnt, daß Sie äußerst gefährlich seien. Sie haben einen traurigen Ruf, Vetter! Aber uns gegenüber waren Sie mehr als gütig – obwohl Sie nicht im geringsten wünschten, sich mit uns anzufreunden. Daher gebe ich keinen Deut darauf, was irgend jemand über Sie sagt!»

Er begegnete ihrem klaren Blick mit einem Ausdruck in den Augen, der schwer zu deuten war. «Wirklich nicht? Aber das spornt mich zum Aufbieten all meiner Kräfte an, den Ruf zu rechtfertigen!»

«Wenn Sie sich doch bloß von dem Gedanken befreien wollten, daß ich eine dumme Gans bin!» sagte sie streng. «Statt Unsinn zu reden, erzählen Sie mir lieber, was Sie von Sir Mark Lyneham wissen!»

«Was – ist der auch einer der Verehrer von Charis? Mein liebes Kind, der wird nicht noch einmal dreißig Jahre alt werden!»

«Nein, aber – etwas, das sie mir unlängst sagte, legt mir die Frage nahe, ob sie nicht vielleicht mit einem älteren Mann glücklich wäre. Mit einem, auf den sie sich verlassen könnte, daß er sie lenkt, der sich um sie kümmerte und nicht mit ihr stritte, wenn er zufällig wütend ist. Denn soviel ich gesehen habe, sind junge Gatten oft aufbrausend, und das ginge bei Charis nie! Sie ist so empfindsam, daß sie schon todunglücklich ist, wenn die Jungen bloß streiten. Und schilt man sie noch so sanft, wird sie schon zutiefst niedergeschlagen. Nun – nun, ich glaube, Sir Mark wäre sehr zartfühlend, meinen Sie nicht?»

«Da ich ihn nur soweit kenne, um ihm gerade nur zuzunicken, wenn ich ihn treffe, kann ich das nicht sagen. Wenn ich ihn nach mir beurteile, dürfte er sie wohl ermorden – oder anderweitig Trost suchen! Ich kann mir wenig Schlimmeres denken, als mit einem Tränenkrüglein verheiratet zu sein.»

«Sie ist kein Tränenkrüglein! Und Sir Mark würde keinen Trost anderweitig suchen. *Sein* Ruf jedenfalls ist – ist makellos!»

«Aha! Nun ja, ich habe ihn immer für einen langweiligen Hund gehalten», räumte Seine Lordschaft ein.

«Ein Mann braucht nicht langweilig zu sein, bloß weil er anständig ist!» erwiderte sie.

«Nein, braucht es nicht zu sein, ist es aber nur zu oft.»

«Ich bin aus guter Quelle informiert, daß Sir Mark in seiner Jugend eine Enttäuschung erlitten hat und bis heute nie wieder eine andere Frau auch nur ansah!» bemerkte Frederica frostig.

«O mein Gott!» stieß Seine Lordschaft hervor, als sei er plötzlich seekrank. «Nein, nein, erzählen Sie mir ja nicht mehr! Mein Magen ist dazu keineswegs stark genug!»

«Tue ich ja nicht», sagte Frederica und betrachtete ihn feindselig. «Sie scheinen mir überhaupt keinen Sinn für Anständigkeit zu haben!»

«Habe ich auch nicht.»

«Nun, darauf brauchen Sie sich nichts einzubilden!»

«Oh, ich bilde mir gar nichts ein. Sagen Sie mir, Frederica, ist das die Art von Sanftmut, die Sie bewundern?»

«Gewiß!» erwiderte sie. «Anständigkeit muß immer Bewunderung erregen!»

«Schwindel», bemerkte er. «Sie tragen zu dick auf, mein Kind. Wissen Sie, ich bin nicht mehr sieben Jahre alt.»

«Ja ja – man sollte sie jedenfalls bewundern», verteidigte sie sich.

«Das klingt schon besser», stimmte er zu. «Ich habe fast schon geglaubt, daß Sie selbst eine Schwäche für dieses Vorbild der Tugend haben, und das ginge nie: Ihr würdet keineswegs zusammenpassen, glauben Sie mir!»

«Aber gern!» rief sie lachend. «Ich werde also doch nicht versuchen, Charis auszustechen! Als ob ich das je könnte!»

«Ich kann mir Unwahrscheinlicheres vorstellen», entgegnete er.

«Wirklich? Dann müssen Sie entweder nicht ganz richtig im Kopf oder ein größerer Schwindler sein als ich!» erklärte sie rundweg.

14

Zur Überraschung aller und der Verlegenheit einiger stellte sich der Marquis, dessen unberechenbares Gedächtnis eine Auskunft behalten hatte, die Frederica hatte fallen lassen, am folgenden Sonntag in der Upper Wimpole Street ein. Da er sich auch erinnerte, daß ihm dieser allwöchentliche *jour fixe* als zwanglos beschrieben worden war, kam er im Straßenanzug: einer blauen Jacke von erlesenem Schnitt, einer Weste aus gestreiftem Leinen, blaßbraunem, wie angegossen sitzendem Beinkleid und mit Quasten verzierten Hessenstiefeln, deren unvergleichlicher Glanz eines der Hauptanliegen seines Kammerdieners war. Sein Neffe, Lord Buxted, war äußerst korrekt in weißer Weste, schwarzer Hose und den gestreiften Strümpfen des kleinen Abendanzugs gewandet. Zwei recht junge Herren trugen sportlich gefältelte Hemden, hohe, bis zu den Backenknochen reichende gestärkte Kragenspitzen, Halstücher von ehrfurchtgebietendem Ausmaß und eine stattliche Reihe von Anhängern, Siegeln und Ringen. Diese aufkeimenden Dandies hatten viel Zeit und Gedanken an ihre Kleidung verwandt und waren von dem Ergebnis ihrer Mühe befriedigt gewesen bis zu dem Augenblick, in dem der Marquis in den Salon hereingeführt wurde. Als jedoch diese hohe, gut gebaute Gestalt auf der Schwelle erschien, überfielen sie gräßliche Zweifel. Seine Lordschaft, mit schönen Schultern gesegnet, hatte es nicht nötig, seine Jacken mit Steifleinen auspolstern zu lassen, und er pflegte auch den Stil der Wespentaille nicht. Seine Kragenspitzen waren mäßig hoch, sein Halstuch wunderschön, aber diskret gebunden; sein Schmuck bestand aus einem einzigen Anhänger und seinem schweren goldenen Siegelring. Er war fraglos der eleganteste Mann im Raum.

Er trat während eines lauten, turbulenten Gesprächs ein, aber als Buddle ihn mit sonorer Stimme meldete, entstand eine erschrockene Stille, die Felix brach, als er aufsprang und ausrief: «Ja großartig! Vetter Alverstoke! Wie geht es Ihnen? Bin ich froh, daß Sie kommen! Ich bin Ihnen ja so dankbar! Mr. Trevor sagt, Sie hätten schon alles arrangiert, genauso, wie ich es von Ihnen erwartete, und wir gehen diese Woche in das Neue Münzamt! Sind Sie wirklich sicher, daß Sie nicht doch gern mitkommen möchten?»

Mr. Darcy Moreton, der seinen Freund neugierig beobachtete, fiel auf, daß er selten einen so weichen Ausdruck an ihm gesehen hatte, wie bei seiner Antwort auf diese Begrüßung. Dann ging Frederica auf den Marquis zu, streckte ihm die Hand entgegen, er hob die Augen von Felix' eifrigem Gesicht und lächelte sie in einer Art an, daß es Mr. Moreton einen Schock versetzte. Es war durchaus nicht das Lächeln, mit dem Seine Lordschaft seine Flirts berückte, sondern etwas Wärmeres, Intimeres. Guter Gott! stieß Mr. Moreton innerlich hervor, aus dieser Ecke weht der Wind?

Inzwischen hatte Frederica, die dem unerwarteten Gast die Hand gereicht hatte, höflich gesagt: «*How do you do?*» und etwas leiser: «Was in aller Welt führt Sie her, Vetter?»

«Pflichtgefühl», antwortete er neckend. Er fügte in einem leicht aufreizenden Ton hinzu: «Im Falle Sie in schlechte Gesellschaft geraten!»

Sie unterdrückte das Lachen und gab sich mit einem sprechenden Blick zufrieden, bevor sie sich umwandte und mit einem strahlenden Lächeln verkündete: «Ich vermute, Vetter, daß Sie die meisten unserer Gäste kennen, aber ich muß Sie wohl Miss Upcott und Miss Pensby vorstellen.» Sie wartete, während er sich vor diesen kleinen Damen leicht verneigte, und stellte ihm dann die beiden jungen Modejünglinge vor. Er gönnte ihnen ein Nicken und, als er ihre Pracht in sich aufnahm, eine hochgezogene Braue und ein schwaches Lächeln, unter dem sie zu einem Nichts zusammenschmolzen, bevor er ihnen seine Aufmerksamkeit entzog und die übrigen versammelten Gäste betrachtete. Außer Darcy Moreton und einem stillen Mann, den er als Sir Mark Lyneham identifizierte, waren nur noch vier andere Gäste da, alle ihm sehr gut bekannt, und alle betrachteten ihn, recht unterschiedlich verlegen. Es waren sein Neffe, Lord Buxted, sein Vetter Endymion, Base Chloë Dauntry und sein Sekretär, Charles Trevor: Chloë fühlte sich möglicherweise aus lauter Nervosität vor einem Wesen unbehaglich, das man sie von der Wiege an als allmächtiges Geschöpf anzusehen gelehrt hatte, jemanden, der unter keinen Umständen beleidigt werden durfte. Die drei Herren hingegen trugen einen Ausdruck, als hätte man sie bei einer Missetat ertappt. Mr. Trevor gab keine Erklärung für seine Anwesenheit ab. Aber Endymion, der den Marquis mit übler Ahnung beäugte, sagte, Chloë habe ihn gebeten, sie zu begleiten; und Lord Buxted sagte, er sei vorbeigekommen, um sich zu erkundigen, wie es den Damen gehe. Seine Lordschaft verriet jedoch keine Mißbilligung, sondern lächelte sie durchaus liebenswürdig an, bevor er sich in den rückwärtigen Salon zurückzog, wo Miss Winsham saß, eine Franse knüpfte und gelegentlich einen mißbilligenden Blick auf die Gesellschaft richtete. Als sie den Marquis sich ihr nähern sah, wurde dieser Blick durchdringend. Seine liebenswürdige Begrüßung beantwortete sie mit entnervender Schroffheit. Völlig unberührt setzte er sich neben sie und verwickelte sie in eine einigermaßen einseitige Konversation, bemühte sich jedoch so geschickt, ihr zu gefallen, daß sie nachher Frederica gegenüber zugab, er habe zumindest gute Manieren und rede wie ein vernünftiger Mensch.

Sein Besuch war von kurzer Dauer; und er nahm auch nicht an einem lärmenden Ratespiel teil, mit dem die jüngeren Leute begonnen hatten, sondern widmete sich weitgehend Miss Winsham. Er schien sich wenig um seine Verwandten und überhaupt nicht um die beiden Stutzer zu kümmern, aber als er sich verabschiedete, hatte er sich über verschiedene

Punkte vergewissert. Endymion war vernarrt in Charis; Buxted schien sein Interesse auf Frederica zu konzentrieren. Charles Trevor konnte trotz aller Zurückhaltung wissenden Augen nicht die Zeichen verbergen, die einen verliebten jungen Mann verraten. Seine Gefühle wurden offenkundig erwidert; ebenso offenkundig aber fürchtete er, sein vornehmer Arbeitgeber würde seine Anmaßung im Keim ersticken. Dasselbe war, nach dem vorsichtigen Ausdruck in den Augen zu schließen, bei Endymion der Fall, der sehr in der Defensive war. Buxteds Unbehagen ging wahrscheinlich nur auf die Befürchtung zurück, Alverstoke könnte ihn seiner Mutter verraten; schließlich war er sein eigener Herr und – um dem salbungsvollen jungen Dummkopf Gerechtigkeit widerfahren zu lassen – hatte nie die Neigung gezeigt, sich bei seinem Onkel einzuschmeicheln. Hätten sie es nur gewußt, dann hätten weder er noch Endymion Angst haben müssen: Seine Lordschaft interessierte sich nur lauwarm für die Zukunft seines Erben und überhaupt nicht für die seines Neffen. Beiden zog er seinen Sekretär vor. Der Marquis hatte zwar keine Absicht, ihm etwas in den Weg zu legen, billigte jedoch seinen offenkundigen Wunsch, Miss Dauntry zu heiraten, keineswegs. Er hielt es für eine unbedachte Verbindung. Charles war ein hochbegabter junger Mann, hingegen ohne Vermögen; sein Ehrgeiz galt der Politik, und die Heirat mit einem Mädchen, das nur eine bescheidene Mitgift und keinerlei Einfluß besaß, würde ihn kaum in seiner Laufbahn fördern. Alverstoke führte zwar das Gespräch mit Miss Winsham weiter, beobachtete jedoch Chloë unter seinen trägen Augenlidern hervor. Wirklich recht hübsch, dachte er leidenschaftslos, nur allzufrisch dem Schulzimmer entronnen, um sich bereits entfaltet zu haben. Ihr schnelles Erröten verriet ihre Jugend und ihre Liebe, aber sie hatte eine nachdenkliche Stirn und einen leisen Ernst, der seltsam einnehmend war. Seine Lordschaft begann zu verstehen, was Charles, einen ernsten jungen Mann, an ihr anzog. Nun, wenn diese Vernarrtheit andauerte, dann würde der Marquis, vermutete er, gezwungen sein, dem Jungen seine Unterstützung zu leihen. Wenn er keine vermögende und einflußreiche Frau bekam, dann brauchte er einen Gönner, jemanden, der genügend Rang besaß, um seine ersten Schritte zu fördern, nicht durch finanzielle Hilfe (die Charles bestimmt zurückweisen würde), sondern, indem er ihm eine Anstellung in Regierungskreisen sicherte, wo ihm sein Eifer und seine Talente Anerkennung und einen schnellen Aufstieg sichern würden. Darin gäbe es keine Schwierigkeiten. Die Schwierigkeit wäre nur, an Charles' Stelle wieder einen Sekretär zu finden, den Seine Lordschaft genauso gern mochte. Aber die Sache schien Alverstoke nicht allzu dringend. Er vermutete, daß Chloë Charles' erste große Liebe war; und er war ganz sicher, daß Charles der ihre war. Aller Wahrscheinlichkeit nach würde die Sache ohnehin im Sande verlaufen.

Schwerer war zu entscheiden, ob Charis eine stärkere Vorliebe für Endymion empfand als für einen anderen ihrer Bewerber. Sie schien sie alle freundlich zu betrachten, und wenn in ihren Augen warme Bewunderung stand, sobald sie auf ihm ruhten, war daran nichts Überraschendes – ein sehr schöner Bursche, dieser Endymion.

Was Fredericas Vorbild der Tugend betraf, hielt Seine Lordschaft, der nichts für romantische Melancholie übrig hatte, Sir Mark für wirklich sehr knieweich und war überzeugt, daß er ebensowenig Absicht hatte, Charis um ihre Hand zu bitten, als wäre das Mädchen eine Statue gewesen. Er versuchte nicht ihre Aufmerksamkeit zu fesseln, sondern schien damit zufrieden, sie träumerisch anzusehen, während ein schwaches Lächeln, das Seine Lordschaft eigenartig albern fand, um seinen Mund lag. Sir Mark entschuldigte sich, daß er sich der spielenden Gruppe nicht anschloß, und saß immer noch von der Betrachtung Charis' hingerissen da, als Alverstoke, nachdem er sich von Miss Winsham verabschiedet hatte, zu ihm hinüberschlenderte und mit schleppender Stimme, in der eine Spur Hohn mitschwang, bemerkte: «In die Bewunderung meines Mündels verloren, Lyneham?»

Sir Mark fuhr zusammen und schaute auf. Als er sah, wer ihn aus seiner Träumerei aufgescheucht hatte, stand er auf, verbeugte sich und entgegnete schlicht: «Ja, Mylord. Sie ist ein Botticelli, nicht? Man möchte fast meinen, daß sie ihm in einer anderen Inkarnation Modell stand, als er seine Geburt der Venus malte. Ach, daß man sie nicht in einen Rahmen setzen kann, damit sie den Augen eine ständige Erfrischung wäre! Man möchte wünschen, daß dieses Gesicht ewig so bliebe, wie es heute ist, rein und vollkommen!» Er seufzte. «Dies kann natürlich nicht sein. Die liebliche Unschuld, die wir jetzt sehen, wird, da sie an der Schwelle des Frauentums steht, nur allzubald schwinden. Alter und Erfahrung werden ihr seine Siegel aufdrücken, Furchen in ihre Schönheit meißeln, und –»

«Und ihr ein Doppelkinn verschaffen!» unterbrach ihn Seine Lordschaft, der für wunderliche Grillen nichts übrig hatte.

Er ließ Sir Mark abrupt stehen und ging zu Frederica, um sich von ihr zu verabschieden. Sie teilte eben Spielmarken und Zahlpfennige an die Spieler aus, die um den Spieltisch saßen, als sie ihn aber auf sich zukommen sah, drückte sie die Schachtel ihrer Schwester in die Hand und begleitete ihn an die Treppe. «Ich bitte Sie nicht, noch zu bleiben», sagte sie, «denn bestimmt haben Sie sich noch nie so gelangweilt. Aber hoffentlich haben Sie sich überzeugt, daß wir nicht in schlechte Gesellschaft geraten sind.»

«O ja – völlig harmlos!» erwiderte er. «Genauso wie Ihr Tugendbold, dessen einziger Wunsch anscheinend darin besteht, Ihre Schwester in einen Rahmen zu setzen und sie dann an die Wand zu hängen, um seine Augen auf ewig zu erfrischen.»

Sie rief ungläubig aus: «Sie in einen Rahmen setzen? Das kann er unmöglich gesagt haben!»

«Fragen Sie ihn doch selbst!»

Sie sah angewidert drein. «Was für ein Dummkopf! Ich hätte nie gedacht, daß er so geistlos ist!»

«Nein, nein – bloß ein Romantiker mit der Seele eines Dichters und hoher Wertschätzung des Schönen!»

«Ich sehe nichts Romantisches an dem Wunsch, Charis in ein Bild zu verwandeln. Ja, ich bin sehr geneigt, zuzugeben, daß Sie recht hatten, als Sie mir sagten, daß er ein langweiliger Hund ist», erklärte sie mit ihrer üblichen Aufrichtigkeit.

Er lachte. «Ja – richtig! Aber voll Ehrerbietung, versichere ich Ihnen. Er hält Charis' Schönheit für rein und vollkommen und wünscht, daß sie ewig so bliebe.»

Sie starrte ihn einen Augenblick stirnrunzelnd an und sagte dann entschieden: «Das beweist, daß er nicht die geringste Schwäche für sie hat. Wie ärgerlich! Sie wissen ja, er schien mir wirklich so vielversprechend zu sein!»

Seine Augen glitzerten, aber er antwortete völlig ernst: «Sie werden sich um eine andere passende Partie umsehen müssen. Kann ich Ihnen dabei behilflich sein? Soviel ich mich erinnere, sind Sie zu dem Schluß gekommen, daß ein junger Mann ohnehin nichts für Charis sei, und da fällt mir ein – sagen Sie, hätten Sie etwas gegen einen Witwer?»

«Und ob!» rief Frederica. «Außerdem bitte ich Sie, Vetter, sich nicht in unsere Angelegenheiten zu mischen. Ich habe von Ihnen ausschließlich eine Einführung in die Gesellschaft erbeten, und die haben Sie uns verschafft – wofür ich Ihnen äußerst dankbar bin. Aber ich erwarte von Ihnen keineswegs, und wünsche es auch nicht, daß Sie sich noch weiter bemühen. Das ist nicht im mindesten nötig!»

«Oh, nicht doch – fangen Sie doch keinen Streit mit mir an», protestierte er, «gerade jetzt, wo Sie mich mit etwas Interessantem versorgt haben!»

«Witwer für Charis zu finden?»

«Das war ein Witz», erklärte er ihr.

«Kein sehr lustiger!» bemerkte sie streng.

«Ich bitte tausendmal um Vergebung! Ich werde die Aufmerksamkeit Ihrer Schwester nicht auf meinen Witwer lenken, aber Sie dürfen mir glauben, wenn ich Ihnen sage, daß Sie jederzeit über meine Dienste oder meinen Rat verfügen können.»

Sie war überrascht, und einen Augenblick meinte sie, er spotte. Aber das vertraute Glitzern in seinen Augen fehlte. Als sie seinem festen Blick begegnete, legte er seine Hand auf die ihre, die auf dem Geländer lag, umfaßte sie kräftig und sagte: «Ist das abgemacht? Sie haben zwar Verstand und Seelenstärke, aber schlau sind Sie noch nicht, mein Kind!»

«Nein ... nein, d-das w-weiß ich», stammelte sie. «Danke – Sie sind sehr gütig! Ich wüßte wirklich niemanden, an den ich mich wenden könnte, wenn ich eine Führung brauchte – oder in eine Klemme geriete. Aber ich habe bestimmt nicht die Absicht, Sie noch in weitere Klemmen zu verwickeln.»

Sie wollte, während sie sprach, ihre Hand wegziehen, aber er verhinderte es, indem er sie von dem Geländer hob und leicht küßte. Sie empfand das äußerst seltsame Gefühl, einen elektrischen Schlag zu erhalten; es schwindelte ihr sogar leicht, und es dauerte, nachdem er gegangen war, einige Augenblicke, bis sie in den Salon zurückging. Der Handkuß war nicht mehr üblich. Zwar küßten altmodische Herren oft verheirateten Damen die Hand, aber Seine Lordschaft war nicht altmodisch, und sie war nicht verheiratet. Sie fragte sich, was er wohl damit gemeint haben konnte, und mußte sich innerlich einen Ruck geben. Wahrscheinlich meinte er überhaupt nichts damit oder versuchte einen Flirt anzufangen. Jedenfalls konnte, rein zum Vergnügen, genau das der Fall sein, weil sie ihm unklugerweise erzählt hatte, daß sie noch nie verliebt gewesen war. Der Gedanke war deprimierend – nicht, daß es wichtig war, nur war sie dahin gelangt, ihn als einen zuverlässigen Freund zu betrachten, und es würde sehr unbehaglich sein, wenn sie das nicht länger tun konnte. Wenn er meinte, sie würde als sein neuester Flirt figurieren, dann irrte er sich gewaltig. Sie hatte erstens nichts fürs Flirten übrig und zweitens keineswegs den Ehrgeiz, unter seine verabschiedeten Flirts eingereiht zu werden.

Als sie ihn jedoch drei Tage später in der Bond Street traf, verriet er keinerlei galante Anzeichen, sondern begrüßte sie mit einem Stirnrunzeln und wollte wissen, warum sie nicht in Begleitung war. «Ich hatte den Eindruck, ich hätte Sie gewarnt, daß in London ländliche Sitten nicht angehen, Frederica?»

«Haben Sie!» erwiderte sie. «Und obwohl ich nicht behaupten kann, daß ich mich viel um Ihren Rat gekümmert hätte, werde ich heute zufällig von meiner Tante begleitet!»

«Die zu ihren sonstigen Tugenden auch noch Unsichtbarkeit zählt!»

Sie mußte wider Willen lachen, entgegnete jedoch so kühl sie konnte: «Sie kauft dort drüben in dem Laden ein und wird sich dann mit mir in Hookhams Buchladen treffen. Ich hoffe, Sie sind zufrieden!»

«Ich bin durchaus nicht zufrieden. Falls Sie nicht als loses Frauenzimmer erscheinen wollen, werden Sie sich in keiner der mondänen Straßen Londons ohne Begleitung zeigen – am allerwenigsten in der Bond Street! Sollten Sie das jedoch unbedingt wollen, dann sehen Sie sich um einen anderen Gönner um! Und machen Sie mich nicht krank mit dem Gewäsch über Ihr fortgeschrittenes Alter! In Herefordshire mögen Sie ja als eine vernünftige Frau durchgehen, hier aber sind Sie bloß ein unreifes – sogar äußerst unerfahrenes Ding, Frederica!»

Diese barschen Worte erweckten widersprechende Gefühle in ihr. Ihr erster Impuls war, ihm eine scharfe Abfuhr zu erteilen – eine solche Arroganz verdiente sicherlich eine. Andererseits aber war er durchaus imstande, seine Gönnerschaft zurückzuziehen, was zwar ihre Pläne nicht vereitelt hätte, jedoch äußerst unbequem gewesen wäre. Den Gedanken, daß sie mit seiner Freundschaft auch allen ihren Trost verlieren würde, verdrängte sie. Sie sagte – und es gelang ihr ein leidlicher Kompromiß –: «Ich bin ja wirklich recht unerfahren, denn solange ich nicht Sie auf mich zukommen sah, wußte ich keineswegs, daß das hier wirklich eine mondäne Straße ist. Ich bin Ihnen sehr verbunden, daß Sie es mir gesagt haben, und kann mir nicht vorstellen, wieso ich so dumm sein konnte! Als hätte ich noch nie von *Bond Street beaux* gehört – natürlich habe ich das! Sind Sie – wie nennt man das – auf dem Bummel?»

«Nein, Sie freches Stück, ich bin nicht auf dem Bummel!» antwortete er mit einem anerkennenden Glitzern in den Augen. «Bloß auf meinem Weg zu Jacksons Boxhalle!»

«Wie gräßlich!»

«Und das von einer, die mir erst vor kurzem die genaue Bedeutung guter Boxtechnik erklärte!» bemerkte Seine Lordschaft. «Das ist denn doch zu stark, Frederica!»

Sie lachte. «Na ja, aber trotz allem ist es gräßlich! Wie abscheulich von Ihnen, daß Sie mich noch dazu ermuntert haben, einen Narren aus mir zu machen, wenn Sie bestimmt mehr über den Sport wissen als ich!»

«Ich wäre nicht überrascht, wenn es zuträfe», stimmte er ihr zu. «Und auch mehr über die Konventionen, die junge Damen von Rang zu beachten haben.»

«Dieses Hühnchen haben wir bereits miteinander gerupft. Wie können Sie so unfein sein und noch weiter schelten? Habe ich nicht schon zugegeben, daß ich im Unrecht war!»

«Wenn mich unverdient zu beleidigen Unrecht eingestehen bedeutet –»

«Nein, nein nicht *unverdient*, Vetter!» warf sie ein.

«Demnächst, und zwar bald», stellte Seine Lordschaft fest und bezähmte sich sehr, «wird Ihnen Ihre verdiente Strafe zuteil, mein Mädchen. Zumindest hoffe ich das!»

«Oh, wie unfreundlich!» Sie zwinkerte ihm zu, aber fast sofort wurde sie wieder ernst und gestand zerknirscht: «Was für eine Belastung wir doch für Sie sind! Ich bitte um Entschuldigung – Sie sind sehr nett gewesen! Ich wollte Sie wirklich nicht in unsere Angelegenheiten hineinziehen, und wir wollen uns auch nie wieder an Sie wenden, um uns aus unerwarteten Verlegenheiten zu retten.»

«Woraus ich schließe, daß Ihre Brüder – im Augenblick – nicht in irgendein gefährliches Unternehmen verwickelt sind», bemerkte er.

«Also das», rief sie empört, «ist höchst ungerecht! Jedenfalls haben wir uns nicht an Sie gewandt, damit Sie Felix von dem Dampfboot retten; und was Jessamy betrifft – der wenigstens gerät in keine Klemme!»

Dem stimmte er zu. Und doch war es Jessamy, der ihn schon einige Tage später in die Sache mit dem Laufrad verwickelte.

Diese einfallsreiche Maschine war der allerletzte Schrei, und es sah ganz danach aus, als würde es vorübergehend zur modischen Besessenheit werden. Es war von einfacher Bauart und bestand aus einem Sattel zwischen zwei Rädern, deren vorderes man mittels einer Stange nach links und rechts drehen konnte. Der Fahrer stieß das Fahrzeug mit den

Füßen am Boden vorwärts. Geübte Leute konnten ein erstaunliches Tempo erreichen, wenn sie, bewundernswert balancierend, die Füße vom Boden hoben und, zum Staunen der Zuschauer, schnell dahinsausten. Jessamy hatte einen dieser Experten mit dem Fahrzeug im Park gesehen und war sofort vom Nachahmungstrieb gepackt worden. Sein abenteuerlustiges Gemüt, das seine Pferde vermißte und sich gegen die selbst auferlegte Lebensordnung strengsten Studiums auflehnte, flammte rebellisch auf. Hier war, wie Jessamy erkannte, das Mittel, in dem er, ohne Frederica in zusätzliche Ausgaben zu stürzen, ein Ventil für seine gehemmte Tatkraft finden und der Welt vorführen konnte, daß sein widerlicher kleiner Bruder nicht der einzige Merriville war, der genügend Schneid zu gefährlichen Unternehmen aufbrachte. Jessamy entdeckte mehrere Schulen, in denen man die neue Kunst lehrte und die bereit waren, ihre Maschinen an geübte Schüler zu vermieten. Es dauerte nicht lange, bis er einer dieser Meisterschüler wurde und es wagte, von der Schule auf einer gemieteten Maschine wegzufahren, um sie durch den Verkehr in stilleren Straßen zu lenken. Lufra begleitete ihn auf diesen Ausflügen, ein Umstand, der Jessamys Schwestern zu der befriedigten Annahme verführte, er habe seine strenge Regel um des treuen Hundes willen gelockert. «Weshalb es mich schließlich doch freut, daß wir Luff nach London mitgenommen haben», sagte Frederica und fügte kichernd hinzu: «Und auch, daß er die Kühe im Green Park gejagt hat und Jessamy deshalb glaubt, einem bloßen Frauenzimmer könne man ihn nicht anvertrauen. Sonst hätte ihn doch nichts von seinen Büchern weggelockt!»

Jessamy war noch bubenhaft genug, um seine Geschwister mit seiner unvermuteten Geschicklichkeit verdutzen zu wollen, und verriet ihnen daher nichts von seinem neuen Steckenpferd. Sowie er sich gut im Gleichgewicht halten konnte und das Gefühl hatte, das Laufrad zu meistern, wollte er am Haustor vorfahren und seine Schwestern herausrufen, damit sie seine Geschicklichkeit sehen konnten. Mitunter war das Aufsteigen etwas schwierig, und das durfte er einfach nicht verhauen – besonders, falls Felix ihm ebenfalls zuschauen sollte. Daher verbrachte Jessamy mehrere Stunden damit, diese Kunst zu üben, und drang dann, als Abschlußtest, bevor er sich vor seinen Geschwistern produzierte, kühn in den belebteren Teil der Stadt vor. Er kam so gut zurecht, daß er der Versuchung nicht widerstehen konnte, den langen Abhang von Piccadilly hinunterzurasen, beide Füße waghalsig vom Gehsteig hochgehoben. Dieses Kunststück erregte große, teils bewundernde, teils empörte Aufmerksamkeit – und zum Schluß weit mehr Aufmerksamkeit, als Jessamy lieb war.

Ein struppiger Apportierhund war schuld an der Katastrophe. Das Tier trottete sittsam hinter seinem Herrn; kaum erblickte es jedoch das seltsame Fahrzeug, als es heftigst Anstoß daran nahm und bellend und schnappend daneben einherraste. Jessamy war viel zu sehr an Hunde gewöhnt, die auf jede vorbeifahrende Kutsche losschossen und hinter ihr einherjagten, um sich von diesem Angriff aus der Fassung bringen zu lassen. Lufra hingegen, der etwas zurückgeblieben war, um einen interessanten Geruch näher zu erforschen, sah, daß sein Herr angegriffen wurde und stürzte zu Hilfe. Das Ergebnis war unausweichlich. Die Hunde warfen sich in einen Kampf auf Leben und Tod und schossen wie Kanonenkugeln in das Laufrad. Jessamy versuchte das Gleichgewicht zu halten und raste gegen einen Sesselflicker, verlor die Herrschaft über sein Fahrzeug, wurde auf das Katzenkopfpflaster geschleudert und geriet beinahe unter die Hufe eines hochtrabenden Gespanns vor einem Halblandauer. Zum Glück vermochte der Kutscher mit seinen Pferden Jessamy auszuweichen, und der Junge konnte sich, zwar aufgeschürft, zerschnitten und ziemlich erschüttert, aber ohne gebrochene Knochen aufrappeln. Etwas benommen und tief gedemütigt stand er vor einer Szene, die schlimm genug war, um jeden weniger verbissen mutigen Sechzehnjährigen als Jessamy einzuschüchtern. Durch das plötzliche Abschwenken der Kutschenpferde war der Verkehr durcheinandergeraten, und gegenseitige Beschuldigungen, durch Drohungen und seltsame Flüche ausgeschmückt, von derben, lauten Stimmen schwirrten durch die Luft. Die Witwe in dem Halblandauer leistete sich einen Anfall leichter Hysterie; der Sesselflicker, der sich ebenfalls von der Fahrbahn aufrappelte, forderte enormen Schadenersatz für Verletzungen und den total ruinierten Stuhl; der Besitzer des Jagdhundes versuchte die Hunde zu trennen und brüllte dabei wütend um Hilfe. Jessamy widmete sich zuerst den Hunden, und sowie er den wütenden Herrn überredet hatte, nicht mehr beide Tiere gleichzeitig zu prügeln, sondern den seinen festzuhalten, zog er Lufra schnell weg. Eben wollte er eine Entschuldigung stammeln, als der wütende Herr Lufra eine wilde Bestie nannte und alle Schuld an dem Gefecht auf diesen edlen Hund abwälzte. Das veranlaßte Jessamy natürlich, sich seine Entschuldigung zu verkneifen und darauf hinzuweisen, daß die ganze Schuld bei dem Jagdhund lag, der ihn mutwillig angegriffen hatte. «Würden Sie auch nur *einen* Pfifferling für einen Hund ausgeben, der seinen Herrn nicht verteidigt?» fragte er. «Ich jedenfalls nicht!»

Von da an nahm die Szene gespenstische Ausmaße an, da so viele Leute Schadenersatz verlangten oder mit einem Prozeß drohten, daß dem armen Jessamy schwindelte. Als man seinen Namen und seine Adresse verlangte, hatte er die gräßliche Vision, wie ein Haufen Verwundeter über Frederica herfiel, nur darauf aus, Riesensummen von ihr zu erpressen. Instinktiv sprudelte er hervor: «Berkeley Square! Mein – das Haus meines Vormunds – des M-Marquis von Alverstoke!»

Er hatte dabei nichts anderes im Sinn, als Frederica zu schützen, aber es wurde ihm schnell klargemacht, daß er magische Worte geäußert hatte. Seine Versicherung, aller Schaden würde ersetzt, bis dahin verschmäht, wurde angenommen. Der wütende Herr sagte, er hoffe, sein Vormund würde es Jessamy büßen lassen, und ging weiter. Die Witwe, die sich von ihrer Hysterie erholt hatte, hielt ihm eine strenge Strafpredigt und stellte fest, sie würde nicht versäumen, dem Marquis Jessamys – wie sie es nannte – Unartigkeit zu berichten.

So kam es, daß zum zweitenmal ein Mitglied der Familie Merriville zu einer unmöglich frühen Stunde am Berkeley Square eintraf und unverzüglich mit dem Marquis zu sprechen wünschte. Im Gegensatz zu Frederica lehnte jedoch Jessamy Charles Trevors Dienste nicht ab und schüttete mit der Geschichte sein Herz heftig und ziemlich unverständlich vor Charles' Ohren aus, als Alverstoke eben in einem langen, verschwenderisch mit Schulterkragen versehenen Kutschiermantel aus weißem Tuch über seinem eleganten Vormittagsanzug ins Zimmer geschlendert kam und fragte: «Also was ist eigentlich los? Wicken erzählt mir da –» Er brach ab und hob sein Monokel ans Auge, um Jessamys übel zugerichtete Erscheinung besser prüfen zu können. Er ließ es fallen und kam auf ihn zu. «Widerlicher Knabe, hast du gerauft? Warum, zum Teufel, haben Sie ihn noch nicht zusammengeflickt, Charles?»

«Er hat mir bisher noch keine Gelegenheit dazu gelassen, Sir», antwortete Mr. Trevor.

«Nein, nein, das hat auch nichts zu sagen!» lenkte Jessamy ungeduldig ein und wischte sich ein Blutgerinnsel von einem Riß auf der Stirn ab. «Ich bin nicht verletzt. Nichts von Bedeutung! Ich will nur – ich meine, ich bin nicht deshalb hergekommen, sondern weil – *o bitte*, kümmern Sie sich nicht darum, Sir!»

«Bleib stehen!» befahl Alverstoke, hob Jessamys mürrisches Kinn und wandte dessen Gesicht dem Licht zu.

«Es war keine Rauferei! Ich bin gestürzt – und recht geschieht mir!» rief Jessamy bitter und mit unterdrückter Heftigkeit.

«Zweifellos ja, aber mir geschieht nicht recht, daß du mir mein ganzes Haus mit Blut beschmierst. Charles, wollen Sie so gut sein – nein, ich kümmere mich selbst darum. Komm mit, du junger Dachs! Du kannst mir alles erzählen, während ich dir diesen Schnitt verpflastere!»

Wohl oder übel folgte ihm Jessamy die breite Treppe hinauf und beteuerte unterwegs, daß seine Wunden und Abschürfungen unwichtig seien und daß er zu Seiner Lordschaft nur gekommen sei, um reinen Tisch wegen seiner Schändlichkeit zu machen: um ihn nämlich zu warnen, daß ihm, Jessamy, wahrscheinlich eine Anzahl von Leuten verschiedener Herkunft auf dem Fuße folgten, um Ersatz für den durch seine Schuld verursachten Schaden zu fordern. Und um den Lord zu bitten, daß er die verlangten Summen einstweilen auslege, mit dem Versprechen des Schuldigen, sie zurückzuzahlen.

Nachdem er Schmutz und Blutflecken von Gesicht und Händen gewaschen, seine schmutzige Jacke Knapps Händen überlassen und gestattet hatte, daß die zugänglicheren seiner vielen blauen Flecke gesalbt, seine Stirn mit einem Pflasterstreifen verschönt, und er schließlich eine wohldosierte Mischung aus Brandy und Wasser geschluckt hatte, beruhigten sich seine zitternden Nerven etwas, und er war imstande, dem

Marquis einen ziemlich zusammenhängenden Bericht über seinen Unfall zu geben. Er sprach mit streng beherrschter Stimme, und nur seine schmächtigen Hände verrieten mit ihrem Öffnen und Schließen den inneren Aufruhr, mit dem er sich abmühte. Er begegnete Alverstokes kühlen, leicht amüsierten Augen mit einem wütenden Blick und endete barsch: «Ich hatte weder das Recht, den Leuten Ihren Namen anzugeben, Sir, noch sie zu der Annahme zu verleiten, daß ich hier wohne. Ich weiß das und bitte Sie um Verzeihung! Ich – ich möchte Ihnen erklären, daß ich es nur getan habe, weil ich es nicht ertragen könnte, daß sie über Frederica herfallen. Ich weiß nicht, was ich vielleicht zahlen muß; ich vermute, sehr viel, weil die Maschine und der Sessel zertrümmert wurden – aber wieviel auch immer das ist, *ich* will es bezahlen, und nicht meine Schwester! Mit all den Auslagen von Charis' Debüt – und ich war so fest entschlossen, sie nicht auch noch zu vergrößern!»

Er endete in einem gepeinigten Ton, aber der Marquis wandte einen wirkungsvollen Dämpfer an, indem er nüchtern und leicht gelangweilt bemerkte: «Sehr anständig von dir. Und was soll ich dabei für dich tun?»

Knapp vor einem Gefühlsausbruch zurückgerissen, wurde Jessamy rot, biß sich auf die Lippen, und es gelang ihm, mit erträglicher Selbstbeherrschung zu sagen: «Mir die Summe leihen, wie hoch sie auch immer werden sollte – wenn Sie so sehr liebenswürdig sein wollten, Sir! Unter der Bedingung, daß ich sie Ihnen von meinem Taschengeld zurückzahle. Ich habe nämlich gerade – gerade im Augenblick nicht sehr viel übrig. Da war der Unterricht und die Miete für die Maschine, deshalb –»

«Mach dir deshalb keine Sorgen!» riet ihm Seine Lordschaft. «Ich werde dich schon nicht in den Schuldturm werfen lassen!»

Jessamy wurde noch röter. «Das weiß ich. Aber bitte, sagen Sie nicht, daß ich es Ihnen nicht zurückzahlen soll oder daß ich mir keine Sorgen machen soll. Nichts in der Welt würde mich dazu bringen, es Ihnen nicht zurückzuzahlen, und Sorgen *soll* ich mir ja machen! Denn bei der ersten Prüfung erlag ich der Versuchung. Ruhmsucht! Ja, und schlimmer – ich wollte Felix ausstechen! Kann es etwas Verächtlicheres geben, zeigt es nicht, wie – wie ungeeignet ich bin, auch nur daran zu *denken*, ein Geistlicher zu werden?»

«O doch, ziemlich viel», antwortete Alverstoke. «Jetzt höre aber damit auf, einen trivialen Vorfall in eine Todsünde zu verwandeln. Alles was du angestellt hast, war, daß du in eine Klemme geraten bist, noch dazu ohne besondere Schuld deinerseits, und es ist durchaus nicht nötig, daß du Gewissenserforschung betreibst. Ich freue mich zu sehen, daß du überhaupt noch in Klemmen geraten kannst. Wenn du menschliche Schwäche verstehen lernst, wirst du ein besserer Pastor werden, als wenn du schon mit sechzehn ein Heiliger bist!»

Das schien Jessamy sehr zu verdutzen. Doch nachdem er sich das stirnrunzelnd überlegt hatte, sagte er: «Ja, aber – aber wenn man einen Entschluß gefaßt hat – und wenn man nicht die Kraft hat, der Versuchung zu widerstehen, so verrät das doch einen schwachen Charakter – nicht, Sir?»

«Wenn du dich entschlossen haben solltest, dich wie ein Asket zu benehmen, dann zeigt das nur, daß du in großer Gefahr bist, ein selbstgefälliger Pedant zu werden», entgegnete Seine Lordschaft brutal. «Aber du hast dich an mich um Hilfe gewandt, und damit zeigst du wenigstens, daß du in einem Notfall nicht den Kopf verlierst. Ich werde die Rechnung begleichen, und du kannst mir die Summe zurückzahlen, sobald du es tun kannst, ohne in die Enge zu geraten. Was aber die Drohungen betrifft, die dir entgegengeschleudert wurden, die vergiß! Sollte irgendein Kutscher, Sesselflicker oder sonst so ein Mensch die Frechheit haben, herzukommen und nach deinem Blut zu lechzen, so kannst du dich darauf verlassen, daß Mr. Trevor durchaus imstande ist, mit einer solchen Unverschämtheit fertig zu werden. Aber sie werden nicht kommen.»

«Nein», sagte Jessamy, und seine Stirn lief rot an. «Ich habe Ihren Namen ja nicht aus diesem Grund genannt – das wäre mir nicht einmal eingefallen. Aber sowie ich sagte, daß Sie mein Vormund seien –» Er schwieg, brütete darüber nach und sagte dann, die strengen Augen zu Alverstoke erhoben: «Das ist übrigens genauso verächtlich wie alles übrige!»

«Möglich, aber du wirst mir zugeben, es ist bequem! Verschone mich mit moralischen Betrachtungen über die Hohlheit weltlicher Ränge und paß lieber auf, was ich dir jetzt sage!»

«Ja, Sir», antwortete Jessamy und straffte sich.

«Du hast meinen Schutz als den deines Vormunds beansprucht, und jetzt mußt du dich dem Urteilsspruch deines Vormunds beugen. Dieser lautet dahin, daß du von nun an deine Studien einschränken – glaube mir, du übertreibst darin! – und einige Stunden täglich deinen körperlichen Bedürfnissen widmen wirst. Was du brauchst, Jessamy, ist kein Laufrad, sondern ein Pferd!»

Jessamys düstere Augen leuchteten auf; unwillkürlich rief er aus: «Oh, wenn doch nur –!» Er unterbrach sich und schüttelte den Kopf. «Ich kann nicht. Nicht in London! Die Kosten –»

«Kosten wird es keine geben. Du wirst eines meiner Reitpferde bewegen und mir damit nur einen Gefallen tun.»

«Ihre P-pferde reiten? Sie – Sie würden mich lassen – mir v-vertrauen!» stammelte Jessamy. «O nein! Ich verdiene es nicht, belohnt zu werden, Sir!»

«Das ist keine Belohnung – das ist ein Befehl!» sagte Alverstoke. «Ein neuartiges Erlebnis für dich, junger Mann!» Die strahlend zu ihm erhobenen Augen, die zitternden Lippen Jessamys rührten ihn. Er lächelte, legte dem Jungen die Hand auf die Schulter und packte sie fest. «Kopf hoch, du Dummkopf!» meinte er. «Du hast ja nicht einmal ein einziges der Zehn Gebote gebrochen, also hör endlich damit auf, aus einer Fliege einen Elefanten zu machen! Sollte Knapp mit deiner Jacke fertig sein, fahre ich dich jetzt heim.»

15

Am folgenden Morgen erhielt der Marquis einen Brief von Frederica, in dem sie ihm für seine freundliche Hilfe dankte und ihr Bedauern ausdrückte, daß ihm Jessamy so viel Mühe gemacht hatte. Er las das Schreiben anerkennend und wußte sehr gut, daß dessen Höflichkeit tiefste Demütigung verbarg – oder verbergen sollte. Sie gestand das ein, als er sie zwei Tage später in einer Gesellschaft traf. Auf seine spöttische Anschuldigung antwortete sie: «O nein, nein, nein, ich war nicht ärgerlich, nur tief gedemütigt! Nach all meinen Beteuerungen – Ich bitte Sie aufrichtigst um Entschuldigung!»

«Unsinn! Was hatten denn Sie damit zu tun?»

«Oh, alles Erdenkliche!» seufzte sie. «Ich habe Jessamy gegen seinen Wunsch nach London geschleppt und ihn wegen Charis vernachlässigt.» Sie überlegte das und fügte aufrichtig hinzu: «Nicht, daß er sich meine Gesellschaft gern allzuhäufig aufdrängen ließe, ja, sie würde ihn sogar unerträglich stören. Er ist ein – ein sehr betonter Einzelgänger, müssen Sie wissen, und auch das ist meine Schuld. Ich hätte mich wahrscheinlich zumindest anstrengen sollen, ihn davon zu kurieren.»

«Damit hätten Sie nur Ihre Zeit vergeudet. Erklären Sie mir doch, weshalb Sie eigentlich aus einer trivialen und völlig verständlichen Episode so ein Drama machen? Er mußte das natürlich in diesem Stadium seines Lebens anstellen, aber warum denn Sie?»

«Oh, das tue ich ja gar nicht!» entgegnete sie schnell. «Wenn er sich an mich statt an Sie gewandt hätte, dann hätte ich mich sogar königlich darüber unterhalten. Aber es ärgert mich wirklich, daß er Sie in die Angelegenheit hineingezerrt hat. Ja, und obwohl er in Wut gerät, wenn ich ihn frage, und sagt, es gehe mich nichts an, sondern sei ausschließlich seine Sache, bin ich doch überzeugt, daß Sie für den ganzen von ihm angestellten Schaden aufgekommen sind, und das ist mir einfach unerträglich!»

«Auch ihm, daher habe ich ihm bloß die nötige Summe geliehen – gegen sein Versprechen, daß er seine Studien etwas bremst. Ja, ich weiß, Sie brennen darauf, es mir sofort zurückzuzahlen, aber lassen Sie sich sagen, das wäre eine ziemlich unverschämte Einmischung. Ließe ich sie zu – was ich jedoch nicht tue –, dann würde sie das Gute zerstören, das ich vielleicht erreicht habe.»

Sie sah ihn herzlich dankbar an. «Das haben Sie tatsächlich! Ich hatte Angst, er würde niedergeschlagen sein, denn das wird er im allgemeinen immer, wenn er etwas angestellt hat. Diesmal aber ist er im siebenten Himmel, statt in tiefster Verzweiflung. Sie hätten ihn nur sehen sollen, als er auf Ihrem Pferd vor die Tür geritten kam und mich herausrief, damit ich es bewundere! Er war so stolz und so glücklich! Ich werde mich nicht einmischen, aber lassen Sie sich wenigstens danken!»

«Nein, das Thema wird allmählich langweilig. Sagen Sie mir lieber, wer denn der tolle Bursche ist, mit dem Charis tanzt.»

Sie blickte zu ihrer Schwester, die mit einem lebhaften jungen Herrn tanzte, der sichtlich nach dem letzten Schrei der Mode gekleidet und noch sichtlicher geneigt schien, sein Interesse an Charis zu heften. «Mr. Peter Navenby. Wir lernten ihn auf der Gesellschaft Lady Jerseys kennen. Kaum hatte er Charis erblickt, als er Lady Jersey auch schon bat, ihn vorzustellen, wie sie mir erzählte. Das ist natürlich nichts Ungewöhnliches, aber er schenkt ihr ganz besondere Beachtung – was ich höchst bedeutsam finde! Er setzte es durch, daß uns seine Mutter einen Vormittagsbesuch machte. Sie hat mir so gut gefallen! Aber was noch wichtiger ist, Charis hat *ihr* gefallen. Nach dem, was sie mir sagte, fürchtet sie anscheinend, daß ihn irgendein gräßlich geldgieriges Mädchen einfängt, das auf einen reichen Gatten aus ist – und sie merkte sofort, daß das bei Charis *nicht* der Fall ist!» Sie sah Seine Lordschaft ängstlich an. «Er wäre doch eine passende Partie, oder?»

Der Marquis, der Mr. Navenby durch sein Monokel betrachtete, entgegnete: «So, der junge Navenby? Oh, eine höchst passende Partie. Er besitzt alle Vorteile der Geburt und ein ansehnliches Vermögen – in der Zukunft natürlich, aber hoffen wir eben, daß sein Vater nicht lange lebt.»

«Ich hoffe nichts dergleichen!» rief Frederica zornrot. «Abscheulich, so etwas zu sagen – selbst für Sie, Mylord!»

«Aber ich dachte, Sie seien entschlossen, Charis mit einem Vermögen zu verheiraten!»

«Das bin ich keineswegs, und das habe ich auch nicht gesagt. Ich will sie in behaglichen Verhältnissen verheiratet sehen – das ist etwas ganz anderes, als auf Titel und Vermögen zu spekulieren! Was ich jedoch nicht für sie haben will, ist ein schöner Schafskopf wie Ihr Vetter, dessen Vermögen genauso klein ist wie sein Hirn! Ich wäre Ihnen sehr verbunden, wenn Sie diese Affäre im Keim ersticken wollten!»

Er sah ziemlich amüsiert drein, bemerkte aber nur: «Das müssen Sie von meiner Base Lucretia gehört haben. Seien Sie beruhigt! Endymion ist nicht ohne ein Hemd auf dem Leib geboren worden. Er hat einen ganz netten Lebensunterhalt geerbt.»

Sie war sich bewußt, daß sie sich durch ihren Zorn zu einer recht ungehörigen Redeweise hatte hinreißen lassen, und sagte steif: «Ich hätte das nicht über Ihren Vetter sagen sollen. Entschuldigen Sie.»

«Oh, ich habe nichts dagegen», antwortete er gleichgültig. «Ich interessiere mich wirklich sehr wenig für Endymion und habe nicht die geringste Absicht, mich in seine Angelegenheiten zu mischen. Also werden Sie mir nicht dankbar sein müssen. Das sollte Ihnen wenigstens ein kleiner Trost sein.» Er sah sie dabei spöttisch an, sie aber hatte den Kopf abgewandt und biß sich auf die Lippen. «Nun, oder nicht?»

«Nein. Sie haben mich zwar in Wut gebracht, und ich habe Sie angefahren, aber beleidigen wollte ich Sie auf keinen Fall. Ich hoffe, daß ich denn doch nicht so undankbar bin.»

«Sie haben mich nicht beleidigt, und auf Ihre Dankbarkeit verzichte ich», stellte er fest. Erschrocken über seinen barschen Ton sah sie zu ihm auf, Zweifel und etwas Bestürzung malten sich in ihrem Gesicht. Sein Ausdruck war undurchdringlich, aber nach einer Weile lächelte er und sagte in seiner üblichen trägen Art: «Dankbarkeit gehört nämlich ebenfalls zu allem, was ich todlangweilig finde.»

«Dann sehen Sie sich vor, mir keine Ursache mehr zu geben, daß ich sie empfinde», antwortete sie.

Er wandte seine Aufmerksamkeit wieder Charis zu und sagte plötzlich abrupt: «Ein aufkeimender Stutzer, dieser junge Navenby. Soll ich verstehen, daß Sie die Hoffnung auf Ihren knieweichen Freier von Charis aufgegeben haben?»

«Ja, ganz und gar. Sie hatten vollkommen recht – er ist nichts als ein Tagträumer. Schauen Sie ihn nur jetzt an! Er sitzt neben Mrs. Porthcawl und beobachtet Charis mit dem einfältigsten Lächeln! Es kümmert ihn keinen Deut, daß sie mit Navenby tanzt.»

«Richtig!» stimmte er zu. Wieder wurde das Monokel ins Spiel gebracht. Sein Blick glitt durch den Raum, bis er fand, was er suchte. «So ganz anders als mein schafsköpfiger Vetter!»

«Aber schafsköpfig ist er eben!» beharrte sie trotzig.

«Das habe ich nie geleugnet. Ich habe mich sogar zurückgehalten, Gleiches mit Gleichem zu vergelten.»

Sie konnte zwar ein Grübchen in der Wange nicht unterdrücken, antwortete jedoch würdevoll: «Sie meinen damit vermutlich, daß meine Schwester kein Blaustrumpf ist oder – oder nicht sehr klug –»

«Sie können das so formulieren, wenn Sie wollen. Ihre Schwester, Frederica, ist eine wunderschöne dumme Gans – und das wissen Sie selbst recht gut!»

Da es ihr die angeborene Ehrlichkeit verbot, diese Anschuldigung zurückzuweisen, konnte sie nur erwidern: «Um so mehr Grund, daß sie einen vernünftigen, urteilsfähigen Mann heiratet!»

«Da mögen Sie recht haben. Paßt diese Beschreibung auf den jungen Navenby? Das hätte ich nicht gedacht, aber auch da mögen Sie wieder recht haben. Ich weiß schließlich nichts über ihn, und nach dem Schein soll man nie urteilen, nicht wahr?»

«Unter allen abscheulichen Leuten, die mir je begegnet sind –» Sie unterbrach sich, hielt den Atem an und sagte dann entschlossen: «Nein. Ich werde es nicht sagen. Aber Sie erraten wahrscheinlich, wen ich meine!» fügte sie hinzu, weil das Gefühl mit ihr durchging.

«Nein, keine Ahnung – sagen Sie es mir doch!» forderte er sie auf.

Sie mußte lachen und wandte sich sehr erleichtert von ihm ab, um Darcy Moreton zu begrüßen, der eben zu ihnen getreten war. Der Marquis wechselte nur noch einige Worte mit ihm und schlenderte dann zu einer um Lady Jersey gescharten Gruppe. Er war sich anscheinend nicht des Interesses bewußt, das er erregt hatte, weil er die ältere Miss Merriville zur Gesprächspartnerin gewählt und ganze zwanzig Minuten neben ihr gesessen hatte. Mehrere Augenpaare hatten ihn die ganze Zeit überwacht; die einen neugierig, die anderen eifersüchtig und einige darunter zynisch. Niemandem aber war entgangen, daß er die meiste Zeit die jüngere Miss Merriville beobachtet hatte. Einige Gäste meinten, daß es doch zu schlimm wäre, wenn diese schöne Unschuld sein nächstes Opfer würde, andere fragten sich, ob er wohl endlich seinem Schicksal begegnet sei, und einige Damen, welche die heimliche Hoffnung gehegt hatten, daß eine ihrer Töchter Gnade vor seinen Augen finden würde, waren eindeutig angewidert. Zu diesen gehörte Lady Buxted. Sie verfolgte zwar keinen eigennützigen Zweck, war aber genauso eifrig wie ihre ältere Schwester darauf aus, Alverstoke standesgemäß verheiratet und damit seinen voraussichtlichen Erben ausgestochen zu sehen. Von dem Augenblick an, da sie Charis erblickt hatte, hatte sie eine starke Abneigung gegen die Merrivilles gefaßt. Sie war überzeugt, daß die Schuld an dem mangelnden Interesse für Jane bei Charis lag, und die Komplimente, die sie über das reizende Benehmen und den vorzüglichen Stil ihrer beiden Schützlinge erhielt, ließen sie Frederica recht bald ebensosehr wie Charis hassen. Sie war gezwungen worden, die beiden in die elegante Welt einzuführen, und brauchte sich jetzt also nicht mehr um sie zu kümmern. Aber selbst dieser angenehme Umstand wurde ihr dadurch verdorben, weil die beiden so leicht und schnell Fuß gefaßt hatten. Sie mochte sich ja sagen, daß die Gastgeberinnen, welche die beiden Schwestern zu ihren Gesellschaften einluden, es nur ihrem vornehmen Vormund zuliebe taten, aber sie wußte nur zu gut, daß dies nicht stimmte. Alle hatten die Merrivilles gern, wie ihr die Gräfin Lieven mit einem feinen, boshaften Lächeln mitgeteilt hatte.

«Ich persönlich halte sie für viel zu herausfordernd», erzählte sie ihrer älteren Schwester. «Das gezierte Getue von Charis macht auf mich keinen Eindruck; und was Frederica, wie sie sich nennt, betrifft, so hast du vermutlich selbst bemerkt, wie entschieden aufgeblasen vor Stolz die ist!»

«Nein», entgegnete Lady Jevington rundheraus. «Ich nicht. Sehr ungezierte Mädchen mit hübschem Benehmen, beide. Charis ist ein wunderschönes Kamel, doch Frederica halte ich für eine junge Frau von überlegenem Verstand.»

«Oh, äußerst überlegen!» konterte Lady Buxted, und ihre Augen blitzten zornig. «Nach einem Gatten aus! Ich staune, daß du so von ihrer einschmeichelnden Art eingenommen bist. Ich jedenfalls wußte schon nach einer Woche Bekanntschaft mit ihr, was ihr Ziel ist!»

«Ah!» rief Lady Jevington. «Also bewirbt sich Buxted ja doch um sie, ja? Man hat mir das schon mehrmals erzählt, aber ich höre nie auf Gerüchte. Beruhige dich, Louisa! Daraus wird ohnehin nichts.»

Hochrot erwiderte Lady Buxted: «Nein! Nicht, wenn ich etwas dazu zu sagen habe!» Das herablassende Lächeln ihrer Schwester reizte sie hinzuzufügen: «Für Carlton fürchte ich nichts, überhaupt nichts. Aber ich frage mich, wie es wohl dir, meine liebe Augusta, schmecken wird, wenn du dich mit diesem wunderschönen Kamel als Schwägerin behaftet siehst!» Sie bemerkte, daß diese Worte Eindruck gemacht hatten, und fuhr triumphierend fort: «Wie ist es möglich, daß es dir, die du dich für so intelligent hältst, entgangen sein konnte, daß Vernon gestern abend seine Augen kaum von ihr wandte?»

Lady Jevington öffnete den Mund, schloß ihn wieder, und nachdem sie ihre Schwester ungläubig angestarrt hatte, fand sie die Worte: «Du bist ein Narr, Louisa!»

Zur gleichen Zeit begrüßten die Damen Merriville, weit entfernt von allem matrimonialen Denken, herzlich das Haupt der Familie, freudig erregt und staunend über dessen unerwartete Ankunft in der Upper Wimpole Street. Sie umarmten und küßten ihn, drängten ihn in den bequemsten Sessel im Salon, kümmerten sich um Erfrischungen für ihn und begrüßten sein plötzliches Auftauchen mit allem liebevollen Entzücken, das von zwei liebenden Schwestern zu erwarten war.

Natürlich war es wieder Frederica, die schnell auf die Erde zurückfand und wissen wollte, was Harry nach London geführt habe. Er stärkte sich mit einem langen Schluck aus dem Deckelkrug, den sie ihm eben gereicht hatte, begegnete ihrem ängstlichen Blick mit einem gewinnenden Grinsen und erklärte: «Oh, ich bin relegiert worden!»

«Harry – *nein*!» rief sie ärgerlich.

«Ja, doch – und Barny auch! Du weißt ja – Barny Peplow, ein besonders guter Freund von mir – eine tolle Kanone!»

Sie hatte bisher noch nicht den Vorzug gehabt, Mr. Peplow kennenzulernen, aber das begeisterte Lob ihres Bruders für diesen jungen Herrn hatte sie schon seit langem mit schlimmer Ahnung erfüllt. Es war jedoch Charis, die Harry reizte, indem sie zwar sanft, doch betroffen hervorstieß: «O Himmel! Was kann man da machen?»

«Nichts. Bist du eine Gans!» erwiderte Harry ungeduldig. «Ihr beide braucht nicht so belämmert dreinzuschauen! Man könnte meinen, daß ich endgültig hinausgeworfen worden sei. Natürlich nicht – nur bis zum Ende dieses Semesters!»

«Aber warum, Harry?» fragte Frederica, durchaus nicht beruhigt.

Er lachte. «Oh, nichts Besonderes! Nur ein bißchen Spektakel! Und wir beide waren nicht die einzigen dabei. Es war nämlich so, daß wir ziemlich gut aufgelegt waren. Es war nach der Geburtstagsfeier des guten alten George – George Leigh, meine ich, obwohl ihr den auch nicht kennt, oder? Ein prima Bursche! Daher gab es ein bißchen Jux und Tollerei – und so war es auch. Nichts, weshalb ihr euch gleich fürchterlich aufregen müßt, versichere ich euch!»

Da Fredericas ängstliches Gemüt seine schlimmsten Befürchtungen los war, gab sie sich damit zufrieden und stellte ihm keine weiteren Fragen, da sie nur zu gut wußte, daß sie ihn damit nur reizen würde. Die Erfahrung hatte sie ferner gelehrt, daß sie zwar Schuljungenstreiche verstand und duldete, jedoch nie verstehen würde, was Harry und seine Freunde so Lustiges an ihren Zechereien fanden, die unvermeidlich mit einer von ihm so bezeichneten «Runde» oder – wie sie vermutete – Feier bei Wein begannen und mit einem ebenso sinnlosen wie zerstörerischen groben Unfug endeten.

«Praktisch genommen», sagte Harry erfinderisch, «habe ich schon seit einiger Zeit daran gedacht, daß ich eigentlich herkommen sollte, einfach nur, um mich zu überzeugen, daß hier alles in Ordnung läuft. Man kann nie wissen, ob ihr nicht in eine Klemme geratet, und schließlich bin ich ja das Familienoberhaupt!»

Charis kicherte, aber Frederica antwortete, obwohl ihr schnell bereites Lachen die Augen funkeln ließ, ziemlich bewegt: «Wie *lieb* von dir, Harry! Natürlich war es geradezu deine Pflicht, dich relegieren zu lassen!»

«Also Freddy –!» wandte er ein, die Lippen unwillkürlich vor Lachen zitternd. «*Das* habe ich wieder nicht behauptet!»

«Und ich glaube, das kannst du auch wirklich nicht!» fiel Charis ein, höchst belustigt von diesem Wortwechsel. «Wenn wir schon seit mehr als einem Monat in London leben, und es nur noch wenige Wochen bis zum Semesterende sind! Was für ein Baron Münchhausen du doch bist, du liebstes, schrecklichstes Geschöpf!»

Er lächelte zurück, meinte jedoch: «Aber ich glaube wirklich, ich sollte ein bißchen auf euch alle aufpassen. Ihr seid alle nicht schlau, und ihr wart ja noch nie vorher in London.»

«Ich muß zugeben, darin hat du uns etwas voraus», stimmte ihm Frederica zu.

«Heiliger Himmel, wann war denn Harry in London?» fragte Charis in unschuldiger Überraschung.

«Ich kann mich nicht genau erinnern, aber vor einigen Jahren. Tante Scrabster hatte ihn eingeladen, weil sie seine Patin ist, er verbrachte eine ganze Woche in der Harley Street, und man zeigte ihm wirklich alle Sehenswürdigkeiten – stimmt's, Harry?»

Er schnitt ihr eine Grimasse. «Jetzt aber Schluß, Freddy! Gott, hat mich der Onkel herumgeschleppt, und zu den langweiligsten Sachen! Denn ich habe nämlich sehr viel dazugelernt, seit ich in Oxford bin, und ich dürfte eine ziemliche Ahnung davon haben, wieviel die Uhr schlägt. Und ich will euch gleich eines nennen, was mir nicht gefällt, und das ist dieses Haus!»

«Stimmt, uns auch nicht, aber trotz seiner schäbigen Möbel und seiner nicht gerade noblen Lage gelingt es uns doch, uns in den ersten Kreisen zu bewegen, versichere ich dir!»

«Das weiß ich, und auch das gefällt mir durchaus nicht. Es war dieser Kerl, Alverstoke, der das herbeigeführt hat, oder? Ich habe in meinem Leben noch nie von ihm gehört, bis du mir schriebst, er sei ein Vetter von uns. Aber das eine kann ich dir sagen – jetzt weiß ich sehr viel über ihn, und ich muß sagen, Frederica, ich kann einfach nicht verstehen, wie du dazu kommst, dich unter seinen Schutz zu stellen. Im allgemeinen bist du doch keineswegs so dumm?»

«Aber Harry, was meinst du wohl damit?» rief Charis. «Er ist so sehr nett und gefällig! Du kannst unmöglich eine Ahnung haben!»

«Oh, kann ich das nicht?» erwiderte er. «Na, da schneidest du dich, denn ich habe sie. Nett und gefällig! Ich muß schon sagen!»

«Ja, und besonders zu den Jungen! Glaubst du, daß er sehr förmlich ist? Das *scheint* nur so. Ich weiß, manche Leute sagen, er sei ekelhaft hochnäsig, und es liege ihm nur etwas an seinem eigenen Vergnügen. Doch das stimmt nicht, nicht wahr, Frederica? Stell dir nur vor, er hat Felix durch diese ganze Gießerei geführt und es arrangiert, daß der Kleine das Neue Münzamt sehen konnte – abgesehen davon, daß er Jessamy dieses wunderschöne Pferd reiten läßt!»

«Lord Alverstoke war Papa verpflichtet», bemerkte Frederica kühl. «Deshalb hat er zugestimmt – und nicht gerade sehr bereitwillig! –, unseren Vormund zu spielen.»

«Vormund? Mein Vormund jedenfalls ist er nicht!» unterbrach sie Harry aufgebracht.

«Aber sicher nicht. Auch der meine nicht! Wie könnte er das, da wir doch beide großjährig sind?»

«Ja, nun – oh, das verstehst du nicht!»

«Ich versichere dir, ich verstehe es schon. Man hat dir erzählt, daß er ein entsetzlicher Wüstling sei –»

«Was, wirklich?» warf Charis mit großen Augen ein. «Ich hätte gedacht, ein Wüstling sei ganz anders! Und ich weiß, daß sie ganz anders sind. Sie versuchen zu flirten und sagen Dinge, daß man rot wird – und oh, du weißt doch, Frederica! Vetter Alverstoke ist überhaupt nicht so! Ja, mir kommt er oft schrecklich streng vor.»

«Stimmt, er predigt ewig Anstand und schilt einen, wenn man sich nicht benimmt, als wäre man gerade erst dem Schulzimmer entwischt», bestätigte Frederica ziemlich empört. «Beruhige dich, Harry! Welchen Ruf Alverstoke auch haben mag, was uns betrifft, hegt er keine unanständigen Absichten. Und wir debütierten auch nicht unter seinem Schutz. Es stimmt, daß er uns zu einem Ball eingeladen hat, den er zu Ehren seiner Nichte gab, aber es war seine Schwester, Lady Buxted, die uns lancierte, wie man so sagt.»

Er sah keineswegs völlig beruhigt drein; doch da gerade Jessamy hereinkam, konnte man das Thema fallenlassen. Jessamy sah ernst drein, als er den Grund für Harrys Ankunft erfuhr, sagte aber nur, als er gewarnt wurde, daß sein älterer Bruder keine Standpauke von ihm dulden wolle: «Ganz bestimmt nicht!»

«Und auch keine deiner Moralpredigten!» fuhr Harry fort und beäugte ihn etwas mißtrauisch.

«Du brauchst keine Angst zu haben. Ich habe kein Recht, Moralpredigten zu halten», antwortete Jessamy seufzend.

«He, hallo, was soll das?» fragte Harry. «Erzähl mir nur ja nicht, daß vielleicht du Jux und Tollerei angestellt hast, du alte Trauerweide?»

«Etwas ziemlich Ähnliches», bekannte Jessamy bedrückt, und die Szene am Piccadilly stand ihm lebhaft vor Augen.

Doch dagegen verwahrten sich seine Schwestern, und als sie Harry die Geschichte von dem Laufrad zum besten gaben und er vor Lachen brüllte, dachte Jessamy allmählich, daß die Sache schließlich doch nicht so sehr schlimm gewesen sei, und war sogar imstande, selbst ein bißchen mitzulachen und Harry von der großartigen Fortsetzung des Abenteuers zu erzählen. Er verweilte dabei mit so viel Ausführlichkeit auf den Punkten der einzelnen Reit- und Kutschpferde Alverstokes, daß sich die Damen bald verschiedener Aufgaben anderweitig im Haus entsannen und sich zurückzogen.

Als man das Thema gründlich erörtert hatte, gab Harry zu, daß es sicherlich sehr schön von dem Marquis war, Jessamy seine Reitpferde zur Verfügung zu stellen, und machte seinem Bruder die Freude, hinzuzufügen: «Nicht, daß er etwas zu befürchten hätte. Das eine muß ich zu deinen Gunsten sagen, Kleiner – du hast einen so anständigen Sitz und eine so leichte Hand wie nur irgendeiner, den ich kenne.»

«Ja, aber das hat *er* doch nicht gewußt!» rief Jessamy naiv.

Harry grinste, enthielt sich aber einer Bemerkung. Man wußte nie, wie Jessamy es aufnahm, wenn man ihn zum Narren hielt, und Harry hielt es für unter seiner Würde, den Jungen zornig zu machen. Außerdem wollte er mehr über den Marquis erfahren. Jessamy war um sechs Jahre jünger, doch Harry hatte ziemlich viel Respekt vor seinem Urteil und verließ sich etwas kleinmütig auf seine Fähigkeit, Schwächen moralischer Art zu entdecken. Wenn Jessamy sich irrte, dann nicht nach der toleranten Seite.

Über den Marquis hingegen wußte Jessamy nur Gutes zu sagen. Er verstand Harrys Besorgnisse und gestand, sich zuerst auch gefragt zu haben, ob wohl Alverstoke beabsichtigte, hinter Charis herzulaufen. «Aber nichts dergleichen. Er scheint sie nicht viel zu beachten. Er nahm sie zwar einmal auf eine Fahrt in den Park mit, aber Frederica erzählte mir, er habe das nur als eine Art Warnung für irgendeinen gräßlichen alten Klepper getan, der sich um sie bemühte, und er schickt ihr keine Blumen und ist auch nicht ewig bei uns hier wie Vetter Endymion!»

«Vetter *wer*?» fragte Harry.

«Endymion. Nun ja, so nennen wir ihn, und Frederica sagt, wir seien irgendwie mit ihm verwandt. Er ist der Erbe Vetter Alverstokes und bei den *Life Guards*. Verrückt hinter Charis her – doch seinetwegen brauchst du dir keine Sorgen zu machen. Er ist ein großgewachsener Kerl mit einem Ochsenhirn – überhaupt harmlos –, aber, Gott, was für ein stumpfsinniger Bursche! Dann ist noch Vetter Gregory da – einer der Neffen Alverstokes –, und Vetter Buxted. Der kommt jedoch Fredericas wegen, um ihr schöne Augen zu machen. Und –»

«Hallo – wie viele denn noch?» unterbrach ihn Harry erschrocken.

«Ich weiß nicht genau. Es ist komisch, daß man plötzlich Dutzende Vettern haben soll, von deren Existenz man nie wußte, stimmt's?»

«Verdammt komisch!»

«Ja schon, aber sie sind wirklich Vettern, oder jedenfalls Verwandte von uns – sie bestätigen es.»

Harry schüttelte den Kopf, meinte aber: «Nun, ich nehme an, es ist alles völlig in Ordnung. Hast du gesagt, daß sich einer von ihnen ausgerechnet um Frederica bewirbt?»

«Ja, das ist der größte Witz!» antwortete Jessamy, die Ungläubigkeit seines Bruders voll anerkennend. «Und das schönste daran – er ist so todlangweilig, daß –» Er unterbrach sich stirnrunzelnd. «Ich sollte das nicht über ihn sagen», sagte er. «Er ist ein äußerst achtbarer Mann. Auch nett, und denkt genau wie es sich gehört. Nur manchmal läßt er einen wünschen, einfach auf und davon zu gehen und etwas anzustellen, wenn er anfängt, Moralpredigten zu halten. Ich weiß, es ist unrecht von mir, aber das läßt mich verstehen, was Vetter Alverstoke meinte, als er sagte, ich werde ein besserer Pastor, wenn ich in Klemmen gerate.»

Diese Enthüllung gefiel Harry besser als alles, was Jessamy zugunsten des Marquis sonst gesagt hatte. Er erklärte, er wolle den Lord unbedingt kennenlernen, und ging sogar so weit, zu sagen, es klinge ja, als hätte Alverstoke eine Menge Verstand.

«Nun, bestimmt wirst du die Mädchen zu Bällen begleiten, daher wirst du ihn ja kennenlernen müssen.»

«Die Mädel zu Bällen begleiten?» wiederholte Harry entsetzt. «Nein, beim Jupiter, das werde ich nicht tun!»

Nichts konnte ihn von diesem Entschluß abbringen. Auf die Überredungsversuche seiner Schwestern antwortete er, daß ihm sein Abendanzug zu klein geworden sei und er verflixt sein wolle, wenn er seine Moneten für eine neue Ausstattung verschwendete; daß ihn vermutlich sein Freund Barny voll in Anspruch nehmen würde; daß er meine, er könne eigentlich auf einen Sprung nach Herefordshire fahren, nur um sich zu überzeugen, daß in Graynard alles gut im Schuß sei; und als letztes und triftigstes Argument, er sei ein so schlechter Tänzer, daß er ihnen nur Schande machen würde, wenn sie ihn zu einer ihrer Unterhaltungen schleppten.

Sie waren enttäuscht, doch nicht überrascht. Harry, der Charis sehr ähnlich sah, konnte ihnen, so schlecht er auch tanzte, nie Schande bereiten, denn abgesehen von seinem schönen Gesicht und der guten Figur besaß er auch noch einen beträchtlichen Grad an lebhaftem Charme. Harry hingegen fand nun einmal leider keinen Geschmack am mondänen Leben und verspürte keinerlei Ehrgeiz, sich den Londoner Schliff anzueignen. Er war zu jedem fidelen Abend – wie er es nannte – mit seinen Freunden bereit, aber es war leicht zu erkennen, daß es nicht viele Jahre dauern würde, bis er sich, sehr glücklich, auf das Leben eines sportbegeisterten Landedelmannes einrichtete.

Wäre noch etwas nötig gewesen, ihn in seinem Entschluß zu bestärken, dann wurde es von Miss Winsham beigesteuert, als sie ihre Meinung scharf zum Ausdruck brachte, das geringste, das er zur Sühne für seine Relegierung tun könne, sei, sich seinen Schwestern nützlich zu machen. Zehn Minuten in der Gesellschaft seiner Tante genügten, um Harry, im allgemeinen der Gutmütigste aller Sterblichen, in Rage zu bringen. Als Frederica seine blitzenden blauen Augen und den störrischen Ausdruck um seinen Mund sah, schaltete sie sich ein und ließ dann einige Zeit verstreichen, bis sie ihm vorzuschlagen wagte, falls er Alverstoke kennenlernen wolle, dann könne er das sicherlich tun, wenn er seine Schwestern zu Lady Seftons bevorstehendem Gesellschaftsabend begleite.

Aber auch darauf wußte Harry sofort eine Antwort: So ungern er auch den Manierlichen unter all den superfeinen und faden Leuten der eleganten Welt spiele, so hoffe er doch, nicht ungehobelt zu sein. Das wäre denn doch wohl zu unverschämt, meinte er, es auf eine zufällige Begegnung als Gelegenheit ankommen zu lassen, dem Marquis seinen Respekt zu erweisen! Er hatte sich die Sache etwas überlegt, und da ihm schien, daß Alverstoke sie sich alle verpflichtet hatte, ziemte es sich seinem Gefühl nach, ihm einen formellen Besuch am Berkeley Square zu machen – nicht nur als eine Geste der Höflichkeit, sondern auch, um Jessamys Schulden zu begleichen.

«Ich gestehe, ich wäre froh, wenn du das tun könntest», pflichtete Frederica bei, «aber ich glaube nicht, daß er das zulassen wird! Vermutlich hast du durchaus recht, daß du ihm einen Vormittagsbesuch machen solltest – aber was immer du tust, Harry, nur ja auf keinen Fall vor Mittag! Jessamy und ich sind bereits bei ihm eingebrochen, bevor er sein Ankleidezimmer verlassen hatte, und wenn es auch noch ein dritter Merriville tut, dann wäre das ganz entsetzlich!»

«Was für ein armseliger Kerl!» rief Harry verächtlich aus.

Doch als er, sich streng an Fredericas Rat haltend, am Berkeley Square vorsprach, genügte ein Blick, um ihn zu überzeugen, daß, welches schmückende Beiwort man auch zur Bezeichnung des Marquis verwenden wollte, «armselig» wirklich die Sache bei weitem nicht traf.

Wie es das Glück schon haben wollte, kam er am Alverstoke-Palais gerade an, als Alverstoke heraustrat, erlesen angezogen in einer blauen Jacke vom Schneider Weston, den denkbar lichtesten Beinkleidern, dem weißesten Halstuch und so glänzend polierten Hessenstiefeln, daß sie in der Sonne gleißten. Harry, den Fuß auf der untersten der flachen Stufen, die zum Tor hinaufführten, blieb stehen und hatte sofort den Eindruck einer ungeheuren Eleganz – aber keinen Augenblick lang kam ihm der Gedanke, daß er einen richtigen Dandy der eleganten Welt vor sich hätte. Die Jacke aus blauem, extrafeinem Tuch war über prächtige Schultern modelliert, und dieses enganliegende Beinkleid verbarg keineswegs die schwellenden Muskeln der kräftigen Schenkel des Lords, die unverkennbar den Sportler verrieten.

Der Marquis, der ebenfalls, doch oben auf den Stufen, stehenblieb, blickte auf seinen unerwarteten Besucher hinab. Seine Brauen waren leicht hochgezogen, aber nach einer schnellen, durchdringenden Betrachtung senkten sie sich, und er sagte lächelnd: «Bemühen Sie sich nicht, sich vorzustellen. Wenn ich mich nicht sehr irre, müssen Sie Harry Merriville sein.»

Harry bejahte es, durch seine Ähnlichkeit mit seiner reizenden Schwester zu sehr daran gewöhnt, erkannt zu werden, um von dem Scharfsinn Seiner Lordschaft überrascht zu sein. Der Marquis, der den angewiderten Blick Harrys richtig interpretierte, gab ihm jedoch einen weiteren Beweis für seinen Scharfsinn. «Es besteht eine große Familienähnlichkeit zwischen euch allen», bemerkte er leichthin. «Kommen Sie herein und erzählen Sie mir, was Sie nach London führt! Nicht, daß ich erst zu fragen brauchte! Auf wie lange hat man Sie denn fortgeschickt?»

Da sein Ton nichts als mitfühlendes Interesse enthielt, sah Harry keinen Grund, Anstoß zu nehmen, und antwortete mit seinem freimütigen, anziehenden Lächeln: «Oh, nur für den Rest des Semesters, Sir. Es war nichts – nur Spaß und Ausgelassenheit. Aber der Alte war schlecht aufgelegt und ist eklig geworden. Doch ich halte Sie auf – vielleicht haben Sie eine Verabredung?»

«Ganz unwichtig», antwortete der Marquis, übergab Hut, Handschuhe und Stock dem Lakaien und ging in die Bibliothek voraus. «Sie sollen ein Glas Sherry mit mir trinken und mir erzählen, wie ich Ihnen zu Diensten sein kann.»

«Guter Gott, Sir, überhaupt nicht!» rief Harry entsetzt. «Mir scheint, Sie haben bereits sehr viel für meine Familie getan. Ich bin nur gekommen, um Ihnen für Ihre freundlichen Dienste zu danken.»

«Wie höflich von Ihnen! Aber bitte, tun Sie das nicht.»

«Na ja, alles ganz schön und gut», wandte Harry ein, «aber ich kann beim besten Willen nicht einsehen, wieso wir den geringsten Anspruch an Sie hätten, Sir!»

«Sie vergessen unsere Verwandtschaft.»

«Um's Vergessen geht's da nicht, denn ich habe nie von ihr gewußt», stellte Harry rundheraus fest. «Frederica behauptet, Sie seien unser Vetter, aber mir schwant so etwas, daß sie schwindelt!»

«Sie tun ihr unrecht. Unsere Verwandtschaft ist vielleicht etwas entfernt, doch wir – äh – treffen uns irgendwo im Stammbaum, versichere ich Ihnen.»

«Na ja, das kann schon sein», räumte Harry zweifelnd ein. «Ich persönlich habe mich nie sehr für unseren Stammbaum interessiert, aber natürlich weiß ich, daß jeder von uns eine Menge Verwandte hat, die man nie im Leben kennenlernt.»

«Und einige von ihnen so verdrehte Schrauben», murmelte Seine Lordschaft.

«Ja, beim Zeus, nicht wahr?» rief Harry temperamentvoll aus. Bei dem spöttischen Blick des Marquis brach er in Gelächter aus. «Sie meine ich nicht, Sir! Wie könnte ich! Aber denken Sie bloß an meine Tante Seraphina! Nicht, daß sie eine unbekannte Verwandte wäre – ich wünschte nur zu Gott, sie wäre es! Ich vermute, Sie haben sie kennengelernt?»

«Ja, und Sie haben mein ganzes Mitgefühl.»

Harry nickte, meinte aber: «Na ja, den Mädchen gegenüber ist sie nicht übel, und irgend jemanden müssen sie ja haben, der die Anstandsperson spielt, nehme ich an.» Er wartete, als Wicken hereinkam und ein reich gebosseltes Silbertablett neben seinen Herrn niederstellte. Als Harry jedoch ein Glas Sherry von seinem Gastgeber entgegengenommen hatte, fuhr er fort: «Die Sache ist nämlich so, Sir: wenn wir nur entfernt verwandt sind, dann besteht kein einziger Grund, warum Sie von einem von uns belästigt werden sollten. Und es paßt mir überhaupt nicht, daß meine Schwester Frederica Sie da hineingejagt hat. Worauf ich», fügte er schlau hinzu, «wetten könnte, daß sie es getan hat!»

«O nein!» antwortete Seine Lordschaft. «Ich nehme an, Sie wußten nicht, daß ich Ihrem Vater zu Dank verpflichtet bin.»

«Nein», bekannte Harry.

«Wie können Sie auch?» sagte Seine Lordschaft mit dem liebenswürdigen verwirrenden Lächeln, dem es nur selten nicht gelang, Anmaßung zu unterdrücken.

Schon wollte Harry fragen, wie es eigentlich seinem unberechenbaren Vater gelungen war, sich diesen fraglos gerissenen Mann zu verpflichten, aber das Lächeln warnte ihn, daß eine solche Erkundigung eine Unverschämtheit gewesen wäre; also hielt er sich zurück. Nachdem er jedoch etwas Sherry getrunken hatte, fing er sich wieder, warf den Kopf leicht zurück und stellte fest: «Wie dem auch sei, Sir, ich fühle mich Ihnen gegenüber in großer Schuld. Nicht nur deshalb, weil Sie meine Schwestern in der Gesellschaft fördern, was – was ich Ihnen nicht vergelten kann –, sondern auch, weil Sie meinem kleinen Bruder so nett beigesprungen sind. Diese Schuld kann ich zurückzahlen und – und möchte das auch sofort tun. Ja, das ist zum Teil der Grund meines Besuches. Wollen Sie mir daher bitte sagen, was Sie seinethalben ausgelegt haben?»

«Ich fürchte, da werden Sie mich entschuldigen müssen», antwortete Seine Lordschaft. «Erstens weiß ich es nicht – die Sache hat mein Sekretär in Ordnung gebracht –, und zweitens habe ich Jessamy die Summe, wieviel sie auch betragen haben mag, unter bestimmten Bedingungen geliehen.»

«Sicher, Sir – das hat er mir erzählt, und – und ich bin Ihnen dafür ungemein verbunden! Warum eigentlich der Einfaltspinsel sein Reitpferd nicht nach London mitgebracht oder auch nur ein Pferd gemietet hat, statt einen verflixten Märtyrer aus sich zu machen –»

«Ich glaube kaum, daß ihm etwas an einem Mietpferd läge. Und da er entschlossen ist, die Ausgabe für ein Pferd und einen Reitknecht in London zu sparen – darf ich vorschlagen, daß Sie die Sache auf sich beruhen lassen?»

Harry errötete. «Entschuldigen Sie, bitte, Sir, aber das geht keineswegs. Ich meine, es gibt keinen Grund, warum Jessamy Ihnen so sehr verpflichtet sein sollte – er hätte sich an mich wenden sollen, denn sein Vormund bin ich, nicht Sie!»

«Oh, ich habe nicht die leiseste Absicht, mir Ihre Autorität anzumaßen!» versicherte ihm der Marquis.

«Um das geht es nicht so sehr – na ja, praktisch gesehen sind die Jüngeren eigentlich in der Obhut meiner Schwester», gestand Harry. «Aber wenn es so weit kommt, daß ich meinen Bruder – mein Mündel! – in Schulden geraten lassen soll – *nein*!»

«Ach, das ist etwas, das nur Sie und ihn, nicht aber mich auch nur im geringsten etwas angeht. Kanzeln Sie ihn tüchtig ab – wenn Sie das Gefühl haben, es sei Ihre Pflicht!»

«Was – wenn ich selbst relegiert wurde?» rief Harry. «Ich bin doch kein Idiot! Außerdem», fügte er offen hinzu, «will ich verdammt sein, wenn ich Jessamy meinen Kopf zu einer Kopfwäsche hinhalte.»

Der Marquis lächelte. «Dann sage ich nochmals, lassen Sie die Sache lieber auf sich beruhen!» Da er jedoch sah, daß Harry weit davon entfernt war, befriedigt dreinzusehen, vertiefte sich sein amüsierter Blick. «Oder aber Sie können für ihn bürgen, wenn Sie das Gefühl haben, daß er die Schuld nicht einlöst», schlug er vor.

Harry wurde steif und antwortete ziemlich zähneknirschend: «Das befürchte ich keinesfalls, Sir!»

«Eben – ich auch nicht.»

«Was ich hingegen fürchte», sagte Harry, leicht besänftigt, «ist, daß er sich daran zugrunde richtet.»

«In dem Fall», antwortete Seine Lordschaft, «wird es Ihre Pflicht – als sein Vormund – sein, ihn wieder auf die Beine zu stellen. Ich bin jedoch nicht der Meinung, daß dies wahrscheinlich ist. Ich glaube, die betreffende Summe ist ziemlich geringfügig. Mittlerweile aber ist er jeden Vormittag glücklich damit beschäftigt, das eine oder andere meiner Reitpferde zu bewegen, statt sich das Gehirn mit übermäßigem Studium zu belasten. In Wirklichkeit bin eigentlich ich in seiner Schuld. Ich vertraue meine Pferde bei weitem lieber ihm an als irgendeinem Reitknecht.»

«Ja, wirklich!» bemerkte Harry warm. «Einiger Dinge wegen hat er zwar seine Grillen, aber er ist ein großartiger Reiter, das kann ich Ihnen versichern. Im Feld nämlich. Keine Angst, daß er Ihre Reitpferde nicht gut in der Hand behält!»

«Da also unsere Gemüter ihrer Sorgen ledig sind, brauchen wir die Sache nicht weiter zu erörtern», erklärte Seine Lordschaft. «Wie sehen Ihre eigenen Pläne aus? Debütieren auch Sie?»

Harrys Gemüt war zwar seiner Sorgen nicht ganz ledig, aber aus Schüchternheit und einer angeborenen Abneigung vor Verantwortung ließ er das Thema fallen und versicherte dem Marquis statt dessen, er hege keinerlei Wunsch, in die Gesellschaft eingeführt zu werden. Er fügte hinzu, er glaube auch nicht, daß dies (unter den obwaltenden Umständen) ganz das Richtige wäre. «Ich werde einen Freund besuchen und vermutlich ziemlich viel mit ihm unterwegs sein.»

«Ich verstehe. Halten Sie sich von dem – hm – Aderlaß von Tothill Fields fern! Sollten Sie dennoch mit leeren Taschen im Kittchen landen, dann schicken Sie eine Verständigung hierher und nicht in die Upper Wimpole Street – ich werde die Kaution für Sie erlegen.»

«Danke, aber ich habe nicht vor –»

«Das hat man nie», murmelte Seine Lordschaft. «Diese Dinge passieren einfach, und es ist besser, wenn man darauf vorbereitet ist.» Er schaute seinen jungen Gast nachdenklich an. «Ich erinnere mich, daß Ihre Schwester einmal erzählte, daß Sie sehr gern boxen. Wenn Sie gern Jacksons Schule besuchen würden – sie ist in der Bond Street Nr. 13 –, dann schicken Sie ihm das hier! Er wird sich Ihnen besonders widmen.» Er zog eine Visitenkarte heraus, kritzelte etwas darauf und warf sie Harry zu.

«Oh, beim Jupiter!» rief Harry, fing sie auf und entzifferte eifrig die gekritzelte Zeile. «Das ist wirklich verteufelt nett von Ihnen! Da bin ich Ihnen äußerst dankbar. Ich bin natürlich gerade nur ein Anfänger, habe aber diesen Sport ganz besonders gern! Danke Ihnen sehr – obwohl ich verdammt sein will, wenn ich weiß, warum Sie sich eigentlich meinethalben bemühen!» Er errötete heftig und fügte entschuldigend hinzu: «Ich meine – na ja, dieser ganze Unsinn mit der Verpflichtung meinem Vater gegenüber –»

«Der Reiz der Neuheit», antwortete Seine Lordschaft und beendete das Gespräch, indem er aufstand. «Von dem Augenblick an, da ich die Rolle des Vormunds Ihrer unternehmungslustigen Brüder übernahm – rein nominell, natürlich! –, weiß ich nicht mehr, was als nächstes passieren kann. Bisher habe ich das immer genau gewußt – todlangweilig, glauben Sie mir!»

Damit mußte sich Harry zufriedengeben. Er verabschiedete sich höchst formell vom Marquis und war nicht imstande zu entscheiden, ob er ihm eigentlich gefiel oder nicht.

Der Marquis hatte keinen solchen Zweifel. Zehn Minuten, nachdem er Harry kennengelernt hatte, erkannte er in Harry nicht nur die Vorzüge seines Vater, sondern auch dessen Schwächen. Ein angenehmer Junge, offenherzig, wohlerzogen, den man einfach gern haben mußte. Aber ohne Charakterstärke, und bei aller Liebenswürdigkeit allzu bereit, seine Verantwortung anderen aufzuladen.

Und warum, zum Teufel, soll eigentlich ich sie übernehmen? fragte sich der Marquis. Ich muß wohl Windmühlen in meinem Kopf haben!

16

War sich Harry auch über den Marquis nicht klar, so fiel es ihm äußerst leicht festzustellen, daß der Vetter und Erbe des Marquis ein großartiger Bursche war. Die jungen Herren gefielen einander praktisch auf den ersten Blick, und das trotz des leichten Vorurteils, das Harry gegen Endymion gefaßt hatte, weil er wußte, daß Frederica Mr. Dauntry mit Mißgunst betrachtete. Endymion war Überlegungen nicht sehr zugetan, hätte er aber darüber nachgedacht, dann wäre er überzeugt gewesen, daß ihm Harry gefallen würde – wie eben jeder Verwandte von Charis. Er war einige Jahre älter als Harry und besaß den ganzen großstädtischen Schliff, der Harry abging; er war bei weitem nicht so intelligent wie dieser, und wie viele andere Menschen von langsamem Begriff, für die das Lernen eine mühevolle Plage ist, neigte er dazu, jedem, der fähig war, Prüfungen zu bestehen, mit einer an Ehrfurcht grenzenden Achtung zu begegnen.

Man hätte annehmen müssen, daß die Ungleichheit des Alters und der Intelligenz zwischen den beiden Herren eine Schranke errichtet hätte. Frederica nahm dies auch wirklich an, aber sie hatte nicht mit einem mächtigen Faktor gerechnet: beide waren vom Sport besessen. Ein zufälliges Wort verriet Harry, daß dieser anscheinende Einfaltspinsel ein Melton-Mann und nach seiner Beschreibung der Shires ein vollendeter Reiter war. Nicht, daß sich Endymion, ein bescheidener junger Mann, seiner Tüchtigkeit gerühmt hätte. Die einzigen persönlichen Erlebnisse, die er erzählte, bestanden darin, in Barkby Holt von einem richtiggehenden Durchzieher statt über durch eine schwierige Hecke getragen worden und einmal in den Whissendine gepurzelt zu sein. Aber man konnte in der Tatsache, daß Endymion die Schuld für diese Mißgeschicke nicht seinem Pferd, sondern sich selbst zuschrieb, erkennen, meinte Harry, daß er, so tölpelhaft er in einem Salon sein mußte, im Sattel ein erstklassiger Mann war. Von der Jagd war es nur ein kleiner Schritt zu fast allen Sportarten. Nachdem die beiden Herren die Überlegenheit der neuen Patentmunition Mantons erörtert, die Vorteile einer Sechs oder Sieben gegenüber einer schwereren Schußwaffe erwogen und in erschöpfenden Einzelheiten die Kämpfe beschrieben hatten, die jeder von ihnen mit verschiedenen Lachsen von verblüffender Größe bestanden hatte, hätte man schwer entscheiden können, wer von den beiden eine höhere Meinung von seinem Gesprächspartner besaß.

Frederica mochte ja über Endymions schnelle Eroberung ihres leichtlebigen Bruders entsetzt sein, Charis jedoch, die ihren Gesprächen mit einem glühenden Blick der Befriedigung in ihren schönen Augen zugehört hatte, faßte Mut, als sie sich allein mit Harry befand, und sagte flehend: «Er hat dir doch gefallen, Harry, nicht?» Errötend fügte sie hinzu: «Ich meine unsern Vetter – Mr. Dauntry!»

«Ach, der!» sagte Harry. «Ja, ein erstklassiger Bursche. Und fesch außerdem, glaube ich!»

«Und so wunderschön, meinst du nicht auch?» forschte sie schüchtern.

Da dies etwas war, was vorher Harrys Aufmerksamkeit erregt hatte, mußte er sich das einen Augenblick überlegen, bevor er antwortete: «Ich glaube schon. Zwar etwas zu groß – ich würde mich nicht wundern, wenn er hundert Kilo im Sattel wiegt, der arme Kerl! Ja, und eine gute Figur dürfte er auch haben, und du kannst dich darauf verlassen, daß den anderen die Puste im Boxring ausgeht. Trotzdem, diese großen, schweren Männer – viel zu langsam!»

Leicht entmutigt durch diese kritischen Bemerkungen sagte Charis: «Aber so liebenswürdig – so ein echter Gentleman!»

Dem stimmte er zu, fügte aber eine Einschränkung hinzu: «Nicht viel vorhanden im Oberstübchen, wohlgemerkt! Ja, wenn er nicht von der Jagd angefangen hätte, dann wäre er meiner Meinung nach ein richtiger Bauernlümmel!»

«Das ist er nicht!»

«Sicherlich. Er weiß verteufelt viel über Pferde und –» Er brach ab, von ihrer ungewöhnlichen Heftigkeit verblüfft. «Du willst mir doch nicht erzählen, daß du schon *wieder* verliebt bist?» rief er aus.

«Nein! Denn ich war vorher noch nie verliebt! *Niemals!*»

«Vorher noch nicht verliebt –? Na, und was war mit –»

«Nein und nein!» wiederholte sie nachdrücklich. «Ich kannte es nicht! Ich habe es noch nicht verstanden. Das hier ist anders – ganz, ganz anders!»

«Schön», erwiderte Harry skeptisch, «wenn du in keinen der Esel verliebt warst, die sich wegen dir so verdammt lächerlich gemacht haben, dann kann ich nur sagen, daß du schauerlich kokett bist! Du hast sie ja nicht einmal abblitzen lassen!»

Tränen schossen ihr in die Augen, mit erstickter Stimme stieß sie hervor: «O Harry, nein! Ich bin nicht kokett! Es war nur, weil sie alle so besonders gute Freunde waren! Wie hätte ich zu jemandem unfreundlich sein können, den ich schon mein ganzes Leben lang kannte! Und wenn du den armen Mr. Griff meinst, dann versichere ich dir, daß ich ihn nicht im geringsten ermutigt habe!»

«Aber auch nicht im geringsten abfahren lassen», erklärte Harry.

«Aber Liebster, so denk doch bloß, wie – wie brutal das gewesen wäre! Er war so schrecklich demütig und so sehr empfindsam! Ich *konnte* ihn einfach nicht so verletzen.»

«An dem eitlen Tom Rushbury, den er letztes Jahr mit heimbrachte, war aber nichts sehr Demütiges! Der Stutzer, der die höllische Unverschämtheit hatte, dir Ständchen zu bringen und uns alle mit seinem verdammten Katergejaule aufzuwecken!»

«O Harry!» rief sie vorwurfsvoll. «Du weißt doch, daß er eine sehr schöne Stimme besaß. Ja, und du weißt auch, daß ich ihn nicht mochte und nur deshalb zu ihm freundlich war, weil du so unhöflich warst und eine Kanne Wasser über ihm ausgegossen und dann so getan hast, als hättest du gemeint, er sei eine Katze! Ich gebe zu, daß ich mir ein-, zweimal eingebildet habe, verliebt zu sein. Jetzt aber weiß ich: ich habe das völlig mißverstanden. Ich habe keinen von ihnen so geliebt, wie ich meinen lieben, lieben Endymion liebe, und ich werde auch nie wieder jemanden so lieben!»

«O doch, wirst du», sagte Harry aufmunternd. «Du weißt doch, wie du bist, Charis! Ich bin überzeugt, nächste Woche wirst du schon wieder eine Schwäche für einen anderen Kerl haben.»

Ihre Tränen strömten. Sie wandte den Kopf ab und klagte traurig: «Ich hatte gehofft, daß gerade *du* mich verstehen wirst!»

«Um Gottes willen, sei nicht so angerührt!» bat Harry, als er bedrückt diese Anzeichen der Verzweiflung merkte. «Was, zum Kuckuck, gibt's denn da zu weinen? Es ist doch nicht so, daß Dauntry nicht auch nach dir verrückt wäre! Frederica erzählte es mir – obwohl sie das nicht erst hätte tun müssen –, jeder Narr kann *das* sehen!»

«Frederica mag ihn nicht», erklärte Charis unter Schluchzen.

«Na, und was hat das schon zu bedeuten? Ich glaube, sie weiß nicht, daß du eine – eine dauernde Leidenschaft zu ihm gefaßt hast. Warum, zum Teufel, sagst du ihr das nicht? Guter Gott, du wirst doch nicht etwa Angst vor ihr haben.»

«O nein, nein, nein», erklärte Charis. «Aber sie würde mir nicht glauben, Harry, genausowenig wie du. Es ist alles so gräßlich! Wir sind ja nur meinethalben nach London gekommen, weil Frederica so darauf aus war, mich be-behaglich unter die Haube zu bringen. Ich weiß genau, sie glaubt nicht, daß ich mit Endymion behaglich leben und ihn nicht in einer Woche vergessen könnte, wenn ich ihn nicht wiedersehen würde. Und sie hat geknausert und gespart und geplant, alles nur um meinetwillen! Wie könnte ich nur so undankbar sein –»

«Blödsinn!» unterbrach Harry sie höchst vernünftig. «Ich will dir etwas sagen, Charis: Wenn du nicht aufhörst, ewig das zu tun, was jeder andere will, dann wirst du in Schwierigkeiten geraten. Außerdem hat dich Frederica viel zu lieb, um dir Steine in den Weg zu legen, selbst wenn sie es könnte!»

«Aber sie kann, Harry! Oh, sie würde es nie, nie tun, wenn sie nicht glaubte, daß ich es bedauern würde, falls ich meinen angebeteten Endymion heirate! Aber genau das glaubt sie ja. Ich weiß, sie meint, es mache nichts, daß er uns besucht, weil ich seiner ohnehin müde würde!»

Da Harry das ebenfalls kannte und viel zu sehr dazu neigte, mit Frederica diesbezüglich übereinzustimmen, fand er nichts Besseres zu sagen als: «Na ja, es hat keinen Sinn, sich aufzuregen. Wenn – ich meine, wenn sie sieht, daß du dein Interesse wirklich fest an ihn geheftet hast, wird sie schon nachgeben.»

Wieder erschütterte ein Schluchzen Charis. «Ach, es ist ja schlimmer, als du weißt! Und ich habe die größte Angst, daß man mir Endymion entreißt.»

«Also, das ist denn doch zu stark», entgegnete Harry angewidert. «Wenn du doch bloß keinen solchen Quatsch reden tätest! Dir entreißen – ha! Durch Frederica, vermute ich!»

«O nein, nein! Durch Vetter Alverstoke.»

Er starrte sie an: «Was, zum Teufel, hat denn der damit zu tun?»

«Endymion ist sein Erbe», antwortete Charis kummervoll.

«Na, und wenn schon!» Sein früherer Verdacht regte sich, und er sagte: «Läuft der dir vielleicht auch nach?»

Sie sah erstaunt drein: «Alverstoke? Heiliger Himmel, nein! Er mag Frederica lieber als mich, aber er läuft keiner von uns beiden nach. Ich glaube, wenn er je heiratet, dann wird es jemand von hohem Rang und großem Vermögen sein, denn alle sagen, er sei sehr stolz – abgesehen davon, daß er ja selbst dem höchsten Rang angehört. Du kannst dich darauf verlassen: er will von Endymion dasselbe. Und Endymions Mama genauso. Sie ist entschlossen, ihn eine glänzende Partie machen zu lassen – das hat mir Chloë erzählt. Sie ist seine Schwester, weißt du, und das liebste Mädchen auf der Erde. Sie sagt, daß Mrs. Dauntry immer nach einer passenden Erbin Ausschau hält. Man kann sich darüber nicht wundern oder ihr einen Vorwurf daraus machen. Weißt du, er ist keineswegs reich, und wenn Vetter Alverstoke ihm keine Apanage mehr gibt, dann wäre er ganz arm. Mir wäre das völlig gleichgültig, und er meint, ihm auch, aber – oh, Harry, er ist gewöhnt, in den ersten Kreisen zu verkehren und prächtige Jagdpferde zu reiten und sich nicht sehr um Ausgaben zu kümmern, und ich fürchte so sehr, es wäre ihm gräßlich, wenn er sich nach der Decke strecken müßte!»

Harry dachte allmählich, daß Frederica doch klüger war, als er zuerst angenommen hatte. Da er jedoch wußte, daß Charis wieder zu weinen anfinge, wenn er das sagte, suchte er statt dessen nach etwas Tröstlichem, und es gelang ihm schließlich zu sagen: «Nun, ich sehe keinen Anlaß dafür, daß du trübsinnig wirst. Zehn zu eins gewettet wird Alverstoke nichts dagegen haben. Schließlich hat er doch nicht versucht, sich einzumischen, oder?»

«Er weiß es ja noch nicht», antwortete Charis, die sich einfach nicht trösten lassen wollte. «Mrs. Dauntry hat einen Verdacht, Chloë hingegen sagt, sie hoffte, es ist nur ein abscheulicher Flirt. Wenn aber Frederica von meinen Gefühlen erfährt und Vetter Alverstoke bittet einzuschreiten!» Sie erschauerte und faltete die Hände. «Weißt du, der wäre dazu imstande, Harry! Er könnte es so einrichten, daß Endymion, zum Beispiel, ins Ausland geschickt wird, und dann würde ich, glaube ich, sterben. Oh, mein lieber Bruder, niemand kann uns helfen als du, und ich rechne auf deine Unterstützung!»

Harry tat es jetzt schon herzlich leid, relegiert worden zu sein. Es schien alle Aussicht zu bestehen, daß er sich genau in die Situation verwickelt finden würde, die er am allermeisten zu vermeiden wünschte. Er sagte unbehaglich: «Ja, doch ich sehe nicht, was eigentlich *ich* da tun kann!»

Charis schien ebenfalls keine sehr klare Vorstellung davon zu haben, denn während sie ihn in dem einen Atemzug bat, Frederica nicht zu verraten, was sie ihm anvertraut hatte, übertrug sie ihm schon im nächsten das Amt, Frederica zu überreden, damit sie Endymion freundlicher betrachtete, und ihr zu verbieten, sich an Alverstoke zu wenden.

Harry mochte seine Phantasie noch so anstrengen, er konnte sich einfach nicht vorstellen, wie er Frederica verbieten könnte, das oder sonst etwas zu tun, aber natürlich sprach er das nicht aus. Er sagte Charis auch nicht, daß es zwar nicht ganz unmöglich sei, daß Frederica von seiner Überredungskunst gerührt würde, jedoch äußerst unwahrscheinlich war. Statt dessen entgegnete er, er würde sein Bestes tun, und erfüllte sein Versprechen getreulich bei der ersten sich bietenden Gelegenheit. Er erzählte Frederica, daß er keineswegs erstaunt wäre, wenn Endymion, den er als ein Trumpf-As und absolut gewandt bezeichnete, nicht genau der richtige Mann für Charis wäre.

«Ein Trumpf-As!» rief Frederica. «Weil er ein Melton-Mann ist und ein Auge für einen Jagdhund hat? Harry, wie kannst du so albern sein. Er ist doch nichts als ein schönes Mondkalb!»

«Oh, er ist nicht ohne Verstand», lenkte Harry ein. «Ich behaupte ja nicht, daß er einer von den Supergescheiten ist, aber – verflixt, Freddy! Charis hat im Oberstübchen doch auch herzlich wenig!»

Das konnte sie unmöglich leugnen, behauptete jedoch: «Um so mehr Grund für sie, einen Mann von überlegenem Verstand zu heiraten! Du mußt dir doch klar sein ... Harry, ich flehe dich an, ermutige sie auf keinen Fall in diesem Unsinn! Du mußt doch wissen, wie sie ist! Vielleicht ist sie von seiner Erscheinung etwas benommen ... ich weiß nicht, aber ich halte das für recht gut möglich, denn ich gebe zu, er ist ein bemerkenswert schöner junger Mann, und sie hat ihn unglücklicherweise in Galauniform gesehen. Aber wenn er aus ihrem Gesichtskreis verschwindet, wird sie sehr bald alles von ihm vergessen! Mein Lieber, du kannst doch niemals im Ernst wünschen, daß sich deine Schwester an einen liebenswürdigen Dummkopf von kleinem Vermögen und keinerlei Aussichten wegwirft!»

«Das weiß ich nicht», wandte Harry ein. «Er ist Alverstokes Erbe, oder?»

«Ja, derzeit. Doch wenn Alverstoke heiratet und Söhne hat, was dann, bitte sehr?»

«Oh, ich glaube nicht, daß er das tut», sagte Harry. «Er ist doch jetzt schon ziemlich alt, stimmt's?»

«*Alt?*» stieß sie hervor. «Wenn du einen Mann von siebenunddreißig alt findest, mußt du ein größerer Schafskopf sein, als ich es wußte. Er steht in der Blüte seines Lebens!»

Leicht verdutzt fuhr er fort: «Jedenfalls ist er über das Alter hinaus, um dem Pfarrer in die Falle zu gehen. Er dürfte ein überzeugter Junggeselle sein, nicht? Verflixt, es müssen doch Hunderte Frauenzimmer hinter ihm hergewesen sein, diese letzten Dutzend Jahre – oder mehr!»

Sie antwortete tonlos: «Sehr wahrscheinlich!» und wandte sich unverzüglich einem anderen Thema zu. Sie fragte ihn, ob er nicht das Gefühl habe, daß Mr. Navenby mit allen Vorteilen der Geburt, des Reichtums und mit seiner Liebenswürdigkeit ein idealer Gatte für Charis wäre.

Unglücklicherweise hatte aber Harry keinen Gefallen an Mr. Navenby gefunden. Da er selbst keinen Ehrgeiz besaß, sich in der Modewelt auszuzeichnen, neigte er sehr dazu, selbst so milde Anwärter auf das Stutzertum wie Mr. Navenby mit Verachtung zu betrachten. Er rief aus: «Was, diese unmögliche Figur? Ich hoffe doch sehr, daß Charis mehr Verstand hat als *den* zu heiraten! Da ist doch Dauntry ein Dutzend seinesgleichen wert!»

Da Frederica wußte, daß jeder Versuch nutzlos wäre, Harry zu überzeugen, daß Sportbesessenheit nicht gerade die wünschenswerteste Eigenschaft an einem Gatten ist, sagte sie nichts mehr – eine Zurückhaltung, die ihm das Gefühl schenkte, seine Verpflichtung Charis gegenüber erfüllt zu haben und jetzt mit reinem Gewissen seine Aufmerksamkeit Angelegenheiten, die ihm wichtiger waren, zuwenden zu können.

An erster Stelle stand da die unbedingte Notwendigkeit, Alverstokes Karte in der Bond Street Nr. 13 abzugeben, wo John Jackson seit vielen Jahren Unterricht in der Kunst der Selbstverteidigung erteilte. Harry war noch nicht auf der Welt gewesen, als Jackson schon in dem letzten seiner drei öffentlichen Kämpfe den großen Mendoza in genau zehneinhalb Minuten geschlagen hatte. Doch wie jeder andere junge Amateur (und auch Professional) hätte er bis ins einzelne jede Runde dieses Kampfes und auch der zwei vorangegangenen Kämpfe Jacksons beschreiben können. Er war sich der einzigartigen Stellung wohl bewußt, die der Faustkämpfer einnahm und ohne Prahlerei aufrechterhielt, dessen angenehme Manieren und überlegener Intellekt ihm den Beinamen «Gentleman» eingetragen hatten. Es konnte zwar jeder, der Honorar bezahlte, in der Bond Street Nr. 13 Unterricht erhalten, aber keinesfalls konnte jeder hoffen, auch die Aufmerksamkeit des «Gentleman-Jackson» persönlich zu erregen, wie Harry das, mit Alverstokes Karte bewaffnet, hoffte. Hätte er Zweifel an dem Wert dieses Talismans gehegt, dann wären sie von der Ehrerbietung zerstreut worden, mit der sie sein versierter Freund, Mr. Peplow, inspizierte. Alverstoke, behauptete Mr. Peplow, war ein berühmter Amateur der Kunst – keiner von diesen Durchknetern, sondern ein Boxer von vortrefflicher Technik, von dem es hieß, daß er den Kampf glänzend aufbaute und jederzeit die Führung im Ring übernehmen konnte. Also ein Mann von Welt? Nein – Mr. Peplow glaubte (stirnrunzelnd) nicht, daß Seine Lordschaft zu dieser oder sonst irgendeiner Gruppe gehöre. Ganz bestimmt war er ein erstklassiger

Rennfahrer und Rennreiter. Ja, man konnte von ihm sagen, daß er in den meisten Sportarten den Gipfel erreichen konnte. Dazu war er äußerst elegant – tipptopp gepflegt, könnte man sagen. Aber in einem unauffälligen persönlichen Stil, zu dem nie die allerneuesten Launen der Mode gehörten. «Die Sache ist nur die», sagte Mr. Peplow vertraulich, «daß er nämlich teuflisch arrogant ist!» Zu jung, um zu wissen, daß sich der Marquis Mr. Brummell zum Vorbild genommen hatte, fügte er hinzu: «Macht seine eigene Mode. Folgt nie der Führung irgendeines anderen. Weißt du, er war eben immer einer vom ersten Rang und ist sehr hochnäsig. Wohl gemerkt, ich will damit nicht sagen, daß er einer von den steifen Kerlen ist, die sich über alle anderen erhaben dünken – obwohl er jedenfalls recht nette Abfuhren erteilen kann.»

«Magst du ihn?» fragte Harry.

«Ich!» rief Mr. Peplow entsetzt aus. «Guter Gott, Harry, ich kenne ihn doch nicht persönlich! Erzähle dir nur, was die Leute sagen.»

«Na ja, mir hat er keine Abfuhr verpaßt, und meine Brüder schwören, daß er ein prima Kerl ist – sie haben nicht die Spur Angst vor ihm!»

«Oh, na ja, aber du bist ja mit ihm verwandt, oder?»

«Schon, doch das hat überhaupt nichts zu sagen. Einer seiner Neffen läuft meiner Schwester Charis nach – irgendein Vetter von mir. Gregory – Gregory Sandford oder Sandridge – was weiß ich –, aber ich glaube nicht, daß er Alverstoke besser kennt, als gerade nur im Vorbeigehen von ihm gegrüßt zu werden. Weshalb ich eigentlich gern wüßte –» Er brach ab. Mr. Peplow verkniff es sich aus feinem Taktgefühl, in ihn zu drängen, und wurde durch einen Ausbruch des Vertrauens belohnt. «Na ja, dir muß ich ehrlich sagen, Barny, dieses Nettsein zu Jessamy und Felix, und daß er mir seine Karte für Jackson gab ... da muß ich mich wirklich fragen, ob nicht auch *er* eigentlich Charis nachrennt!»

Sein weltkluger Freund unterzog diesen Ausspruch gründlicher Überlegung, schüttelte den Kopf und meinte: «Das glaube ich ganz und gar nicht. Ist doch klar – sie ist doch sein Mündel, oder? Das wäre also überhaupt nicht das wahre. Außer wenn er sich endgültig annageln lassen will?»

«Das will er keineswegs. Jedenfalls nicht von meiner Schwester. Sie sagt, er hat Frederica lieber als sie – und keine von beiden übermäßig gern.» Plötzlich grinste er. «Gott, aber bloß auch nur daran zu denken – *Frederica*! Wohlgemerkt, sie ist ein prima Mädel – vernünftig bis da hinaus! Aber die wird doch nie geheiratet! Sie hat in ihrem Leben noch keinen einzigen Heiratsantrag bekommen. Sie – sie ist nicht die Sorte Frauenzimmer!»

Er und Charis hatten das in gutem Glauben gesagt, beide aber irrten: Die ältere Miss Merriville hatte zwei einwandfreie Heiratsanträge erhalten, von Lord Buxted und von Mr. Darcy Moreton. Und Lord Alverstoke hatte sie durchaus mehr als nur mäßig gern. Hingegen hätte sie den Geschwistern zugestimmt, daß Heiraten nichts für sie war. Das hatte sie auch wirklich Buxted gesagt, als sie seinen Antrag ablehnte. Sie sagte ihm, sie sei die geborene Tante, worüber er lächelte und entgegnete: «Ich glaube, Sie meinen Schwester!»

«Aber sicher – momentan bin ich Schwester, aber ich freue mich schon auf den Tag, wenn ich alle meine Neffen und Nichten in Obhut nehmen kann, falls ihre Eltern einmal nicht weiter können oder einen Ausflug zum Kontinent machen wollen.»

Sein Lächeln vertiefte sich, er sagte: «Sie werden bestimmt eine recht beliebte Tante sein, denn die Lebhaftigkeit Ihres Geistes muß für Kinder genauso bezaubernd sein wie für Ältere. Doch seien Sie einen Augenblick lang ernst und überlegen Sie sich, ob nicht gerade als Schwester ein Gatte vielleicht doch von Vorteil für Sie wäre? Sie haben drei Brüder – zwar weiß ich, daß Harry großjährig ist, aber ich halte ihn noch nicht für so erwachsen, daß er keine Lenkung mehr braucht – und Sie haben sie mit all dem von mir bewunderten Edelmut und Mut in Ihre Obhut genommen. Aber ist eine Frau, so aufopfernd sie ist, so groß ihr Geist sein mag, imstande, bei einer solchen Aufgabe erfolgreich zu sein? Ich halte es nicht für möglich. Ja, ich wage zu vermuten, daß Sie den Mangel an männlicher Unterstützung oft empfunden haben.»

«O nein!» antwortete sie heiter. «Die Jungen hören recht gut auf mich!»

«Wirklich *sehr* gut –, wenn man ohne Erlaubnis nach Margate fährt und der andere eine gefährliche Maschine mietet und – wie zu erwarten war! – einen Unfall hat», meinte er mit nachsichtigem Lächeln.

«Ich glaube nicht, daß es tatsächlich eine gefährliche Maschine war. Jedenfalls habe ich keinem der beiden verboten, diese Dinge zu tun, also war es keine Frage des Ungehorsams.»

«Und keiner Angst vor den Folgen ihrerseits.»

«Nein – noch sonst einer Angst. Sie sind voller Mut, meine Brüder.»

«Das ist sehr wahr. Man möchte es sicher nicht anders haben, aber wissen Sie, Jungen, die – wie Sie es ausdrücken – voller Mut sind, brauchen eine lenkende Hand. Das war bei meinem kleinen Bruder auch so. Sie sehen, ich spreche nicht ohne Erfahrung! Meine Mutter war immer streng, aber sie gab sich damit zufrieden, die Lenkung Georges mir zu überlassen, denn sie erkannte, daß ein Mann am besten weiß, wie und wann er einen Verweis anbringen soll, und man hört im allgemeinen besser auf ihn.»

Sie wußte kaum, wie sie ihre Fassung wahren sollte. Sie hatte George noch nicht kennengelernt, aber wenn man seiner jüngsten Schwester glauben durfte, dann war er ein lebhafter junger Herr, der bereits ziemlich danach aussah, daß er einer jener auserwählten Geister wurde, die bereit und reif für jede Form der Lustbarkeit sind, und dem nichts gräßlicher war als das, was er die Gardinenpredigten seines Bruders nannte. Und das Ergebnis einer ernsten Predigt, die Buxted Felix gehalten hatte, war auch keineswegs sehr glücklich gewesen. Sie hatte nicht nur aus Felix' Kopf alle Reue verbannt, seine Schwestern erschreckt zu haben, sondern hatte Jessamy auf der Stelle in einen hitzigen Parteigänger seines kleinen Bruders verwandelt. Wutschnaubend wollte Jessamy wissen, welches Recht Vetter Buxted habe, sich dreinzumischen. Zwar hatte er sich später bei Buxted für seine Unhöflichkeit entschuldigt, hatte aber mit Felix herzlich übereingestimmt, daß der Bursche ein überhebliches Roß sei, ein langweiliger Umstandsmeier und wahrscheinlich noch dazu ein Dummkopf.

Als sich Frederica an diesen Vorfall erinnerte, mußte sie ein Kichern unterdrücken, bevor sie antwortete: «Vermutlich haben Sie recht, Vetter, aber sollte ich je heiraten, dann nicht, weil ich meine Brüder mit einem – einem Mentor versorgen will!»

«Ich sagte das nur, weil ich dachte, es könnte ... weil ich dachte, Sie würden meinen Antrag günstiger betrachten.»

Der demütige Ton in seiner Stimme rührte sie, aber sie schüttelte den Kopf; und als er in ziemlich gespreiztem Stil die verschiedenen vorzüglichen Eigenschaften ihres Charakters aufzählte und beschrieb, die zuerst seine Bewunderung und dann seinen glühenden Wunsch erregt hatten, sie zu seiner Frau zu machen, unterbrach sie ihn entschieden und sagte freundlich, doch leicht amüsiert: «Ich bin Ihnen sehr verbunden, Vetter, aber bitte sprechen Sie nicht weiter. Bedenken Sie bloß, wie sehr Ihrer Mama eine solche Verbindung mißfallen würde!»

Er sah ernst drein und seufzte, antwortete jedoch: «Ich hoffe, es fehlt mir nicht an Respekt für meine Mutter, aber in solchen Dingen muß sich ein Mann selbst entscheiden.»

«O nein, Sie dürfen nicht heiraten, um sie zu verletzen! Denken Sie daran, wie sehr sie sich auf Sie verläßt!»

«Sie dürfen nicht glauben, daß ich meiner Pflicht ihr gegenüber nicht eingedenk bin oder daß ich Ihnen meinen Antrag ohne lange und sorgfältige Überlegung mache», sagte er ernst.

Ihre Augen tanzten. «Nein wirklich, *daran* würde niemand zweifeln. Ich bin äußerst geschmeichelt – ich kann Ihnen gar nicht sagen, wie sehr, aber, kurz gesagt, ich bin keineswegs auf der Suche nach einem Gatten – ja, ich wünsche nicht im geringsten, meinen ledigen Stand zu verändern. Er paßt mir recht gut, viel besser, als ich zu Ihnen passen würde, Carlton, glauben Sie mir!»

Er sah untröstlich drein und sagte eine Weile nichts. Aber nachdem er sich alles überlegt hatte, lächelte er und erwiderte: «Ich war zu voreilig – wofür Sie die natürliche Ungeduld eines verliebten Mannes tadeln müssen. Ich stelle mir vor, daß Ihre Gedanken bisher so völlig den Interessen Ihrer Familie gewidmet waren, daß Sie keine mehr für Ihre eigene Zukunft erübrigen konnten. Ich werde diesbezüglich jetzt nichts mehr sagen, aber ich werde auch nicht verzweifeln.»

Dann verabschiedete er sich. Und mit echtem Edelmut versagte es sich Frederica, Charis einen Bericht über das Zwischenspiel zu liefern. Sie fühlte sich nicht versucht, jemandem von dem Antrag Mr. Moretons zu erzählen, denn er wurde schlicht gemacht, und sie mochte Moreton zu gut leiden, um ihn zu verraten. Sie lehnte den Antrag so sanft wie möglich ab. Aber als er seufzte und mit einem schwachen Lächeln sagte: «Das habe ich gefürchtet», konnte sie ein Zwinkern nicht unterdrücken. «Und jetzt sind Sie ganz niedergeschlagen.»

«Nun – natürlich!»

«Aber auch ein ganz kleines bißchen erleichtert! Bekennen Sie's!»

«Miss Merriville! Nein, ich schwöre, das bin ich nicht!»

«Das werden Sie aber sein», versicherte sie ihm. «Sie wissen doch, wie behaglich Sie als Junggeselle leben und wie sehr es Ihnen mißfiele, an die Schürzenbänder einer Gattin festgebunden zu werden.»

Er lachte etwas kläglich, leugnete es jedoch. «Es mißfiele mir nicht, wenn es Ihre Schürzenbänder wären.»

«Oder den Mentor meiner Brüder zu spielen?» fragte sie ihn neckend. «Sie müßten sie nämlich in Ihren Haushalt mit aufnehmen!»

«Ja – wenigstens, das heißt, würden sie nicht bei Ihrem ältesten Bruder leben?»

«O nein! Der arme Harry! Sie würden ihn verrückt machen! Er ist zu jung für eine solche Last – zu jung, um sich Respekt und Gehorsam zu verschaffen. Außerdem lägen sich er und Jessamy innerhalb einer Woche in den Haaren!»

«Ich verstehe. Nun, ich weiß nichts darüber, wie man Jungen erzieht, aber ich würde mein Bestes tun», entgegnete er heroisch.

Sie lachte und streckte ihm die Hand hin. «Selbst, obwohl Ihr Blut bei dem bloßen Gedanken daran gefriert! Wie nett Sie sind, mein lieber Freund! Danke! In welcher Klemme Sie doch wären, wenn ich Ihren Antrag annähme! Aber das tue ich nicht, also können Sie beruhigt sein!»

Er nahm ihre Hand und küßte sie. «Das denn doch nicht ganz. Darf ich mich trotzdem und immer als Ihren Freund betrachten?»

«Ja, das hoffe ich sogar!» sagte sie herzlich.

Als er fort war, mußte sie ein bißchen lachen, aber freundlich. So schnell er sich auch erholt hatte, in seinem Gesicht stand genügend Bestürzung, um sie in ihrem Glauben zu bestärken, daß es nicht lange dauern würde, bis er der Vorsehung für sein Entkommen dankte. Der Einbruch zweier so unternehmungslustiger junger Herren wie Jessamy und Felix in seine sorglose Existenz schenkte ihr eine Vision, die sofort ihren Sinn für Humor ansprach. Nur Buxted, meinte sie, wäre es schlimmer mißlungen, die Jungen zu zügeln. Alverstoke gelang es, ohne auch nur den Schatten einer Feindseligkeit zu erwecken, weil sie aus irgendeinem undurchsichtigen Grund entschieden hatten, daß er eine Person war, die ganz außerordentlich des Respekts würdig sei. Aber an diesem Punkt kamen ihre Überlegungen zu einem abrupten Halt. Sie mußte sich innerlich einen Ruck geben und ihren Entschluß erneuern, über Alverstoke überhaupt nicht nachzudenken. Das war keinesfalls leicht. Ob er es wußte oder nicht – es war ihr zu einer unbehaglichen Gewohnheit geworden, daß er sich ihren Gedanken aufdrängte, und wenn sie das zuließ, so konnte dies zu nichts führen, das war sicher. Und sie hoffte, sie wär vernünftig genug, dies zu erkennen. Auch genügend stolz, um sich nicht in die Zahl seiner Opfer einzureihen. Er war überzeugter Junggeselle – weit mehr als Darcy Moreton, der in seiner Brust ein warmes Herz barg. Bei Alverstoke gab es keine Wärme und keine Weichheit. War er nett, dann zu seinen eigenen Zwecken. Gefiel es ihm, sich angenehm zu machen, dann konnte er der reizendste Gesellschafter sein. Aber die Art, wie er seine Schwestern und jeden behandelte, der ihn langweilte, war brutal. Hart, kalt und egoistisch – das war Alverstoke! Und noch dazu ein Wüstling, wenn die Gerüchte stimmten. Wahrscheinlich stimmten sie, doch man mußte gerecht sein, selbst einem so verworfenen Charakter gegenüber. In seinem Umgang mit ihr oder ihrer liebreizenden Schwester hatte er nie Anzeichen eines Wüstlings gezeigt. Ein einziges Mal hatte sie ihn verdächtigt, daß er einen Flirt anzubahnen versuchte, hatte jedoch bald erkannt, daß sie sich geirrt hatte. Überdies war es nur gerecht, anzuerkennen, daß er zwar ausschließlich aus dem boshaften Wunsch, seine Schwester Louisa wütend zu machen, zugestimmt hatte, sie und Charis in der Gesellschaft zu lancieren, aber auch äußerst nett zu Jessamy und Felix war. Immer noch Seiner Lordschaft gegenüber gerecht, erinnerte sie sich an den Ausflug nach Hampton Court, der für ihn sicher unerträglich langweilig gewesen sein mußte; an seine Bereitwilligkeit, mit der er Lufra vor einem vorzeitigen Ende bewahrt hatte; und an die Geschicklichkeit, mit der er Jessamy behandelte. Es war unmöglich, in alledem irgendein niedriges Motiv zu entdecken. Er hatte sich benommen, als sei er wirklich ihr Vormund, so daß ihn Frederica unvernünftigerweise schließlich als jemanden betrachtete, an den sie sich in jeder Schwierigkeit wenden konnte. Das ärgerte sie, denn sie hatte früher nie Unterstützung oder Rat gesucht, und sie ahnte klugerweise, daß sie, wollte sie ihre eigene Stärke aufrechterhalten, es sich nicht zur Gewohnheit machen durfte, sich auf die seine zu verlassen. Aus irgendeinem unbekannten Grund machte es ihm derzeit Spaß, mit den Merrivilles Freundschaft zu pflegen. Es konnte ihm aber jederzeit langweilig werden, und er würde sie dann ebenso leicht mit einem Achselzucken abtun, wie er sie adoptiert hatte. Denn was, fragte sich Frederica, wußte sie schließlich schon von ihm? Nicht viel außer dem, was der Klatsch erzählte; ja nicht einmal, ob er sie mehr als nur gern hatte! Manchmal war sie zu der Annahme ermutigt worden, daß er es tat; doch dann wieder, wenn er den halben Abend bei irgendeiner Gesellschaft verstreichen ließ, bevor er herbeigeschlendert kam, um einige Worte mit ihr zu wechseln, war sie überzeugt, sie sei ihm gleichgültig. Was aller Wahrscheinlichkeit nach, wenn man die Sache leidenschaftslos überdachte, die Wahrheit war; denn wenn ihn schon die wirklich blendenden Schönheiten, die sich durchaus bereit zeigten, sich von ihm den Hof machen zu lassen, langweilten – was sie offensichtlich taten –, wieviel mehr mußte ihn eine Base vom Land langweilen, die gerade nur erträglich gut aussah und schon lange die erste Blüte ihrer Jugend hinter sich hatte? Ja, wenn sie die schöne Mrs. Parracombe betrachtete oder die schicke Witwe, die man allgemein für seinen neuesten Flirt hielt, konnte sie nur überrascht sein, daß er sich auch weiterhin für ihre Angelegenheiten interessierte. Hätte man ihr erzählt, daß sie für ihn sehr schnell zu einer Besessenheit wurde, hätte sie es nie geglaubt.

17

Der Marquis betrug sich tatsächlich ungewöhnlich umsichtig und sah sich vor, den Klatschmäulern keine Nahrung zu liefern. Er war sich seines schlechten Rufs wohl bewußt, der skandalösen Gerüchte, die sich sofort an das geringste Zeichen, daß er eine Vorliebe für Miss Merriville gefaßt hatte, heften würden. Daher bemühte er sich außerordentlich, sie vor neiderfüllten oder auch nur boshaften Zungen abzuschirmen. Um die Neugier von Leuten zu stillen, die sich vielleicht fragten, warum er wohl so viele Gastgeberinnen beglückte, indem er bei ihren Bällen, Teegesellschaften und Unterhaltungen erschien, etablierte er die blendend schöne Mrs. Ilford als seinen Flirt, wohl wissend, daß die Reize der temperamentvollen Witwe genauso groß wie ihre Klugheit waren: denn ein so vollendeter Lebemann der Marquis auch sein mochte – Herzen brechen wollte er durchaus nicht. Arglose Unschuldige waren noch nie Gegenstand seiner Galanterie gewesen. Im allgemeinen hatte er es ignoriert, wenn ihm Avancen gemacht wurden, hatte aber seine eigene, unbarmherzige Art bei jedem allzu kühnen Dämchen, das ihn anwiderte, weil es sein Netz allzu offenkundig nach ihm auswarf. Er gönnte der Betreffenden einen kurzen Flirt auf Tod und Leben unter den neidischen oder auch entsetzten Augen ihrer Zeitgenossinnen, doch schon bei der nächsten Begegnung konnte er sich nicht einmal mehr an ihren Namen oder, daß er sie schon einmal kennengelernt hatte, erinnern. Diese erbarmungslose Taktik hatte ihm den Ruf eingetragen, daß er gefährlich sei, und hatte vorsichtige Eltern veranlaßt, ihre Töchter davor zu warnen, seine Aufmerksamkeiten zu ermutigen. Dieser Ruf hatte selbst seinen engsten Freund veranlaßt, ihm Vorhaltungen zu machen. Aber als Mr. Moreton den Marquis der Grausamkeit beschuldigte, entlockte er diesem nichts als ein verächtliches Lächeln und die kalt zum Ausdruck gebrachte Hoffnung, das Opfer habe hoffentlich seine Lehre weg. Von der Stunde seines gesellschaftlichen Debüts an war der Marquis eine begehrte Beute ehelicher Ambitionen gewesen, hatte es hingegen im Laufe der Jahre nicht gelernt, diese Tatsache gleichmütig hinzunehmen, die Pläne heiratssüchtiger Mamas zu dulden oder sich über die Köder zu amüsieren, die von deren Töchtern nach ihm ausgeworfen wurden. Von dem Tag an, da er entdeckt hatte, daß seine erste Liebe genauso bereit gewesen wäre, einen Buckligen zu heiraten, wenn dieser nur den Rang und das Vermögen des Marquis besessen hätte, war er in seinem Zynismus ständig härter geworden, bis er im Alter von 37 Jahren, als sich Frederica in sein Leben gedrängt hatte, genauso wenig die Absicht hegte, zu heiraten, wie sich in der Themse zu ertränken.

Doch Frederica hatte die ruhigen Gewässer seines angenehmen Daseins ernstlich aufgestört. Er hatte sich zwar nicht sofort, aber doch bald genug stark von ihr angezogen gefühlt, und dies in einer Weise, die ihm bisher fremd war. Die einzigen Frauen, die ihn früher interessiert hatten, waren die hochgeborenen Flirts, mit denen man vergnüglich herumtändeln konnte, und die leichten Damen, mit denen er intimere Beziehungen genoß. Er empfand für keine von ihnen Zuneigung und nicht den geringsten Wunsch, eine dauerndere Bindung einzugehen. An eine Frau gefesselt zu sein, so lebhaft und schön sie auch sein mochte, wäre in wenigen Monaten todlangweilig geworden und ein zu abscheuliches Schicksal, um auch nur näher in Betracht gezogen zu werden. Er wünschte sich keine Gefährtin auf Dauer, und noch weniger wünschte er sich die Prüfungen und Verantwortungen aufzubürden, die nun einmal zum Verheiratetsein gehören.

Dann aber kam Frederica, warf seine kühlen Berechnungen über den Haufen, drängte ihm Verantwortungen auf, drang immer tiefer in das geordnete Schema seines Lebens ein und stürzte ihn in unwillkommene Zweifel. Soviel er auch versuchte, er konnte keinen Grund für diese unbehagliche Veränderung finden. Sie besaß mehr Haltung als Schönheit; sie wandte keinerlei Künste an, um ihn anzuziehen; sie kümmerte sich nicht um Konventionen; sie war sachlich und herrschsüchtig und durchaus nicht die Sorte Frau, die er je zu ermutigen gewünscht hätte. Ferner – nun, wenn er es recht bedachte, hatte sie ihm sogar zwei lästige Schuljungen aufgebürdet, was das letzte in der Welt war, das ihm angenehm gewesen wäre!

Aber hatte sie das wirklich? Ein ziemlich klägliches Lächeln huschte um seine Mundwinkel, als er sich diesen Punkt überlegte: Nein – das hatte sie gar nicht. Er selbst hatte es zugelassen, daß er den Schmeicheleien von Felix (abscheulicher Kobold!) nachgab. Dann war Jessamy in eine Klemme geraten (lästiger junger Pinsel!) und hatte ihn um Hilfe gebeten, die man ihm natürlich gewähren mußte – aber es wäre wirklich ungerecht gewesen, Frederica die Schuld an diesen Geschehnissen zu geben. Sie war fuchsteufelswild über Jessamys Affäre gewesen, diese hochmütige kleine Gans! Hochmütig, gänschenhaft, herrschsüchtig, gerade nur passabel aussehend – warum, zum Teufel, hatte er sie so sehr gern?

Ohne es zu wissen, dem von Frederica gesetzten Beispiel folgend, begann er, ihr Gerechtigkeit widerfahren zu lassen, versuchte zu ergründen, welche ihrer Eigenschaften es war, die ihn aus seinem müßigen Hedonismus in einen Zustand nagender Ungewißheit gerissen hatte. Es war eine angenehme Beschäftigung, brachte ihn aber der Lösung des Problems nicht näher. Er hatte ihre Haltung gern, ihre Offenherzigkeit, das Lächeln in ihren Augen, ihr bereitwilliges Eingehen auf das Lächerliche, den fröhlichen Mut, mit dem sie sich Lasten aufbürdete, die für ein Mädchen zu schwer waren, die Art, wie sie sich schuldbewußt bei einem dem Vokabular ihrer Brüder entlehnten Dialektausdruck ertappte, der versonnene Blick, wenn sie ein heikles Problem überlegte, das Unerwartete, das sie sagte und – aber was war an alledem, daß es sein gegenwärtiges Leben aus den Angeln gehoben hatte und seine unbeschwerte Zukunft gefährdete? Nichts, natürlich! Sicher, sie hatte in ihm Gefühle erweckt, von denen er nicht gewußt hatte, daß er ihrer fähig war, doch mehr als eine vorübergehende Laune konnten sie nicht sein.

Er runzelte die Stirn, als er dies überdachte. Das Teuflische daran war, daß das Gefühl, das er für sie hegte, um so stärker wurde, je öfter er sie sah, aber keine Liebe war (ein Gefühl, das zur Jugendzeit gehört) und auch kein bloßes Gernhaben. Vielleicht war es Zuneigung. Es veranlaßte ihn, viel mehr, als es seiner Seelenruhe guttat, über sie nachzudenken und sich (wirklich, er mußte allmählich senil werden!) ständig des Wunsches bewußt zu sein, die Bürden von ihren Schultern zu nehmen. Wie die Dinge standen, war er machtlos, ihr eine größere als bloß geringfügige Hilfe zu leihen, und überhaupt keine in ihren derzeit vermutlich größten Sorgen. Er hatte von Anfang an den Verdacht gehabt, daß sie die Ausgaben für eine Londoner Saison unterschätzt hatte, und als sein erfahrenes Auge unter dem Samtabsatz einer Draperie aus Albany-Gaze das Abendkleid entdeckte, das bereits mehreren Verwandlungen unterzogen worden war, da war er ganz sicher, daß sie eine schmale Börse zu spüren begann. Er dachte wütend daran, daß jeder verfügbare Groschen auf Charis verschwendet wurde. Er war in solchen Dingen zu versiert, um nicht zu erkennen, daß auch Charis Kleider trug, die erfinderisch geändert worden waren, um neu auszusehen, doch er nahm – durchaus ungerechterweise – an, die schlaue Hand wäre die Fredericas gewesen. Ja, er ging so weit, daß er sie sich vorstellte, wie sie über ihrer Stichelei saß, bis die Kerzen in den Haltern heruntergebrannt waren. Hätte man ihm erzählt, daß die Plackerei und die Einfälle der jüngeren Schwester zugeschrieben werden mußten (nur hielt es Charis nicht für Plackerei), wäre er bis zur Ungläubigkeit verblüfft gewesen, denn er war seit langem überzeugt, daß Charis nichts besaß, das für sie sprach, als ihre unleugbare Schönheit. In den voreingenommenen Augen Seiner Lordschaft ging ihr das ab, was die elegante Welt das gewisse Etwas nennt, das, mit einem Wort, Qualität bedeutet und Frederica auszeichnete. Sie zeigte sich, dachte er, in allem, was Frederica tat: von der Haltung, mit der sie ihre aufgefrischten Kleider trug, bis zu der Sicherheit, mit der sie Besucher in dem schäbig-noblen, für die Saison gemieteten Haus empfing. Aber er wollte sie von der Upper Wimpole Street weghaben und in eine Umgebung verpflanzen, die ihrer würdiger war, sie mit allem ausgefallenen Luxus umgeben und mit genügend Taschengeld, damit sie imstande war, ein neues Kleid zu kaufen, wann immer sie Lust dazu verspürte. Aber bei all seinem Reichtum war die einzige Hilfe, die er ihr zu bieten vermochte, die Tilgung von Jessamys und Lufras geringfügigen Schulden! Es bestand zwar die Möglichkeit, daß ihm die Gelegenheit geboten würde, ihr weiterhin Hilfe der gleichen Art zu bieten, doch selbst das würde noch weit hinter dem zurückbleiben, was er gern für sie getan hätte.

Seine Stirnrunzeln vertieften sich. Dieser älteste Bruder von ihr würde sich wohl höchstwahrscheinlich eher als Last denn als Unterstützung für sie erweisen. Der Junge war harmlos, aber wenn er auch nicht so leichtlebig wie sein Vater war, so besaß er doch genauso wenig Verantwortungsgefühl. Er würde sich wahrscheinlich in ein, zwei Jahren fröhlich auf seinem Gut in Herefordshire niederlassen. Derzeit war er jedoch deutlich geneigt, sein erstes Austoben in London zu genießen, und völlig bereit, die Führung des Haushalts, die Lenkung seiner jüngeren Brüder und alle Probleme, die mit einer Familie in angespannter finanzieller Lage zusammenhängen, in Fredericas fähigen Händen zu belassen. Der Marquis hatte ihn unauffällig im Auge behalten, und er glaubte, es würde nicht lange dauern, bis Harry in Schulden stak. Zum Glück schien er nichts für das Spielen übrigzuhaben, so daß die Fallensteller für Beaux auf Ausschau nach wohlhabenden Neulingen vom Lande ihre Köder vergeblich auswarfen und sehr bald um einer lohnenderen Beute willen von ihm abließen. Harry konnte sich wenig langweiligere oder genußärmere Arten vorstellen, als den Abend in einer der Spielhöllen zu verbringen, vor denen ihn Mr. Peplow gewarnt hatte. Sicher, es wäre angenehm gewesen, ein Vermögen zu gewinnen, aber er war klug genug, zu erraten, daß diese Vermögen nicht von denen gewonnen wurden, die mit einer ihm von seinem Freund als griechische Banditen beschriebenen Gruppe spielten.

Pferde hingegen waren etwas ganz anderes. Wenn man ein gutes Urteil über Pferde besaß (und darauf war Harry stolz), ihre Form studierte, ein Auge auf den Buchmacher hielt, um zu sehen, wie die Wetten standen, sorgfältig beobachtete, wie die Dandies des grünen Rasens ihr Geld beim Tattersall setzten, und wußte, wann man abschwenken mußte, dann bestand alle Möglichkeit, daß man gut wegkommen konnte. Am Montag nach seiner Ankunft in London war er mit Mr. Peplow zum Tattersall gegangen und wurde daraufhin ein häufiger Besucher des Wettbüros. Da er den Sport um seiner selbst und nicht um des Geldes willen liebte, das man gewinnen konnte, wenn man auf Gewinner setzte, ging er zu jedem Rennen, das in Reichweite der Stadt abgehalten wurde. Er kutschierte sich und Barny in einem Karriol, das er auf den Rat Endymion Dauntrys (wirklich spottbillig) in Long Acre gekauft hatte. Das Paar Traber, das er als Gespann erstanden hatte, war nicht ganz so billig gewesen, aber, wie er Frederica ziemlich schuldbewußt erklärte, es war Sparsamkeit am falschen Platz, billige Rösser zu kaufen, die sich unvermeidlich als Stolperer oder Hinker oder unheilbare Ausschlager herausstellen würden.

Dem stimmte sie zu und unterdrückte den Impuls, gegen seine Verschwendung zu protestieren. Sie wurde dazu in gewissem Maß durch das Wissen bewegt, daß eine Kritik seitens seiner Schwester nicht gut aufgenommen würde, aber bei weitem mehr durch die Erkenntnis der Ausgaben, die durch sie selbst anfielen. Graynard hatte das Geld für diese Londoner Saison verschafft, und Graynard gehörte nicht ihr, sondern Harry. Sie erlaubte sich gerade nur, ihn mit einem halben Lachen zu bitten, keine Schulden zu machen. Ungeduldig entgegnete er: «Ach, Blödsinn! Ich bin doch kein armer Schlucker! Erwartest du von mir, daß ich Mietpferde kutschiere wie ein Sonntagsjäger? Warum sollte ich?»

«Aber nein! Nur, daß die Ausgabe für die Stallung in London – und außerdem ein Stallknecht –»

«Unsinn! Kleinigkeit! Wenn du nur etwas Verstand hättest, Freddy, dann hättest du unsere Pferde nach London mitgebracht, und dazu den Kutscher John! Ich kann dir sagen, es paßt mir gar nicht, daß du in einer Mietkutsche herumziehst. Es macht keinen guten Eindruck. Und wenn du geglaubst hast, ich hätte etwas gegen die Ausgabe gehabt, dann irrst du dich gewaltig!»

Sie versicherte ihm, daß sie nicht daran gedacht hatte, und sagte nachher nichts mehr.

Sein etwas kritischerer Bruder Jessamy war keineswegs so duldsam. Er weigerte sich nicht allein, auch nur das geringste Interesse für Harrys nettes Paar Waliser Braune aufzubringen, sondern verurteilte deren Anschaffung auch so eindeutig und mit einem so völligen Mangel an Respekt, den er seinem älteren Bruder schuldete, daß nur Harrys Sinn für Anstand (wie er Jessamy erklärte) ihn davor zurückhielt, ihm eine Ohrfeige zu verpassen.

Danach sah seine Familie wenig von Harry. Sein neues schickes Gefährt ermöglichte es ihm leicht, an vielen Rennen und mehreren Faustkämpfen teilzunehmen, die diskreterweise außerhalb der Stadt, jedoch an so leicht zugänglichen Orten wie Moulsey Hurst oder Copthall Common abgehalten wurden.

Der Marquis erfuhr von dem Streit und der sich daraus ergebenden Kühle zwischen den Brüdern. Er hatte Jessamy ein-, zweimal eingeladen, mit ihm im Park zu fahren, und bei einer dieser Gelegenheiten waren sie Harry begegnet, der die Gangart seines prima Paares ausprobierte.Der Marquis hatte gesagt: «Zwei sehr ordentliche! Hast du sie schon kutschiert?»

«Nein. Und ich gedenke es auch nicht zu tun», hatte Jessamy mit blitzenden Augen und bedrohlich langgezogener Oberlippe geantwortet. «Harry weiß recht gut, was ich von diesem auffallenden Paar halte!»

«Ich bin da nicht so gut unterrichtet – was hältst du wirklich davon?»

Das genügte. Jessamy erklärte es ihm in sehr klaren Worten. Er war im allgemeinen zurückhaltend bis zur Starrheit, hatte aber seit langem aufgehört, Seine Lordschaft in einem anderen Licht als dem eines nahen und vertrauenswürdigen Verwandten zu sehen. Und er hoffte, Vetter Alverstoke würde Harry wegen seiner rücksichtslosen Verschwendung abkanzeln. «Weil er sich nicht einen Pfifferling um das kümmert, was ich sage!» schloß er bitter.

«Ich glaube nicht, daß er das tut. Es spricht sehr für seine Geduld, daß du nicht etliche – hm – Strafpredigten bekommen hast!» hatte Alverstoke gesagt und mit der Spur eines neckenden Blicks lächelnd hinzugefügt: «Wie würde es denn dir passen, wenn Felix *dich* abkanzeln würde?»

Jessamy war hitzig errötet und hatte verlegen dreingeschaut. Doch nach einem Augenblick hatte er geantwortet: «Schön, Sir. Ich hätte es nicht sagen sollen. Aber – aber es hat mich so sehr gereizt, daß ich nicht wußte, wie ich den Mund hätte halten sollen. Frederica hat leicht reden, daß er ein Recht hat, zu tun, wie es ihm gefällt, aber ich glaube, er sollte bedenken, wie er am besten *ihr* helfen könnte, statt das Bargeld für sein eigenes Vergnügen zu verschwenden!»

Der Marquis sympathisierte stark mit diesem Gefühl, sagte es aber nicht und zog es vor, Jessamys Wut zu dämpfen und ihn darauf hinzuweisen, daß der Ankauf eines Karriols und eines Paars Pferde wohl kaum die ganze Familie ruinieren würde.

Das war seine aufrichtige Meinung, und er glaubte auch nicht, daß sich Frederica über Harrys Ausbruch einer leichten Verschwendungssucht besonders aufregte. Daß ihr aber irgend etwas Angst bereitete, war ziemlich sicher. Und da es für ihn zu einem fast unvernünftigen Grad wichtig wurde, daß nichts sie bekümmern durfte, machte er sich an die Aufgabe, herauszufinden, was die Spur eines bekümmerten Blicks in ihre Augen gebracht hatte. Eines Abends lud er die Schwestern Merriville, Mylord und Lady Jevington und Mr. Peter Navenby als seine Gäste in die Oper ein und hielt im Geist seine Schwester Louisa und ihren prosaischen Sohn in Reserve, falls Augusta seine Einladung ablehnen sollte. Das tat sie jedoch nicht, was ihn und noch mehr ihren sanften Gatten etwas überraschte, da die Jevingtons ebenfalls eine Loge in der Oper gemietet hatten.

Es hätte daher keine einwandfreiere Gesellschaft geben können als die Seiner Lordschaft; und nichts hätte genauer berechnet sein können, selbst den Mißtrauischesten zu überzeugen, daß er bloß die Pflicht eines Vormunds erfüllte, als das höfliche, aber ziemlich gelangweilte Betragen Seiner Lordschaft. Es war sehr einfach für ihn, Frederica während der Pause in ein Gespräch zu verwickeln, ohne Aufmerksamkeit zu erregen. Er brauchte sich mit ihr nur in den Hintergrund der Loge zurückzuziehen, um Platz für jene Verehrer Charis' zu machen, die sich einzufinden wagten. Er sagte: «Ich hoffe, Sie sind mit mir zufrieden. Ich werde mich für sehr schlecht behandelt halten, wenn ich nicht einen glühenden Ausdruck Ihrer Dankbarkeit erhalte!»

Sie sah nur einen Augenblick verdutzt drein; als er beobachtete, wie ihr das Lachen in die Augen schoß, überlegte er, daß sie ihn noch nie enttäuscht hatte, indem sie fatalerweise gefragt hätte: «Was meinen Sie wohl bloß damit?» Statt dessen entgegnete sie: «Ich bin Ihnen tatsächlich sehr verbunden, Sir! Ich wünschte nur –» Sie hielt inne, seufzte und fuhr fort: «Glauben Sie nicht – jetzt, da Sie die Gelegenheit hatten, ihn näher zu beobachten –, daß er genau der richtige Mann für sie wäre?»

Er warf einen Blick auf den nichtsahnenden Mr. Navenby. «Vielleicht – wie kann ich es sagen? Ist es das, was Sie bekümmert?»

«Nein, genaugenommen bekümmert es mich nicht. Ich bin nur darauf aus, daß sie behaglich und glücklich versorgt wird.»

«Was ist es denn dann?» fragte er.

«Aber nichts! Außer, daß ich die Köchin hinauswerfen muß, was sehr unangenehm ist, weil sie gut kocht. Doch meine Haushälterin sagt mir, sie sei dem Gin so ergeben, daß sie eben gehen muß. Können Sie sich also wundern, wenn ich etwas geplagt erscheine? Obwohl ich hoffte, man würde es mir nicht ansehen.»

«Oh, keine Angst! Ich vermute, niemand, der Sie nicht sehr gut kennt, würde die geringste Veränderung an Ihnen bemerken, und er ließe sich vielleicht sogar mit dieser Lügengeschichte über Ihre Köchin abspeisen.»

«Es ist keine Lügengeschichte!» rief sie empört.

«Gut, aber nicht die Köchin hat Ihre Heiterkeit zerstört, Frederica. Sagen Sie mir, haben Sie Angst, wie Jessamy anscheinend auch, daß Sie alle in einen Engpaß geraten werden, weil Harry sich einen schicken Sportwagen und das Gespann gekauft hat?»

«Guter Gott, nein! Ich gebe zu, ich wünschte, er hätte es nicht getan, denn ich glaube nicht, daß er auch nur die geringste Ahnung hat, was es ihn kosten wird, in London sein eigenes Fahrzeug zu halten. Aber ich versichere Ihnen, es hat meine Heiterkeit, wie Sie sagen, keineswegs zerstört! Hat Ihnen Jessamy davon erzählt? Wenn Sie ihm doch bloß sagen wollten, daß es sich nicht für ihn gehört, Harry Belehrungen zu erteilen, wie er sich verhalten soll!»

«Das habe ich bereits getan», antwortete er.

«Danke», erwiderte sie mit einem dankbaren Blick. «Er gibt viel mehr auf Sie als auf sonst jemanden, also kann ich mir die Hoffnung gönnen, daß er, wenn er Harry das nächste Mal sieht, ihn nicht mehr ganz so mißbilligend anschaut!»

Er zog die Brauen hoch. «Wenn er ihn das nächste Mal sieht? Also ist Harry fort?»

«Aber ja doch – nur auf ein, zwei Tage. Ich bin nicht ganz sicher, aber ich glaube – das heißt, ich weiß, daß er irgendeinen Ausflug mit einigen Freunden macht», antwortete sie leichthin.

«Das also ist es!» sagte er lächelnd.

«Nein, wirklich nicht! Wie können Sie so albern sein?»

«Soll ich diesen Tadel mit einer höflichen Verbeugung entgegennehmen, oder möchten Sie lieber, daß ich Sie beruhige?» Sein Lächeln wurde stärker, als sie ihre Augen unwillkürlich mit einem fragenden Blick zu ihm hob. «Sie sind eine gute, sehr gute Schwester und haben nicht das geringste dagegen, daß Harry mit seinen Freunden fortfährt, doch Sie haben Angst, daß er in schlechte Gesellschaft geraten könnte, nicht wahr? Nun, in dem Punkt können Sie sich beruhigen. Ich kenne zwar den jungen Peplow nicht persönlich, aber nach dem, was ich höre, gehört er nicht zu denen, die wir Playboys nennen. Ich zweifle kaum, daß er und Harry eine Anzahl äußerst dummer Streiche anstellen werden, aber das braucht Ihnen keine Sorge zu machen: solche Späße sind von jungen

Leuten zu erwarten.» Er schwieg und zögerte einen Augenblick, bis er fortsetzte: «Als ich Ihnen zum erstenmal begegnete, Frederica, haben Sie mir von Ihrem Vater mit einem Freimut erzählt, der es mir gestattet, Ihnen jetzt folgendes zu sagen: Ich glaube, Sie brauchen kaum zu fürchten, daß Harry in seine Fußstapfen treten könnte. Ich sehe zwar die Ähnlichkeit zwischen ihnen, kann aber auch gewisse Unterschiede feststellen, deren wichtigster der ist, daß Harry anscheinend keinen Geschmack am Spielen findet. Beruhigt Sie das?»

Sie nickte und antwortete leise: «Ja – danke! Ich gestehe, an diese – diese Möglichkeit habe ich gedacht, obwohl ich keine Ahnung habe, wie Sie das erraten konnten.» Sie lächelte ihn in ihrer freimütigen Art an und sagte einfach: «Sie sind sehr gut, und ich bin wirklich dankbar – besonders für Ihre Freundlichkeit meinen Brüdern gegenüber. Ich weiß nicht, warum Sie sich auch für Harry interessieren – der ja nicht einmal einen falschen Anspruch darauf erheben kann, Ihr Mündel zu sein –, aber ich danke Ihnen dafür.»

Er hätte ihr sagen können, warum er es sich so angelegen sein ließ, sich auch für Harry zu interessieren, tat es jedoch nicht, weil er vor dem zurückschreckte, was der Liebeserklärung gefährlich nahe kam, die er nicht zu machen entschlossen war. Sie war ein liebes Ding, aber er hatte keine Absicht, sich zu binden, und nicht um die Welt wollte er ihr den leisesten Schmerz einer Demütigung verursachen. Oder hatte das zumindest gedacht. Erst später, als er über sich selbst nachgrübelte, erkannte er, daß er noch einen zweiten Grund für seine Zurückhaltung besaß: Er hatte Angst gehabt, sie ganz zu verlieren. Er erinnerte sich, daß er ihr einmal die Hand geküßt hatte, und daß selbst dieses kleine Zeichen der Ehrerbietung sie veranlaßt hatte, sich etwas von ihm zurückzuziehen. Er hatte seine Stellung fast sofort wieder zurückerobert; doch in der Aufnahme herzlicher Beziehungen war ihrerseits nie eine Andeutung gewesen, daß sie mehr als Freundschaft von ihm haben wollte.

Das war ein neues Erlebnis für ihn. Es waren ihm so viele Fallen gestellt, so viele Winke gegeben worden, daß es ihm noch nie eingefallen wäre, seine Werbung könne einer Dame, die er mit einem Antrag zu beehren beliebte, nicht genehm sein. Aber Frederica war keineswegs hinter ihm her. Er war ganz sicher, daß sie ihn, oder irgendeinen anderen, nie um des Ranges oder Reichtums willen heiraten würde. Er war dagegen weit davon entfernt, sicher zu sein, ob sie ihn um seinetwillen genügend gern hatte, um einen Antrag von ihm anzunehmen. Heilsam! dachte er mit einem schiefen Lächeln, und fragte sich plötzlich, ob ihn die Leichtigkeit, mit der er Mrs. Parracombe, die blendende Mrs. Ilford und ein Dutzend anderer erobert hatte, in einen verächtlichen Stutzer verwandelt habe, der sich für unwiderstehlich hielt.

Einige Tage später versuchte er noch immer, den wahren Stand seines eigenen und Fredericas Gemütes zu entdecken, als er eines Abends in der Dämmerung heimkam und die Halle mit Koffern und Hutschachteln bestreut fand. Die beiden Lakaien waren eben auf halbem Weg die Treppe empor und schleppten einen mit Schnüren gebundenen Koffer, und sein Butler trug einen Ausdruck väterlichen Wohlwollens zur Schau.

«Was, zum Teufel –?» fragte der Marquis.

«Es ist Mylady Elizabeth, Mylord», erklärte Wicken und nahm ihm Hut und Handschuhe ab. «Ganz wie in alten Zeiten! Sie ist vor keinen zwanzig Minuten angekommen.»

«Oh, wirklich?» entgegnete Seine Lordschaft etwas grimmig.

Eben da tauchte Lady Elizabeth – jene «arme Eliza», die einen bloßen Mr. Kentmere geheiratet hatte – aus der Bibliothek auf, noch im Reiseanzug, und sagte äußerst liebenswürdig: «Ja, lieber Vernon – wirklich! Aber du mußt keinesfalls in Entzücken ausbrechen! Das ist durchaus nicht das wahre. Außerdem weiß ich ja von selbst, wie entzückt du sein dürftest.»

Sie schlenderte auf ihn zu, während sie sprach, eine hoch aufgeschossene, schlanke Frau, die dem Marquis von seinen Schwestern im Alter am nächsten stand und äußerlich am meisten ähnlich, nur lebhafter und nicht so charmant war. «Welch eleganter Aufzug!» bemerkte sie und lachte ihn an. «Alles an dir prima!»

«Ich wollte, ich könnte das Kompliment zurückgeben!» erwiderte er und küßte sie leicht auf die ihm hingehaltene Wange. «Was für ein Witz von einem Hut! Du schaust wie eine Landpomeranze aus, Eliza! Was führt dich nach London?»

«Mein Witz von einem Hut, natürlich. Ich muß – ich muß mir entschieden einen neuen kaufen!» Sie fügte sehnsüchtig hinzu: «Wenn ich mir doch bloß auch ein neues Kleid dazu kaufen könnte – mein lieber, lieber Bruder!»

Da das einzige, was ihren Eltern den bloßen Mr. Kentmere in irgendeiner Beziehung annehmbar gemacht hatte, sein äußerst ansehnliches Vermögen gewesen war, ließ sich der Marquis nicht täuschen. Er drängte sie in die Bibliothek und sagte, während er die Tür schloß: «Versuch doch, dich ein bißchen zu benehmen, Eliza!»

Sie lachte. «Als wüßte Wicken nicht alles über uns, was es zu wissen gibt. Wie geht es denn übrigens unserer lieben Schwester Louisa?»

«Ihr Anblick – und Getöse – wurde mir schon seit einer Woche erspart.» Er sah sie prüfend aus schmalen Augen an. «Abgesehen von dem Hut – was führt dich wirklich nach London?»

«Von Hüten kann man nicht absehen», wandte sie ein. «Ich muß auch sonst eine neue Garderobe haben und mich auf den Stand der derzeitigen Mode bringen. Aber die Sache, die mich wirklich kommen ließ, war deine eigene ewige Beschwerde: Langeweile, mein Lieber!»

«Was – der ländlichen Ruhe überdrüssig?»

«Wenn du», erklärte sie streng, «je das geringste Interesse an deinen Neffen und Nichten nähmst, würdest du mir nicht von Ruhe reden! Dieses Jahr haben wir mit Keuchhusten begonnen: drei von ihnen hatten das, einer nach dem anderen. Kaum war das letzte Keuchen erstorben, was mußte Carolina tun – noch dazu in ihrem Alter! – als mit Schafblattern anfangen und sie Tom und Mary weitergeben! Und dann brachte Jack irgendeine gräßliche Infektion aus Eton mit, und sie unterlagen ihr alle miteinander, einschließlich Johns! Ich wünschte, ich hätte das auch, denn das wäre viel weniger erschöpfend gewesen! Ich blieb im Herrenhaus, als die hingebende Gattin und Mutter, die ich bin, bis sie sich erholt hatten, dann aber packte ich meine Koffer, bevor einer von ihnen noch Zeit hatte, einen Ausschlag zu kriegen, über Halsweh zu klagen oder sich ein Bein zu brechen!»

Er lächelte, blickte sie jedoch weiterhin unentwegt an. «Und wie lange hast du vor zu bleiben?» erkundigte er sich.

«Himmel, das weiß doch ich nicht! Ein, zwei Wochen, vielleicht. Hast das etwas zu bedeuten? Wäre es dir lieber, ich ginge?»

«Keineswegs», antwortete er höflich.

«Na, das freut mich, weil ich meine alten Freundinnen besuchen und alle Fäden wieder aufnehmen will. Und mich um ein passendes Haus umsehen, für die Saison nächstes Jahr. Weißt du, ich werde Caroline debütieren lassen. Das heißt, du weißt es nicht, solltest es aber wissen. Natürlich ein Haus mit einem Ballsaal – nein, ich hege keinerlei Wunsch, einen Ball unter einem anderen Dach als meinem eigenen abzuhalten, daher brauchst du nicht zu erschrecken. Vernon, was, im Namen all des Herrlichen, hat dich bewogen, hier einen für Jane Buxted abzuhalten?»

«Hab ich gar nicht», antwortete er. «Ich habe ihn abgehalten, um Fred Merrivilles Töchter in die große Welt einzuführen. Kann es sein, daß du nicht weißt, daß ich die Vormundschaft eines sehr schönen Mädchens übernommen habe?»

Sie versuchte zwar, sich zu beherrschen, brach aber unter dem Spott seiner Augen in Lachen aus. «Nein, es kann nicht sein! Was für ein abscheuliches Geschöpf du bist! Schön also, ich gebe zu, ich sterbe vor Neugier. Aber wie hat sich das ergeben?»

«Oh, sehr einfach. Du kannst es das Rückzahlen einer alten Schuld nennen. Praktisch bin ich nicht der Vormund der Merrivilles, aber sie wurden meinem Schutz empfohlen. Die Schönheit in die Gesellschaft einführen schien das mindeste, was ich tun konnte – also tat ich es. Das heißt, ich überredete Louisa, es zu tun.»

«Du Teufel!» rief seine Schwester anerkennend. «Augusta schrieb mir, daß Louisa fuchsteufelswild war, als sie die Augen auf deine Schönheit richtete, und seither immer noch schmollt. Und die andere? Ist die auch eine Schönheit?»

«O nein! Mit Charis nie zu vergleichen!» entgegnete er gleichgültig. «Sie ist die Älteste der Familie und hat die Jüngeren in ihrer Obhut. Meine Vormundschaft ist, wie du merkst, rein theoretischer Natur. Ich habe wirklich sehr wenig mit ihnen zu tun.»

In diesem etwas ungelegenen Augenblick trat Wicken ein und meldete zurückhaltend: «Master Felix ist draußen und bittet, Eure Lordschaft sprechen zu dürfen. Soll ich ihn hereinführen, Mylord?»

«Ja, was, zum Teufel, will denn der?» fragte der Marquis, Schlimmes ahnend. «Sagen Sie ihm, ich sei – nein, ich glaube, ich werde ihn sehen müssen – führen Sie ihn herein!» Er schaute auf seine Schwester hinunter und sagte mit der Andeutung eines kläglichen Lächelns: «Du wirst sofort die Bekanntschaft des jüngsten Merriville machen, Eliza – ein Teufelsbraten!» Er wandte den Kopf, als Wicken Felix ins Zimmer führte, und fragte: «Na, Felix? Um welche Klemme geht's heute?»

«Aber Sir!» brachte Felix empört heraus. «Gar keine Klemme!»

«Ich bitte vielmals um Entschuldigung. Also nur ein rein gesellschaftlicher Besuch. Eliza, erlaube mir, dir Felix vorzustellen. Einer meiner Mündel. Felix, das ist meine Schwester, Lady Elizabeth Kentmere.»

«Oh! – Oh, ich wußte nicht – ich bitte um Entschuldigung, Ma'am!» stammelte Felix und sah etwas aus der Fassung gebracht drein, es gelang ihm aber eine sehr ansehnliche Verbeugung. Er warf Alverstoke einen ängstlichen Blick zu. «Vielleicht sollte ich lieber morgen herkommen? Ich wollte nicht – nicht eindringen, nur sagte mir Wicken nicht, daß – und ich habe Ihnen etwas ganz besonders Wichtiges zu sagen!»

Lady Elizabeth, die Mutter dreier hoffnungsvoller Söhne, schaltete sich ein: «Dann darfst du natürlich keinen Augenblick verlieren! Ist deine Angelegenheit vertraulicher Natur? Soll ich mich bei meinem Bruder entschuldigen und auf eine Weile verschwinden?»

Da Felix am Zwinkern ihrer Augen merkte, daß sie, wie er es nannte, eine Richtige war, grinste er sie gewinnend an und antwortete: «O nein, Ma'am – danke! Es ist nur ein bißchen vertraulich! Wenn Sie es niemandem weitersagen?»

«Heiliges Ehrenwort!» antwortete sie prompt.

«Mach's kurz, Felix!» befahl Alverstoke. «Wenn es keine Klemme ist, was ist es dann?»

«Na – na ja, es ist ein Ballon, Vetter Alverstoke!» enthüllte Felix, die Hürde mit einem Satz nehmend.

Lady Elizabeth mußte einfach lachen, was sie hastig in ein Hüsteln verwandelte. Doch Seine Lordschaft sagte mit der Stimme eines Mannes, der an Pech gewöhnt ist, nur: «Aber nein, wirklich? Und was habe ich – oder du, übrigens! – mit Ballonen zu tun?»

«Aber Sir –!» rief Felix tief entsetzt. «Sie *müssen* doch wissen, daß am Donnerstag einer vom Hyde Park aufsteigt!»

«Das wußte ich leider nicht. Und laß mich dir sagen, hier auf der Stelle, daß mich Ballone nicht interessieren! Wenn du mich also bitten willst, dich zu diesem Aufstieg mitzunehmen, dann lautet meine Antwort NEIN! Du kannst sehr gut ohne meine Begleitung in den Hyde Park gehen.»

«Ja, schon, aber die Sache ist die, daß ich *doch* nicht kann!» beharrte Felix. Plötzlich verwandelte er sich in ein Waisenkind, das ohne Pfennig der Welt ausgeliefert ist, hob schmelzende blaue Augen zu Seiner Lordschaft auf und bat flehend: «Oh, Vetter Alverstoke, bitte, fahren Sie doch mit mir! Sie *müssen* einfach! Es ist – es ist obligatorisch!» brachte er eindringlich vor.

«Warum ist es denn obligatorisch?» fragte Seine Lordschaft, eisern Ruhe bewahrend, und richtete einen dämpfenden Blick auf seine schwergeprüfte Schwester.

«Weil – weil – Sie mein Vormund sind, und – und ich habe Vetter Buxted gesagt, Sie hätten mich eingeladen, mit Ihnen zu fahren!» sagte Felix mit entwaffnender Offenheit. Er lächelte den Marquis strahlend an und fügte hinzu: «Ich weiß sicher, Sie werden es verstehen, wenn ich es Ihnen erkläre, Vetter Alverstoke. Sie mögen ja Vetter Buxted auch nicht!»

«Wann habe ich das je gesagt?» fragte Seine Lordschaft gebieterisch.

«Oh, gesagt haben Sie es nicht, aber ich wäre ein ziemlicher Idiot, wenn ich das nicht gemerkt hätte», antwortete Felix verächtlich. «Außerdem, als ich Ihnen von dem Krawall erzählte, den er mir verpaßte, nach meiner Fahrt auf dem Dampfboot, meinten Sie –»

Etwas hastig unterbrach ihn der Marquis und sagte: «Ist schon gut, laß das! Und wie hängt Buxted mit diesem deinem Ballon zusammen?»

«Er hat uns alle eingeladen, mit ihm in den Park zu fahren, um dem Aufstieg zuzusehen – nun, Harry nicht, aber die übrigen», erklärte Felix mit der Stimme eines Menschen, der von einer Katastrophe berichtet. «Und sagen *Sie* ja nicht, daß es sehr nett und gefällig von ihm ist, Sir, wie Jessamy, denn wenn Sie jemanden nicht mögen, dann *wünschen* Sie nicht, ihm verpflichtet zu sein.»

«Das ist sehr richtig», bemerkte Lady Elizabeth ziemlich beeindruckt. «Ja, man möchte lieber, daß er nicht nett und nicht gefällig ist.»

«Ja, nicht wahr?» stimmte ihr Felix zu und gönnte ihr einen Blick herzlicher Billigung. «Außerdem weiß ich genau, wie das wäre, und da möchte ich lieber überhaupt nicht hin! Weil – Sie können sich darauf verlassen – Jessamy auf dem Bock sitzen wird, beim Kutscher, und ich müßte neben Vetter Buxted sitzen und ihm zuhören, wie er immer weiter und weiter predigt und sehr wahrscheinlich den Mädchen etwas über Aeronautik vorschwätzt, ganz als ob er es wüßte – was er aber nicht tut –, und sie dann mir erklärt, in einer sehr netten Art, und, och, aber *Sie* wissen das doch, Sir! Ich – ich könnte das einfach *nicht* ertragen.» Er sah, wie die Mundwinkel Alverstokes zuckten, und sagte triumphierend: «Ich wußte ja, Sie werden es verstehen! Und daher, als ich in das Zimmer kam – ich wußte ja nicht, daß er da war –, und Frederica mir sagte, daß er uns eingeladen hat, sagte ich, ich könne leider nicht mit ihm fahren, weil Sie mich schon eingeladen haben, mit Ihnen zu fahren. Und wenn Jessamy Ihnen erzählt, daß ich rüpelhaft war, dann ist das nicht wahr. Ich habe ihm sehr höflich gedankt, versichere ich Ihnen. Ja, und natürlich sehe ich ein, daß ich überhaupt nicht fahren kann, wenn Sie mich nicht mitnehmen, weil das ja dann wirklich unhöflich wäre.»

«Und du hast gesagt, daß du nicht in einer Klemme bist! Hast du deiner Familie vorgeschwindelt, daß sie deine Lügengeschichte glaubt?»

«O nein! Frederica und Jessamy wußten natürlich, daß es nicht wahr ist. Ja, Frederica sagte nachher, daß sie mir absolut verbiete, Sie zu plagen, mich mitzunehmen. Aber ich plage Sie nicht. Ich bitte Sie ja nur, Sir! Sie sagt, Sie wollen keinen Ballon aufsteigen sehen, doch *ich* glaube, es wäre wirklich etwas Besonderes für Sie!»

«O wirklich?» erwiderte der Marquis. «Dann laß mich dir sagen, du abstoßendes, skrupelloses Hundejunges –»

Er wurde unterbrochen. «Das wär's nämlich wirklich!» fiel Lady Elizabeth ein. «Etwas ganz Besonderes! Ich für meinen Teil würde es äußerst genießen, weil ich zufällig noch nie einem Ballonaufstieg zugesehen habe. Lieber Vernon, du hast dich ja schon gefragt, wie du mich wohl am besten unterhalten könntest, stimmt's? Und jetzt weißt du es. Du sollst Felix und mich zum Hyde Park fahren, um den Ballon in die Höhe steigen zu sehen!»

«Elende Person», knurrte der Marquis. «Also gut.»

«Ich wußte es doch, Sie würden es tun!» rief Felix. «Ich habe es doch Jessamy gesagt, daß Sie das würden!» Er schwieg, bevor er versuchsweise hinzufügte: «In Ihrem Phaeton, Sir?»

«Nun, was liegt denn dir eigentlich an Phaetons oder Pferden?» fragte Alverstoke. «Was du am liebsten von mir möchtest, ist, dich in einem *Catch-me-who-can* zum Hyde Park zu fahren!»

«Ja, beim Jupiter, das möchte ich!» rief Felix mit blitzenden Augen. «Nur könnten Sie das nicht, wissen Sie, weil er auf Gleisen fuhr. Aber es ist nämlich so, daß Jessamy derart hochnäsig wird, weil Sie ihn Ihr Gespann führen ließen, abgesehen davon, daß Sie mit ihm ausreiten – daß es einfach nicht mehr auszuhalten ist. Also wäre es prachtvoll, wenn Sie mich statt ihn mitnähmen.» Ein Zweifel erschütterte ihn; er warf einen Blick auf Lady Elizabeth und sagte höflich: «Falls Sie nichts dagegen haben, Ma'am!»

«Aber sicher nicht! Nicht im Schlaf möchte ich einem Ballonaufstieg aus irgend etwas so Spießigem wie einem Landauer zusehen», erwiderte sie prompt. «Außerdem, wie sonst könnten wir den Vetter Buxted niederbügeln?»

Diese sehr richtigen Worte bestätigten ihm den Eindruck, daß sie eine Richtige war, und trugen ihr seine glühende Dankbarkeit ein. Ein Einspruch, von Alverstoke vorgebracht, daß Phaetons nicht dazu gebaut seien, drei Leute aufzunehmen, wurde summarisch erledigt, dann begab sich Felix von dannen und überließ Lady Elizabeth dem Genuß der Heiterkeit, von der sie schon die ganze Zeit verzehrt wurde.

18

Als Ergebnis des Besuchs von Felix ging Lady Elizabeth am nächsten Morgen zu Lady Jevington. Es war zwar überraschend, aber verständlich, daß Alverstoke Interesse an einem so einnehmenden jungen Herrn nahm, doch schien es, aus Felix' harmlosem Gespräch, daß sich sein Interesse auch auf Jessamy erstreckte – dem er erlaubte, seine geliebten Pferde zu kutschieren. Und das war keineswegs so verständlich, falls dieses beispiellose Verhalten nicht einem Wunsch entsprang, der Schönheit der Familie einen Gefallen zu erweisen. Eliza hatte alles über die göttliche Charis von einer ihrer ältesten Freundinnen aus einem ihrer seltenen Briefe erfahren, dagegen nicht viel auf die Prophezeiung Sally Jerseys gegeben, Alverstoke würde ein Mädchen heiraten, das seinen zwanzigsten Geburtstag noch nicht erreicht hatte. Sally mochte sagen, daß es immer so mit eingefleischten Junggesellen sei, aber Eliza bildete sich ein, ihren Bruder wesentlich besser als Sally zu kennen, und sie hatte die Prophezeiung als ein bloßes Gerücht abgetan.

Als sie mit ihm dann allein zu Abend speiste, sah sie sich vor, Neugier über die Damen Merriville zu zeigen, und erwähnte nur: «Ich hoffe, du hast vor, sie mir vorzustellen. Wenn sie so entzückend sind wie Felix, wundere ich mich nicht, daß du zugestimmt hast, Freundschaft mit ihnen zu schließen! Wie machen sie sich? Ist es dir gelungen, sie erfolgreich zu lancieren?»

«Ja, und ohne die geringste Mühe. Ich brauchte sie nur der eleganten Welt vorzustellen. Ich wollte, du hättest Louisas Gesicht gesehen, als sie in den Saal kamen! Sie hatte schon Frederica kennengelernt und war angenehm überrascht, stelle ich mir vor, als sie entdeckte, daß diese weder in der ersten Jugendblüte steht noch eine Schönheit ist, sondern gerade nur eine passabel aussehende junge Frau mit viel Vernunft und einer etwas herrischen Veranlagung. Louisa war daher auf Charis nicht vorbereitet.» Ein Lächeln der Erinnerung umspielte seine Lippen. «Ich dürfte vermutlich die Schönheiten von bald zwanzig Saisonen gesehen haben, muß aber gestehen, keine, die mit Charis Merriville zu vergleichen wäre.» Er hob sein Weinglas und trank ein paar Schluck. «Gesicht und Figur vollkommen, und der Ausdruck höchst gewinnend. Unmöglich, einen Fehler zu finden! Selbst ihre Haltung ist anmutig, und man stimmt allgemein überein, daß ihre Manieren besonders erfreulich sind.»

Erschrocken und ziemlich bestürzt rief Eliza: «Guter Gott! Diese Unvergleichliche muß ich wirklich kennenlernen!»

«Das kannst du gleich morgen, wenn du willst. Sie dürfte auf dem

Tanzabend der Seftons sein. Begleite mich lieber hin – wenn auch nur, um mir den Strom von Vorwürfen zu ersparen, mit dem mich Maria Sefton überschütten würde, falls ich dich nicht mitbringe. Ich wäre erstaunt, wenn dir Charis nicht den Atem raubt.»

Zum Unterschied von ihren Schwestern hatte Eliza nie versucht, ihren einzigen Bruder mit einer standesgemäßen Frau zu versorgen. Das Verhältnis zwischen ihnen war immer freundschaftlich, sogar etwas liebevoll gewesen, starke Bande hingegen verbanden keine Mitglieder der Dauntry-Sippe miteinander. Eliza war glücklich mit ihrem John Kentmere verheiratet, ging in ihrer Nachkommenschaft auf und besuchte London selten. Daher zeigte sie wenig Interesse an der Zukunft Alverstokes und hatte einmal Louisa wütend gemacht, als sie sagte, daß seine Heirat sie nichts angehe. Aber wieder einmal im Alverstoke-Palais eingerichtet, die Fäden ihres alten Lebens aufnehmend, empfand sie doch einige Sorge, denn ihr schien, daß er knapp vor einer Verbindung stand, die nur mit einer Katastrophe enden konnte. So schön diese seine Schulzimmer-Miss auch sein mochte, sie würde ihn wahrscheinlich innerhalb eines Jahres ihrer Ehe zu Tode langweilen – wahrscheinlich sogar früher. Eliza hatte nicht viel auf Lady Jerseys Eröffnungen gegeben und sogar noch weniger auf einen leidenschaftlichen Brief Louisas, die ihr empfahl, alles zu versuchen, was ihr angeblicher Einfluß auf Alverstoke auszurichten vermochte, um ihn (und die Familie) vor einer entsetzlichen Mesalliance zu retten. Die Lobeshymne dagegen, die Alverstoke zum Preis Charis Merrivilles sang, hatte die Wirkung, sie am nächsten Tag zu einem Besuch Augustas zu bewegen. Bei all ihren Fehlern mangelte es dieser nicht an Vernunft und Urteilskraft.

Lady Jevington empfing Eliza mit mäßiger Freude, erkundigte sich mit ausgesuchter Höflichkeit nach der Gesundheit ihrer Familie und drückte die Hoffnung aus, daß sie ihre Garderobe auffrischte, solange sie in London war. «Denn ich würde meine Pflicht als deine älteste Schwester vernachlässigen, Eliza, wenn ich dir nicht sagte, daß dieses unmoderne Kleid da dir eine äußerst altmodische Erscheinung verleiht», sagte sie. «Zweifellos bist du zu diesem Zweck nach London gekommen.»

«Eigentlich nicht», antwortete Eliza. «Ich bin gekommen, um zu entdecken, ob es stimmt, daß Vernon sich Hals über Kopf in irgendein höchst vollendetes Stückchen Natur, noch keine zwanzig Jahre alt, verliebt hat.»

«Nicht daß ich wüßte», erwiderte Lady Jevington mit majestätischer Ruhe. Sie gönnte ihrer Schwester ein dünnes Lächeln, in dem sich Toleranz und Verachtung recht nett mischten. «Das hat dir vermutlich Louisa geschrieben. Louisa ist ein Narr.»

«Ja, aber Sally ist kein Narr, und auch sie schrieb mir, daß Vernon auf Haaresbreite drauf und dran ist, die meinem Gefühl nach größte Unvorsichtigkeit seines Lebens zu begehen.»

«Ich habe Sarah Fanes Verstand nie über den Durchschnitt bewertet», stellte Lady Jevington fest.

«Augusta, er hat mir gestern abend das Mädchen in derartigen Ausdrücken beschrieben, wie ich sie ihn noch nie verwenden hörte!»

«Er hat dich angeschwindelt», beharrte Lady Jevington.

Eliza runzelte verblüfft die Stirn. «Willst du damit sagen, daß sie nicht so außergewöhnlich reizend ist? Aber wenn dem so ist, warum sollte er –»

«Ich glaube nicht, daß ich je ein schöneres Mädchen gesehen habe als Charis Merriville – und selten eines, das sich reizender benimmt», verkündete Ihre Gnaden kritisch. «Sie kam sofort an, als sie auf Vernons Ball erschien, was nicht zu verwundern war, und hat jetzt mehr als die Hälfte der standesgemäßen Junggesellen Londons zu ihren Füßen schmachten. Gregory», fügte sie, ohne ihre Gemütsruhe zu verlieren, hinzu, «gehört auch zu ihnen. Aber daraus wird nichts, und ich bin froh, daß seine erste Liebe einem bescheidenen Mädchen von vortrefflichen Grundsätzen gilt. Ich bin überzeugt, es wird ihm sehr guttun.»

Eliza sagte ungeduldig: «Ja, aber Vernon? Wenn er nicht in das Mädchen verliebt ist, was in der Welt hat ihn dann bewogen, sich zu rühren, nicht nur um ihret-, sondern genauso auch um ihrer Brüder willen? Das sieht ihm überhaupt nicht ähnlich!»

«Ich behaupte zwar nicht, daß ich sein Vertrauen genieße, doch ich kenne ihn ziemlich gut und glaube, er führte die Merriville-Mädchen bloß ein, um Louisa und Lucretia einen Tort anzutun. Dieses Weib», führte Augusta aus und hielt sich mit größter Mühe zurück, «hat nicht lange gezögert, ihn zu quälen, er solle einen Ball zur Feier von Chloës wie Janes Debüt im Alverstoke-Palais geben. Man kann die Mittel erraten, die er anwandte, um Louisa zu zwingen, die Anstandsdame für die Mädchen zu spielen! Er kann seinen absurden Launen die Zügel schießen lassen, wie er will, aber ich bin der Meinung, daß sein Verhalten höchst verwerflich war. Ja, ich habe ihm stark geraten, Louisas und Lucretias Frechheiten nicht nachzugeben.»

Eliza mußte den Impuls zurückhalten, Augusta daran zu erinnern, daß Alverstoke nie dafür bekannt war, auf schwesterliche Ratschläge zu hören. Sie sagte nur: «Vermutlich hat er die Merrivilles zu seinem Ball eingeladen, um Louisa zu strafen, aber das erklärt noch nicht alles übrige. Einer seiner sogenannten Mündel – Felix, ein ganz entzückender Knirps! – brach gestern ins Haus ein, und es war vollkommen klar, daß er Vernon als sichere Quelle aller Genüsse betrachtet. Er hat außerdem nicht die geringste Scheu vor ihm, was für sich spricht. Nun, warum, bitte sehr, sollte Vernon, der unseren Kindern gegenüber äußerst gleichgültig ist, sich für die Merrivilles interessieren, wenn nicht aus dem Grund, weil er wünscht, sich ihrer Schwester angenehm zu machen?»

«Das ist zweifellos der Grund. Aber wenn ich nicht sehr irre, ist es die ältere und nicht die jüngere, für die er entschieden eine Schwäche hat.»

Eliza starrte sie an. «Guter Gott, wie kommt das?! Er erzählt mir, sie sehe passabel aus, sei nicht mehr in der ersten Jugend, voll Vernunft und herrisch!»

«Sehr richtig», stimmte ihr Lady Jevington zu. «Ich halte sie für ungefähr vierundzwanzig, aber da sie nach dem frühen Tod ihrer Mutter praktisch Herrin des Hauses wurde, könnte man sie für älter einschätzen. Ich halte sie für eine junge Frau von Charakter und bin zu dem Schluß gekommen, daß sie sehr gut zu Alverstoke passen wird.»

«Augusta!» Eliza rang nach Luft. «Eine Frau, die gerade nur erträglich hübsch ist, für Alverstoke?! Du mußt ja verrückt sein! Wann, bitte, hat er je eine Schwäche für etwas anderes als richtige Prachtfrauen gehabt?»

«Und wann, meine liebe Eliza, haben je diese Prachtfrauen, wie du sie nennst, ihn nicht schon in einigen Monaten gelangweilt?» erwiderte Augusta. «Ich gebe zu, Frederica kann im Hinblick auf Schönheit Charis nicht ein Glas Wasser reichen. Aber sie hat sehr viel Haltung und eine Lebhaftigkeit des Geistes, die Charis abgeht. Sie sind beide angenehme, wohlerzogene Mädchen, doch Charis ist ein liebliches Kamel, während Frederica, meinem Urteil nach, eine Frau von überlegenem Verstand ist.»

Etwas benommen von diesem maßvollen Urteil sagte Eliza: «Augusta, bin vielleicht ich nicht ganz richtig im Kopf? Willst du mir ernstlich erzählen, daß du eine von Fred Merrivilles Töchtern für eine standesgemäße Partie für Alverstoke hältst?»

«Es ist vielleicht nicht die Partie, die ich für ihn gewählt hätte», gab Ihre Gnaden zu. «Bei näherer Überlegung glaube ich jedoch, es wird genügen. Falls du nicht bereit bist, mit Gleichmut die Aussicht ins Auge zu fassen, daß dieser Tölpel, Endymion, Alverstokes Nachfolger wird, dann wirst du mir zustimmen, daß es höchst wichtig ist, daß Alverstoke heiratet und seine eigene Kinderschar bekommt, bevor er sich endgültig an das Junggesellendasein gewöhnt. Ich glaube, ich darf sagen, daß ich keine Mühe gescheut habe, seine Aufmerksamkeit auf jedes standesgemäße Frauenzimmer meiner Bekanntschaft zu lenken. Ich will keineswegs leugnen, daß meine Bemühungen nutzlos waren – genau wie die Louisas! Aber das war zu erwarten!» erklärte sie, einen Augenblick lang von ihrer olympischen Höhe herabsteigend. «Wenn ich dir, Eliza, von Louisas Torheit erzählen wollte –!» Sie hielt sich zurück, wurde wieder würdevoll und sagte: «Aber es ist unwichtig. Es genügt zu sagen, daß weder ihre noch meine Anstrengungen von Erfolg gekrönt waren.» Wieder hielt sie inne, fuhr jedoch nach einem Augenblick streng entschlossen fort und fixierte dabei ihre Schwester mit einem dämpfenden Auge. «Meine natürliche Parteilichkeit», stellte sie fest, «hat mich für die Fehler von Alverstokes Charakter nie blind gemacht, aber so sehr ich sie bedauere, fühle ich mich doch verpflichtet, in aller Gerechtigkeit zu sagen, daß sie nicht allein ihm zuzuschreiben sind. Abgesehen von der Nachsicht, die ihm von der Stunde seiner Geburt an gewährt wurde, wird er so sehr umworben, beschmeichelt und richtiggehend *gejagt*, daß man, so sehr man den Zynismus beklagen muß, mit dem er Frauenzimmer ansieht, nicht darüber staunen kann. Ich versichere dir, Eliza, ich habe mich oft für mein eigenes Geschlecht *geschämt*! Und das, stelle ich mir vor, ist der Grund, warum er dazu neigt, sein Interesse an Frederica zu heften. Du kannst dich darauf verlassen, daß ich sie genau beobachtet habe. Aber wenn du mich fragen würdest, ob sie sich seines Interesses für sie bewußt ist oder ihr ein Antrag von ihm willkommen wäre, dann müßte ich antworten, daß ich es nicht weiß. Alles, was ich sagen kann, ist, daß ich nie gesehen habe, daß sie auch nur den kleinsten Köder nach ihm ausgeworfen oder durch das geringste Zeichen verraten hätte, daß sie für ihn ein wärmeres Gefühl als das einer verwandtschaftlichen Freundschaft hegt.»

Eliza verdaute das und erwiderte langsam: «Ich verstehe. Du glaubst, das gerade reizt ihn, und du kannst durchaus recht haben. Aber es erscheint mir sehr seltsam, daß sowohl Louisa wie Sally glauben, er sei in die andere Schwester verliebt.»

«Er ist äußerst vorsichtig», behauptete Augusta.

«Dann muß es das erste Mal sein!»

«Sehr richtig. Ich bin der Meinung, daß er seine Gefühle selbst noch nicht kennt. Aber ich halte es für bedeutsam, daß er sich Mühe gibt – ebenfalls, vermute ich, zum erstenmal! –, nichts zu tun, das Frederica zum Gegenstand boshafter Gerüchte machen könnte. Selbst Louisa hat nicht gemerkt, daß in seinen Augen ein ganz anderer Ausdruck ist, wenn er mit Frederica spricht, als der spöttische Blick, den er Charis schenkt.»

«Na ja», meinte Eliza, «ich hatte keine Ahnung von alledem, oder daß die Angelegenheit so ernst geworden ist. Sicher, es fiel mir auf, als wir gestern abend beisammen saßen und Felix ihm zu schmeicheln begann, daß er nicht so – so unmenschlich war wie früher. Wenn das Fredericas Einfluß ist – oh, aber Augusta, du kannst es dir nicht überlegt haben! Denke bloß an ihre Behinderungen! Er erzählte mir selbst, daß Felix und sein Bruder in ihrer Obhut stehen – kannst du dir vorstellen, daß er bereit wäre, einen Teil dieser Verantwortung zu übernehmen?»

«Soviel ich höre», antwortete Augusta trocken, «hat er damit schon begonnen. Ich bin herzlich froh darüber – es gibt ihm etwas zu denken, außer an sein eigenes Vergnügen. Ich habe nie ein Geheimnis aus meiner Überzeugung gemacht, daß der Müßiggang sein Ruin war. Sein Reichtum hat es ihm ermöglicht, sich jede ausgefallene Laune zu leisten, ohne sich selbst je die Mühe zu machen, die Kosten zu berechnen; er war nie verpflichtet, an jemanden anderen als an sich zu denken. Und was ist das Ergebnis? Er war blasiert, bevor er noch dreißig war!»

«Also trittst du für die Vormundschaft über zwei Schuljungen als Heilmittel ein?» Eliza kicherte, als sie im Geist ihre eigenen Söhne Revue passieren ließ. «Na, langweilen würde er sich bestimmt nicht!» sagte sie und begann sich die Handschuhe anzuziehen. «Ich hoffe die Damen Merriville heute abend kennenzulernen und bin jetzt doppelt darauf aus, es zu tun. Es wird jedoch schwer sein, mich zu überzeugen, daß ein

Frauenzimmer, wie du es mir beschrieben hast, die passende Frau für Alverstoke wäre.»

Als sie aber an diesem Abend vom Haus der Seftons abfuhr, neigte sie sehr zu der Meinung, daß Augusta recht haben konnte. Sie fühlte sich stark zu Frederica hingezogen, da sie ihre freimütigen natürlichen Manieren mochte, ihre ruhige Eleganz und ihre lachenden Augen. Das mußte es gewesen sein, was auch Alverstoke angezogen hatte, glaubte sie – falls er sich angezogen fühlte. Diese Frage war unmöglich zu entscheiden, denn während er einerseits offenkundig auf dem Fuß freundlicher Vertrautheit mit Frederica stand, hielt er sich andererseits nicht lange neben ihr auf, sondern schlenderte fort, um Mrs. Ilford in einen leichten Flirt zu verwickeln. Lady Elizabeth bemerkte beifällig, daß Fredericas Augen ihm nicht folgten, noch ihn nachher in dem überfüllten Raum suchten. Augusta hatte recht, dachte sie, das Mädchen hat Qualität. Doch wenn man sie bloß als passabel beschrieb, tat man ihr schwer unrecht; sie wurde sicherlich durch die blendende Erscheinung ihrer Schwester in den Schatten gestellt, aber in jeder anderen Gesellschaft hätte sie als sehr hübsches Mädchen gegolten. Überdies besaß sie die undefinierbare Gabe des Charmes, die ihr, zum Unterschied von Charis' zerbrechlicher Schönheit, bis zu ihrem Ende bleiben würde.

Elizabeth sagte ihr lächelnd: «Ich muß Ihnen erzählen, daß ich mein Herz an Ihren Bruder Felix verloren habe! Sie wissen vermutlich, daß ich ihn gestern kennengelernt habe. Ein höchst einnehmendes Kind!»

Frederica lachte, schüttelte jedoch den Kopf. «Ja, aber er ist sehr schlimm und steht in meinem schwarzen Buch – wenn ihm doch bloß etwas daran läge! Ich habe ihm streng verboten, Lord Alverstoke zu plagen, der ohnehin schon viel zu nett zu ihm ist – wie zu uns allen.»

«Oh, aber er hat ihn gar nicht geplagt! Er erzählte uns, daß Sie es ihm verboten hätten, und versicherte meinem Bruder, daß er ihn doch bloß *bäte*!»

«Himmel, was für ein gräßlicher Junge! Ich bitte Sie um Entschuldigung – er hat mir erzählt, Sie wünschten diesen Aufstieg ebenfalls mit anzusehen, ich bin dagegen vollkommen überzeugt, daß das nicht der Fall ist!»

«Aber im Gegenteil! Ich werde es sehr genießen – und insbesondere das Schauspiel, wie mein Bruder um einen kleinen und wahrscheinlich schmutzigen Finger gewickelt wird!»

«Bestimmt schmutzig», versicherte Frederica kläglich. «Ist das nicht seltsam – man schickt einen kleinen Jungen blitzsauber hinaus, und in einer halben Stunde ist er ein vollkommener Zigeuner?»

«Ja, und in dieser Hinsicht sind sie einander alle ganz gleich. Ich habe nämlich drei Söhne, Miss Merri – aber nein, warum sollen wir so förmlich sein? Frederica! Wir sind doch Basen, nicht?»

«Nun, ich glaube schon», entgegnete Frederica. «Nur – nur sehr entfernt verwandt, fürchte ich!» Sie zögerte und sagte dann aufrichtig: «Es muß Ihnen sehr seltsam erscheinen, daß ich Lord Alverstoke gebeten habe, sich mit uns anzufreunden. Die Sache war so, daß er der einzige Verwandte ist, dessen Namen ich kannte. Mein Vater hatte mehrmals von ihm gesprochen, daher – daher war ich so kühn, mich an ihn zu wenden. Ich war sehr eifrig darauf aus, verstehen Sie, daß meine Schwester eine Londoner Saison mitmacht.»

«Das kann ich wirklich verstehen», stimmte Eliza zu und schaute zu Charis, die in einer Gruppe junger Leute gegenüber im Saal stand. «Ich sehe, sie hat Endymion Dauntry am Bändel. Wenn er nicht so schön wäre, hielte man ihn für ein Mondkalb! Ist das seine Schwester Chloë, die mit dem jungen Wrenthorpe spricht? Wie absurd, daß Endymion so viel besser aussieht als seine Schwester!» Sie blickte Frederica lächelnd an: «Alverstoke erzählte mir, daß eine Tante Ihre Anstandsdame ist, die aber heute abend nicht hier ist. Ich möchte sie kennenlernen, also werde ich ihr einen Vormittagsbesuch machen, wenn Sie meinen, daß ihr das nicht unangenehm ist.»

«Auf keinen Fall, doch ich fürchte, Sie werden sie sehr wahrscheinlich nicht daheim antreffen», antwortete Frederica. Sie furchte die Stirn und seufzte. «Unglücklicherweise – nun, eigentlich traurigerweise – ist mein Onkel, der in der Harley Street wohnt, gefährlich krank und wird sich nicht mehr erholen, was man ihm eigentlich auch gar nicht wünschen dürfte, denn er leidet schon seit langem an einer schmerzhaften und unheilbaren Krankheit. Meine Tante Seraphina hält es für ihre Pflicht, ihre Schwestern zu unterstützen, und verbringt fast den ganzen Tag in der Harley Street. Tante Amelia hat großen Kummer, der sie völlig lähmt. Sie ist – hm – nichts als Empfindsamkeit, und das Geringste übermannt sie einfach.» Sie fügte hastig hinzu: «Ich will damit natürlich nicht sagen, daß das etwas Geringes ist!»

«Ich weiß genau, was Sie meinen», warf Eliza ein. «Die Arme! Sie tut mir aufrichtig leid, aber ich werde Ihnen alle blumigen Gemeinplätze ersparen. Vermutlich gleichen wir einander darin, daß wir das unverblümte Wort vorziehen. Es trifft sich höchst unglücklich, daß dies gerade jetzt geschieht. Sie müssen sich ohne Ihre Anstandsdame in einer höchst peinlichen Lage befinden. Doch ich habe vor, einige Wochen in London zu bleiben, also kann ich Ihnen vielleicht zu Hilfe kommen.»

«O nein, nein! Es ist sehr freundlich von Ihnen, aber *das* ist wirklich unwichtig. Meine Tante mag mondäne Gesellschaften nicht und begleitet uns ohnehin selten. Ja, sie stimmte nur unter der Bedingung zu, in die Upper Wimpole Street mitzukommen, wenn sie das nicht tun muß. Ich dachte, daß es vielleicht einen – einen korrekteren Anschein bietet, wenn man weiß, daß sie bei uns lebt. Aber praktisch bin immer *ich* die Anstandsdame von Charis. Sehen Sie, als sie siebzehn war, war ich schon weit über das Alter hinaus, selbst eine zu brauchen – was immer auch Vetter Alverstoke sagen mag!»

«Und was sagt er?» erkundigte sich Eliza.

«Alles Unangenehme!» antwortete Frederica lachend. «Er hält mich für ganz tief gesunken – entschieden ein wirres Frauenzimmer! –, weil ich meine Zofe nicht mitnehme, wenn ich ausgehe! Es ist zu albern! Als sei ich ein unreifes Ding, wo doch jeder sehen kann, daß ich das nicht bin!»

«Nein, aber wenn ich so sagen darf, keine alte Jungfer.»

Frederica lächelte. «Ich bin überzeugt, kein Frauenzimmer erreicht je das Stadium einer alten Jungfer. Doch das ist unwichtig. Wichtig ist: sollte mein Onkel *jetzt* sterben, wäre es für Charis höchst ungehörig, an solchen Gesellschaften wie dieser teilzunehmen, nicht wahr?» Wieder sprang das Lachen in ihre Augen. Sie sagte mit komisch verzweifeltem Ton: «Ach Himmel! Wie gräßlich das klingt! Aber wenn man geplant und sich bemüht hat wie ich, um eine sehr schöne und sehr liebe Schwester wenigstens für eine einzige Saison nach London zu bringen – wäre es – wäre es ziemlich hart, wenn man alles wieder aufgeben müßte, weil ein Onkel, den wir kaum kennen und der gar nicht blutsverwandt ist – wenn auch ein gütiger, würdiger Mann! –, in einem so schlecht gewählten Augenblick sterben sollte!»

Ein verständnisvolles Zwinkern stieg in Lady Elizabeths Augen, doch sie antwortete völlig ernst: «Ja, ich verstehe. Peinlich! Aber wenn er nur angeheiratet ist, dann neige ich sehr zu der Meinung, daß Sie nicht mehr tun müssen als schwarze Handschuhe zu tragen.»

«Aber doch nicht mit schwarzen Handschuhen *tanzen*!» wandte Frederica ein.

Lady Elizabeth überlegte sich das. «Vielleicht nicht. Was das Tanzen betrifft, bin ich keineswegs ganz sicher, weiß aber bestimmt, daß wir wegen einer meiner Großtanten in kleiner Trauer waren, als meine Mutter Louisa debütieren ließ, und ich glaube mich zu erinnern, daß sie doch jeden Abend Gesellschaften besuchte. Ich kümmere mich keinen Deut um Konventionen und hätte angenommen, auch Sie nicht.»

«Ich muß mich darum kümmern, um meiner Schwester willen. Was bei Lady Elizabeth Dauntry als exzentrisch aufgefaßt wird, würde bei Miss Merriville als sehr ungehörig verurteilt werden», entgegnete Frederica trocken.

Eliza rümpfte verächtlich die Nase. «Ich glaube, das stimmt. Wie abscheulich! Nun, das einzige, was man tun kann, ist –»

Aber in diesem Augenblick wurde sie von Lady Jersey unterbrochen, die mit ausgestreckten Händen auf sie zukam und ausrief: «Eliza! Heiliger Himmel, ich hatte nicht die leiseste Ahnung – meine liebste, elende Person, wie wagst du es, nach London zu kommen, ohne mir ein Wort davon zu schreiben?!»

Daher erfuhr Frederica, die wegging, nicht, was nach Meinung Ihrer Gnaden am besten zu tun wäre. Sie konnte nur hoffen, daß Mr. Navenby, der außerordentlich förmlich ihre Erlaubnis erbeten hatte, Charis den Hof machen zu dürfen, Erfolg haben würde, dieses weiche Herz zu gewinnen. Da Charis die Tendenz zeigte, in Tränen auszubrechen, wann immer sein Name erwähnt wurde, war diese Hoffnung nicht sehr groß. Aber wenn ihn Frederica mit Endymion verglich, fiel es ihr schwer zu glauben, daß Charis, so ein Kamel sie auch war, wirklich einen schönen dummen Tropf einem so bewunderungswürdigen jungen Mann vorziehen konnte. Ja, sie war von dem Anblick Charis', wie sie bei Almack vor zwei Tagen anbetend zu Endymion aufgesehen hatte, derart erbittert, daß sie sie ziemlich schroff ersucht hatte, sich bei der Sefton-Gesellschaft nicht auch so lächerlich zu machen.

«Genau solche Schafsaugen hast du dem jungen Fraddon gemacht, als du dir einbildetest, in ihn verliebt zu sein», erinnerte sie ihre schlapp werdende Schwester. «Aber damals warst du erst siebzehn. Jetzt bist du jedoch neunzehn vorbei, und es ist wirklich Zeit, meine Liebe, daß du etwas Verstand zeigst. Statt dessen zeigst du weniger! Will Fraddon hatte mehr als sein schönes Gesicht, was ihn empfahl, und hätte deine Schwäche für ihn vorgehalten, dann hätten weder ich noch seine Eltern etwas gegen eine Heirat einzuwenden gehabt. Natürlich hielt sie nicht vor, und jetzt beliebt es dir, eine Gans aus dir zu machen wegen eines anderen und viel weniger passenden schönen Gesichts! Charis, du weißt doch bestimmt, daß ich gegen eine solche Verbindung nicht mehr bin als Mrs. Dauntry – oder zweifellos Lord Alverstoke! Nein, nein, weine nicht! Ich will ja keinesfalls unfreundlich sein, und ich versichere dir, ich verstehe vollkommen, wie es kam, daß du von einem so prächtigen ... Tölpel verblendet bist. Nur versuche deinem Denken eine etwas vernünftigere Richtung zu geben! Wie könntest du mit einem Mann glücklich werden, den seine eigenen Verwandten für einen Klotz halten?»

Die Wirkung dieser Strafpredigt war, daß Charis in fieberhafte Ängste gestürzt wurde, die sie Endymion bei der ersten sich bietenden Gelegenheit mitteilte. Kaum war es ihm bei der Tanzunterhaltung bei Seftons gelungen, sie aus der Menge ihrer Verehrer beiseite zu ziehen, als sie ihm die Geschichte auch schon erzählte und als seine Allerliebste ihn anflehte, ihr bis zum Schluß des Abends nicht mehr nahezukommen. «Ich habe das gräßlichste Gefühl, daß Frederica das Geheimnis unserer Zuneigung Alverstoke verraten hat!» sagte Charis tragisch. «Du hast doch sicher bemerkt, wie er uns beobachtet hat, als du zuerst auf mich zugekommen bist! Ich erkläre dir, ich wäre fast umgefallen, als ich aufschaute und seinen durchdringenden Blick auf mir ruhen sah!»

Endymion hatte diesen entnervenden Umstand nicht bemerkt, aber er stimmte ihr zu, daß die Lage düster aussah. Nach mühsamem Nachdenken erklärte er: «Es gibt nur ein einziges dagegen: ich muß den Dienst quittieren!»

«O nein, nein!» hauchte Charis. «Das würde ich nie um meinetwillen zulassen!»

«Na ja, um die Wahrheit zu sagen, mir ist nie viel am Soldatenleben gelegen», vertraute ihr Endymion an. «Aber es ist so, daß Vetter Alverstoke sehr wahrscheinlich meine Apanage einstellen wird, wenn ich quittiere, und dann, weißt du, müßten wir uns nach der Decke strecken. Hättest du etwas dagegen, ein bißchen Landtrampel zu spielen? Obwohl ich überzeugt bin, wenn ich Landwirtschaft oder Pferdezucht aufnehme oder so etwas Ähnliches, dann hätten wir bald einen Haufen Moneten.»

«*Ich?*» rief sie aus. «Aber nein, wirklich nicht! Ich bin doch mein ganzes Leben lang ein Landtrampel gewesen, wie du das nennst! Doch bei dir ist das etwas anderes! Du darfst dich nicht um meinetwillen ruinieren!»

«So schlimm wäre das gar nicht», versicherte er ihr. «Mein Vermögen ist keineswegs groß, aber ich bin nicht ohne ein Hemd am Leib geboren. Und wenn ich quittiere, dann *könnte* mich mein Vetter nicht einfach ins Ausland schicken.»

«Ja, könnte er denn das jetzt tun?» fragte sie ängstlich. «Harry sagt, die Life Guards gehen nie ins Ausland, außer in Kriegszeiten.»

«Nein, nur könnte es ihm gelingen, mich auf eine Mission wegzuschicken.»

Ihre Augen wurden groß. «Was für eine Art Mission, lieber Liebster?»

«Na ja, das weiß ich nicht genau, aber wir schicken immer Missionen irgendwohin oder so, und sehr oft haben die einen Militär dabei. Diplomatisches Zeugs», erklärte Endymion vage. «Wie Lord Amherst, der vor ein paar Jahren nach China ging und dort mehr als ein Jahr blieb. Hat etwas mit Mandarinen zu tun», fügte er als weitere Erhellung des Mysteriums hinzu. «Würde mir überhaupt nicht passen, aber kein Mensch kann sagen, was geschehen könnte, wenn ich nicht quittiere. Dieser Alverstoke-Kerl hat verteufelt viel Einfluß.»

Da es ihr nie in den Sinn kam, daß es nur königlichem Einfluß gelingen konnte, für Endymion einen Platz in irgendeiner diplomatischen Mission zu beschaffen, wurde Charis sofort von einer abscheulichen Vision von Tod und Katastrophen heimgesucht. Wenn das Schiff, das eine so kostbare Last trug, dem Untergang entging, dann würde Endymion entweder von den Händen unbekannter, aber wahrscheinlich mordsüchtiger Mandarine zugrunde gerichtet werden oder einem der tödlichen Fieber unterliegen, die in den östlichen Ländern üblich sind. Mit schneeweißem Gesicht sagte sie mit leiser, leidenschaftlich bewegter Stimme, um ein solches Schicksal abzuwenden, wäre sie bereit, auf ihn zu verzichten. Endymion war sehr gerührt, da er jedoch keine der Katastrophen vor sich sah, die so unverzüglich vor ihr aufgestiegen waren, hatte er nicht das Gefühl, daß die Lage, selbst im schlimmsten Fall, ein so großes Opfer verlange. Als aber Charis ihn plötzlich bat, sie zu verlassen, weil Lady Elizabeth zu ihnen herübersah, verspürte er das starke Gefühl, daß es, wie er sagte, mit ihnen in dieser verteufelt verstohlenen Weise nicht so weitergehen könne.

«Nein, wirklich nicht! Es ist zu schmerzlich für mich!» stimmte ihm Charis zu.

«Jawohl, und für mich auch, wenn ich dich nur immer stückchenweise sehen kann und nicht im geringsten weiterkomme», erklärte Endymion düster. «Ich sag dir was, Charis: Wir müssen darüber reden – weißt, entscheiden, was wir tun müssen. Will verflixt sein, wenn ich Chloë und Diana morgen nicht zu dem Ballon mitnehme. Jawohl, das haut hin!

Du kannst deiner Schwester sagen, du möchtest mit Chloë reden – da ist nichts dabei. Ich spiele den Unsichtbaren, und während jeder den Ballon anschaut, schlängeln wir uns davon. Glaub nicht, daß es schwer ist – müssen ja verteufelt viel Leute im Park sein.»

«Nein, nein!» rief sie verzweifelt. «Wenn du deine Schwestern zu dem Ballon mitbringst, mußt du mir versprechen, mir überhaupt nicht in die *Nähe* zu kommen! Felix hat Lord Alverstoke überredet, ihn hinzufahren, und du kannst dich darauf verlassen, daß er sein Fahrzeug so dicht wie nur möglich an unseres heranbringt!»

«Alverstoke wird einem Ballonaufstieg zuschauen?!» rief Endymion ungläubig aus. «Du schwindelst!»

«Aber nein, wirklich nicht! Er nimmt auch Lady Elizabeth mit, also verstehst du –»

«Der muß langsam im Oberstübchen nicht richtig werden! Also ich muß schon sagen – ausgerechnet Alverstoke! Warum, zum Kuckuck, muß er es sich in den Kopf setzen, daherzukommen und sich heimlich in alles einzumischen? Was für eine verflu – verflixte Sache! Mir scheint, es wird so enden, daß wir einen Sprung zur Grenze machen müssen!»

«Endymion!» brachte sie entsetzt heraus. «Du *kannst* doch von mir nicht verlangen, so etwas Gräßliches zu tun! Du ziehst mich ja auf! Das wäre ja die Höhe!»

«Ja, weiß ich. Meinem Oberst tät's auch nicht passen. Aber wir können nicht ewig bei Unentschieden bleiben, Liebste! Müssen uns irgendwie zusammenbringen!»

«Wir werden – oh, ich weiß, daß es uns schließlich doch gelingen wird! Pst, da kommt Lord Wrenthorpe!»

19

Als Knapp am nächsten Morgen im Schlafzimmer seines Herrn die Vorhänge zurückzog, empörte den Marquis zuerst der strahlende Sonnenschein und dann die Ankündigung seines Kammerdieners, daß heute ein schöner Tag sei. Der Lord hatte auf Regen, Sturm, ja sogar Schnee gehofft, praktisch auf alles, was einen Ballonaufstieg unmöglich macht. Aber seinem Blick begegnete ein wolkenloser Himmel, und als er – da Hoffnung bekanntlich nur schwer stirbt – Knapp fragte, ob es nicht sehr still sei, antwortete Knapp, ganz mit der Miene eines Mannes, der gute Nachricht bringt: «Gerade nur eine nette leichte Brise, Mylord, was man einen vollkommenen Junitag nennen würde!»

«Da irren Sie sich!» antwortete Seine Lordschaft. «Wann steigt dieser verdammte Ballon auf?»

«Um zwei Uhr, Mylord – soviel Master Felix Wicken erzählte», sagte Knapp zurückhaltend.

«Und Sie können sich darauf verlassen», beharrte Seine Lordschaft, «daß dieser Fratz Schlag zwölf auf der Schwelle steht.»

Aber als er selbst um zwölf aus seinem Ankleidezimmer auftauchte, entdeckte er, daß der junge Herr Merriville schon etwas früher gekommen war und unter der Ägide von Lady Elizabeth gemütlich einen herzhaften Mittagsimbiß verzehrte. Dank den Bemühungen seiner Schwestern war er tadellos gekleidet, in fleckenlose Hosen, seine beste Jacke und ein frisches Hemd, die Nägel geschrubbt und die Locken glänzend gebürstet, daß sie gleißten. Zwischen großen Bissen von Hammelpastete weihte er seine Gastgeberin in die Geheimnisse der Aeronautik ein. Jubelnd begrüßte er den Marquis und erklärte ihm, er sei vielleicht ein bißchen früh gekommen, weil er wußte, daß Vetter Alverstoke und Base Elizabeth den Park nicht zu spät erreichen wollten, damit man einen guten Platz für das Phaeton erwischen konnte. Nach einer etwas verbitterten Erwiderung machte er sich Seine Lordschaft sofort gefügig, indem er ängstlich fragte: «Sie wollen doch gern hinfahren, nicht wahr?»

«Ja, aber du bist trotzdem ein ekelhafter und abscheulicher junger Taugenichts!» gab Seine Lordschaft zurück.

Felix faßte das als Kompliment auf, schenkte ihm ein Engelslächeln und befaßte sich wieder eifrig mit der Pastete.

«Und außerdem», fuhr Seine Lordschaft fort, richtete sein Monokel auf den beladenen Teller und erschauerte leicht, «ein Vielfraß.»

«Ich weiß, Sir. Wissen Sie, wie man seinerzeit Ballons füllte, und wie es jetzt gemacht wird?»

«Nein», sagte Alverstoke. «Aber zweifellos werde ich es bald wissen.»

Er hatte recht. Von da an hielt Felix, der ein zerlesenes Exemplar der *History and Practice of Aerostation* ergattert hatte, das Gespräch in Fluß, größtenteils belehrend, aber gespickt mit eifrigen Fragen. Im Phaeton saß er zwischen Alverstoke und Eliza eingekeilt; da er sich jedoch ausschließlich an Alverstoke wandte, konnte sich Eliza bequem zurücklehnen und amüsiert und leicht erstaunt den recht rühmlichen Antworten auf die schwierigen Fragen zuhören, die ihm von seinem jugendlichen Verehrer gestellt wurden. Felix hatte, obwohl er Cavallos *History* viel verdankte, entdeckt, daß dieses Buch leider sehr veraltet war, was ihn, wie er Alverstoke aufrichtig sagte, sehr enttäuschte, da es seinem Gefühl nach noch viel gab, was er nicht über Aeronautik wußte. Und durch welche besondere Eigenschaft der Seide kam es, daß sie eine bessere Hülle für Ballone war als Leinen?

Von den Eigenschaften der Seide bis zu den Kompliziertheiten von Ventilen war nur ein kleiner Schritt, der aber, wie es Eliza dünkte, ihre Gefährten in eine unverständliche Sprache entführte. Sie gab jeden Versuch auf, das Thema zu begreifen, und entzog ihm ihre Aufmerksamkeit, bis Felix diese forderte, der die Lady mit dem sehnsüchtig geäußerten Wunsch erschreckte, an einem Fallschirm durch die Luft zu schweben. Sie rief aus: «Welch gräßlicher Gedanke! Ich würde mich zu Tode fürchten!»

«Nein – warum denn, Ma'am?» fragte er. «Stellen Sie sich bloß vor, wie das sein muß! Vetter Alverstoke sagte, er hat einmal einen Mann gesehen, der so etwas vorführte – wenn *ich* den doch bloß auch gesehen hätte!»

Sie waren im Park angelangt, und als sie die Stelle des Aufstiegs erreichten, war Felix entzückt, als er sah, daß der Ballon zwar angeseilt war, die Gasfässer dagegen, aus denen man den Sack bald mittels eines Schlauchrohrs füllen würde, noch immer auf der mit Seilen eingezäunten Stelle standen. Er seufzte erleichtert auf, fragte Alverstoke, ob er denn jetzt nicht froh sei, daß sie so früh losgefahren waren, sprang vom Phaeton und lief eiligst zum Schauplatz des Geschehens davon.

«Hoffentlich weisen sie ihn nicht ab!» bemerkte Eliza. «Das würde ihm die ganze Freude verderben!»

«Soweit ich ihn kenne, wird er sehr wahrscheinlich völlig unnötig ermutigt werden», antwortete Alverstoke. «In der Gießerei, in die ich ihn begleiten mußte, haben sie ihn ins Herz geschlossen; und einen ähnlichen Erfolg scheint er auf dem Dampfboot errungen zu haben, das er einmal bestieg. Er hat Wissensdurst nach allen Formen mechanischer Erfindungen und für sein Alter ein bemerkenswertes Verständnis für das Thema.»

«Aber auch du weißt anscheinend mehr über solche Dinge, als ich je geahnt habe!»

«Nicht mehr als jeder andere Mensch, der halbwegs Verstand hat. Ich werde mich jetzt in den Baumschatten zurückziehen – egal, ob du noch so gern möglichst nahe an der Absperrung wärst.»

Sie lachte. «Ich werde nur froh sein – obwohl ich fürchte, daß es Felix sehr feige von uns halten wird!»

So früh es noch war, waren sie doch nicht die ersten Ankömmlinge gewesen. Um die Absperrung standen schon Leute, und einige Fahrzeuge waren im Schatten der Bäume aufgestellt worden, darunter auch Lady Buxteds Halblandauer – ein Umstand, der Eliza fragen ließ: «Guter Gott, ist das nicht Louisas Wagen? Ich frage mich, was sie wohl dazu gebracht hat, ihn herzuleihen? Sie haßt doch die Merrivilles.»

«Sie dürfte da kaum die Wahl gehabt haben. Ich finde zwar Carlton unerträglich langweilig, aber das eine muß ich von ihm sagen: Er hat keine Angst vor Louisas Zunge und duckt sich nicht vor ihr. Zumindest entnehme ich das den Klagen, die sie von Zeit zu Zeit an meine unwilligen Ohren dringen läßt.»

«So viel Mut hätte ich ihm gar nicht zugetraut. Fahr doch neben den Wagen! Ich möchte meine Bekanntschaft mit Frederica fortsetzen.»

Er entsprach dieser Bitte und fuhr das Phaeton rechts an den Halblandauer heran. Der hohe Sitz machte es zwar seiner Schwester unmöglich, Frederica die Hand zu reichen, aber sie konnte sie doch wenigstens begrüßen und hätte mit ihr weitergeplaudert, wenn sie nicht festgestellt hätte, daß Frederica bald einen steifen Hals bekäme, falls sie gezwungen war, mit jemandem zu reden, der so hoch über ihr saß. Jessamy war aus dem Halblandauer gestiegen und half Eliza mit schüchterner Galanterie, von ihrem Sitz herunterzuklettern, als sie die Absicht ausdrückte, einen gemütlichen Klatsch mit seinen Schwestern abzuhalten. Sie lächelte ihn an und sagte: «Danke! Du bist, glaube ich, Jessamy – derjenige, der so vorzüglich die Zügel führt! *How do you do?*»

Errötend und stammelnd wehrte er das Lob ab, als er sich über ihre ausgestreckte Hand beugte. Ihre Gnaden sei sehr gütig, aber irre sich durchaus. Er sei erst blutiger Anfänger, würde Vetter Alverstoke sagen.

«O nein! Er sagte, du hättest etwas – etwas von einem zukünftigen Rennfahrer an dir. Und wie geht's dir, Carlton? Ich bin zwar entzückt, dich zu sehen, aber du solltest lieber gehen und zuschauen, was sie dem Ballon antun, als mit einer Tante zu reden – also wirst du mir eine Zeitlang deinen Platz überlassen.»

Ihre Gnaden hätte genausogut auch Jessamys Platz einnehmen können, aber Lord Buxted, der seine lächelnde Verabschiedung mit Haltung aufnahm, verkniff es sich, ihr das zu sagen. Er half ihr in den Wagen, drehte sich nach seinem Onkel um und sagte humorvoll: «Ich kann erraten, was – oder vielleicht sollte ich sagen, wer – dich so überaus pünktlich hergebracht hat!»

«Ja, eine unwiderstehliche Kraft. Aber was, zum Teufel, hat *dich* so früh hergebracht?»

«Oh, so ziemlich die gleiche Ursache», meinte Carlton und blickte zu

Jessamy hinüber, der ihn nicht beachtete, da er seine Aufmerksamkeit zwischen den Pferden Seiner Lordschaft und dem Stallknecht Seiner Lordschaft teilte. Buxted fuhr leiser fort: «Ich wußte, daß unser junger Vetter dort alles von Anfang an sehen wollte und sich für sehr *schlecht* behandelt gehalten hätte, wenn wir gerade nur zum eigentlichen Aufstieg zurechtgekommen wären!»

Eine tödliche und ihm nur allzu vertraute Langeweile überkam den Marquis. Schon schwebte eine scharfe Entgegnung auf seinen Lippen, blieb jedoch ungesagt. Als seine verächtlichen Augen das Gesicht seines Neffen prüften, sah er, daß es der schwülstige junge Dummkopf aufrichtig meinte. Er glaubte in aller Redlichkeit, daß er Jessamy einen Hochgenuß schenkte, und, wie seine nächsten Worte bewiesen, hatte er sich Mühe gegeben, die Sache so belehrend zu machen, wie sie aufregend war.

«Da ich wußte, daß man von mir erwarten würde, alle möglichen Fragen zu beantworten, traf ich gestern die Vorsichtsmaßnahme, meine *Encyclopaedia* zu Rate zu ziehen», erklärte Buxted. «Ich muß gestehen, daß ich von dem Thema ganz gefesselt wurde. Die Aufschlüsse waren nicht ganz nach dem letzten Stand, aber die Abenteuer der ersten Ballonfahrt haben mich entschieden gefesselt! Ich habe meine Gefährten mit einem Bericht der Experimente von Professor Charles unterhalten. Sicher kann Jessamy jetzt sagen, welche Höhe dieser einmal erreichte – wie, Jessamy?» fügte er lauter hinzu.

Er mußte die Frage wiederholen, bevor er Jessamys Aufmerksamkeit von dem Führungspferd ablenken konnte, dem dieser gerade leise schmeichelte, und selbst dann war es Alverstoke, der Buxted antwortete.

«Zweitausend Fuß», sagte er, Jessamy zu Hilfe kommend. «Ich habe die Gesellschaft deines Bruders heute nicht umsonst ertragen, Jessamy! Also versuch mir nicht zu erzählen, daß Lunardi seinen Ballon mit Gas füllte, das aus Zink gewonnen wurde, oder daß Tyler in Edinburgh eine halbe Meile hoch stieg, oder sogar, daß Blanchard einmal in einer Eiche landete. Denn ich bin über diese und sehr viele andere Tatsachen bereits vollkommen aufgeklärt.»

«Ah, Felix ist ein Forschergeist!» bemerkte Buxted und lächelte nachsichtig. «Wo steckt denn der kleine Lausbub?»

«Nimmt wahrscheinlich an den äußerst langweiligen Vorbereitungen innerhalb der Absperrung aktiv teil.»

«Ich glaube kaum, daß es ihm gelungen ist, zugelassen zu werden. Aber vielleicht sollten wir hingehen und nachsehen, ob er keinen Unfug anstellt, Jessamy. Bestimmt möchtest auch du zusehen, wie der Sack gefüllt wird», sagte Buxted freundlich.

Er wandte sich ab, um zu fragen, ob die Damen vielleicht auch gern mitgingen. Jessamy, der zum Marquis aufschaute, rief: «Ich wollte, ich wäre an Felix' Stelle gewesen! Noch dazu Ihre Grauen! Hat er Sie gebeten, ihn hinter einem Gespann zu fahren? Ich sagte ihm, Sie würden das nicht tun, jetzt hat er also etwas voraus, der kleine Affe! – Ja, Vetter Buxted, ich komme!»

Da die Damen den angebotenen Genuß abgelehnt hatten, gingen Buxted und Jessamy miteinander fort, es dauerte jedoch nicht lange, bis Jessamy zurückkam. Alverstoke, der vom Phaeton abgestiegen war und mit Frederica sprach, wandte den Kopf. «Hast du ihn umgebracht?» erkundigte er sich.

Jessamy mußte lachen, brach aber sofort ab und entgegnete: «Nein, nein! Doch es war nicht auszuhalten, also gebrauchte ich eine Ausrede, um fortzukommen. Es war schon schlimm genug, als er ewig über diese unerträgliche Aeronautik schwätzte – als hätte ich nicht schon von Felix genug darüber gehört! Als er dagegen anfing, Felix eine Predigt zu halten und die Leute dort um Entschuldigung bat, daß er sie plagte, wußte ich, daß ich ihm in die Haare fahren würde, wenn ich bliebe. Also ging ich lieber.»

«Und plagt Felix sie wirklich?» fragte Frederica. «Soll ich ihn fortholen?»

«Er würde nicht mitkommen – besonders jetzt nicht, weil es ihm Vetter Buxted befohlen hat! Er sagte Felix, daß Leute, die mit etwas Wichtigem beschäftigt seien, nicht gern, ‹kleine Buben› haben, die ihnen vor den Füßen herumlaufen. Daraufhin sträubte Felix im Nu die Haare, kann ich dir sagen! Nun, ist das auch ein Wunder?»

«Eine sehr ungeschickte Bemerkung», stimmte Alverstoke ernst zu.

«Nun, *Sie* jedenfalls hätten ihn nicht ins Gesicht einen *kleinen Buben* genannt, oder?»

«Natürlich nicht», warf Eliza mit lachenden Augen ein. «Ich erinnere mich genau, daß er ihn eben erst heute einen abscheulichen jungen Taugenichts genannt hat!»

«Genau das ist es, Ma'am!» bestätigte Jessamy. «Daraus macht er sich gar nichts, genausowenig, wie wenn ich ihn einen abscheulichen kleinen Racker nenne. Aber ihn einen kleinen Buben nennen –! Nicht einmal *ich* täte das, selbst wenn ich noch so zornig wäre!»

Frederica sagte resigniert: «Die Mühe von Charis und mir, ihn anständig angezogen wegzuschicken, dürfte verschwendet gewesen sein.»

«Er sieht jetzt schon wie ein Vagabund aus», erklärte Jessamy aufrichtig. «Doch was das betrifft, den Leuten vor die Füße zu laufen –! Sie mögen ihn gern, Frederica! Aber selbst wenn das nicht der Fall wäre, dann geht das Buxted auch nichts an. Mit welchem Recht benimmt er sich, als sei er unser Vormund? An einem herumnörgeln in dieser – dieser freundlichen Art, daß sich einem die Haare sträuben, bis –» Er hielt inne, preßte die Lippen zusammen und gestand nach einer Weile inneren Kampfes: «Ich dürfte das nicht sagen. Er ist ein sehr achtbarer Mann und – und er hat es mir nicht nachgetragen, als ich entsetzlich unhöflich zu ihm war. Ich bin entschlossen, mich nicht mehr von ihm reizen zu lassen. Daher ging ich lieber.»

«Sehr richtig», bemerkte Alverstoke. «Hast du erfahren, wann der Ballon aufsteigt?»

«Nein. Das heißt, ich hörte jemanden sagen, daß sehr wenig Wind sei, und ich glaube, sie haben diskutiert, ob sie den Flug machen oder lieber verschieben sollen. Aber ich habe nicht wirklich aufgepaßt.»

«Hättest du es bloß!» sagte Alverstoke. «Ich finde diese Angelegenheit genauso langweilig wie du und wäre entzückt, wenn ich mich von ihr zurückziehen könnte. O mein Gott! Wenn man den Flug verschiebt, dann wird Felix von mir erwarten, daß ich dieses Unternehmen wiederhole!»

Frederica lachte. «Keine Angst! Ich lasse nicht zu, daß er Sie quält, ihn noch einmal herzubringen.»

«Ein leeres Versprechen! Er wird Ihnen – und auch mir – versichern, daß er keinerlei Absicht hat, mich zu quälen und –»

«Er wird dich ja nur *fragen*!» warf Eliza ein.

«Ja, oder es mir als einen Hochgenuß anbieten und dreinschauen wie ein armes Waisenkind, wenn ich es ablehne», sagte Seine Lordschaft bitter.

«Seine Tricks spielen lassen», nickte Jessamy. «Natürlich wird er das, wenn er weiß, daß er Sie einwickeln kann. Warum verpassen Sie ihm keine Abfuhr?»

«Statt ihn zu ermutigen, daß er denkt, er kann sich wegen jeder Nachsicht auf Sie verlassen», stimmte Frederica ihrem Bruder zu. «Jessamy, glaubst du, daß du ihn vielleicht doch von dort loseisen kannst? Bestimmt wünschen sie ihn nach Jericho!»

Jessamy schüttelte den Kopf und sagte mit einem unwilligen Lächeln: «Nein, das tun sie nicht. Einer von ihnen sagte zu Vetter Buxted, Felix machte sich nützlich! In Wirklichkeit wird er von ihnen genauso ermutigt wie von Vetter Alverstoke – und, Gott, wird der wieder wochenlang unerträglich sein!»

«Es dürfte verschwendete Liebesmüh sein, wenn ich behaupten wollte, daß ich ihn nie ermutigt habe, noch, kann ich hinzufügen, die geringste Notwendigkeit sah, es zu tun!» lenkte Alverstoke ein. Er sah seinen Neffen Buxted herankommen und begrüßte ihn mit der Frage, wie lange man sie noch würde warten lassen.

«Jetzt dürfte es nicht mehr lange dauern!» antwortete Buxted. «Ich habe mit dem Chefaeronauten gesprochen, einem sehr verständigen Mann. Es sind nämlich ihrer zwei da. Dieser eine – Oulton, glaube ich, heißt er – hat mir einige interessante Tatsachen über die Schwierigkeiten und Gefahren des Ballonfahrens erzählt: Die unerwartet auftretenden Luftströmungen in großer Höhe, die Empfindlichkeit des Ventils, das Risiko, bei starkem Wind zu landen, wenn die Greifer, wie man weiß, häufig ganze Büsche ausreißen, so daß der Ballon schnell wieder in die Höhe schießt... um nur einige aufzuzählen. Man muß wirklich unerschrocken sein, um sich in den Himmel zu wagen – ich zögere nicht zu sagen, ich täte es nicht um die Welt.»

«Nein, wirklich nicht!» rief Charis erschauernd.

«Und außerdem die Geschwindigkeit, die sie erreichen!» fuhr Buxted fort. «Man stelle sich vor, mit fünfzig Meilen pro Stunde zu reisen!

Aber das wird anscheinend heute nicht zu sehen sein, denn es ist zu wenig Wind. Ich glaube, daß man nur einen kurzen Flug versuchen wird, natürlich nur, falls der Ballon nicht auf stärkere Strömung in der Höhe trifft. Ob Sie wohl wissen, Charis, bis zu welchen enormen – man könnte sagen, *unglaublichen* – Höhen sie schon gestiegen sind?»

«Felix erzählte es mir, eine halbe Meile. Oh, hoffentlich tun sie das heute nicht! Allein der Gedanke daran entsetzt mich schon!»

Der Marquis, der mit boshafter Genauigkeit den Ausdruck im Gesicht seines Neffen deutete, sagte: «Komm, komm, Carlton! Du bist doch sicher kein solcher Tölpel und hoffst, daß du Felix' Schwester zum Staunen bringst? Wenn sie in der ganzen letzten Woche bei seinen aufschlußreichen Vorträgen anwesend war, muß sie durchaus imstande sein, dir alle statistischen Angaben herunterzubeten!» Er schaute mit einem Lächeln zu Charis, das ihr ein leises Lachen entlockte. «Aber ich flehe Sie an, Charis, tun Sie es nicht!»

«O nein, wie könnte ich denn das? Ich bin ja viel zu dumm, um solche Dinge zu verstehen!»

«Oder vielleicht hat Ihr kleiner Bruder nicht alles ganz verstanden, was er Ihnen erzählen wollte!» meinte Buxted. «Es ist ja nicht die Höhe, welche die Gefahr darstellt, sondern die Empfindlichkeit des Ventils, das die Höhe reguliert. Wegen des atmosphärischen Drucks muß die an ihm befestigte Schnur mit größter Vorsicht betätigt werden. Kann das Ventil nicht genügend weit geöffnet werden, dann kann man die Stelle der Landung verfehlen. Wenn es andererseits geöffnet, aber nicht wieder geschlossen werden kann, entweicht das Gas so heftig, daß der Ballon rasend schnell zusammenfällt und mit tödlicher Geschwindigkeit zur Erde stürzt!»

Zum Glück – da Charis bei dem bloßen Gedanken, daß sie vielleicht eine so schreckliche Katastrophe würde mit ansehen müssen, blaß wurde – lenkte sie Jessamy davon ab, indem er ausrief: «Seht doch! Jetzt füllen sie ihn!»

Tatsächlich sah man jetzt, wie der Seidensack, der vorher auf dem Boden ausgebreitet war, über den Köpfen der Menge sichtbar wurde. Als er aufschwoll und stieg, staunten die Zuschauer, denn obwohl die Neugierigen in seiner Nähe wußten, daß die klassisch geformte Gondel blau und rot bemalt und mit geschnitzten goldenen Arabesken verziert war, begann sich das Gemisch von Farben auf dem Boden erst beim Füllen des Ballons in vertikale rote und weiße Streifen aufzulösen, über die quer ein blaues Band wie eine Schärpe lief.

«Ihre Qual ist fast vorbei, Vetter!» sagte Frederica.

Noch bevor er antworten konnte, wurden sie beide durch einen heiseren Aufschrei von Charis erschreckt. Frederica wandte sich schnell nach ihr um, gerade noch rechtzeitig, um zu sehen, wie ihre ausgestreckte Hand kraftlos herunterfiel, und sie aufzufangen, als sie ohnmächtig niedersank. Frederica blickte sich erschrocken um und bemerkte, wie der von seiner Verankerung gelöste Ballon mit einer kleinen Gestalt schnell aufwärtsschwebte, die sich wie ein Affe auf halbem Weg an eines der baumelnden Seile klammerte, die den Ballon am Boden festgehalten hatten. Frederica saß starr da, so gelähmt vor Schrecken, daß sie weder sprechen noch sich rühren konnte. Ihre Augen blieben voll Grauen an der immer kleiner werdenden Gestalt von Felix haften. Sie war sich weder des Lärms der erschrockenen Zuschauer noch des entsetzten Schweigens bewußt, das sich über ihre Gefährten gesenkt hatte.

Diese Stille wurde von Jessamy gebrochen. Ebenso weiß wie Charis, brachte er plötzlich krächzend heraus: «Sie ziehen ihn hinauf! Versuch nicht zu klettern, du kleiner Narr! Nicht –! O Gott, er wird sich nicht festhalten können!»

Er verbarg das Gesicht in den Händen, hob es aber wieder, als Alverstoke kühl bemerkte: «O doch. Ruhig, mein Kind! Sie holen ihn schnell hoch.»

Er wandte den Blick, wie Frederica, nicht von Felix, der bereits eine winzige, kaum auszunehmende Gestalt gegen den Himmel war. Die Spannung dauerte Sekunden, die Stunden zu sein schienen. Buxted rief: «Ich kann nicht sehen! Ich kann nicht erkennen –!»

«Da, da!» schrie Jessamy mit zitternden Lippen. «Sie ziehen ihn in die Gondel. Oh, gut gemacht, du kleines Biest, du kleiner Teufel! Na warte nur, bis ich dich zwischen die Finger kriege! *Warte* nur!» Dann setzte er sich plötzlich ins Gras nieder und barg den Kopf zwischen den Knien.

Alverstoke stieg auf die Stufe des Landauers und packte Frederica am Handgelenk. «Hören Sie!» sagte er herrisch. «*Sie* werden nicht ohnmächtig. Er ist in Sicherheit.»

Buxted, der auch wie Jessamy an der Reaktion des Schocks litt, stieß hervor: «*Sicherheit?* Auf mein Wort, Sir, wenn Sie es für sicher halten –»

«Schweig, Dummkopf!» unterbrach ihn Alverstoke mit einem so drohenden Blick, daß dieser wohlmeinende junge Mann beinahe zurückwich.

Frederica riß sich zusammen. Sie sagte mit trockener Kehle, aber ebenso ruhig wie Alverstoke: «Nein. Ich werde nie ohnmächtig.» Als sie sich bewußt wurde, daß Charis schlaff an ihrer Schulter lehnte, rief sie: «Charis! Ich muß – ich muß den Verstand verloren haben, ich vergaß –»

«Nehmen Sie das!» rief Eliza und zog ein Riechfläschchen aus ihrem Retikül. «Nein, lassen Sie nur. Legen Sie sie auf die Sitzkissen. Ich kümmere mich um sie. Um Himmels willen, Vernon, was sollen wir tun?»

«Charis wieder zu sich bringen!» empfahl er ihr.

«Das hab ich doch nicht gemeint!» fuhr sie ihn an, knüpfte die Bänder von Charis' Hut auf und warf diese modische Kopfbedeckung beiseite. «Frederica, tauschen Sie Platz mit mir, oder lassen Sie sich von Vernon aus dem Fahrzeug helfen!»

Noch immer von dem Schock benommen, gab Frederica dem Zwang von Alverstokes Hand nach und kletterte aus dem Wagen. Ihre Knie zitterten so sehr, daß sie froh war, sich an seinen Arm klammern zu können. Sie versuchte zu lächeln und sagte: «Ich bitte um Entschuldigung, ich benehme mich sehr dumm! Ich kann anscheinend nicht denken, aber Sie werden wissen, was ich tun soll! Sagen Sie es mir doch, Vetter!»

«Sie können nichts tun», antwortete er.

Sie starrte ihn einen Augenblick wie blind an, dann jedoch fand sie Worte: «Nichts. Sie haben natürlich recht. Nichts. Ich weiß nicht einmal, Vetter, wohin sie fliegen. Nicht wahr, ein Zweck der Aeronauten ist, zu entdecken, wie weit sie fliegen können?»

«Das glaube ich wenigstens, aber es soll Sie nicht erschrecken. Sie werden genauso eifrig darauf aus sein, Felix abzusetzen, wie Sie, ihn wiederzuhaben! Ich kann Ihnen nicht sagen, wo das sein wird, aber nach der Richtung des bißchen Winds, den wir haben, würde ich annehmen, daß sie irgendwo im Gebiet von Watford landen!»

«Watford! Ist das nicht recht weit?»

«Nein. Nicht einmal zwanzig Meilen. Sie werden es kaum wagen, eine Landung zu riskieren, bis sie aus dem Stadtgebiet und der Umgebung sind. Einen Aufstieg vom Hyde Park aus zu unternehmen, ist etwas ganz anderes, als ihren höllischen Ballon in einem dicht besiedelten Gebiet niedergehen zu lassen.»

«Ja. Ja, ich verstehe. Ich habe nicht erkannt – Und sie müssen doch so umsichtig wie möglich sein – meinen Sie nicht auch?»

«Zweifellos.»

Es gelang ihr ein Lächeln. «Ich fürchte mich nicht vor einem Unfall – nicht *sehr*! Doch Lord Buxted hat uns erzählt, daß die Kälte in großer Höhe sehr intensiv wird, und das fürchte ich. Sehen Sie, Felix ist zwar vollkommen gesund, erkältet sich aber leichter als die meisten, und es schlägt sich bei ihm auf die Brust. Er ist zwar nicht schwindsüchtig veranlagt. Unser Doktor daheim nennt es Bronchitis und sagt, daß er sie sehr wahrscheinlich mit zunehmendem Alter verlieren wird. Aber ich – ich kann nicht vergessen, wie krank er vor zwei Jahren war, als er einen sehr schlimmen Anfall hatte. Und er ist in diesem dünnen Jäckchen oben –!» Sie schwieg und zwang sich wieder zu einem Lächeln. «Ich benehme mich töricht. Es gibt nichts, was man unternehmen könnte.»

«Wir können nichts tun, aber Sie können sich darauf verlassen, daß ihn die Ballonfahrer warm einwickeln werden.»

Er sprach in seinem gewohnten Ton kühler Gelassenheit, und es tat seine Wirkung. Sie war unendlich beruhigt. Auch auf Buxted hatte es seine Wirkung, doch eine ganz andere. Er rief zornig: «Guter Gott, Sir, ist das alles, was Sie in dieser schrecklichen Lage zu sagen wissen?!»

Alverstoke betrachtete ihn mit hochgezogenen Brauen. «Es ist alles», antwortete er. Er sah, daß sich Buxteds Hände zu Fäusten ballten, und lächelte schwach. «Das täte ich lieber nicht», rief er ihm zu.

Einen Augenblick schien es, als wolle Buxted seinem Impuls gehorchen, beherrschte sich jedoch. Sein Gesicht war immer noch sehr rot, und er sagte mit unterdrückter Leidenschaft: «Kennen Sie denn die

Gefahren nicht, denen dieser Junge ausgesetzt ist, oder sind Sie so gefühllos?»

«Weder noch», entgegnete Alverstoke. «Ich freue mich zu sehen, daß du doch etwas Temperament hast, aber wenn du nicht schweigst, bin ich stark versucht, dich zur Ader zu lassen!»

«Oh, seid still, ihr beiden!» rief Eliza aus. «Charis, höre auf mich! Höre mir zu – Felix ist in Sicherheit! Es gibt nichts zu weinen – hörst du mich? Na, na!»

Doch Charis, die zu sich gekommen war, schluchzte hysterisch und schien anscheinend nicht imstande, damit aufzuhören oder zu verstehen, was Eliza zu ihr sagte.

«Weinkrampf!» seufzte Alverstoke. «Das hat noch gefehlt! Jetzt werden wir einen Menschenauflauf um uns haben!»

Frederica stieg schnell in das Fahrzeug und sagte: «Lassen Sie mich zu ihr, Base, bitte! Beruhigen macht es nur noch schlimmer.»

Während sie sprach, zog sie Charis aus Elizas Armen und versetzte ihr eine Ohrfeige, die die übrige Gesellschaft fast ebenso erschreckte wie deren Empfängerin. Charis hielt zwischen Schluchzen und Wimmern den Atem an und starrte aus entsetzten, tränenvollen Augen in das entschlossene Gesicht ihrer Schwester. «Felix!» würgte sie heraus. «Oh, Felix, Felix! Oh, Frederica!»

«Aufhören!» befahl Frederica. «Kein Wort mehr, bis du dich wieder beherrschen kannst!»

Eliza, die aus dem Wagen gestiegen war, bemerkte leise zu ihrem Bruder: «Na, mir scheint, das hat gewirkt – aber es war ziemlich drastisch! Schließlich hat das arme Kind einen gräßlichen Schock erlitten, und man kann sehen, daß sie sehr nervös und empfindsam ist.»

«Viel zuviel», erwiderte er.

Jessamy, der seine plötzliche Übelkeit mit reiner Willenskraft bezwang, war wieder aufgestanden. Er sah sehr blaß aus und atmete kurz und schnell, als sei er gelaufen. Er richtete seinen strengen Blick auf Alverstoke und stieß hervor: «Leihen Sie mir Ihr Phaeton, Sir! Ich – ich *bitte* Sie! Ich werde es nicht kutschieren – das kann Curry tun! Sie haben mein Wort, daß ich es nicht tue. Sir, Sie müssen es mir geben!»

«Willst du damit sagen, daß du dem Ballon nachjagen willst?» fragte Alverstoke und betrachtete ihn etwas amüsiert.

«Um Himmels willen, Jessamy, sei doch nicht so wirrköpfig!» rief Buxted. «Als wäre es nicht so schon schlimm genug! Wirklich, ich staune über dich! Das ist doch nicht der richtige Augenblick, sich in theatralischen Wachträumen gehen zu lassen!»

«Im Gegenteil!» sagte Alverstoke. «Das ist anscheinend genau der richtige Augenblick dazu!»

«Und auch kein richtiger Augenblick für frivole Witze!» erwiderte Buxted, schon wieder rot geworden.

«Sir!» bat Jessamy. «Ja? Ja?!»

Alverstoke schüttelte den Kopf. «Es tut mir leid, Jessamy. Der Ballon ist schon einige Meilen weit. Ja, ich weiß, er ist noch zu sehen, aber das täuscht, glaube mir. Auch steht es nicht so verzweifelt, wie Buxted dir glauben machen will. Unfälle sind eher die Ausnahme als die Regel.»

«Aber sie kommen vor!» beharrte Jessamy. «Und selbst wenn alles gut geht, wird Felix halbtot vor Kälte sein und hat kein Geld und – Sir, sie sagten, sie würden niedergehen, sobald sie das mit Sicherheit tun können, und wenn ich ihn nur in den Augen behalten kann –»

«Quatsch!» fuhr ihn Buxted an.

«Ließe es sich machen?» fragte Eliza ihren Bruder.

«Ich vermute ja, doch wozu? Er wird niedergehen, lange bevor wir in seiner Nähe sein könnten, und so gern es die Männer vielleicht täten, sie werden Felix nicht im Stich lassen. Wenn wir den Landeplatz gefunden haben – falls es uns je gelingt, was ich für zweifelhaft halte –, wäre Felix wahrscheinlich schon in einer Droschke auf dem Rückweg nach London.»

«Sie haben selbst gesagt, daß sie auf dem offenen Land niedergehen werden, Sir! Vielleicht sind sie meilenweit von einer Stadt entfernt! Und wenn – wenn sie nicht sicher landen – ich muß einfach fahren! Ich sage Ihnen, ich *muß*! Oh, warum ist Harry nicht hier?» rief Jessamy mit Todesangst in der Stimme.

Frederica sagte: «Vetter –!»

Er begegnete ihren Augen und las die ungesprochene Frage in ihnen. Er lächelte verzerrt, zuckte die Achseln und gab nach: «Also schön!»

Der ängstliche Ausdruck schmolz in überströmende Dankbarkeit. «Danke! Ich habe kein Recht, es von Ihnen zu erbitten, aber ich wäre Ihnen so dankbar – so außerordentlich dankbar!»

«Zu denken, daß ich in der Erwartung herkam, mich zu langweilen!» meinte er. «Eliza, es tut mir leid, daß ich dich jetzt verlassen muß – nimm meine Entschuldigung an!»

«Kümmere dich nicht um mich!» erwiderte sie. «Ich werde unsere Basen heimbringen, und Carlton kann mich dann zum Alverstoke-Palais zurückfahren.»

Er nickte und wandte sich an Jessamy. «Hinauf mit dir!»

Mit völlig veränderter Miene schrie Jessamy: «Sie fahren selbst mit mir? O danke! Jetzt wird's uns gelingen!»

20

Die gehobene Stimmung dauerte nicht lange. Als sie das Stanhope-Tor erreicht hatten, erinnerte sich Jessamy der verschiedenen Katastrophen, die Felix bedrohen konnten, und er wurde still; seine Augen, noch vor kurzem strahlend, waren jetzt düster und nachdenklich. Als sich das Phaeton dem Tor näherte, kam eben ein schicker Tilbury durch, von einem äußerst häßlichen, doch höchst modisch gekleideten Mann kutschiert. Kaum erblickte er Alverstokes Graue, als er den auffallenden Braunen zwischen den Stangen seines eigenen Gefährts zügelte und ausrief: «Alverstoke! Genau der Mann, den ich brauche!»

Der Marquis hatte sein Gespann angehalten, schüttelte jedoch den Kopf. «Nützt nichts, Känguruh! Ich habe nicht eine freie Minute!»

«Aber ich will doch nur – wohin, zum Teufel, fährst du?» brüllte Cooke und drehte sich auf seinem Sitz herum, als das Phaeton an ihm vorbeisauste.

«Einen Ballon jagen!» warf Alverstoke über die Schulter zurück.

«Warum haben Sie das gesagt?» fragte Jessamy. «Er wird glauben, Sie seien verrückt geworden.»

«Sehr wahrscheinlich! Und das ist dann nichts als die reine Wahrheit.»

Einen Augenblick herrschte Schweigen. Dann fragte Jessamy mit entschlossener Ruhe: «Meinen Sie, Sir, daß es ein fruchtloses Unternehmen ist?»

«O nein», beschwichtigte Alverstoke, der den ängstlichen Ton hörte und nachgab. «Wir mögen zu spät dran sein, aber mich hat noch nie jemand eingeholt.»

Die nächste halbe Meile herrschte Schweigen. Jessamy brach es, indem er heftig rief: «Er verdient *Prügel*! Und wenn wir ihn gesund finden, tu ich's!»

«Nicht, wenn ich etwas dabei zu sagen habe», antwortete der Marquis. «Der Gedanke, ihn durchzuprügeln, hat mich die ganze letzte Stunde aufrechterhalten, und nicht einmal Harry wird mich dieses Vergnügens berauben dürfen.»

Das entlockte Jessamy ein Lachen, aber nach einem Augenblick meinte er: «Sie sollten lieber mich prügeln. Es war meine Schuld – ganz allein meine Schuld!»

«Ich habe mich schon gefragt, wie lange es wohl dauern wird, bis es dir gelungen ist, dich zu überzeugen, daß du schuld daran bist», sagte Alverstoke bissig. «Ich verspüre nicht den geringsten Wunsch zu erfahren, wie du zu einer solchen hirnverbrannten Schlußfolgerung gelangst;

also gib dir keine Mühe, es mir zu erzählen! Wenn irgend jemand außer Felix schuld hat, dann bin ich es. Ich möchte dich erinnern, daß er in meiner Obhut und nicht in der deinen war.»

Jessamy schüttelte den Kopf. «Ich hätte ihn nie in der Absperrung lassen sollen. Ich *kenne* ihn doch!»

«So? Du hast wirklich den Verdacht gehabt, daß er sein Leben bei einem Versuch riskieren wird, an diesem Flug teilzunehmen?»

«Nein. Guter Gott, nein! Daran habe ich nicht im Traum gedacht, wohl aber daran, daß ich vielleicht ein Auge auf ihn halten sollte, und – wenn ich mich nicht von Vetter Buxted hätte aufbringen lassen –, ich glaube, ich hätte es getan», bekannte Jessamy und starrte streng geradeaus. «Mein verdammter Jähzorn! Eifersucht, Selbstüberheblichkeit, Hochgehen, nur weil es mein Vetter auf sich genommen hat, Felix zu sagen, er solle weggehen! Und dabei hatte er wirklich recht!» Er verbarg sein Gesicht in den Händen und sagte mit erstickter Stimme: «Ich werde nie taugen, nie!»

«Du hast recht, solange du nicht deine Tendenz überwunden hast, dir wirre Grillen in den Kopf zu setzen», pflichtete Alverstoke ungerührt bei. Er ließ Jessamy ein, zwei Augenblicke Zeit, diese vernichtende Bemerkung zu verdauen, bis er viel ermutigender hinzufügte: «Doch es wird dir zweifellos gelingen. Ich möchte dich nicht beleidigen, indem ich dich einen kleinen Jungen nenne, aber weißt du, sehr alt bist du wirklich noch nicht!»

Jessamy ließ die Hände vom Gesicht sinken und brachte ein Lächeln zuwege. «Ja, ich – ich weiß. Man sollte Geistesstärke haben – nicht zulassen, daß man überwältigt wird und – und auch seine eigenen Sünden nicht vergrößern, weil das auch eine Form der Eigenliebe ist – glauben Sie nicht?»

«Möglich. Eine, die ich mir bisher noch nicht geleistet habe», antwortete Seine Lordschaft trocken.

«Frederica auch nicht. Und sie hält auch keine Gardinenpredigten. Und sie ist der beste Mensch, den ich kenne!» Er fügte unerwartet naiv hinzu: «Vermutlich erscheint das seltsam, wenn man so etwas von der eigenen Schwester sagt, aber es ist wahr, und ich schäme mich nicht, es zu sagen. Sie mag ja keine Schönheit sein wie Charis, doch sie ist – sie ist –»

«Ein Dutzend Charis wert!» ergänzte Seine Lordschaft.

«Ja, beim Jupiter, das ist sie!» bestätigte Jessamy, und seine Augen funkelten.

Danach verfiel er in Schweigen, das er nur brach, um einsilbige Antworten auf Bemerkungen zu geben, die Alverstoke an ihn richtete, ihn einmal zu fragen, mit welcher Geschwindigkeit seiner Meinung nach der Ballon wohl fliege, und einmal in einem Ausbruch von Vertraulichkeit zu sagen: «Es war unrecht von ihm – *sehr* unrecht, aber Sie können nicht leugnen, daß er Courage bis ins Mark hinein hat!»

«O ja. Tollkühn und unwissend.»

«Vermutlich ja – aber ich hätte das nicht zusammengebracht.»

«Gott sei Dank, nicht!»

«Ich hätte nicht genug Zivilcourage dazu gehabt», gestand Jessamy offen.

«Es ist nur zu hoffen, daß du mehr Verstand hast!» sagte Alverstoke scharf. «Wenn du in deinem Alter etwas auch nur halb so Dummes tätest, wäre der einzig richtige Platz für dich das Irrenhaus!»

«Ja. Wenn ich es täte. Die Sache ist nur die, daß man einfach nicht anders kann, als sich gedemütigt fühlen, wenn der eigene kleine Bruder etwas tut, von dem man weiß, daß man nicht die Courage hätte, es selbst zu tun.»

Über diese Knabenhaftigkeit mußte Alverstoke lachen, wollte aber Jessamy nicht sagen, weshalb, und empfahl ihm statt dessen, die Augen auf den Ballon zu halten, der bis auf kurze Zeitspannen, wenn Häuser oder Wälder ihnen die Sicht verstellten, die ganze Zeit zu sehen war. Er befand sich nun in beträchtlicher Höhe, bewegte sich aber anscheinend nicht schnell, da seine Entfernung von dem Phaeton, soweit es Alverstoke beurteilen konnte, etwa acht bis zehn Meilen betrug und sich nur langsam vergrößerte. Vom Start an war er westlich der Straße geflogen, ein Umstand, der, wenn er weiter westlich zu ziehen schien, Jessamy mehrmals derart zappeln ließ, daß er mit aller Kraft seine Ungeduld zügeln mußte. Das gelang ihm auch. Zwar wollte er Alverstoke drängen, die Poststraße zu verlassen und dem Ballon auf einem Feldweg zu folgen, der direkt in der Richtung des Ballons zu verlaufen schien, aber im Grunde wußte er, daß dies Torheit wäre. Ländliche Feldwege verlaufen unregelmäßig und enden nur zu oft an irgendeinem Bauernhof oder einem Weiler. Er bezähmte seine nervöse Gereiztheit und sagte sich, daß der Ballon ständig in nordwestlicher Richtung flog, und wenn es so aussah, als schwenke er ab, es bloß davon komme, weil die Straße von der Geraden abwich. Aber wann immer sie gezwungen waren, an einem Mauttor anzuhalten und der Zollwärter nur langsam auf den herrischen Pfiff reagierte, mit dem ihn Curry aus seinem winzigen Revier herbeirief, hätte er vor Erbitterung aufschreien mögen. Selbst Alverstokes ungerührte Ruhe reizte ihn; und immer, wenn der Marquis seine Pferde langsamer laufen ließ, mußte er seine Nägel in die Handflächen graben, um nichts Hitziges, Unkluges zu sagen. Es schien, als versuchte Alverstoke nicht einmal, den Ballon einzuholen! Aber wenn er verstohlen einen Blick auf dieses unbewegte Profil warf, sah er, daß Alverstoke den Kopf etwas gewandt hielt, den Ballon aus schmalen, abwägenden Augen maß, und er fühlte sich wohler und war imstande zu glauben, daß Alverstoke genau wußte, was er tat.

Knapp hinter Stanmore rief Alverstoke über die Schulter zurück: «Wo kann ich hinter Watford Pferde wechseln, Curry?»

«Daran habe ich schon selbst gedacht, Mylord. Ich rechne, es wird Berkhamsted sein.»

«Dann muß ich, wenn dieser verfluchte Ballon nicht bald herunterkommt, in Watford wechseln. Ich stelle mir vor, daß er nahe über Berkhamsted ist, und will verdammt sein, wenn ich meine Grauen umbringe! Du bleibst natürlich bei ihnen.»

«Wie weit ist Berkhamsted?» fragte Jessamy.

«Ungefähr zehn bis zwölf Meilen.»

Ärgerlich rief Jessamy aus: «Dann sind wir also eine Stunde zu spät dran!»

«Eher mehr – wahrscheinlich viel mehr!»

«Moment, Sir!» unterbrach ihn Curry. «Mir scheint, er kommt herunter!»

Jessamy starrte den Ballon an, bis seine Augen tränten. Er fuhr sich mit der Hand darüber und schrie zornig: «O verflucht, dieser Sonnenschein! Er kommt nicht herunter! Er ist so hoch wie – Nein, beim Zeus, er kommt – er kommt doch herunter! So schauen Sie doch, Sir!»

Alverstoke warf einen flüchtigen Blick hinauf. «Er kommt wirklich herunter. Wie erfreulich! Ich hab's ja gesagt, daß er in der Gegend von Watford niedergehen wird.»

Diese Art, die frohe Nachricht aufzunehmen, berührte Jessamy, der vor Optimismus überschäumte, als köstlich humorvoll. Er lachte auf und rief aus: «Sind Sie gerissen! Oh, Verzeihung, das hätte ich nicht sagen sollen!»

«Das hoffe ich!»

«Als läge Ihnen ein Deut daran! Sie können mich nicht beschwindeln, Sir, denn ich weiß sehr gut –» Er brach ab, und nach einem gespannten Augenblick fuhr er unbehaglich fort: «Warum schwankt er so? Er ist noch vor kurzem fast gerade heruntergekommen!»

«Du hast ihn vielleicht von einem anderen Winkel aus gesehen.»

«Nein! Ich meine, das würde die Art, wie er jetzt fliegt, nicht erklären!»

Gleich darauf verbarg ihm ein Wäldchen den Ballon, und als das Phaeton die letzten Bäume passiert hatte, war er völlig außer Sicht gesunken. Jessamy begann dem Marquis unbeantwortbare Fragen zu stellen: Warum war der Ballon abgeschwenkt? Konnte er irgendwie gesteuert werden? Mochte etwas mit dem Ventil nicht stimmen?

«Ich halte es für wahrscheinlicher, daß der Wind in größerer Bodennähe stärker wehte, als sie erwartet hatten», erklärte Alverstoke.

Jessamys Augen wurden groß. «Wind! Erinnern Sie sich, was uns Vetter Buxted über die Ankerhaken sagte, die ganze Büsche wegrissen und den Ballon überhaupt nicht verankerten, so daß sie das Ventil schließen mußten, weshalb sie wieder in die Höhe schossen und –»

«Ich erinnere mich schwach daran, daß er deinen Schwestern allerlei Geschichten auftischte. Aber da ich ihn erst noch etwas sagen hören muß, was des Hörens wert ist, habe ich, fürchte ich, nicht aufgepaßt. Vermutlich kann so ein Pech vorkommen, doch da dieser Ballon hier nicht wieder in die Höhe ging, dürfte man mit Sicherheit annehmen, daß ihm dieses Schicksal nicht widerfahren ist.»

«Ja, das stimmt. Ich hatte nicht gedacht – ah, aber –»

«Jessamy», unterbrach Seine Lordschaft müde, «deine Überlegungen über dieses Thema sind genauso wertlos wie die Buxteds. Keiner von euch beiden weiß etwas darüber. Und ich darf hinzufügen, auch ich nicht. Es ist daher völlig nutzlos, mich mit Fragen zu bombardieren. Und noch nutzloser ist es, dich zu quälen, indem du dir Katastrophen ausmalst, die du, mein lieber Junge, mit wenig Grund zu erwarten hast.»

«Sie müssen verzeihen, Sir», erwiderte Jessamy steif. «Ich wollte Sie keineswegs langweilen!»

«Sicher nicht, und daher wage ich es ja, dir diesbezüglich einen Wink zu geben», betonte Seine Lordschaft entschuldigend.

Jessamy mußte sich bei dieser meisterhaften Abfuhr auf die Lippen beißen und sein Gesicht abwenden, damit Alverstoke nicht bemerkte, wie nahe ihm das Lachen war. Er rang immer noch um seine Würde, als sie endlich Watford erreichten. Die Neuigkeiten jedoch, die ihnen im Gasthof Essex Arms zuteil wurden, vertrieben alle anderen Gedanken.

O ja, bestätigte der Wirt, sie hatten den Ballon ganz deutlich gesehen. Seine Lordschaft würde kaum glauben, was für einen Aufruhr das Ding verursacht hatte. Alle Leute waren natürlich aus den Häusern gestürzt, um ihn zu sehen, und dann wieder hineingestürzt, weil er so niedrig flog, daß man meinte, er würde mitten in der Stadt landen. «Was er natürlich nicht tat, wie jedermann, außer einem Haufen Dummköpfe, gewußt hätte, Mylord. Aber soviel ich höre, kam er zwischen hier und King's Langley herunter. Und wenn ein einziger Bub im ganzen Ort, von meinen eigenen abgesehen, zu Hause ist, dann ist das mehr als das, wofür ich einstehen würde. Sie sind allesamt auf und davon; dazu auch andere, die alt genug wären, um es besser zu wissen, als an einer solchen Dummheit teilzunehmen, denn sie hätten sich denken können, daß sie den Ballon nicht landen sehen können, und was für einen Sinn hat es, meilenweit zu rennen, um sich ihn auf dem Boden anzuschauen?»

«Wie lange ist es her, daß er herunterkam?» fragte Jessamy eifrig.

«Also das kann ich Ihnen nicht genau sagen, Sir?» antwortete der Wirt und lächelte ihn nachsichtig an. «Es muß vor einer Stunde gewesen sein, daß er über die Stadt flog – vielleicht auch eineinhalb Stunden.»

Jessamy strahlte Alverstoke an, ein Lächeln flackerte auf seinen Lippen; er sagte schlicht: «Gott sei Dank! Wie weit ist dieser Ort von hier – King's Langley?»

«Nur etwa fünf Meilen, Sir. Aber ich glaube nicht alles, was ich höre, und man kann keineswegs mit Bestimmtheit sagen, daß der Ballon dort niedergegangen ist. Alles, was ich behaupte, ist, daß keiner von diesen Flunderköpfen, die hinter ihm herliefen, schon zurückgekommen ist. Wenn sie ihn nicht noch immer angaffen, wo er liegt, folgen sie ihm daher vielleicht in das nächste Land.»

«Ich verstehe», sagte Alverstoke. «Sie können mir einen Krug von Ihrem Hausgebrauten füllen. Bestelle dir, was du möchtest, Jessamy. Ich muß Curry etwas sagen.»

Er ging hinaus, um Curry und den Oberstallknecht zu suchen, die das Gespann in die Ställe führten. Mit erfahrenem Auge überflog er seine Pferde. Sie schwitzten, waren jedoch nicht erschöpft. Curry sagte stolz: «Prima sind sie, Mylord! Habe ich Eurer Lordschaft nicht gleich gesagt, daß sie gut auf der Lunge sind?»

Alverstoke nickte, aber Curry sah, daß er leicht die Stirn runzelte, und sah ihn fragend an. «Es hat ihnen wirklich nicht geschadet, Mylord. Ich gebe ihnen etwas warmen Haferschleim und –»

«Ja, schau dazu, daß das getan wird, und gib dem Stallknecht genaue Anweisungen. Ich nehme dich weiter mit.»

«Sehr gut, Mylord. Doch nichts los, hoffe ich?»

«Ich bin keinesfalls so sicher. Nicht nötig, es Mr. Jessamy zu sagen, aber es ist keine Frage, daß der Ballon, als wir ihn das letztemal sahen, von seinem Kurs abkam. Nun, wenn ihn der Wind mitgerissen hat, ist das Land hier ziemlich spärlich besiedelt, und er kann sicher gelandet sein.»

«Kein Grund vorhanden, warum das nicht so sein sollte, Mylord.»

«Sicher, aber anscheinend ist noch keiner von den Leuten, die hinliefen, um zuzuschauen, zurückgekommen. Wenn es nicht mehr anzusehen gäbe, als die Gondel und den leeren Ballon, was hält sie dann so lange auf?»

«Nun, Eure Lordschaft weiß doch, wie Jungen sind!» erwiderte Curry.

«Das natürlich. Aber es waren nicht lauter Jungen. Ich habe mich vielleicht von Mr. Jessamys Angst anstecken lassen, aber ich habe so ein Gefühl, daß ich dich brauchen werde. In einer Viertelstunde fahren wir weiter.»

Er ging in den Gasthof zurück und traf Jessamy dabei an, wie er sich aus einem großen Krug erfrischte. Er senkte ihn mit einem befriedigten Seufzer, reichte dem Marquis einen gleichen Krug und rief: «Himmel, war ich durstig! Hier ist der Ihre, Sir – der Schankwirt sagt, es ist ein richtiger Umschmeißer!»

«In dem Fall wirst du bald einen Schwips haben, und ich werde dich deinem Schicksal überlassen, damit du ihn in Muße ausschlafen kannst.»

«Nun, ich dachte, ich könnte mich wirklich ein bißchen übernehmen, deshalb habe ich für mich nur eine Halbe bestellt.»

«Gott sei Dank!»

Jessamy lachte, bemerkte aber etwas schüchtern: «Vermutlich habe ich Sie schon genug geplagt mit meinen – meinen wirren Grillen, Sir.»

«Nun, was kann ich denn wohl gesagt haben, daß du so etwas denkst?» fragte Alverstoke erstaunt.

«Sie mögen mir ja etwas vormachen, doch Sie wissen recht gut, Sir – eine solche Abfuhr! Ich – ich fürchte, ich war verschnupft, und das hätte ich nicht sein sollen.»

«Hübsch ausgedrückt!» stimmte Alverstoke beifällig zu. «Doch wenn du das als eine meiner Abfuhren aufgefaßt hast –!»

«Nun, wenn das keine war, dann hoffe ich, daß Sie mir niemals eine verpassen», erklärte Jessamy freimütig. «Sir, wann fahren wir weiter? Ich würde mich nicht wundern, wenn wir sie auf ihrem Rückweg nach London träfen. Außer daß – was wird aus dem Ballon?»

«Ich habe nicht die leiseste Ahnung. Die Frage hat etwas für sich, gebe ich zu.»

«Die ist mir eben erst eingefallen. Tragen können sie ihn nicht, und den Sack können sie nicht wieder füllen, denn wo nähmen sie das Gas her? Und alle die Fässer könnten nicht mit dem Lastfuhrwerk hergebracht werden... Zwar könnte man es, aber man würde einen ganzen Tag brauchen, um sie herzuführen, selbst wenn man wüßte, wo das Ding landet, was man jedoch nie wissen kann.»

«Sehr richtig. Man kann nur annehmen, daß sie es mit einem Bauernwagen oder irgend so etwas in Sicherheit gebracht haben – und dort lassen, damit es später geholt werden kann.»

«Na, wenn man das so macht, beweist das nicht, was für verrücktes Zeug das ist?» rief Jessamy verächtlich. «Eine schöne Art, zu reisen! Auf einem Feld abgesetzt werden, sehr wahrscheinlich meilenweit von dem Ort, wohin man möchte, und dann Gondel, Ballonsack und Anker und die ganze übrige Ausrüstung auf einen Karren packen müssen, bevor man davonstapft, um irgendein Fahrzeug zu suchen.»

«Ein ernüchternder Gedanke», stimmte ihm Alverstoke zu. «Ich stelle mir jedoch vor, daß Ballons nicht ausschließlich zum Reisen bestimmt sind. Bist du zur Abfahrt bereit?»

Jessamy sprang sofort auf und ging in den Hof hinaus. Er inspizierte gerade kritisch das neue Gespann, als Alverstoke herzutrat, und wechselte mit Curry verschiedene abfällige Bemerkungen über Mietpferde. Es überraschte ihn, als Curry hinten aufsaß, doch außer der Bemerkung, er hätte gedacht, daß Alverstoke ihn bei den Grauen zurücklassen wollte, sagte er nichts weiter. Er war in Gedanken viel zu beschäftigt und nickte nur, als Alverstoke eine Meile außerhalb von Watford die Führungspferde scharf kritisierte, die sich angewöhnt hatten, zurückzuhalten.

Sie begegneten nur der Post und einer Privatkutsche, beide schnell in südlicher Richtung fahrend. Der einzige Fußgänger war ein ehrwürdiger Gentleman in einem Bauernkittel, der nichts von Ballons wußte und hinzufügte, daß er es nicht mit ihnen hielte, und auch nicht mit sonstigen ekligen neumodischen Erfindungen. Aber nach der zweiten Meile erblickte Alverstoke eine Gruppe von Leuten und hielt neben ihnen an. Sie waren zum größten Teil unreifen Alters und waren aus dem Tor eines Bauernhauses auf die Straße getreten, die zu hügeligem Weideland führte. Sie redeten lebhaft miteinander und sahen, sagte der Marquis höhnisch, ganz so aus, als seien sie imstande, zwei Meilen weit zu laufen, um einen entleerten Ballon anzustaunen.

Und so erwies es sich auch. Sie waren reich belohnt worden. Nicht, daß einer von ihnen zurechtgekommen wäre, um noch etwas zu sehen. Einige aber waren dabeigewesen und (wie mehrere Seiner Lordschaft versicherten) es mußte ein seltener Wirrwarr gewesen sein, wie er in diesem Landesteil noch nie vorgekommen war, seit Menschengedenken nicht. Im Kopf waren die bestimmt nicht richtig: denn was mußten sie tun, bei gut drei Morgen freien Bodens unter sich? In einer Baumgruppe niedergehen und sich in den Ästen verstricken! Oh, es war ein schreckliches Unglück, denn zwar kam einer der Herren unversehrt heruntergeklettert, aber der andere, der dem Bürschchen, das sie mithatten, helfen wollte, hatte es doch wahrhaftig total verpfuscht und sich den Arm gebrochen. Und was das Knirpschen betraf – das war durch die Äste heruntergekracht, voll Blut, und sie hatten ihn wie tot aufgeklaubt. «Was», sagte ein älteres Mitglied der Versammlung dem Marquis, «gar nicht zum Lachen, noch sonst was war.»

«Wo?» fragte Jessamy heiser, «wo denn?»

«Oh, jetzt werden Sie nichts mehr sehen, Sir! Sie sind alle zur Monk's Farm gegangen, vor mehr als einer Stunde, mit dem Knirps auf einer Bahre. Wir alle, die wir aus Watford hergekommen sind, waren zu spät dran, um noch etwas zu sehen außer dem Ballon, der sich mit seinen Seilen in der Ulme verfangen hatte, und man weiß nicht, wann sie ihn herunterholen, und da drauf zu warten, war nicht der Mühe wert. Also sind wir weggegangen.»

«Ich habe den Doktor in seinem Gig ankommen gesehen!» piepste ein Kerlchen.

«Ja, das hast du, und hast eine Ohrfeige von Miss Judbrook gefangen, für deine Mühe, du Vorwitz!»

«Wo liegt der Hof?» fragte Alverstoke und unterbrach damit die Heiterkeit, die diese letzte Bemerkung erregt hatte.

Man sagte ihm, er sei in Clipperfield, eine Feststellung, die sogleich durch das ominöse Wort «sozusagen» näher erläutert wurde; als er aber genauere Auskunft haben wollte, konnte er den einander widersprechenden und im allgemeinen unverständlichen Wegbeschreibungen, die ihm von einem halben Dutzend Leuten gegeben wurden, nur entnehmen, daß der Feldweg zum Dorf führte und bei King's Langley von der Poststraße abzweigte.

Er unterbrach die Bemühungen eines hilfreichen Jünglings, ihm die genaue Lage der Monk's Farm zu beschreiben, fuhr wieder an und sagte: «Wir werden den Bauernhof leichter finden, wenn wir in Clipperfield sind.» Er sah Jessamy kurz an und fügte hinzu: «Mut! Denke dran, es ist doch ein Arzt bei ihm.»

Jessamy, aschfahl, versuchte verzweifelt die Schauer, die seine dünne Gestalt überliefen, zu unterdrücken, und er vermochte herauszubringen: «Sie haben gesagt – sie haben gesagt –»

«Ich habe sie gehört!» unterbrach ihn Alverstoke. «Sie hatten ihn wie tot aufgeklaubt und er war voll Blut. Guter Gott, Junge, hast du dein ganzes Leben auf dem Land verbracht, ohne draufzukommen, daß Analphabeten selbst das geringste Vorkommnis stets melodramatisch ausschmücken? ‹Wie tot aufgeklaubt› kann man übersetzen mit ‹von seinem Sturz betäubt›, und was das ‹voll Blut› betrifft – woher, zum Teufel, soll das Blut kommen, als daß er sich das Gesicht zerkratzt hat, als er ausrutschte und durch die Äste hinuntertaumelte?!»

Jessamy gelang ein tapferes Lächeln, und er entgegnete: «Ja – natürlich! Oder – oder Nasenbluten!»

«Sehr wahrscheinlich!»

«Ja, aber –» Er schwieg, einen Augenblick unfähig, die Stimme zu beherrschen, und stammelte dann: «Kein – geringfügiger – Unfall!»

«Nein, ich fürchte, einige Knochen hat er sich gebrochen», antwortete Alverstoke kühl. «Hoffen wir, daß ihm das eine Lehre ist! Jetzt aber, mein junger Freund, werde ich das tun, was du vom Anfang dieser Expedition an wolltest – sie ausgreifen lassen!»

Noch während er sprach, verfiel das Gespann in einen kurzen Kanter und verlängerte seine Gangart schnell zu einem gestreckten Galopp. Zu jeder anderen Zeit wäre Jessamys Aufmerksamkeit von der vollendeten Geschicklichkeit gefesselt gewesen, die ein Rennfahrer zeigte, der fremde Pferde in einem Höllentempo über eine gewundene Straße lenkte, die zu eng war, um sicher zu sein, und keinesfalls unbefahren war. Aber jetzt fraß eine schreckliche Angst an ihm, und sein einziger Impuls, als Alverstoke rechtzeitig fehlerlos einen Hügel nahm oder bei einer plötzlichen Biegung die Pferde leicht zügelte, war, zu größerer Geschwindigkeit anzutreiben. Nicht er, sondern Curry hielt sich grimmig fest und schloß die Augen, als Alverstoke scharf um eine unübersichtliche Kurve bog und nur einen Zoll zwischen sich und einer entgegenkommenden Kutsche ließ; und es war Curry, der, als die ersten verstreuten Bauernhäuser von King's Langley in Sicht kamen, hervorstieß: «Um Gottes willen, Mylord –!»

Doch noch während ihm diese Worte unwillkürlich entfuhren, bereute er es schon, denn der Marquis zügelte die Pferde bereits. Als das Gespann in flottem Trab in die kleine Stadt einfuhr, rief Alverstoke über die Schulter zurück: «Ja bitte, Curry? Was ist denn?»

«Nichts, Mylord! Ich dachte nur, Sie seien richtiggehend benebelt, wofür ich Eure Lordschaft um Entschuldigung bitte!» antwortete sein getreuer Knappe, und nahm sich damit eine Freiheit heraus, die einem alten, vertrauenswürdigen Diener zugestanden wurde.

«Das sollst du auch! Ich bin nicht einmal angesäuselt!»

«Schauen Sie, da ist ein Wegweiser!» rief Jessamy plötzlich und beugte sich vor.

«Clipperfield und Sarratt», las Curry.

Seine Lordschaft umfuhr die Ecke elegant, war aber sofort gezwungen, das Gespann zu einem nüchternen Schritt zu zügeln. Der Feldweg verlief eng und gewunden, von ungepflegten Hecken eingefaßt, und wies so tiefe Wagenspuren, so viele Schlaglöcher auf, daß Curry mit säuerlichem Humor bemerkte, sie könnten sich glücklich schätzen, daß es Juni und nicht Februar war, wenn der Weg ein richtiger Puddingquatsch sein mußte. Nach zwei schwierigen Meilen, die Jessamys Nerven zum

Platzen brachten, stellte er fest: «Kreuzweg voraus, Mylord, und ich kann ein paar Rauchfänge links erkennen. Das wird es sein!»

Mochte in Clipperfield eine noch so große Erregung über den vor kurzem eingetretenen Unglücksfall geherrscht haben – sie hatte sich anscheinend wieder gelegt. Es war nur eine Person zu sehen – eine stämmige Frau, die in ihrem kleinen Vorgarten einen Kohlkopf abschnitt. Da sie, wie sie Jessamy informierte, viel zuviel zu tun hatte und sich auch nicht noch über Ballons aufregte, konnte sie ihm auch keine Auskunft über Felix geben. Alverstoke hingegen verkündete sie, daß die Monk's Farm ungefähr eine Meile die Straße hinab liege, in Richtung Buckshill. Sie wies mit ihrem Messer in den Süden und sagte, verfehlen könne er sie nicht – eine Feststellung, der er zwar nicht traute, die sich jedoch als richtig erwies.

Der Hof lag hundert Meter von dem Feldweg entfernt, ein großes, breit hingelagertes, uraltes Haus, von Scheunen, Schweine- und Viehställen umgeben. Vor der offenen Tür stand das Gig des Doktors in der Obhut seines Dieners. Alverstoke fuhr durch das große weite Tor auf das Haus zu.

Bevor noch das Phaeton hielt, sprang Jessamy schon ab und rannte beinahe in das Haus hinein. Man vernahm eine schrille Stimme, die wissen wollte, wer er denn eigentlich sei, und was er hier zu suchen habe. «Ah!» meinte der Marquis, «vermutlich die Dame, die dem jungen – hm – Vorwitz die Ohrfeige verabreichte!»

21

Von der Tür des Bauernhauses lief ein mit unregelmäßigen Steinplatten belegter Gang zu einer Eichentreppe mit abgetretenen Stufen, die in das obere Stockwerk führte. Jessamy, der nach seinem ungestümen Eintritt zögerte, stand plötzlich vor einer hageren Frau, deren Gesicht mit den scharfen Zügen alle Anzeichen chronischer Übellaunigkeit trug. Als Antwort auf ihre zornige Frage stammelte er: «Verzeihung! Es ist mein Bruder –, der – der Junge, den man hier hereingetragen hat!»

Diese Antwort, weit davon entfernt, sie zu besänftigen, hatte so ziemlich die gleiche Wirkung wie ein Streichholz, das man an die Zündschnur eines Pulverfasses legt. Ihre Augen funkelten, sie wurde noch röter und entgegnete: «Oh, ist er das, ja? Dann bin ich aber mächtig froh, Sie zu sehen, junger Mann, und ich hoffe, daß Sie ihn holen kommen! Dieses Haus hier ist kein Krankenhaus und auch kein Gasthof, und ich habe schon viel zuviel zu tun, um mich auch noch um kranke Jungen zu kümmern, nehmen Sie das zur Kenntnis! Und außerdem bin ich keine Krankenschwester, und ich übernehme die Verantwortung nicht, sagen Sie, was Sie wollen!»

An diesem Punkt einer Rede, die zu einem ausgedehnten Protest zu werden drohte, schwieg sie offenen Mundes. Alverstoke stand auf der Schwelle. Er war jederzeit eine imponierende Erscheinung, hier aber war er verblüffend, denn unter seinem jetzt nicht zugeknöpften langen Kutschiermantel aus weißem Tuch mit mehreren Schultercapes trug er den eleganten Londoner Anzug, zu dem eine äußerst schicke Weste, eine Kniehose von blassester Farbe und hochglanzpolierte Hessenstiefel gehörten. Auf der Bond Street hätte er schlechthin vollkommen gewirkt, in einem Dorfe sah er völlig fehl am Platz aus. Miss Judbrook jedoch war tief beeindruckt und erstaunt.

Er sagte liebenswürdig, aber leicht hochmütig: «Warum sollten Sie das auch? Ich vermute, Sie sind Miss Judbrook – ich bin Lord Alverstoke. Ich möchte gern den Arzt sprechen, falls Sie gestatten!»

Miss Judbrook war derart überwältigt, daß sie einen kleinen Knicks machte und stammelte: «Ja, Mylord!» Doch sie war ein unerschrockenes Frauenzimmer und kam rasch wieder zu sich. «Ich hoffe, ich bin keine gefühllose Person, Mylord, und auch keine, die nicht weiß, was ihre Pflicht ist, aber es ist nicht meine Sache, Jungen zu pflegen, die aus Ballons herunterfallen, und ich kann und will mich dem nicht unterziehen, wie Judbrook hätte wissen müssen, statt daß er ihn, ohne mir ein Wort zu sagen, herbringen läßt, ganz abgesehen davon, daß er Betty aus der Meierei ruft, damit sie auf ihn aufpaßt. Der junge Herr tut mir sehr leid, aber daß er hier zu Bett liegt, so schlimm, wie er dran ist, und man bei ihm Wache halten muß und ihn von vorn und hinten bedienen, dazu habe ich weder Zeit noch Geduld, was ich Dr. Elcot auf den Kopf zugesagt habe. Und wenn Mrs. Hucknall den Fuß in dieses Haus setzt, dann verlasse ich es, das ist klar!»

«Je nun, alles das kann zweifellos in Ordnung gebracht werden – sobald ich mich mit dem Arzt verständigt habe!» beschwichtigte sie Alverstoke.

Miss Judbrook schnupfte trotzig auf, doch sein offensichtliches Gelangweiltsein brachte sie aus der Fassung. Viel milder sagte sie: «Das hoffe ich auch, Mylord! Der Doktor ist in meinem Wohnzimmer – und bringt es in Unordnung mit seinen Schienen und dem Verbandszeug und den Wasserschüsseln und weiß ich, was sonst noch alles! Hier durch, bitte!»

Sie öffnete eine Tür links im Gang und sagte: «Das ist Mylord Alverstoke, der Sie sprechen will, Doktor, und der Bruder des kleinen Jungen. Und ich wäre Ihnen dankbar, wenn Sie nicht noch mehr Wasser auf meinen neuen Teppich verschütten wollten!»

«Oh, verschwinde, Frauenzimmer, verschwinde du nur bloß!» sagte der Arzt ärgerlich.

Zu Jessamys Enttäuschung waren nur der Arzt und der zweite Aeronaut im Zimmer anwesend. Der Aeronaut saß, die Stirn mit Heftpflaster geziert, am Tisch, während ihm der Arzt den geschienten Unterarm verband.

«Wo ist Felix?!» stieß Jessamy hervor. «Mein Bruder!»

Der Arzt hielt mit seiner Arbeit inne und richtete einen durchdringenden Blick unter buschigen Brauen hervor auf ihn. «So, also sein Bruder bist du, ja? Na, du brauchst dich nicht derart aufzuregen! Es ist ihm nicht gelungen, sich umzubringen.» Er wandte seinen Blick Alverstoke zu und schenkte ihm ein gnädiges Nicken. «Guten Tag, Mylord. Sind Sie mit dem Jungen verwandt?»

«Sein Vetter und – hm – Vormund!» erwiderte Alverstoke.

Der Arzt fuhr mit seiner Arbeit fort und sagte: «Dann wollen Sie mir erlauben, Ihnen zu sagen, Mylord, daß Sie ein sehr nachlässiger Vormund sind!»

«So scheint das wirklich zu sein», stimmte Alverstoke zu. «Wie schlimm ist der Junge verletzt?»

«Zu früh, Ihnen das zu sagen. Er hat eine schwere Gehirnerschütterung, hat sich das Gesicht zerschnitten und ein verstauchtes Handgelenk, aber Knochen hat er sich nicht gebrochen – von ein paar Rippen abgesehen. Natürlich schlimm grün und blau geschlagen. Vor einer halben Stunde ist er zu sich gekommen. Klagte über Kopfweh. Was bedeuten könnte –»

«Das käme von der Höhe!» unterbrach ihn sein Patient. «Viele Leute bekommen akute Kopfschmerzen, wenn sie –»

«Ich bin kein Ignorant!» brummte der Arzt. «Halt dich still!»

«Ist er – hat er sich – das Gehirn verletzt?» fragte Jessamy, als fürchtete er die Antwort.

Der Arzt warf ihm wieder einen durchdringenden Blick zu. «Kein Grund, das anzunehmen. Er war bewußtlos – war nicht anders zu erwarten –, aber er wußte, was ihm passiert ist, glaube ich. Schrie, er könne unmöglich, und irgendeinen Quatsch über Stürzen.»

Wieder schaltete sich der Aeronaut ein und wandte sich an Alverstoke. «Ich dachte, er sei in Sicherheit, Mylord! Alles ging gut, bis wir mit dem Abstieg begannen! Da kamen wir von der Richtung ab. Wissen Sie, wenn man nämlich in Bodennähe kommt –»

«Ja, ich weiß, daß man häufig in Winde gerät, auf die man in größerer Höhe nicht trifft», unterbrach ihn Alverstoke. «Und auch, daß Sie zwischen Bäume getrieben wurden. Gleichgültig, aus welcher Ursache. Sagen Sie mir bitte nur, was geschehen ist, als Sie sich in einem – einer Ulme, nicht wahr? – verfingen?»

«Ja, das heißt, es kann eine Ulme gewesen sein, Mylord. Mit Bäumen kenne ich mich nicht aus. Als Mr. Oulton sah, daß wir nicht an dem Baum vorbeikämen – was wir eigentlich hätten müssen, wenn sich das Ventil bei Oultons Versuch, es zu schließen, nicht verklemmt hätte –, schrie er mir zu, einen Ast zu packen und aus der Gondel hinaus darauf zu klettern. ‹Sie zuerst, Beenish, und stehen Sie dem Jungen bei!› befahl er mir. Was ich tat. Es war ganz leicht und nicht sehr gefährlich, solange der Ballast aus der Gondel geworfen wurde, damit die nicht durch die Äste brach und zu Boden krachte. Da das Ventil offen war und das Gas ziemlich schnell entwich, bestand keine Gefahr, daß der Ballon wieder steigen würde, verstehen Sie? Und der kleine Junge war kein bißchen ängstlich! Das kann ich beschwören! Kalt wie eine Preßwurst war er, und dachte an nichts anderes, als wie man Ballons lenken könnte! ‹Regt euch meinethalben ja nicht auf!› sagte er. ‹Ich komm schon zurecht!› Was ich nie bezweifelte, Mylord! Und Mr. Oulton half ihm, aus der Gondel zu klettern, und ich dachte gerade, daß der Kleine nicht wollte, daß ich ihm helfe, als er anscheinend plötzlich den Kopf verlor. Zumindest – ich weiß nicht, aber ich kann mir nicht vorstellen, was es sonst sein konnte, denn es sah mir danach aus, als hätte er den Ast ganz fest und richtig gepackt – obwohl alles natürlich so schnell geschah, daß ich mir dessen nicht sicher bin. Alles, was ich weiß, ist nur, daß er aufschrie: ‹Ich kann nicht –!› und – und stürzte! Mylord, ich schwöre, ich habe mein Bestes getan! Ich versuchte ihn zu packen, verlor aber selbst das Gleichgewicht, und als nächstes fiel ich selbst vom Baum herunter!»

Jessamy, der ihm immer ungläubiger zugehört hatte, rief: «Felix? Aber der klettert doch wie eine Katze!»

«Junger Mann», sagte der Arzt, «wenn Sie nicht wissen, warum Ihr Bruder den Ast nicht packen konnte, dann kann ich es Ihnen sagen! Seine Hände waren klamm vor Kälte – das war der Grund!»

«O mein Gott!» stieß Beenish hervor. «Er hat nie gesagt –»

«Ich glaube nicht, daß ihm das klar war. Wußte zwar, daß sie eiskalt waren, doch nicht, daß er nichts mit ihnen anfangen konnte. Nur ein Bub – und aufgeregt außerdem!»

Beenish, der den Marquis anblickte, wurde sichtlich zwischen Schuldbewußtsein und dem Wunsch hin und her gerissen, sich von Tadel reinzuwaschen. Er rief: «Mylord, es war nicht unsere Schuld! Vielleicht hätte ich ihn wegschicken sollen, aber er hat nichts Schlechtes getan, und wie Mr. Oulton selbst sagte, er ist ein so intelligenter kleiner Bursche – keinesfalls wie die meisten seines Alters, die nur den Ballon aufsteigen sehen wollen, weil das so wunderbar ist, aber sich nicht darum kümmern, wieso er eigentlich aufsteigt – oder –»

«Bitte, glauben Sie nicht, daß ich Ihnen die Schuld gebe!» unterbrach der Marquis. «Wenn jemand schuld daran ist, bin ich es, denn er war mir anvertraut.»

«Nicht Ihre Schuld! Meine – nur die meine!» rief Jessamy mit erstickter Stimme.

«Die Sache war so, Mylord: Wir haben nie vermutet, daß er vorhatte, es zu tun. Aber ich kann nicht leugnen, daß ich wirklich sagte, wir würden ihn gern mit uns hinaufnehmen, doch ich dachte nicht im Traum ... Er bat uns darum, verstehen Sie, und Mr. Oulton antwortete ihm ziemlich scharf, er sei viel zu jung und – na ja, er sah so *verletzt* drein – wenn Eure Lordschaft verstehen, was ich meine? –»

«Ich weiß genau, was Sie meinen», bestätigte der Marquis grimmig.

«Na ja, und so war es, Mylord! Ich sagte ihm, wir könnten ihn nicht ohne die Zustimmung seines Vaters mitnehmen – und Mr. Oulton unterstützte mich dabei. Und er war es auch, nicht ich, der sagte, wenn wir einen minderjährigen Jungen ohne Zustimmung seines Papas mitnähmen, würden wir ins Kittchen kommen!» Ein Grinsen der Erinnerung huschte über Mr. Beenishs Gesicht. «Und ich will verdammt sein, wenn der kleine Spitzbub es ihm nicht unter die Nase rieb, als wir ihn in die Gondel hievten! ‹Ist alles Lüge!› sagte er zu Mr. Oulton, frisch von der Leber weg. ‹Ihr werdet nicht ins Kittchen kommen›, sagte er, ‹weil ich nämlich gar keinen Vater habe!›» Er mußte wider Willen kichern. «Zivilcourage durch und durch!» lobte er. «Seine Nerven werden nie weich werden! Als ich ihn an dem Seil hängen sah und der Ballon so schnell stieg, wie das eben ist, Mylord, dachte ich, der müßte doch Angst bekommen und etwas Dummes tun, und was nützte es uns schon, daß wir ihm zuriefen, sich festzuhalten! Er tat es auch, und wir kriegten ihn herein, wie Sie ja gesehen haben. Ja, und er genoß jede Minute des Fluges, selbst wenn ihm die Zähne klapperten!» Ein Stöhnen von Jessamy ließ ihn den Kopf wenden. «Wir haben unser Bestes getan, Sir, aber es gab nicht viel, was wir wirklich tun *konnten.*»

«Nein, ich weiß. Und Sie haben ihn gerettet. Ich – ich bin Ihnen außerordentlich dankbar, Sir. Wo ist er? Kann ich ihn sehen?»

«O ja, sehen können Sie ihn!» antwortete der Arzt. «Er ist oben, gemütlich ins Bett verpackt: erste Tür rechts von der Treppe. Geh und setz dich zu ihm und sag dem Mädchen, das ich oben gelassen habe, daß sie in die Meierei zurückgehen kann. Er schläft fest, und wage du ja nicht, ihn zu wecken! Und sei nicht verzweifelt, weil sein Kopf verbunden ist! Ich mußte ihm ein paar Nähte ins Gesicht setzen!»

«Nein», antwortete Jessamy demütig. «Wenn er aufwacht, sage ich es Ihnen.»

«Der wird nicht wach. Ich habe ihm ein Schlafmittel gegeben, weil ich will, daß er so lange wie möglich schläft. Fort mit dir!» Er blickte Jessamy nach, als dieser aus dem Zimmer eilte, schnitt Alverstoke eine Grimasse und richtete die Armschlinge, die er um Beenishs Hals geknüpft hatte. «Mit Ihnen bin ich jetzt fertig», sagte er. «Und lassen Sie es sich eine Lehre sein! Wenn der Allmächtige gewollt hätte, daß die Menschen fliegen, hätte er uns mit Flügeln ausgerüstet. Besser, Sie bleiben eine Weile still sitzen.»

«Oh, das ist doch nichts!» erklärte Beenish heiter. «Mir geht's großartig, Doktor – und ich danke Ihnen für alles, was Sie getan haben. Ich wünschte nur, der kleine Bursche hätte nicht den schlimmsten Teil abbekommen. Ich gehe jetzt nachschauen, ob sie den Ballon gerettet haben.»

«Mehr Courage als Hirn!» meinte der Arzt, als sich die Tür hinter Beenish schloß. «Ballons –! Was wird als nächstes kommen, bitte sehr?!»

«Felix könnte Ihnen darauf eine Antwort geben – ich nicht», antwortete Alverstoke, streifte seinen Kutschiermantel ab und warf ihn über einen Stuhl. «Und jetzt, Doktor, bitte – wie ernst ist der Junge verletzt?»

Mürrisch sagte der Arzt, während er seine Instrumente in die Tasche packte: «Fragen Sie mich morgen, Mylord. Ich habe nicht geschwindelt, als ich sagte, es sei noch zu früh. Nicht, daß ich das nicht getan hätte, solange sein Bruder da war. Ich kenne die Sorte, und ich will nicht auch noch ihn am Hals haben. Mehr Nerven als Fleisch! Nun, der andere – wie nennen Sie ihn? Felix? –, also der, nun Knochen hat er sich nicht mehr gebrochen als ich Ihnen schon gesagt habe, und wegen ein paar Rippen brauchen Sie sich keine Sorgen zu machen. Er hat jedoch einen schweren Schock erlitten – deshalb habe ich ihm so viel Laudanum gegeben, wie er nur bei sich behalten kann! Im allgemeinen tue ich das nicht – glaube nicht daran! –, aber in solchen Fällen wie dem da ist es höchst wichtig, den Patienten ruhig zu halten. Die Kopfschmerzen nehme ich nicht sehr wichtig, doch man kann noch nichts Genaues wissen. Und sollten Sie daran denken, ihn von hier fortzuschaffen, Mylord, dann tun Sie das gegen meinen Rat!»

«Seien Sie versichert, Doktor, daß ich nichts dergleichen beabsichtige.»

«Gut! Aber wenn ich nicht sehr irre, wird der Junge sorgfältige Pflege brauchen, und da liegt der Haken. Judbrook ist ein anständiger Bursche, aber diese seine Schwester – auf die kann man sich keinesfalls verlassen, und das Teuflische daran ist, daß ich keine Krankenschwester herschicken kann. Es gibt hier herum nur eine, und die ist vollauf mit einer schweren Geburt beschäftigt –»

«Falls Sie damit eine Mrs. Hucknall meinen», unterbrach ihn Seine

Lordschaft, «brauchen wir keine Zeit auf die Erörterung ihrer Verdienste zu verschwenden! Miss Judbrook hat mich bereits unterrichtet, falls Mrs. Hucknall das Haus betritt, dann wird sie es verlassen. Ich kann Sie zumindest in einer Hinsicht beruhigen: Morgen wird entweder die Tante von Felix, wahrscheinlicher jedoch seine Schwester, Miss Merriville, zu seiner Pflege herkommen. Und jetzt sagen Sie mir ohne Umschweife, was Sie befürchten!»

Dr. Elcot schloß seine Tasche und antwortete nicht gleich. Er machte ein finsteres Gesicht und sagte schließlich: «Dieser Junge, Mylord, war bis in die Knochen unterkühlt!»

«Meine Vormundschaft ist erst jüngsten Datums, aber ich hörte von Miss Merriville, daß Felix für irgendein Brustleiden anfällig ist, das sie Bronchitis nannte.»

Der Doktor schnaufte. «O ja! Ein neues Wort für ein altes Leiden! Wenn er nichts Ärgeres als das bekommt, kann er sich glücklich preisen. Ich sage Ihnen nichts weiter, bis ich mehr weiß, Mylord. Wir werden ja sehen! Polly Judbrook ist eine eigensinnige alte Jungfer, aber zumindest war sie vernünftig genug, den Jungen in Decken einzuwickeln und ihm einen heißen Ziegelstein unter die Füße zu schieben. Außerdem sieht das Bürschchen kräftig aus – eine vorzügliche Konstitution, würde ich meinen!» Er fügte brüsk hinzu: «Schicken Sie um einen Ihrer Londoner Ärzte, wenn Sie wollen, Mylord – ich habe nichts dagegen! Er kann Ihnen gegenwärtig auch nicht mehr sagen als ich und würde Ihnen auch keine anderen Anweisungen geben. Halten Sie den Jungen warm und ruhig, lassen Sie ihn so viel Gerstentrank trinken, wie er will – ich habe Polly gesagt, sie soll einen brauen, und das wird sie auch tun, keine Angst! –, und sollte er fiebern, dann geben Sie ihm Fieberwasser! Ich werde es zusammenbrauen und meinen Diener damit herüberschicken. Nur ja keinen Glühwein oder sonst irgendeine Altweibermedizin!» Er schwieg und betrachtete den Marquis zweifelnd. «Ich nehme an, Eure Lordschaft haben vor, bei ihm zu bleiben?»

«Natürlich! Aber da ich wenig, beziehungsweise keine Erfahrung mit Krankheiten habe und bisher noch nie versuchte, Kranke zu pflegen, wäre ich Ihnen sehr verbunden, Doktor, wenn Sie mir genau sagen würden, was ich zu erwarten und zu tun habe. Und wo Sie im Notfall zu finden sind.»

«Das kann Ihnen hier jeder sagen. Sollte sich in der Verfassung des Jungen etwas alarmierend verändern, dann soll Judbrook einen seiner Leute um mich schicken. Vielleicht komme ich sogar selbst», sagte er mit dem Aufblitzen eines bissigen Humors, «denn Sie sehen mir nach einem vernünftigen Mann aus, Mylord – keiner, der sofort ein gräßliches Getue macht, weil ein kranker Junge vielleicht ein bißchen phantasiert, sobald die Wirkung der Medizin abklingt. Sein Fall ist nicht verzweifelt. Ich besuche ihn am Morgen wieder.»

Als der Arzt gegangen war, verbrachte der Marquis einige Minuten damit, seine Lage zu überlegen. Sie war sicherlich ungewöhnlich, und wenn er auch bereit war, mit ihr fertig zu werden, ohne den Kopf und seine Kaltblütigkeit zu verlieren, so hätte er doch gewünscht, als er auf die wenigen gekritzelten Anweisungen blickte, die ihm der Arzt dagelassen hatte, sie wären wesentlich ausführlicher gewesen. Er betrachtete den Zettel ziemlich kläglich, bevor er ihn faltete, in seine Brieftasche gleiten ließ und auf die Suche nach Curry ging.

«Da sitzen wir ja richtig in der Patsche, Mylord!» meinte Curry. «Sie erzählen mir – Betty und der alte Drache –, daß der junge Herr Felix sterben wird, aber ich hoffe und glaube, daß das nicht stimmt!»

«Nein, ich glaube nicht, Curry. Ich werde dich nach London zurückschicken.»

«Wirklich, Mylord?» fragte Curry und starrte ihn an.

«Ja, und zwar so bald wie möglich», ordnete Alverstoke an und zog seine Uhr heraus. «Du dürftest lange vor Mitternacht dort eintreffen. Wechsle die Pferde so oft, wie du es für wünschenswert hältst. Du wirst Mr. Jessamy mitnehmen. Hier kann er nichts nützen, und Miss Merriville könnte glauben, daß die Sache viel ernster ist, wenn weder er noch ich heute abend nach London zurückkommen. Er könnte ihr sogar eine Hilfe sein und kann sie jedenfalls morgen begleiten, wenn sie, wie ich überzeugt bin, herkommt, um Master Felix zu pflegen.»

«Wenn er sie nicht trübsinnig macht», sagte Curry. «Er hat auf dem ganzen Weg hierher gezappelt wie eine Fliege im Spinnennetz, Mylord!»

«Das stimmt. Aber wenn ich mich nicht sehr in ihm irre, wird er es nicht tun, wenn er das Gefühl hat, für seine Schwester verantwortlich zu sein. Du wirst im Phaeton nach Watford zurückfahren und es dort abstellen. Den Rest der Reise mit der Post – hier!»

Curry nahm die Banknotenrolle, zögerte jedoch etwas. «Sie werden sie vielleicht brauchen, Mylord!»

«Nicht gleich. Du wirst mir morgen frischen Vorrat bringen. Mr. Trevor wird sich darum kümmern. Wenn du die Upper Wimpole Street erreichst, versuche, kurz mit Miss Merriville zu sprechen. Unterrichte sie, daß meine Reisekutsche sie morgen abholen wird, zu jeder Stunde, die sie bestimmt, lasse jedoch nicht zu, daß sie noch heute abend abfährt! Ich glaube aber, dazu ist sie zu vernünftig. Wenn du alles mit ihr besprochen hast, fahre heim und gib Mr. Trevor den Brief, den ich ihm gleich schreiben werde. Er besorgt alles übrige. Du wirst morgen Miss Merriville – oder vielleicht Miss Winsham –, herbegleiten bis Watford, wo du die Grauen und mein Phaeton abholen und herbringen kannst. Und merke dir das eine, Curry: Ich setze dich zum Leiter dieser Reise ein, und wenn Miss Merriville davon reden sollte, eine Postchaise zu mieten oder so etwas, dann sagst du ihr, es sei *mein* Befehl, daß sie in meiner Kutsche reist – die wir bestimmt benötigen werden, sobald es möglich sein wird, Master Felix von hier wegzubringen. Jetzt versuche, ob du Feder, Tinte und Papier bei dieser äußerst ungefälligen Frauensperson auftreiben kannst, und bringe es mir ins Wohnzimmer! Vielleicht wäre es ganz gut, ein bißchen meinen Rang auszuspielen!»

«Oh, das hab ich schon, Mylord!» erwiderte Curry und grinste. «Eine richtige Kratzbürste ist die! Aber ich habe ihr gesagt: ‹Was Seine Lordschaft haben will›, sagte ich, ‹dafür bezahlt er – und sehr gut!› Worauf sie ihren Ton änderte, Mylord!»

«Das höre ich gern. Sage ihr, sie soll eine Frau aus dem Dorf anstellen – soviele Frauen, wie sie will –, und es mir aufrechnen! Wo ist ihr Bruder? Hast du ihn gesehen?»

«Noch nicht, nein, Mylord. Er ist mit einigen seiner Leute unterwegs, diesen Ballon einzupacken und auf seinen Wagen zu laden – wieder etwas, das Miss Kratzbürste nicht paßt!»

«Nicht möglich!» äußerte Seine Lordschaft.

Das Schreibmaterial, das ihm Curry gleich darauf ins Wohnzimmer brachte, ließ viel zu wünschen übrig. Die Tinte war verschmutzt, die Feder dringend reparaturbedürftig und das Papier hatte Eselsohren und war schmuddelig. Seine Lordschaft behalf sich damit, so gut er konnte, doch gegen eine Auswahl farbiger Oblaten lehnte er sich entschieden auf und faltete den Brief an Charles Trevor bloß zusammen. Er mochte ja gezwungen sein, mit einer spritzenden Feder auf schmutzigem Papier zu schreiben, doch um keinen Preis würde er seinen Brief mit einer grell rosa, grünen oder blauen Oblate siegeln.

Er übergab Curry sein Schreiben und wollte schon hinaufgehen, als er durch das Eintreffen des Mr. Oulton in Begleitung des Bauern davon abgehalten wurde. Er mußte sich Oultons Erklärungen, Anschuldigungen und Entschuldigungen mit aller Geduld, die er nur aufbringen konnte, anhören, entdeckte hingegen in Judbrook einen Mann von wenig Worten und schlichter Gutwilligkeit. Judbrook sagte: «Sie brauchen mir nur zu sagen, was Sie benötigen, Mylord, und ich schaue darauf, daß Sie es bekommen. Meine Schwester hat ihre Grillen, aber der Herr im Haus bin ich, keine Sorge!»

Felix war in ein großes Zimmer mit niedriger Decke gebracht worden und lag, mit einer Flickendecke zugedeckt, in einem Himmelbett mit karmesinroten Vorhängen. Er schlief fest, schnarchte, hatte den Kopf verbunden und sah so klein und zerbrechlich aus, daß Alverstokes Zorn dahinschmolz und er nur Mitleid empfand. Er betrachtete Felix einen Augenblick, wandte dann den Kopf und sah, wie Jessamys Augen in schmerzlicher Frage an ihm hingen. Als er ihnen begegnete, erkannte er plötzlich, daß noch mehr als eine Frage in ihnen stand – nämlich Vertrauen. Dieser seltsame Junge, der manchmal so viel älter als seine Jahre war, vertraute ihm nicht nur, sondern verließ sich auch auf ihn, überzeugt, daß der Marquis, der sein ganzes Leben lang lästigen Verantwortungen ausgewichen war, sich selten um eines anderen Menschen willen angestrengt hatte und nichts über Krankenstuben wußte, fähig war, Felix, Jessamy, den Arzt und selbst die feindselige Miss Judbrook in seine Obhut zu nehmen. Es war der Gipfel des Absurden – aber Seine Lordschaft amüsierte sich doch nicht sehr darüber. Er dachte, daß Jessamy durch seinen Glauben an ihn fast zu einer ebenso erschütternden Gestalt wie sein Bruder wurde. Wenn der Junge nur gewußt hätte, wie wenig der Marquis die ihm auferlegte Last zu übernehmen gewillt war, und mit welchem Unbehagen er sich seiner Unzulänglichkeit bewußt war! Nun, vielleicht war es ganz gut, daß Jessamy das nicht ahnte.

Der Marquis lächelte den Jungen an und sagte leise: «Wir hätten erraten können, daß er mit nichts Schlimmerem als ein paar gebrochenen Rippen und einem zerschnittenen Gesicht davon kommen würde, nicht? Der kleine Teufel!»

Die Angst wurde geringer, aber Jessamy meinte: «Der Doktor sagte, daß es noch zu früh sei, um sicher zu sein. Er schaut schrecklich schlecht aus, und wie er atmet –»

«Nur weil er ein so schweres Schlafmittel bekommen hat», beschwichtigte ihn Alverstoke.

«Oh! Sind Sie sicher, Sir?»

«Ja», bekräftigte Alverstoke und beruhigte sein Gewissen mit der Überlegung, daß die Wahrheit nicht so wichtig war wie die Notwendigkeit, Jessamys Besorgnisse zu dämpfen. «Was den Ausspruch des Doktors betrifft, so teilt er deine Befürchtung. Weißt du, es wäre ja wirklich ein Wunder, wenn sich Felix keine schwere Erkältung zugezogen hätte, da er ja der eisigen Luft derart ausgesetzt war. Also ist es jetzt am allerwichtigsten, eure Schwester herzuholen, mein Kind. Sie weiß genau, was man für ihn tun muß.»

«Ja – o ja! Ich habe mir gewünscht, daß sie hier wäre. Sie weiß immer alles! Aber wie –»

«Ich schicke dich jetzt nach London, damit du sie morgen herbringst.»

Jessamy schrak zurück. «O nein! Nein, nein, ich verlasse ihn nicht! Wie könnten Sie denken –»

«Ich denke an Frederica, nicht an dich, Jessamy.»

«Ja, ja, aber – können nicht Sie fahren, Sir, und mich hierlassen, damit ich mich um Felix kümmere? Ich müßte es doch tun!»

«Da irrst du – er war mir anvertraut und ich habe die Verantwortung, mich um ihn zu kümmern.» Er sah, daß Jessamy störrisch dreinsah, und fügte scherzend hinzu: «Glaubst du, daß du es besser kannst als ich?»

«Nein, das hab ich nicht gemeint! Sie wissen genau, was zu tun ist, wenn er aufwacht und unruhig wird, und – und er wird Ihnen besser gehorchen. Aber – oh, könnte nicht Curry fahren, Sir?»

«Curry fährt ja. Er spannt eben an. Ihr werdet in Watford zu Abend essen und von dort mit der Post weiterfahren.»

«Essen! Ich brächte keinen Bissen hinunter! Und warum muß dann auch ich fahren?»

«Pst! Nicht so laut! Du wirst Frederica helfen und sie beruhigen. Verrenne dich nicht in deinen Starrsinn! Überlege dir statt dessen, wie unruhig sie sein muß, wenn weder du noch ich heute abend nach London zurückkehren! Curry würde sie nie überzeugen, daß es um Felix keineswegs verzweifelt steht. Sie wird bestimmt nichts Ungewöhnliches daran finden, daß ich bei Felix geblieben bin, aber wenn auch du hierbleibst, wird sie sich einbilden, daß er an der Schwelle des Todes steht – und das wäre nur zu verständlich! Was hingegen das ‹Nicht essen› betrifft, so hast du seit dem Frühstück nichts mehr im Magen, und es wäre keine rechte Hilfe von dir, wenn du halb ohnmächtig in der Upper Wimpole Street ankämst. Und wirklich, mein lieber Junge, zu hungern, weil sich Felix halb erschlagen hat, wäre wirklich etwas melodramatisch, glaubst du nicht auch?»

Jessamys schmale Wangen wurden brennend rot, er ließ den Kopf hängen und murmelte: «Verzeihung! Ich wollte nicht in – in wirre Grillen verfallen. Wenn Sie meinen, daß es meine Pflicht ist, zu fahren, dann tue ich es.»

«Das meine ich wirklich. Frederica braucht dich vielleicht. Sie wird Maßnahmen treffen müssen und vermutlich Dutzende Dinge zu tun haben. Vielleicht wünscht sie sogar, daß du bei Charis in London bleibst, denn sie wird sie bestimmt nicht gern allein lassen, und soweit ich weiß, verbringt deine Tante die ganze Zeit in der Harley Street.»

«Und Harry mußte ausgerechnet mit seinem hohlköpfigen Freund zu den Wettrennen nach Wells fahren!» rief Jessamy verbittert. «Gerade wenn er am meisten gebraucht wird!»

«Man kann ihm wohl kaum einen Vorwurf daraus machen, daß er nicht vorausgesehen hat, daß man ihn brauchen würde. Du darfst nicht glauben, daß ich Harry nicht schätze, doch ich habe das Gefühl, wenn ich an Fredericas Stelle wäre, dann würde ich eher bei dir als bei ihm Unterstützung suchen.»

Wieder wurde Jessamy rot, diesmal jedoch aus Genugtuung. «D-danke!» stammelte er. «Ich glaube nicht – aber ich werde mein Bestes tun. Und wenn Frederica wirklich wünscht, daß ich bei Charis bleibe, dann *tue* ich es.» Er holte Atem und erklärte heroisch: «Ja, ich werde es ihr sogar *anbieten*!» Zweifel packten ihn, und wieder sah er ängstlich drein. «Nur – Sir, wollen Sie mir, bitte, genau sagen, was ich tun muß? Ich meine wegen Postchaisen und Postillione mieten, und wieviel es kosten wird? Und – und ich fürchte, ich habe nicht genug Moneten bei mir für *meine* Reise!»

«Curry wird sich darum kümmern, und du brauchst für Frederica keine Chaise mieten. Sie wird in meiner Reisekutsche herkommen, die wir hierlassen, bis man Felix heimfahren kann. Weißt du, die ist für ihn viel bequemer als eine Chaise.»

«Ja, das stimmt», stimmte Jessamy zu, und seine Augen strömten vor Dankbarkeit über. «Danke! Sie – Sie denken einfach an alles! Ich bin Ihnen so sehr verbunden! Ich werde genau tun, was Sie mir sagen!»

Alverstoke lächelte etwas schief, doch er erwiderte nur: «Curry wird dir sagen, was ich ihm aufgetragen habe. Geh jetzt zu ihm hinunter. Es ist Zeit, daß ihr losfahrt.»

Jessamy nickte, zögerte einen Augenblick und schaute auf Felix hinunter. Er wandte sich ab und biß sich auf die Lippen. «Ja, Sir. Ich – Ich weiß natürlich, daß er bei Ihnen gut aufgehoben ist! Es ist nur, weil – Sie werden ihn nicht verlassen, nicht wahr? O nein! Verzeihung! Ich weiß, Sie tun es nicht!»

«Da kannst du ganz sicher sein», antwortete Alverstoke und schob ihn sanft zur Tür. «Obwohl ich vielleicht stark versucht wäre, es zu tun, wenn er aufwacht und mir erzählen will, wie man einen Ballon mit Dampf vorwärtstreiben könnte!»

Jessamy lachte ziemlich zittrig, packte die Hand des Lords einen Augenblick und entfernte sich dann schnell.

Der Marquis schloß die Tür, und nach einem Blick auf Felix ging er zu dem bleigefaßten Fenster. Curry war mit dem Phaeton vorgefahren, gleich darauf tauchte Jessamy auf, kletterte hinein, und Curry trieb die Pferde an. Der Marquis sah ihnen nach, bis das Phaeton außer Sicht war, dann drehte er sich um, ging zum Himmelbett und blickte auf Felix hinunter.

Es war kaum überraschend, dachte er, daß das Aussehen des Jungen seinen Bruder verstört hatte. Es war nicht der Kopfverband, der einen so erschreckte, noch sein stoßweises Atmen, sondern seine Unbeweglichkeit und seine Lage – flach auf dem Rücken ausgestreckt und die Decke bis unter das Kinn hinaufgezogen. Zweifellos hatte ihn der Arzt in diese Lage zurechtgebettet; vielleicht waren es die gebrochenen Rippen, daß er nicht auf der Seite liegen konnte. Aber er sah fast so aus, als sei er aufgebahrt. Der Marquis sah das, doch er besaß weder eine übertriebene Phantasie noch einen unausgeglichenen Geist und konnte daher seine Ruhe leicht wahren. Er hatte sich eine gute Meinung von Dr. Elcot gebildet und gab sich damit zufrieden, sich nach dessen Anweisungen zu richten. Elcot hatte offensichtlich ein ungutes Gefühl über mögliche Entwicklungen, erwartete jedoch nicht, daß sich sofort eine große Veränderung ergeben würde; und ganz sicher hielt er Felix nicht für gefährdet. Der Marquis hatte das Gefühl, daß das, was vor ihm lag, nicht Besorgnis, sondern Langeweile war. Und noch dazu stundenlang! dachte er, als er auf die Uhr sah. Und nicht das geringste zu tun – falls Felix weiterhin schlief –, als zu versuchen, sich wach zu halten. Wahrscheinlich würde ihm der Lehnsessel dabei helfen: er sah hart und unbequem aus. Der Marquis dachte daran, daß er heute abend zu einer Tischgesellschaft im Castle Inn verabredet war. Er lächelte schief, als er diese Verpflichtung mit seiner gegenwärtigen Lage verglich. Es war nur zu hoffen, daß sich Charles Trevor daran erinnerte und ihn entschuldigte. Nun, natürlich würde er das tun: So etwas vergaß er nie. Außerdem würde auch er aufbleiben und auf Nachricht warten, denn Eliza würde ihm erzählt haben, was geschehen war, und er würde vermuten, daß man vielleicht seine Dienste brauchen würde. Ein höchst verläßlicher Sekretär, dieser Charles; er würde ihn verdammt vermissen, würde ihn aber gehen lassen müssen. Was ihn daran erinnerte, daß er einen der zukünftigen Regierungsleute auf ihn aufmerksam machen mußte.

Also setzte sich Seine Lordschaft in den Lehnsessel, um sich in Gedanken mit diesem Problem zu beschäftigen.

22

Es dauerte nicht lange, und die Überlegungen des Marquis wurden durch ein leises Kratzen an der Tür unterbrochen. Er öffnete und ließ Judbrook mit einem Tablett eintreten, das dieser leise auf den Tisch stellte. Er flüsterte, seine Schwester habe außer dem Gerstentrank auch eine Schüssel Essigwasser heraufgeschickt, falls der arme junge Herr Kopfschmerzen hätte. Er schien sich große Sorgen zu machen und schüttelte traurig den Kopf, als er Felix ansah. «Der ist aber schlimm dran, was?» murmelte er.

«Nicht so schlimm, hoffe ich, wie er aussieht. Glauben Sie, könnte mir Ihre Schwester ein bißchen kaltes Fleisch oder etwas Ähnliches heraufschicken?»

«Das, Mylord, wird sie keineswegs tun und denkt auch nicht daran! Sie hat mir aufgetragen, Ihnen zu sagen, daß Ihr Abendessen in einer halben Stunde im Wohnzimmer aufgetragen wird, und bittet, Sie möchten entschuldigen, daß es nicht das ist, woran Eure Lordschaft gewöhnt ist, da sie keine Zeit hatte, eine Keule oder ein Huhn zu richten. Wir selbst haben unsere Hauptmahlzeit mittags», erklärte er entschuldigend. «Aber Polly weiß prima, wie man mit Herren umgeht, weil sie fünfzehn Jahre lang Haushälterin bei einem Herrn in London war. Manchmal wünsch ich mir, sie wär's immer noch, weil sie nicht gern auf dem Land lebt und es nie gern tat, und deshalb ist sie eben so madig! Aber als meine Frau starb, hielt sie es doch für ihre Pflicht, und in ihrem Herzen ist sie schon richtig, Mylord, trotz all ihrer Grillen. Es war nur, weil ich den jungen Herrn hereingebracht habe, ohne ihr was zu sagen, was sie so aufgeregt hat. Sie ist eine, die gern immer das Gegenteil tut. Obwohl – wie ich sie hätte um Erlaubnis fragen sollen, wenn ich draußen auf meinem drei Morgen großen Feld war, wo sich nämlich das alles abgespielt hat, Mylord, und eine ganze Viertelmeile von hier entfernt, weiß ich wirklich nicht, und sie auch nicht. Aber so ist das!» Langsam kroch ein Lächeln in sein Gesicht, und er sagte treffender, als er ahnte: «Aber Eure Lordschaft wissen ja, wie Frauenzimmer sind!»

«Keiner weiß das besser», stimmte ihm Seine Lordschaft zu. «Aber ich werde mich bestimmt mit Miss Judbrook vertragen – übrigens eine Sache, die ich gern mit Ihnen besprechen möchte. Was mein Abendessen betrifft, sagen Sie ihr bitte, sie soll sich keine Mühe damit machen! Kaltes Fleisch und Käse genügen vollauf. Doch wenn ich darum bitten darf, bringen Sie es mir hier herauf!»

«Ich habe gemeint, daß vielleicht ich bei dem jungen Herrn bleiben könnte, während Eure Lordschaft im Wohnzimmer sind?»

Alverstoke schüttelte den Kopf. «Nein, sehr liebenswürdig von Ihnen, aber wenn der Junge aufwachen und ein fremdes Gesicht sehen sollte, könnte ihn das aufregen», entgegnete er taktvoll.

«Ganz wie Sie meinen, Mylord. Da ist nur noch eine Sache, die – Also, ich bin ziemlich in Verlegenheit, was ich Eurer Gnaden zu trinken anbieten könnte!» enthüllte ihm Judbrook. «Außer dem Primelwein, den Polly macht – und sie sagt, das ist nicht passend –, haben wir keinen Wein im Haus. Ich könnte einen meiner Burschen ins Wirtshaus hinunterschicken, aber ich zweifle –»

«Auf keinen Fall! Außer, Sie haben auch kein Bier im Haus. Das ist alles, was ich gern hätte – das aber hätte ich wirklich gern.»

«Oh, wenn dem so ist, Mylord –» sagte Judbrook, einer Sorge ledig. «Ich bringe Ihnen sofort einen Krug herauf!»

Er brachte auch ein zweites Tablett mit, beladen mit den stummen Zeugnissen des Feuereifers seiner Schwester; und als der Marquis mit seiner Mahlzeit fertig war, die mit einem Teller ausgezeichneter Suppe begonnen hatte und zu der ein Gericht hastig zubereiteten Hammelfleisches und zwei am Spieß gebratene Tauben gehörten, war der lange Sommertag allmählich zu Ende gegangen. Der Lord hatte die Genugtuung, zu sehen, daß sich sein Schützling ein bißchen bewegte, leicht seine Lage änderte und den Kopf auf dem Kissen drehte. Dann führte der Marquis langwierige Verhandlungen mit dem Bauern, dessen Widerstreben, etwas für seine Gastfreundschaft anzunehmen, ihn unter anderen Umständen unerträglich gelangweilt hätte. Anschließend sandte er nach Miss Judbrook, um ihr Komplimente über ihre kulinarischen Fertigkeiten zu machen, in der Hoffnung, daß etwas Schmeichelei jetzt Frederica später zugute kommen würde. Miss Judbrook gab ihm keinen Grund, sich zu diesem Manöver zu gratulieren. Sie war höflich, doch ihr Gesicht blieb abweisend, und blieb es erst recht, als er ihr mitteilte, daß sie bald durch die Ankunft der Miss Merriville in Monk's Farm von aller Verantwortung erlöst sein würde. Hierauf zeigte ihm Judbrook, wo die Schlafkammer des Marquis lag, beschwor diesen, wenn nötig, ihn zu wecken, versorgte ihn mit Kerzen und verließ ihn, damit er sich die Nachtstunden vertrieb, so gut er konnte. Er tauchte nur noch einmal auf (in seinem Nachthemd, wofür er sich schamrot entschuldigte), um Seiner Lordschaft eine Flasche zu übergeben, die das Fieberwasser enthielt, das der Diener des Arztes gebracht hatte.

Der Marquis machte sich auf Stunden der Langeweile gefaßt; doch er brauchte nicht viele zu ertragen. Lange bevor selbst der früheste Landarbeiter erwacht war, hätte er bereitwillig mit dem Schicksal um eine Woche Langeweile gefeilscht, zum Tausch gegen die Sorge, die ihn überfiel, sobald die Wirkungen des Laudanums zu schwinden begannen.

Zuerst war Felix nur unruhig, murmelte Unverständliches, versank jedoch wieder in Schlummer, aber es wurde immer schwieriger, ihn zu beruhigen, als er aus einem Zustand halben Bewußtseins zu einem verwirrten Erkennen seiner Schmerzen und seiner fremden Umgebung überging. Er stieß den Namen seiner Schwester mit trockener Kehle aus und kämpfte, um seine Arme von den Decken freizubekommen, tat damit seinem verstauchten Handgelenk weh und stieß einen spitzen Schrei aus – als dann jedoch Alverstoke die andere Hand fest umfing und ihm zuredete, schien er ihn zu erkennen. Seine Finger krallten sich fest, er starrte zu Alverstoke auf und keuchte: «Lassen Sie mich nicht fallen, lassen Sie mich nicht fallen!»

«Nein, nein», beruhigte ihn Alverstoke und langte nach Dr. Elcots Trank, den er beim ersten Anzeichen der Erregung eingeschenkt hatte. «Du bist jetzt ganz in Sicherheit.» Er machte sich los, stützte Felix, setzte ihm das Glas an die Lippen und sagte: «Da hast du etwas zu trinken! Mach den Mund auf!»

«Ich will Frederica haben!» forderte Felix, verdrossen den Kopf wegdrehend.

Aber auf den befehlenden Ton in Alverstokes Stimme reagierte er doch, als dieser wiederholte: «Mach den Mund auf, Felix, los! Tu, was man dir sagt!» Alverstoke, dessen geringe Erfahrung mit Medizinen nicht eine enthielt, die nicht äußerst scheußlich war, gab ihm keine Gelegenheit zurückzuschrecken, sondern goß ihm die Dosis rücksichtslos in den Schlund.

Felix verschluckte sich, nach seiner ersten, leicht weinerlichen Empörung schien er vernünftiger zu werden. Alverstoke ließ ihn auf das Kissen zurückgleiten und zog den stützenden Arm zurück. «So ist's schon besser!»

«Ich will Frederica haben», fing Felix wieder an.

«Sie kommt gleich», versprach Alverstoke.

«Aber ich will sie jetzt sofort!» sagte Felix beharrlich. «So sag ihr's doch!»

«Ja, tue ich.»

Es entstand ein kurzes Schweigen. Alverstoke hoffte, Felix würde wieder einschlafen, aber gerade als er sich vom Bett zurückziehen wollte, entdeckte er, daß ihn Felix ansah, als versuchte er, das Gesicht zu erkennen. Anscheinend gelang ihm das, denn er murmelte mit einem Seufzer der Erleichterung: «Oh, Sie sind's! Lassen Sie mich nicht allein!»

«Nein.»

«Ich bin so durstig!»

Alverstoke hob ihn wieder hoch, und Felix schluckte dankbar das Gerstenwasser; und diesmal schlief er ein, als er auf das Kissen zurückgelegt wurde.

Es war jedoch ein unruhiger Schlaf und von kurzer Dauer. Felix wachte mit einem Ruck auf und murmelte wirres Zeug. Er war sichtlich in den Klauen eines Albtraums, und Alverstokes Stimme drang erst nach einigen Augenblicken zu ihm. Dann aber sagte Felix vage: «Vetter Alverstoke», stöhnte jedoch einen Augenblick später, ihm sei kalt. Der Marquis begann etwas grimmig dreinzusehen, denn die Hand, die sich an seine klammerte, war heiß und trocken. Er sprach beruhigend auf Felix ein, und es wirkte. Der Junge lag eine Weile still, schloß jedoch seine verschleierten Augen nicht. Plötzlich rief er bekümmert: «Das ist nicht mein Zimmer! Warum bin ich in diesem Zimmer? Ich mag es nicht! Ich weiß nicht, wo ich bin!»

Der Marquis antwortete schlicht: «Du bist bei mir, Felix.»

Er sprach instinktiv, äußerte die ersten Worte, die ihm in den Sinn kamen, und dachte gleich darauf, daß sie seltsam töricht seien. Aber nachdem Felix ihn angeblinzelt hatte, lächelte er und sagte: «O ja! Ich habe vergessen – du gehst nicht weg, nein?»

«Natürlich nicht. Mach die Augen zu. Du bist völlig in Sicherheit, versichere ich dir.»

«Ja, natürlich, solange du da bist. Dann werde ich nämlich nicht hinunterfallen!» murmelte Felix undeutlich. «Das weiß ich bestimmt!»

Alverstoke entgegnete nichts und sah gleich darauf mit Genugtuung, daß Felix schlief. Vorsichtig zog er seine Hand aus dem erschlafften Griff und ging, die Kerze wegzurücken, damit das flackernde Licht Felix nicht ins Gesicht schien. Es dünkte ihn, daß der Junge in einen natürlicheren Schlaf verfallen war; doch seine Hoffnung, dieser würde andauern, wurde recht schnell vernichtet und kehrte nicht wieder. Im Laufe der unruhigen Nacht verschlechterte sich Felix' Befinden, selbst für die unerfahrenen Augen des Lords, sehr rasch, das Gesicht wurde röter und der Puls erschreckend schnell. Es gab Pausen, in denen er döste, aber sie dauerten nie lange. Wenn Felix erwachte, dann immer in einer fiebrigen Erregung, die an Delirium grenzte. Er schien große Schmerzen zu leiden. In einem wachen Augenblick klagte er, daß ihm alles weh täte, aber als Alverstoke die kleine Stelle der Stirn, die nicht vom Verband verdeckt war, kühlte, war er erleichtert, als ihm die Hand fortgestoßen wurde. «Doch nicht im *Kopf*!» rief Felix zornig.

Eine zweite Dosis der Salzmischung brachte zwar Erleichterung, doch Alverstoke war ein dutzendmal nahe daran, Judbrook zu holen und ihn um Dr. Elcot schicken zu lassen. Nur die letzten Worte des Arztes, die Warnung, Felix würde vielleicht fiebern, und das Wissen, daß er immer noch die schweifenden Gedanken des Jungen in die Wirklichkeit zurückzuholen vermochte, hielten ihn davor zurück.

In der Morgendämmerung ließ das Fieber etwas nach, nicht aber die Schmerzen. Felix weinte leise und stöhnte: «Frederica, Frederica!» Um fünf Uhr hörte der Marquis eine Tür quietschen, die vorsichtig geöffnet wurde, und ging schnell aus dem Zimmer, um Judbrook abzufangen, der mit den Stiefeln in der Hand den Gang auf Zehenspitzen entlangschlich.

Judbrook war sehr entsetzt, als er erfuhr, daß Felix, weit davon entfernt, sich besser zu fühlen, schwer krank war. Er versprach sofort, einen seiner Burschen ins Doktorhaus in Hemel Hempstead zu schicken. Er erklärte, es sei nur vier Meilen weit, und der Bursche könne hinreiten. Er warf einen Blick auf Felix, und als er hörte, daß noch Gerstenwasser gebraucht wurde, wagte er vorzuschlagen, daß vielleicht eine Tasse Tee guttäte. Der Marquis zweifelte, doch Felix, von dem er gemeint hatte, daß er schliefe, sagte mit fadendünner Stimme: «Das möcht ich gern» – daher nickte er Judbrook zu.

«Sie sollen ihn im Handumdrehen haben, Sir!» sagte Judbrook und fügte ganz leise hinzu: «Jedenfalls, schaden wird er ihm auf keinen Fall, Mylord!»

Der Marquis zweifelte noch mehr, als ihm das Tablett gebracht wurde. Er war ein Kenner wie sein Freund Lord Petersham, doch er mißtraute dem mahagonibraunen Gebräu zutiefst, das aus der Kanne strömte, und erwartete bestimmt, daß Felix es ablehnen würde. Das aber tat Felix nicht, ja es schien ihn zu erfrischen. Und als Dr. Elcot eine Stunde später eintraf, sagte er nur: «Solange Sie ihm keinen Glühwein geben, habe ich nichts einzuwenden. Nun, Mylord, bevor ich zu ihm hineingehe: was ist denn los? Sie sehen selbst ein bißchen mitgenommen aus – hatten Sie eine schlechte Nacht bei dem Jungen?»

«Eine sehr schlechte Nacht», antwortete Alverstoke etwas scharf. «Und was los ist, werden bestimmt *Sie* herausfinden! Er war äußerst fiebrig, phantasierte manchmal und klagte die ganze Zeit über Schmerzen – er sagt, es tue ihm im ganzen Körper weh, aber, Gott sei Dank, scheint es nicht im Kopf zu sein!»

«Wenig Trost!» knurrte der Arzt.

Er blieb eine Weile im Krankenzimmer, und am Ende einer langen und sorgfältigen Untersuchung äußerte er, als er die Decke wieder über Felix hochzog, heiter: «Also, junger Mann, ich zweifle nicht, daß du dich sehr schlapp fühlst, aber du wirst noch lange gesund und munter leben! Jetzt gebe ich dir etwas, das es dir behaglicher machen wird!»

Felix phantasierte zwar nicht, war aber durchaus noch nicht der alte. Er hatte heftig gegen die Untersuchung des Arztes protestiert und geklagt, es täte ihm weh, wenn man ihn anrührte. Er hatte nur nachgegeben, als der Marquis ihm den Befehl dazu erteilt hatte. Jetzt lehnte er sich gegen den übel aussehenden Trank auf, den Dr. Elcot in ein kleines Glas gemessen hatte, und wieder schritt der Marquis ein, durch einen vielsagenden Blick des Arztes dazu aufgefordert. Er übernahm das Glas von Elcot, verabreichte Felix die Dosis selbst und sagte, als der Kleine den Kopf mit einem Ruck abwandte: «Du wirst gräßlich langweilig, Felix. Ich mag keine langweiligen Kerle – wenn du also willst, daß ich bei dir bleibe, dann tust du, was ich sage – und zwar sofort!»

Eingeschüchtert durch diese Drohung, schluckte Felix den Trank. Als Alverstoke ihn hinbettete und den stützenden Arm wegzog, fragte Felix ängstlich: «Sie gehen nicht weg von mir, nein?»

«Nein.»

Das schien Felix zu befriedigen, und nach einigen Minuten fielen ihm die Lider zu. Dr. Elcot tippte dem Marquis auf die Schulter und ging vor ihm aus dem Zimmer. «Haben Sie selbst Kinder, Mylord?» fragte er, als er die Tür schloß.

«Soviel ich weiß, nein.»

«Oh! Ich dachte, Sie müßten welche haben – Sie wissen anscheinend, wie man sie behandelt. Nun, es ist so, wie ich erwartete: rheumatisches Fieber. Es hat keinen Sinn, mich zu fragen, wie ernst es ist, denn ich kann es Ihnen noch nicht sagen. Was ich Ihnen jedoch sagen kann, ist, daß er sorgfältig gepflegt werden muß. Sie haben mir erzählt, dazu würde seine Schwester herkommen. Kann man sich auf sie verlassen? Sie werden mir verzeihen, wenn ich allzu frei spreche: es ist *höchst* wichtig.»

«Sie können Miss Merriville völlig vertrauen», erwiderte Alverstoke. «Sie ist eine Frau von vortrefflichem Verstand, und sie vertrat seit seiner Kindheit Mutterstelle an Felix. Doch ich verstehe nichts von Krankheiten, also muß ich Sie bitten, mich aufzuklären. Ich vermute, daß dieses rheumatische Fieber ernster ist, als ich angenommen habe?»

«Es kann ernste Folgen haben», erwiderte Dr. Elcot. «Aber der Junge ist ein schöner kleiner Bursche, und ich glaube schon, daß er eine vorzügliche Konstitution hat. Also werden wir seine Schwester nicht schrekken. Wann wird sie hier eintreffen?»

«Das kann ich nicht genau sagen, aber soweit ich sie kenne, kommt sie bestimmt so bald wie nur irgend möglich. Sie wird Sie natürlich sprechen wollen.»

«Ja, und ich will *sie* sprechen! Dem Jungen wird es eine Weile ganz gut gehen. Ich hab ihm ein Linderungsmittel gegeben, und er dürfte den größten Teil des Vormittags schlafen. Und es wäre klug, wenn Sie dasselbe täten, Mylord!»

«Ich möchte mich lieber rasieren!» erwiderte Seine Lordschaft.

«Dann tun Sie beides!» empfahl ihm der Arzt.

Der Marquis gab sich mit dem Rasieren zufrieden. Er beäugte mit ziemlich böser Ahnung das altmodische Rasierzeug, das ihm Judbrook lieh, doch obwohl es ihm plump in der Hand lag, war die Klinge scharf geschliffen, und es gelang ihm, sich ohne Unfall zu rasieren. Inzwischen brachte Miss Judbrook sein verdrücktes Halstuch in einen halbwegs ansehnlichen Zustand. Und wenn er ihr auch seine Jacke zum Bügeln nicht anvertrauen wollte, konnte er Frederica doch in erträglicher Ordnung entgegentreten.

Sie kam kurz nach zehn Uhr in seiner gut gefederten und leichtgebauten Reisekutsche an, und sie war ohne Begleitung. Der Marquis hob sie aus der Kutsche, hielt sie einen Augenblick in seinen starken Händen fest und sagte: «Braves Mädchen! Ich wußte ja, Sie würden keine Zeit verlieren!»

«Ich habe London nicht so früh verlassen, wie ich das gern getan hätte, doch Ihre Postillione haben mich in Windeseile herbeigeführt.» Sie schaute in der freimütigen Art, die er lieben gelernt hatte, zu ihm auf und sagte mit einem Lächeln in den Augen: «Ich bin Ihnen nun schon so oft zu Dank verpflichtet worden, daß mir anscheinend keine Worte mehr übriggeblieben sind.»

«Sie können sich nicht vorstellen, wie froh ich darüber bin!» erwiderte er.

«O doch! Sie halten es für todlangweilig, sich danken zu lassen – aber ich hoffe, Sie wissen, wie es in meinem Herzen aussieht!»

«Nein – doch ich wollte, ich wüßte es!»

Das Lächeln kräuselte jetzt auch ihre Lippen. «Nun machen Sie sich über mich lustig! Ich verzeihe Ihnen nur, weil ich weiß, Sie täten es nicht, wenn – wenn es verzweifelt stünde! Sagen Sie – wie geht es ihm?»

«Er schläft noch immer. Der Arzt hat ihm irgendein Linderungsmittel gegeben, als ich heute morgen um ihn sandte. Er hat vor, ihn ungefähr mittags wieder zu besuchen. Ich habe ihm erzählt, daß Sie ihn sprechen wollen, und er antwortete, er wünsche *Sie* zu sprechen. Er besaß außerdem die Unverschämtheit, mich zu fragen, ob man sich auf Sie verlassen könne! Wollen Sie hereinkommen? Ein Schlafzimmer ist für Sie hergerichtet worden, und das Wohnzimmer ist für Sie reserviert.»

«Wenn Sie, bitte, mit mir kommen wollen, Ma'am, zeige ich Ihnen das Wohnzimmer», sagte Miss Judbrook, die in der Tür stand.

Sie sprach mit eisigem Ton, taute jedoch etwas auf, als Frederica ihr die Hand hinstreckte, und sagte: «Danke! Ich bin Ihnen ja so verbunden für alles, was Sie getan haben! Es muß außerdem ein entsetzlicher Aufruhr für Sie gewesen sein, fürchte ich!»

«Na ja, was das betrifft, Ma'am, hab ich nie zu denen gehört, denen Aufruhr was ausmacht», antwortete Miss Judbrook, ergriff Fredericas Hand und knickste zögernd. «Wenn Judbrook mich gefragt hätte, dann hätte ich ihm bestimmt gesagt, er soll den jungen Herrn sofort hereinbringen, aber seine Pflege kann ich nicht auf mich nehmen!»

«Nein, das wirklich nicht!» stimmte ihr Frederica zu. «Sie müssen auch ohne das schon genug zu tun haben!» Sie folgte ihrer herben Gastgeberin zum Wohnzimmer, blieb auf der Schwelle stehen, überblickte das Zimmer schnell und rief aus: «Oh, was für ein schöner Teppich!»

Der Marquis, der den Teppich für ziemlich häßlich hielt, blinzelte, erkannte aber sofort, daß seine Frederica genau das Richtige gesagt hatte. Miss Judbrook warf sich stolz in die Brust und sagte, er liege noch keinen Monat hier, und lud Frederica beinah herzlich ein, mit ihr nach oben zu kommen.

Der Marquis blieb vorsichtigerweise unten und ging hinaus, um sich mit seinem treuen Knappen zu beraten. Er traf Curry, der hinter der Reisekutsche im Phaeton einhergefahren war, dabei an, wie er einem der Knechte Judbrooks half, eine Anzahl Gepäckstücke aus der Kutsche zu holen. Alverstokes Kammerdiener, der eine Reise auf dem Kutschbock ohne Verlust seiner Würde überlebt hatte, lenkte diese Tätigkeit. Der Marquis wies seine Postillione an, die Kutsche zur «Sonne» in Hemel Hempstead zu fahren, welche Herberge ihm von Dr. Elcot empfohlen worden war, trug Knapp auf, dort für Unterkunft zu sorgen, und Curry, mit dem Phaeton zu warten, bis er den Hof verlassen konnte. Dann ging er ins Haus zurück.

Es dauerte nicht lange, bis Frederica zu ihm ins Wohnzimmer kam. Sie lehnte den Armstuhl ab, setzte sich an den Tisch und legte die gefalteten Hände auf die Platte. «Er schläft noch immer, aber nicht ruhig. Ich glaube, ich gehe, sobald ich kann, zu ihm zurück. Doch bevor ich das tue, wollen Sie mir, Vetter, bitte erzählen, was der Arzt gesagt hat? Ich erkenne, daß Felix sehr fiebrig ist, und kann erraten, was für eine unruhige Nacht Sie verbracht haben müssen.» Sie las ein Zögern in seinem Gesicht und fügte leise hinzu: «Fürchten Sie nicht, die Karten auf den Tisch zu legen! Ich bin keine Närrin und nicht leicht aus der Fassung zu bringen.» Sie lächelte schwach. «Und es ist auch nicht das erste Mal, daß einer meiner Brüder krank ist oder sein möglichstes getan hat, sich umzubringen. Also sagen Sie es mir.»

«Elcot spricht von rheumatischem Fieber», erklärte er kurz.

Sie nickte. «Das habe ich befürchtet. Meine Mutter hatte es auch einmal. Sie erholte sich nachher nie ganz, es hat ihr Herz angegriffen. Ich war damals erst ein Kind, kann mich aber erinnern, wie schwer krank sie war – schlimmer, glaube ich, als es Felix ist. Doch unser Arzt war nicht geschickt, und sie hatte keine sorgfältige Pflege. Ich kann mich erinnern, daß sie sich aus dem Bett schleppte, weil sie das Baby schreien hörte – das war natürlich Felix. Nun, Felix wird ja nicht aus dem Bett steigen. Er ist robuster, als es meine Mutter je war, und die medizinische Wissenschaft ist fortgeschrittener. Ich versichere Ihnen, ich gedenke nicht zu verzweifeln, also brauchen Sie mich nicht so anzuschauen, als fürchteten Sie, daß Sie mich jeden Augenblick aus einer Ohnmacht erwecken müßten!»

«Das befürchte ich bestimmt nicht – dazu haben Sie zuviel Geistesstärke. Wenn ich ernst dreinschaue, dann deshalb, weil ich fürchte, daß Sie eine sorgenvolle und auch anstrengende Zeit vor sich haben. Ich hoffe nur, daß Sie sich nicht ganz aufreiben.»

«Danke! Aber ich bin kein so schwaches Geschöpf. Ich werde ja auch Jessamy zur Hilfe hier haben – vielleicht schon morgen, falls Harry, wie wir glauben, heute abend nach London zurückkehrt. Der gute Jessamy! Er wäre heute so gern mitgekommen, hat aber kein Wort davon gesagt. Er hat sofort verstanden, wie ungehörig es wäre, die arme Charis nur in Gesellschaft der Dienerschaft zurückzulassen, und er sagte, er würde so lange in der Upper Wimpole Street bleiben, bis Harry käme, um ihn von dieser Pflicht abzulösen. Er hat vor, mit der Postkutsche nach Watford zu reisen, und ich gestehe, ich werde froh sein, ihn bei mir zu haben. Ich kann ihm vertrauen, daß er bei Felix Wache hält, wenn er schläft, so daß ich mich für eine Weile ausstrecken kann. Sie sehen, Vetter, wie vernünftig ich bin!»

«Das habe ich nie bezweifelt. Darf ich fragen, welche Rolle Miss Winsham dabei spielt?»

«Eine sehr kleine», gestand sie. «Mein Onkel starb nämlich gestern abend.»

«Mein Beileid. Ich hätte angenommen, daß dies Miss Winsham von der ihrer Meinung nach dringendsten Pflicht entbindet, dürfte mich aber irren.»

«Ja, weil Tante Amelia jetzt niedergeschmettert ist und hysterisch wird, sowie Tante Seraphina sich von ihrer Seite rührt. Sie hat Krämpfe, Wallungen und – o Himmel, ich sollte nicht so reden! Ich selbst bin so wenig empfindsam, daß es mir sehr schwer fällt, mit Leuten wie Tante Amelia Mitleid zu haben. *Ich* neige viel eher zu – nein!»

«Ich weiß genau, wozu Sie viel eher neigen», sagte er lächelnd. «Ich habe gesehen, wie Sie in einer ähnlichen Lage mit Charis fertig wurden!»

«Das hatte damit überhaupt keine Ähnlichkeit!» antwortete sie. «Die arme Charis hatte einen schweren Schock erlitten. Sie hatte jede denkbare Entschuldigung. Aber der Tod meines Onkels wurde seit Wochen erwartet – und auf jeden Fall würde ich meine Tante niemals ohrfeigen!»

«So gern Sie es auch tun möchten», stimmte er ihr zu.

«Aber ganz bestimmt nicht!» beharrte sie mit einer Strenge, die das Lachen in ihren Augen Lügen strafte. «Sie sind – das heißt, wenn ich nicht so tief in Ihrer Schuld stünde, würde ich sagen –»

«Daß ich der abscheulichste Mensch unter Gottes Sonne bin?»

«*Gräßlich* war das Wort, an das ich gedacht habe!» erwiderte sie sofort. Dann wurden ihre Augen sanfter. «Nein, das sollte ich nicht. Zu uns sind Sie nichts als Güte gewesen, so abscheulich Sie auch sonst sein mögen. Nun, im Ernst, Sir! Der Fall ist nicht so schlimm, wie Sie meinen. Tante Seraphina hat versprochen, auf Charis aufzupassen, hat aber das Gefühl, daß ihre Schwester größeren Anspruch auf sie hat. Nun – nun, vermutlich hätte ich das gleiche Gefühl, also kann ich ihr kaum einen Vorwurf machen. Sie glaubt, daß es ohnehin höchst ungehörig von Charis wäre, derzeit Gesellschaften zu besuchen, und daß sie ja Harry zu ihrer Begleitung auf Spaziergängen oder Fahrten haben wird. Da sich außerdem Mrs. Hurley um Charis kümmert, ist ihre Anwesenheit nicht nötig. Ich muß Ihnen auch sagen, daß Ihre Schwester – Base Elizabeth meine ich – genauso gütig war wie Sie! Sie sandte Charis heute einen Brief mit der Einladung, in Ihrem Haus zu wohnen, solange ich fort bin, und bot sich an, sie heute abend zu Lady Castlereaghs Gesellschaft zu begleiten. Charis lehnte natürlich ab – es könnte sie ja wirklich nichts dazu bringen, daß sie unter diesen Umständen außer Haus herumzigeunert – und – und ich weiß, daß ich mich auf Harry verlassen kann. Wissen Sie, er hängt sehr an Charis und wird nicht zulassen, daß sie niedergeschlagen ist.» Sie stand auf. «Ich muß gehen. Würden Sie, sobald Sie nach London kommen, Charis sagen, wie die Sachen hier wirklich stehen, und ihr versichern, daß sie sich keine unnötigen Sorgen zu machen braucht? Ich wäre Ihnen so dankbar!»

«Gern, aber ich kehre eine Zeitlang nicht nach London zurück. Haben Sie geglaubt, ich gedenke mich zu drücken? So abscheulich bin ich nun wieder auch nicht, hoffe ich. Sie Gänschen! Warum, glauben Sie wohl, habe ich um meinen Kammerdiener geschickt?»

«Habe ich nicht – ich meine – oh, das war Ihr Kammerdiener? Ich dachte, das sei irgendein Kurier, und fragte mich schon, wieso Sie es eigentlich nötig fänden, mich mit ihm zu versorgen!»

«Sieht Ihnen ähnlich! Unerlaubt töricht, Frederica!»

«Nein! Wie sollte ich auch wissen, was für eine Grille Sie sich in den Kopf setzen könnten?» konterte sie. «Ich habe noch nie jemanden so Extravaganten kennengelernt wie Sie. Aber meinetwegen müssen Sie nicht hierbleiben. Das ist wirklich nicht nötig!»

«Da irren Sie sich gewaltig. Nach den Aufregungen und Anstrengungen der letzten vierundzwanzig Stunden bin ich völlig erschöpft, und ich muß mich einige Tage auf dem Land ausruhen. Ich werde in der ‹Sonne› in Hemel Hempstead absteigen – und bitte, streiten Sie nicht mit mir. Nur weniges ist langweiliger als fruchtlose Argumente!» Er nahm ihre Hand und drückte sie. «Ich gehe jetzt, komme aber gleich wieder zurück – um mich zu überzeugen, daß Sie sich gut um mein Mündel kümmern!»

23

Der Marquis kehrte erst kurz vor sechs Uhr nach Monk's Farm zurück. Er hatte lange geschlafen, sich von Kopf bis Fuß umgezogen und ein erträglich gutes Abendessen zu sich genommen. Nach einem kurzen Gespräch mit den Judbrooks ging er in das Zimmer von Felix hinauf und trat leise ein. Die Vorhänge waren zugezogen und schlossen das Licht der untergehenden Sonne aus, aber er merkte sofort eine Veränderung. Das Zimmer roch nicht mehr muffig und unbenützt, sondern nach Lavendel. Und als sich seine Augen an das matte Licht gewöhnt hatten, sah er, daß man ein Feldbett aufgestellt, die schwere Flickendecke vom Himmelbett weggenommen und einen Wandschirm aufgestellt hatte, um Felix von dem Licht abzuschirmen, das später die Öllampe werfen würde, die jetzt auf dem Tisch stand. Felix schlief unruhig, stöhnte etwas und murmelte. Frederica saß in dem Lehnstuhl, den sie ans Fenster gezogen hatte. Sie erhob sich, als sie sah, wer eingetreten war, kam leise wie ein Geist auf Seine Lordschaft zu und hauchte: «Wecken Sie ihn nicht!»

Sie ging vor ihm aus dem Zimmer, und er zog die Tür hinter sich zu. Er sah, daß sie blaß und sehr müde war, und sagte: «Es geht ihm nicht besser? Ich merke, daß Sie eine teuflische Zeit gehabt haben!»

Sie schüttelte den Kopf. «Nein. Wissen Sie, wir können nicht erwarten, daß es ihm schon besser geht. Und um diese Tageszeit geht es einem Menschen mit Fieber immer am schlimmsten. Aber Dr. Elcot hat mir genau gesagt, was zu tun ist.»

«Sind Sie mit Elcot zufrieden? Wenn Sie gern die Meinung eines anderen Arztes hören möchten, sagen Sie es mir! Ich fahre sofort nach London und bringe Knighton her – oder irgendeinen anderen, den Sie mir nennen!»

«Danke – nein. Ich glaube, Dr. Elcot weiß genau, was er tut.»

«Sehr gut. Dann gehen Sie jetzt zu Ihrem Abendessen ins Wohnzimmer hinunter! Sie werden Miss Judbrook beleidigen, wenn Sie es nicht tun. Sie scheint sich selbst übertroffen zu haben, um ein elegantes Mahl für Sie zu bereiten, das schon bereitsteht und – so sagte sie mir – sehr schnell verdirbt. Und lassen Sie mich Ihnen sagen, meine Liebe: Falls Sie mir erzählen, daß Sie Felix nicht in meiner Obhut zu lassen wagen, dann werden Sie auch mich beleidigen!»

«Das wenigstens werde ich nicht sagen. Dr. Elcot hat mir erzählt, wie geschickt Sie mit Felix zurechtkamen und wie gut Sie zu ihm waren. In Wahrheit bin ich überhaupt nicht hungrig – aber ich weiß, wie dumm es wäre, wollte ich das Abendessen ablehnen. Also gehe ich hinunter. Sollte Felix aufwachen und klagen, daß er Durst hat, steht Limonade in dem blauen Krug auf dem Tisch.»

«Ja, warum, zum Teufel, habe ich nicht an Limonade gedacht, als er gestern abend so durstig war?!» rief er aus.

Sie lächelte. «Wie denn auch? Jedenfalls glaube ich nicht, daß Miss Judbrook Zitronen hat. Ich habe einige aus London mitgebracht – was mich daran erinnert, daß ich noch weitere brauchen werde. Werden Sie mir morgen einige in Hemel Hempstead besorgen, Vetter?»

«Ja, und auch sonst alles, was Sie brauchen. Jetzt gehen Sie aber endlich hinunter!»

Gehorsam ging sie. Als sie eine halbe Stunde später zurückkam, traf sie ihn an, wie er eben Felix mit einem Arm stützte und nicht sehr erfolgreich versuchte, das Kissen mit der anderen Hand umzudrehen. Sie kam sofort zu Hilfe, und er sagte entschuldigend: «Ich fürchte, ich bin nicht sehr geschickt! Er hat ununterbrochen den Kopf hin und her gewandt, wahrscheinlich, um einen kühlen Fleck zu finden. Frederica, sind Sie sicher, daß Sie keinen anderen Arzt für ihn haben wollen? Ich will Ihnen nicht verhehlen, daß er mir jetzt fiebriger zu sein scheint als gestern abend.»

Sie begann Felix Gesicht und Hände mit einem in Lavendelwasser getränkten Taschentuch zu baden. «Dr. Elcot warnte mich schon; er erwartet, daß es schlimmer mit ihm wird, bevor es sich bessert. Es wird bald wieder Zeit für seine Medizin, und das verschafft ihm Erleichterung – Sie werden sehen! Zumindest – haben Sie vor, sofort in die ‹Sonne› zurückzukehren – oder würden Sie noch zwanzig Minuten warten? Um ihn für mich zu halten, während ich ihm die Dosis gebe? Wenn er so ist wie jetzt, so völlig apathisch, komme ich sehr schwer ohne Hilfe mit ihm zurecht.»

«Ich stehe ganz zu Ihrer Verfügung, Frederica. Haben Sie Ihr Abendessen gegessen?»

«Und auch das Glas Wein getrunken, das Sie für mich besorgt haben, Vetter. Miss Judbook erzählte mir, daß Sie eine Flasche aus der ‹Sonne› mitgebracht haben. Danke – es hat mich frisch und munter gemacht!»

«Das höre ich gern», erklärte er trocken. Er ging vom Bett weg, doch nachdem er zugesehen hatte, wie sie kämpfte, um Felix wach zu bekommen, kam er wieder zurück und sagte: «Lassen Sie es mich versuchen! Nein, überlassen Sie ihn mir! Es ist mir gestern abend gelungen, und vielleicht bin ich auch heute noch dazu imstande.»

Sie überließ ihm ihren Platz, er setzte sich nieder, nahm die heiße Hand von Felix und sprach in der zwingenden Stimme zu ihm, die er früher mit so guter Wirkung angewandt hatte. Diesmal brachte sie Felix nicht ins Bewußtsein zurück; aber wenn auch kein Erkennen in den fiebrigen Augen stand, so schien es Frederica doch, daß die unerbittliche Stimme endlich durch den Nebel drang. Felix wurde ruhiger, stöhnte, versuchte aber nicht mehr, sich herumzuwerfen. Er lehnte sich auf, die Medizin zu trinken, aber Alverstoke hielt ihn an seine Schulter gepreßt, und Frederica goß ihm schnell die Mixtur in den Mund, als er ihn öffnete, um wild und unzusammenhängend wirr zu protestieren. Felix verschluckte sich, hustete und brach in krampfhaftes Schluchzen aus, hörte jedoch allmählich damit auf und seufzte müde. Alverstoke legte ihn wieder hin und sagte leise über die Schulter: «Gehen Sie schlafen, Frederica!»

Sie blinzelte und flüsterte: «Ich werde mich gleich auf das Feldbett hinlegen. Bitte tun Sie nicht –»

«Sie werden in Ihrem Zimmer zu Bett gehen. Ich wecke Sie um Mitternacht – auch vorher, sollte ich merken, daß es nötig ist. Tun Sie mir den Gefallen, schicken Sie um Curry und sagen Sie ihm, er soll einspannen.»

«Sie können zu so später Stunde nicht nach Hemel Hempstead zurückfahren!»

«Genau das werde ich tun – und im Licht des Vollmonds. Stehen Sie nicht hier herum und machen Sie keine dummen Einwände! Wozu werden Sie wohl morgen nütze sein, wenn Sie halbtot vor Müdigkeit sind?»

Das mußte sie einsehen. In der vergangenen Nacht hatte sie vor Angst kein Auge schließen können; sie war schon im Morgengrauen wieder aufgestanden, hatte packen und Vorkehrungen treffen müssen; sie war ungefähr fünfundzwanzig Meilen weit gereist und hatte sich acht Stunden lang um ihren Patienten gekümmert. Sie war wirklich erschöpft. Sie lächelte Seine Lordschaft unsicher an, sagte einfach «Danke!» und ging aus dem Zimmer.

Als sie noch vor Mitternacht zurückkam, sah sie viel besser aus, doch schuldbewußt. Sie sagte: «Höchst empörend! Ich muß müder gewesen sein, als mir bewußt war; ich habe auch die Medizin vergessen! Er hätte um elf wieder eine Dosis bekommen sollen, Vetter!»

Er lächelte. «Er hat sie bekommen. Zum Glück haben Sie Elcots Anweisungen auf dem Tisch liegengelassen, und ich habe sie gelesen. Haben Sie gut geschlafen?»

«Oh, so gut! Vier Stunden, und ich glaube, ohne mich auch nur zu rühren! Wie ging es Felix?»

«Ziemlich unverändert. Ich verlasse Sie jetzt und bin am späten Morgen wieder hier. Nicht nötig, Ihnen zu sagen, daß Sie sich tapfer halten sollen! Gute Nacht, mein Kind!»

Sie nickte dankbar und äußerte keinen Widerspruch, auch nicht, als er nach dem Frühstück zurückkam und sie informierte, daß sie sich von nun an beide streng in die Wache teilen würden. Die Vernunft sagte ihr, daß es, solange der Zustand von Felix kritisch war, über ihre Kraft ging, die ganze Bürde seiner Pflege allein zu tragen. Und während sie sich in den Tiefen ihres Bewußtseins klar war, daß weder sie noch Felix den geringsten Anspruch auf den Marquis hatten, schien es allmählich so natürlich, sich auf seine Unterstützung zu verlassen, daß der Gedanke nur auftauchte, um wieder abgeschoben zu werden. Er war ebensogut imstande, mit Felix fertig zu werden, wie sie, und manchmal sogar besser. Felix war völlig zufrieden, in seiner Obhut gelassen zu werden. Andere Überlegungen waren ihr nicht wichtig. Hätte Alverstoke die Absicht verkündet, nach London zurückzukehren, hätte sie alles darangesetzt, ihn zum Bleiben zu bewegen. Das tat er aber ohnehin nicht, und sie nahm seine Dienste fast als selbstverständlich hin.

Der Marquis, sich wohl bewußt, daß sie keinen Gedanken für jemanden anderen als ihren fürchterlichen kleinen Bruder hatte, war – leicht kläglich – amüsiert. Er mochte Felix gern, doch es wäre müßig gewesen, anzunehmen, daß ihm die Aufgabe, ihn zu pflegen, gefiel. Hätte er sich nicht wider Willen heftig in Felix' Schwester verliebt, wäre ihm nie eingefallen, sich einer so anstrengenden Pflicht zu unterziehen. Aber es entsprang nicht dem Wunsch, sich eine größere Wertschätzung Fredericas zu erringen, daß er in Hertfordshire blieb und sich so ungewöhnlich anstrengte. Sein einziger bewußter Gedanke war, daß sie jetzt schreckliche Sorgen hatte und es sein Vorrecht war, sie davon zu befreien. Er hatte Charles Trevor – wenn auch nicht ohne ein gewisses Bedauern, so doch zumindest ohne Zögern – aufgetragen, alle seine unmittelbaren Verpflichtungen abzusagen. Denn zum erstenmal seit vielen Jahren würden seine Freunde im Jockey-Klub bei den Ascot-Rennen umsonst nach ihm Ausschau halten. Das war ein Jammer, aber da war nichts zu machen. Er hatte außerdem selbst ein Pferd im Rennen; doch welches Vergnügen hätte er schon dabei empfunden, zuzusehen, wie es gewann – was seiner Meinung durchaus der Fall sein konnte –, wenn er wußte, daß Frederica in Not war und seine Unterstützung brauchte?

Somit begann für den Marquis, der sich selten für irgend jemanden anstrengte, und der sein ganzes bisheriges Leben in luxuriös müßigem Behagen verbracht hatte, die anstrengendste und unbequemste Periode seines Daseins. Er war gezwungen, in einem bescheidenen, altmodischen Gasthof abzusteigen, er verbrachte fast alle seine wachen Stunden damit, einen kranken Schuljungen zu pflegen, und da seine Ankunft im Bauernhof das Zeichen für Frederica war, sich ins Bett zurückzuziehen, waren die Gespräche, die er mit ihr führte, nur kurz und drehten sich ausschließlich um ihren Patienten. In späteren Jahren pflegte er zu sagen, daß er sich an seine Leiden nicht ohne einen Schauer erinnern könne, aber jetzt äußerte er nicht ein Wort der Klage und verlor keinen Augenblick lang seinen Ausdruck ruhiger Selbstbeherrschung.

Jessamy kam am zweiten Tag. Er hatte von Watford aus querfeldein zu Fuß gehen wollen, aber der Marquis hatte Curry mit dem Phaeton zur Postkutsche geschickt, so daß Jessamy es nicht tun mußte. Das war vielleicht ganz gut, denn außer einem bescheidenen Handkoffer brachte er einen großen, mit Büchern vollgestopften Koffer mit. Er erklärte Alverstoke, der gerade Wache hielt, daß neben den Büchern, die er für sein Studium brauchte, auch einige waren, von denen er meinte, daß Felix sie sich gern von ihm vorlesen ließe. «Denn das ist etwas, das ich wirklich tun kann», erklärte er. «Wissen Sie, er hat es gern, daß man ihm vorliest, wenn er krank ist. Also habe ich alle seine alten Lieblinge mitgebracht, und auch Waverley. Harry hat mich daran erinnert – ich hatte vergessen, daß Felix, wenn Frederica es uns abends vorlas, immer schon schlief, weil er viel zu jung war, um es zu genießen. Aber jetzt wird er das schon tun, meinen Sie nicht auch?»

«Zweifellos; nur nicht gleich, fürchte ich.»

Jessamys Gesicht umwölkte sich. «Nein. Curry hat mir alles erzählt. Oh, danke, daß Sie ihn mir entgegengeschickt haben, Vetter! Curry sagte, es sei rheumatisches Fieber, und Felix sei sehr krank und habe große Schmerzen. Sir – er – er wird doch nicht sterben – nein?!»

«Nein, bestimmt nicht, doch es geht ihm schlecht, und es kann noch schlechter werden, bevor er anfängt, sich zu erholen. Im Augenblick schläft er, aber er schläft selten lange, also muß ich in sein Zimmer zurück. Du darfst mitkommen, wenn du willst – du wirst ihn nicht stören, wenn du leise sprichst.»

«Ja, bitte», sagte Jessamy. «Ich – möchte ihn gern sehen.»

«Das ist ganz natürlich. Aber du darfst nicht überrascht sein, wenn er dich beim Aufwachen nicht erkennt. Er ist nicht immer bei Bewußtsein, weißt du.»

Jessamy war so entsetzt über Felix' Aussehen, daß er seine Stimme nicht beherrschen konnte und sich auf einen Stuhl beim Fenster zurückzog, um seine Gefühle zu meistern. Aber zum Glück erkannte ihn Felix doch, als er aufwachte. Er klagte verdrossen: «Mir ist so heiß! Ich bin so durstig! Frederica!»

«Na, das werden wir bald haben», meinte Alverstoke, ließ seinen Arm unter Felix' Schulter gleiten und hob ihn hoch. «Da ist Limonade, und während du trinkst, wird Jessamy deine Kissen aufschütteln, damit du es wieder bequem hast. Du hast nicht gewußt, daß Jessamy dich besuchen gekommen ist, nicht wahr?»

«Jessamy», sagte Felix vage.

Aber als er wieder niedergelegt wurde, schaute er umher, und als er seinen Bruder erblickte, gelang es ihm zu lächeln und entschieden erfreut zu wiederholen: «Jessamy!»

Jessamy nahm seine Hand und sagte schüchtern: «Das ist doch die Höhe, alter Junge!»

«Ich wollte, ich hätte es nicht getan», bekannte Felix unglücklich. «Ich wußte nicht, daß es so weh tun wird. Bist du sehr böse?»

«Nein, nein, bestimmt nicht!»

Felix seufzte, und als Alverstoke sein Gesicht zu kühlen begann, schloß er wieder die Augen.

Jessamy war so erleichtert, daß Felix im Vollbesitz seiner Sinne aufgewacht war, daß er heiterer wurde. Als Felix wieder einnickte, war er imstande, Alverstoke einen Bericht darüber zu geben, was sich in der Upper Wimpole Street zugetragen hatte.

Insgesamt waren die Nachrichten anscheinend gut. Charis weinte zwar, wann immer sie an den armen Felix dachte. Miss Winsham, die Pech stets wütend machte und die den Unfall als einen boshaften Streich betrachtete, den sich Felix absichtlich ausgedacht hatte, um die Sorgen zu vergrößern, die ohnehin schon auf ihr lasteten, sagte neben sehr vielen anderen Dingen, sie habe kein Mitleid mit ihm oder mit Frederica, denn es sei deren Schuld, weil sie Felix so sehr verwöhnt hatte. Harry war am Vormittag aus Wells zurückgekehrt und hatte sofort die Zügel des Haushalts in die Hand genommen. Jessamy hielt seine Ankunft für den reinsten Segen, da aber seine erste Handlung anscheinend ein Streit mit seiner Tante gewesen war, mit dem Ergebnis, daß sie auf der Stelle ihren Koffer gepackt und in die Harley Street gezogen war, zweifelte Alverstoke, ob Frederica dies ebenfalls für einen Segen halten würde. Doch Jessamy sagte vertrauensvoll: «O doch, Sir, denn sie weiß, daß es zwischen der Tante und Harry immer Reibereien gibt. Ich habe keine Bedenken, ihr zu sagen, daß es ohne die Tante besser gehen wird. Sie – sie sagte so – so hartherzige Dinge –, die Charis völlig aus der Fassung brachten! Wissen Sie, Sir, Charis' Gemütsverfassung braucht einen Beistand, und Harry hilft ihr wirklich! Sie faßte in dem Augenblick Mut, als er zur Tür hereinkam. Und wenn er bei ihr bleiben sollte, was er, versichere ich Ihnen, wirklich vorhat – dann braucht meine Tante nicht dort zu sein.»

Als Antwort auf seine trockene Frage sagte Jessamy: Wie oft er auch mit seinem älteren Bruder über Kreuz sein mochte, an Harrys Liebe zu seiner Familie habe er nie gezweifelt. Zum Beweis führte er an, daß Harry, wie Jessamy bestimmt wußte, seinem Freund Peplow gesagt habe, er müsse ihn von allen ihren Verabredungen ausschließen – selbst von den Ascot-Rennen. Harrys erster Impuls war gewesen, sofort nach Hertfordshire zu fahren, doch man konnte ihn überreden, in London zu bleiben. «Und ich muß gestehen, Sir», erklärte Jessamy edelmütig, «das macht ihm Ehre. Denn ich dachte schon, er würde es mir übelnehmen, als ich ihn daran erinnerte, daß er nie von geringstem Nutzen gewesen ist, wenn einer von uns krank war.»

Harry hatte nicht nur diese Kritik nachgiebig aufgenommen, er hatte auch Jessamy mit Reisegeld versorgt, ihm eine beruhigende Botschaft an Frederica mitgegeben, mit seinen Witzen Charis vom Trübsinn erlöst und sogar versprochen, sich um Lufra zu kümmern. «Und er hat auch Luff nicht einmal ‹diesen ekelhaften Bastard› genannt!» bekräftigte Jessamy.

«Das war wirklich nett von ihm», antwortete Alverstoke ernst.

«Ja. Na ja, er ist doch wirklich nett! Ich meine, er versucht nie, einen einzuschüchtern oder einem zu drohen, wenn man ihn reizt, was andere ältere Brüder bestimmt täten.» Er seufzte und fügte sehnsüchtig hinzu: «Ich wollte, ich hätte Luff mitbringen können, aber die auf der Poststation hätten mir das nicht erlaubt, oder?»

Der Marquis dankte innerlich der Vorsehung, daß sie sich zurückgehalten hatte, seinen übrigen Pflichten auch noch die Aufgabe hinzuzufügen, die Herde des Bauern Judbrook vor Lufras Angriffen zu bewahren, und sagte mit so viel Mitgefühl, wie er nur in seine Stimme legen konnte: «Ich fürchte, nein. Aber du hast den Trost, daß er gut versorgt wird, während du fort bist.»

«O ja», stimmte Jessamy naiv zu. «Owen hat mir versprochen, er wird ihn füttern und ausführen.»

Wenn Frederica auch nicht sehr erfreut war, als sie erfuhr, daß Tante Seraphina sich nicht mehr um ihre jungen Verwandten kümmerte, so nahm sie die Nachricht doch gleichmütig hin und sagte zu Alverstoke, daß es vielleicht ganz gut war, wenn sie sich in die Harley Street zurückgezogen hatte. «Denn es hilft überhaupt nichts, wenn sie die ganze Zeit schilt, als sei die arme Charis an alledem irgendwie schuld! Sie meint zwar nicht alles so, wie sie es sagt, und zweifellos hält sie ein Auge auf die Dinge, selbst wenn sie zu Tante Amelia gezogen ist. Charis wird bei Harry viel heiterer sein, und ich weiß, daß er sich gut um sie kümmern wird. Das einzige ist –»

Sie unterbrach sich, eine bekümmerte Falte auf der Stirn. Nach einer Weile fragte Alverstoke: «Was ist das einzige, Frederica? Mein Klotz von einem jungen Vetter?»

Ein winziges Lächeln verriet, daß er ins Schwarze getroffen hatte, doch sie antwortete: «Was immer es ist – ich kann ja nichts dagegen tun, also wäre es dumm, wenn ich mich quälen wollte.»

Er sagte nichts mehr, denn er wußte, daß ihre Gedanken sich auf Felix konzentrierten. Charis' Zukunft war ihm gleichgültig, außer soweit sie Frederica berührte, also ließ er das Thema gern fallen. Er neigte sehr zu der Auffassung, daß sich Endymion eine galante Laune leistete, die ebenso flüchtig sein würde, wie sie heftig war. Sollte sich die Sache doch als ernster erweisen, als der Marquis annahm, und Frederica Kummer bereiten, dann würde er einschreiten, und zwar bedenkenlos. Seine Lordschaft, früher rücksichtslos um seiner selbst willen, war jetzt tatsächlich bereit, die gesamte Menschheit zu opfern, um seiner Frederica auch nur einen Augenblick Kummer zu ersparen – vielleicht mit Ausnahme der beiden jüngsten Familienmitglieder, die sie so sehr liebte: Jessamy, der seinen Kummer verbarg, daß ihm nur ein so kleiner Anteil an der Pflege erlaubt wurde, und der sich demütig bereithielt, etwas zu holen, zu tragen, Botengänge zu machen oder sonst eine Aufgabe auszuführen, die man von ihm verlangte; und Felix – kleiner Teufel, der er war! –, der von Alverstokes Stärke abhing und von seiner Stimme beruhigt werden konnte. Nein – Jessamy oder Felix zu opfern, war er nicht bereit; er hatte die infernalischen Fratzen liebgewonnen – obwohl er verflucht sein wollte, wenn er wußte, warum eigentlich.

In den nächsten beiden Tagen hatte er weder die Muße, viel weniger noch die Neigung, diese Probleme zu erwägen. Felix erfüllte die Prophezeiung des Arztes: sein Fieber stieg. Zwar wahrte Alverstoke sein unerschütterliches Betragen, hegte jedoch die ernstesten Besorgnisse. Daß Frederica sie teilte, wußte er, obwohl sie nie davon sprach oder ein Zeichen von Erregung verriet. Sie war unbesiegbar heiter und anscheinend unermüdlich; wenn er aber sah, wie müde ihre Augen und wie verhärmt ihr Gesicht war, dann fragte er sich, wie lange es noch dauern mochte, bis sie zusammenbrach.

Doch in den frühen Stunden des dritten Tages, als er das Krankenzimmer betrat, fand er es seltsam ruhig. Er hatte das Gefühl gehabt, die Verfassung Felix' sei so kritisch, daß er das Bauernhaus am Vorabend nicht verlassen hatte. Jetzt blieb er, von banger Ahnung erfüllt, auf der Schwelle stehen. Felix lag still, murmelte nicht, warf sich nicht herum. Frederica stand am Bett. Beim Geräusch der sich öffnenden Tür wandte sie den Kopf. Alverstoke sah, daß ihr Tränen über das Gesicht liefen, ging schnell auf sie zu und rief unwillkürlich: «Oh, mein armes Mädchen –!»

Dann aber bemerkte er, daß sie unter Tränen lächelte. Sie sagte einfach: «Er schläft. Das Fieber hat nachgelassen. Plötzlich sah ich, daß er schwitzt, und da wußte ich alles! Vetter – wir haben es geschafft!»

24

Da Felix außer Gefahr war und langsam kräftiger wurde, veränderte sich das Leben auf Monk's Farm. Es war nicht mehr nötig, ständig Wache bei ihm zu halten. Zwar mußte Frederica, die auf dem Feldbett in seinem Zimmer schlief, nachts drei-, viermal aufstehen und sich um ihn kümmern, brauchte aber keine Ablöse und Hilfe mehr. Tagsüber war es auch nicht mehr unbedingt nötig, daß sie ständig in Rufweite blieb. Felix schlief viel und war fügsam, wenn er wach war, und zu schwach, um seine übliche Widerspenstigkeit zu zeigen. Ein Umstand, der Jessamy, dem endlich erlaubt wurde, sich in die Aufgabe seiner Pflege zu teilen, so unbehaglich war, daß er Rat beim Marquis suchte. «Denn ich möchte Frederica nicht erschrecken», erklärte er ihm. «Nur sieht ihm das so gar nicht ähnlich! Nicht weil er tut, was Sie oder Frederica ihm sagen, denn das würde er natürlich auf alle Fälle. Aber er tut, was *ich* ihm sage, und streitet nicht einmal! Sie glauben doch nicht, daß sein Gehirn gelitten hat, oder?»

Der Marquis wahrte seinen Ernst und beschwichtigte ihn. Jessamy war aber nicht völlig beruhigt, bis zu dem Tag, da man Felix überreden mußte, seine Medizin zu schlucken, und er ihn das größte Biest auf Erden nannte. «Jetzt weiß ich bestimmt, daß alles in Ordnung ist!» erklärte er dem Marquis strahlend. «Bestimmt wird er mir jetzt das Glas nachwerfen!»

«Wenn dir das Freude macht, dann hoffe ich, daß er es tut», erwiderte Seine Lordschaft. «Aber warne ihn, daß er es ja nicht mir nachwirft!»

Für eine weitere Änderung sorgte Knapp. Nach einem Kampf mit seinem Stolz siegte bei ihm die Langeweile, die er in der «Sonne» ertragen mußte, und seine Eifersucht auf Curry, der seine Tage als Diener des Marquis im Bauernhof verbrachte. Er überwand seinen Widerwillen, sich zu erniedrigen, und bot seine Dienste an.

Daher wurde Felix von einem Kammerdiener besonderer Qualität bedient, was ihm durchaus keinen Eindruck machte. Das Küchenrevier wurde der Anwesenheit einer noblen Persönlichkeit von großer Leutseligkeit gewürdigt, in der Miss Judbrook den persönlichen Diener eines großen Herrn erkannte. Und Frederica entdeckte, wie sie dem Marquis sagte, sie hätte nichts zu tun.

Man hätte wohl erwartet, daß Seine Lordschaft jetzt nach London zurückgekehrt wäre, doch dies war eine Veränderung, die nicht stattfand. Er wohnte weiterhin in der «Sonne», unter Bedingungen, an die er keineswegs gewöhnt war, und verbrachte seine Tage in Monk's Farm. Sobald Frederica fühlte, daß man Felix ruhig ein, zwei Stunden in der Obhut seines Bruders lassen konnte, überredete sie der Marquis, in seinem Phaeton frische Luft zu schöpfen und später, wenn sie sich von ihrer Erschöpfung erholt hatte, mit ihm spazierenzugehen. Dazu war sie sehr gern bereit. Sie behandelte ihn mit der Ungezwungenheit einer langjährigen Freundschaft, sie befragte ihn bei jedem Problem, das sich ergab, aber ihre völlige Unbefangenheit zeigte ihm, daß es ihr nicht in den Sinn kam, ihn im Licht eines Freiers zu sehen. Er konnte nicht umhin, sich zu fragen, ob sie ihn wie einen älteren Bruder oder sogar (ein erniedrigender Gedanke!) wie einen Onkel behandelte.

Seine eigenen Zweifel waren geschwunden. Je öfter er sie sah, um so mehr liebte er sie, wie er noch nie eine Frau geliebt hatte. Nicht die schönste seiner Mätressen hatte in ihm den Wunsch geweckt, sie vor widrigem Geschick zu beschützen. Er hatte sich selbst bei dem amüsantesten seiner hochgeborenen Flirts niemals vorgestellt, daß sie seinen verschiedenen Haushalten vorstehen könnten, und noch viel weniger hatte er je eine dauernde Verbindung mit einer dieser Damen in Betracht gezogen. Aber nachdem er Frederica etwas mehr als zwei Monate kannte, hatte sie das Schema seines Lebens so ernstlich durcheinandergebracht, daß er in einen Zustand der Unentschlossenheit gedrängt worden war – ein neuartiges Erlebnis, das durchaus nicht angenehm war. Als er Hals über Kopf in das phantastische Abenteuer ihres kleinen Bruders geschleudert wurde, war er noch immer in einem Zustand der Ungewißheit gewesen. Seither hatte er mehr als eine Woche in enger Gesellschaft mit ihr verbracht, dazu unter Verhältnissen, die ebenso unromantisch wie unbequem waren, und alle seine Zweifel hatten sich aufgelöst: Er wünschte den Rest seines Lebens mit ihr zu verbringen, weil sie die vollkommene Frau war, der zu begegnen er nie erwartet hatte.

Seine Lordschaft hatte sich tatsächlich unsterblich verliebt. Er machte außerdem ein neues Erlebnis durch: Frederica verriet durch nichts, daß sie sein Gefühl erwidert hätte. Er wußte, daß sie ihn gern mochte; ein-, zweimal hatte er zu hoffen gewagt, daß das Gefühl, welches sie für ihn empfand, allmählich zu mehr würde als nur einem bloßen Gernhaben, aber er konnte dessen nie sicher sein und nie vergessen, daß sie ihn bei der einzigen Gelegenheit, als er ihr nur den allergeringsten Grund gegeben hatte, ihn der Galanterie zu verdächtigen, sofort distanziert hatte. Es war lange her – vielleicht hatte sie ihren Sinn geändert. Aber da er sich damals und in den folgenden Wochen nicht selbst klar wurde, hatte er nie einen Versuch gemacht, sie zu umwerben. In der Situation, in der sie sich befanden, als sie zu ihm in Monk's Farm gekommen war, wäre es zu dumm und ungehörig gewesen, um sie zu werben. Einerseits hätte kein Augenblick schlechter gewählt sein können, andererseits hätte es (falls sie ihn abgewiesen hätte) zwischen ihnen Verlegenheit geschaffen, solange seine Hilfe bei der Pflege Felix' so unentbehrlich gewesen war.

Doch Felix war am Leben geblieben und befand sich auf dem Wege der Besserung, so daß es für ihn nicht mehr nötig war, in Hertfordshire zu bleiben. Einem Impuls folgend, beschloß der Marquis, sein Schicksal auf die Probe zu stellen.

Er hatte Frederica auf einem ausgedehnten Spaziergang begleitet, und sie waren an einem Zauntritt stehengeblieben, bevor sie umkehrten. Sie lehnte sich auf den obersten Balken und starrte mit einem bekümmerten Ausdruck vor sich hin.

«Frederica!» rief Seine Lordschaft, rücksichtslos das Wagnis auf sich nehmend.

Sie beachtete ihn nicht. Als er jedoch ihren Namen wiederholte, wandte sie den Kopf und erwiderte: «Verzeihung, ich habe nicht aufgepaßt! Haben Sie etwas zu mir gesagt, Vetter?»

«Noch nicht», antwortete er. «Ich versuchte bloß, Ihre Aufmerksamkeit zu erregen. Woran haben Sie denn eben so versunken gedacht?»

«Ich habe versucht, mich an den Namen eines ausgezeichneten Extrakts zu erinnern, den mir Mrs. Ansdell – die Frau unseres Vikars – empfohlen hat, als Jessamy und Felix von den Masern so heruntergekommen waren», erklärte sie ernst. «Es hat ihnen sehr gutgetan, und ich glaube, es wäre jetzt genau das richtige für Felix, wenn ich bloß – oh, ich hab's! Dr. Ratcliffes Stärkender Schweinefleischextrakt! Wie konnte ich bloß so dumm sein! Ja aber – was hab ich denn gesagt, daß Sie in ein solches Höllengelächter ausbrechen?»

«Nichts, gar nichts!» antwortete der Marquis, immer noch lachend.

«Und was wollten Sie mir denn sagen?» fragte sie mit verblüfftem Stirnrunzeln.

«Nichts, gar nichts, Frederica!» wiederholte er. «Welch ein Glück, daß Sie sich an die Bezeichnung dieses Extrakts erinnert haben. Soll ich sofort nach Hemel Hempstead fahren und ihn für Sie besorgen?»

«Nein, sehr wahrscheinlich bekämen Sie ihn dort nicht. Wenn Dr. Elcot einverstanden ist, werde ich Harry schreiben und ihn bitten, ihn mir mitzubringen.»

«Oh – soll Harry uns denn besuchen?» fragte er.

«Ja – habe ich es Ihnen nicht erzählt? Curry brachte mir heute einen Brief vom Postamt. Harry schreibt, daß er mit der Post kommen und wieder rechtzeitig in London zurück sein könnte, um mit Charis zu Abend zu essen. Wissen Sie, er wäre ja sofort gekommen, hätte Jessamy ihn nicht davon abgebracht, was sehr richtig war. Es hätte ihn nur bestürzt, wenn er Felix damals gesehen hätte, und er hätte nichts tun können, weil er selbst sehr selten krank ist und keine Ahnung hat, was man für Kranke tut. Natürlich will er jetzt unbedingt kommen, und ich werde ihm schreiben, er dürfe es, solle aber Charis auf keinen Fall erlauben, ihn zu begleiten. Es tut mir leid, und ich würde sie wirklich liebend gern sehen, aber wir können sie nicht auch noch krank am Hals haben!»

«Auf keinen Fall!» versicherte Alverstoke erschrocken. «Das heißt – hätten wir das?»

«Na ja, etwas unpäßlich ein, zwei Tage auf alle Fälle, wegen der Postkutsche», erklärte sie ihm. «Sie wissen, wie diese gelben Karren schlecht gefedert sind! Sie wäre seekrank, bevor sie in Edgware wären.»

Seine Lordschaft erkannte, daß es noch immer nicht der richtige Augenblick für eine Liebeserklärung war, und nahm klugerweise Abstand davon. Als sie zum Bauernhof zurückwanderten, sprach er über gleichgültige Themen.

Als Harry ankam und einen Vorrat von Dr. Ratcliffes Stärkendem Schweinefleischextrakt mitbrachte, wurde er ganz schwach, als er Felix so dünn und weiß und so matt sah. Es bedurfte der vereinten Bemühungen Fredericas und Alverstokes, ihn davon zu überzeugen, daß der Junge nicht am Rand des Grabes stand. Er meinte, daß Frederica den Fall zu leicht nahm, und bestand so nachdrücklich darauf, daß um einen Londoner Arzt gesandt würde – und sagte sogar, daß er selbst und nicht sie der Vormund des armen kleinen Bürschchens sei –, daß Alverstoke gezwungen war, ihr zu Hilfe zu kommen. Er zog Harry beiseite und erklärte ihm mit großartiger Geduld, warum es nicht nur unnötig, sondern auch gar nicht ratsam war, in diesem Stadium einen zweiten Arzt zu rufen. Harry sah nicht völlig überzeugt drein, aber seine Miene erhellte sich, als Alverstoke vorschlug: falls Felix sich nicht so schnell erholte wie er sollte, wenn man ihn erst heimgebracht hätte, dann sollte Harry natürlich einen Londoner Arzt konsultieren.

Felix zu besuchen war nicht der einzige Grund Harrys gewesen, mit der Postkutsche zu Monk's Farm zu kommen; er wollte seine Schuld beim Marquis begleichen. «Sie haben große Auslagen gehabt, Sir, und ich bin Ihnen sehr verbunden, daß Sie an meiner Stelle gehandelt haben», erklärte er steif. «Wenn es Ihnen recht ist, möchte ich Ihnen gern einen Scheck auf meine Bank geben.»

Um seinen Mund lag ein störrischer Zug und die Andeutung von Trotz in seinen Augen, aber der Marquis, der Harrys Anliegen vorausgesehen hatte, nahm ihm den Wind aus den Segeln, indem er liebenswürdig antwortete: «Oh, ausgezeichnet! Ich übergebe Ihnen die Abrechnung, sowie ich nach London zurückkehre. Wollen Sie es detailliert oder genügt eine ungefähre Summe?»

«Nein, nein, natürlich nicht detailliert, Sir!» rief Harry aus, drollig aus der Fassung gebracht. «Ich habe nur gemeint – das heißt, Sie werden bestimmt nicht vergessen, nicht wahr?»

«Wenn doch, dann müssen Sie mich erinnern», sagte der Marquis.

Damit mußte sich Harry zufriedengeben, aber er vergaß nicht, Frederica zu sagen, sie solle Dr. Elcot anweisen, seine Rechnung ja nicht Alverstoke vorzulegen. «Ich habe dir eine Rolle Moneten mitgebracht», sagte er, «und solltest du mehr Bargeld brauchen, dann schreibe mir nur ja darum, denn ich will nicht, daß Alverstoke dafür aufkommt. Ich wäre ja ein feiner Bursche, wenn ich mich nicht um meine eigenen Geschwister kümmern würde!»

Sie stimmte ihm zu, entgegnete jedoch: «Ich wollte, du wärst nicht dazu gezwungen gewesen – und du sollst es auch nicht!»

«Quatsch!»

«Nein, es ist wahr. Ich sollte besser dran sein. Weißt du, ich dachte, Graynard würde alles bezahlen, aber das Leben in London und der Besuch der vielen noblen Gesellschaften hat viel mehr gekostet, als ich gerechnet hatte.»

«Ach, pah, wem liegt schon dran!»

«Mir – ja, es kränkt mich gräßlich! Ich wollte dir nie zur Last fallen, Harry! Ich werde es dir zurückzahlen, aber ich fürchte, ich muß vielleicht eine Anleihe bei dir nehmen!»

«Freddy, hörst du endlich auf, solches Gewäsch zu reden? Man würde rein annehmen, daß ich auf dem trockenen sitze!»

«Nein, ich weiß, daß es nicht so schlimm ist, aber ich bin überzeugt, daß nicht gerade Flut in deiner Kasse ist, und außerdem hast du vermutlich Schulden.»

«Nichts von Bedeutung!» lenkte er ab und wurde dabei verräterisch rot. «Du brauchst dir nicht den Kopf darüber zu zerbrechen. Was deine Auslagen betrifft, so kann ich das jederzeit in Ordnung bringen. Du weißt ja: Salcombe wird das für mich besorgen.»

«Willst du damit sagen, dein Kapital angreifen? Nein, das tut er nicht!»

«Oh, du kannst dich darauf verlassen, daß Salcombe irgendeinen anderen Ausweg weiß. Wieviel ist's denn?»

«Mein Lieber, auch ich sitze noch nicht auf dem trockenen. Ich habe nur vorausgeschaut – habe dich nur gewarnt, daß ich vielleicht um deine Hilfe bitten muß! Ich kann nämlich Felix nicht in London bleiben lassen, und ich habe das Haus dort auf sechs Monate gemietet. Ich dachte, wir könnten den Sommer über dort bleiben, wenn wir sehr sparsam leben, was wir gut könnten, sobald die Saison vorbei ist. Aber ich habe mit Dr. Elcot gesprochen, und er rät mir, Felix aus der Stadt herauszubringen, bis er sich völlig erholt hat. Der Wirbel und all die Aufregungen von London sind nichts für ihn. Weißt du, ich werde mich um ihn kümmern müssen und ihn nicht seine Kraft überfordern lassen. Er macht sehr gute Fortschritte, aber rheumatisches Fieber kann, wie wir ja wissen, gewisse Schwächen hinterlassen.»

«Die Mama!» rief er aus. «Guter Gott, Freddy, er muß von einem Londoner Arzt untersucht werden, und das hätte schon geschehen sollen! Einer, der auf dem modernsten Stand ist!»

«Ja, das Gefühl habe auch ich. Dr. Elcot hat mir das schon selbst empfohlen. Wir werden Sir William Knighton bitten, uns in der Upper Wimpole Street zu besuchen, sobald es Felix gut genug geht, daß er reisen kann. Was jetzt, hoffe ich, nicht mehr lange dauern wird – besonders in Alverstokes Kutsche, die die luxuriöseste ist, in der ich je gesessen bin! Und dann, wenn Sir William mit dem Plan einverstanden ist, habe ich vor, mich in irgendeinen stillen, altmodischen Ort zurückzuziehen – vielleicht an der See? Nur muß ich natürlich auch Charis und Jessamy mitnehmen, und ich fürchte, das kostet ziemlich viel, selbst wenn wir eine billige Unterkunft fänden. Harry, findest du heraus, welcher Kurort am Meer der beste wäre, und würdest du hinfahren, um eine passende Pension für uns zu suchen oder ein möbliertes Haus zu mieten, wenn du keine der Pensionen für passend hieltest?»

Doch dafür fühlte sich Harry nicht zuständig. Er dachte, es sei besser, wenn Frederica die Unterkunft selbst wählte, und bot ihr sehr großzügig an, sie auf dieser Forschungsexpedition zu begleiten. Sie drängte nicht weiter in ihn, in der Überlegung, daß es tatsächlich unklug, um nicht zu sagen, tollkühn wäre, die Wahl der Unterkunft seinem unwissenden Urteil zu überlassen. Statt dessen bat sie ihn um Nachrichten über Charis. Er sagte, sie solle sich nicht quälen, denn Charis ginge es recht gut, aber er gab zu, daß sie nicht glänzend aufgelegt sei. Sie trug natürlich schwarze Handschuhe und hatte sich bei allen Gesellschaften entschuldigt, zu denen Frederica und sie eingeladen waren. Nein, er glaubte nicht, daß sie genaugenommen Trübsal blase, und was das Einsamsein betraf, dazu war wenig Ursache! Himmel, der Türklopfer ruhte nie! Was ihn daran erinnerte, daß er Frederica fragen wollte, wer, zum Teufel, der komische Kerl sei, der ständig auf der Türstufe stand, sich nach Felix erkundigte, Buddle Blumen und Kärtchen für Charis übergab und im allgemeinen einen verdammten Esel aus sich mache. Ein richtiger Geck – Nutley oder so irgendwie hieß er.

«O Himmel, unser Nachbar!» rief Frederica verzweifelt. «Ein achtbarer junger Mann, nur – nur aufdringlich! Nicht, daß ich ihm die ganze Schuld gebe, denn ich weiß sehr gut, daß Charis ihn tatsächlich ermutigt hat – sie meint es ganz und gar nicht so, aber weil sie eine so weichherzige Gans ist, so hat sie es doch getan. Ich habe versucht, ihn mit Andeutungen zu verscheuchen.»

«Also, ich habe mehr als das unternommen!» unterbrach sie Harry grob. «Was für ein Esel, einer meiner Schwestern nachzusteigen! Als es soweit kam, daß er sagte, er wünsche ihr in dieser Zeit des Kummers zu dienen – eine solche Unverschämtheit! –, sagte ich ihm auf den Kopf zu, daß sie keinerlei Dienste von ihm brauche noch von sonst jemandem außer von mir! Was ihn erledigt hat, glücklicherweise!»

«Der arme Mr. Nutley! Und Mr. Navenby? Hat der vorgesprochen?»

«O ja. Hat seine Mutter mitgebracht. Sie neigte ja sehr dazu, über die Sache zu lachen, er hingegen nicht! Er schien es zunächst nicht zu glauben, und dann saß er mit aufgerissenen Augen da. Es war alles in den Zeitungen, weißt du – nicht sehr viel, gottlob, doch genug!»

«Das mußte es wohl», seufzte sie. «Hat es alle entsetzt?»

«Das glaube ich nicht. Lady Elizabeth war nicht entsetzt, oder? Und ich kann dir zwei andere sagen, die es auch nicht sind: Barny und Dauntry. Sie meinen, Felix sei mutig wie ein Löwe – aber ich habe ihnen gesagt, sie sollten ihm diese Idee ja nicht in den Kopf setzen!»

«Das hoffe ich auch! Harry, ich hoffe wirklich, Endymion Dauntry belagert das Haus nicht?»

«Keineswegs! Belagern – na, so was! Aber warum du diesen nichtssagenden Kerl, den Navenby, eigentlich Endymion vorziehst, weiß ich wahrhaftig nicht! Ich an deiner Stelle, Freddy, würde ihm meinen Segen geben! Ich behaupte nicht, daß es eine glänzende Partie ist, aber völlig standesgemäß. Und wenn es Charis nichts ausmacht, daß er ein Schwachkopf ist, warum dann dir? Zumindest ist er ein Richtiger und keine männliche Putzmacherin!»

«Und wenn er ihr aus den Augen geschafft würde, dann würde sie ihn in einem Monat vergessen», antwortete Frederica. «Streiten wir nicht. Über *dieses* Thema werden wir nie einer Meinung sein. Erzähl mir lieber, was Charis heute macht. Ist sie bei Lady Elizabeth?»

«Nein, aber sie ist nicht allein. Chloë Dauntry verbringt den Tag bei ihr, und sie wollten heute vormittag im Park spazierengehen. Ich bin überzeugt, sie haben den ganzen Nachmittag geschwätzt!»

«Und ich wollte, Ihr idiotischer Vetter wäre nicht ihre Begleitung gewesen!» sagte Frederica später, als sie es Alverstoke wiedererzählte.

Er amüsierte sich. «Ich stelle mir vor, daß ihre Begleitung – falls sie eine hatte – ebensogut mein bei weitem nicht idiotischer Sekretär sein konnte. Sieht es danach aus, daß diese Affäre sich als dauernd erweist?»

Sie schaute schnell zu ihm auf. «Haben Sie etwas dagegen?»

«Mein liebes Mädchen, was sollte mich das schon angehen? Ich gestehe, daß ich glaube, Charles könnte es viel besser treffen, und ich bin ganz sicher, daß er bei der liebenden Mama Chloës auf fürchterlichen Widerstand stoßen wird. Ich bin sogar der Meinung, daß er gut beraten wäre, wenn er sich nicht bindet, bevor er nicht fest auf eigenen Beinen steht. Aber ich habe nicht die leiseste Absicht, mich einzumischen.»

«Da bin ich froh. Ich gebe Ihnen außerdem recht – und Chloë ist auch noch zu jung, um an eine Ehe zu denken – außer natürlich, wenn sie doch daran denkt! Viel zu jung für eine formelle Verlobung. Aber ich glaube, daß sich die Zuneigung dieser beiden wirklich als dauernd erweist. Was Mrs. Dauntry betrifft, weiß ich genau, wie man sie dazu bringen kann, der Heirat zuzustimmen. Ja, ich habe sogar einen vorzüglichen Plan im Sinn!»

Der Marquis betrachtete sie mit böser Ahnung. «Wenn Ihr Plan mich einschließt, Frederica –»

«Na ja, schon, aber nur ganz wenig! Wie lange ist es her, seit Sie Diana gesehen haben?»

«Ich glaube, es muß sehr lange her sein, denn ich kann mich an niemanden dieses Namens erinnern», gestand er. «Aber Sie wissen ja, was für ein elendes Gedächtnis ich habe! Wer – hm – ist Diana wirklich, und was hat sie mit der Sache zu tun?»

«Alverstoke!» rief sie aus. «Sie ist Chloës Schwester, natürlich! Wie können Sie das nur vergessen?»

«Oh, ganz leicht!» versicherte er und fügte mit dem Ausdruck eines milden Triumphs hinzu: «Aber jetzt, da Sie es mir sagen, erinnere ich mich wirklich, daß es drei von ihnen gab!»

Ihre Augen tanzten spöttisch, doch sie sagte streng: «Wissen Sie, Sir, Sie sind ja doch ein gräßlicher Mensch!»

«Ja wirklich, ich weiß. Sie haben mir das häufig gesagt, und ich habe volles Vertrauen zu Ihrem Urteil.»

Sie verschluckte ihr unwillkürliches Kichern. «Blödsinn! Seien Sie doch eine Minute lang ernst!»

«Ich bin völlig ernst.»

«Und ich bin schon längst aus den Kinderschuhen heraus!» erwiderte sie. «Hören Sie auf, mich aufzuziehen, und geben Sie acht! Falls ich mich nicht gewaltig irre, wird Diana ein Bombenerfolg werden, wenn sie debütiert. Mein teurer Herr, sie ist ein vielversprechendes Mädchen. Sie und Endymion sind Mrs. Dauntry nachgeraten, und wenn Sie mir erzählen wollen, daß Mrs. Dauntry nicht als Juwel reinsten Wassers galt, als sie noch jung war, können Sie sich den Atem sparen. Ferner ist es überhaupt nicht wichtig, wenn ein Frauenzimmer dumm ist –»

«Ist sie das?» unterbrach er sie.

«O ja, ein liebliches – Kälbchen!» Sie schwieg und lenkte dann ein: «Das heißt, ihre Auffassungsgabe ist nicht mehr als – als mäßig. Das will nichts besagen. Sie wird genauso wie Charis einschlagen und sehr wahrscheinlich eine prächtige Partie machen – gerade nur mit ein bißchen Nachhilfe Ihrerseits. Sie werden natürlich einen Ball für sie geben –»

«*Wie* bitte?! Sagten Sie *natürlich*?»

«Aber sicher. Sie haben doch auch einen für Chloë gegeben, erinnern Sie sich!»

«Ich erinnere mich an nichts dergleichen. Ich habe einen Ball für Sie und Charis gegeben.»

«Ja, und aus dem unedelsten Motiv heraus! Doch ich bin Ihnen viel zu sehr verpflichtet, um mehr über diesen Punkt zu sagen. Die Sache ist die, daß man glaubt, Sie haben ihn für Jane Buxted und für Chloë Dauntry gegeben, daher werden Sie natürlich dasselbe für Diana tun!»

«Und soll es natürlich auch für die Schwestern Janes tun?» erkundigte er sich.

Sie runzelte die Stirn und überlegte. «Ich muß gestehen», bekannte sie aufrichtig, «daß das ein recht deprimierender Gedanke ist. Aber erinnern Sie sich, daß die ja einen Bruder haben, der imstande ist, gut für sie zu sorgen und – um ihm Gerechtigkeit widerfahren zu lassen – es bei weitem vorziehen würde, das zu tun. Was ich aber wünschen würde, daß Sie täten, Vetter, wenn die Zeit kommt – und angenommen, Chloë wäre immer noch so wie jetzt gesonnen –, ist, Mrs. Dauntry vorzuschlagen, daß es von größter Wichtigkeit ist, zuerst Chloë loszuwerden, bevor sie Diana einführt! Was stimmt, falls Chloë keine andere Neigung am Ende ihrer zweiten Saison gefaßt hat. Also denken Sie daran, ich bitte Sie!»

Er schaute mit seinem glitzernden Lächeln auf sie herunter. «Das kann ich nicht. Sie müssen mich daran erinnern, Frederica. Aber warum liegt Ihnen so viel daran?»

«Wollen Sie damit sagen, daß es mich nichts angeht? Natürlich nicht. Doch ich mag sie beide so sehr – und es muß einem eben daran liegen, was aus Leuten wird, die man gern hat, und man muß versuchen, ihnen zu helfen.»

Sie schien es als selbstverständlich zu nehmen, daß er ihre Gefühle teilte. Er sagte nichts, als er sich die Sache jedoch überlegte, konnte er nur annehmen, daß es sehr wenige Leute gab, die er gern hatte – praktisch niemanden, für den er bereit gewesen wäre, sich anzustrengen. Er war mehr als einmal einem Freund in finanziellen Angelegenheiten zu Hilfe gekommen, aber da war wenig Verdienstvolles daran. Eine solche Hilfe hatte kein Opfer seinerseits verlangt. Charles? Ja, er mochte Charles gern und beabsichtigte, dessen Laufbahn zu fördern; doch auch daran war wenig Verdienstvolles. Das würde leicht zu machen sein. Der einzige Mensch, um dessentwillen er sich angestrengt hatte, war Felix, und das hatte er getan, weil er Frederica liebte. Oder wirklich? Wenn Frederica nicht in Frage gestanden wäre, hätte er dann Felix der unbekannten Mrs. Hucknall übergeben, einer ungebildeten Person, die nur als Hebamme ausgebildet war? Nein, das hätte er nicht getan. Er war nicht eigentlich für einen der beiden Merriville-Jungen verantwortlich, hatte sie jedoch mit der Zeit liebgewonnen. Vielleicht, weil sie ihn interessierten, vielleicht, weil sie einen so rührenden Glauben an seine Fähigkeit zeigten, alle Probleme lösen zu können, und nie an seiner Bereitwilligkeit zweifelten, dies zu tun. Keine seiner Schwestern hatte seine Hilfe bei der Erziehung ihrer Sprößlinge gewünscht oder benötigt. Aber so wenig Frederica dies denken mochte, sie brauchte diese Hilfe. Wäre es nach ihm gegangen, hätte Felix in die Schule gehen müssen, und er würde einen passenden Erzieher für Jessamy finden, nicht irgendeinen bedürftigen Hilfslehrer, der auf alle Fälle bereit war, die Erziehung zweier Jungen von großem Altersunterschied und sehr verschiedener Begabung zu übernehmen.

Während Seine Lordschaft diese Pläne wälzte, war ein weiterer Freier Fredericas, ebenso überzeugt, daß ihre zügellosen Brüder dringend der Lenkung bedurften, auf seinem Weg zu Monk's Farm, und kam hier zwei Tage nach Harrys Besuch an.

Als er das Wohnzimmer betrat, fand er Jessamy am Tisch sitzend vor, seine Bücher um sich ausgebreitet, und Alverstoke beschäftigte sich stirnrunzelnd mit einer unverständlichen Stelle, über die er befragt worden war. Buxted rief aus: «*Sie*, Sir? Noch *immer*? Ich habe geglaubt, Sie seien in Ascot!»

Der Marquis blickte auf und antwortete abweisend: «Dann hast du dich eben geirrt. Was, zum Teufel, führt dich her, Buxted?»

«Ich bin natürlich gekommen, um nachzusehen, wie es meinem kleinen Vetter geht – und um seiner armen Schwester meine Dienste anzubieten. Eine entsetzliche Aufgabe! Ich mache mir Vorwürfe, daß ich mich nicht durchgesetzt und darauf bestanden habe, daß er den abgesperrten Raum verläßt und mit mir zur Kutsche zurückkommt.»

Der Marquis hatte eine Hand auf der Lehne von Jessamys Stuhl liegen, jetzt aber schob er sie zu Jessamys Schulter vor. Ihrem Druck gehorchend, schwieg Jessamy. «Du machst dir ganz unnötig Vorwürfe, Carlton», entgegnete Seine Lordschaft. «Du hast keine Autorität über die Jungen, und die Verantwortung lag und liegt immer noch bei mir. Deshalb triffst du mich auch hier an. Im übrigen geht es Felix so gut, wie zu erwarten war. Zweifellos wird dir Frederica für dein Angebot dankbar sein – das, wenn ich so gänzlich jeden Sinn für Anstand verloren hätte, mein Mündel unter diesen Umständen im Stich zu lassen, höchst gelegen gekommen wäre.»

Lord Buxted hing weder von seinem Onkel ab noch hatte er Angst vor ihm, doch immer, wenn er sich in seiner Gesellschaft befand, überkam ihn unweigerlich das Gefühl, eher ein unreifer Junge zu sein als der Chef seines Hauses und der kluge Lenker seiner Geschwister, als den er sich kannte. Er wurde rot und entgegnete: «Oh, wenn ich gewußt hätte, daß Sie hier sind, Sir –! Nicht, daß ich – Nun ja, ich bin äußerst froh zu hören, daß der arme kleine Junge auf dem Weg der Besserung ist. Es muß ihm eine Lehre gewesen sein, obwohl niemand gewünscht hätte, daß er eine so strenge Strafe erleidet. Jessamy, würdest du mich wohl in sein Zimmer führen? Ich habe ihm ein Buch und ein unterhaltsames Zusammensetzspiel mitgebracht.»

«O nein!» rief Jessamy unwillkürlich. «Ich meine, es ist sehr freundlich von Ihnen, Sir – er wird Ihnen sehr dankbar sein – aber–» Er schwieg, als Alverstokes lange Finger seine Schulter packten.

«Ich fürchte, ich kann dir nicht erlauben, ihn zu besuchen», sagte Alverstoke. «Der Arzt hat befohlen, daß er noch keine Besucher haben darf – er darf sich in keiner Weise aufregen.»

«Natürlich, doch ich versichere Ihnen, ich habe keineswegs vor, ihn aufzuregen. Er und ich sind alte Freunde, müssen Sie wissen!»

«Kaum so alte Freunde wie er und Harry», stellte Alverstoke trocken fest. «Wir haben zwar Harry erlaubt, ihn zu besuchen, das jedoch bereut, da es zu einem Rückfall führte. Jessamy, geh hinauf und sage Frederica, daß Buxted hier ist.»

Mit seinem Onkel allein gelassen, sah Buxted ihn stirnrunzelnd an und sagte: «Ich muß schon sagen, Sir, es erscheint mir sehr überraschend, daß Sie die ganze Zeit hier geblieben sind. Ich hätte gemeint – da ich hörte, daß Miss Winsham in London bleibt –»

«Oh, sorgst du dich um den Anstand?» fragte Alverstoke. «Laß dich diesbezüglich beruhigen! Ich wohne in der ‹Sonne› in Hemel Hempstead – und das ist verdammt unbequem. Aber ich hoffe, daß ich jetzt in wenigen Tagen nach London zurückkehren kann – praktisch so bald, wie Felix auf die Dienste meines Kammerdieners verzichten kann.»

Buxted fielen fast die Augen aus dem Kopf, als er den Marquis betrachtete. «Ihres Kammerdieners, Sir? Der *Felix* bedient?! Nun – ich bin erstaunt, daß Sie auf ihn verzichten können!»

«Kann ich eben nicht», entgegnete Alverstoke. «Deshalb bin ich ja hier festgenagelt.» Er drehte sich um, als Frederica ins Zimmer trat, und lächelte sie mit einem satirischen Glitzern in den Augen an. «Ah, Frederica! Ich wußte, daß Sie Buxted würden sehen wollen, der den ganzen langen Weg hergekommen ist, um sich nach Felix zu erkundigen.»

«Ja, wirklich!» antwortete sie prompt. «Wie außergewöhnlich freundlich von Ihnen, Vetter!»

Er ergriff ihre Hand, hielt sie fest und sagte: «Ich konnte nicht fernbleiben!»

Der Marquis beobachtete dies durch sein Monokel, empfahl Frederica mit ungestörter Ruhe, Buxted mit der ganzen Krankengeschichte von Felix zu traktieren, und zog sich zurück.

Für diese Fahnenflucht wurde er gründlich zur Rechenschaft gezogen, als Buxted gegangen war. «Wie *konnten* Sie mich nur mit ihm allein lassen?» rief Frederica empört. «Das war einfach schäbig!»

«Aber Sie haben mir ja Dutzende Male erzählt, daß Sie schon längst aus dem Alter heraus sind, eine Anstandsdame zu brauchen!»

«Anstandsdame! Natürlich bin ich alt genug. Das habe ich auch nicht gemeint, und das wissen Sie sehr gut! Aber mich in dieser herzlosen Art im Stich zu lassen –»

«Aber ganz im Gegenteil! Ich rechne es mir sogar hoch an, daß ich eben nicht herzlos genug bin, ihm den Trost des Tête-à-tête zu verweigern, das er so offenkundig wünschte. Der arme Kerl, er verdiente einen Lohn für seine Ergebenheit – hat er seinen Heiratsantrag erneuert?»

«Ja, hat er! Es war auch ganz gräßlich, denn er hat mich wütend gemacht, als er so über Felix sprach – wie er es eben tat. Doch ich mußte meine Zunge im Zaum halten, weil ich weiß, daß er nur nett und hilfreich sein wollte... Abgesehen davon, daß er Felix ein Buch und ein Zusammensetzspiel mitgebracht hat, von dem er wieder Fieber bekommen hätte... wenn es ihn nicht ohnehin rasend gemacht hätte, falls ich so ein Kamel wäre, es ihm zu geben, was ich natürlich nicht tun werde. Er sagte, wie glücklich er wäre, meine Last auf seine Schultern zu nehmen – als könnten die Jungen je eine Last für mich sein! Alles, was ich tun konnte, war nur, seinen Antrag höflich abzulehnen. Und jetzt wünschte ich, ich wäre nicht höflich gewesen, denn er sagte, er würde nicht verzweifeln. Er ist genauso blöd wie Endymion!»

«Aber nein, nein», meinte Alverstoke beruhigend. «Niemand könnte so blöd wie Endymion sein!»

«Na ja, wenn Sie sich etwas Blöderes denken können, als mir zu einer solchen Zeit einen Heiratsantrag zu machen!» rief sie aus. «Würden *Sie* je so etwas Idiotisches tun? Natürlich nicht. Ich glaube, nicht einmal Endymion täte das!»

Er sah sie einen Augenblick lang mit einem seltsam schiefen Lächeln an. Dann entgegnete er: «Für Endymion kann ich nicht bürgen, aber was mich betrifft – nein, Frederica, ich würde es nicht tun.»

25

Der Marquis verließ Hertfordshire drei Tage später. Als er Frederica seinen Entschluß ankündigte, glaubte er einen Augenblick lang Bestürzung in ihren Augen aufflackern zu sehen. Doch sie antwortete fast sofort und mit Haltung: «Aber ja, natürlich, Sir! Mein Gewissen begann mich schon zu drücken, denn es ist nicht länger im geringsten nötig für Sie, hier herumzustehen, und wie sehr wir auch Ihre Gesellschaft genießen, *Sie* müssen sich ja zu Tode langweilen!»

«Wissen Sie, Frederica, das seltsame daran ist, daß ich mich nicht im geringsten langweile», sagte er.

Sie lachte. «Sicher, denn Sie haben ja gar keine Zeit zur Langeweile! Wenn Sie mich nicht auf einen Spaziergang oder zu einer Fahrt mitnehmen oder Felix unterhalten, dann werden Sie von Jessamy beschwatzt, ihm bei seinen humanistischen Studien zu helfen.»

«Das, gebe ich zu, ist eine schwere Prüfung, aber ich tröste mich mit der Überlegung, daß es mir sehr gut tut. Ich bin entsetzlich eingerostet. Und ich fürchte, ich habe mich auch nie so sehr dabei bemüht, wie es Jessamy tut.»

«Also *das* glaube ich Ihnen gern!» versicherte sie zwinkernd. «Sie müssen natürlich entzückt sein, daß man Ihnen die Gelegenheit gewährt, Ihre Gelehrsamkeit aufzupolieren. Aber versuchen Sie nicht, mich anzuschwindeln, damit ich glaube, Sie seien ebenso entzückt, so lange, lange vor der Mittagsstunde aus Ihrem Schlafzimmer auftauchen zu müssen!»

«Oh, auf dem Land halte ich die Stadtzeiten nie ein!» erwiderte er.

«Wie gräßlich, daß Sie doch immer eine Antwort haben!» bemerkte sie. «Jetzt aber lassen Sie uns doch bitte einen Augenblick lang ernst sein. Ich kann nie hoffen, Ihnen meinen tiefen Dank dafür ausdrücken zu können, daß –»

«Ich habe Sie reden lassen», sagte er, «da ich jedoch deutlich merke, daß Sie nicht das Geringste von Wichtigkeit zu sagen haben, unterbreche ich Sie skrupellos. Denn was ich zu sagen habe, ist viel wichtiger. Ich habe mich mit Elcot unterhalten und erfahre von ihm – zu meinem Kummer leider nicht von Ihnen –, daß Sie die Absicht haben, Felix in irgendeinen Seekurort zu entführen. Das geht nicht, Frederica! In dieser Jahreszeit hätten Sie die größte Schwierigkeit, eine passende Unterkunft selbst in dem altmodischsten Ort zu bekommen. Und wenn doch, dann fänden Sie sich eingekeilt in schäbigen Kleinadel, Emporkömmlinge und Flitterwochenpärchen.»

«Aber es muß doch bestimmt stille Kurorte geben!»

«Zweifellos, nur kenne ich die nicht, und Sie auch nicht. Bis wir einen gefunden haben, wäre der halbe Sommer vorüber. Wenn Sie an Worthing denken, so schlagen Sie sich das aus dem Kopf. Es ist teuer, und alle lockeren Frauenzimmer und Witwen der feinen Gesellschaft belegen dort Jahr für Jahr die Unterkünfte. Ich habe Ihnen einen viel passenderen Plan vorzuschlagen, nämlich: Sie sollen mit Ihrer Familie nach Alver ziehen und dort so lange bleiben, wie Sie wollen.»

«Nach Alver?» wiederholte sie erschrocken. «Aber – aber meinen Sie Alver Park –, das die Reiseführer als Ihren Hauptsitz bezeichnen?»

«Ja natürlich. Ich habe schon daran gedacht, Felix hinzuschicken, als ich erkannte, daß man ihn aus London fortbringen müßte. Es liegt zwölf Meilen von Bath entfernt, so daß er, wenn nötig, hinfahren könnte, um die Kur zu machen oder die heißen Bäder zu nehmen oder was immer für ihn empfohlen wird. Alver ist viel ruhiger als ein Badeort, wird aber ihm und auch Jessamy weit mehr Unterhaltung bieten. Ich werde meine Leute anweisen, sich darum zu kümmern. Sie werden dort mehrere Reitpferde finden, die sie reiten dürfen, und wenn sie gern im Forellenbach fischen, haben sie meine Erlaubnis dazu.»

«Oh, wie sehr das Jessamy freuen würde!» rief sie. «Danke, danke! Wie gut Sie sind! Aber natürlich darf ich ein solches Angebot nicht annehmen. Führen Sie mich nicht in Versuchung!»

«Warum dürfen Sie es nicht annehmen? Ist es Ihr Brauch, alle Einladungen abzulehnen?»

«Nein, nein, aber – aber das hier ist etwas anderes. Wir sind Ihnen bereits so sehr verpflichtet, und –»

«Werden Sie nicht banal, Frederica, das steht Ihnen nicht! Haben Sie das Gefühl, daß in Alver eine Gastgeberin sein sollte? Nichts leichter, als eine für Sie zu besorgen! Wenn Miss Winsham ihre Schwester nicht verlassen will, dann habe ich eine verwitwete, zwei ältliche unverheiratete Tanten und eine ganze Sammlung von Basen, deren jede entzückt wäre, ihren Wohnsitz in Alver aufzuschlagen! Die meisten von ihnen versuchen das schon seit Jahren.»

Sie mußte lachen. «Und dann wären Sie sie nie mehr los!»

«Sie unterschätzen mich. Falls es mit Miss Winsham nicht klappt, neige ich dazu, eine meiner Tanten dort zu installieren oder sie vielleicht einzuladen, dort zu bleiben, sollte ich wünschen, Alver selbst zu besuchen. Nicht daß ich das überhaupt für nötig halte! Meine Haushälterin dort, die das Haus schon kannte, bevor ich noch geboren war, wird sich vortrefflich um Sie und Charis kümmern und die Jungen zu Tod verhätscheln. Sie können so lange oder so kurz dort bleiben, wie es Ihnen gefällt – und bitte stellen Sie sich nicht vor, daß ich Ihnen damit eine Gunst erweise. Es verhält sich gerade umgekehrt: Ich werde froh sein, wenn das Haus bewohnt ist. Also betrachten wir das als abgemacht.»

«Aber –»

Er seufzte müde. «Wenn Sie sich fragen, was die Leute dazu sagen werden, dann lassen Sie sich versichern: die wahrscheinlichste Bemerkung wird die sein, daß es mir ganz ähnlich sieht, daß ich meine lästigen

Mündel lossein will, indem ich sie bei der ersten Gelegenheit allesamt nach Alver verfrachte.»

«Es gelingt Ihnen doch immer, mich mundtot zu machen. Ich habe das Gefühl, ich sollte nicht nachgeben – aber ich werde es doch tun, weil es genau das richtige für Felix und auch für Jessamy ist. Es ist höchste Zeit, daß ich sie zu meiner Hauptsorge mache. Ich habe sie um Charis' willen vernachlässigt, und das war sehr ungerecht von mir. Und außerdem völlig nutzlos. Ich habe so sehr gehofft, daß sie eine passende Partie macht!»

«Verzweifeln Sie nicht. Das kann sie immer noch.»

Sie stimmte ihm zu, wußte jedoch, daß sie nicht imstande sein würde, Charis eine zweite Londoner Saison zu bieten, und es klang keineswegs überzeugt.

«Es gibt noch eine zweite Sache, die Sie sich überlegen wollen», sagte Alverstoke. «Ich weiß nicht, was Sie vielleicht über das Thema denken, aber ich bin der Meinung, daß es Zeit ist, den Jungen wieder einen Erzieher zu verschaffen – besonders Jessamy. Daß er schon für eine Hilfe von einem so mittelmäßigen Lateiner dankbar ist, wie ich sie ihm geben kann, spricht Bände. Und wenn Harry vorhat, Felix im Herbst zur Schule zu schicken, dann sollte er vorbereitet werden – jedenfalls ist er schon lange genug ohne Aufsicht gewesen. Oh, schauen Sie nicht so sorgenvoll drein, meine Liebe! Es ist an Ihnen, zu entscheiden, ich biete Ihnen nur meinen Rat an – und mache mich dadurch zu einem sogar noch abscheulicheren Menschen!»

Sie schüttelte den Kopf. «Nein, das sind Sie nicht. Sie haben sehr recht, und es ist ein weiterer Beweis für meine Nachlässigkeit, daß ich mich nicht schon vor Wochen mit der Sache befaßt habe. Sagen Sie mir, was ich am besten tun soll! Wenn wir weiter in London blieben, stelle ich mir vor, wäre es leicht, aber –»

«Das beste, das Sie tun können, ist, nichts zu tun, sondern es mir zu überlassen, einen Erzieher zu finden, der hinreichend gebildet ist, um Jessamy zu befriedigen, aber dennoch nicht so ganz in Gelehrsamkeit versunken, daß er nicht auch die anderen Interessen Jessamys teilen könnte, und zu alt, um sich in Charis zu verlieben, doch nicht so alt, daß er für die Jungen todlangweilig wird –»

«Halt, halt!» rief sie und warf die Hände in gespielter Bestürzung hoch. «Eine unmögliche Aufgabe! Aber selbst wenn man sie erfüllen könnte, würde ich sie nicht von Ihnen erbitten, Vetter!»

«Nun, wie steht es denn jetzt damit?» fragte er und hob die Brauen. «Sie haben sie doch schon von mir verlangt!»

«*Ich?!* Von Ihnen verlangt, einen Erzieher für meine Brüder zu engagieren? Das wäre doch die Höhe! Das habe ich nie getan!»

«Als ich Sie das erstemal sah, Frederica, sagten Sie mir, wenn ich der Vormund der Jungen werde, dann wäre es nur recht und billig. Sie fügten hinzu, daß kein Grund bestünde, warum ich mich nicht nützlich erweisen sollte. Erinnern Sie sich?»

«Nein. Wenn ich das gesagt habe, dann kann ich nur Spaß gemacht haben. Und mein Gedächtnis ist ziemlich gut – zum Unterschied von dem Ihren, mein lieber Herr!»

«Meines ist unverläßlich», erklärte er gelassen. «Ich erinnere mich immer nur an das, was mich interessiert. Ich werde mir nicht anmaßen, einen Erzieher zu engagieren, doch falls ich einen passenden Anwärter finde, werde ich ihn zu Ihnen schicken, damit er Ihnen seine Aufwartung macht, wenn Sie nach London zurückkommen.»

«Danke», gab sie nach. «Ich wünsche nur, daß Sie es nicht als eine höchst lästige Aufgabe empfinden!»

Davon war er überzeugt, aber durch die Ereignisse erwies es sich, daß diese Annahme nicht stimmte. Am Tag nach seiner Ankunft am Berkeley Square, als er mit seinem Sekretär einige Akten durchging, bemerkte er nebenher: «Übrigens, Charles, ich nehme an, Sie haben niemanden unter Ihren Bekannten, der gewillt wäre, die Erziehung von Jessamy und Felix zu übernehmen? Nur vorübergehend – sagen wir, drei Monate lang.»

«Nein, Sir, falls nicht –»

Er schwieg, und Alverstoke, der die Augen von dem Dokument in seiner Hand hob, sah, daß Trevor verlegen dreinsah. «Falls nicht was?» fragte er. «Sie wollen mir doch nicht sagen, daß Sie einen solchen Menschen kennen?»

«Nein – nein, Sir. Das heißt, es fiel mir ein, daß vielleicht Septimus der Richtige wäre. Aber ich möchte ihn nicht gern vorschlagen, und bitte, zögern Sie nicht –»

«Septimus?»

«Mein Bruder, Sir. Er arbeitete für ein Stipendium, doch ich weiß, daß er vorhatte, sich in den Sommerferien einen Posten als Pauker zu suchen, und ich glaube, Ihren hätte er am liebsten – besonders, da Sie vorhaben, die Merrivilles in Alver einzuquartieren. Er könnte täglich hinüberreiten und weiterhin daheim wohnen, was meinen Vater freuen würde.»

«Charles, Sie sind die Krone aller Sekretäre!» lobte Alverstoke. «Schreiben Sie ihm sofort! Das heißt, wenn Sie glauben, daß er nicht vor der Aufgabe zurückschrecken wird, es mit zwei solchen – hm – unternehmungslustigen Schülern aufzunehmen.»

Charles lachte: «Himmel, nein, Sir. Sie werden ihm gefallen – und ich glaube fast sicher, daß er ihnen gefallen wird. Er ist der denkbar beste Kamerad – kein sauertöpfischer Geselle, versichere ich Ihnen! Er betreibt alle möglichen Sportarten und hat auch Feldsport gern.» Er unterbrach sich und wurde rot. «Sie müssen selbst urteilen, Sir, verlassen Sie sich nicht auf das, was ich sage!»

«Mein lieber Junge, wann haben Sie mich je irregeführt? Laden Sie ihn für nächste Woche zu einem Besuch hier ein. Felix dürfte es dann gut genug gehen, daß er reisen kann, so daß Ihr Bruder die Bekanntschaft der Miss Merriville machen kann. Was mich daran erinnert, daß ich morgen in der Upper Wimpole Street vorsprechen muß, um Charis die neuesten Nachrichten über Felix zu übermitteln. Lassen Sie es mich nicht vergessen.»

Mittlerweile hatte Charis die vielfältigsten Gefühle durchgemacht. Ihre erste Aufregung war durch Harrys aufmunternde Behandlung besänftigt worden; dann aber waren abwechselnd Anfälle von Hoffnung und Verzweiflung gekommen, nicht um Felix', sondern um ihrer selbst willen, und blitzschnelle Übergänge von Seligkeit zu Niedergeschlagenheit. Wenn Endymion bei ihr weilte (was häufig der Fall war), waren ihre Kümmernisse vergessen – er liebte sie, und er war ein Fels an Stärke. Einem unbeteiligten Beobachter hätte scheinen mögen, daß der Eindruck seiner Stärke zum Teil von seiner prachtvollen Erscheinung herrührte, zum Teil aus seinen optimistischen Aussprüchen – doch Charis war eben keine unbeteiligte Beobachterin. Wenn Endymion sagte, sie solle nicht hochgehen, weil alles ohnehin ganz prima in Ordnung käme, oder edel, wenn auch ziemlich vage, versicherte, sie solle alles nur ihm überlassen, war sie getröstet, da sie die Klugheit oder Entschlußkraft eines so gottähnlichen Geschöpfes nie bezweifelte. Zweifel überfielen sie nur, wenn er nicht da war, Zweifel nicht etwa an seiner Vollkommenheit, sondern an der Möglichkeit, ob sie mit ihrem Vorhaben Erfolg haben würden. Alverstoke nahm die Ausmaße eines bösartigen Zauberers an, der es mit dem Wink seines Zauberstabs zu bewirken vermochte, daß Endymion aus ihrer Reichweite fortgeweht werden konnte; und Frederica verwandelte sich aus der geliebten Schwester in Charis' unerbittliche Feindin. Zum Glück vielleicht machten Fredericas Abwesenheit sowie seine leichten Pflichten Endymion es möglich, Charis genügend oft zu besuchen, um ihren Verstand davor zu retten, völlig in Unordnung zu geraten. Wenn er sich in der Upper Wimpole Street einstellte, geschah das unter dem Vorwand eines Besuches bei Harry oder um Chloë zu begleiten. Wie mißtrauisch auch Buddle sein mochte, er konnte es kaum ablehnen, ihn einzulassen. Harry, der entschieden hatte, daß Endymion ein «Richtiger» war, duldete diese Manöver, benahm sich aber seiner Meinung nach mit größtem Anstand, indem er sich nie länger als für eine halbe Stunde aus dem Salon entfernte, wenn Endymion im Haus war. Chloë, die tiefstes Mitgefühl empfand und an Charis mit fast ebensolcher Liebe hing wie an ihrem Bruder, war jederzeit bereit, Endymion eine Ausrede zu verschaffen, damit er sich in der Upper Wimpole Street einfinden konnte. Dabei kam ihr die Vorsehung in Verkleidung einer Influenza zu Hilfe. Mrs. Dauntry, durch diese Krankheit bettlägerig, erlitt einen Anfall, mit dem verglichen die Anfälle aller übrigen Menschen einfach nichts waren. Der Pflege ihrer Zofe und ihrer ihr ergebenen Base sicher, verbannte sie ihre Töchter aus ihrem Schlafzimmer und übergab sie der Obhut von Miss Plumley und Dianas Erzieherin. Da aber Chloë kein Schulmädchen mehr und Miss Plumley im Krankenzimmer voll beschäftigt war, legte keine dieser beiden Damen Chloës Freundschaft mit Charis oder ihren Ausflügen unter dem Schutz und Schirm ihres Bruders ein Hindernis in den Weg.

Anders verhielt es sich bei Miss Winsham, die, als sie von Mrs. Hurley erfuhr, wie oft Endymion in der Upper Wimpole Street zu finden war, Charis sofort zur Rede stellte und sie derart streng ausschalt, daß Charis in Tränen ausbrach, und vollendete das Werk der Auflösung, indem sie Charis warnte: es wäre klug von ihr, sich Endymion aus dem Kopf zu schlagen, da Frederica einer solchen Heirat nie zustimmen würde.

Die von Harry überbrachte Nachricht, daß Frederica vorhatte, ihre Familie aus London zu entfernen, entzündete Bestürzung in den verliebten Herzen der beiden. Endymion, der sich als erster erholte, erklärte mannhaft, es würde ihm sehr gut gelingen, nach Ramsgate oder irgendeinem Seekurort mit der Post zu fahren, um sich verstohlene Begegnungen mit Charis zu verschaffen – so wenig er ein solches leisetreterisches Benehmen auch mochte –, Charis jedoch erfüllten tragische Vorahnungen.

So standen die Dinge, als Alverstoke nach London zurückkehrte. Als er am folgenden Tag in der Upper Wimpole Street Besuch machte, wurde er in den Salon geführt, in dem er nur Charis und Endymion vorfand.

Das Unbehagen des jungen Paares war offensichtlich und wurde durch das Heben des Monokels Seiner Lordschaft in keiner Weise verringert. Endymion, rot bis an die Haarwurzeln, stammelte: «Ich b-bin hergekommen, um mich nach – nach Felix zu erkundigen. Und auf ein Wort mit Harry!»

«Harry ist ausgegangen», sagte Charis, ihn mutig unterstützend. «Aber nur für einen Augenblick, also habe ich V-Vetter Endymion gebeten, seine Rückkehr abzuwarten.»

Seine Lordschaft unterdrückte das Lachen und antwortete mit einer Liebenswürdigkeit, die das betroffene Paar für äußerst düster hielt: «Welch ein Glück also, daß ich gerade rechtzeitig gekommen bin, um dich aus der Spannung zu erlösen, Endymion! Ich freue mich, dir erzählen zu können, daß Felix auf dem Weg der Besserung ist und bestimmt bald gut genug beisammen sein wird, um nach London zurückzukehren. Also brauchst du jetzt nicht mehr zu warten. Wenn deine Post für Harry wichtig ist, darf ich vorschlagen, daß du Buddle mit einer Botschaft für ihn betraust? Zweifellos wird Harry gern bei dir vorsprechen.»

Angesichts dieser vernichtenden Rede blieb Endymion nichts übrig, als sich höflichst zu empfehlen. Ein wilder Gedanke, Alverstoke die Wahrheit zu enthüllen, fuhr ihm durch den Kopf, nur um wieder fallengelassen zu werden. Erstens war die Botschaft, die ihm Charis' zu Tode verängstigte Augen zusandten, unverkennbar; zweitens war er im Nachteil und hatte keine Zeit gehabt, seine Ankündigung vorzubereiten oder die Argumente zugunsten einer Heirat zu sammeln, die, wie er von seiner Mutter wußte, dem Marquis unannehmbar sein würde.

Als sich die Tür hinter ihm schloß, ließ der Marquis sein Monokel fallen, ging in das Zimmer zurück und sagte: «In der Abwesenheit sowohl Ihrer Schwester wie Ihrer Tante, Charis, muß ich Ihnen sagen, daß es durchaus nicht das Richtige für Sie ist, ohne Schutz – selbst wenn es auch Ihr Bruder ist – junge Männer zu empfangen. Ja, es ist sogar höchst unanständig.»

Sie wurde rot, zitterte und konnte ihre Stimme gerade nur so viel beherrschen, um zu stammeln: «Ein Vetter! Sicherlich – wenn er doch Harrys Freund ist – und nur wissen wollte, wie es Felix geht –!»

«Sie lügen aber recht schlecht, mein Kind», bemerkte er. «Das mag Ihnen ja hoch anzurechnen sein, doch Sie müssen es lernen, geschickter zu sein, bevor Sie Ihre Tricks einem so alten Experten gegenüber abspulen, wie ich es bin! O nein, bitte, lösen Sie sich nicht in Tränen auf! Ich kann weinende Frauenzimmer überhaupt nicht leiden. Ich gebe Ihnen einen guten Rat: Behandeln Sie Ihre Flirts niemals *au serieux*, und führen Sie sie stets diskret!»

Sie versuchte zu lächeln, aber es war vergebliches Bemühen. Das ihm anvertraute lähmende Gefühl der Langeweile begann ihn anzuschleichen; er unterdrückte es und fragte mit einem leisen Lächeln: «Niedergeschlagen? Ich empfinde jedes Mitgefühl für Sie und werde Ihnen eine weitere Lehre aus meiner Erfahrung schenken: diese kleinen Affären können entzückend sein, oder sie können schmerzlich sein, doch sie halten nicht an, glauben Sie mir! Das werden Sie zwar nicht tun, es wäre aber gut. Ich spreche aus einer riesigen Erfahrung. Ja, ist das nicht entsetzlich schockierend? Erzählen Sie es ja nicht Ihrer Tante!»

Sie lachte hysterisch auf, entgegnete jedoch: «Das hier ist nicht so!»

«Natürlich nicht – das ist es nie!» antwortete er.

«Sie verstehen das nicht!» rief sie bitter aus.

«Das», sagte Seine Lordschaft mit einer Spur von Schärfe, «ist eine dumme Beschuldigung, der sogar die rettende Gnade des Originellen abgeht. Mein Kind, jede Generation sagt oder meint, daß die vorherige kein Verständnis oder keine Erfahrung besitzt. Reden wir von etwas anderem. Als ich Hertfordshire verließ, saß Felix zum erstenmal außer Bett und spielte Karten mit Jessamy. Da er auch einen starken Wunsch nach einem Hammelkotelett äußerte, stelle ich mir vor, daß es nicht mehr viele Tage dauern wird, bis er Ihnen zurückgegeben ist!»

Wieder versuchte sie ein Lächeln, aber es enthielt nur wenig Freude; und fast teilnahmslos murmelte sie: «Oh! Der liebe Felix! Welch eine Erleichterung!»

Alverstoke fand sie so aufreizend dumm, daß er sich eine bissige Entgegnung verbeißen mußte. Die hätte bestimmt Charis wieder zum Weinen veranlaßt, und tränenselige Frauenzimmer standen für ihn auf der Liste der Abscheulichkeiten ganz obenan. Er hielt es für klug, sich zu verabschieden, ohne ihr den Plan mit Alver zu enthüllen. Es war offenkundig, daß sich das dumme Mädchen heftig in seinen ebenso dummen Vetter verliebt hatte und den Marquis wahrscheinlich mit einem Weinkrampf angeödet hätte, wenn sie erfuhr, daß sie in Kürze aus dem Umkreis Endymions entfernt werden sollte.

Er neigte zu der Vermutung, daß Endymion keinen sehr ernsthaften Gedanken an den Ehestand hegte. Denn da der Marquis keine Ahnung hatte, daß man von ihm annahm, er wünsche eine vorteilhafte Ehe für seinen Erben, konnte er sich auch nicht vorstellen, warum sich der dumme Einfaltspinsel, falls er Charis wirklich heiraten wollte, nicht an ihn um Unterstützung gewandt hatte. Endymion unterbreitete ihm unweigerlich alle seine Probleme und mußte doch wissen, daß der Einfluß seines Vetters Alverstoke von allerhöchster Bedeutung sein würde. Wahrscheinlich machte er einen seiner galanten Anfälle durch und würde sich bald wieder davon erholen. Da jedoch Charis anscheinend eine dauernde Leidenschaft entwickelt hatte und ganz die Art von Mädchen war, das dahinwelkt, wenn seine Hoffnungen vereitelt wurden, würde es um so besser sein, je früher man die Affäre im Keim erstickte: Er würde Endymion gegenüber ein warnendes Wörtchen fallenlassen.

Da er so etwas noch nie getan hatte, wirkte sich dieses Abweichen vom Normalen auf Endymion mächtig, doch kaum in Übereinstimmung mit der Absicht Seiner Lordschaft aus. Endymion brachte die Neuigkeit von der Einmischung zu Charis, die weiß wie die Wand wurde und ausrief: «Ich hab's gewußt! Er will uns trennen! Oh, was sollen wir tun?»

«Na, und wenn schon?» sagte Harry, dem die Kümmernisse und die Unentschlossenheit der Liebenden allmählich zuwider wurden. «Du hängst doch nicht von ihm ab, oder, Endymion?»

«Nein – das heißt, er gibt mir eine verteufelt schöne Apanage, weißt du. Ich habe ungefähr zweitausend Pfund pro Jahr eigenes – und die Erwartung des Erbes natürlich. Aber, um aufrichtig zu sein, auf die habe ich nie sehr viel gehalten. Also, was ich damit meine, ist, wer kann schon sagen, ob er nicht selbst eingefangen wird?»

«Oh, das glaube ich nicht. In seinem Alter nicht mehr!» meinte Harry. «Und wenn ja, dann kann er dich doch nicht enterben, oder? Ebensowenig, wie er dich im Handumdrehen ins Ausland schicken kann. Ich will verflixt sein, wenn ich verstehen kann, warum du so aufgeregt bist!»

«Das ist es ja nicht», knurrte Endymion. «Ich meine, vor Vetter Vernon habe ich keine Angst. Es ist – es sind seine Schwestern, und meine Mutter, und Frederica! Bestimmt kennst du das nicht!»

Dieser unbeholfene Appell um Verständnis berührte eine mitfühlende Saite. Harry hatte keine persönlichen Erfahrungen in den Prüfungen gemacht, die Endymion so offenkundig fürchtete, aber er hatte die instinktive männliche Furcht vor weiblichen Stürmen. Er rief beeindruckt: «Beim Jupiter! Daran hab ich nicht gedacht. Himmel, was für einen Staub die aufwirbeln würden!»

Endymion warf ihm einen dankbaren Blick zu. «Ja, das ist's. Nicht meine Mutter», fügte er gewissenhaft hinzu. «Die wirbelt nie Staub auf, genau gesagt.»

«Ja, aber, wenn dem *so* ist –»

«Legt sich ins Bett», erklärte Endymion schlicht. «Krämpfe! Hat ein schwaches Herz. Wenn ich ihr sagen wollte, daß ich Charis heiraten werde, würde sie in starke Krämpfe verfallen – tut sie immer, wenn einer von uns sie aufregt. Dann würde Base Harriet um ihren teuflischen Doktor, den Halford, schicken, und die beiden täten mir einen Krach machen, als wär ich ein verdammter Mörder. Teuflisch unangenehm, weißt du! Man darf seine Mutter nicht so weit treiben, daß sie ex geht. Schockierend, so etwas zu tun. Außerdem will ich's gar nicht tun. Hab sie gern.»

«O nein, nein!» rief Charis schnell. «Ich möchte um alles in der Welt nicht, daß du so etwas tust! Die arme Mrs. Dauntry, was kann sie dafür, daß sie so fühlt, wie sie das tut! Oh, wie leid sie mir tut!»

Tiefgerührt ergriff Endymion ihre Hand, küßte sie glühend und informierte Charis, daß sie ein Engel sei. Ihr Bruder, weniger begeistert, empfahl ihr, nicht so gefühlsduselig zu sein, und sagte Endymion, der in Verteidigung seiner Angebeteten hochging, er würde ihr den Marsch blasen, wenn sie damit anfing, daß auch Endymion ihr leid täte. «Was sie nämlich tun wird, merke dir meine Worte!» erklärte er. «Du kannst es ja vielleicht engelhaft nennen, wenn man versucht, jedem zu Gefallen zu sein, und daß ihr die leidtun, denen sie es nicht recht machen kann. Aber ich nicht! *Ich* nenn das hirnrissig!»

«O nein!» stieß Charis flehend hervor.

«O ja!» erwiderte er. «Hab dir das schon früher gesagt! Wenn du nicht aufpaßt, Charis, wirst du dir zum Schluß selbst leid tun. Alles, weil euch ein bißchen Entschlußkraft abgeht. Was ist schon, wenn es Mrs. Dauntry und Frederica nicht gefällt? Sie werden sich dreinfinden! Und du brauchst mich nicht so finster wie ein Stier anzuschauen, Endymion, weil ich nämlich meiner Schwester das sage, was mir paßt!»

An diesem Punkt bot Charis eine Ablenkung, die sich an seiner wenig schmeichelhaften Beschreibung des edlen Betragens ihres geliebten Endymion stieß und sich mit ungewohnter Heftigkeit zu seiner Verteidigung erhob. Während des folgenden Streites der Geschwister versank Endymion, der Harry dessen brüderliche Rechte zugestand, in tiefe Gedanken, aus denen er gleich darauf wieder auftauchte, um die Streitenden zu erschrecken, indem er sagte: «Jawohl, das würden sie!» Als er merkte, daß ihn die beiden Merrivilles mit einer traurigen Verständnislosigkeit anstarrten, fügte er hinzu: «Was du gesagt hast, Harry! Meine Mutter und Frederica. Dreinfinden. Und außerdem, wenn wir die Sache deichseln könnten – den Knoten fest knüpfen –, ohne daß es eine von beiden merkt, hätten wir es an beiden Enden blockiert. Also, was ich meine, ist: es hat keinen Sinn, Staub aufzuwirbeln! Keinen Sinn, Krämpfe zu kriegen. Wenn ich es richtig bedenke, keinen Sinn, mich versetzen oder auf eine verdammte Mission schicken zu lassen oder sonst so irgendwas Teuflisches. Ist doch ganz klar!»

Charis sanfte Augen glühten vor Bewunderung über diese machtvolle Argumentation, aber Harry war gar nicht beeindruckt. «Nein, und es hat auch keinen Sinn, Luftschlösser zu bauen. Wie, zum Kuckuck, könntest du den Knoten knüpfen, ohne daß jeder Mensch alles davon erfährt?

Wenn du dir vorstellst, mit Charis durchzubrennen, sagte ich dir auf den Kopf zu, das geht nicht! Und wenn du meinst, daß ich meiner Schwester helfen werde, sich maßlos zu erniedrigen, dann mußt du ja eine mächtig nette Vorstellung von mir haben!»

«Nie, nie würde ich so etwas tun!» erklärte Charis.

«Nein!» bekräftigte Endymion und wurde blutrot. «Und eine mächtig nette Vorstellung mußt ja *du* von mir haben, Harry, wenn du glaubst, ich würde das tun. Da redet einer von Schraube locker haben –! Ich staune, daß du es Charis erlaubst, mich auch nur zu grüßen!»

«Och, beruhige dich!» lenkte Harry ein. «Natürlich glaube ich das nicht. Aber wenn du nicht ans Durchbrennen denkst, *was* denn dann sonst? Ich will verflixt sein, wenn ich irgendeinen anderen Weg sehen könnte, die Sache heimlich zu machen!»

«Nein», stimmte ihm Endymion düster zu.

«Also, um Gottes willen –»

«Denke ja an nichts Bestimmtes», erklärte ihm Endymion. «Habe bloß gedacht, es wäre verteufelt fein, wenn man es tun könnte.»

Glücklicherweise – während Harry versuchte, wieder Luft zu kriegen und bedrohliche Anzeichen verriet, sich von seinen Gefühlen übermannen zu lassen – wurde das Symposion durch die Uhr auf dem Kaminsims beendet, die unerbittlich die Stunde schlug und Endymion zur Erfüllung seiner militärischen Pflichten rief. Er verabschiedete sich hastig und entfloh.

«Wenn ich je schon einem solchen Idioten begegnet bin!» explodierte Harry. «Glaubt bloß, daß es verteufelt fein wäre, wenn es getan werden *könnte*! Ja, und eine zweite verteufelt feine Sache wäre es, wenn ihr beide wenigstens soviel Verstand hättet wie zwei Spatzen! Nur habt ihr das nicht, und ich glaube, daß ihr es auch nie haben werdet!»

Charis brach in Tränen aus.

26

Außer daß sich Harry, der seine harten Worte bereute, wieder mit seiner Schwester versöhnte, befanden sich die Angelegenheiten in dem gleichen unbefriedigenden Zustand, als die Gesellschaft aus Hertfordshire drei Tage später nach London zurückkehrte.

Bevor noch Frederica den Fuß auf den Gehsteig gesetzt hatte, bemerkte sie schon, daß Charis blaß und angegriffen aussah, doch im Trubel der Ankunft fand sich keine Gelegenheit für ein Gespräch unter vier Augen. Erst als das Gepäck hineingebracht, die Dienerschaft begrüßt, Felix' Medizin ausgepackt und Felix selbst nicht ohne Schwierigkeiten überredet worden war, sich ins Bett zurückzuziehen, um sich von der Reise zu erholen, war Frederica imstande, ihre Aufmerksamkeit der Schwester zuzuwenden. Dann forderte sie Charis auf, in ihr Schlafzimmer zu kommen, um ihr beim Auspacken zu helfen, und sie sagte: «Mir kommt es vor, als hätte ich dich monatelang nicht mehr gesehen! Ich hoffe zu Gott, daß wir nie wieder eine solche Zeit durchmachen müssen!»

«O nein!» rief Charis erschauernd. «Es muß so schrecklich für dich gewesen sein!»

«Nun ja, das war es», gab Frederica zu. «Ja, wenn Alverstoke nicht gewesen wäre, weiß ich nicht, wie ich damit zurechtgekommen wäre. Ich werde ihm nie hinreichend dankbar sein können. So fest und geduldig mit Felix! Eine so nie versagende Unterstützung für mich, besonders in den zwei Tagen, als ich fürchtete – Aber reden wir nicht davon. Meine Liebe, du siehst blaß aus.»

«O nein! Mir geht es ganz gut. Es ist das heiße Wetter.»

«Sehr wahrscheinlich. Ich habe es auch unangenehm gespürt, selbst auf dem Land – ich war gräßlich schlapp und niedergeschlagen. Hier muß es viel schlimmer gewesen sein. Ja, als wir bei den ersten Häusern vorbeifuhren, sagte Jessamy, es sei, als führe man in einem Backofen dahin. Macht nichts. Ich hoffe, wir werden in wenigen Tagen viele Meilen weg von London sein. Hat dir Alverstoke von dem köstlichen Plan erzählt, den er für uns gemacht hat?»

«Nein», erwiderte Charis und starrte sie ängstlich an.

«Wir sollen nach Alver fahren und dort so lange bleiben, wie wir wollen!» erzählte Frederica und begann, ihren Handkoffer auszupacken. «Ich hätte ja eigentlich ablehnen sollen, aber es war so verlockend, so genau das, was den Jungen gefallen wird! Es ist in Somerset, weißt du, und ganz nahe bei Bath, was ein Vorteil ist. – O Himmel, schau dir bloß diesen Musselin an! Ich werde dich beschwätzen, für mich zu pakken, wenn wir nach Alver fahren!» Da sie keine Antwort erhielt, sah sie sich um und entdeckte, daß Charis auf einen Stuhl gesunken war und das Gesicht in die Hände vergraben hatte. «Charis! Liebste, was ist denn los?»

«Ich bin ja so unglücklich!»

«Guter Gott, warum?»

«Ich will nicht nach Alver fahren!»

Frederica bezähmte ihre Gereiztheit und sagte ruhig: «Meinst du damit, daß du lieber ans Meer fahren möchtest?»

«O nein, ich will nirgendwohin fahren!»

«Charis, ich glaube, du verstehst den Fall nicht ganz», erklärte Frederica. «Es ist für Felix' Gesundheit nötig, ihn aus London herauszubringen. Und wenn London auch in den Sommermonaten so ist wie jetzt, so unerträglich dumpf und staubig, bin ich überzeugt, daß es für uns alle und für unsere Gesundheit nötig ist! Glaubst du, daß es langweilig sein wird? Vielleicht wirst du das nach unserem Herumtreiben finden, aber früher hast du das Land nicht für langweilig gehalten. Ich glaube, Alver ist außerdem wunderschön. Erinnerst du dich, was der Reiseführer über den Park dort und die Blumengärten und den See schrieb, mit all den seltenen Sträuchern an seinen Ufern? Wir werden nie müde werden, dort zu zeichnen! Alverstoke sagt, daß die Jungen außerdem im Forellenbach fischen dürfen. Ich wollte, du hättest Jessamy gesehen, als er von dem Plan erfuhr. Du wirst ihm doch ein solches Vergnügen nicht versagen wollen! Schließlich, Liebste – weder er noch Felix haben uns unsere Pläne übelgenommen, oder?»

«O nein, nein! Ich wollte nicht – natürlich müssen sie hinfahren! Wenn ich nur hierbleiben könnte! Ich habe gedacht, daß ich vielleicht in der Harley Street wohnen könnte. Wenn Tante Seraphina mit euch fährt, wird Tante Amelia bestimmt froh sein, mich bei sich zu haben.»

«Tante Seraphina wird nicht mit uns fahren, denn ich habe keineswegs vor, sie darum zu bitten. Ich sehe keine Notwendigkeit für eine Anstandsdame, und selbst wenn ich das täte, dann würde ich nicht auf ihre Dienste zurückgreifen, denn ich bin ganz böse auf sie. Und dich bei Tante Amelia lassen – diesen Gedanken kannst du dir aus dem Kopf schlagen!»

«O Frederica –!»

«Wenn du mich nicht wütend machen willst, dann hör bloß zu stöhnen auf!» fuhr Frederica sie an. «Und du kannst auch gleich zu schwindeln aufhören. Auf mein Wort, Charis, ich staune über dich! Was du tun willst, ist, in London zu bleiben und wegen Endymion Dauntry einen Narren aus dir zu machen, und das weiß ich sehr gut! Ich nehme an, genau das hast du schon getan, während ich weg war. Wenn du bloß die bösen Zungen nicht zum Reden gebracht hättest!»

«Aber ich liebe Endymion eben», erklärte Charis und warf den Kopf trotzig zurück. «Und er liebt mich!»

«Dann sehe ich keinen Grund für all dieses hinsterbende Getue!» antwortete Frederica prosaisch.

Charis erhob sich mit eifrigem Gesicht. «Willst du damit sagen – kannst du damit meinen, daß du unserer Heirat zustimmst?»

«Man kann nicht wissen, was ich vielleicht täte, wenn sich deine Zuneigung als dauernder erweist als all deine früheren», erwiderte Frederica leichthin.

«Du hast nicht vor, mich ihn heiraten zu lassen, nie!» schluchzte Charis. «Du hast vor, uns zu trennen!»

«Was – indem wir einige Monate in Alver verbringen?! Wenn eure gegenseitige Leidenschaft das nicht überlebt –»

«Immer, immer!» unterbrach sie Charis. «Du wirst es zustande bringen, uns voneinander fernzuhalten, in der Hoffnung, daß ich ihn vergessen werde! Aber das werde ich nicht, Frederica, das werde ich nicht!»

«Schön, verfall doch nicht in Lethargie! Denke daran, daß du in zwei Jahren – wenn ich bis dahin nicht nachgegeben habe – alles das tun kannst, was du willst!»

«Oh, du weißt eben nicht, was es heißt, zu lieben!» rief Charis leidenschaftlich.

«Nein, und ich muß gestehen, ich bin froh, daß ich es nicht weiß, wenn es bedeutet, daß man sich grämt und sich aufregt und sich eine solche ausgefallene Torheit leistet! Und laß dir sagen, auch du kannst darüber froh sein. Äußerst unbehaglich wäre es für dich gewesen! Bitte, zügle dich, meine Liebe. Es ist jetzt nicht der Augenblick, sich wegen nichts und wieder nichts derart aufzuregen. Du wirst ja sehen, wie du fühlst, wenn du Zeit gehabt hast, zu überlegen. Komm, streiten wir doch nicht! Ich will nicht unfreundlich sein, aber ich habe zuviel Angst ausgestanden, um auf etwas eingehen zu können, das mir eine so sehr –»

Sie schwieg, doch Charis beendete den Satz für sie: «– unwichtige Angelegenheit zu sein scheint!» brauste sie auf und lief aus dem Zimmer.

Frederica machte keinen Versuch, ihr zu folgen. Es war ihr gelungen, ihre Selbstbeherrschung zu wahren, aber sie war noch nie so nahe daran gewesen, sie wegen ihrer Schwester zu verlieren. Es schien ihr ungeheuerlich, daß sie nach allem, was sie durchgemacht hatte, bei ihrer Heimkehr mit einer solchen Szene begrüßt wurde, da sie ja selbst so niedergeschlagen war. Vielleicht erkannte Charis nicht, daß die Erleichterung nach einer Zeit schrecklicher Angst nicht sofort die Grundstimmung des Gemüts wiederherstellt. Sicher, sie hatte selbst nicht erwartet, daß sie nach der ersten Begeisterung über Felix Fortschritte Anfällen von Niedergeschlagenheit ausgeliefert und sehr geneigt sein würde, grillenhaft zu werden. Nun – trotzdem hätte Charis klüger sein müssen, als ihrer Schwester eine Stunde nach der Ankunft eine tragische Szene zu machen.

Sie war eben, sagte sie sich, immer noch recht erschöpft und ließ sich vielleicht zu leicht reizen. Die letzte Woche in Monk's Farm hatte sie ermüdet, als Alverstoke nicht mehr da war, um alles für sie zu richten. Sie hatte sich so sehr daran gewöhnt, sich um Hilfe oder Rat an ihn zu wenden, daß sie sich natürlich ohne ihn ganz verloren gefühlt hatte. Sie hatte auch seine Gesellschaft vermißt und gedacht, wäre er auf Monk's Farm geblieben, dann wäre sie nicht so trübsinnig geworden. Auch das war ganz natürlich – so sehr man auch seine Brüder liebte, man konnte mit ihnen doch nicht so reden wie mit Alverstoke – oder natürlich einem anderen Erwachsenen.

Diese Überlegung verführte sie zu Träumerei. Und während sie ihre Kleider in den Schrank und ihre Hemdchen und Unterröcke aus dem Handkoffer in die Kommode legte, erinnerte sie sich an die Spaziergänge und Fahrten, die sie in Alverstokes Gesellschaft genossen hatte, überlegte einiges von dem, was er zu ihr gesagt hatte, und lächelte bei der Erinnerung an anderes.

Diese erfreulichen, wenn auch sehnsüchtigen Gedanken wurden von einem herrischen Klopfen an der Tür unterbrochen, dem sogleich Harrys Eintritt folgte. Er fragte heftig: «Was höre ich da, Freddy? Charis sagt, du hättest vor, den Sommer im Haus Alverstokes in Somerset zu verbringen! Auf mein Wort, ich staune, daß du dich ihm so sehr verpflichten willst, und ich sage dir ohne Umschweife, daß ich das nicht wünsche! Ich bin sehr gut imstande, mich selbst um meine Familie zu kümmern, und das kannst du ihm ausrichten! Und außerdem möchte ich gern wissen, was für einen Trick er damit verfolgt. Du kennst vielleicht seinen Ruf nicht, ich aber schon – und verdammich, ich will's nicht haben!»

«Aber nein, wirklich, Harry?» entgegnete Frederica mit gefährlich ruhiger Stimme. «Dann fang doch endlich an, dich um deine Familie zu kümmern! Bisher hast du noch nicht den geringsten Anlauf dazu genommen. Du wolltest ja nicht einmal eine Unterkunft für mich suchen, als ich dich darum bat! Du hast zugelassen – nein, du hast Endymion Dauntry sogar *ermutigt*, Charis aus der Hand zu fressen, ohne dich einen Pfifferling um die Folgen zu kümmern! Du hast nie den geringsten Versuch unternommen, deine – deine Verantwortung zu übernehmen. Es war dir recht, alles mir zu überlassen. Und jetzt – ausgerechnet jetzt, wenn ich mit meinem Verstand fast am Ende bin und mein Vetter – nicht mein Bruder! – mir zu Hilfe kommt, hast du die Unverschämtheit, zu sagen, daß du es nicht haben willst und daß du ihm nicht verpflichtet sein willst! Du staunst, daß ich es sein will. Nun, ich will es nicht, aber ich werde es sein, weil es niemanden sonst gibt, auf den ich mich verlassen könnte. Du staunst über mich? Nicht so sehr, wie ich über dich staune, glaube mir!»

Die Stimme versagte ihr; sie wandte sich ab, ebenso bestürzt wie Harry. Sie hatte ihre Selbstbeherrschung bei Charis gewahrt – nicht im Traum hätte sie daran gedacht, daß sie sie bei Harry verlieren würde. Sie wollte ihm keine Vorwürfe machen und war jetzt entsetzt, daß sie es getan hatte. Sie konnte sich nicht erklären, was in sie gefahren war. Plötzlich hatte sie jedoch gemerkt, daß sie zitterte und eine solche Wut verspürte, wie sie sie noch nie erlebte. Sie machte sie schwach und verwirrt, und Frederica kämpfte, um einen plötzlichen Tränenstrom zurückzudämmen. Mit erstickter Stimme sagte sie: «Verzeih! Das habe ich nicht gewollt – ich habe es nicht so gemeint – ich bin nicht ganz beisammen – müde! Vergiß es – ich bitte dich. Und bitte, geh!»

«O sicher!» antwortete Harry. «Das will ich gern tun!»

Damit stelzte er aus dem Zimmer, aufgebracht, gekränkt und mit einem brennenden Gefühl von Ungerechtigkeit. In Fredericas haltlosen Beschuldigungen steckte gerade genügend Wahrheit, daß sich sein Gewissen rührte, und das machte ihn noch viel wütender, als wenn sie ihm unrecht getan hätte. Wessen Schuld war es denn, daß er seine Verantwortung nicht übernommen hatte? Fredericas, natürlich. Hätte das vielleicht einen Staub aufgewirbelt, wenn er versucht hätte, sich in ihre Lenkung der Familie einzumischen! Wann hatte sie ihn je um Hilfe gebeten? Nie! Jedenfalls nie, bis zu ihrer Bitte, sich während ihrer Abwesenheit von London um Charis zu kümmern. Hatte er es vielleicht nicht getan? Jawohl, und ohne ein Wort der Klage, obwohl er gezwungen war, sich alle die Unterhaltungen zu versagen, auf die er sich gefreut hatte! War er vielleicht in den letzten paar Wochen in London geblieben, um sich selbst eine Freude zu machen? Nein, bei Gott nicht! Er hatte das auf ihre Bitte hin getan. Wäre es nach ihm gegangen, dann wäre er sofort mit der Post zu Monk's Farm gefahren.

So argumentierte er noch eine Zeitlang mit sich, stellte sich Fragen und fand auch gleich unwiderlegbare Antworten darauf, die ihm aber trotzdem wenig Genugtuung verschafften. Sein Gefühl, schlecht behandelt worden zu sein, wuchs. Und als ihn gleich darauf Charis aufsuchte und anflehte, ihr zu helfen, war er genau in der richtigen Stimmung, sich jeder Unternehmung zu verschreiben, die Frederica ärgern konnte.

Angesichts ihrer erzwungenen und möglicherweise unmittelbar bevorstehenden Einkerkerung in Alver hielt es Charis für lebenswichtig, sich mit Endymion zu beraten: Würde ihr liebster Harry ihm eine Botschaft überbringen? Und fiel ihm irgendein ehrbares Rendezvous ein?

Aber sicherlich! Er würde Endymion noch am selben Abend besuchen; was ein ehrbares Rendezvous betraf, war nichts leichter als das! Sie würden sich in den Kensington Gardens treffen, und er persönlich würde Charis hinbegleiten.

«O Harry, ich wußte ja, ich kann mich auf dich verlassen!» hauchte Charis.

Das war Balsam für seine verletzten Gefühle. Wenigstens eine seiner Schwestern wußte ihn zu schätzen! Es war in einer (doch nicht in anderer) Hinsicht ein Jammer, daß Frederica nicht anwesend war, um dieses Glaubensbekenntnis zu hören; jedenfalls aber würde man sie sehr bald erkennen lassen, daß er nicht der verächtliche Tropf war, für den sie ihn anscheinend hielt, sondern eine Kraft, mit der man rechnen mußte.

Als sie jedoch knapp vor dem Abendessen in den Salon kam, war ein Großteil seiner Erbitterung geschwunden. Er war allein, und sie ging geradewegs auf ihn zu, legte ihm die Arme um den Hals, küßte ihn auf die Wange und sagte: «O Harry! Du hast ja eine solche Beißzange zur Schwester! Verzeih mir!»

Das Gefühl der Beleidigung war zwar noch stark, schmolz aber rasch dahin. Dennoch juckte es ihn, prompt zu sagen: «Also, ich muß schon sagen, Freddy, ich glaube, es war ziemlich ungerecht von dir!»

Er war bereit, ihr Punkt um Punkt zu beweisen, so wie er es sich selbst bewiesen hatte, daß sie ihn völlig fehl beurteilt hatte; und hätte sie es zugelassen, hätte er sich sehr bald in Hitze geredet. Doch das tat sie nicht. Sie hatte bereits zwei aufregende Szenen ertragen, sie war müde, sie hatte Kopfschmerzen, sie wollte nichts als schlafen gehen und nur ja in keine weitere Debatte verwickelt werden. Also sagte sie: «Ja, mein Lieber, ich weiß das. Reden wir von etwas anderem!»

«Das ist alles sehr schön, aber du warst es, die das Thema von Endymion und Charis aufs Tapet gebracht hat, und –»

«Um Himmels willen, Harry, nein!» rief sie aus. «Ich kann und will nicht mit dir streiten!»

Er las daraus die Verachtung der älteren Schwester für seine Meinung, wurde sofort steif und sagte mit eisiger Höflichkeit: «Wie du wünschst!»

Sie wußte, daß sie ihn verletzt hatte und ihn beruhigen sollte, sie wußte aber auch, daß dies Takt und Geduld erfordern würde, zwei Tugenden, die sie verlassen hatten. Also lächelte sie ihn bloß müde an und entschuldigte sich vor sich selbst mit der Überlegung, daß Harrys Anfälle schlechter Laune nie lange dauerten.

Charis kam zum Abendessen herunter, mit ziemlich roten Augen, doch durchaus beherrscht. Und als sie und Frederica sich in den Salon zurückzogen, nahm sie ihre Stickerei auf und antwortete zwar auf Fredericas Versuch, ein Gespräch anzuknüpfen, leitete aber selbst keines ein.

Sie gingen früh zu Bett; und Fredericas Herz war erleichtert durch die feste Umarmung, die sie als Antwort auf ihren Gutenachtkuß erhielt.

Frederica schlief fast sofort ein, Charis hingegen lag wach und horchte auf Harrys Schritt auf der Treppe. Als sie ihn hörte, setzte sie sich erwartungsvoll auf, denn er hatte versprochen, ihr das Ergebnis seiner Mission zu erzählen. Als er leise an ihrer Tür klopfte, rief sie mit unterdrückter Stimme «Herein!» Sie wartete kaum ab, bis er die Tür schloß, als sie auch schon fragte: «Warst du bei ihm?»

«Ja, natürlich. Red nicht so laut!» entgegnete er mit einem bedeutsamen Blick auf die Wand zwischen ihrem und Fredericas Zimmer.

«Was hat er gesagt?» fragte sie mit gehorsam gesenkter Stimme. «Was meint er, sollten wir tun?»

«Er sagte, er muß Zeit haben, sich die Sache zu überlegen», antwortete Harry, unfähig, ein Grinsen zu unterdrücken.

«Es war natürlich ein großer Schock für ihn», sagte Charis würdevoll.

«Himmel, ja! Hat ihn ganz knieweich gemacht. Schien zuerst nicht imstande, etwas zu sagen, außer ‹Was für eine verteufelte Sache!› Aber wir sollen ihn morgen treffen, also kannst du dich beruhigen. Übrigens sollten wir uns irgendeine Besorgung ausdenken, falls Frederica wissen will, wohin wir gehen – worauf du wetten kannst!»

«O nein, Harry, müssen wir das? Ich kann es nicht ertragen, sie zu belügen!» widersprach Charis unglücklich.

«Also, wenn das der Fall ist, dann triff dich lieber nicht mit Endymion!»

«Aber ich muß doch!»

«Dann sei keine Gans. Gibt es denn nichts, was du kaufen willst?»

Nach einigem Nachdenken meinte Charis, falls sie gezwungen werden sollte, nach Alver zu fahren, würde sie Zeichenpapier brauchen – nicht daß sie das Herz haben würde, es zu benützen. Also einigte man sich auf diese Ausrede, und Harry ging schlafen und empfahl ihr, nicht in einen ihrer Zustände zu geraten.

Am nächsten Tag war Charis schrecklich nervös, aber das Glück war ihr hold. Als es Zeit war, in die Kensington Gardens aufzubrechen, und sie sich von Frederica verabschieden ging, entdeckte sie, daß diese einen Morgenbesucher in der Person Lord Buxteds hatte.

Charis' Eintritt schuf eine willkommene Unterbrechung. Sein böser Geist hatte Seine Lordschaft angeregt, sobald er Felix, der auf dem Sofa lag, begrüßt hatte, die Hoffnung auszudrücken, daß er seiner Schwester nie wieder Ursache geben werde, so viel Angst auszustehen. Frederica schritt ein, aber umsonst. Lord Buxted hatte seit langem entschieden, daß sie viel zu nachgiebig war, und er sagte mit einem Lächeln, das sofort alle drei Merrivilles in Harnisch brachte: «Du hast eine sehr nachsichtige Schwester, Felix! Ich fürchte, du hast alles, was dir zugestoßen ist, verdient! Ich will nicht mehr sagen, aber –»

«Ich würde Ihnen auch nicht zuhören, was immer Sie sagen würden!» platzte Felix mit blutroten Wangen und flammenden blauen Augen heraus. «Sie haben kein Recht dazu. *Sie* sind ja nicht mein Vormund!»

«Felix, halt den Mund!» rief Jessamy scharf und drückte ihn in die Kissen zurück. Er sah Buxted an und sagte, sorgfältig die Worte wählend: «Ich versichere Ihnen, es ist völlig unnötig, meinen Bruder zu schelten.»

«Er hat kein Recht, mich zu schelten!» erklärte Felix wütend. «Es ist Vetter Alverstokes Recht, und der hat es schon getan! Und es war kein – kein Riesenkrawall, weil er ein Richtiger ist und wußte, daß es mir ganz schrecklich leid tat. Und wenn es ihm beliebt, mich, wenn ich das wieder tue, bereuen zu lassen, daß ich überhaupt geboren bin: er *darf* es!»

Da es offenkundig war, daß sich Felix schnell in einen Zustand unerwünschter Aufregung hineinredete, und noch offenkundiger, daß ein Versuch, ihm eine Entschuldigung zu entringen, heftigst zurückgewiesen würde, begrüßte Frederica den Eintritt ihrer Schwester höchst erleichtert.

Sie glaubte keinen Augenblick daran, daß Harry Charis auf einem Einkaufsbummel begleitete, nahm aber die Geschichte hin und sagte nur: «Nehmt ihr Lufra mit? Ich an eurer Stelle täte es nicht!»

«O nein!» entgegnete Charis und ließ Lufras Halsband los. «Nur weiß er, daß wir ausgehen, und versucht bestimmt, hinauszuwischen, sobald die Tür offen ist. Daher hab ich ihn zu dir gebracht, Jessamy.»

Er nickte und schnalzte mit den Fingern Lufra zu, der an Buxteds gut polierten Stiefeln herumschnupperte, und Charis ging, froh, daß sie einer Befragung entkommen war.

Buxteds Anwesenheit mußte mißtrauische Fragen ausschließen, aber Frederica wollte ohnehin keine stellen. Sie war keine Gefängniswärterin, und sie wollte Charis auch nicht das Gefühl geben, daß sie unter Bewachung gehalten wurde. Es bestand wenig Zweifel, daß sie eine Verabredung mit Endymion hatte, und so beklagenswert das war, wäre es unnötig unfreundlich gewesen, das wahrscheinlich auf einige Monate hinaus letzte Treffen zu verhindern. Und wenigstens nahm sie Harry mit.

Frederica vertrieb den Gedanken und nahm sich zusammen, um Lord Buxted abzulenken, der Jessamy ärgerte, indem er humorvoll bemerkte, wie doch Besucher erstaunt sein mußten, wenn sie ein solches Ungeheuer wie Lufra in Fredericas Salon vorfanden.

Doch keiner der drei Besucher, die gleich darauf in das Zimmer geführt wurden, zeigte Erstaunen. Der erste war Darcy Moreton, den Buxted feindselig betrachtete; und einige Minuten später wurden Lady Elizabeth Kentmere und Lord Alverstoke gemeldet.

Die Wirkung war elektrisierend und wurde von Mr. Moreton ziemlich kläglich beobachtet. Das Lächeln in Fredericas Augen war nicht mißzuverstehen, und es bestand keinerlei Zweifel, daß Alverstoke mit seinen Mündeln auf allerbestem Fuß stand. Felix schrie freudig: «Vetter Alverstoke!» und mühte sich ab, auf die Beine zu kommen, und Jessamy, der nur innehielt, um sich vor Lady Elizabeth zu verbeugen, begann ihm sofort etwas zu erzählen, was sich nach der Abreise des Marquis auf Monk's Farm begeben hatte. Da auch Felix ihm etwas zu erzählen hatte, und Lufra, der erfaßte, weshalb die Freudenkundgebungen stattfanden, gellend zu kläffen begann, herrschte eine Zeitlang die Hölle. Lady Elizabeth lachte und sagte, als sie Frederica die Hand gab: «Ich wußte zwar, daß sie ihn gern haben, aber nicht, daß seine Ankunft einen Aufruhr verursachen würde!»

«Nein, und ich muß mich für sie entschuldigen», entgegnete Frederica lächelnd. «Man könnte meinen, sie seien in einem Hinterhof aufgewachsen!»

«Das kaum!» meinte Buxted. «Aber es kann bestimmt für Felix nicht gut sein, sich so aufzuregen? Wäre es nicht ganz gut, wenn Jessamy ihn in ein anderes Zimmer brächte?»

«O nein!» antwortete Frederica. «Alverstoke weiß genau, wie er ihn behandeln muß.»

Das war bald zu sehen. Seine Lordschaft beschwichtigte den Aufruhr ohne die geringste Schwierigkeit. Er befahl Felix, sich wieder aufs Sofa zu legen, bat Jessamy, den Belutschistan-Jagdhund wegzurufen, und fügte hinzu, sollte er den Wunsch verspüren, sich von ein paar Schnatterbüchsen taub machen zu lassen, würde er sie davon verständigen. Diese schneidenden Worte wurden mit äußerst guter Laune aufgenommen, ein Umstand, den Buxted einigermaßen überrascht beobachtete und beträchtlich ungnädig zur Kenntnis nahm. Es gefiel ihm auch nicht besser, als Alverstoke sich neben Frederica setzte und sie in eine anscheinend vertrauliche Diskussion verwickelte. Da Eliza, die mit Mr. Moreton plauderte, ihren Neffen gutmütig in das Gespräch hineinzog, war er gezwungen, seine Aufmerksamkeit ihr zu widmen, statt eifersüchtig hören zu wollen, was Alverstoke mit leiser Stimme zu Frederica sagte.

Es hätte kaum harmloser sein können. «Ein deutlicher Fortschritt!» meinte Alverstoke.

«Das glaube ich auch. Nach der Reise war er etwas müde, und diese Hitze scheint wieder Schmerzen hervorzurufen.»

«Je früher Sie ihn nach Alver bringen können, um so besser. Haben Sie Knighton geschrieben?»

«Heute morgen. Ich erwähnte Ihren Namen, wie Sie es mir aufgetragen haben, und habe den Brief, den mir Dr. Elcot gab, beigelegt.»

Er nickte. «Ich hoffe, Sie noch vor dem Wochenende nach Alver begleiten zu können. Übrigens, in der Angelegenheit des Erziehers habe ich Ihre Anweisungen überschritten.»

«Sie wollen mir doch nicht erzählen, daß Sie einen entdeckt haben?» rief sie aus.

«Nicht ich, sondern Charles. Er hat mir seinen Bruder Septimus vorgeschlagen, und ich habe ihn engagiert. Er hält sich derzeit bei uns am Berkeley Square auf. Ein angenehmer junger Mann, der den Jungen gefallen wird. Ich hoffe nur, Ihnen auch!»

«Oh, daran besteht kein Zweifel! Ein Bruder Mr. Trevors muß mir gefallen! Bitte sagen Sie Mr. Trevor, wie dankbar ich ihm bin!»

«Sicherlich, aber das Arrangement wird für Septimus ebenso vorteilhaft sein wie für Sie. Er hat einen Posten als Pauker für die Sommerferien gesucht, und dieser hier – wenn Sie gern den Sommer über in Alver bleiben wollen – wird es ihm ermöglichen, weiter daheim zu wohnen. Die Pfarrei ist nur wenige Meilen von Alver entfernt. Sagen Sie mir, wann Ihnen sein Besuch angenehm ist, und ich schicke ihn herüber.»

«Jederzeit. Ich gehe derzeit nicht aus, oder nur immer auf einige Minuten.» Sie schwieg, als ihr etwas einfiel. «Ob ich wohl Harry bitten soll, das Interview zu führen? Ich glaube, daß er das vielleicht gern täte.»

«Wirklich? Ich bin ziemlich sicher, daß das nicht der Fall ist. Er käme in die größte Verlegenheit – wenn man ihn überhaupt dazu brächte, sich der Aufgabe zu unterziehen, sich genauer über Septimus' Universitätsbildung zu unterhalten, was ich aber stark bezweifle! Septimus ist im achten Semester, meine Liebe, und arbeitet derzeit für ein Stipendium. Übrigens sehe ich weder Harry noch Charis – verrichtet er immer noch tugendhaft seinen Dienst bei ihr?»

Sie lächelte, antwortete jedoch etwas gepreßt: «Aber natürlich. Ich glaube, er hat sie zum Einkaufen mitgenommen.»

Sie glaubte es nicht, und sie wäre auch nicht überrascht gewesen, wenn sie erfahren hätte, daß Charis in diesem Augenblick auf einer Bank in einem abgeschlossenen Teil der Kensington Gardens zwischen ihrem Bruder und ihrem Liebsten saß und aufgeregt Endymion von ihrer Überzeugung erzählte, daß sie auf ewig getrennt werden sollten.

«Wenn du doch bloß aufhörtest, so einen Quatsch zu reden!» sagte Harry. «Ich habe dir schon Dutzende Male erzählt, daß euch niemand auf ewig trennen kann.»

«Könnte es auch nicht auf ewig tun», stimmte ihm Endymion zu.

«Sobald ich einmal in Alver gefangen sitze –»

«Also das ist das schlimmste daran!» sagte Endymion mit umwölkter Stirn. «Entschieden einen schäbigen Trick nenn ich das! Wäre nicht erstaunt, wenn das eine Verschwörung ist. Teuflisch kluger Bursche, dieser Alverstoke, kennt alle Kniffe! Weißt, mir war nicht gut zu Mut, weil er mir gesagt hat, ich soll nicht ganz so ausschließlich mit meinen Aufmerksamkeiten sein. Recht liebenswürdig, aber hat mir doch den Wink gegeben – so wenigstens hab ich's aufgefaßt! Außerdem habe ich recht gehabt. Also, was ich sagen will – in Ramsgate hätte ich dich sehen können, aber nicht in Alver. Jeder dort unten kennt mich, und du kannst jede Wette eingehen, daß irgendein Schnüffler es Alverstoke steckt, sollte ich meine Nase innerhalb von zehn Meilen dort sehen lassen!»

«Und wenn wir Alver verlassen, wirst du inzwischen auf eine fürchterliche Mission geschickt sein, und Frederica wird mich nach Graynard zerren!»

«Nicht, wenn er auf eine Mission weggeschickt worden ist», warf ihr praktisch gesonnener Bruder ein. «Wenn ich es jetzt recht bedenke, könnte sie das auf keinen Fall tun. Sie hat ja unser Haus an Porth für zwölf Monate vermietet.»

«Dann also Harrogate – damit Felix die Trinkkur machen kann!» sagte Charis verbittert.

«Das könnte sie tun», gab Harry zu.

«Ich werde aber nicht auf eine Mission gehen», verkündete Endymion plötzlich. «Ich quittiere. Mein Vetter kann nichts dagegen tun. Außerdem, sobald ich das getan habe, kann überhaupt keiner etwas dagegen tun, daß ich Charis heirate!»

«Aber ich bin noch nicht großjährig!» sagte Charis traurig.

«Ja, das ist das teuflische dran! Und wenn ich daran denke, daß ich noch zwei ganze Jahre warten soll und sehr wahrscheinlich nicht einmal die Möglichkeit bekomme, dich zu sehen – also das genügt, um einen nach Gretna Green zu treiben! Nicht, daß ich das möchte!» fügte er hastig und mit einem ängstlichen Blick auf Harry hinzu. «Viel zu schäbig!»

«Einen Augenblick!» unterbrach ihn Harry und setzte sich mit einem Ruck auf. «Himmel, warum habe ich nicht schon früher daran gedacht? Beim Jupiter, ich hab's!»

Zwei ängstliche Gesichter wandten sich ihm zu. Charis sagte atemlos: «Du hast was, Liebster?»

«Du brauchst ihre Zustimmung nicht. Hat überhaupt nichts mit ihr zu tun!» sagte Harry, und seine Augen funkelten spitzbübisch. «Denn sie ist nicht dein Vormund – der bin ja ich!»

27

Es ist überraschend, dachte Frederica, wieviel Nutzen man aus zwei Nächten ununterbrochenen Schlafs beziehen kann. Sie fühlte sich viel besser, weit weniger deprimiert und gereizt. Der Marquis hatte ihre Angelegenheiten wieder in seine fähigen Hände genommen, sie mußte sich um viel weniger sorgen. Keine der komplizierten Maßnahmen, die mit dem Umzug einer Familie aus einem Haus in London in ein anderes, hundert Meilen entferntes zusammenhingen, und keine Haushaltsorgen, mit denen man sich am Ende der Reise herumschlagen mußte. Für eine junge Frau, die von ihrer frühen Mädchenzeit an sich noch nie von ihnen erholen konnte, war das tatsächlich die reine Seligkeit. Es hätte sie glücklich machen müssen, und sie mußte sich zur Ordnung rufen, als sie entdeckte, daß sie mit einem leicht bedrückten Gemüt auf mehrere in Waldeinsamkeit zu verbringende Monate blickte. Es würde natürlich keine wirkliche Einsamkeit werden. Charis würde da sein, und die Jungen und die unbekannte Mrs. Osmington, jene verwitwete Base, die Alverstoke in seiner üblichen anmaßenden Art in Alver anzusiedeln beschlossen hatte. Auch Septimus würde da sein, und zweifellos würde seine Mama zu Besuch herüberkommen. Zunächst mußte es ja ein bißchen langweilig aussehen, und bestimmt würde sie ihre Londoner Freunde vermissen; aber Alverstoke hatte vor, auf einige Tage hinzukommen, was eine angenehme Unterbrechung bedeutete. Er hatte ihr *carte blanche* gegeben, alle ihre Freunde, die sie wollte, zu einem Aufenthalt einzuladen, und hatte sie gebeten, das Haus als ihr eigenes zu betrachten. Sie hatte nicht die Absicht, ihn beim Wort zu nehmen, aber da sie keine Freundin wußte, die sie besonders gern eingeladen hätte, tat ihr dieser Entschluß nicht leid.

Alverstoke würde sie auch nach Alver begleiten. Das war ein weiterer seiner plötzlichen und anmaßenden Entschlüsse. Sie hatte anstandshalber dagegen Einspruch erhoben, er hatte aber nur gesagt, daß er dort zu tun habe, also hatte sie nichts mehr erwidert, obwohl sie vermutete, seine Beschäftigung dort bedeutete, daß er sie seiner Base vorstellen und sich vergewissern wollte, ob seine Dienerschaft für die Besucher auch alle Bequemlichkeiten vorbereitet hatte. Wie irgend jemand sagen konnte, daß er egoistisch und herzlos sei, war einfach unverständlich! Kein Mensch war das weniger; es wurde einem richtig heiß vor Zorn, daß die Leute es wagten, ihn so bösartig schlechtzumachen.

Im übrigen verlief alles recht gut. Mr. Peplow hatte Harry eingeladen, ihn nach Brighton zu begleiten. Buddle und Mrs. Hurley waren froh, daß sie nach den Anstrengungen eines Londoner Haushalts lange Ferien bekamen, und Charis, zwar ungleichmäßig gestimmt, schien sich besser in ihr Schicksal zu fügen. Sicher, sie unterlag plötzlichen Anfällen des Schmerzes, so daß sie, das Taschentuch an die Augen gepreßt, aus dem Zimmer lief. Aber Frederica erinnerte sich an die Todesqualen, als die drei ersten, sehr unerwünschten Freier von Charis entfernt wurden, und hoffte, daß die derzeitigen Qualen von ähnlich kurzer Dauer sein würden. Septimus Trevor, ein ausgeglichener junger Mann von angenehmen Manieren, der den allgemeinen Eindruck heiterer Tüchtigkeit machte, gefiel ihr auf den ersten Blick, und genauso, was wichtiger war, ihren Brüdern. Sie ließ die drei mit einer Ausrede allein, damit sie einander kennenlernten. Bei Felix hatte sie leise Zweifel, denn er war zum Unterschied von Jessamy durchaus nicht eifrig darauf aus, sein Studium wieder aufzunehmen. Als sie aber zurückkam, begrüßte er sie mit der Mitteilung, daß dieser Mr. Trevor viel mehr wußte als der andere Mr. Trevor; sie hatten über Kohlengas und Kraftübertragung mittels Preßluft gesprochen. So war auch dieser Zweifel beseitigt, und sie hatte nur noch eine ernste Sorge: Felix' Gesundheit.

Das aber war eine sehr reale Sorge und würde so lange nicht beschwichtigt sein, bis Sir William Knighton Felix untersucht hatte. Sicher, es ging dem Jungen besser, aber noch lange nicht gut. Er wurde schnell müde, regte sich zu leicht auf, wurde vermutlich sogar etwas fiebrig, und seine normalerweise heitere Natur wich der Gereiztheit und gelegentlich einer Verdrossenheit.

«Vermutlich kommt das nur davon, daß er sich noch nicht ganz auf der Höhe fühlt. Auf dem Land wird es ihm besser gehen, aber ich kann mir nicht helfen, ich bin besorgt», sagte sie zu Alverstoke.

«Ja, und Sie können an nichts anderes denken, nicht wahr, Frederica?»

«Anscheinend nicht», gestand sie. «Obwohl ich es wirklich versuche!»

«Haben Sie das Gefühl, Sie könnten es – ohne es mühsam zu versuchen –, wenn Knighton Ihnen einen tröstlichen Befund gibt?» erkundigte er sich.

«Oh, was für eine unaussprechliche Erleichterung das wäre! Ja, dann natürlich!»

«Das freut mich», sagte er unverständlicherweise. «Ich bin ziemlich zuversichtlich, daß er es tut, und bestimmt wird sich das nicht mehr lange hinauszögern.»

«Er kommt Donnerstag vor dem Mittagessen zu uns.»

«Gut. Ich auch», sagte Seine Lordschaft. «Nach dem Mittagessen!»

«Natürlich!» sagte sie zwinkernd. «Das brauchen Sie mir nicht erst zu sagen! Ich hoffe nur, er trifft Felix nicht in seiner schlimmsten Laune an, fürchte aber sehr, daß das doch der Fall sein wird. Felix ist bereits unglaublich wütend darüber – erklärt, er sei prima dran und würde keinen Doktor rücksichtslos an sich herumpfuschen lassen –, und es wird ihm durchaus nicht passen, daß er im Bett bleiben muß, bis ihn Sir William untersucht hat. Na schön, wenn er abscheulich ist, dann werde ich Harry bitten, ihn abzulenken.»

Aber als Frederica Donnerstag morgens mit einem störrischen Bruder und verschiedenen unerledigten Haushaltspflichten am Hals Buddle bat, Harry zu Felix hinaufzuschicken, sagte dieser, er glaube, Mr. Harry sei ausgegangen.

«Oh!» sagte Frederica verdutzt. Sie zögerte und fragte sich, ob sie nach Charis schicken sollte. Da aber Charis ausgerechnet diesen Morgen gewählt hatte, eine Schaustellung von Kummer zu veranstalten, beim Frühstück geweint und alle Nahrung am Frühstückstisch verweigert hatte, entschied sie sich dagegen.

«Er wird wahrscheinlich Miss Charis auf einen Spaziergang mitgenommen haben; denn sie ist nicht im Salon», setzte Buddle unaufgefordert hinzu.

Fredericas Miene erhellte sich. Sie hatte einige lieblose Gedanken über Harry gehegt – so gedankenlos, wegzugehen und sich zu amüsieren, während sein kleiner Bruder von einer der ersten medizinischen Kapazitäten untersucht werden sollte! –, aber sie sah sofort ein, daß sie ihm Unrecht getan hatte. Er versuchte offenkundig, hilfreich zu sein, indem er ihr Charis vom Hals schaffte! Sie sagte: «Ach, sehr wahrscheinlich! Macht nichts – ich gehe zu Jessamy hinauf.»

Sie traf Jessamy in seine Bücher vertieft an, aber er erklärte sich sofort bereit, zu tun, was er konnte, um Felix zu unterhalten, und als sie sich entschuldigte, daß sie ihn gestört hatte, sagte er mit einem seiner düsteren Blicke: «Es ist auch Zeit, daß wenigstens einer von uns etwas tut, um dir zu helfen!» Dann stelzte er, mit Lufra an den Fersen, aus dem Zimmer. Gerührt durch diesen Ausbruch rief ihm Frederica nach, daß es nicht lange dauern würde, da Sir William jeden Augenblick zu erwarten war, und ging hinunter, um mit ihrer Haushälterin die verschiedenen Dinge zu besprechen, die getan werden mußten, um das Haus in Ordnung zu bringen, bevor sie es verließen.

Sie brauchte nicht weit zu gehen. Mrs. Hurley, eine dicke Frau, hatte sich mühsam aus dem Souterrain die Treppen emporgemüht und war schnaufend im ersten Stock stehen geblieben, bevor sie es unternahm, die nächste Treppe zu bewältigen.

«O Hurley, Sie hätten doch nicht alle diese Stufen steigen sollen!» sagte Frederica. «Ich war auf dem Weg zu Ihnen hinunter!»

«Nein, Ma'am, ich weiß, ich sollte es nicht tun, nicht mit meinem Herzklopfen», sagte Mrs. Hurley. «Aber ich hielt es für meine Pflicht, daß Sie es sofort erfahren sollten!»

Dieser abgedroschene Satz, der im allgemeinen immer die Enthüllung einer sehr geringfügigen Haushaltskatastrophe ankündigte, weckte kein Entsetzen bei Frederica. Sie sagte: «O Himmel! Ist etwas schiefgegangen? Kommen Sie in den Salon und erzählen Sie es mir!»

«Der Himmel weiß, Miss Frederica», sagte Mrs. Hurley und folgte ihr ins Zimmer, «ich hätte Sie nicht damit belästigt, bei all den Sorgen, die Sie ohnehin schon haben, wenn ich es nicht bis in die Knochen hinein spürte, daß Sie wünschen, daß man es Ihnen sofort erzählt.»

Zerbrochenes Porzellan! dachte Frederica.

«Aber», fuhr Mrs. Hurley fort, «sowie Jemima es mir gebracht hat, da sie nur Gedrucktes lesen kann – und das nicht viel –, sagte ich mir, ‹Doktor hin oder her, das muß Miss Frederica sofort sehen!› Was Sie, wie ich glaube, gar nicht sollten, Ma'am. Und Sie hätten es auch nicht, wenn ich nicht Jemima ins Zimmer von Miss Charis hinaufgeschickt hätte, damit sie die Vorhänge zum Waschen herunternimmt, denn das Zimmer war aufgeräumt und das Bett gemacht worden, während Miss Charis beim Frühstück saß, so daß sie keinen Grund hatte zu denken, daß irgend jemand vormittags noch einmal hineinginge.»

«Miss Charis?!» fragte Frederica scharf.

«Miss Charis!» bekräftigte Mrs. Hurley. «Da lag das hier auf dem Frisiertisch, und Jemima, die glaubte, daß es ein Brief für die Post sei, brachte ihn zu mir herunter. Er ist für Sie, Miss Frederica.»

«Für mich –!» Frederica riß ihn der Haushälterin fast aus der Hand.

«Und Haarbürste und Kamm von Miss Charis sind auch nicht auf dem Tisch, und auch die Flasche mit Parfüm nicht, die Sie ihr geschenkt haben, Ma'am, und auch sonst nichts, was eigentlich auf ihm stehen sollte», verkündete die Stimme des Jüngsten Gerichts.

Frederica hörte nicht zu, denn diese Auskunft war unnötig. Der Brief in ihrer Hand war sichtlich unter dem Druck starker Erregung geschrieben worden. Er war reichlichst mit Tränen befleckt und zum Großteil unleserlich, aber der Anfangssatz hob sich deutlich ab.

«Liebste, allerliebste Frederica», hatte Charis sehr sorgfältig hingesetzt, «wenn Du dieses liest, werde ich verheiratet und viele Meilen weg sein.»

Nach diesem Satz wurde die Handschrift zu einem wilden Gekritzel, als hätte Charis nach diesem vielsagenden Anfang nicht gewußt, wie fortfahren, und hätte schließlich den Rest eiligst hingeschmiert.

Aber der Anfang war auch alles, was für Frederica wichtig war. Sie stand da und starrte die Worte an, bis sie vor ihren Augen tanzten, im ersten Augenblick des gräßlichen Schocks unfähig, den unglaublichen Inhalt zu fassen.

Mrs. Hurleys Hand auf ihrem Arm ließ sie zu sich kommen. «Setzen Sie sich doch, Miss Frederica, meine Liebe!» sagte Mrs. Hurley. «Ich hole Ihnen sofort ein Glas Wein herauf; Buddle muß das nicht wissen.»

«Nein, nein, ich will kein Glas Wein – ich muß denken – ich muß denken.» Sie ließ sich in einen Sessel drängen und versuchte den Rest des Briefes zu entziffern. Er schien zur Gänze aus Bitten um Verzeihung zu bestehen, vermischt mit Versicherungen, daß nur Verzweiflung die Schreiberin dazu getrieben habe, einen so fürchterlichen Schritt zu unternehmen. «Deine unselige Charis» – aber bei näherer Betrachtung stellte sich heraus, daß das Wort nicht «unselig», sondern «unglücklich» hieß. Frederica dachte bitter, daß «unselig» ihre Schwester besser bezeichne.

Sie hob den Blick zu Mrs. Hurley. «Hurley – ich weiß nicht, was man da tun kann – wenn überhaupt etwas, aber sagen Sie niemandem etwas davon, ich bitte Sie!»

«Bestimmt nicht, Ma'am, darauf können Sie sich verlassen!»

«Danke. Sie haben es natürlich erraten.»

«O ja, das habe ich, Ma'am!» sagte Mrs. Hurley grimmig. «Und ich weiß auch, wem das zu verdanken ist! Wenn gewisse Leute, ohne Namen nennen zu wollen, sich an ihre rechtmäßige Pflicht gehalten hätten, statt Streit anzufangen und so hochnäsig aus dem Haus zu stürmen, wäre das nie geschehen, weil dieser große Langbein nicht hätte herkommen können, wie er das immer getan hat. Trotz allem, was ich zu ihr gesagt habe, was ich nämlich getan habe, und Buddle auch! Und jetzt ist sie also durchgebrannt. O Himmel, Himmel, wie konnte sie nur so etwas tun? Aber es heißt ja immer, der Apfel fällt nicht weit vom Stamm, und dasselbe hat ja schließlich ihre Mama auch getan!»

«Oh, wenn mir nur einfiele, was man tun könnte!» sagte Frederica, ohne zu beachten, was Mrs. Hurley sagte. «Etwas muß man doch tun können – obwohl ich fast geneigt bin, der Sache ihren Lauf zu lassen! So etwas zu tun, und zu so einem Zeitpunkt auch noch dazu –! Nein, nein, was sage ich da nur?! Wenn ich netter, mitfühlender gewesen wäre –» Sie sprang auf. «Hurley, ich muß Lord Alverstoke sprechen! Wenn mir irgend jemand helfen kann, ist er es! Sagen Sie Owen, er soll eine Droschke rufen, während ich mir oben Hut und Handschuhe hole. Wir können keine Zeit verschwenden, um unseren Wagen zu schicken!» Sie fing sich auf dem halben Weg zur Tür. «Nein, ich kann ja nicht! Ich habe vergessen – Sir William Knighton!»

«Genau das habe ich mir auch gedacht, Miss Frederica», sagte Mrs. Hurley. «Da kommt ja gerade eine Kutsche die Straße herauf, die mich an den Herrn erinnert hat. Ob die wohl vor unserem Hause hält oder – ja, sie hält!»

Frederica lief zu ihrem Schreibtisch, setzte sich nieder, zog ein Blatt Papier heran und tauchte die Feder ein. «Ich schreibe ihm!» sagte sie. «Warten Sie, Hurley, nehmen Sie das zu Owen mit hinunter. Er soll es sofort ins Alverstoke-Palais bringen – in einer Droschke. Es ist noch nicht zwölf Uhr, Seine Lordschaft wird also das Haus noch nicht verlassen haben. Sagen Sie Owen, es muß Seiner Lordschaft persönlich übergeben werden – nicht dem Butler oder einem seiner Lakaien! Ist es Sir William?»

«Er hat eine Tasche in der Hand, wie man das von einem Arzt erwarten würde, Ma'am», berichtete Mrs. Hurley vom Fenster her, «aber er schaut gar nicht wie ein Doktor aus, so nett angezogen, wie er ist! Ah! Jetzt hat ihn Buddle eingelassen, also muß er es sein, da Sie befohlen haben, daß Sie für Besucher nicht zu sprechen sind!»

«O Himmel, er wird mich im Nu überfallen!» sagte Frederica verzweifelt. Sie unterzeichnete schnell den sehr kurzen Brief, den sie geschrieben hatte, und siegelte ihn gerade mit einer Oblate, die ganz schief saß, als Buddle Sir William meldete.

Sie erhob sich, übergab Mrs. Hurley das Schreiben, raffte alle Selbstbeherrschung zusammen und ging Sir William entgegen.

Wenn er ihre Höflichkeit für gezwungen hielt und ihre Antworten auf seine Fragen für unzusammenhängend, dann mußte er annehmen, daß sie schüchtern war, meinte sie, oder Angst vor seiner Diagnose hatte, denn er war anscheinend nicht überrascht, daß er vor einer Dame stand, die sagte: «Ja – nein – ich kann mich nicht erinnern – lassen Sie mich überlegen.» Er war nicht einmal ungeduldig; und unter seinem beruhigenden Einfluß gewann sie bald ihre Fassung zurück, verdrängte Charis in den Hintergrund ihrer Gedanken und konzentrierte ihre Aufmerksamkeit auf das, was man zu ihr sagte.

Sir William wurde mit Felix sehr gut fertig. Als er einer feindseligen, finsteren Miene begegnete, sagte er mit seinem liebenswürdigen Lächeln: «Wie geht's? Jawohl, ich bin auch einer von den hirnverbrannten Doktoren – als hätten sie dich nicht ohnehin schon genug geplagt!»

Der finstere Blick verschwand. Felix wurde rot und gab ihm die Hand. «*How do you do, Sir?* Aber mir geht es schon wieder völlig gut, versichere ich Ihnen, und meine Schwester hatte überhaupt keinen Grund, nach Ihnen zu schicken!»

«Du siehst ja wirklich so aus, als machtest du schon ganz großartige Fortschritte», stimmte ihm Sir William zu. «Aber da ich nun einmal hier bin, kann ich dich genausogut auch gleich einmal anschauen, meinst du nicht?»

Felix gab nach. Am Schluß der Untersuchung wollte er wissen, ob er aufstehen dürfe, worauf Sir William antwortete: «Aber natürlich darfst du. Es würde dir sehr guttun, in die frische Luft hinauszukommen, also schlage ich vor, daß dein – Bruder, nicht? – dich zu einer Rundfahrt um den Park mitnimmt. Abscheulich schwül ist es, nicht? Aber wie ich höre, wirst du nach Somerset fahren – wie ich dich beneide!»

Als Frederica Jessamy fragend ansah, erhielt sie ein Nicken als Antwort und führte Sir William in den Salon zurück.

Er blieb etwa zwanzig Minuten und erleichterte ihr Gemüt um wenigstens eine ihrer Sorgen. Die Möglichkeit von Nachwirkungen dürfte nicht übersehen werden, aber er hielt sie für wenig wahrscheinlich, vorausgesetzt, daß seine Anweisungen genau ausgeführt wurden. Er zollte Dr. Elcot gnädig ein Kompliment und schrieb statt der Medizin Elcots ein Rezept aus. Dabei sagte er, so vortrefflich dieses Medikament auch sei, jetzt, da Felix Rekonvaleszent sei, wäre vielleicht ein anderes zuträglicher. Als er ging, empfahl er Frederica mit seinem verständnisvollen Lächeln, sich wegen des Jungen nicht zu ängstigen. «Denn wissen Sie, das würde ihn nur aufregen!» sagte er. «Ich habe Ihnen den Namen und die Anschrift eines Arztes in Bath aufgeschrieben, dem Sie völlig vertrauen können. Aber ich habe nicht das Gefühl, daß Sie ihn brauchen werden!»

Inzwischen hatte Owen Fredericas Brief dem Marquis persönlich übergeben. Er hatte Seine Lordschaft angetroffen, als er eben mit seiner

Schwester ins Somerset House gehen wollte, da sich Lady Elizabeth erinnert hatte, daß sie ja die Ausstellung der Royal Academy noch nicht besucht hatte – eine skandalöse Unterlassung, die, da sie ihren ausgedehnten Londoner Besuch unbedingt am nächsten Tag beenden mußte, sofort zu reparieren war. Da sie keinerlei Respekt vor den morgendlichen Gepflogenheiten Seiner Lordschaft kannte, hatte sie sich einfach darüber hinweggesetzt und ihm gesagt, da er sie ohnehin den größten Teil ihres Aufenthaltes vernachlässigt hätte, sei das mindeste, was er zur Buße tun könne, sie zum Somerset House zu begleiten.

Der Marquis entfaltete das einzelne Blatt, überflog Fredericas Brief mit einem Blick und nickte Owen zu, daß er entlassen sei. Lady Elizabeth, den Blick auf sein Gesicht geheftet, sagte: «Was ist denn los, Vernon? Doch nicht Felix?»

Er reichte ihr den Brief. «Ich weiß nicht. Du wirst mich entschuldigen müssen, wenn ich dich nicht ins Somerset House begleite, Elizabeth; bitte, sei nicht böse.»

«Sei doch kein solcher Tropf! Ich komme mit! Vernon, ich habe gräßliche Angst, daß einen von ihnen irgendein Unglück betroffen hat. ‹Ich bitte Sie, sofort herzukommen. Ich habe keine Zeit, mehr zu schreiben, werde es aber erklären, wenn ich Sie sehe. Bitte, beeilen Sie sich!› Die Arme, sie ist offenkundig vor Sorge außer sich!»

«Ja. Fahren wir sofort hin!» antwortete er kurz angebunden.

Sie erreichten die Upper Wimpole Street, als Frederica wie im Traum ihre Brüder zu ihrer Spazierfahrt verabschiedet hatte, in den Salon hinaufgegangen war und wieder versuchte, Charis' Brief zu entziffern. Als Alverstoke das Zimmer betrat, was er unangemeldet tat, nachdem er seiner Schwester vorauseilend zwei Stufen auf einmal genommen hatte, blickte Frederica schnell auf und erhob sich. «Ich wußte, daß Sie kommen würden!» sagte sie dankbar. «Ich bitte um Entschuldigung, daß ich Ihnen so eilige Zeilen geschickt habe, aber Sir William stand vor der Tür, und ich hatte keine Zeit –»

«Lassen Sie das doch!» unterbrach er sie. «Was ist los, Frederica? Felix?»

«Nein, nein, dem geht es besser – Sir William meint, er wird bald wieder bei Kräften sein. Es ist weit, weit schlimmer – nein, das natürlich nicht, aber –»

«Sachte, mein Kind, sachte!» sagte er, nahm ihre Hände und hielt sie ganz fest. «Wenn ich Ihnen helfen soll, dann sagen Sie mir, was eigentlich geschehen ist! Und ohne Riesengetue!»

Lady Elizabeth, die gerade an der Schwelle ankam, um diesen vernichtenden Befehl zu hören, blinzelte, aber Frederica hatte sich wieder in der Hand, beschwor die Parodie eines Lächelns herauf und sagte: «Danke! Ich benehme mich schlecht. Ich glaube, nicht einmal Sie können etwas tun. Ich weiß nicht, warum ich Sie bat, herzukommen, außer daß es eben der erste Gedanke war, der mir durch den Kopf schoß – bevor ich Zeit hatte, zu überlegen –, aber ich fürchte, es ist nutzlos.»

«Ich tappe immer noch im dunkeln», sagte Alverstoke.

«Verzeihung! Ich kann es kaum über mich bringen, Ihnen zu erzählen – Base Eliza! Entschuldigen Sie, ich habe nicht gesehen, daß –»

«Das ist belanglos, meine Liebe. Ich bin gekommen, um Ihnen zu helfen, wenn ich kann, aber ich glaube, Sie möchten lieber mit Alverstoke allein sprechen, und wenn dem so ist, verlasse ich Sie», sagte Eliza.

«Nein, Sie sind sehr lieb! Ich hatte gehofft, es geheimhalten zu können, aber ich sehe jetzt ein, wie unmöglich das sein dürfte.» Sie holte mühsam Luft. «Wissen Sie – Charis ist – ist mit Endymion durchgebrannt!»

Eliza schnappte nach Luft. Aber Alverstoke sagte ohne einen merkbaren Verlust an Ruhe: «Haben Sie einen Beweis dafür? Ich hätte nicht angenommen, daß Charis sich auf so etwas einläßt; und wenn Endymion sie dazu überredet hat, kann ich nur sagen, daß ich mich in seinem Charakter seltsam geirrt habe – er ist ein Pedant, was Formen betrifft, mein tölpelhafter Vetter, Frederica!»

Stumm streckte sie ihm Charis' Brief hin. Er nahm ihn, und nach einem Blick auf ihn tastete er nach seinem Monokel. Eliza zog Frederica zum Sofa und sagte: «Meine Liebe, Sie irren sich doch bestimmt?! Sie können doch nicht sagen wollen, Sie glaubten, die beiden seien nach Gretna Green gefahren?»

«Ich denke schon», antwortete Frederica. «Wohin sonst könnten sie –»

«Dann hören Sie auf, das zu denken!» warf Alverstoke ein und sah von dem Brief auf. «Wohin ist Ihr Verstand geraten, Frederica? ‹Wenn Du diesen Brief liest, werde ich schon verheiratet sein und viele Meilen weit weg!› Meine Liebe, selbst ein so dummes Frauenzimmer wie Charis könnte nicht annehmen, daß es in ein bis zwei Stunden bis an die Grenze gebracht werden kann! Welch ein Glück, daß sie den Anfang dieses wirren Ergusses nicht mit ihren Tränen betaut hat!»

«Wohin könnte sie sonst gefahren sein?» fragte Frederica.

«Das habe ich noch nicht entdeckt. Ich zweifle, ob ich das je kann, aber man kann nie wissen – irgend etwas kann aus diesem Gekritzel immer noch hervorgehen.»

«Nichts, das sie sich nicht auch noch hätte ersparen können», sagte Frederica seufzend.

Er erwiderte nichts und betrachtete stirnrunzelnd den Brief einige Minuten länger, während Eliza, die Fredericas Hand gefaßt hatte, sie beruhigend tätschelte. Schweigen herrschte, bis der Marquis es brach. «Ah!» sagte er. «Nicht Erlebnis, sondern Erlaubnis! Den Schlüssel zu diesem Labyrinth haben wir jetzt, Frederica! Es ist ein Jammer, daß die Feder bei dem vorhergehenden Wort spuckte, aber zweifellos heißt es ‹Sonder-›. Ihre Schwester, meine Geliebte, hat meinen tölpelhaften Vetter mit Sondererlaubnis geheiratet. Ob das den Tatbestand des Durchbrennens darstellt oder nicht, kann ich noch nicht sagen, aber das ist wirklich unwesentlich. Der Fall ist nicht verzweifelt, und ich werde das Pärchen auf seinem Weg zur Grenze auch nicht verfolgen müssen – eine Aussicht, die mich, wie ich gestehen muß, mit Widerwillen erfüllte. Alles, was wir jetzt zu tun haben, ist, den Neugierigen und Tratschsüchtigen Sand in die Augen zu streuen. Das wird mir allerdings ein besonderes Vergnügen bereiten! Ich möchte nur wissen, wer Endymion sagte, daß er mit einer Sondererlaubnis heiraten kann?»

Frederica richtete sich auf. «Aber das könnte er ja gar nicht!» sagte sie. «Charis ist nicht großjährig!»

«Meinen Sie damit, daß Sie den Verdacht haben, Endymion hätte eine Lizenz erhalten, indem er über Charis' Alter log?» fragte Eliza. «Das glaube ich nicht. Das ist ein ernstes Vergehen!»

«Nein, diesen Verdacht habe ich nicht», antwortete ihr Alverstoke. «Endymion mag ja ein Dummkopf sein, aber ein Schuft ist er nicht, meine liebe Eliza. Er würde Charis ohne die Zustimmung ihres Vormunds weder mit Sondererlaubnis noch über dem Amboß von Gretna Green heiraten!»

«Und wenn du nicht ihr Vormund bist, wer ist es dann?»

Er antwortete nicht. Er beobachtete Frederica mit einem Ausdruck der Erheiterung, als er sie starr werden sah.

«Harry!» stieß sie hervor. «Harry!!»

«Nun, und?»

Sie stand schnell auf; die Ungläubigkeit in ihren Augen verwandelte sich in Wut. «Wie konnte er bloß, oh, wie konnte er nur?! Charis zu einer katastrophalen Heirat verhelfen – ihr helfen, mich hinters Licht zu führen – er weiß doch genau, was ich davon halte! Und sie! Kein Wunder, daß sie das ganze Frühstück hindurch heulend dasaß! Mit so etwas auf ihrem Gewissen!»

«Hat sie das getan?» fragte Seine Lordschaft interessiert. «Diesen Brief freilich hat sie von oben bis unten angeweint. Was für ein unerschöpflicher Tränenfluß! Glauben Sie, daß sie immer noch weinte, als sie mit Endymion vor den Altar trat?»

«Ich weiß das nicht, und es interessiert mich auch nicht», fuhr ihn Frederica an, die im Zimmer auf und ab ging, als müsse sie ihre Wut körperlich abreagieren.

«Nein, und auch sonst niemanden!» stimmte Eliza ihr zu. «Wirklich, Vernon, wie kannst du so frivol sein? Das ist doch keine Farce!»

«Sieht einer aber stark ähnlich!» erwiderte er.

«Würden Sie auch so denken, wenn es eine Ihrer Schwestern beträfe?» fragte Frederica wütend.

«Meine Liebe, aber sicher! Louisa, zum Beispiel? Nein, ich glaube, ich ziehe Augusta in dieser Rolle vor.»

Sie hielt die Luft an und erstickte fast an einem nicht zu unterdrükkenden Gelächter.

«So ist's schon besser», sagte er aufmunternd. «Wollen wir jetzt die Sache ohne ganz so große Hitzigkeit betrachten?»

Sie antwortete nicht, aber nach kurzem Zögern ging sie zum Sofa zurück und setzte sich. «Wenn das, was Sie glauben, stimmt, dann ist nichts zu machen, nicht wahr? Wenn ich Zeit gehabt hätte, diesen Brief genauer zu lesen – darüber nachzudenken –, hätte ich gewußt, daß es nutzlos ist, anzunehmen, Sie könnten eine Heirat verhindern, die bereits stattgefunden haben muß.» Sie lächelte ziemlich schwach. «Ich habe also ganz umsonst nach Ihnen geschickt. Bitte, entschuldigen Sie, Vetter!»

«Oh, nicht ganz umsonst», sagte er. «Es steht sicherlich nicht in meiner Macht, die Hochzeit zu verhindern, aber ich kann Sie, Frederica, bestimmt daran hindern, die Sache zu verpfuschen! Was wir, Sie und ich, tun müssen, ist, alles sauber zu machen. Ich verstehe Ihre Gefühle durchaus! Sie wollten, daß Charis eine sogenannte passende Partie macht, und Sie haben geglaubt, daß es Ihnen gelingen würde.»

«Und warum auch nicht?» mischte sich Eliza ein. «Charis ist ein äußerst schönes Mädchen mit bezaubernden Manieren und einem sehr angenehmen Wesen. Wenn ihr Verstand nicht außerordentlich ist – wie vielen Männern liegt schon an klugen Frauen, bitte sehr?»

«Es gibt nur einen Grund, warum sie das nicht tun wollte. Sie hatte nicht den Ehrgeiz, eine solche Partie zu machen oder auch nur eine Rolle in der Gesellschaft zu spielen.» Er lächelte Frederica etwas spöttisch an. «Sie würden das nie glauben, nicht wahr? Es war *Ihr* Ehrgeiz – oh, nicht für sich selbst! Ich glaube nicht, daß Sie je einen Gedanken an sich selbst verschwendet haben! –, und Sie waren es, die entzückt war über die Bewunderung, die sie erregte. Charis selbst aber nicht, müssen Sie wissen. Sie erzählte mir einmal, daß ihr das Land lieber sei als London, weil in London die Leute ‹einen so anstarren›! Sie hat ländliche Gesellschaften lieber als die Londoner, weil sie es für gemütlicher hält, mit ihren Freunden zu tanzen als mit Fremden. Das von einem Mädchen, hinter dem fast jeder Treffer auf dem Heiratsmarkt herlief! Ich habe es Ihnen nie verhehlt, daß ich sie für eine liebliche, aber äußerst langweilige Gans halte, aber das eine muß ich zu ihren Gunsten sagen: Sie ist nicht die Spur eingebildet!»

«Ich wollte ja nicht, daß sie eine glänzende Partie macht, nur eine, die – Aber es nützt ja nichts mehr, wenn ich wiederhole, was ich Ihnen schon immer sagte!»

«Ich habe es nicht vergessen. Sie wollten, daß sie behaglich versorgt ist. Aber Charis' Vorstellung von Behagen ist nicht die Ihre, Frederica. Sie ist ein Mädchen, das leicht zu beeinflussen ist, und ich vermute, sie hätte Ihnen zu Gefallen den jungen Navenby geheiratet, wenn sie nicht Endymion getroffen und sich in ihn verliebt hätte.»

«Und sie wäre glücklich geworden!»

«Sehr wahrscheinlich. Leider aber hat sie nun einmal Endymion getroffen, und anscheinend war von jenem Augenblick an ihr Entschluß gefaßt.»

«Unsinn! Wenn Sie wüßten, wie oft sie ihre Liebe ebenso schnell vergessen hat, wie sie sich verliebt hat!»

«Ich glaube Ihnen aufs Wort. Aber ich möchte Sie darauf hinweisen, mein Kind, daß ihr ich weiß nicht wie viele junge Leute der Gesellschaft, die viel gewandter als Endymion sind, den Hof gemacht haben, und sie haben Endymion doch nicht ausgestochen. Also wird sich diese Ehe vielleicht nicht ganz so katastrophal anlassen, wie Sie sich das vorstellen. Die Art, wie sie geschlossen wurde, ist, milde gesagt, bedauerlich, aber das ist auch alles, was uns jetzt angeht. Die Sache muß einen anständigen Anstrich bekommen.»

«Wenn das zu machen ist», sagte Eliza zweifelnd.

«Das ist es nicht! Überlegen Sie sich doch bloß die Umstände!» sagte Frederica. «Es hat keine Verlobungsanzeige gegeben; zu der Hochzeit war niemand eingeladen; und sie hat zwei Tage vor unserer Abreise aus London stattgefunden. Wie kann man einen solchen Skandal abbiegen?»

Alverstoke ließ seine Tabaksdose aufspringen und schnupfte eine zarte Prise auf. «Schwierig, gebe ich zu, aber nicht unmöglich. Ich sehe auch nicht sofort, wie wir über die fehlende Verlobungsanzeige hinwegkommen – falls wir nicht Lucretia opfern. Was meinst du dazu, Eliza? Ich bin durchaus dazu bereit, wenn du glaubst, daß es den Zweck erfüllt.»

Frederica mußte wider Willen lächeln. «Sie sind ganz abscheulich», teilte sie ihm mit. «Außerdem – wie?»

«Oh, indem wir sie zu dem Ehehindernis machen! Sie wurde so erschreckend krank, als man die Heirat bloß erwähnte – und das würde ja auch stimmen! –, daß man fürchtete, es würde sie umbringen, wenn sie die gedruckte Anzeige sähe.»

«Während die Nachricht, daß Endymion heimlich die Ehe schloß, sie wieder gesund gemacht hätte!» sagte Eliza sarkastisch.

«Wie gut, daß du mitgekommen bist», sagte Seine Lordschaft liebenswürdig. «Du hast doch Vorzüge! Versuch lieber draufzukommen, warum die Verlobung geheimgehalten wurde. Ich kann dir dafür sagen, warum nur die unmittelbaren Verwandten bei der Hochzeit anwesend waren.» Er schnippte einige Stäubchen Schnupftabaks von seinem Ärmel. «Wegen eines Todesfalls in der Familie der Braut wurde die Zeremonie privat abgehalten. Das werden wir in die Vermählungsanzeige setzen.»

Lady Elizabeth sagte zögernd: «Ja, das ginge. Aber warum war Lucretia nicht dabei?»

«Sie war's.»

«Daß sie das sagt, dazu wirst du sie nie bringen!»

Ein verächtliches Lächeln kräuselte seine Lippen. «Wetten wir?»

«Nein!» sagte Frederica nachdrücklich. «Sie meinen, Sie würden versuchen, sie – sie zu bestechen, und das will ich nicht! Außerdem würde es nicht klappen – das wissen Sie selbst sehr gut. Sie müssen vergessen, daß ich so dumm war, an Sie zu appellieren. Ich weiß wirklich nicht, was mich dazu getrieben hat, denn das Ganze geht Sie ja nichts an, und ich hätte Sie wirklich nicht hineinziehen dürfen!» Sie hob trotzig das Kinn. «Ich muß selbst das Beste daraus machen, denn ich weiß, daß es meine Schuld war. Wenn sie es bloß nicht bereut – und die Leute sich nicht – sich nicht weigern, sie zu empfangen –» Ihre Stimme schwankte, sie schwieg und fuhr sich mit der Hand über die Augen.

Die Tür öffnete sich. Mit tiefer Mißbilligung sagte Buddle: «Mr. Trevor, Ma'am!»

28

Frederica sagte instinktiv: «Nein, nein, ich empfange keine Besuche!»

Aber Mr. Trevor hatte schon die Schwelle überschritten. Er verneigte sich leicht vor Lady Elizabeth, und als sich Buddle zurückzog, ging er auf Frederica zu und sagte mit seinem liebenswürdigen Lächeln: «Sie dürfen Ihren Butler nicht tadeln, Ma'am. Er sagte mir, daß Sie nicht daheim seien, aber ich überrannte ihn.»

Der Marquis hob sein Monokel, um Mr. Trevor besser betrachten zu können. «Das sieht Ihnen aber gar nicht ähnlich, Charles. Zweifellos hatten Sie Ihre Gründe dafür.»

«Ja, Sir, die hatte ich», antwortete Trevor unverfroren. Er sah Frederica fest an, als er ihr die Hand drückte. «Ich bin gekommen – falls Sie den bewußten Brief gefunden haben, was ich vermute –, um Ihnen zu sagen, daß Sie ihn nicht beachten müssen: Ich versichere Ihnen, es ist alles in Ordnung.»

Frederica war so erstaunt, daß sie ihn nur anstarren konnte. Er drückte ihr nochmals beruhigend die Hand und wiederholte: «Ich versichere es Ihnen!»

Sie fand die Stimme wieder. «Nicht verheiratet? Wirklich nicht, Mr. Trevor?!»

«Nein, nein! Es – hm – wurde nichts daraus!»

«Oh, Gott sei Dank!» rief sie. «Wo ist sie?»

«Sie ist jetzt bei Mrs. Dauntry, aber morgen wird sie bestimmt wieder hier sein können. Ich dachte, da sie Gepäck bei sich hat, wäre es am besten für sie, wenn sie heute abend nicht heimkommt. Wegen der Dienerschaft nämlich.»

«Bei Mrs. Dauntry –» sagte sie völlig verwirrt. «Aber wie – warum –»

«Charles, wie, zum Teufel, kommt es, daß Sie in die Affäre verwikkelt sind?» fragte Alverstoke.

«Das ist eine ziemlich lange Geschichte, Sir!»

«Wollen Sie mir erzählen, daß Sie von diesem bedauerlichen Plan wußten?»

«Guter Gott, nein, Sir! Ich bin durch Zufall hineingeraten. Sie stellen sich doch bestimmt nicht vor –»

«Nein, natürlich nicht!» unterbrach ihn Eliza. «Setzen Sie sich und erzählen Sie uns alles, bevor ich vor Neugierde sterbe! Oh, Verzeihung, Frederica!»

«Entschuldige dich nicht erst lange bei Frederica!» sagte Seine Lordschaft. Er begegnete dem strengen Blick seines Sekretärs und lächelte.

«Sie müssen mir verzeihen, mein lieber Junge. Ich habe nämlich das Stadium erreicht, in dem mich nichts mehr überraschen kann. Durch welchen Zufall sind Sie denn da hineinverwickelt worden?»

Mr. Trevor wurde freundlicher, setzte sich und sagte nach kurzer Überlegung: «Ich glaube, ich erzähle es Ihnen lieber von Anfang an. Sie erinnern sich, Sir: Sie wünschten, daß ich mich um eine geschäftliche Angelegenheit kümmerte, die mich zum Temple führte. Nun, das habe ich heute morgen getan. Auf meinem Rückweg sah ich plötzlich Dauntry im Kirchhof von St. Clement Danes. Das schien mir ein sonderbarer Ort für ihn, aber was mir am meisten auffiel, war, daß er einen Handkoffer bei sich hatte. Trotzdem ging's mich ja nichts an, und ich wollte eben meinen Weg fortsetzen, als eine Droschke vor der Kirche vorfuhr, und heraus sprang Ihr Bruder, Miss Merriville! Im nächsten Augenblick half er auch schon Miss Charis Merriville heraus und zog einen Handkoffer aus der Kutsche.»

«Hat sie geweint?» erkundigte sich Seine Lordschaft.

«Ich weiß nicht; aber ich konnte sehen, daß sie ziemlich erregt war, an der Art, wie sie sich an Merrivilles Arm klammerte.»

«Ich vermute, sie hat geweint», sagte Seine Lordschaft befriedigt.

«Vetter Alverstoke, wenn Sie noch ein Wort weiter sagen –! Bitte, fahren Sie fort, Mr. Trevor!»

«Nun – dann erriet ich es natürlich. Die beiden haben sich mir zwar nie anvertraut, aber ich wußte doch, daß Dauntry und Miss Merriville sehr aneinander hängen, und auch, daß Sie, Ma'am, gegen die Verbindung sind.»

«Vermutlich hatten Sie das von Chloë», bemerkte Seine Lordschaft harmlos.

«Das wußten eine Menge Leute», sagte Frederica, die diesen Einwurf geflissentlich überhörte. «Was also haben Sie getan?»

Charles, etwas rot geworden, warf ihr einen dankbaren Blick zu. «Zuerst habe ich nichts getan», bekannte er. «Erstens war ich ziemlich fassungslos; und zweitens wußte ich nicht, was ich eigentlich machen sollte! Es war nämlich sehr peinlich! Ich hatte nicht das geringste Recht, mich einzumischen, besonders, da ihr Bruder mit war. Als ich mich entschlossen hatte, einen Vorstoß zu unternehmen, um sie davon abzuhalten, etwas so Unkluges zu tun, waren sie schon einige Minuten lang in der Kirche. Also lief ich über die Straße und ging hinter ihnen hinein. Es war niemand sonst da, außer ihnen und dem Kuraten und dem Kirchendiener, und der Kurat hatte die Messe zu lesen begonnen. Das war ein ziemlicher Schlag, denn ich konnte nicht einfach zu ihnen gehen und sagen, daß ich mit ihnen sprechen wollte, oder ausrufen ‹Moment einmal!› oder so etwas Ähnliches. Nicht, nachdem die Messe begonnen hatte und der Kirchendiener mich böse ansah! Ich bin ja zwar nicht selbst Geistlicher, aber mein Vater und mein ältester Bruder sind es, und bei dem Gedanken, in der Kirche eine Szene zu machen, schauderte es mich! Also setzte ich mich hinten hin und versuchte mir auszudenken, was ich tun konnte, und natürlich erinnerte ich mich an die Stelle von der ‹rechten Sache oder einem Hindernis›, und wartete auf sie.»

«Charles», sagte Eliza beeindruckt, «Sie sind doch nicht aufgestanden und haben gesagt, daß ein Hindernis besteht?»

«Doch, das tat ich. Ich sagte: ‹Ja, ich weiß von einem!› Ich glaube nicht, daß dem Kuraten schon je so etwas passiert war, denn er war derart verdutzt, daß er einfach nur mit offenem Mund dastand, und als er sich genügend gefaßt hatte, um uns alle in die Sakristei zu beordern, war ein derartiger Wirbel los, daß niemand auf ihn achtete. Dauntry brüllte, ich hätte kein Recht, mich einzumischen, und wollte wissen, was, zum Teufel, ich damit meine. Merriville wurde wütend und sagte, es sei gar kein Hindernis vorhanden, und daß er der rechtmäßige Vormund von Miss Merriville sei. Miss Merriville wurde hysterisch – es war eine schauerliche Szene. Und ich muß gestehen, daß ich selbst auch einiges sagte – und ganz vergaß, wo ich war! Aber schließlich gingen wir doch in die Sakristei, und alles beruhigte sich, weil Dauntry sich wegen Miss Merriville derart aufregte, daß er zu beschäftigt war, sie zu besänftigen, und mich nicht weiter beschimpfen konnte.»

«Ist es ihm gelungen?» fragte Alverstoke.

«Nein. Aber Merriville gelang es. Er schüttete ihr ein Glas Wasser ins Gesicht.»

«Völlig richtig!» nickte Frederica.

«Ich glaube schon», sagte Charles zweifelnd. «Das einzige war, daß zwar die Hysterie aufhörte, aber sie mußte weinen, und das führte zu einem neuen Aufruhr, und Merriville sagte, er täte mit seiner Schwester, was ihm passe, und also begannen sie wieder zu streiten. Was recht gut war, denn so konnte ich den Kuraten beiseite ziehen und – und ihn ein bißchen beruhigen.»

«Charles», sagte Alverstoke sehr bewegt. «Ich habe Sie nie richtig eingeschätzt. Sie müssen in den diplomatischen Dienst!»

Charles wurde rot und lachte. «Ich fürchte, ich war nicht sehr erfolgreich, Sir! Er war fuchsteufelswild – und niemand kann ihm daraus einen Vorwurf machen! Aber die Hauptsache war, daß er sagte, er weigere sich, die Zeremonie abzuhalten, gleichgültig, ob ein Hindernis bestehe oder nicht, weil wir eine Bande von Ungläubigen seien, und eine Menge mehr in der Tonart. Dann sagte Merriville, er wolle mit der ganzen Affäre nichts mehr zu tun haben, und da ich alles verpatzt hätte, könne ich zur Hölle fahren – ich meine, er sagte, jetzt könne ich für das übrige die Verantwortung übernehmen. Und stob wütend davon. Auch das wieder war gut.»

«Sogar sehr gut!» sagte Frederica. «Was geschah danach?»

«Es gelang mir, den Kuraten zu überreden, daß er uns erlaubte, in der Sakristei zu bleiben, bis Miss Merriville sich erholt hatte. Und sobald ich einmal den los war und Miss Merriville zu weinen aufgehört hatte, redete – nun, sprach ich mit ihnen. Ich erklärte ihnen, wie ungehörig es war, und so weiter. Dann sagte Dauntry, daß ihm selbst vor

Anfang an nicht recht wohl gewesen sei, und nach einer Weile kam es heraus, daß er dachte, Sie, Sir, ebenso wie Miss Frederica würden tun, was nur in Ihrer Macht steht, um ihn von Miss Merriville zu trennen.»

«*Mea culpa!* Ich gab ihm einen Wink, er solle mit seinen Aufmerksamkeiten nicht so ausschließlich sein!»

«Ja, davon erzählte er mir, aber ich glaube, er hatte sich die Idee schon lange vorher in den Kopf gesetzt. Also wagte ich ihm zu sagen, ich sei ziemlich sicher, Ihnen wäre es völlig egal, wenn er Miss Merriville heiratete, aber daß Sie unbeugsam wären, wenn er das so verstohlen mache.»

«Wie gut Sie mich verstehen, mein lieber Junge! Hatte er Angst, daß ich ihn auf der Stelle zu äußerster Armut verdamme?»

«O nein! Er sagte, er wolle quittieren und sich in der Landwirtschaft versuchen. In den Shires», fügte Mr. Trevor zurückhaltend hinzu.

«Guter Gott! Wenn er also bereit war, es auf sich zu nehmen, daß ihm seine Apanage eingestellt wird, wovor hatte er dann Angst? Was, zum Teufel, dachte er, daß ich tun könne, seine Heirat zu verhindern?»

«Er dachte anscheinend», sagte Mr. Trevor mit eisernem Gesicht, «daß Sie es zustande brächten, ihn auf eine diplomatische Mission ins Ausland schicken zu lassen.»

Einen Augenblick herrschte verblüffte Stille, bis die beiden Damen in stürmische Heiterkeit ausbrachen.

«Aber ich habe ihm gesagt», sagte Mr. Trevor, «ich könne mir durchaus vorstellen, daß dies außer Ihrer Macht stünde.»

«Gut gesagt», meinte Alverstoke, der die Stirn in die Hand gelegt hatte.

«Ich sagte ihm auch – und ich hoffe, Sie haben nichts dagegen, Sir –, was er tun solle, sei, Ihnen alles zu erzählen und auf Sie zu bauen, daß Sie es mit Mrs. Dauntry in Ordnung bringen.»

«Und mit mir?» fragte Frederica.

«Ja», gestand er. «Das habe ich wirklich gesagt. Was ich vorhatte, war – weil Miss Merriville erklärte, sie könne nicht hierher zurückkehren, Ma'am, und ich wiederum konnte mir nicht denken, wohin anders ich sie führen sollte – beide zu Ihnen ins Alverstoke-Palais zu bringen.»

«Danke, Charles! Und was hat mich vor diesem häßlichen Geschick bewahrt?»

Zum erstenmal in seiner Erzählung schwankte Mr. Trevors Stimme leicht. «Dauntry erinnerte sich, daß er einen Brief für seine Mutter hinterlassen hatte. Beim Butler – damit er ihn ihr mittags übergebe. Es fiel ihm ein, daß sie vielleicht von dem Brief gebrochen war und es seine Pflicht sei, sie zu beruhigen. Also – also riefen wir eine Droschke herbei, überredeten Miss Merriville, einzusteigen, und fuhren in die Green Street.»

«Einen Brief für seine Mutter zurückgelassen?» wiederholte Alverstoke. «Um Himmels willen, warum konnte er ihr nicht einen Brief später per Post schicken? Er wohnt doch nicht bei ihr!»

«Er meinte», sagte Charles vorsichtig, «daß er lieber sofort schreiben sollte, falls er nachher darauf vergessen würde.»

Das war zuviel, selbst für ihn. Er unterlag seiner aufgestauten Heiterkeit und brach in brüllendes Gelächter aus.

Frederica, die als erste zu lachen aufhörte, sagte, sich die Lachtränen wischend: «Und Sie sind mit ihnen gefahren! Ein solches Heldentum hätte ich nicht im Traum von Ihnen erwartet, Mr. Trevor!»

«Ich muß sagen, ich genoß es ja nicht sehr, aber ich meinte, das sei das wenigste, was ich tun konnte, nachdem ich die Hochzeit verdorben hatte. Dauntry sträubte sich, ohne Unterstützung allein zu seiner Mutter hineinzugehen, und Miss Merriville hatte eine derartige Angst, daß ich es für sehr wahrscheinlich von dem Pärchen hielt, sie würden Fersengeld geben, wenn ich zuließ, daß sie nicht bei der Sache blieben. Also ging ich mit ihnen hin.»

«Und trafen Mrs. Dauntry in Krämpfen an?» fragte Eliza.

«Nein, das kam später», antwortete er ernst. «Als wir alle in den Salon kamen, saß sie in einem Lehnstuhl mit Dauntrys Brief im Schoß und sah aus, als sei sie vor den Kopf geschlagen. Und kaum erblickte sie Dauntry, als sie ihm auch schon einen derartigen Krawall machte – also fast wäre ich auf und davon! Aber er wurde störrisch wie ein Esel, und von Miss Merriville meinte ich, sie würde auf der Stelle ohnmächtig umfallen. Ich sagte Mrs. Dauntry immer wieder, daß sie ja gar nicht verheiratet seien, aber sie beachtete das überhaupt nicht, so daß ich schließlich gezwungen war, schnurstracks zu ihr zu gehen und sie in unverschämtester Weise zu rütteln. Das aber überraschte sie so sehr, daß sie aufhörte, Dauntry mit Vorwürfen zu überschütten. So konnte ich ihr endlich sagen, daß sie doch nicht geheiratet hatten. Dann versuchte sie, sich ihm an die Brust zu werfen und sagte in – in einer sehr peinlichen Art: ‹Oh, mein geliebter Sohn, du hast an deine Mutter gedacht und hast es bereut!› Natürlich brachte ihn das noch mehr auf, er stieß sie weg und sagte: ‹Nein, das habe ich nicht!› Es sei alles meine Schuld gewesen, und ich sei ein verfluchter Spielverderber. Also warf sie sich an meine Brust», sagte Charles und erbleichte bei der Erinnerung.

«O mein armer Mr. Trevor!» rief Frederica. «Was haben Sie da getan?»

«Ich konnte nichts tun. Das war das allerschlimmste. Sie hatte die Arme um meinen Hals, nannte mich ihren lieben, lieben Jungen und ihren Retter und küßte mir die Wange!»

«Aber was konnten Sie mehr wünschen? Das ist doch vortrefflich, Charles!» sagte Alverstoke.

«Nun, ich hielt das nicht für vortrefflich, Sir, und Dauntry auch nicht. Bis dahin hatte er nicht viel mehr getan, als düster dreinzuschauen, aber als er hörte, daß sie mir dankte, weil ich ihn vor einer, wie sie es nannte, fatalen Heirat bewahrt hatte, brachte ihn das ziemlich auf. Als Nächstes putzte er sie herunter und brüllte noch dazu aus Leibeskräften. Er war derart wütend, daß ihm gleichgültig war, was er ihr sagte. Ich muß gestehen, ich war genauso erstaunt wie sie, denn er ist ein so liebenswürdiger Bursche, daß ich nicht geglaubt hätte, er könne sich überhaupt erregen. Himmel, er brüllte sie sogar an, als sie die Hand aufs Herz legte und keuchte, sie spüre, daß sie einen Krampf bekäme, sie könne Krämpfe haben, soviel sie wolle. Wenn sie es wage, nur noch ein einziges Wort gegen Miss Merriville zu sagen, würde er sein ganzes Leben lang kein Wort mehr mit ihr reden! Aber daraufhin rief plötzlich Miss Merriville aus: ‹O nein, nein, nein!›, lief zu Mrs. Dauntry, umarmte sie und bat sie, nicht auf Dauntry zu hören, weil er es nicht so meine, und keiner von ihnen würde etwas tun, das ihr nicht gefiele, und der Himmel weiß, was noch alles! Sie beschwatzte sie, sich aufs Sofa zu legen, hielt ihr das Riechfläschchen unter die Nase und schickte Dauntry weg, er solle sofort das Hirschhornsalz holen. Und als er sagte, er wisse nicht, wo es sei, will ich verflixt sein, wenn sie ihn nicht anfuhr und sagte, wie er es nur wage, so brutal zu seiner Mutter zu sein. Wenn er ,nicht wisse, wo das Hirschhornsalz sei, dann könne er doch Mrs. Dauntrys Zofe fragen, oder etwa nicht? Also ging er und holte Brandy, der genausogut wirkte. Als er Mrs. Dauntry zu sagen versuchte, es hätte keinen Sinn, sich krank zu machen, erschauerte sie und flehte Miss Merriville an, sie nicht zu verlassen. Also begannen sie beide zu weinen, und das nächste war, daß Mrs. Dauntry Miss Merriville ihr liebes Kind nannte und die beiden sich gegen Dauntry verbündet hatten. Er hatte sich inzwischen auch beruhigt, und wäre ich ihm nicht auf den Fuß getreten, hätte er seine Mutter um Verzeihung gebeten und begonnen, sie zu streicheln und ihr schönzutun.»

Alverstokes Augen leuchteten. «Sehr schlau, Charles!»

«Das weiß ich nicht, Sir, aber ich konnte sehen, daß sich Mrs. Dauntry, je länger er wütend blieb, um so mehr an Miss Merriville klammern würde, weil sie die einzige von uns war, die Mitleid mit ihr hatte. Das einzige, das ich fürchtete, war, daß Miss Plumley hereinkommen würde, aber es stellte sich heraus, daß sie selbst am Vorabend an Influenza erkrankt war. Das war ein rarer Glücksfall, weil Mrs. Dauntrys Mädchen sie pflegte. Aus diesem Grund, und weil die Töchter mit der Erzieherin zu irgendeiner Tante geschickt worden waren, um sich nicht auch anzustecken, war Mrs. Dauntry auf sich selbst angewiesen, was ihr nicht paßt. Sie sagte – Sie kennen sie ja, Sir! –»

«Und ob!»

Charles grinste. «Ja – also sie sagte, der Himmel wisse, sie mißgönne ihre Zofe Miss Plumley nicht, nur sei sie selbst immer noch so schlecht beisammen, daß sie die geringste Anstrengung erschöpfe. Miss Merriville stimmte dem bei – ich meine, echt! Sie schwindelte nicht!»

«O nein!» sagte Frederica. «Sie ist nämlich sehr weichherzig, und die Leute tun ihr beim geringsten Anlaß leid. Oder sogar ohne Anlaß.»

«Das – das spricht sehr für sie!»

«Tut es zwar nicht, aber lassen wir's durchgehen!» sagte Alverstoke. «Ich nehme an, Charis verrichtet nun die kombinierten Pflichten einer

Gesellschafterin, Pflegerin und Zofe? Hat Mrs. Dauntry ihre Zustimmung zu der ‹fatalen Heirat› gegeben?»

«Nein, noch nicht, sie hat aber Miss Merriville gesagt, daß sie ein liebes, süßes Kind sei, also dürfte es nicht lange dauern, bis sie es tut. Jedenfalls bleibt Miss Merriville bis morgen bei ihr. Also sagte ich Dauntry ins Ohr, wenn er nicht alles verderben will, läßt er sich eine Weile nicht sehen, und schleppte ihn mit mir fort. Und – und das ist alles!»

«Alles!» rief Frederica aus. «Mr. Trevor, ich kann Ihnen nie, niemals sagen, wie dankbar ich Ihnen bin! Ich will Sie nicht in Verlegenheit bringen, indem ich mich auch an Ihre Brust werfe, denn Sie haben heute schon genug ertragen, aber ich versichere Ihnen, es fiele mir leicht! Ich danke Ihnen!»

Sehr aus der Fassung geraten, stammelte er: «Aber bitte! Da gibt es nichts zu danken. Habe nur getan, was ich für richtig hielt!»

«Seien Sie nicht so bescheiden, Charles!» sagte Alverstoke. «Sie wissen sehr gut, daß Sie uns alle übertroffen haben. Ich finde das äußerst beunruhigend. Bis heute habe ich nie an meinem eigenen Mut gezweifelt!»

«Sehr richtig! Du bist völlig in den Schatten gestellt!» sagte Eliza. «Nur – was soll jetzt geschehen? Ich bin einer Meinung mit Ihnen, Frederica, daß Endymion eine sehr armselige Partie für Charis ist, aber wenn Lucretia ihre Einwilligung gibt –?»

Frederica seufzte. «Ich glaube, dann muß ich es auch tun.»

«Sicher müssen Sie das», sagte Alverstoke. «Sie können doch unmöglich den ganzen Sommer mit einer Gießkanne zusammenleben! Sie und Lucretia, ihr werdet euren Segen diesem sehr langweiligen Romeo und seiner Julia geben; ich werde mich bemühen, den Romeo vor irgendeiner ausgefallenen Torheit zu bewahren; und eine formelle Verlobungsanzeige wird an die *Gazette* eingeschickt.»

«Also schön», sagte Frederica ohne Begeisterung.

«Ja, aber ich bin stark der Meinung, daß die Ankündigung deiner eigenen Verlobung zuerst kommen soll, Vernon!» sagte Eliza und sah ihn herausfordernd an. «Ja, ich glaube sogar, eure Hochzeit sollte zuerst kommen. Charis und Endymion können noch recht gut ein, zwei Monate warten, bevor sie formell verlobt sind. Und dann kannst du eine Verlobungsfeier für sie geben, und sie können vom Alverstoke-Palais aus heiraten. Stimmen Sie mir nicht zu, Charles?»

Mannhaft, wenn auch flüchtig, begegnete Mr. Trevor den Augen seines wutschnaubenden Arbeitgebers und sagte: «Tatsächlich, Ma'am, habe ich genau dasselbe gedacht.»

«Aber nein, wirklich?!» sagte Seine Lordschaft wütend.

«Nun ja, Sir – Sie konnten doch nicht erwarten, daß ich blind bin!» sagte Charles.

«Aber wovon träumt ihr denn?» fragte Frederica, plötzlich sehr blaß «Das – so etwas – so etwas kommt doch nicht in Frage!»

«Unsinn, Kind, natürlich wirst du Alverstoke heiraten!» sagte Eliza munter, während sie ihre Handschuhe anzog. «Augusta hat mir das doch schon am ersten Tag gesagt, als ich nach London kam! Sie sagt außerdem, daß ihr euch äußerst gut vertragen werdet. Sally Jersey sagt das auch, und –»

«Willst du die Güte haben, Eliza, und mir erlauben, meinen Antrag selbst zu machen?» unterbrach sie Seine Lordschaft mit gefährlich ruhiger Stimme.

«Ja, mein lieber Bruder, aber hab endlich keine Angst mehr, es darauf ankommen zu lassen und dich nicht länger zu fragen, ob das auch wirklich der richtige Augenblick dazu sei oder ob du nicht lieber warten sollst, bis Frederica viel weniger geplagt ist!» antwortete Eliza und lächelte ihn liebenswürdig an. «Charles, sind Sie zu erschöpft, um mich ins Somerset House zu begleiten?»

«Aber nein, durchaus nicht! Ich freue mich, wenn ich es tun darf!» sagte er prompt.

«Dann gehen wir gleich.» Sie drehte sich um und umarmte Frederica. «Auf Wiedersehen, meine Liebe. Ich verlasse London morgen, also will ich dir gleich jetzt Glück wünschen. Charles, ich verlasse mich auf Sie, daß Sie mir sagen, welches der Bilder ich am meisten bewundern muß.»

«Meine Schwestern –!» sagte Seine Lordschaft erbittert, als er die Tür hinter Mr. Trevor schloß. Da er sich wohl bewußt war, daß er behutsam vorgehen mußte, fügte er nachdenklich hinzu: «Obwohl sie natürlich vollkommen recht hat. Und verdammt scharfsinnig! Ich habe tatsächlich Angst gehabt, es darauf ankommen zu lassen, solange Felix alle Ihre Gedanken beschäftigte. Und warum, zum Teufel, sollten wir wirklich warten, bis es diesen beiden jungen Idioten paßt?»

Frederica stand wie angewurzelt da und sagte mit einer Stimme, die ihren eigenen Ohren völlig fremd klang: «Das ist lächerlich, Vetter Alverstoke. So eine – eine alberne Idee ist mir nie in den Sinn gekommen!»

«Das, mein Kind, weiß ich nur zu gut!» antwortete er kläglich.

«Ich denke nicht ans Heiraten!»

«Auch das weiß ich – auf meine Kosten! Alles, woran Sie denken, ist Schweinefleischextrakt, meine Geliebte!»

«Schweinefleischextrakt?! Oh –!» Das ununterdrückbare Lachen sprang einen Moment in ihre Augen. «Sie wollen mir doch nicht erzählen, daß Sie mir schon damals einen Heiratsantrag machen wollten?»

«Das war meine Absicht, aber Schweinefleischextrakt hat etwas sehr Dämpfendes an sich.»

«Aber es war doch Stärkender Schweinefleischextrakt!» sagte sie, bevor sie ihre ungebärdige Zunge im Zaum halten konnte. Sie sah, daß er auf sie zukam, trat zurück und sagte schnell: «Ich weiß, was es ist! Sie empfinden es als Ihre Pflicht, mir einen Heiratsantrag zu machen, weil Sie glauben, Sie hätten mich vielleicht – vielleicht kompromittiert, weil Sie in der Monk's Farm gewohnt haben, aber ich versichere Ihnen wirklich –»

«Ich habe gar nicht in der Monk's Farm gewohnt, und wenn ich an die Mühe denke, die ich mir nahm, Sie nicht zu kompromittieren, indem ich von dem schlechtesten Gasthof, in dem ich je abgestiegen bin, hin- und hergefahren bin, und auf einem miserablen Weg auch noch dazu, kann ich über Ihre Undankbarkeit nur staunen, Frederica!»

«Oh, nein, nein! Sie waren so gut! So – so gütig! Aber Sie wollen mich ja gar nicht heiraten, Alverstoke! Das wissen Sie doch!»

«Natürlich weiß ich das!» erwiderte er sehr herzlich. «Aber da zwei meiner Schwestern, mein Sekretär – verdammt sei seine Unverschämtheit! – und mindestens zwei meiner ältesten Freunde anscheinend überzeugt sind, trotz all meiner Bemühungen, ihnen Sand in die Augen zu streuen, daß das in Wirklichkeit doch mein Bestreben ist, bitte ich Sie wirklich, Frederica, meinen Antrag anzunehmen. Ich kann – ich kann die Demütigung, abgewiesen zu werden, einfach nicht ertragen!»

«Nein, nein, bitte nicht –!» sagte sie flehend. «Sie wissen doch, in welcher Lage ich bin! Ich muß an Jessamy und Felix denken. Ich kann sie einfach nicht Harrys Obhut überlassen! Das muß Ihnen doch bekannt sein?»

«Ich verlange ja gar nicht, daß Sie sie ihm überlassen. Sicher werden sie einen Teil ihrer Ferien gern bei ihm verbringen, aber ihr Heim wird natürlich bei uns sein. Wie mein schätzenswerter Neffe, habe auch ich das Gefühl, meine Geliebte, daß die beiden dringendst etwas männliche Führung nötig haben. Natürlich bin ich mir klar, daß ich als moralischer Mentor weit hinter Buxted komme. Andererseits haben sie mich lieber.»

«Aber ich habe doch nicht die geringste Absicht, Lord Buxted zu heiraten!»

«Das halte ich für sehr klug», sagte er. «Aus irgendeinem Grund scheinen Jessamy und Felix eine Abneigung gegen ihn zu haben, nicht? Außerdem zweifle ich sehr, ob er bereit wäre, auch den Belutschistan-Jagdhund willkommenzuheißen. Nein. Ich an Ihrer Stelle würde Buxted nicht heiraten. Selbst Darcy nicht, der mich gestern abend davon unterrichtete, daß er sein möglichstes tat, mich auszustechen. Er wäre überhaupt nicht imstande, mit den Jungen zurechtzukommen.»

Zwischen Amüsement und außerordentlicher Beunruhigung hin- und hergerissen, sagte sie: «Sie reden, als dächten Sie, daß ich um der beiden Jungen willen heiraten würde. Das täte ich nie!»

«Oh, das weiß ich. Aber ich weiß auch, daß Sie nie jemanden heiraten würden, den Ihre beiden Brüder nicht mögen, oder der nicht bereit wäre, sie in seinen Haushalt aufzunehmen. Ich habe nur versucht, mich Ihnen annehmbarer zu machen. Ich jedenfalls bin dazu bereit, wie Sie sehen. Ich habe sie gern, und sie interessieren mich. Ferner bin ich so daran gewöhnt worden, als ihr Vormund zu figurieren, daß ich mich jedem Versuch, sie aus meiner Einflußsphäre zu entfernen, energisch widersetzen würde.»

Sie sagte mit schwankender Stimme: «Sie sind nichts als Güte – nichts als Freundlichkeit! Ich weiß nicht – ich bin mir nicht sicher –, warum Sie mir diesen Antrag machen; entweder weil Sie meinen, daß Sie mich kompromittiert haben, oder vielleicht – aus Mitleid, das ganz fehl am Platz ist, aber das Sie wahrscheinlich manchmal gespürt haben, aber –»

«Wirklich, Frederica, Sie sollten es auch besser wissen, als so einen Unsinn zu reden!» sagte er vorwurfsvoll. «So ein Quatsch! Ich bin weder gut noch gütig. Ich habe Sie nicht kompromittiert; und wenn ich Sie für bemitleidenswert hielte, dann hielte ich Sie auch für todlangweilig, meine Liebe! Aber Sie haben mich nie gelangweilt.» Er ergriff ihre Hände und hielt sie fest. «Die einzige Frau, die ich je kennengelernt habe, die das nie getan hat und es nie tun wird! Ich hätte nicht geglaubt, daß es eine solche Frau gibt, Frederica.»

Sie zitterte, ihr Kopf wirbelte. «Oh, unmöglich! Sie sind – Sie lieben mich ja nicht! Wie könnten Sie auch? Versuchen Sie – mir – mir nicht das vorzuschwindeln! Nein, nein, bitte, tun Sie das nicht!»

«Aber nicht im geringsten!» versicherte er ihr heiter. «Es ist bloß, daß ich ohne dich nicht leben kann, meine anbetungswürdige Frederica!»

Unbewußt erwiderte sie den Druck seiner Hände. Sie schaute in seine lachenden Augen auf, Verwunderung, Staunen und Zweifel in ihrem Blick, und sagte scheu: «Ist das immer so? Das Verliebtsein? Wissen Sie, ich war noch nie verliebt, also weiß ich es nicht. Und ich habe mich vor vielen Jahren entschlossen, daß ich nie jemanden heiraten werde, wenn ich ihn nicht wirklich liebe. Alverstoke, ich glaube nicht, daß ich verliebt bin, weil ich überhaupt nicht die Gefühle habe wie Charis, und die kennt das wirklich! Mir schien immer, wenn man sich in einen Mann verliebt, dann wird man auf der Stelle blind für seine Fehler. Aber ich bin gar nicht blind für Ihre Fehler, und ich glaube gar nicht, daß alles, was Sie sagen oder tun, richtig ist! Nur – ist das so –, daß es einem nicht sehr behaglich ist – und daß man ärgerlich ist – und einfach nicht ganz froh, wenn Sie nicht da sind?»

«So, mein Liebling», sagte Seine Lordschaft und riß sie rücksichtslos in die Arme, «genauso ist es!»

«Oh –!» Frederica rang nach Luft, als sie aus einer Umarmung auftauchte, die sie zu ersticken drohte. «Jetzt weiß ich's – ich bin wirklich verliebt!»

Der jüngste Merriville fand Alverstoke und Frederica, als er etwas später in das Zimmer stürzte, Seite an Seite nebeneinander auf dem Sofa sitzen. «Buddle sagte, ich dürfe euch nicht stören, aber ich hab doch gewußt, daß das Blödsinn ist!» sagte er verächtlich. «Vetter Alverstoke, da ist etwas, das ich Sie ganz besonders dringend fragen wollte!» Er brach ab, als er plötzlich und ungnädig bemerkte, daß sein Vetter Alverstoke einen Arm um Frederica gelegt hatte. Angewidert von einem solchen Zeichen der Unmännlichkeit, warf er seinem Idol einen mißbilligenden Blick zu und fragte energisch: «Warum huscheln Sie Frederica so an sich, Sir?»

«Weil wir heiraten werden», antwortete Seine Lordschaft ruhig. «Es gehört dazu, weißt du. Es wird von einem erwartet, daß man die Dame, die man heiraten wird – hm –, huschelt.»

«Oh!» sagte Felix. «Also, wenn das so ist, wie Sie sagen, dann werde ich niemanden bitten, mich zu heiraten. Ich muß schon sagen, ich hätte nie gedacht, daß auch Sie, Sir –» Wieder unterbrach er sich, als ihm etwas einfiel. «Macht sie das dann zu einer – einem weiblichen Marquis? O Jessamy, hast du schon gehört? Frederica wird ein weiblicher Marquis!»

«Was du meinst, ist eine Marquise, du ungebildeter kleiner Affe!» antwortete sein strenger Bruder, der eben die Tür hinter sich schloß. «Und Komisches ist da gar nichts dran!» Er sah Frederica an und sagte schlicht: «Ich freue mich.» Etwas verlegen fügte er hinzu: «Wir werden dich vermissen – aber ich freue mich trotzdem!»

Sie streckte ihm die Hand hin. «Mein lieber Jessamy! Aber ihr werdet mich nicht vermissen müssen – wir werden trotzdem beisammenbleiben. Der einzige Unterschied ist, daß wir alle – du und Felix und ich – bei Vetter Alverstoke statt in Graynard leben werden, und dagegen habt ihr bestimmt nichts!»

Er antwortete ihr nicht, sondern wandte seine Augen dem Marquis zu, als er sagte: «Danke! Aber – Sie können doch nicht wollen, daß wir Ihnen aufgehalst werden, Sir!»

«Nein, eine abscheuliche Aussicht!» stimmte ihm Seine Lordschaft zu. «Die Sache ist nur die, daß ich deine Schwester zu keinen leichteren Bedingungen bekommen konnte.»

Das seltene Lächeln huschte über Jessamys Gesicht. «Sie – Sie sind doch wirklich gerissen, Sir!»

«Nein, ist er nicht!» sagte Felix. «Warum sollte er nicht wünschen, uns bei sich zu haben? Wir werden doch keine Belastung für ihn sein! Vetter Alverstoke, was ich Sie ganz besonders dringend fragen wollte: Darf ich in Alver eine eigene Werkstatt haben? Für Experimente? Wenn ich ganz fest verspreche, daß ich das Haus nicht in die Luft sprenge? O bitte – ja, Vetter Alverstoke?!»